国家社会科学基金一般项目
(12CZW038)资助
特此致谢

方李邦琴北京大学人文学科文库出版基金赞助

北大中国文学研究丛书

清初京城诗坛研究

Study on the Peking Poetry World of Early Qing Dynasty

白一瑾 著

图书在版编目(CIP)数据

清初京城诗坛研究/白一瑾著. —北京:北京大学出版社,2022.12
(北京大学人文学科文库.北大中国文学研究丛书)
ISBN 978-7-301-33439-3

Ⅰ.①清… Ⅱ.①白… Ⅲ.①古典诗歌—诗歌研究—中国—清前期 Ⅳ.①I207.22

中国版本图书馆 CIP 数据核字(2022)第 185942 号

书　　　名	清初京城诗坛研究 QINGCHU JINGCHENG SHITAN YANJIU
著作责任者	白一瑾　著
责 任 编 辑	徐　迈
标 准 书 号	ISBN 978-7-301-33439-3
出 版 发 行	北京大学出版社
地　　　址	北京市海淀区成府路 205 号　100871
网　　　址	http://www.pup.cn　　新浪微博:@北京大学出版社
电 子 信 箱	sofabook@163.com
电　　　话	邮购部 010-62752015　发行部 010-62750672 编辑部 010-62752728
印 刷 者	大厂回族自治县彩虹印刷有限公司
经 销 者	新华书店
	965 毫米×1300 毫米　16 开本　35.5 印张　650 千字 2022 年 12 月第 1 版　2022 年 12 月第 1 次印刷
定　　　价	138.00 元

未经许可,不得以任何方式复制或抄袭本书之部分或全部内容。
版权所有,侵权必究
举报电话:010-62752024　电子信箱:fd@pup.pku.edu.cn
图书如有印装质量问题,请与出版部联系,电话:010-62756370

总　序

袁行霈

　　人文学科是北京大学的传统优势学科。早在京师大学堂建立之初，就设立了经学科、文学科，预科学生必须在五种外语中选修一种。京师大学堂于1912年改为现名，1917年，蔡元培先生出任北京大学校长，他"循思想自由原则，取兼容并包主义"，促进了思想解放和学术繁荣。1921年北大成立了四个全校性的研究所，下设自然科学、社会科学、国学和外国文学四门，人文学科仍然居于重要地位，广受社会的关注。这个传统一直沿袭下来，中华人民共和国成立后，1952年北京大学与清华大学、燕京大学三校的文、理科合并为现在的北京大学，大师云集，人文荟萃，成果斐然。改革开放后，北京大学的历史翻开了新的一页。

　　近十几年来，人文学科在学科建设、人才培养、师资队伍建设、教学科研等各方面改善了条件，取得了显著成绩。北大的人文学科门类齐全，在国内整体上居于优势地位，在世界上也占有引人瞩目的地位，相继出版了《中华文明史》《世界文明史》《世界现代化历程》《中国儒学史》《中国美学通史》《欧洲文学史》等高水平的著作，并主持了许多重大的考古项目，这些成果发挥着引领学术前进的作用。目前北大还承担着《儒藏》《中华文明探源》《北京大学藏西汉竹书》的整理与研究工作，以及《新编新注十三经》等重要项目。

与此同时，我们也清醒地看到：北大人文学科整体的绝对优势正在减弱，有的学科只具备相对优势了；有的成果规模优势明显，高度优势还有待提升。北大出了许多成果，但还要出思想，要产生影响人类命运和前途的思想理论。我们距离理想的目标还有相当长的距离，需要人文学科的老师和同学们加倍努力。

我曾经说过：与自然科学或社会科学相比，人文学科的成果，难以直接转化为生产力，给社会带来财富，人们或以为无用。其实，人文学科力求揭示人生的意义和价值，塑造理想的人格，指点人生趋向完美的境地。它能丰富人的精神，美化人的心灵，提升人的品德，协调人和自然的关系以及人和人的关系，促使人把自己掌握的知识和技术用到造福于人类的正道上来，这是人文无用之大用！试想，如果我们的心灵中没有诗意，我们的记忆中没有历史，我们的思考中没有哲理，我们的生活将成为什么样子？国家的强盛与否，将来不仅要看经济实力、国防实力，也要看国民的精神世界是否丰富，活得充实不充实，愉快不愉快，自在不自在，美不美。

一个民族，如果从根本上丧失了对人文学科的热情，丧失了对人文精神的追求和坚守，这个民族就丧失了进步的精神源泉。文化是一个民族的标志，是一个民族的根，在经济全球化的大趋势中，拥有几千年文化传统的中华民族，必须自觉维护自己的根，并以开放的态度吸取世界上其他民族的优秀文化，以跟上世界的潮流。站在这样的高度看待人文学科，我们深感责任之重大与紧迫。

北大人文学科的老师们蕴藏着巨大的潜力和创造性。我相信，只要使老师们的潜力充分发挥出来，北大人文学科便能克服种种障碍，在国内外开辟出一片新天地。

人文学科的研究主要是著书立说，以个体撰写著作为一大特点。除了需要协同研究的集体大项目外，我们还希望为教师独立探索，撰写、出版专著搭建平台，形成既具个体思想，又汇聚集体智慧的系列研究成果。为此，北京大学人文学部决定编辑出版"北京大学人文学科文库"，旨在汇集新时代北大人文学科的优秀成果，弘扬北大人文学科的学术传统，展示北大人文学科的整体实力和研究特色，为推动北大世界一流大学建设、促进人文学术发展做出贡献。

我们需要努力营造宽松的学术环境、浓厚的研究气氛。既要提倡教师根据国家的需要选择研究课题，集中人力物力进行研究，也鼓励教师按照自己的兴趣自由地选择课题。鼓励自由选题是"北京大学人文学科文库"的一个特点。

我们不可满足于泛泛的议论，也不可追求热闹，而应沉潜下来，认真钻研，将切实的成果贡献给社会。学术质量是"北京大学人文学科文库"的一大追求。文库的撰稿者会力求通过自己潜心研究、多年积累而成的优秀成果，来展示自己的学术水平。

我们要保持优良的学风，进一步突出北大的个性与特色。北大人要有大志气、大眼光、大手笔、大格局、大气象，做一些符合北大地位的事，做一些开风气之先的事。北大不能随波逐流，不能甘于平庸，不能跟在别人后面小打小闹。北大的学者要有与北大相称的气质、气节、气派、气势、气宇、气度、气韵和气象。北大的学者要致力于弘扬民族精神和时代精神，以提升国民的人文素质为己任。而承担这样的使命，首先要有谦逊的态度，向人民群众学习，向兄弟院校学习。切不可妄自尊大，目空一切。这也是"北京大学人文学科文库"力求展现的北大的人文素质。

这个文库目前有以下**17套丛书**：

"北大中国文学研究丛书"（陈平原 主编）
"北大中国语言学研究丛书"（王洪君 郭锐 主编）
"北大比较文学与世界文学研究丛书"（张辉 主编）
"北大中国史研究丛书"（荣新江 张帆 主编）
"北大世界史研究丛书"（高毅 主编）
"北大考古学研究丛书"（沈睿文 主编）
"北大马克思主义哲学研究丛书"（丰子义 主编）
"北大中国哲学研究丛书"（王博 主编）
"北大外国哲学研究丛书"（韩水法 主编）
"北大东方文学研究丛书"（王邦维 主编）
"北大欧美文学研究丛书"（申丹 主编）
"北大外国语言学研究丛书"（宁琦 高一虹 主编）
"北大艺术学研究丛书"（彭锋 主编）

"北大对外汉语研究丛书"(赵杨 主编)
"北大古典学研究丛书"(李四龙 彭小瑜 廖可斌 主编)
"北大人文学古今融通研究丛书"(陈晓明 彭锋 主编)
"北大人文跨学科研究丛书"(申丹 李四龙 王奇生 廖可斌主编)①

  这17套丛书仅收入学术新作,涵盖了北大人文学科的多个领域,它们的推出有利于读者整体了解当下北大人文学者的科研动态、学术实力和研究特色。这一文库将持续编辑出版,我们相信通过老中青学者的不断努力,其影响会越来越大,并将对北大人文学科的建设和北大创建世界一流大学起到积极作用,进而引起国际学术界的瞩目。

---

① 本文库中获得国家社科基金后期资助或入选国家哲学社会科学成果文库的专著,因出版设计另有要求,我们会在丛书其他专著后勒口列出的该书书名上加星号标注,在文库中存目。

"北大中国文学研究丛书" 序言

陈平原

不同学科的国际化,步调很不一致。自然科学全世界评价标准接近,学者们都在追求诺贝尔物理学奖、化学奖;社会科学次一等,但学术趣味、理论模型以及研究方法等,也都比较容易接轨。最麻烦的是人文学,各有自己的一套,所有的论述都跟自家的历史文化传统甚至"一方水土"有密切的联系,很难截然割舍。人文学里面的文学专业,因对各自所使用的"语言"有很深的依赖性,应该是最难"接轨"的了。文学研究者的"不接轨""有隔阂",不一定就是我们的问题。非要向美国大学看齐,用人家的语言及评价标准来规范自家行为,即便经过一番励精图治,收获若干掌声,也得扪心自问:我们是否过于委曲求全,乃至丧失了自家立场与根基?

这么说,显得理直气壮;可问题还有另外一面——若过分强调"一方水土"的制约,是否会形成某种自我保护机制,减少突围的欲望与动力?想当然地以为本国学者研究本国文学最为"本色当行",那是不妥的。我们的任务,不是关起门来称老大,而是努力在全球化大潮中站稳自家脚跟,追求国际视野与本土情怀的合一。这么做学问,方才有可能实现鲁迅当年"要出而参与世界的事业"(《而已集·当陶元庆君的绘画展览时》)的期许。

既然打出"北大"的旗帜,出学术精品,那应该是起码的要求。放眼世界,"本国文学研究"做得好的话,是可以出原理、出思想、出精神的。比如你我不做外国文学研究,但照样读巴赫金、德里达、萨义德、哈贝马斯的书。而目前我们最好的人文学著作,在国际上也只是作为"中国研究"成果来征引,极少被当作理论、方法或研究模式。

随着中国政治、经济、社会、文化的迅速崛起,总有一天,我们不仅能为国际学界提供"案例",还能提供"原理"。能不能做到是一回事,敢不敢想或者说心里是否存有这么个大目标,决定了"北大中国文学研究丛书"的视野、标杆与境界。

2017 年 7 月 22 日于京西圆明园花园

目　录

序一 ································ 罗时进　1

序二 ································ 蒋　寅　5

绪论　"五方杂处"与"辇毂之下"——清初京城诗坛概论 ······ 1
　一、作为研究对象的"清初"与"京城"概念 ············ 1
　二、京城地域文学独特性 ······················ 8

第一章　清初京城文学的发端：贰臣诗人 ··············· 29
　第一节　京城诗坛"职志"龚鼎孳 ················· 36
　　一、龚鼎孳成为京城诗坛"职志"的过程 ············· 36
　　二、龚鼎孳与"失节文学"的自觉 ················ 70
　　三、正变相兼的诗学主张与实际创作 ·············· 81
　　四、兼容并蓄的诗学观及影响 ·················· 90
　第二节　"京师三大家" ······················ 105
　　一、"京师三大家"的诗学理念 ················· 110
　　二、"京师三大家"的诗歌创作：以乱离之悲、故国之思、
　　　　失节之苦为主体的变雅悲音 ················ 125

三、"京师三大家"对清初新进金台诗人的影响 ……………… 138
第三节　清初京城诗坛的其他贰臣文人 ………………………… 155
一、吴伟业与京城诗坛 …………………………………… 155
二、以仕为隐的梁清标 …………………………………… 181
三、"烟霞之气著于眉宇"的王崇简 …………………… 197

第二章　清初京城文学的接续：新贵诗人群体 …………… 211
第一节　"燕台七子" ………………………………………… 211
一、"燕台七子"成员考 ………………………………… 211
二、宋琬与京城诗坛 ……………………………………… 222
三、施闰章与京城诗坛 …………………………………… 236
四、"燕台七子"其他成员 ……………………………… 248
第二节　"海内八家" ………………………………………… 263
一、关于"海内八家"的几个问题 ……………………… 264
二、"海内八家"成员 …………………………………… 272
第三节　王士禛与京城诗坛 …………………………………… 307
一、首次入京：来去匆匆 ………………………………… 307
二、再入京城：崭露头角 ………………………………… 308
三、三入京城，广交文士 ………………………………… 311
四、扬州归来，力倡宋诗 ………………………………… 316
第四节　清初庙堂诗人意识形态之建构——以施闰章、魏裔介和
冯溥为中心 ………………………………………………… 321
一、集道学家与文人于一身的儒家诗教倡导者 ………… 322
二、除旧布新，批判晚明诗风，以倡导盛世新风 ……… 327
三、回归儒家诗教传统 …………………………………… 329
四、崇正抑变倾向 ………………………………………… 335
五、"雅正"前提下的兼收并蓄 ………………………… 339
六、清初庙堂文士诗学主张对康熙帝之影响 …………… 348

第三章　清初京城文学的别调：布衣诗人 …… 351
第一节　河朔诗派 …… 357
一、申涵光与京城诗坛 …… 359
二、河朔诗派其他诗人 …… 371
第二节　清初京城诗坛的其他遗民诗人 …… 383
一、遗民门客纪映钟 …… 383
二、游士诗人陈祚明 …… 396
三、问君何事三千里，春谒长陵秋孝陵——顾炎武入京考 …… 405
四、伤心偶问长安路，挥手终为太谷人——阎尔梅入京考 …… 422
五、邓汉仪三入京城考 …… 448

第四章　清初京城诗坛的多元化面貌 …… 461
第一节　作为清初京城诗坛主流的七子诗风 …… 461
一、七子诗风在清初京城诗坛成为主流的原因 …… 462
二、北方"正统"与"南方"变体：七子诗风在清初传承的地域分野 …… 465
三、"仿王李宗梁之遗事"的"燕台七子" …… 482
第二节　清初京城诗坛的竟陵遗风 …… 489
一、竟陵派在晚明京城诗坛的流布 …… 490
二、竟陵派入清后的式微 …… 493
第三节　清初京城诗坛的宗宋风气 …… 506
一、顺治时代的京城"宋调"：宗唐不废宋论的出现 …… 507
二、康熙初年的京城"宋调"：由潜流暗涌到渐成气候 …… 511
三、康熙十年以后的京城诗坛："以宋驾唐"现象的出现 …… 515
第四节　云间派在清初京城诗坛的流布 …… 517
一、早期云间诗人与京城的渊源 …… 519
二、后期云间派成员在京城的活动 …… 527

参考文献 …… 539

后　记 …… 547

序 一

罗时进

赵翼《论诗》云:"满眼生机转化钧,天工人巧日争新。预支五百年新意,到了千年又觉陈。""李杜诗篇万口传,至今已觉不新鲜。江山代有才人出,各领风骚数百年。"从赵氏之说,可以看出清人的诗学胸襟与抱负。当时持同样观点且有相似表达者还有不少人,但都说得有些过头,难免情绪化。事实上,距离赵氏《论诗》写作至今,时光又流逝了几百年,唐诗仍然在"保鲜期"中,并没有"不新鲜"的陈旧之感。在古代韵文甚至历代文学作品中,唐诗仍然具有经典意义;既然成为经典,将会永远流传。

话说回来,赵翼所说的"江山代有才人出"倒是符合史实的。就以诗界来说,若以元代辛文房《唐才子传》的入选条件来看,清代诗人中可选出数百人,虽其顶流者难以比肩李、杜,而就群体作总体观照,并不会输于唐人。问题是,诗歌史的涵容不仅是诗人,更重要的是作品。从根本上说,不同时代的诗歌发展之比较,不是比作者的学问和才力,而是比作品的审美特性、思想内涵,尤其是原创基质之比较。依此而言,我们可以看到清代诗人融摄古今,力追古人,实现了对元明的超越,出现了颉颃唐宋的气象,具有了一些新的素质——其基本评价也只能至此。我近二十多年研究清代诗歌,自然希望更多人能够看到清代诗人开拓新局的一面,但并不认为一代清诗已经达到了可以目空李杜、俯视唐宋的程度。

清诗本身价值与清诗史研究价值有关联性，又并非等同，后者有其自在的、独立的意义。我们应当承认这样的事实：唐宋以降，诗坛的复杂性呈现出愈演愈深的趋势，元明两代有过于唐宋，有清一代又甚过元明。如果我们认为诗史研究不但要着眼于文学的内部关系，同时应包含外部关系的话，那么清代诗史的复杂性、演变感和精彩度都是历代难以比拟的。它包含了历代诗史的现象，又出现了许多新的现象；阅读历代诗史时感触到的某种可能，在清诗史中往往成为真实的存在。沉浸式地感受清代诗坛，或许比沉酣过往断代诗史更能生出一种由源至流的汇聚感、一种集文学现象之大成的总结性。故如果把文学的内部关系与外部关系并为参照系统，将文学感知、文人心态、文本生成同时作为考察内容的话，清代诗史研究无疑是具有典型意义的。

在我看来，清代诗史虽然"十朝"各具成就和特色，但以甲申之变后五十年与辛亥革命前五十年更富有历史的激荡性和文学的演变性，研究的难度较大，但因其复杂、生动而特别值得关注。这也许正是白一瑾女史长期沉潜于清初文坛，持续深入研究的动因。

此书题为《清初京城诗坛研究》，何谓"清初"？这是首先要确定的，恰恰在这个问题上，学界至今未能形成统一的看法。晚清杨希闵著《诗榷》，将"清初"的下限定为康熙三十年（1691），民国年间钱大成、陈光义的《清代诗史续论》以顺治一朝作为"清初"，则显得简单化了。当代研究者有不同的清诗分期说，具体划分与对清诗史整体分期有关，如游国恩《中国文学史》主张清代文学可分为三期，故将清初下限定于雍正末；严迪昌《清诗史》亦主三期说，而将顺康两朝作为第一期；蒋寅《清代诗学史》有清诗发展四期说，认为顺治和康熙前期乃是清代诗歌发生转变的关节点，这与杨希闵的"清初"划分相合。对此白一瑾在书中进行讨论，"将其界定于顺治元年（1644）五月多尔衮入京，至康熙十八年（1679）清廷开设博学鸿词科，其间三十余年。原因是，清初的社会心理和文坛风尚，均以康熙十八年的博学鸿词科为界，出现极大变化"。她立足于社会文化心理变化所做的分析，我基本同意。虽然前面已提出甲申之变后的五十年"富有历史的激荡性和文学的演变性"，但并不意味着"清初"的划分就一定下截于清廷立国半个世纪之时。邓汉仪《诗观初集·自序》描述清初历史过程云："当夫前朝末叶，铜马纵横，中原尽为荆榛，黎庶悉遭虔戮。于是乎，神京不守，而庙社遂移，有志之士，为之哀板荡，痛仳离焉。此其时之一变。继而狂寇鼠窜于秦中，列镇鸱张于淮甸，驯至瓯闽黔蜀之间，兵戈罔靖，而烽燧时闻，此其时为再变。若乃乾坤肇造，版宇咸归，使仕者得委蛇结绶于清时，而农人亦秉耒耕田，相与歌太平而咏勤苦，此其时又为一变。"此"三变"与文化、文学生态有密切关系。当政枢趋于稳定，便以收拢士人之心为务，康熙十八年的博学鸿词科招纳天下文人显然是一种宣告，而此际士人的斥拒心理也渐渐淡化，这是有标志意义的。读过作者的详细分析，我倒颇认可其说，至少觉得这一说法有其自洽性。由此也可见作者在学术问题上具有独立思考的姿态，保持着一种主观自觉。

海内外哲学界近些年来较为重视空间研究，而空间转向是以线性历史决定论为主要反思对象的。它通过将历史叙事空间化反转，试图实现以空间范畴为基础的历史观建构，凸显历史的共时性特征和结构，对探讨历史过程的复杂因素和多元作用提供了一种可能性路径。这种异于线性描述、分析的叙事和研究方式对古代文学研究也产生了一定影响。

我不能肯定白一瑾的清初京城诗坛研究是否受到哲学界的影响，但可以说这一研究确实体现了空间转向的意识。以此作为叙事方式和研究路径，需要特别重视"时期"和"群体"。正如米歇尔·德·塞尔托在《历史书写》中所说，历史"会依从时期和群体"，他认为这两者可以看作两种类型。在研究过程中"第一种类型的历史所诘问的是'可以想象的事物'以及理解的条件；另一种类型则是打算重归'实际经历'，这是一种追忆，而这得仰仗对过去的熟悉"。显然白一瑾对清初这一时期的京城文学"群体"的文献史料相当熟悉，一些应读的文献都曾经目，以极其勤勉的精神搜集了相当丰富的史料，这成为她此书能够顺利展开思路并深入论证的基础。

京城为辇毂近地，具有五方杂处的特点。在清初这个历史时期，京城不仅是统治者的政治策源地，也是文人群体的聚集之处。其时"群体"特别复杂、纠缠："京师三大家""燕台七子""海内八家"等，连接着的海内文人何止数百？这些文人群体，依照身份有贰臣、新晋、遗民、布衣；依照地域有北方、南方；依照文学观念有唐诗派、宋诗派，以及由唐而出入宋元者；依照关系和情感，有统治阶层的亲随者，有文人脉络中的亲近者。这实在是一个政治时事剧、历史文化剧演出的巨大舞台，诗歌的多重声部在这个舞台上起伏激荡。白一瑾以较为缜密的思维，力图在还原现场，从层次、关系、脉络的梳理中建立谱系，使清初三十多年"京城"这个空间的"诗坛"状况得以完整、有序、生动地再现。严迪昌、赵永纪、朱则杰、马大勇、张敏等几代专家都曾对清初诗坛做过相关探讨。此书汲取众家之长而辩证斟酌，自成其说，局面开敞，颇具气象，成为目前清初京城诗坛研究的一份重要成果，也是清代诗史研究的可喜收获。

我与白一瑾女史认识十多年了，第一次遇见好像是在蒋寅兄主办的安徽大学国际清诗学术会议上。知她是我的学界朋友、同仁卢盛江、刘勇强先生的高足，便多了一份亲近感。这些年，她时有写成的论文让我先睹为快，这使我对她的学术志向和研究课题有了更多的了解。其著作出版在即，来信索序。近年来我虽然为海内外学者的著作写过类似文字，但主要是自己的学生。那些著作，大致都是经我指导而成的，内容熟悉，容易评说。曾有高校中青年学者著作付梓前请我赘言，我若推辞不能便请他们将书稿寄来，通阅一遍后会提出一些问题，请其修改周延后方落笔。我很担心一旦贸然应允，修改往复，会耽误出版时间。收到她的文稿，虽然感到文字间见复沓，可以再做些减法，使其更为精要；有些地方学理论断也可以更具分析性、阐释力，但总体看来，竟相当满意，颇得我心，便欣然书写了。

二十多年来，我稍多阅读了一些清人文集，略记得一些清人行迹，亦仅限于此。清代诗史较为复杂，发展脉络不易把握，我尚不足以识断。之所以不辞其请，乃深知这一领域研究的未来在中青年一代。白一瑾是近年清诗研究的劲锐，而他们这一代蔚然成长、呼啸而起，清诗研究方能呈现全新的面貌。作以上引喤之语，既寓读后感受，更包含着无限的期待。

壬寅年秋冬之交，书于吴中石湖之畔栽竹轩

序 二

蒋 寅

总结20世纪80年代以来的古典文学研究,知识增长最显著的领域非清代文学莫属。近代以来一度被轻忽的清代文学重新受到重视,新成果的涌现和增长都成为古典文学研究中最醒目的部分。这是很令人感到欣慰的。回顾过往的历史,总有一种文化意义上的"弑父"情结贯穿在政治权力的更迭中。封建时代,新王朝的历史言说惯于抹黑胜朝,以凸显自身的优势和合法性,连带使前代的文化和文学也多遭贬抑。民国以来文学史研究对清代文学的轻视,由"桐城谬种""选学妖孽"的鄙夷也隐约可见。但随着文学史观念的更新,T. S.艾略特的一个论断促使我们重新审视清代文学对于前代文学史的意义:"现存的艺术经典本身就构成一个理想的秩序,这个秩序出于新的(真正新的)作品被介绍进来而发生变化。"(《传统与个人才能》)显然,清代文学的加入将改变整个文学史序列,也将带来前代文学意义诠释和价值评估的波动。而方兴未艾的现代性观念又引发对中国古典文学近代化进程的关注,促使学界对王朝末期的这段文学史投入更多研究热情。《四库全书》及《清代诗文集汇编》等大型古籍的影印,适时地提供了空前便利的文献条件,使清代文学研究在近二十年间获得了迅猛的发展,由"一个期待关注的学术领域"一跃而成为引人瞩目的知识增长点。

当然,浏览现有的清代文学研究成果,也让人感到研究力量投入的不均衡。一些作家和流派集中了较多的关注,出现不少重复劳作和"炒冷饭"之作;而许多作家和问题又缺乏研究,影响了清代文学研究的整体深化。在我认为值得重视而研究较少的问题中,清初京师诗坛最为突出。学界对清初诗歌的兴趣,一直集中在康熙中叶以后,不多的顺治、康熙初诗歌研究又注目于明遗民和钱谦益、吴梅村这两位活动在江南的诗人,清初二三十年间的京师诗坛始终缺乏较深入的研究。这就使我们对康熙十八年(1679)博学鸿词科前后诗坛格局的变化和宋诗风的消长缺乏深层次的认识。这是有点让人遗憾的。

鼎革以来,诗坛的话语权力虽较多地掌握在江南一带的士大夫手中,但京师终究是诗歌最活跃的场域。京师作为王朝政治、文化中心,历来主导着意识形态和文化生产的趋向,同时也在很大程度上引领着社会风气和审美时尚。"城中好高髻,四方高一尺。城中好广眉,四方且半额。城中好大袖,四方全匹帛。"(汉乐府《城中谣》)从上古到中古时期,京师几乎就是文学的全部。唐宋以后,随着地域经济和城市文化的急剧发展,逐渐形成多中心的文学格局,但京师总是最优秀的文学家和最杰出的文学作品的集散地。仔细考察清初的京师,就会知道,即便当时最著名的一些诗人不在那里,以刘正宗、魏裔介、龚鼎孳为代表的达官诗人仍主导着京城的诗风,维系着京师作为风雅都会的首善地位。反过来,京师虽然聚集了来自各地的诗人,虽然一时会流行某种时尚,但经受各自乡土传统熏陶的诗人们仍带着各种小传统的基因,保持着各自的诗学观念,就像外乡人在京师多年,同乡亲还是讲着本乡的方言。这就是京师特有的"杂五方之风"(费锡璜《国朝诗的序》)的诗学景观。多年以前我撰写《清代诗学史》第一卷时,曾注意到清初京师的诗歌活动,尤其是魏裔介操选政的影响。只因诗学史的宗旨更多地关注理论和批评问题,而京城诗坛似乎并未产生独特的理论学说,因而未做专门讨论。后来我得知白一瑾的博士论文以《清初贰臣心态与文学研究》为题,又陆续读到她发表的一些论文,由龚鼎孳等贰臣延伸到宋琬、申涵光、邓汉仪、纪映钟、"金台诗人"等与京师诗坛关系的研究,觉得很有学术眼光。2013年她以"清初京城诗坛研究"为题申请国家社科基金获得立项,经过六年的专注研究,于2019年顺利结项,又经过两年打磨,最终完成摆在读者面前的这部专著。

此书用"清初京城文学的发端:贰臣诗人""清初京城文学的接续:新

贵诗人群体""清初京城文学的别调：布衣诗人""清初京城诗坛的多元化面貌"四个章节来展开清初诗歌的发展过程，在评述其间代际关系和群体特征的同时，也使清初京师诗坛的格局和诗风更迭得到了清晰的呈现。其中交织着政治身份、职官履历、交游圈子、地域传统、诗学倾向等多重人际关系和诗学问题，头绪异常纷繁，但凭借作者精心结构的叙述框架，伴以严谨周密的论析，这纷繁复杂的历史过程最终显示出清晰的脉络。全书论及的清初诗人多至数十位，对许多著名诗人都做了妥帖的评论，同时又将京师诗坛的人物关系讲得非常清楚，很不容易。给我印象最深的是书稿论及龚鼎孳在顺治末到康熙前期十多年间执京师诗坛牛耳以及与王渔洋代兴的过程，还有遗民诗人在京城的活动，这些是我们认识清初诗坛不能不仔细考究的重要问题。王渔洋晚年反复提到钱谦益一诗一序所寄予的"与君代兴"之意，却没有意识到（也可能是有意回避）龚鼎孳对他的提携以及两人诗坛地位的实际交接。白一瑾对这一问题的发明使清初诗歌史的进程更醒目地凸显出来。这不能不说是得益于她对原始文献所下的细致整理功夫，书中密集的资料运用和史实叙述已清楚地表明这一点。当然，从写作的角度说，有些地方征引文献似过于繁复，如能利用学界既有的考证成果，简省一些史料的铺陈，行文会更流畅顺达，更突出自己的创见。

一项研究只要下足了功夫，由细致的资料梳理提出问题，内容就不会流于浮泛，必有切实的发明。此书大部分内容都已在学术期刊上发表，这意味着全书的学术含量是相当高的。我很喜欢看这样的论著，每个章节都是像论文那样写出来的，内容很结实。现在许多专著厚厚一大本，发表论文的部分不过一两篇，大部分篇幅都毫无学术含量，了无新意。那就是功夫不到的缘故，功夫既深既细，见识自然就深邃细密，就能不断发明、发现问题。

就文学史研究而言，清代文献之丰富提供了前所未有的优越条件，我们应该格外珍惜这一文献优势，将清代文学研究做深做细，使清代文学作为古典文学之总结和走向现代文学之开端的意义得到充分呈现；需要我们做的工作还很多。白一瑾值新著授梓之际，以我为研究清代文学的同道，嘱为作序，遂聊书读后感，与作者共勉。

蒋　寅

2022 年 10 月 31 日于信可乐斋

绪论　"五方杂处"与"辇毂之下"
——清初京城诗坛概论

考查历代地域文学，京城文学往往是该时代最有价值的文学样本之一。这一方面是由于京城作为政治中心与经济文化中心，具有较强吸附与辐射效应。京城既能广泛容纳来自全国各地入仕、应试、谋生的大量文人，又能便利地将各种文学观念传播到全国各地。所以，建立在"五方杂处"基础上的京城文学，与其他地域文学不同，往往并不具有统一风貌，而是呈现出极为驳杂的面貌，成为各种地域文学之缩影；而京城文学好尚辐射地方文学的巨大影响力，也远非其他地域文学可比。

另一方面，由于京城是"辇毂之下"中央政权所在地，这一地域文学受到政治影响程度之深，亦远非其他地域文学可比。历代创作于高官文士之手的台阁庙堂文学，大多发端于京城。因而，京城文学变迁，不但往往是政治影响文学的晴雨表，且必然在这一时代官方文学意识形态形成与传播中，产生重大影响。

一、作为研究对象的"清初"与"京城"概念

（一）"清初"之时间界定

本书以清初之京城诗坛为研究对象。在展开论述之前，必须先对研究对

象的地域与时间加以界定。

"清初"这一时间概念应定位于何处？目前学界尚无统一定论。本书将其界定于顺治元年（1644）五月多尔衮入京，至康熙十八年（1679）清廷开设博学鸿词科，其间三十余年。原因是，清初社会心理和文坛风尚均以康熙十八年博学鸿词科为界，出现极大变化：

以社会心理而论，清廷系少数民族政权入主中原，直接触犯儒家传统政治伦理中"华夷之辨"观念，对汉人心理构成极大挑战，因而终顺治一朝，各地残明政权及反清起义此起彼伏。虽然最后奉明朝正朔的永历政权于康熙初年被清廷扑灭，然康熙十二年又有三藩之变，短时期内即波及八省。足见清初社会普遍心理对清廷排斥对抗倾向十分剧烈。而知识阶层对清廷亦往往持有不合作态度，当时耆宿大儒如黄宗羲、顾炎武、王夫之辈，多选择隐遁山林，以气节相标榜，成为不食周粟的遗民。正如《清史稿·选举志》所指出："顺、康间，海内大师宿儒，以名节相高。或廷臣交章论荐，疆吏备礼敦促，坚卧不起。"①

然而，中原汉族士民坚持"华夷之辨"的不合作态度，到了康熙十七、十八年间，已出现相当大的转变。此时南方局势已趋稳定，清军将三藩叛军牢牢压制于湖南一线，清廷平叛大局已定。康熙帝以"自古一代之兴，必有博学鸿儒，备顾问著作之选。我朝定鼎以来，崇儒重道，培养人才。四海之广，岂无奇才硕彦、学问渊通、文藻瑰丽、追踪前哲者"②的名义，开博学鸿词科，其目正如孟森所指出，在于彰示承平、收拢人心、消解汉族士民不合作心理："故康熙之制科，在销兵有望之时，正以此网罗遗贤，与天下士共天位，消海内漠视新朝之意，取士民之秀杰者以作兴之……"③

而此时士人对清政权之排斥心理，也随着时间和政局变迁，而出现较大松动。博学鸿词诏下，虽也有顾炎武、傅山等遗民始终恪守名节、坚不肯出，但出仕者数量仍众，且不乏朱彝尊、毛奇龄、严绳孙等在遗民群体内较有地位和影响的名士。当时士人争赴博学鸿词之情形，正如《柳南随笔》

---

① 赵尔巽等：《清史稿·选举志》，《清史稿》卷一百零九，北京：中华书局，1977年，第3183页。

② 同上书，第3175页。

③ 孟森：《明清史讲义》，北京：中华书局，1981年，第424页。

所载:"继复荐举博学鸿儒,于是隐逸之士亦争趋辇毂,惟恐不与。"① 即使是以死相抗、坚拒应试的顾炎武也曾慨叹:"比者人情浮竞,鲜能自坚,不但同志中人多赴金门之诏,而敝门人亦遂不能守其初志。"② 以此看来,时人所嘲讽之"一队夷齐下首阳"现象,实非夸张。关于博学鸿词科对汉族士民心态之影响,特别是对士人反抗心理的化解,《清史纪事本末》有一段极为尖锐的剖析:

> 按顺治康熙间,天下思明,反侧不安。圣祖一开宏博科,再设明史馆,搜罗遗佚,征辟入都,位之以一清秩,一空名,而国中帖帖然,戢戢然矣。③

士民心态之外,复以文坛风尚而论,清代诗风亦以康熙十八年之博学鸿词科为界而出现较大转变。其中标志性事件,是在康熙十七年正月二十三日,康熙帝在诏开博学鸿词科同一日,特旨将神韵派宗主王士禛简拔入翰林院,而如此破格提拔原因正是王氏"诗文兼优":"以户部郎中王士正诗文兼优,改授翰林院侍讲。"④ 王士禛进士名次并不高,是年仅系部曹小吏,本无入职翰林院之资格,康熙帝特旨将其由户部郎署转入翰林院,实是罕见殊宠。

王士禛获此殊宠,并非偶然,而是康熙帝致力于"文治",树立庙堂诗学典范之政策导向组成部分。王士禛在蒙恩被简拔至翰林院之时,作为京城诗坛"职志"龚鼎孳的继任者,已成为名副其实的京城诗坛盟主。康熙十六年,王士禛于京邸亲定《十子诗略》,确定"金台十子"人选,即是他以盟主身份广为结纳的依据。"金台十子"几乎皆与王士禛有极深渊源,其中多半系王士禛下属、弟子或同乡,正如赵执信《冯舍人遗诗序》所指出:

---

① 王应奎:《柳南随笔》卷四,北京:中华书局,1983年,第68页。
② 顾炎武:《与苏易公书》,《顾亭林诗文集》卷三,北京:中华书局,1983年,第206—207页。
③ 黄鸿寿:《清史纪事本末》卷二十一,上海:上海书店,1986年,影印本,第157页。
④ 《清圣祖仁皇帝实录》卷七十一"康熙十七年正月"条,《清实录》第4册,北京:中华书局,1985年,影印本,第911页。

"盖渔洋公方为诗坛盟主,前所推引者十子,而山左居其四。"① 进入翰林院之后,王士禛诗名如日中天,在博学鸿词科期间广为结交,康熙十九年更升任国子监祭酒,而其神韵派诗学主张,亦由此得到广泛流布。

王士禛入职翰林院及其神韵诗学崛起,首先意味着清初诗坛多元化局面渐归于一统。有明一朝,诗坛门户林立,尤其是七子、竟陵两大门派互争短长,一直延续到清初:"今之论诗者,始焉多尸祝竟陵,久之且俎豆历下。"② 再加上清初因有感于易代之恸而兴起宗宋诗风,清初诗坛遂呈现出一种"诸体咸盛"纷繁庞杂而极具生气的局面:"厌王李者入钟谭,久之,厌钟谭者复入王李,交讥互诟,几如南北分宗,洛蜀聚党,不平之鸣非一日矣。至我皇清,文风丕变,诸体咸盛,诗律更精,取所谓王李钟谭之畛域而化之,其轶元超宋,溯美三唐及汉魏者,皆自然相近,匪缘规仿。"③ 其间,竟陵派虽遭钱谦益诸人之猛烈批判而渐趋不振,但七子诗风却分别为北方之山左、中州诗人及江南之云间诗人所继承发扬。而宗宋诗风更是风靡大江南北,"国初诸家,颇以出入宋诗,矫钩棘涂饰之弊"④。

清初诗坛这种"诸体咸盛"局面,在王士禛及神韵诗派崛起以后,逐渐归于一统。正如《四库全书总目提要》所指出的:"当我朝开国之初,人皆厌明代王李之肤廓,钟谭之纤仄,于是谈诗者竞尚宋元。既而宋诗质直,流为有韵之语录;元诗缛艳,流为对句之小词。于是士禛等以清新俊逸之才,范水模山,批风抹月,倡天下以'不著一字,尽得风流'之说,天下遂翕然应之。"⑤

王士禛神韵派诗学主张流布天下,也意味着清初诗坛风尚整体上由"变"趋"正"的巨大转型。由于明清易代所导致的社会心理创伤,清初诗歌风尚,普遍以伤怀追悼黍离之音为主。题材多系亡国战乱事迹,并往往抒

---

① 赵执信:《冯舍人遗诗序》,《饴山文集》卷二,《清代诗文集汇编》第 210 册,上海:上海古籍出版社,2010 年,影印本,第 347 页。
② 张惣:《与友论历下竟陵书》,《尺牍新钞》卷十,上海:上海杂志公司,1935 年,第 261 页。
③ 陆次云:《皇清诗选序》,《北墅绪言》卷四,《四库全书存目丛书》集部第 237 册,济南:齐鲁书社,1997 年,第 373 页。
④ 纪昀总纂:《四库全书总目提要》卷一百九十,石家庄:河北人民出版社,2000 年,第 5207 页。
⑤ 纪昀总纂:《四库全书总目提要》卷一百七十三,第 4528 页。

发对亡明的怀念，正如宋徵舆在作于顺治十二年前后的《书钱牧斋列朝诗选后》所指出的："时鼎革未久，文字中或关涉时事，多触忌讳，诗歌中尤甚。"① 而诗歌风格亦以悲慨苍凉变雅之音为主："今四海干戈未宁，独风诗为盛，贫士失职之赋，骚人怨愤之章，宜其霞蔚云属也。"② 这种"皋羽之恸西台，玉泉之悲竺国，水云之苕歌，谷音之越吟，如穷冬冱寒，风高气栗，悲噫怒号，万籁杂作，古今之诗莫变于此时，亦莫盛于此时"③ 的悲慨变雅之音，正是清初诗歌创作的主旋律。

到了康熙时代，随着时间推移，政局逐步安定，明清易代所遗留的历史创伤也在逐渐消泯。社会心理趋向稳定，盛行于清初"悲噫怒号"的变雅悲歌，逐渐为雍容平易的正雅之音所取代。邓汉仪《诗观初集》之自序，对这一变迁过程，阐述甚详：

> 当夫前朝末叶，铜马纵横，中原尽为荆榛，黎庶悉遭虔戮。于是乎，神京不守，而庙社遂移，有志之士，为之哀板荡，痛化离焉。此其时之一变。继而狂寇鼠窜于秦中，列镇鸱张于淮甸，驯至瓯闽黔蜀之间，兵戈罔靖，而烽燧时闻，此其时为再变。若乃乾坤肇造，版宇咸归，使仕者得委蛇结绶于清时，而农人亦秉耒耕田，相与歌太平而咏勤苦，此其时又为一变。④

邓汉仪在此处提及清初诗歌之"三变"，第一变，其社会背景是明末以来战乱，以及明朝覆亡；第二变，显然是指清人入主中原后与南明政权及各地反清势力的战争。这两个时期，也是华夷观念高涨，故国之思洋溢的时期。因而诗坛风气，主要以忧时悯乱和追悼故国为主，是变雅之音。第三

---

① 宋徵舆：《书钱牧斋列朝诗选后》，《林屋文稿》卷十五，《四库全书存目丛书》集部第215册，第420页。
② 施闰章：《毛大可诗序》，《学余堂文集》卷六，《施愚山集》，第1册，合肥：黄山书社，1992年，第115页。
③ 钱谦益：《胡致果诗序》，《牧斋有学集》卷十八，上海：上海古籍出版社，1995年，第800—801页。
④ 邓汉仪：《诗观初集序》，《诗观初集》，《四库禁毁书丛刊》集部第1册，北京：北京出版社，1997年，第190页。

变,则是顺治晚期以迄康熙时代,各地残明势力逐渐被平定,人心思稳,社会经济逐渐发展复苏时期。这种时代背景和社会心理剧烈变革,必然表现在诗歌创作方面。

而王士禛所代表的神韵派诗学,恰恰符合康熙时代时局稳定以后士人"结绶于清时""相与歌太平"的心理需求,因而能取代上述"哀板荡,痛仳离"变风变雅之音,达到"天下遂翕然应之"的效果。正如陈维崧所指出的:

> 胜国盛时,彬彬乎有雅颂之遗焉。五六十年以来,先民之比兴尽矣。幼眇者,调既杂于商角;而亢戾者,声直中夫鞞铎。淫哇噍杀,弹之而不成声。……新城王贻上先生,性情柔澹,被服典茂。其为诗歌也,温而能丽,娴雅而多则,览其义者,冲融懿美,如在成周极盛之时焉。……先生既振兴诗教于上,而变风变雅之音渐以不作。读是集也,为我告采风者曰:"劳苦诸父老,天下且太平。"诗其先告我矣。①

综上所述,以康熙十八年之博学鸿词科为界,清代士人心态及文坛风尚,均出现较大转型:清朝政局趋向安定,而士人对清王朝的排斥情绪也随之淡化;王士禛以康熙帝拔擢而进入翰林院,成为新一代诗坛盟主,而他所倡导的神韵派诗风也随之广布天下,使清初"诸体咸盛"多样化风格归于一统,改变了清初诗风以悲慨变雅之音为主的局面,代之以"冲融懿美"、歌咏太平的正雅之声。因而,将康熙十八年博学鸿词科之前的诗歌创作定位为"清初诗",是较为合适的。

(二)清初京城诗坛之繁荣

而本书于清初地域文学中,特选京城诗坛为研究对象,则是因为,自元代开始,北京就是全国首都与政治中心,一直延续到明代。清人入京后,北京仍然继续作为清王朝首都,而京城诗坛亦作为清王朝"文治"的重要组成部分,出现了高度繁荣局面。陶樑在《国朝畿辅诗传》"凡例"中描述道:

---

① 陈维崧:《渔洋诗集序》,《王士禛全集》,济南:齐鲁书社,2007年,第139—140页。

> 声音之道与政通，教化之行自近始。畿辅为首善之区，我朝定鼎以来，重熙累治，垂二百年，文治聿兴，人才蔚起。和其声以鸣盛者，指不胜屈。……我朝开国之初，畿辅人才，应运而生。顺治丙戌会榜，几得一百余人，率多扬历中外，位望通显。①

清初高官文人和著名选家魏裔介，在编纂清初诗歌总集《溯洄集》时，曾有这样的感叹："余向在京师，常览天下风雅之章数十万言，择其隽永者付之剞劂，名《溯洄集》。凡策名通籍者，固多裒录，其于山林之士，尤倦倦留意焉。"② 魏裔介从通籍以后，一直在京任职。他能收录到大量文学作品，而且是涵盖了"策名通籍者"和"山林之士"等各种不同身份地位的文人作品，显然与他身处京城有关。这也从侧面反映出，清初京城诗坛繁荣与驳杂状况。

在清初全国之诗学地域格局中，京城诗坛无疑是最重要的诗歌创作中心之一。蒋寅在《清代诗学史》中指出，清初诗学地域格局主要建立在华北、江南两个中心基础上，这与明代南北两京基础上形成两大主流文化圈相符。③ 而当时重要诗歌选本遴选各地诗文的情况，也正能印证蒋寅的观点。仅以纂于康熙前期之邓汉仪《诗观》诸集统计结果来看，所收录清初诗人诗作，有两个较集中的区域，其一是江浙地区，《诗观》诸集中江南和浙江两地诗人达1236人，超过了《诗观》所收诗人总数的68%，这一方面与邓汉仪本人生活在这一区域，熟悉这一区域诗人情况有关；更重要原因则是江南地区因其经济发达及地域文化，在明清以后成为全国经济文化中心。而《诗观》诸集中，另一诗人诗篇集中区域，就是京师及周边地区。《诗观》诸集所收京畿诗人100余人，约占总数的1/18。

需要注意的是，《诗观》诸集收录京师诗人数量，并不能涵盖当时京城诗人全部。很多诗人虽然在京城长期定居生活并从事诗歌创作，却因并非京籍而被划入其他地域。若活跃于清初顺治时代京城诗坛上的"京师三大家"

---

① 陶樑：《国朝畿辅诗传·凡例》，《续修四库全书》集部第1681册，上海：上海古籍出版社，2002年，第2页。
② 魏裔介：《陆何异灌余集序》，《兼济堂文集》卷六，北京：中华书局，2007年，第137页。
③ 蒋寅：《清代诗学史》，北京：中国社会科学出版社，2012年，第131页。

"燕台七子"、活跃于康熙初年之"海内八家",以及在康熙初年主盟京城诗坛,号称诗坛"职志"的龚鼎孳等,皆非京籍,也未被《诗观》列入京城诗人。如果把这些旅居京城的"客卿"也阑入京城诗人范畴,京城诗坛在清初各地域文化圈中的成就与重要性,更不可估量。

二、京城地域文学独特性

京城诗坛所属地域的文化特色是:作为"辇毂近地""风化首善"而受到政治更大影响,因而其文学往往具有更浓厚的官方色彩。"燕京幽蓟,风化首善,如周之丰镐。""畿辅为辇毂近地,较之前汉,乃左冯翊右扶风,比其沐浴于圣化,而以仰承至意,鼓吹休明者,尤非他省所可跂及。"① 这种台阁风气与北人原有的"燕赵悲歌"地域文化相结合,即呈现"以燕赵悲歌之旧俗,钟崆峒载斗之奇气,又习见声名文物,典章沿革,比于汉之西京东都,其人才彬彬,譬诸深山大泽,龙虎变化"② 的特殊面貌。

另一方面,京城所不同于其他地域的最大特色在于,其人口构成具有"五方杂处"的驳杂特征。正如《隋书》所指出的:"京兆王都所在,俗具五方,人物混淆,华戎杂错。"③ 这种人口构成上"人物混淆,华戎杂错"的特点,在交通不发达且民众安土重迁的古代中国,只有包括京城在内少数大都市才能达到。所以,京城能广泛融汇全国各地文化,其文学面貌也呈现出"俗具五方"的多元化特点。作于康熙三十五年的费锡璜《国朝诗的序》,对此阐释甚明:

> 吴越之诗婉而驯,其失也曼弱;楚蜀豫章之诗,勇于用才使气,其失也剽而争;中原之诗雄健平直,其失也板而乏风致。京都杂五方之风,山左颇染三吴之习。前朝闽诗胜于粤,今粤中之诗,遂与中原吴楚争衡。此天下诗之大较也。④

---

① 陶樑:《国朝畿辅诗传·自序》,第1页。
② 龚鼎孳:《畿辅人物志序》,《定山堂文集》卷一,《龚鼎孳全集》,北京:人民文学出版社,2014年,第1548页。
③ 魏徵、令狐德棻:《隋书》卷二十四,北京:中华书局,1973年,第817页。
④ 费锡璜:《国朝诗的序》,陶煊、张璨辑《国朝诗的》,《四库禁毁书丛刊》集部第156册,第439页。

费锡璜对康熙时代吴越、楚蜀、中原、山左、闽粤等地诗风特点，都有精当概括，唯独对京城诗坛定义是"杂五方之风"而并无一定之规。这正是京城诗坛所不同于其他地域文化圈之最大特色：京城地域文化圈中所活跃文人，大多数并非本地土著，而是来自全国各地，他们将各地不同文化传统带到京城。正如申涵光《乔文衣诗引》所指出："京师者，诗之薮泽也。如贡税然，四方所产，梯航而集于上国。"①

（一）清初京城诗坛"五方杂处"之多元化特征

1. 清初京城诗人来源

清初各地文人"梯航而集于上国"，汇集到京城主要途径，大致有四类：入仕、应举、干谒、访友。

其一，入仕为官，这是清初文人定居于京城最重要途径。京城作为中央政权所在地，在中央任职内阁及六部各司官员，数量相当可观，其中颇多诗文名家。他们作为仕宦诗人，构成了京城诗坛重要组成部分，如"京师三大家""燕台七子""海内八家""金台十子"，身为"江左三大家"之一的京城诗坛"职志"龚鼎孳、神韵派宗主王士禛等，皆是在京仕宦文人之佼佼者。而"江左三大家"另一重要成员吴伟业，也曾因北上仕清而在京居住数年，在京颇有创作成果和文学交流活动。

在常驻京城仕宦诗人之外，还有入京地方官员。清代每三年一次大计，还有地方官员觐见制度，使得大量地方官员也能借此入京，展开文学活动，为京师与各地文学交流创造了条件。

仅以康熙初年"海内八家"形成为例，就可知文人进京入仕，所给予京城诗坛的影响。"海内八家"是康熙初期京城较有影响力的文人社团之一。它的得名，源于康熙十年吴之振入京，选宋琬、曹尔堪、施闰章、沈荃、王士禄、程可则、王士禛、陈廷敬八人作品为《八家诗选》。这个文学团体成员，全都是顺康时代入仕的新贵诗人，且都曾任京官。而他们由四面八方汇集到京城，组成文学社团过程，皆源于入京为官。

其二，入仕之外，科举应试也是京城吸纳各地文士的重要途径。京城系

---

① 申涵光：《乔文衣诗引》，《聪山集》文集卷二，《四库全书存目丛书》集部第207册，第495页。

全国士人参加科举会试目的地,必然能汇集来自全国各地大量文士。正如郑方坤所言:"时海内名士之翕集长安市者,川鹜星奔,多用举子业为贽。"①陶樑《国朝畿辅诗传·凡例》亦指出:"都会之地,四方辐凑,每值开科之岁,担簦负笈,多士来观上国之光。"②

这些入京应试士人,有些在京城诗坛上来去匆匆,未能造成较大影响;但也颇有不少士人在应举不第后仍然滞留京城,在京广为结纳,进行文学交际活动。以云间派后学名家田茂遇为例,他在顺治时代曾两度入京应试,分别在顺治十二年至十三年,以及顺治十五年。落第后,他寄居都下,在京城进行了大量文化活动,其中最著名者当属选刻《皇清文选》。而通过这些文化活动,他也得以结交了不少京城名士。京师士林名流如龚鼎孳、王崇简、魏裔介、吴伟业辈皆相与倡和,使得他名噪京城。田茂遇《燕台文选·凡例》:"乙未夏秋之交,余下第,留滞长安。……因而辇下诸先辈及同人有以诗见投。"③而田茂遇作为云间派后期代表诗人之一,在京城广为结交,也显然有助于云间派诗学理念在京城传播。

康熙十八年举行博学鸿词科,更使得各地大量文士聚集到京城。与其他科举会试不同的是,博学鸿词科所招揽的是已经成名"奇才硕彦、学问渊博、文藻瑰丽"者,故而应诏入京人员文化学术水准之高、声名之显赫,更非一般无名年轻后进举子可比。正如方苞所言:"时诸公方以收召后学为名,天下士负时誉者皆聚于京师。"④仅以有诗名于当世中试成员来看,即可列出施闰章、彭孙遹、陈维崧、朱彝尊、汪琬、徐嘉炎、尤侗、徐釚、曹禾、潘耒、严绳孙、毛奇龄、倪灿、丘象随、李澄中、秦松龄等长长一串名单。至于被征辟入京却未应试或未入选者如傅山、邓汉仪、孙枝蔚等,更是指不胜屈。

如此数量众多、地域广泛的各地名士耆宿齐聚京城,对文化事业的影响不可估量。仅以清诗编选为例,北上应试清初著名选家邓汉仪,即明言其《诗观三集》的编纂直接得益于京城博学鸿词盛会,《诗观三集》中所收录

---

① 郑方坤:《国朝名家诗钞小传》卷三,台北:明文书局,1985年,第313页。
② 陶樑编:《国朝畿辅诗传》,第3页。
③ 田茂遇:《燕台文选·凡例》,《燕台文选》,《四库禁毁书丛刊》集部第122册,第266页。
④ 方苞:《梅徵君墓表》,《方苞集》卷十二,上海:上海古籍出版社,1983年,第335页。

诸多诗集,皆系他在京城搜集而得:

> 适朝廷有征辟盛典,当事谬举衰朽,力辞不获,乃买舟北上。于时魁奇俊伟之士,鸿才博学之儒,云集京师,飞词振采,皆极一时之盛。独余留滞都门,深知衰朽之质,不足以扬休盛代,日望还山,得遂养亲之志。而四方之士,辱蒙不弃,咸以诗稿见投,充盈箧筒。……余也不敏,亲提铅椠来京,又值天下名家聚会之日,投诗满案,无异取琅玕于阆风之苑,探奇珍于罔象之渊,不诚一代之巨观哉?①

其三,在入仕与应试之外,还有为数不少的布衣寒士,入京干谒权门,依人糊口,希图求取物质资助和成名机会。龚鼎孳《张寄亭云门稿序》:"今天下挟策游京师者以数十万计,然拔帜登金马之门,联镳问东华之路,斐然有作,为时称首,仍指不多屈。"② 这些人虽然不愿或暂时不能正式进入仕途,但仍然长期在京城混迹,"既不得志于有司,徒用明经高第来京师,又以贫不能促装"③。而他们生活来源,则或源于卖文:"以文卖黄金,乃为八口故。……诗成走使趣,酒座登车赴。一心役万感,半日裁十赋。"④ 或依赖于高官友人馈赠施舍:"何当种瓜者,终日诣萧曹。喋喋调簧舌,耽耽食土毛。"⑤

以"燕台七子"成员陈祚明为例,他因易代后家族败落,在顺治后期至康熙前期,长期以"山人"身份游食于京城,辗转于严沆、胡兆龙、王崇简、龚鼎孳等高官府邸,寓居京城长达十九年,最后客死京城。其往来唱酬多为名士公卿:"乃有燕山之役,贵游拭目倒屣,咸交胤倩为重。……二十年来,京邸之有胤倩,如君卿之于汉,淳于之于齐,隐然为世所瞻仰。"⑥

这类受到高官友人资助供养,而长期在京城定居的布衣文士,还有很

---

① 邓汉仪:《诗观三集序》,《诗观三集》,《四库禁毁书丛刊》集部第2册,第507—508页。
② 龚鼎孳:《张寄亭云门稿序》,《定山堂文集》卷五,《龚鼎孳全集》,第1665页。
③ 龚鼎孳:《无圣历试草题辞》,《定山堂文集》卷二,《龚鼎孳全集》,第1587页。
④ 陈祚明:《八月病中作》,《敝帚集》卷十一,《稽留山人集》,《四库全书存目丛书》集部第233册,济南:齐鲁书社,1997年,第566页。
⑤ 陈祚明:《偶吟十二首》,《敝帚集》卷二十,《稽留山人集》,第667页。
⑥ 顾豹文:《稽留山人集序》,《稽留山人集》,第447—448页。

多，其中也不乏恪守气节、不仕清廷的遗民文人。纪映钟就是一例。他作为江南著名遗民诗人，在康熙二年应龚鼎孳以"总角交"名义之邀，赴寓京师，在京生活达十年之久。直至龚氏去世，方才南归。

其四，还有一些布衣文士，或因访友，或因办理事务而短期入京。与那些依人而居的清客山人不同，这一类文士多半来去匆匆，并未在京长期定居，但在短期居留京城期间，仍然进行了一定创作和文化交流活动，留下一些痕迹，对京城诗坛有一定影响。

河北遗民诗学流派"河朔诗派"代表人物申涵光，在顺治十年因请父恤而入京，在京展开大规模文化交流活动："自是诗文相往来无虚日，长安士夫高才博学，蜚声艺苑者，莫不求识面，愿结邻，巷中之车满矣。"① 此后，申涵光一方面为了探访在京友人如魏裔介等，一方面也是为了看望在京为官的弟弟申涵盼，曾多次入京。虽然申涵光不愿出仕，且多次婉拒友人举荐，但他在京城频繁活动，还是让他在京城诗坛上名声大振，且推动了河朔诗派在京城传播流布。

综上所述，由于京城作为"五方杂处"之地有其特殊性，能够广泛吸纳各地文人。他们或因入仕，或因应举，或因谋生，或因访友而来到京城，也将自身原有之地域诗学文化带到了京城诗坛上。所以，清初京城诗坛情形异常复杂，京城文人不仅数量可观，且其身份和所属地域文化皆极为驳杂。

2. 清初京城诗人身份与地域多元化

清初诗坛上"在朝"文人和"在野"文人，数量都极为可观。仅以政治身份划分，既有龚鼎孳、吴伟业、王铎、薛所蕴、刘正宗、王崇简、梁清标一类身事两朝之"贰臣"诗人；又有宋琬、施闰章、魏裔介、冯溥、丁澎、曹尔堪、王士禄、王士禛、陈廷敬这一类入清后方入仕的新贵诗人；更有如陈祚明、田茂遇这类或游食豪门、或卖文为生的布衣游士；甚至还有申涵光、纪映钟、阎尔梅、胡介、方文、邓汉仪这类虽然坚不仕清，然因入幕或探亲访友而短期往来或一度寓居京城的遗民诗人。上述诗人虽然身份不同，政治立场更是迥异，却皆为京城诗歌创作添砖加瓦，共同构成了清初京城诗坛繁荣局面。

---

① 魏裔介：《申凫盟传》，《兼济堂文集》卷十一，第299页。

文人之身份之外,复以地域籍贯而论,清初京城诗坛也呈现出多元化局面。仅以顺治时代京城诗坛风云人物"燕台七子"为例,三人系北籍,四人为南籍;其中,宋琬系山左诗人,张文光、赵宾系中州诗人,施闰章为宣城派创始人,丁澎、严沆与陈祚明则皆源于云间派。"燕台七子"这一文学团体,堪称是囊括了各种地域及流派诗坛佼佼者。

　　在中国古代,文人团体缔结,往往限于本土乡邦地域范畴,自宋代江西诗派直到明末公安派、竟陵派,以及清初虞山诗派等无不如是。而像"燕台七子"这类成员籍贯和文化背景迥异的文人团体,基本上只能在"五方杂处"的京城诗坛形成。京城诗坛这种"四方所产,梯航而集于上国"独一无二的特色,必然使得它的地域文化呈现出驳杂而又富有包容性的特点。

　　关于清初京城诗坛此种地域文化多元化的复杂状况,清初著名选家黄传祖在成于顺治十二年的《扶轮广集》凡例中,有一段极为详细而重要的描述:

　　　　畿辅首善地,近日倡兴古学,有青坛、岩荦、玉立、敬哉、箕生、犹龙、坦园、胥庭、石生诸公,赤帜菽林,海内望风奔走,家讽户弦。诸生申鬼盟,秀掩王孟,遂空冀群。公狄、严公,虽散居四方,各建旗鼓,能不瓣香所自?

　　　　诗学至中州观止矣。自觉斯先生领袖振起,孟县、新乡,鼎足唱和,追美盛唐,何数嘉隆。栎园、云斋、公朗、顾公、笔公、朝宗,予最心折。在诗源见禹峰峡川歌,方叹美之;未夏适寄全集至浙中,老气横放,虎睨词坛。中州霸天下哉!

　　　　山左从历下执耳后,今日玉帛又会。安丘相国外,韫退、野鹤、皆表、北海、黄石、玉叔,披坚陷阵,莫当其锋。惜不得孙少宰稿。伊璜云:满冀元绝句奇绝,猝难简,网漏珊瑚矣。

　　　　续集莫购山右一字,至京师,得东谷、环溪二集,击节希有。雷泽雄宕,淡足浑劲,秋水耸秀,讷生空逸,皆晋中巨擘。开来一律,授自修远,未窥全豹。班文蔚如,未易涯际。

　　　　江南近习,专尚风藻,气骨稍薄。卓然不朽,如坦庵、梅村、芝麓、茧雪四公,各自擅场,不相仿佛,足当四大家。密之太史近诗精奥，苦无从购。与治、于皇、澹心、伯紫，久擅金陵；友沂、穆倩、孝威、半千、园次、定九，纵横江上，偏师锐甚。楚州丘陆马靳，壁垒森严可畏，端在金陵淮扬间哉！

越诗有相国司农，便如台雁两山，岩峣云表，他岫咸俯备儿孙列。日来萧然一旅，已执螯先登。肯舍筏穷源，三唐唾手，大声大可，功不小矣。越郡士女济济，尤迥他方，至环颈箕裘嘉善曹、海宁陈外，更津津雪中不器乔梓。

续集多楚诗，皆高汇旃学宪携归相授。又有王念尼司寇诗翼，及麻城社刻，故借鼎不一。今仅得同人、诞先、阮仙、念袭、方中、处厚、休庵，足张全楚。嗣有驿梅，尚毋金玉。三原孙豹人，峭骨雄姿，关中后劲。其国风备前例，兹不赘。

江右雪堂、遂初、伯甘三公，鼎峙一省，亦如天中。二熊俱览全集，独不得黄门稿。犹龙太史授数首，光气已自烛天，容购之以完未备。王于一诗文妙天下，穷不自支。孟津虽有西州之恸，合肥方柄政，不为相如四壁愁也。①

《扶轮广集》所收录作品，大部分系黄传祖在顺治十一年游京师时，在京搜罗所得："今梓行者，大半甲午京师携归。"② 张缙彦序亦指出："（黄传祖）于是北游齐梁燕赵，览督亢地图，登金台，纵观帝王都会，山川边塞。一时钜公名卿文人墨士以诗鸣者，皆投赠满奚囊矣。"③ 故《扶轮广集》所收录诗人诗作，极能反映顺治中期京城诗坛面貌。而京城诗坛"五方杂处"特征，也在此集中体现得淋漓尽致：

河北籍诗人。这一地区在明代诗名不显，少有名家问世，但到了明清之际，却出现了兴盛局面："河朔之诗大振，滹沱钜鹿，燕山瀛海，高阳鄡城之间，作者林立。"④ 其地域文化传统，正如申涵光所言："盖燕赵山川雄广，士生其间，多抗爽明大义，无幽滞纤秾之习。故其音闳以肆，沉郁而悲凉，

---

① 黄传祖：《扶轮广集·凡例》，顺治十二年黄氏依邻草堂本。
② 同上。
③ 张缙彦：《扶轮广集·序》，顺治十二年黄氏依邻草堂本。
④ 龚鼎孳：《刘简斋先生诗序》，《定山堂文集》卷五，《龚鼎孳全集》，第1651—1652页。

气使然也。"① 故黄传祖以"倡兴古学"四字概括。黄传祖所提及之畿辅诗人，若王崇简、梁清标、杨思圣、魏裔介等，皆系长期活动于京城诗坛之高官文士，而申涵光虽无官职，却也以遗民诗学团体"河朔诗派"主将身份，长期活跃于京城诗坛。

中州、山左诗人。这两地诗坛由明代起，即传承前、后七子复古派流风余绪，诗学汉魏盛唐，故黄传祖以"追美盛唐，何数嘉隆"为之定性。入清以后，由于清廷在选用官吏方面向北籍倾斜，因而朝中官员颇有大量来自河南、山东各地，他们也将自身所属地域文化带入京城。黄传祖所提及中州诗人中，王铎、薛所蕴皆系"京师三大家"成员，作为北籍高官文人活跃于顺治时代京城诗坛上；张文光则为"燕台七子"成员。他们在京唱和活动，把中州诗学普及到京城："斗斋一集，海宇诵弦。尔时唱和诸公，有王文安、薛行屋、彭禹峰、赵锦帆，皆中原麟凤，继趾联翩，一洗公安竟陵陋习，而北地信阳之本来面目，于焉复睹。"② 而黄传祖所提及之山左诗人，更是大半都以京城为主要活动地。其中，刘正宗系"京师三大家"成员，宋琬为"燕台七子"成员，他如赵进美、丁耀亢等，也系顺治时代长驻京城文坛名流。黄传祖以"中州霸天下"，"（山左）披坚蹈阵，莫当其锋"描述清初京城诗坛格局，实非夸张。

山西诗人。清初山西诗学成就较有限，直至康熙时代方有"海内八家"之一陈廷敬领袖三晋诗坛。是故黄传祖纂于顺治八年《扶轮续集》竟未收录晋诗。但此次黄传祖在京，仍然借由京城诗坛"五方杂处"之便利条件，得以收录"虽无文采，而不失雅正"③的白胤谦，和"喜吟咏，而诗文皆非当行"④的魏象枢等多位山西籍高官文人，以为顺治时代晋诗表率。

江南地区在整个明清时代，一直是当之无愧的全国诗学中心，而江南诗人之清词丽藻，也远播京城。黄传祖所举之江南"四大家"中，有三家皆与京城有极为密切联系：龚鼎孳一直是京城南籍诗人领袖，且在康熙初年成为京城之诗坛"职志"。方拱乾与吴伟业，也曾在京城诗坛活动。特别是顺

---

① 申涵光：《畿辅先贤诗序》，《聪山集》文集卷一，第 474 页。
② 李时灿辑：《中州诗征》卷一，经川图书馆刻本，1936 年。
③ 邓之诚：《清诗纪事初编》卷六，上海：中华书局上海编辑所，1965 年，第 727 页。
④ 邓之诚：《清诗纪事初编》卷六，第 729—730 页。

治十一年黄传祖入京，正是吴伟业被征入京为祭酒，在京城诗坛上比较活跃时期，其"梅村体"叙事诗在京城盛极一时。而号称"钟山遗老"，在江南遗民诗人中名气极大的纪映钟，顺治十一年也在京城。韩诗《戆叟诗选序》："壬辰春，余以师命再游长安，明年夏，叟亦受御史大夫赵公聘，相遇于京洛。"①顺治十二年在黄传祖离京后，更有淮扬名家邓汉仪、云间派后学吴懋谦、田茂遇等汇集于京城。京城这一北方诗学重镇，不但与江南遥相呼应，而且江南诗学之流风余绪，也早已远播到京城。

浙江在清初素有遗民传统，入京为官及应试者不如江南数量庞大，但浙诗在清初之京城亦不乏有代表性名家。黄传祖所举例之高官文人陈之遴、曹溶，以及后来"海内八家"之一曹尔堪，皆系长驻京城诗坛的浙籍诗人。

湖广地区在晚明时代系诗学重镇，公安、竟陵二派，风靡全国。但入清后两派即逐渐式微，黄传祖所述其编纂《扶轮续集》时尚多楚诗，然此次入京则所获寥寥，仅得刘肇国（阮仙）、韦成贤（念莪）、项始震（方中）数人，皆不以诗名。乃至如刘侗（同人）、孟登（诞先）、高塞（处厚）等，皆系前明文士，可知湖广诗学在清初之衰敝，在数千里外之京城诗坛也可略见一斑。

3. 清初京城诗坛文学流派多元化

也正是由于京城这一"五方杂处"多元化高度包容的特征，清初京城诗坛往往成为各类不同文学流派汇集地，呈现出门户林立却又能各自相安无事、生气勃勃的局面。直到王士禛进入翰林院，以高官身份首倡神韵说并流布于天下以后，京城诗坛此种纷杂局面，才逐渐归于一统。

以明代各文学流派而论，除了竟陵派因入清后严重式微，在京城诗坛上影响力不大；其余各家流派，几乎都在清初京城诗坛上有一席之地。正如宋徵舆《周栎园诗第八刻序》所指出："夫今之为诗者，北地者北地，济南者济南，云间者云间，即竟陵者亦竟陵。"②宋徵舆此文作于顺治七年冬，"自燕京归"之时，而他此前一直在京任职。他所慨叹之诗坛门户林立情状，极有可能是来源于他对京城诗坛所思所感。而以顺治时代京城诗坛格局来看，

---

① 韩诗：《戆叟诗选序》，《真冷堂诗稿》附录，清顺治刊本。
② 宋徵舆：《周栎园诗第八刻序》，《林屋文稿》卷四，第297页。

宋徵舆的描述实非夸张。

仅以七子复古派而论，京城诗坛即明确分为"历下"与"云间"两路，分别体现出七子复古诗风在北方与江南传播的不同形态。前者出现了以七子传人自命的"京师三大家"："觉斯先生大昌明此指，其为空同有余；予固不敢望信阳；宪石集出，其于历下何多让焉？"① "三大家"出身七子故里中州、山左，以七子正统自居，强调七子的北人本色，对阑入六朝艳体的云间派亦表示不满："云间诸贤乃欲以藻丽胜，失则艳。……艳亦齐梁之后尘也。"② 而顺治时代京城诗坛之风云人物"燕台七子"亦明确声称，他们结成这一文学团体是效法后七子："大梁则张子文光、赵子宾，宣城则施子闰章，钱塘则丁子澎、陈子祚明，并灏亭与余而七。仿王李宗梁之遗事，有燕台七子诗行世。"③

而来自江南、濡染六朝风习的七子变体云间派，亦有大量名家在京活动。仅以明末云间派创始人"云间三子"陈子龙、李雯、宋徵舆而论，其中李雯、宋徵舆两人在入清后，皆曾以京官身份定居于京城并活跃于京城诗坛。其余若周茂源、田茂遇、吴懋谦等云间后劲，也曾在京城诗坛上崭露头角。

而清初极为兴盛的宋诗派，更是以江南归来的王士禛兄弟为主将，在清初京城诗坛上蔚成风气。康熙十年前后活跃于京城之"海内八家"，已有半数宗宋；数年后风靡京城诗坛的"金台十子"更是十之七八皆染宋调。毫不夸张地说，康熙初期的京城诗坛，已与浙派发源地浙江成为分列南北的宋诗派两大重镇。宋诗派名家吴之振在康熙十年携《宋诗钞》入京时，即惊诧于京城诗坛的宗宋气氛："余辛亥至京师，初未敢对客言诗，间与宋荔裳诸公相游宴，酒阑拈韵，窃窥群制，非世所谓唐法也。"④ 而到了康熙十八年博学鸿词科举行的时候，京城诗坛宗宋氛围之浓厚，已经到了令江南宗唐

---

① 薛所蕴：《刘宪石通斋诗序》，《澹友轩文集》卷三，《四库全书存目丛书》集部第 197 册，第 41 页。
② 薛所蕴：《沈绎堂钓台集序》，《澹友轩文集》卷三，第 47 页。
③ 宋琬：《严母江太孺人七秩寿序》，《安雅堂全集》卷十，上海：上海古籍出版社，2007 年，第 480—481 页。
④ 吴之振：《八家诗选·自序》，《四库禁毁书丛刊补编》第 57 册，北京：北京出版社，2005 年，第 539 页。

派文人毛奇龄大声惊呼"一入长安，反惊心于时之所为宋元诗者，以为长安首善之地，一时人文萃集，为国家启教化，而流俗蛊坏，反至于此"① 的地步。

即使是"久为海内所诟詈，无足言者"②，"近日学诗者，皆知竟陵为罪人之首"③，入清后屡遭攻击而趋向式微的竟陵派，在京城亦不乏支持者乃至传人。若王崇简青年时代学诗于竟陵名家于奕正，堪称竟陵嫡派传人，宋徵舆言其"起家宗陶孟，以自然为则，已而曰：不知者将谓我从竟陵"④。而为竟陵张目，主张调和七子竟陵争端的更是不乏其人。"燕台七子"之一的陈祚明编选《采菽堂古诗选》，明确主张"予之此选，会王李钟谭两家之说，通其蔽，折衷焉"⑤。在顺治时代颇有影响力的京城高官文士兼诗歌选家魏裔介，亦主张"磊磊富琼枝，宁独杜与李。历下重格调，竟陵采幽旨。……镇以中和音，万物返其始"⑥。足见京城诗坛对竟陵派的态度，绝不似其他地域文人那般视如寇仇，而是相当包容的。

（二）清初京城诗坛"辇毂之下"的政治色彩

在"五方杂处"的多元化特征之外，京城诗坛还具有一项独有的地域文化特征：京城作为"辇毂之下"的中央政权所在地，其常驻作家群体中有相当部分是清廷官员，所以，京城文学的发展必然会受到政治较大影响。其中既有清廷作为新兴王朝对于自身"文治"事业的建设，也必然会有政权对文化领域的控制和规训。

作为汉化程度较高的少数民族政权，清政权的统治者对于文化建设相当重视。虽然在清初，由于各地反清势力犹存，政治军事层面的需求更为迫切，政权对文化的系统性控制与规训尚提不上议事日程，因而文学领域受到政治制约较少，甚至如宋徵舆在作于顺治十二年前后的《书钱牧斋列朝诗选

---

① 毛奇龄：《何生洛仙北游集序》，《西河集》卷四十五，《文渊阁四库全书》集部第1320册，上海：上海古籍出版社，2003年，第390—391页。
② 申涵光：《蕉林诗集序》，《聪山集》文集卷一，第478页。
③ 徐增：《与申勖庵》，《尺牍新钞》卷八，第213页。
④ 宋徵舆：《王敬哉先生诗集序》，《林屋文稿》卷四，第298页。
⑤ 陈祚明：《采菽堂古诗选·凡例》，《采菽堂古诗选》，《续修四库全书》集部第1590册，第581页。
⑥ 魏裔介：《选唐诗清览集作》，《兼济堂文集》卷十八，第471页。

后》中所指出的，"时鼎革未久，文字中或关涉时事，多触忌讳，诗歌中尤甚"①。但此时的清政权及其最高统治者，已经充分意识到文化建设的重要性。清世祖于顺治八年亲政以后，很快就着手进行文化建设。在顺治十年四月给礼部的一份关于建设学宫、遴选生员的上谕中，他明确提出，清王朝将以"崇儒重道"为执政方向："国家崇儒重道，各地方设立学宫，令士子读书，各治一经，选为生员。……培养教化，贡明经，举孝廉，成进士，何其重也。"② 当年五月，他下旨开设经筵，并起造文华殿，以供日讲。③ 顺治十二年三月，他再一次明确宣布，朝廷将以文治为先："谕礼部：朕惟帝王敷治，文教是先，臣子致君，经术为本。自明季扰乱，日寻干戈，学问之道，阙焉未讲。今天下渐定，朕将兴文教，崇经术，以开太平。"所以，他要求礼部培养和选拔博通经史的人才："凡经学道德经济典故诸书，务须研求淹贯，博古通今。……果有此等实学，朕当不次简拔，重加任用。"并且"传谕内外大小各官：政事之暇，亦须留心学问，俾德业日修，识见益广，佐朕右文之治"。④ 顺治十七年六月，又于景运门内建造直房，令翰林官直宿，以备召见顾问。⑤

顺治帝对"文教"的强调，绝非只为治理国家，他本人也明显表现出对汉文化的喜爱与重视。在尊崇儒术之余，顺治帝以及其后的康熙帝，皆表现出对文学尤其是诗歌的浓厚兴趣。顺治帝"博览群书，内院诸臣，翻译不给"，已经到了狂热的地步，以至于谏官奏言"自古帝王虽孜孜好学，要不过讲明修齐治平之道而止，非若文人之习，以夸多斗靡为长也。……请自今除'四书''五经'以及《资治通鉴》《贞观政要》《大学衍义》，有关政治

---

① 宋徵舆：《书钱牧斋列朝诗选后》，《林屋文稿》卷十五，第420页。
② 《清实录·世祖章皇帝实录》卷七十四"顺治十年四月"条，《清实录》第3册，第585页。
③ 《清实录·世祖章皇帝实录》卷七十五"顺治十年五月"条记载，"谕内三院：朕惟修己治人，大经大法，备载经史，欲与翰林诸臣明其义理。但内院尚非经筵日讲之地，着工部即将文华殿作速起造，以便讲求古训。"(第三册，第590页)
④ 《清实录·世祖章皇帝实录》卷九十"顺治十二年三月"条，《清实录》第3册，第712页。
⑤ 《清实录·世祖章皇帝实录》卷一百三十六"顺治十七年六月"条："谕翰林院：翰林各官原系文学侍从之臣，分班直宿，以备顾问，往代原有成例。今欲于景运门内建造直房，令翰林官直宿，朕不时召见顾问，兼以观其学术才品。"(第三册，第1047页)

者时令日讲诸臣进讲外，其余姑且缓之。"① 宋徵舆在《书钱牧斋列朝诗选后》中，也提到这位年轻的皇帝在亲政后，亲近翰墨文臣，如饥似渴地学习汉家文化、饱览典籍的情形："本朝自世祖亲政以后，崇尚儒术，常召文学之臣，讨论翰墨。燕市所有书籍，稍知名者，无不经御览。"② 顺治时代的汉族权臣陈名夏、陈之遴、刘正宗等，皆系清初著名文士，而这也是顺治帝对他们殊为青睐宠信的原因之一。其余若龚鼎孳得顺治帝"真才子"之褒奖，王崇简、王熙以"父子翰林"而得顺治帝宠任，都是顺治时代著名的文坛佳话。

顺治帝秉政时间虽然不长，但他所主导的官方文化活动已有不少，如顺治十二年九月二十五日"颁御制《资政要览》《范行恒言》《劝善要言》《儆心录》"③；顺治十三年正月初四谕修《通鉴全书》《孝经衍义》；同年二月二十七日，驻南苑阅武，赐宴行宫，群臣各赋五七言律绝每体一首应制，参与者包括吴伟业、龚鼎孳、刘正宗、薛所蕴、梁清标、魏裔介、王崇简、李霨等声名赫赫的京城诗坛名流；顺治十四年二月五日，命儒臣纂修《易经》，同年九月初七初御经筵；顺治十五年秋，猎于南海子，命诸臣作诗以咏，参与者包括魏裔介、李霨、梁清标、王熙等。

在文化建设方面，康熙帝较其父花费心力更多，取得更多的建树。他亲政不久，即在康熙九年的庚戌会试中，推出了恢复制义、增加录取名额、满汉一体会试三大举措，显示出相当明显的重视文教、笼络士人的倾向。主持康熙九年会试的龚鼎孳，敏锐地意识到了这一点："士之弹冠而幸遭逢者有三：一曰复制义，一曰广试额，一曰满汉同科，此天下文明甚盛时也。"④ 其中，恢复制义、增加录取名额，显然是示好于士人特别是汉族士人；而满汉一体应试，更体现出康熙欲推动满清贵族由武功向文治转型的努力。而庚戌会试也因此收录大量人才，成为康熙时代文治复兴的起点。龚鼎孳在《癸丑会试录序》中指出："往在庚戌，臣亦滥竽斯役，其时风气初开，士已蒸

---

① 《清实录·世祖章皇帝实录》卷九十八"顺治十三年二月"条，《清实录》第 3 册，第 765—766 页。
② 宋徵舆：《书钱牧斋列朝诗选后》，《林屋文稿》卷十五，第 420 页。
③ 赵尔巽等：《清史稿·世祖本纪》，《清史稿》卷五，第 142 页。
④ 龚鼎孳：《庚戌会试录后序》，《定山堂文集》卷二，《龚鼎孳全集》，第 1574 页。

蒸有复古之志。甫及三年，载遘盛典，臣曩所举士，分校礼闱者已六人。"①

在先后平定了三藩等反清势力之后，康熙帝更在"文治"建设方面付出大量精力。康熙十六年，他亲制《四书解义》，并在序中说："朕惟天生圣贤，作君作师，万世道统之传，即万世治统之所系也。……历代贤哲之君，创业守成，莫不尊崇表章，讲明斯道。朕绍祖宗丕基，孳孳求治，留心问学，命儒臣撰为讲义，务使阐发义理，裨益政治。"② 在崇儒重道之外，他也明显表现出对诗赋词章的喜爱，康熙十六年三月下旨"翰林官有长于词赋，及书法佳者，令缮写陆续进呈"③。是年十月并"于翰林内选择二员，常侍左右，讲究文义"④。张英、陈廷敬、王士禛等康熙名臣，都因为诗文出众而受到康熙帝的褒奖和提拔。王士禛记载他因为诗歌成就而被康熙帝特旨简拔入翰林院的经过：

> 康熙丙辰，某再补户部郎中，居京师。一日杜肇余（臻）阁学谓予曰："昨随诸相奏事，上忽问：'今各衙门官读书博学善诗文者，孰为最？'首揆高阳李公对曰：'以臣所知，户部郎中王士禛其人也。'上颔之曰：'朕亦知之。'"明年丁巳六月大暑，辍讲，一日召桐城张读学入，上问如前。张公对："郎中王某诗，为一时共推，臣等亦皆就正之。"上举士禛名至再三，又问："王某诗可传后世否？"张对曰："一时之论，以为可传。"上又颔之。七月初一日，上又问高阳李公、临朐冯公，再以士禛及中书舍人陈玉璂对，上颔之。又明年戊午正月二十二日，遂蒙与翰林院掌院学士陈公同召对懋勤殿。次日，特旨授翰林院侍读。⑤

当时的王士禛，职位为户部四川清吏司郎中。他于顺治十五年成进士

---

① 龚鼎孳：《癸丑会试录序》，《定山堂文集》卷二，《龚鼎孳全集》，第1577页。
② 玄烨：《御制日讲四书解义序》，《日讲四书解义》，《文渊阁四库全书》经部第208册，第1—2页。
③ 《清实录·圣祖仁皇帝实录》卷六十六"康熙十六年三月"条，《清实录》第4册，第846页。
④ 同上书，第891页。
⑤ 王士禛：《渔洋山人自撰年谱》，《王士禛全集》，第5084页。

后,未得馆选,一直辗转于地方官吏和部曹任上。以明清官场之惯例,他本无进入翰林院之可能。康熙帝将他特旨选授翰林院,实属超常的提拔。而如此厚恩简拔的根本原因,正是看中了他的"读书博学善诗文""诗可传",能成为清朝"文治"在诗学领域的标杆。

值得注意的是,康熙帝对王士禛诗才的赞赏与破格提拔,绝非心血来潮,而是他进行清王朝"文治"建设的重要组成部分之一。康熙帝从能诗汉臣中物色"文治"标杆的过程,早在数年前即已开始。身为京城诗坛"职志"的龚鼎孳,也曾进入他的考量范围。龚鼎孳记载了康熙十年元日皇帝的一次宣召,其中就包括询问自己是否能诗:

> 上出长春宫,甫升御辇,宣召臣鼎孳名者三。……又问能为诗否,臣对以诗尚学作数句。上颔之曰:"果能作诗。"①

而康熙帝亦对龚鼎孳之文才极为赏识,乃以"文学秩宗"称之:

> 蒙圣主之勉留,已溢恩于望始,且朴遫衰残,谬荷天言,奖以文学秩宗老博士也。②

龚鼎孳作为"江左三大家"之一,是清初贰臣诗人中的佼佼者,也是当时京城诗坛当之无愧的盟主。其诗才曾得顺治帝"真才子"之赞誉。他未能如王士禛那样成为清廷"文治"之代表性诗人,一方面是因为他年命不永,早在康熙十二年即去世;另一方面,由于他身经鼎革,其诗的变雅色彩较重,也不太适宜于代表清王朝新兴之"盛世"诗风。

康熙帝在汉家文化上颇有造诣,他平时"至听政之暇,无间寒暑,惟有读书作字而已"③。时有词臣进颂,以"贫而乐,富好礼"为对,或谓其不

---

① 龚鼎孳:《恭纪盛事》,《定山堂文集》卷十五,《龚鼎孳全集》,第1833页。
② 龚鼎孳:《与李书云》,《定山堂文集》卷二十七,《龚鼎孳全集》,第2119页。以后文"梅村陨星于吴苑"可知,此书必作于康熙十年吴伟业逝世以后。
③ 《清实录·圣祖仁皇帝实录》卷四十一"康熙十二年三月"条,《清实录》第4册,第551页。

工,当以《礼记·坊记》"贫而好乐,富而好礼"为对。康熙帝曰:"犹不如从《史记·仲尼弟子列传》《后汉·东平王论》作'贫而乐道,富而好礼',比偶悉敌,未尝不对也。"康熙帝的学识渊博,颇令汉臣惊叹。宰相冯溥即言:"天下几余,游心典籍,渊博乃尔。吾辈生长寒窗,乃未能古训是式,宁不汗颜耶?"①

而康熙帝对文学风尚的关注,也远远高于其父。他以儒家"温柔敦厚""兴观群怨"的诗教论来规范文学,以忠厚和平的正雅之音为诗家正途:"诗者心之声也。原于性而发于情,触于境而宣于言。凡山川之流峙,天地之显晦,风物之变迁,以至君臣父子夫妇兄弟朋友之间,古今治乱兴亡之迹,无不可见之于诗。……《三百篇》之经孔子删定者,可观、可兴、可群、可怨,极缠绵悱恻之思,皆忠厚和平之意,性情之正也。"②

康熙帝还曾直接干预清初诗坛的唐宋之争:"上特御试保和殿,严加甄别,时同馆钱编修以宋诗体十二韵抑置乙卷。"③康熙帝尊唐抑宋的原因是宋诗与清政权力图建立之"盛世"气象格格不入,且隐约有寄托遗民情思的意味。康熙帝将其"抑置乙卷",实际上是表明宋诗并无成为清代庙堂诗学的资格。

康熙帝对唐宋之争的态度相当明确:在尊唐的基础上,对宋金元明诗兼收并蓄。康熙四十六年,《全唐诗》编成,康熙帝亲自为之作序,明言"诗至唐而众体悉备,亦诸法毕该。故称诗者必视唐人为标准,如射之就彀率,治器之就规矩焉"④。两年后,《御选宋金元明四朝诗》编成,康熙帝亦亲作序言曰:"盖时运推移,质文屡变,其言之所发虽殊,而心之所存无异。则诗之为道,安可谓古今人不相及哉?""士于其时,以其余力兼习有韵之言,专之则易美,兼之则难工。而其至者,亦往往媲北宋而追三唐,岂非人心之

---

① 姚永朴:《旧闻随笔》卷一,合肥:黄山书社,1989年,第23页。
② 玄烨:《诗说》,《圣祖仁皇帝御制文集》初集卷二十一,《文渊阁四库全书》集部第1298册,第198—199页。
③ 毛奇龄:《西河诗话》卷七,《清诗话三编》,上海:上海古籍出版社,2014年,第841页。
④ 玄烨:《全唐诗序》,《圣祖仁皇帝御制文集》三集卷二十,《文渊阁四库全书》集部第1299册,第163页。

灵，日出而不穷者欤？"① 康熙帝明确指出，他在敕命编纂《全唐诗》之后，又令编纂《御选宋金元明四朝诗》，是出于兼收并蓄的目的："近得《全唐诗》，已命儒臣校订刊布海内。……遂又命博采宋金元明之诗。……用以标诗人之极致，扩后进之见闻，譬犹六代递奏，八音之律无爽；九流并溯，一致之理同归。"② 以唐为正统，而不废宋元，充分展示出新兴清王朝"文治"领域既重视"盛世""唐音"，又能广收博览的宏大气概。康熙帝此种诗学理念，对清代诗学影响相当深远。有清一代，宋诗派一直薪火相传，绵延不绝，不能说没有朝廷文化政策兼容唐宋这一理念的影响。

清政权对京城文化圈的作用力，既有直接来自皇帝的推动和规约，更有在京城数量极为庞大的高官文人的参与。他们的地位和名气较高，自身诗文创作成就亦往往可圈可点；既有整饬诗坛的意愿，又有能力、有意愿提携后辈。而京城诗坛这一影响力广泛的平台，正便于他们发挥作用。

清初高官文人热衷于结交名士、崇尚诗文，首先与清初特别是康熙初期"政归八旗"的政治格局有关。顺治时代，清廷之政治制度大体沿袭明制，内阁权柄极重；顺治帝又出于倾慕汉文化以及制衡满洲王族贵胄的目的，而大量启用汉臣为内阁高官，故顺治朝多有汉臣权相，若陈名夏、陈之遴、刘正宗等。但这一现象在康熙时代便不复存在。邓之诚指出："康熙初，政归八旗，汉人若杜立德、冯溥、王熙、宋德宜与焉，皆无所预，仅备文学顾问而已。故皆好与文士游，辞翰亦颇斐然。"③ "是时大学士备位不问政事，虽各兼部务，亦见夺于满尚书，间有建白，无关大政。故冯溥、李霨、宋德宜及熙仅以文学备顾问，暇则结纳名士，竞尚诗文。"④ 故康熙一朝，极少出现汉人权臣，康熙初年之内阁名臣若李霨、冯溥、王熙、熊赐履、张英、高士奇等，也不过"仅以文学备顾问"而已。

而这类文学顾问式的高官名臣，往往将更多精力投放于"文治"建设。以冯溥为例，他一直将振兴"文教"、匡正当世诗风视为自己的本职工作：

---

① 玄烨：《四朝诗选序》，《圣祖仁皇帝御制文集》三集卷二十一，《文渊阁四库全书》集部第1299册，第169页。
② 同上。
③ 邓之诚：《清诗纪事初编》卷五，第613页。
④ 同上书，第611页。

"相国益都先生以道德经术辅佐天子,忧勤宵旰,数年之间,涤除奸顽,兴起文教,功在日月之上。"① 施闰章还记载冯溥曾对当时诗坛"非盛世清明广大之音"的宋诗风盛行表示不满,希望施闰章能与他携手,共同整饬诗坛:"尝窃论诗文之道与治乱终始,先生则喟叹曰:宋诗自有其工,采之可以综正变焉。近乃欲祖宋元而祧前古,风渐以不竞,非盛世清明广大之音也。愿与子共振之。"②

清初京城高官文人对诗坛的影响,首先是以自身创作成为朝廷肇兴文教的组成部分。汪琬曾言:"自我世祖定鼎以来,文治聿兴,于是声教所被,时则常熟钱尚书谦益、太仓吴祭酒伟业、宛平王文贞公崇简、合肥龚端毅公鼎孳以文学倡导于前,然后鸿儒硕士望风继起。迄于今上在御,益加网罗海内英隽,彬彬蔚蔚,鳞次麇集于朝廷之上。"③ 这些高官文人自身之创作,成就本已相当可观,在清初之京城形成一个较大规模的辇下诗人群体:"近日辇下诸老,风雅翩翩,如芝麓、梅村而外,又有宪石、行坞、岩荦、犹龙诸先生,振藻扬芬,上嗣风雅,可谓极盛矣。"④ 陈祚明此序言及"丁酉仲春,奉使江右",可见此文必作于顺治十四年后。当时之京城,既有老牌的金台诗人如龚鼎孳,又有新入京的吴伟业,而文中所提及之刘正宗、薛所蕴、戴明说、杨思圣等,也是当时著名的辇下诗人。将京城视为清初最有影响力的文化中心之一,是恰如其分的。

此外,高官文人还往往通过提携后学晚辈、布衣草野文士,普及自身诗学主张,并达到整饬诗坛、引领庙堂诗风的目的。仍以冯溥为例,他在主持博学鸿词科时,一方面折节下士,大量结交来京赴试之布衣文人:"故士之高年有德不愿仕进者,公必就见而咨之;其为牧伯郡邑有声称者,必亲延见而访求之;至田野之布衣、白屋之贱士,亦必扫榻以待之,降阶以礼之,而且为燕饮以洽之,延誉以广之;其贫约无以自存者,为馆舍以居之,改衣授

---

① 曹禾:《佳山堂诗集序》,《佳山堂诗集》,《四库全书存目丛书》集部第215册,第10页。
② 施闰章:《佳山堂诗序》,《学余堂文集》卷七,《施愚山集》第1册,第133页。
③ 汪琬:《苑西集序》,《尧峰文钞别录》卷二,《汪琬全集笺校》,北京:人民文学出版社,2010年,第2147—2148页。
④ 陈祚明:《国门集序》,《国门集》,清顺治刻本。

食以周之。"① "入其门，门者勿禁；升其堂，堂焉者勿问，庶几物我俱忘者与。堂成后，适四方人士应召至京师，公倾心下交，贫者为致馆，病馈以药，丧者赙以金，一时抒情述德，咸歌诗颂公难老。"② 另一方面，他也以在朝高官文士的身份，勉励并引领他们向朝廷所需要的"黼黻日月"的庙堂文风看齐："诸子何济济，蔚矣廊庙材。菁华不易得，麟凤非凡胎。……相励以坚贞，见异迁乃乖。立朝贵正色，匪曰著风裁。"③ "岁晏比风入户凉，诸子过我论文章。……吾衰不逮建安才，诸子滚滚黄金台。黼黻日月看昭回，扫除榛芜天地开。自古朝廷集贤哲，飞扬岂比鹰隼继……"④

在帝王与高官文人的共同努力下，属于"皇清"自身之庙堂诗风，首先在清初之京城逐渐成形。关于庙堂诗风与草野诗风之根本区别，前人多有论述：

> 文章虽皆出于心术，而实有两等：有山林草野之文，有朝廷台阁之文。山林草野之文，则其气枯槁憔悴，乃道不得行，著书立言者之所尚也；朝廷台阁之文，则其气温润丰缛，乃得位于时，演纶视草者之所尚也。⑤

> 昔人之论文者，曰有山林之文，有台阁之文。山林之文，其气枯以槁；台阁之文，其气丽以雄。岂惟天之降才尔殊也？亦以所居之地不同，故其发于言辞之或异耳。濂尝以此而求诸家之诗，其见于山林者，无非风云月露之形，花木虫鱼之玩，山川原隰之胜而已，然其情也曲以畅，故其音也渺以幽。若夫处台阁则不然，览乎城观宫阙之壮，典章文物之懿，甲兵卒乘之雄，华夷会同之盛，所以恢廓其心胸，踔厉其志气者，无不厚也，无不硕也，故不发则已，发则其音淳庞而雍容，铿鎗而

---

① 王嗣槐：《崧高大雅序》，《桂山堂文选》卷一，《四库未收书辑刊》第7辑第27册，北京：北京出版社，2000年，第77页。
② 朱彝尊：《万柳堂记》，《曝书亭集》卷六十六，北京：国学整理社，1937年，第768页。
③ 冯溥：《赠别己未诸子》，《佳山堂诗集》二集卷一，第160页。
④ 冯溥：《岁晏行》，《佳山堂诗集》卷三，第56页。
⑤ 吴处厚：《青箱杂记》卷五，北京：中华书局，1985年，第46页。

镗鞳，甚矣哉！所居之移人乎。①

在发展台阁文学方面，京城的条件是得天独厚的。作为国家政治与文教中心，必然受到政治影响较多；在京文人之身份，也往往具有更多的官方色彩；因而，其庙堂文学之特色，也就更为鲜明。正如陶樑《国朝畿辅诗传》自序中所指出的：

> 畿辅为辇毂近地，较之前汉，乃左冯翊右扶风，比其沐浴于圣化，而以仰承至意，鼓吹休明者，尤非他省所可跂及。
> 燕京幽蓟，风化首善，如周之丰镐；而近畿渥被皇泽，承宣懿嫟，有如周南召南及汉家三辅者然。②

陶樑进一步在《国朝畿辅诗传》之凡例中，分析京城诗坛在地域特征上的特异之处：

> 声音之道与政通，教化之行自近始。畿辅为首善之区，我朝定鼎以来，重熙累洽，垂二百年，文治聿兴，人才蔚起。和其声以鸣盛者，指不胜屈。
> 我朝开国之初，畿辅人才，应运而生。顺治丙戌会榜，几得一百余人，率多扬历中外，位望通显。
> 都会之地，四方辐凑，每值开科之岁，担簦负笈，多士来观上国之光。因而占籍者，历科皆有。③

陶樑指出，由于京城之政治地位较为特殊，全国各地文人多因仕宦或科举而入京，这不仅造成人才高度集聚、来源极为庞杂的局面，而且意味着在京文人对政权往往有较高的心理向心力；而清王朝之"文治"建设，亦在

---

① 宋濂：《汪右丞诗集序》，《宋濂全集》卷二十三，北京：人民文学出版社，2014年，第459页。
② 陶樑：《国朝畿辅诗传·自序》，第1页。
③ 陶樑：《国朝畿辅诗传·凡例》，第2—3页。

其中起到至关重要的作用。所以，这种氛围下形成的地域文学特征，不太可能是"道不得行，著书立言者之所尚"的山林草野文学，而必然是在"览乎城观宫阙之壮，典章文物之懿，甲兵卒乘之雄，华夷会同之盛"中熏陶而成，"得位于时，演纶视草者之所尚"的庙堂台阁文学。

  不过，清初京城诗坛之庙堂文学氛围的形成，并非一蹴而就，而是经历了较长的发展阶段。顺治时代由于鼎革未久，在京主持文柄之高官文士又多系亲历易代之变、身事两朝的"贰臣"文人，故虽然出于效忠新朝之"政治正确"而在诗学理念上倡导正雅诗风，自身创作却仍多黍离变雅之调，分别代表了顺治时代京城南籍与北籍文士的龚鼎孳和"京师三大家"，皆呈现出此种诗论与实际创作脱节乃至错位的复杂尴尬面貌。而顺治时代其他高官文士虽也有力倡正雅者如魏裔介，但自身创作成就有限，难成气候。直到康熙前期活跃于京城的"海内八家"与"金台十子"登上诗坛，这种"胜国遗老"向"正始元音"的转变，才最终完成，孔尚任《盟鸥草序》谓："昭代风雅，业已三变。始则胜国遗老，未脱云间习气，虽钱吴大家，犹多藻缋。继则八俊协声，以开宏词之选，乃有燕台十子者，接箸联镳，正始元音，于斯为盛矣。予乙丑入都，而八俊十子，鼓吹未歇。"[①] 孔尚任入京在康熙二十四年，序言亦作于此时。

---

① 孔尚任：《盟鸥草序》，《盟鸥草》，《清代诗文集汇编》第 798 册，第 175 页。

第一章　清初京城文学的发端：
贰臣诗人

严格意义上的"清初"之京城文学，是从顺治元年五月初二日，多尔衮进入北京以后开始的。而成为清初京城文学之发端的诗人群体，其主体是甲申国变时滞留于京城，或受到大顺军逮捕，或降于大顺政权，其后又被清政权接收并授职的前明官员。清人甫入京城伊始，即发布上谕，对前明留下的各部官员一体全包，以原官录用："各衙门官员俱照旧录用，可速将职名开报。"① 这些被接收之"贰臣"的数目相当可观，② 其中包括了大量后来在京城诗坛上声名显赫的人物，如龚鼎孳、曹溶、李雯、薛所蕴、梁清标等。

清初京城诗坛的发端，是极为凄怆苦涩的：甲申国变，明朝覆亡，在京的官绅士人或被逮捕拷掠，或失身"降贼"；不久清人入京，这些官绅士人

---

① 《清实录·世祖章皇帝实录》卷五"顺治元年五月庚寅"条，《清实录》第3册，第57页。
② 甲申国变时滞留京城之明朝官员，数目相当庞大。有史料记载了大顺军入城后，前来投报职名、入朝待选的官员数目，皆达数千人之多。如《甲申传信录》载，三月二十一日，文武官员入朝者达三千余人，另据《赤眉寇略》载，二十二日，各官入朝争投授职名单，场面拥挤混乱不堪，自晨至暮忍饥以待者达数千人。《再生纪略》记载则为三千多人，《燕都日记》更认为多达四千余人。这个数字差不多是在京明朝官员的全部。大顺军撤离京城后，这部分官员除了少数人（如陈名夏等）逃出京城前往南方以外，绝大多数都被清廷接收。

又大多成了被清廷接收而复官的"贰臣"。正是他们，成为清初京城诗坛的第一个较有影响力的创作群体。数月之内，迭逢亡国之恸、失节之辱，这些惨痛经历在他们的创作中留下了抹不去的烙印。

其后，随着南明政权及其他一系列地方残明势力的覆灭，有更多的"贰臣"文人，因降清而被接收赴京。如"京师三大家"之王铎、刘正宗，"燕台七子"之张文光，南籍贰臣诗人之重要人物陈名夏、陈之遴，都是随着南明政权覆亡而向清军投诚的。此外，也有不少避乱南方的前明官员，在北方局势稳定以后启程回京，被举荐而再度出山，成为清廷新贵，王崇简、赵进美等，皆属此种情形。

清初京城诗坛之贰臣诗人群体，具有如下几个特点：

其一，创作成就高，影响力大。

以在文学史上所处地位而论，由明入清之贰臣诗人，在整个清初诗坛上，实已占据半壁江山。袁行云《清人诗集叙录》对清初之诗坛格局，有极为精当之归纳："清朝初立，诗坛门户全仗明季汉族士夫，入仕者，则以钱（谦益）、吴（伟业）为首推。"①

清初诗坛以诗人之政治身份与立场划界，呈现为明显的朝野离立态势，守节不仕之遗民，与出仕清廷之官绅，各占诗坛半壁。而清初京城诗坛特别是顺治时代之京城诗坛上，贰臣诗人之创作成就与实际影响力，亦占据绝对优势。仅以前文所提及之黄传祖《扶轮广集》为例，其集"今梓行者，大半甲午京师携归"，极能反映顺治十一年前后京城诗坛之面貌。细考《扶轮广集》凡例中提到的在京畿辅诗人"有青坛、岩荦、玉立、敬哉、箕生、犹龙、坦园、胥庭、石生诸公"、中州诗人"自觉斯先生领袖振起，孟县、新乡，鼎足唱和，追美盛唐，何数嘉隆。栎园、云斋、公朗、顾公、笔公、朝宗，予最心折"，山左诗人"安丘相国外，韫退、野鹤、皆表、北海、黄石、玉叔，披坚陷阵，莫当其锋"，山西诗人"得东谷、环溪二集，击节希有。雷泽雄宕，淡足浑劲，秋水耸秀，讷生空逸，皆晋中巨擘"，江南诗人"如坦庵、梅村、芝麓、茧雪四公，各自擅场"，浙江诗人"有相国司农，便如台雁两山，岩崿云表"，江西诗人"江右雪堂、遂初、伯甘三公，鼎峙

---

① 袁行云：《清人诗集叙录》卷三，北京：文化艺术出版社，1994年，第69页。

一省，亦如天中"。这些在京城诗坛上较有成就和影响力的诗人之中，成克巩（青坛）、戴明说（岩荦）、梁清标（玉立）、王崇简（敬哉）、范士楫（箕生）、王铎（觉斯）、薛所蕴（孟县）、张缙彦（新乡）、周亮工（栎园）、刘正宗（安丘）、赵进美（韫退）、孙承泽（北海）、白胤谦（东谷）、冯如京（秋水）、方拱乾（坦庵）、吴伟业（梅村）、龚鼎孳（芝麓）、陈之遴（相国）、曹溶（司农）、熊文举（雪堂）、朱徽（遂初）等，皆系当时在京城活动的贰臣诗人。可以说，清初京城诗坛的兴盛，首先是贰臣诗人们带来的。

在可观的实际创作成就之外，在京贰臣诗人的官位和人脉所带来的巨大影响力，更加值得注意。京城诗坛不同于其他地域文学，它是一个荟萃了全国各地文士的广大平台，不但文人众多，后进者不易崭露头角；且由于文人远离故乡，其他地域文学所具有的乡邦和家族因素都不易发挥影响力。在这个文学场域中，能对诗坛起到引领作用的，只能是官位较高又执掌文柄的"名公卿"："诗人之出，总要名公卿提倡，不提倡则不出也。"①

青年时代曾经受到过不止一位"名公卿"提携，而最终本人也成为"名公卿"的王士禛，对这一现象感触极深。他在《李容斋相国千首诗序》中，有这样一段感慨：

> 一代文章之柄，一二人持之，此非爵位名势之谓也。其人既有轶伦绝群之才，足以笼挫古今，使一世能言之流，咸摧敛锋锷，而退处其下。而又能主张后进，弘奖善类，士之归之，如百川之赴海。②

而清初之京城诗坛，恰恰最盛产这种"既有轶伦绝群之才"，"又能主张后进，弘奖善类"的高官文人，如龚鼎孳、"京师三大家"，以及较晚的王崇简、梁清标等人，皆是此中之翘楚。仅以龚鼎孳而论，他虽然文学成就略逊钱吴，在"江左三大家"里屈居末席；然其文坛影响力却已超越吴伟业，隐然堪与"四海宗盟五十年"的文坛老盟主钱谦益比肩。《兰皋诗话》：

---

① 钱泳：《履园谭诗》，《清诗话》，上海：上海古籍出版社，1978年，第873页。
② 王士禛：《李容斋相国千首诗序》，《蚕尾续文集》卷一，《王士禛全集》，第1987页。

"昭代名公钜卿,半出其门。"① 郑方坤《国朝诗钞小传》:"时鼎革方新,前朝耆旧,多混迹于酒人画师,以寄其佗傺幽忧之感;又少年英俊,希光而待荫者,翕集京师,不能无丐齿牙,仰煦沫。"②《清史稿·文苑传》更明确称龚鼎孳为"自谦益卒后,在朝有文藻负士林之望者"③,皆足以证明他对清初诗坛的影响力之深远。龚鼎孳本人记载了大量入京文人以诗文向他投赠的实例:

> 彦发来京师,则吾辟疆为之驿骑。④
> 甲辰秋冬,忽相访长安邸舍,出《北游草》以相示。⑤
> 己酉夏,季友以应举入都,投余以诗文一卷。⑥
> 余尝闻而异之,相见都下,……间投余诗一册。⑦
> 云间张子寄亭最后至,既不得志于乡里,将有事京兆,需次辇下,诗文传播公卿间。……余恨相见晚,握手定交,情不能自已。遂与桐城钱饮光、苕溪徐方虎同憩余之西偏,流连昕夕,刻烛赋诗,未尝不共也。⑧

其二,过渡性质。

清初贰臣诗人群体虽然实际创作成就和人脉影响力均极为可观,却并未成为清代正雅诗风之代表。而且在清初朝野离立之诗坛格局中,处境相当微妙:虽然他们也系清廷官员,在身份上属于"朝"之一端;但时人之文学批评,普遍认为,这部分由明仕清、身跨两朝的诗人群体,并不属于真正的庙堂诗人,而是独立于庙堂诗人之外的特殊存在。

对于有清一代诗歌发展变迁的主线,严迪昌《清诗史》有一极为精当

---

① 丁鹤:《兰皋诗话》卷二,《清诗话三编》第 2 册,第 1035 页。
② 郑方坤:《国朝诗钞小传》卷一,第 71—72 页。
③ 赵尔巽等:《清史稿·文苑传》,《清史稿》卷四百八十四,第 13325 页。
④ 龚鼎孳:《沙彦发诗序》,《定山堂文集》卷四,第 1646 页。
⑤ 龚鼎孳:《罗上极北游草序》,《定山堂文集》卷五,第 1657 页。
⑥ 龚鼎孳:《山晖稿序》,《定山堂文集》卷五,第 1658 页。
⑦ 龚鼎孳:《林天友诗序》,《定山堂文集》卷五,第 1660 页。
⑧ 龚鼎孳:《张寄亭云门稿序》,《定山堂文集》卷五,第 1665 页。

的归纳:"清代诗史嬗变流程的特点是:不断消长继替过程中的'朝''野'离立。"① 在清初,后者(草野诗群)以拒绝入仕清廷的明遗民群体为代表,前者(庙堂诗群)则起初由自明仕清之贰臣主导,渐次过渡到清朝新贵。蒋鑨《清诗初集自序》对清初离立两极之一的庙堂诗风的形成,以及贰臣诗人和新贵诗人在地位、诗风和影响力等领域的区别,有一准确详细的概括:

> 世祖章皇帝时,胜国遗贤如钱牧斋、吴梅村、龚芝麓、王觉斯、熊雪堂诸君子,同祖风骚,执耳坛坫,斌斌乎含燕而吐许矣。……一时若高阳、宝坻、益都、真定、蔚州、昆山、定州、桐城、华亭、宣城、新城诸作者,莫不大吕黄钟,竞鸣迭奏。②

蒋鑨将"胜国遗贤"如钱谦益、吴伟业、龚鼎孳、王铎、熊文举这类由明入清,在明朝已经取得一定成就的贰臣诗人,和孙廷铨、梁清标、徐乾学、施闰章、王士禛等主要成名于清的新贵诗人,进行了区分。他认为,前者"含燕吐许",尚不能被视为代表清朝"盛世"的台阁诗人,而只能比附于身在初唐而开盛唐风气的张说、张九龄;而后者才是"大吕黄钟",是属于清朝自身的庙堂文学的象征。蒋鑨、翁介眉《清诗初集》成于康熙二十年,较能代表清初人对当时诗坛格局演化的看法。

这种将由明仕清之"胜国遗贤"与真正属于清人自身之"大吕黄钟"庙堂正雅风范区分开来的观点,在清初康熙时代已经屡见不鲜。同样活跃于康熙前期诗坛的孔尚任,表达了与蒋鑨完全相同的看法:

> 昭代风雅,业已三变:始则胜国遗老,未脱云间习气,虽钱吴大家,犹多藻缋。继则八俊协声,以开宏词之选,乃有燕台十子者,按辔联镳,正始元音,于斯为盛矣。予乙丑入都,而八俊十子,鼓吹未歇。③

---

① 严迪昌:《清诗史》,杭州:浙江古籍出版社,2002年,第16页。
② 蒋鑨:《清诗初集自序》,《四库禁毁书丛刊》集部第3册,第352页。
③ 孔尚任:《盟鸥草序》,《清代诗文集汇编》第798册,第175页。

孔尚任所言"乙丑",系康熙二十四年。他也对以钱吴为代表的"胜国遗老"与以"海内八家""金台十子"为代表的"正始元音"进行了严格的界定区分,且明确宣布前者没有被列入清朝"盛世"大雅诗风的资格。

为何贰臣诗人仕于清却不能被视为清代庙堂正统诗风?首先是由于他们的身份比较特殊,既是"前明旧臣"又是清朝新贵的双重身份,与真正的"本朝"庙堂文人有异。汪琬《苑西集序》中,有这样一段论述:

> 昔元遗山论金源之文,以为宇文、吴、蔡诸人,非不可谓豪杰之士,然皆宋儒之仕于金者,故大定、明昌间文派断自蔡正甫、党竹谿、赵闲闲始。琬论本朝诗文亦然。若常熟,若太仓,若宛平、合肥数公,虽或为文雄,或为诗伯,亦皆前明之遗老也。后之学者,而欲求清兴五十年之间文章正传,非先生辈其谁归?①

汪琬对"清兴五十年之间文章正传"的界定,首先是以身份为旨归的。在他看来,"江左三大家"虽堪称"文雄""诗伯",文学成就无可挑剔;但他们在身份上却是以明臣仕清的"前明遗老",因而不属于清人自家的"文章正传"。

其三,多元化的诗坛格局,与明显的地域分野。

有清一朝,以庙堂高官身份执文柄而主盟诗坛者,代有其人。陈衍在《近代诗钞序》中有一归纳:"有清二百余载,以高位主持诗教者,在康熙曰王文简,在乾隆朝曰沈文悫,在道光咸丰则祁文端、曾文正也。"② 然而,此种"以高位主持诗教"的现象,始于开有清一代新风的神韵派宗主王士禛,而王氏成为诗坛盟主之前的顺治时代以迄康熙初期,贰臣诗人主导下的京城诗坛,却并没有出现此类独持文柄的"以高位主持诗教者"。其原因是,这一时期的京城诗坛,并没有出现如王士禛那样能主盟整个诗坛格局的人物。老一辈贰臣诗人中,既有"京师三大家"严守"七子"门户,影响

---

① 汪琬:《苑西集序》,《尧峰文钞别录》卷二,《汪琬全集笺校》,第2148页。
② 陈衍:《近代诗钞序》,《近代诗钞》卷首,上海:商务印书馆,1923年。

在京北籍诗人；亦有态度较温和的"七子"倡导者若龚鼎孳，成为在京南籍诗人的中心（龚鼎孳成为诗坛"职志"，则要到康熙时代）；更有不依傍门户的魏裔介、王崇简、梁清标等人。作为新一代仕清诗人，"燕台七子"已在顺治时代的京城诗坛上崭露头角，而"燕台七子"辈的文学活动，也绝非龚鼎孳、"京师三大家"等人可以牢笼。顺治时代的京城诗坛，是多元的而不是专主一尊的。

顺治时代长驻京城之贰臣诗人中，以地域及政治立场而论，分为南北二党。而京城之诗坛格局，亦有南北之分。北籍贰臣诗人中，以"京师三大家"及其门下中州、山左诗人声望最高；而在京之南籍贰臣诗人，则一直以龚鼎孳为魁首。而能自立门户、不依傍于上述诸家的贰臣诗人，亦有不少。在京贰臣诗人群体这种南北离立的格局，实与京城诗坛"辇毂之下"的特殊性质，以及清初政治结构变化，有极密切之关系。

由于早期降清士人的地域特征，使得在顺治前期睿王摄政时代，京城诗坛几乎被北方籍贰臣所掌控，[①] 尤以直隶、山东及河南籍贰臣为多。其中，直隶籍贰臣因文学成就所限，较少能开宗立派，但仍有不依傍门户而自成家数，如王崇简、梁清标辈。而山东、河南籍贰臣诗人，则往往能借由明代形成的以七子诗风为主的地域优势和自身之崇隆官位，而在京城诗坛广泛流布自身文学理念。王铎、薛所蕴、刘正宗"京师三大家"正是其中成就最著者。顺治时代京城诗坛后起之秀"燕台七子"中，至少有两家（张文光、赵宾）属于"京师三大家"门下之中州诗人："中原麟凤，继趾联翩，一洗公安竟陵陋习，而北地信阳之本来面目，于焉复睹。"[②] 而山左诗人更号称"本朝诗人，山左为盛"[③]，北籍贰臣在京城诗坛上声势之壮，可以想见。

顺治初年，南籍贰臣数量既少、在朝的势力也并不占优。尽管龚鼎孳、曹溶等南籍明臣，皆系清人入京时即归降的"老资格"贰臣，但仕途大多不甚顺利。而来自南明政权的南籍降官如钱谦益等，也很难在清政权中站住脚跟。直到顺治八年世祖亲政后，大量任用南籍贰臣，陈名夏、陈之遴等资

[①] 据《清史列传》卷七十八至七十九，以及张晋藩、郭成康《清入关前国家法律制度史》第二章附表一、二统计，清初任用的108名汉族降臣中，辽东、华北籍达到93人。
[②] 李时灿辑：《中州诗征》卷一，泾川图书馆刻本，1936年。
[③] 赵执信：《谈龙录》，《清诗话》，第315页。

格较轻、降清时间亦晚的一批南方籍降官才在政治上崭露头角，因而也导致京城诗坛南北势力的消长。早先被满人亲贵与北籍贰臣排挤出朝的龚鼎孳、曹溶等人重回京城，因而使顺治中后期京城诗坛呈现出明显的南北对峙状态。

其中，龚鼎孳以其文学成就、崇隆官位和好士之名，毫无争议地成为在京南籍仕清文士之领袖人物："予观朝廷之上，公卿大夫率多光明俊伟，喜为文章以表见于世，而一时骚人墨客，承风附景，步趋恐后，此诗教在上之应也。于我江南，则合肥龚公为最著。"① 而其他在京的南籍贰臣诗人，皆不足与龚氏相提并论。其中，曹溶之文名与龚氏约略相当，在当时亦有"龚曹"之目；但他在京城任职及活动时间都不长，一次是从顺治元年清人入京时被"一体录用"，至顺治四年正月去职；另一次是顺治十年起复，至顺治十二年降职赴任广东。在京时间不过数载。所以，他虽然在京城文化圈有一定的唱和交际，但均属短期行为，无法像龚鼎孳那样广交名士、延揽后辈，造成长久的影响力。而南党的另外两位党魁陈名夏与陈之遴，虽有一定的文名，然创作水平不能与龚曹二人相比。更重要的是，两人皆不能如"京师三大家"、魏裔介等人那样，把匡正当世诗风视为己任。

在京贰臣诗人群体的南北离立态势，直到康熙时代才有所转变。老一辈贰臣文人若吴伟业、曹溶、"京师三大家"等，此时或已去世，或已离开京城；仍在京城诗坛上活动的王崇简、梁清标等人，文学成就和声望都比较有限。龚鼎孳作为京城硕果仅存的老一辈贰臣诗人之代表，成了名副其实的京城诗坛"职志"；然而，他独力执掌京城诗坛的时间也并不长，康熙十二年即去世。他的去世，也标志着贰臣文人作为京城诗坛主流的时代的谢幕，其后就是较晚一辈的年轻新贵诗人王士禛的时代了。

第一节 京城诗坛"职志"龚鼎孳

一、龚鼎孳成为京城诗坛"职志"的过程

细考清初京城诗坛之贰臣诗人，身为"江左三大家"之一的龚鼎孳，

---

① 尤侗《龚宗伯诗序》，《龚鼎孳全集》附录，第2530页。

无疑是其中成就最高、声名也最为显赫的一位。《清史稿·文苑传》："自谦益卒后，在朝有文藻负士林之望者，推鼎孳云。"① 龚鼎孳堪称是最早活跃于清初京城诗坛的著名诗人之一。作为最早归顺清廷的贰臣文人，他早在清廷入京后不久，就在京城与具有同样处境的贰臣友人们广为唱和，甚至参与缔结和主持了清初历史上最早的"贰臣文社"。此后，他一直活跃于京城诗坛上，笔耕不辍、广为交际，见证并参与了京城诗坛从贰臣、遗民到新贵的各种身份的文人的创作活动。到了康熙初期，他更在京城文化圈中享有"职志"的崇隆地位，"甲辰迁礼部……而合肥龚端毅公芝麓方为尚书，为之职志"②。其影响力之大，甚至到了"是时士人挟诗文游京师者，首谒龚端毅公"③ 的地步。马大勇在《清初庙堂诗歌集群研究》中，将龚鼎孳视为"'王渔洋前时代'的金台诗界盟主"④，实非过誉。

值得注意的是，虽然"江左三大家"中的另外两家钱谦益、吴伟业，文学成就都高于龚鼎孳，但仅以在京城诗坛的影响力而论，钱吴都远不能与龚鼎孳相比。原因在于在京活动时间与地位的差距：钱谦益降清后，在京为官不过数月，即匆匆辞归，余生再未赴京城。吴伟业于顺治十年北上入京仕清，顺治十一年春入京，顺治十三年即以丁忧告归，在京也不过三年。而龚鼎孳仕清后，一直做的是京官，除了顺治三年至八年里居守制，顺治十三年至十四年使粤出京以外，他的后半生基本上是在京城度过的。至于龚鼎孳在康熙时代起复后，在仕途上飞黄腾达，历任各部尚书，官位之显赫，更非钱吴二人所能相提并论。

关于龚鼎孳作为"王渔洋前时代"的京城诗坛盟主，所具有的影响力，学界已有定论：

> 以文学史事而言，龚鼎孳在清初的文学业绩，不止在于诗文词之创作实践，更值得重视的还在于以其才情、声望、名位、际会时运，在觥筹折冲中总持京师风雅，营造起顺治、康熙之际特定历史人文时期一道

---

① 赵尔巽等：《清史稿·文苑传》，《清史稿》卷四百八十四，第13325页。
② 王士禛：《居易录》卷五，《王士禛全集》，第3761页。
③ 王士禛：《渔洋山人自撰年谱》"康熙七年"条下，《王士禛全集》，第5078页。
④ 马大勇：《清初庙堂诗歌集群研究》，长春：吉林人民出版社，2007年，第72页。

奇诡的金台文学风景线。要论"一代之兴,必有一代之人文,以黼黻升平","方其运开之也,笃生文章华国之儒,鼓吹休明,相与鸣其盛",那么,龚鼎孳在"江左三大家"中最足称"前代蓺公,为之创始"的人物,其在皇城根下所造成的声势及影响不应为文学史家所轻忽。①

　　略微条理由顺治建元到龚氏去世这三十年的诗界情况,可以发现,当时京师诗坛虽不乏名家,能挑起领袖旗帜的却只有龚芝麓一人。这诚然与他大多盘桓辇下的时空优势有关,与他位高权重的身份优势有关,与钱、吴旋来旋去且无意掌蠹有关,然而同时也具备这些外在条件且官位顺达尚胜于龚的王崇简、梁清标等声望乃远不相及,那么龚氏的诗才可称一时翘楚是不应有疑义的。他是"王渔洋前时代"的金台诗界盟主,此是不可漠视之的清初诗史的客观存在……②

　　不过,《清初庙堂诗歌集群研究》将龚鼎孳定位为整个顺治时代至康熙前期的唯一的京城诗坛领袖,此说并不确切。龚鼎孳真正以"职志"身份主盟京城诗坛的时间,至少是要在康熙二年起复之后。这也正是《清史稿》所提到的他拥有"在朝有文藻负士林之望者"身份的时期。而在更早的顺治时代,他虽然在京城诗坛上名气也相当可观,却并不能单独主掌诗坛,而是与其他诗人群体如"京师三大家""燕台七子"等,处于平分秋色的地位。

　　对于龚鼎孳与京城的渊源,以及他成为京城诗坛"职志"的过程,有必要进行一些详细的梳理。

　　龚鼎孳与京城的首次渊源,是在崇祯七年(1634)。他入京应举,联捷成进士,直至受任蕲水知县离京,在京城客居近一年。不过,由于当时他年纪太轻,诗名不显,他并未在京城结交多少友人,也不具备什么影响力。后来他回忆这段经历时说:"居长安者一载,仆仆尘土中,既鲜良俦,兼乏名胜,邸中兀坐,如枯灭老头陀,纵有所会,都无可语。"③在这种孤寂无聊的客居生活中,他与自己的座师项煜颇多往来,交流诗文之道:"客岁居燕

---

① 严迪昌:《金台风雅总诗人——龚鼎孳论》,《语文知识》2008年第1期,第4页。
② 马大勇:《清初庙堂诗歌集群研究》,第72页。
③ 龚鼎孳:《燕瘖自序》,《定山堂文集》卷五,《龚鼎孳全集》,第1671页。

一载,萧然旅人也。吾师项水心先生藜阁之余,进而订业,小斋列坐,眉爽相开,盖亦自忘其浅陋者数矣。谈次间一及诗,以吾师风雅兼长,此道固推特秀……"① 龚鼎孳勤于觅诗,遂有《燕瘖集》,又将往年习举业时所作诗文编为《露余集》:"生平不甚学诗,间一为之,笔落墨枯,遂亦不复省记。……旅寓长安,睡梦之余,翻味旧佚,得数百言存之。"② 而这一时期之创作,也已经开始体现出他以情思缠绵苍凉取胜的特点:"中间长言短咏,苍苍凉凉,似与故人经岁隔别,忽遇之于千里之外。至如怀春惜别,刺刺不休,又似与儿女子话寒温,情态缠绵,音响纤腻。"③

龚鼎孳在明朝时的第二次入京,是在崇祯十五年夏,入京授兵科给事中。龚以青年居言路,耿直无畏,尝有"一月疏凡十七上,自固邦本以及善后,画沙聚米,皆切实急著。居兵垣十阅月,诸如疆圉大势,狡寇情形,贤奸进退,国事安危,知无不言,言无不尽"④的纪录。由于参劾周延儒、陈新甲、吕大器、陈演等权臣而忤旨,他在崇祯十六年十月以"冒昧无当"被捕入狱,直到次年二月甲申国变前夕方得获释。

这一时期的龚鼎孳,已经远非崇祯七年时甫入仕途的年轻后进文人可比。他在入京前夕,即在江南广为结交文人,参与李雯所召集的虎丘几社大会,结识了包括钱谦益、冒襄、方以智、阎尔梅、万寿祺、余怀、纪映钟、杜濬、陶汝鼐、顾与治、邓汉仪等人在内的大量著名文士;入京谒选时,又借由时任王府讲官的故交方以智的关系,结识了曹溶、张学曾、朱徽等,时常在方以智之寓所"曼寓"聚饮。可以说,顺治初期龚鼎孳的唱和对象,包括他所组建的"贰臣"文社的很多成员,都是他在这一阶段在京城所结识的。

龚鼎孳入清以后在京城的活动,可分为四个阶段:顺治元年至三年"贰臣文社"时期,顺治七年至十三年扬名京城时期,顺治十四年至康熙二年仕途蹉跌时期,以及康熙二年以后诗坛"职志"时期。

(一)"贰臣文社"时期

这段时期,始于顺治元年五月,龚鼎孳降清;终于顺治三年秋,龚鼎孳

---

① 龚鼎孳:《韦子寅晤因诗序》,《定山堂文集》卷三,《龚鼎孳全集》,第1592页。
② 龚鼎孳:《露余自序》,《定山堂文集》卷五,《龚鼎孳全集》,第1672页。
③ 同上。
④ 严正矩:《大宗伯龚端毅公传》,《龚鼎孳全集》附录,第2567页。

以丁忧离京南归。

顺治元年是清初京城诗坛的开端,由于特殊的历史背景,这一时期的京城诗坛文学创作,完全以仕清官员特别是贰臣文人为主体,而内容亦以贰臣文人的黍离之思、失节之痛、思乡之感和不得志之情为主。龚鼎孳作为最早降清的京城官员,和诗文成就最高的在京贰臣文人之一,以他本人"流离惨悴,笔砚颓唐","生逢戎马,身作俘囚","有情必怨,无语不凄"①的大量诗作,和他的贰臣友人们借由诗酒唱和活动所组织起来的"贰臣文社"性质的文学团体,为清初京城的诗文创作构建了一个凄怆苦涩却又成就斐然的开端。

崇祯十七年三月十八日,大顺军攻入京城,崇祯帝自缢,明朝灭亡。方从狱中获释不久的龚鼎孳变装藏身佣保间。由于龚鼎孳的友人方以智被捕,被迫去指认龚鼎孳,龚遂被捕。其后,龚鼎孳受到大顺军拷掠,因不堪受刑而与家人投井,为人所救。其后获释,并受直指使之职,巡视北城。不久,大顺军战败,撤离京城,龚鼎孳"遂与雪堂先生携手行遁,去之荒野,则土贼遮路,寸趾难前"②。龚的友人熊文举(雪堂)在其《与门人韩圣秋中翰》中记载,大顺军撤出京城之时,焚烧宫阙,火光冲天,他和龚鼎孳连夜逃出城,又被土寇掠索,几乎再次投井:"寇以四月廿九遁□与龚芝麓、涂印海解缚逃出平自门六昼夜伏□仅得程途八里,遭土贼劫夺,寸骨皆伤,一丝不□。"③这两个月以来混乱动荡、饱受惊恐与折磨的生活,极有可能是龚鼎孳如此"迫不及待"地降清的真正原因。

甲申五月初二日,清军进入京城,龚鼎孳随即降清,以兵科给事中原官任。不过,早在是年七月,他就以思亲成病为由请辞官,但未被摄政王允准。④ 其《与卢德水先生》亦提及此事:"未几,大清讨贼之师亦遂入,罪臣昧死入哭先皇帝,一恸之后,时时卧病不能起。至八月即与雪堂师、遂初

---

① 龚鼎孳:《题画与曹秋岳》,《定山堂文集》卷十六,《龚鼎孳全集》,第 1887 页。
② 龚鼎孳:《与卢德水先生》,《定山堂文集》卷二十五,《龚鼎孳全集》,第 2046 页。
③ 熊文举:《与门人韩圣秋中翰》,《雪堂先生文集》卷二十二,《北京图书馆古籍珍本丛刊》第 112 册,北京:北京图书馆出版社,2000 年,第 535 页。
④ 龚鼎孳:《恳恩给假省亲以展子情以广孝治疏》,《龚端毅公奏疏》卷一,《龚鼎孳全集》,第 2367 页。

朱子同上书乞归。如是者再，亦再被温谕勉留。"① 可见他对于清廷所给予的官职，实在也并不如何贪恋。有些记载还提到，他曾试图南逃，严正矩即言其"未遂南归之愿"，顾景星《读定山集甲申存稿痛哭之余起书二律》注文更言龚氏曾有过南逃的实际行动，途中因听闻南明政权追查"从贼"官员而作罢："公以不屈，贼考掠甚毒。创少瘳，脱身南遁，中道闻纟名逆党，哀感北奔。"② 龚鼎孳本人在《送孝绪弟之临安广文任》中写道："甲申乙酉间，鼎姐郁缠互。……孝穆既北留，昭关亦南渡。延颈企河清，窜迹阻江戍。"③ 但他到底是有南归的意愿，还是有实际行动，尚无史料证实。

不过，可以确定的是，龚鼎孳在顺治元年至三年的这段贰臣生涯中，心境极为苦闷。虽然他在清廷当贰臣时，持续了自己在前明时刚直敢言的从政风格："起吏科右给事中，条上吏治之要，曰尊贤礼士，曰辨论人才，曰优隆台谏，曰崇奖恬让。升礼科都给事中，有《酌礼仪以垂一代定制》《定取士之规以昭文治》《天变可畏乞加修省》《江南既定亟举宾兴》诸疏。"④ 而清廷对他的待遇也不错，先后于顺治元年十月和十二月将他提拔为吏科右给事中与礼科都给事中，后又擢太常寺少卿。但龚鼎孳仍然无意为官，并曾上《衰病残躯不能供职谨补牍陈情乞恩允放启》请求辞官。⑤ 其原因显然是身为贰臣的精神压力："不自意罪逆深重，祸极终天，摧骨腐心，不足比于人数。……列状自劾，请得放为编氓，采薇种瓜，薄申乌鸟，以表徐庶之方寸者谓何。而今皆已矣，嗟乎，痛哉！"⑥

南归不成，辞职不允，对于滞留京城的龚鼎孳来说，与和他处境相似的仕清友人诗酒唱合，就成为他排遣抑郁苦闷、寻求心灵慰藉的最好途径："往在燕邸，与秋岳舒章诸子各有抒写，篇轴遂繁。"⑦ "甲申夏，与秋岳留滞燕邸，郁郁寡欢。……呜呼！吾等生逢戎马，身作俘囚，登王仲宣之楼，

---

① 龚鼎孳：《与卢德水先生》，《定山堂文集》卷二十五，《龚鼎孳全集》，第2046页。
② 顾景星：《读定山集甲申存稿痛哭之余起书二律》，《白茅堂集》卷二十六，《清代诗文集汇编》第76册，第435页。
③ 龚鼎孳：《送孝绪弟之临安广文任》，《定山堂诗集》卷一，《龚鼎孳全集》，第13页。
④ 严正矩：《大宗伯龚端毅公传》，《龚鼎孳全集》附录，第2567页。
⑤ 龚鼎孳：《衰病残躯不能供职谨补牍陈情乞恩允放启》，《龚端毅公奏疏》附卷，《龚鼎孳全集》，第2504页。
⑥ 龚鼎孳：《答王用五》，《定山堂文集》卷二十五，《龚鼎孳全集》，第2048页。
⑦ 龚鼎孳：《与吴梅村书》，《定山堂文集补遗》卷下，《龚鼎孳全集》，第2160页。

时无刘表；读庾子山之赋，梦绕江南。兰荒芷老，悲三径之难寻；玉树后庭，与千秋而同感。乃犹收拾杜鹃之泪，低徊翡翠之床，吊草凭花，申吁表哭。有情必怨，无语不凄。"① 朱徽《香严斋集叙》回忆顺治初期龚氏与"贰臣诗社"成员在京城频繁唱和的情形：

> 忆昔二三同志慷慨燕台，共缔千秋之业，时今大司寇芝麓龚公年富力强，才思敏捷，每一挥毫，比兴谐属，梵音清雅，令人乐闻。与余同在省署，入则影缨，出必联骑，晨昏无间，故一时唱和，襟期历落，把臂河梁，情见乎词。②

从顺治元年五月仕清以后，直到顺治三年秋丁忧回乡，龚鼎孳参与的在京仕清士人的大规模诗文唱和活动，可考者至少有如下几次：

其一，顺治元年初秋的"秋日书怀"唱和。在甲申国变后不久的顺治元年初秋，在京的仕清士人中，兴起了以"秋日书怀"为主题的集体吟咏唱和。这一唱和的首先发起人为李雯，他作有《甲申夏日写怀》十七首③、《初秋感怀》二首④、《秋日过西苑有感》二首⑤。其后，更多的在京仕清士人参与酬答，如曹溶有《书怀同李舒章作三首》⑥，熊文举有《甲申秋日和同志杂诗》⑦。其中，龚鼎孳所作尤多，包括《秋怀诗二十首和李舒章韵》⑧《和雪堂先生遂初秋岳舒章秋日书怀诗十二首》⑨、《秋日感怀》六首⑩。

其二，顺治二年三月十八日的韦公祠海棠之会。这次聚会规模相当大，且明确以"社集"自称。主持者为袁于令，参与者有谢弘仪、龚鼎孳、李雯、朱徽、张学曾等。李雯有《乙酉三月十八日袁京兆令昭招饮韦公祠同谢

---

① 龚鼎孳：《题画与曹秋岳》，《定山堂文集》卷十六，《龚鼎孳全集》，第1887页。
② 朱徽：《香严斋集叙》，《龚鼎孳全集》附录，第2525页。
③ 李雯：《蓼斋后集》卷三，《李雯集》，上海：复旦大学出版社，2017年，第888页。
④ 同上书，第891页。
⑤ 同上。
⑥ 曹溶：《静惕堂诗集》卷二十九，《四库全书存目丛书》集部第198册，第262页。
⑦ 熊文举：《拜鹃亭诗》，《雪堂先生文集》卷十九，第477页。
⑧ 龚鼎孳：《定山堂诗集》卷六，《龚鼎孳全集》，第187—194页。
⑨ 龚鼎孳：《定山堂诗集》卷十六，《龚鼎孳全集》，第563—568页。
⑩ 龚鼎孳：《定山堂诗集》卷三十六，《龚鼎孳全集》，第1198页。

护军朱龚两都谏张舍人友公赋》①，龚鼎孳有《社集韦公祠看海棠同诸子分韵》②、《满庭芳》（红玉笼云）。这是一次明确以追悼故国为目的的社集。在《满庭芳》词小序中，对这次聚会的性质，有一相当明确的阐述："韦公祠西府海棠数本，繁艳甲于京师。春时朝士宴赏，不减慈恩牡丹也。沧桑既变，而此花不改。三月十八日与诸子社集其下，感幸系之。"③

其三，顺治二年四月八日的天庆寺送春唱和。参与者包括李雯、龚鼎孳、袁于令、谢弘仪、张学曾等。此次，龚鼎孳有《天庆寺送春和舒章鋒庵尔唯诸子》④《风流子·社集天庆寺送春和舒章韵》⑤ 词作。

其四，顺治二年端午唱和。这次聚会在龚鼎孳寓所，观演《吴越春秋》，参与者有李雯、吴达、朱徽、孙襄。龚鼎孳有《午日李舒章中翰招同朱遂初孙惠可两给谏集小轩演吴越传奇得端字》⑥。

其五，顺治二年六七月间，熊文举、朱徽因谏阻薙发及伪太子事而辞官南下，在京仕清士人为其饯行送别。参与者有李雯、龚鼎孳、曹溶等。龚鼎孳有《送雪堂夫子南归用古诗十九首韵》⑦《送遂初朱子南归和苏李录别韵》⑧。

其六，顺治二年冬，袁于令在寓所演《西楼记》传奇，所邀宾客有曹溶、龚鼎孳、陈名夏、金之俊、吴达、胡统虞、张学曾、李雯。龚鼎孳有《袁凫公水部招饮演所著西楼传奇同秋岳赋》⑨。

其七，顺治二年十一月三日，龚鼎孳为其妾顾媚寿而聚会招饮，曹溶有《芝麓固闺人初度招饮同社用前韵二首调之》⑩。

其八，顺治二年岁末，有送袁于令官清源之会，在龚鼎孳寓所举行，参与者还有曹溶、吴达。龚鼎孳有《袁凫公水部将之清源同秋岳雪航集小

---

① 李雯：《蓼斋后集》卷一，《李雯集》，第870页。
② 龚鼎孳：《定山堂诗集》卷五，《龚鼎孳全集》，第156页。
③ 龚鼎孳：《定山堂诗余》卷二，《龚鼎孳全集》，第1469页。
④ 龚鼎孳：《定山堂诗集》卷十六，《龚鼎孳全集》，第572页。
⑤ 龚鼎孳：《定山堂诗余》卷二，《龚鼎孳全集》，第1470页。
⑥ 龚鼎孳：《定山堂诗集》卷十七，《龚鼎孳全集》，第581页。
⑦ 龚鼎孳：《定山堂诗集》卷一，《龚鼎孳全集》，第3—10页。
⑧ 同上书，第10—12页。
⑨ 龚鼎孳：《定山堂诗集》卷十七，《龚鼎孳全集》，第589页。
⑩ 曹溶：《静惕堂诗集》卷三十，第265页。

斋赋别》①。

其九，顺治二年岁末，又有送吴达南归之会，龚鼎孳、曹溶参与。龚鼎孳有《雪航席上同秋岳限韵》②。

其十，顺治三年二月十二日的花朝聚会。在曹溶斋中宴饮，参与者还有龚鼎孳、李雯、王崇简、赵进美、宋琬、张学曾。在这次聚会上，龚鼎孳有《花朝同敬哉韫退玉叔尔唯舒章芥庵社集秋岳斋限韵十体》③。

其十一，花朝聚会后不久，李雯以葬父而请假南行，龚鼎孳与曹溶聚会相送。龚鼎孳有《舒章请假南行同秋岳赋送四首》④。

纵览龚鼎孳在顺治初年京城文化圈中的唱和活动，可以看到，他是一个相当活跃且重要的人物。与他密切唱和酬酢的文友，包括曹溶、李雯、熊文举、王崇简、赵进美、宋琬等，涵盖了顺治初年曾活跃于京城诗坛上大部分有一定名气的仕清文人。而龚鼎孳这样一个性格风流豪宕、喜交游、爱热闹的文人，不仅积极参与这些仕清文人的诗酒聚会，而且直接出面邀集了多次聚会活动。而他在这些聚会中所创作的诗词作品，无论数量和质量也都相当可观。其题材内容和感情趋向，包括以下几个方面：

其一，黍离之思。以龚鼎孳在甲申国变当年初秋所作《秋日感怀》为例，几乎全部是对于明朝故国的怀恋，和对于故国沦亡、山河易代的痛苦。若"碧瓦朱楹半劫灰，曲池衰柳乱蝉哀。飞虹桥外清宵月，曾照含元凤辇回"；"门前谁系青骢马，争道新开政事堂"。⑤ 数月之间，江山易主，京城宫阙依旧而人事全非，历史的变迁恍如一场幻梦。

又如顺治二年四月八日的天庆寺之会，这实际上是一次在京仕清文人追悼故国的聚会，以"送春"为主题，本身就代表了对于在甲申之春覆亡的明王朝的追悼。龚鼎孳在《天庆寺送春和舒章箬庵尔唯诸子》中写道："灯火催春过上元，又看春尽燕泥翻。铜驼陌冷丝牵棘，金谷歌残月满园。"⑥

---

① 龚鼎孳：《定山堂诗集》卷五，《龚鼎孳全集》，第 165 页。
② 同上书，第 166 页。
③ 龚鼎孳：《定山堂诗集》卷十七，《龚鼎孳全集》，第 595 页。
④ 同上书，第 596 页。
⑤ 龚鼎孳：《秋日感怀》，《定山堂诗集》卷三十六，《龚鼎孳全集》，第 1198 页。
⑥ 龚鼎孳：《天庆寺送春和舒章箬庵尔唯诸子》，《定山堂诗集》卷十六，《龚鼎孳全集》，第 572 页。

"春尽""铜驼"等语,俱与故国之思相关。《风流子·社集天庆寺送春和舒章韵》则写道:"柔丝牵不住,眉尖小,一蹙又斜阳。问红雨洒愁,几番离别,绿蘋漾恨,何代苍茫。子规说,麝迷青冢月,珠堕马嵬妆。"下阕复云:"前欢真如梦,流莺懒风日,枉媚银塘。担阁背花心性,泪不成行。"① 季春三月时,明朝灭亡;春已逝去的初夏五月,清政权接管了京城。在龚鼎孳这样的贰臣文人眼中,他们所效忠过的旧日王朝如春光般倏然逝去,永难再归。任凭"柔丝"如何牵绊,"流莺"如何献媚也是枉然,春天还是毫不留情地一去不复返,只留下"红雨洒愁""绿蘋漾恨"一片狼藉,这"一春滋味"实在难以言说。

其二,失节之痛。在甲申年的鼎革巨变中,年轻的龚鼎孳在数月之间两易其主,由降闯而降清,成为令人不齿的"三朝元老",后人对其名节问题多有贬辞。明清史学家孟森轻蔑地称他"于他人讽刺之语,恬然与为酬酢,自存稿,自入集,毫无愧耻之心"②,但这并非事实。仅以龚鼎孳从降清到丁忧归里的数年间所创作的诗文作品来看,抒发对于失节的愧悔情绪的题材占了相当比重。以甲申当年初秋所作之《秋怀诗二十首和李舒章韵》《和雪堂先生遂初秋岳舒章秋日书怀诗十二首》为例,"河山风雨后,万事悔差池。尘海余蓬鬓,烟霜失劲姿"③,"身世如飘瓦,文章愧握瑜"④,"攀条常泫泪,枯树夕阳低"⑤,"有路难怀橘,无名却采薇。赋成人不省,信美定谁依"⑥,"南冠万死身何补,画角一声魂未收","铜驼蔓草秋仍碧,巾帼余生影自憎"⑦,都是极为真挚沉痛的忏悔。

其三,乱离之苦。龚鼎孳虽然在湖北任知县时保境守城,曾有过一些与"流贼"的作战经历,但他本质上毕竟仍然是一个出身书香门第、风流自赏而喜好享受的年轻官僚文士,并未亲历战火兵燹之苦。甲申国变时,京城大

---

① 龚鼎孳:《风流子·社集天庆寺送春和舒章韵》,《定山堂诗余》卷二,《龚鼎孳全集》,第1470页。
② 孟森:《横波夫人考》,《心史丛刊》二集,长沙:岳麓书社,1986年,第115页。
③ 龚鼎孳:《秋怀诗二十首和李舒章韵》,《定山堂集》卷六,《龚鼎孳全集》,第188页。
④ 同上书,第189页。
⑤ 同上书,第190页。
⑥ 同上书,第190—191页。
⑦ 龚鼎孳:《和雪堂先生遂初秋岳舒章秋日书怀诗十二首》,《定山堂集》卷十六,《龚鼎孳全集》,第565页。

乱，龚鼎孳先后经历了被捕拷掠、自杀未遂、被迫受伪职和仓皇逃命的多种惨痛经历，这给他的心灵留下极大创伤，因而他降清以后数年的诗文作品，颇有对于这段凄惨经历的回忆。如送别熊文举时，所作《送雪堂夫子南归用古诗十九首韵》自注"述避乱也"，即言他与熊文举在甲申京城大乱之际狼狈奔逃的情形："晨风飘衣带，初日临岩阿。乱离二三子，策杖披藤萝。当其合并时，饥渴一以宜。风波起中夜，太息栖荒陂。结手语汨罗，绝命良已迟。上有苍浪天，其下明月辉。原野莽萧萧，谁当怜桂萎。伤哉失路人，全生不易为。"① 作为文人生逢乱世、身不由己的凄怆惊惶意味，宛然可见。

其四，纵酒作乐。在滞留京城的数年时间中，龚鼎孳曾参与乃至直接发起了多次在京仕清明臣的聚会，而且这些聚会往往并非文人清谈式的诗文唱酬，而是纵情歌酒美人、演剧欢宴，颇具一种寻欢作乐的色彩。这一方面当然与龚鼎孳"合肥公于诗酒歌舞之场最为缠绵"②、豪宕风流、喜爱娱乐的特点有关，但更重要的是这是包括龚鼎孳在内的贰臣诗人纾解亡国失节的精神苦闷的重要方式。以顺治二年在吴达家中观演《玉镜台》剧的聚会为例，即颇可见这些"楚才晋用"的在京仕清者们，以醇酒美人自遣的苦闷与负罪感："狂狷千秋不可裁，风流标映自兰台。六朝文士夸吴会，一日中原散楚材。乐府巧分团扇笑，博山香傍绿樽回。玉箫金管伤心丽，蓬鬓愁偏此夕开。"③ 又如袁于令演《西楼记》聚会，龚鼎孳在《袁凫公水部招饮演所著西楼传奇同秋岳赋》中，清醒而辛酸地写道："可怜蓟北红牙拍，犹唱江南金缕衣！"④ 所演出的是"江南金缕衣"式的晚明江南名士的脂粉风流，但身处的却是国破家亡、异族治下的"蓟北"，其尴尬凄苦之感，可以想见。另一次观剧聚饮中，龚氏写道："歌舞场中齐堕泪，乱余忧乐太无端"⑤，亦可见这些贰臣参与此类"佯狂"聚会的真实心境，他们并不能借歌酒美人、

---

① 龚鼎孳：《送雪堂夫子南归用古诗十九首韵》，《定山堂诗集》卷一，《龚鼎孳全集》，第6页。
② 邓汉仪辑：《诗观三集》卷一，第528页。
③ 龚鼎孳：《雪航寓中看演玉镜台传奇》，《定山堂诗集》卷十六，《龚鼎孳全集》，第573页。
④ 龚鼎孳：《袁凫公水部招饮演所著西楼传奇同秋岳赋》，《定山堂诗集》卷十七，《龚鼎孳全集》，第589页。
⑤ 龚鼎孳：《午日李舒章中翰招同朱遂初孙惠可两给谏集小轩演吴越传奇得端字》，《定山堂诗集》卷十七，《龚鼎孳全集》，第581页。

放情纵欲的欢愉笑闹来忘怀心中的深沉隐痛。

其五，不得志的牢骚抑郁之情。龚鼎孳降清以后，虽然一度仕途顺遂，在顺治元年十二月被提拔到了礼科都给事中的高位，但很快就因为卷入南北党争而吃了苦头："惟近于召对之顷，发言无状，触忤辅臣。"① 顺治二年八月，发生了御史吴达等人弹劾大学士冯铨贪贿的重大事件，南籍一系的贰臣，借此向冯铨所属的北籍贰臣大规模发难。冯铨与龚鼎孳甚至面诘于朝中，以"阉党余孽"与"流贼御史"互詈。此次南党一败涂地，龚鼎孳的多位友人被革职，吴达亦受处分，龚氏本人更是吃尽苦头。他自称："处分已定，是非已昭，若洟涊苟偷，不即引退，则真寡廉鲜耻，无惑乎人言之诟讥矣。"② 足见他立身朝廷所受之压力之大。而友人如曹溶等亦受牵连："不孝弟顾影自危，徘徊尘缁，心痴填海，力薄移山，一年之中，风波万状。迨闻丧以后，陨骨摧心。虎欲食人，不怜憔悴。毛举画眉之案，公行逐客之书。秋岳、筼庵，遂并尽于一网。弟踉跄出走，情事可知。"③

身事二姓，大节已失，而仕途还如此不顺，龚鼎孳的心境抑郁愤懑至极，因而他在顺治二年以后的诗文作品中，颇有此类在新朝不得志的牢骚："闭门愁雨雪，失路狭樵渔。命薄文章累，时危井灶墟。"④ 又如《送雪堂夫子南归用古诗十九首韵》，系熊文举因谏剃发事去职后，龚鼎孳送其南归，其中更不乏身为贰臣却又不得新王朝信任的苦涩："秋兰与蘼芜，芳菲缭堂壁。美人忽目成，明眸殊的历。何期恩爱歇，悲乐顿相易。乘风驾云旗，缥缈将安适？"⑤

值得注意的是，龚鼎孳所参与的这些在京仕清文人的唱和，已经隐然有了文社的雏形。在这些宴饮唱酬作品中，龚鼎孳往往以"社集"称之。如顺治二年三月的韦公祠海棠之会，龚鼎孳即有《社集韦公祠看海棠同诸子分

---

① 龚鼎孳：《恳恩允放会籍养亲疏》，《龚端毅公奏疏》卷一，《龚鼎孳全集》，第2368页。
② 龚鼎孳：《微臣招尤已甚揣分难容乞恩允放归养以保余生以全廉耻疏》，《龚端毅公奏疏》卷一，《龚鼎孳全集》，第2369页。
③ 龚鼎孳：《答朱遂初》，《定山堂文集》卷二十五，《龚鼎孳全集》，第2051页。
④ 龚鼎孳：《雪航席上同秋岳限韵》，《定山堂诗集》卷五，《龚鼎孳全集》，第166页。
⑤ 龚鼎孳：《送雪堂夫子南归用古诗十九首韵》，《定山堂诗集》卷一，《龚鼎孳全集》，第5页。

韵》①,《满庭芳》（红玉笼云）词小序亦云"三月十八日与诸子社集其下,感幸系之"②。四月的天庆寺之会,龚氏有《风流子·社集天庆寺送春》③。五月观剧聚会,龚氏有《南柯子·端午前一日社集和遂初韵》④。顺治三年的花朝聚会,龚氏亦称之为《花朝同敬哉韫退玉叔尔唯舒章芥庵社集秋岳斋限韵十体》⑤。这足见龚鼎孳是将这些经常与他唱酬的文士如曹溶、李雯、熊文举等,视为文学社团的成员看待的。

（二）扬名京城时期

这段时间上至顺治七年夏,龚鼎孳起复后北上入京,下至顺治十三年,奉诏出使岭南。在这数年间,龚鼎孳在京城一路高升,升到了都察院左都御史的高位,达到了他入清后仕途的第一个高潮;而他作为清廷高官和著名文士的双重身份,他的诗文创作成就,他喜好结交文士、延揽后进的习惯,都让他在京城诗坛声名远播,成为诗坛名流。

在经历了"九折曾知行路难,五年冰雪卧袁安"⑥的五年放废生涯以后,顺治七年五月,龚鼎孳北上返京补官,于当年八月十六日抵达京城,其信中言:"崎岖行路,仗庇布帆无恙,于中秋后一日抵都门矣。"⑦

在浪游江南的数年中,他与江南名士特别是遗民群体广为结交,积累了相当的声望。在他北上登舟之时,就有江南名士杜濬、宗元鼎、邓汉仪等追送至高邮作别;过清河时,又与王猷定、陈台孙、唐允甲等聚饮于万寿祺草堂;在清江浦,更有丁继之、唐祖命诸子为之送别。由此足见,顺治八年入京时的龚鼎孳,已非顺治初年的年轻后进文人可比,他在江南文化圈中已有相当人望,而这必然会对他入京后的文坛声望,有较大的影响。

不过,龚鼎孳在入京后的一年多时间内,生存状况不甚理想,心境也颇为压抑:"岩壑不固,误堕缁尘,索米两年,情状殊恶。"⑧这与他和当时大

---

① 龚鼎孳:《定山堂诗集》卷五,《龚鼎孳全集》,第156页。
② 龚鼎孳:《定山堂诗余》卷二,《龚鼎孳全集》,第1469页。
③ 同上书,第1470页。
④ 同上书,第1475页。
⑤ 龚鼎孳:《定山堂诗集》卷一,第12页。
⑥ 龚鼎孳:《奉和雪堂夫子五章》,《定山堂诗集》卷二十一,《龚鼎孳全集》,第745页。
⑦ 龚鼎孳:《与冒辟疆》,《定山堂诗集》卷二十六,《龚鼎孳全集》,第2066页。
⑧ 龚鼎孳:《答友》,《定山堂文集补遗》卷下,《龚鼎孳全集》,第2170页。

权在握的吏部尚书陈名夏的交恶有关。龚陈素有旧交，此次龚鼎孳的再度起复，实系陈名夏一手促成，其原因或系援引龚氏入朝以扩大南党势力。所以，龚鼎孳初到京城之时，陈名夏对他态度尚好："百老恋恋故人，欢然缟纻论交之旧。其推毂之切，与始终照护之情，正未能已。"① 但陈名夏对龚鼎孳这位"老牌贰臣"，亦有故意压制的一面。顺治八年闰二月，陈名夏为龚鼎孳补官时，竟据顺治三年孙光祀弹劾，拟对龚氏降二级用："某于顺治三年七月内，为孙五粒掌科所论。阁下今日据其疏而处之。"② 这令龚鼎孳光火至极，当年孙光祀的弹劾，不实之辞极多，尤以"亲在不归省，闻丧犹饮宴"的罪名最为荒唐："闻丧以后，摧恸实不欲生，嗣是请旨回籍。及候勘合，乞恤典，仓皇一月，匍匐而出国门，毁瘠已深，委顿欲死。人非禽兽，何忍覆心逆性，哀乐倒行？且对饮何人？有何证据？"孙光祀系阉党余孽孙之獬之子，当年弹劾龚氏，纯属泄私忿，报复龚鼎孳纠劾其父："当日某待罪言路，纠驳龙老之疏，有曰：孙之獬以逆珰余孽，视息人间。"然而，孙光祀为陈名夏门人，陈据此不实之辞，强行将龚鼎孳降级，实系恶意打压。龚鼎孳一方面认定陈名夏有意偏袒，"夫孙掌科非他，即逆案孙龙老之子，而阁下受业门人也"；另一方面，龚鼎孳也认定陈名夏待己不公。当年他因为和冯铨一派北党争讼而去职，此后放废数年；根基尚浅的陈名夏却捡了便宜，飞黄腾达："我辈发奸于数年之前，而阁下收功于数年之后，为谋已苦，为计宜周，固不必念曲突徙薪之劳，亦何可少防微杜渐之虑。……阁下何事不攘为己有？功则归己，怨且谁归？"③ 恼怒之下，他索性致《与陈冢宰书》与陈氏，申明绝交。由于得罪了大权在握的陈名夏，他在京城处境颇为艰难："方是时，予以戆愚，积不为灞水所堪，因披书告绝，旷日弥月，莫往莫来。爱予者为予危，而忌予者遂复造作他端，冀以悦灞水之心。"④

所以，顺治七年至九年间的一段时间，也是龚鼎孳在京等待补官的一年多时间里，他的心境是比较压抑的。经历了明清鼎革与宦海蹉跌之后，他对京城政坛本就颇有志忐之感，再加上与陈名夏的交恶，更使他的处境相当尴

---

① 龚鼎孳：《与冒辟疆》，《定山堂文集》卷二十六，《龚鼎孳全集》，第 2066 页。
② 龚鼎孳：《与陈冢宰书》，《定山堂文集》卷二十六，《龚鼎孳全集》，第 2080 页。
③ 同上书，第 2081 页。
④ 龚鼎孳：《任春臣诗序》，《定山堂文集》卷三，《龚鼎孳全集》，第 1611 页。

尬："京国簪难盍，蓬蒿枕易高。自能销岁月，不暇恨风涛。吾世功名薄，群公网罟劳。浊醪愁对遣，随意点霜毫。"① 可见其复杂心绪。

直到顺治九年四月，龚鼎孳才得以补任太常寺少卿原官，"以蹇拙之质，不适于事，一登启事，旋复停阁。要人斤斤故步，欲其再作老祠官耳"。② 但其后龚氏就频繁升迁，顺治十年四月，升刑部右侍郎；十一年二月，调户部左侍郎；五月，又升为都察院左都御史。在短短两年内，就达到了他入清后仕途上的第一个高峰。

这种令人吃惊的迅速升迁，一方面是由于龚鼎孳确实长于政务，有实际的政治才干；另一方面，也与顺治帝赏识龚鼎孳的文采有极大的关系。严正矩为其作传云："公负性刚直，不附时宰，致相抵牾，遂欲借甄别出之外藩。引见日，世祖大悦之，擢刑部右侍郎。"③ 足见对他的拔擢完全出自顺治帝之旨意。而"世祖大悦之"的原因，很可能与他的文学才华有关。郑方坤《国朝名家诗钞小传》："（龚鼎孳）以才名受世祖之知，尝谓左右：龚某下笔千言，如兔起鹘落，不假思索，真当今才子也。以此沛加擢用，历官至大宗伯云。"④ 这则材料出自汪琬的《说铃》："合肥龚先生鼎孳作诗文，下笔数千言可立就，词藻缤纷，都不点窜。为孝陵所识赏，尝在禁中叹曰：龚某真才子也。"⑤《说铃》所载，皆在顺治十六年前，所以，龚鼎孳"为孝陵所识赏"事，必在他于顺治十二年仕途蹉跌之前。

而龚鼎孳的受重用，也与清廷政治风向转变、南籍贰臣势力逐渐抬头有直接关系。顺治帝相当崇尚汉族文化尤其是江南士人文化，在亲政后颇任用了不少南籍官员，龚鼎孳的友人曹溶、熊文举等，皆是在顺治八年至十年前后起复来京的。龚鼎孳本人在顺治十年九月重阳所作的《九日李书云农部招同金岂凡太宰王铁山司马吴雪航侍御堵芬木大令并诸吴客歌饮慈仁松下》⑥ 即可知，当时在京南籍贰臣数量之多、官位之高，已经能展开大规模的诗酒

---

① 龚鼎孳：《暮春感兴十首和秋岳燕京杂咏》，《定山堂诗集》卷九，《龚鼎孳全集》，第292页。
② 龚鼎孳：《慰友人下第》，《定山堂文集》卷二十六，《龚鼎孳全集》，第2082页。
③ 严正矩：《大宗伯龚端毅公传》，《龚鼎孳全集》附录，第2567—2568页。
④ 郑方坤：《国朝名家诗钞小传》卷一，第71页。
⑤ 汪琬：《说铃》，《汪琬全集笺校》，第2224页。
⑥ 龚鼎孳：《定山堂诗集》卷十，《龚鼎孳全集》，第332页。

聚会，其中除龚鼎孳外，金之俊、王永吉等皆为南籍仕清高官。

在这种有利于南党的环境中，龚鼎孳志得意满，在仕途中勇于任事、颇有作为。擢升刑部以后，他即上疏指摘"时大小狱情回堂有清书而无汉书，重大事情又从清字翻出，讯鞫时汉官仓卒不及察"，要求"必满汉公同质讯详注，呈堂覆审"。① 时刑部案卷有满文而无汉文，实际上是变相剥夺汉官问事权，龚鼎孳身为汉官而敢于指摘这一弊政，胆略相当可观。他升任左都御史以后，更是频频上书言事，皆中时弊："任事一载，疏章累百，其最著者有《敬陈职掌共砥勿欺》之疏，有《图治方殷综核贵收实效》之疏，有《推明德意》之疏，有《刑官万难汰减》之疏，有《敬陈治平八事》之疏，有《海寇酿祸密疏》，有《暂停秋决》之疏。"②

从政之外，龚鼎孳的私人生活也颇有诗酒轻狂的一面："锦席重帘夜倍亲，谁言京雒有风尘。袖中诗草崆峒雪，座上宾朋江海人。情重盍簪忘结舌，气当行酒亦批鳞。次公醉醒狂无恙，不倚三公恕吐茵。"③ "弹剑曾惊旅鬓疏，十年踪迹报双鱼。月明燕市人重聚，天予狂奴态未除。湖海气盈中圣酒，君亲痛到绝交书。藜床龙腹留名士，还忆东京部党初。"④ 皆可知他与在京仕清文人特别是南籍文士往来宴饮唱和极多，心境亦颇为豪宕开朗。

在京的数年间，也是龚鼎孳诗文创作相当高产的时期："弟入秋来诗兴粗健，孝威、圣秋诸子复助之，旗亭酒垆，差不落莫。"⑤ 他在政事之余，诗酒唱酬，广结宾客。其友人曹溶晚年所作之《杂忆平生诗友十四首》中，第二首自注云："龚芝麓□□□必与客即席赋诗。"⑥ 宴饮酬酢既是其诗文创作的重要来源，也是他进行文学交际的手段。他借助京师这一传播平台，使得自己的文坛声望达到了高峰："如御史大夫芝麓龚公者也，属逢览降，爰命嘉招，宾客则羽盖朱轮，宴饮则兰肴旨酒，□金缸而卜夜，选玉笛以飞

---

① 严正矩：《大宗伯龚端毅公传》，《龚鼎孳全集》附录，第2568页。
② 同上。
③ 龚鼎孳：《吴雪航侍御招同熊雪堂师金岂凡李梅公二司马陈素庵宗伯王铁山司农集薛雨堂》，《定山堂诗集》卷二十一，《龚鼎孳全集》，第750页。
④ 龚鼎孳：《友人过集小斋》，《定山堂诗集》卷二十一，《龚鼎孳全集》，第757页。
⑤ 龚鼎孳：《龚端毅公手札》，《定山堂文集补遗》卷下，《龚鼎孳全集》，第2180页。邓汉仪于顺治九年入京，此札必作于顺治九年重阳。
⑥ 曹溶：《杂忆平生诗友十四首》，《静惕堂诗集》卷四十四，第384页。

觞，吐纳雍容，声华昭灼。……于是上客挥毫，名流授简，持杯缓咏，剪烛高吟。北士既文重温邢，南人又才推任沈。夙称知己，雅善生平，悟词旨之流连，写声情于慷慨，顾皆妍思妙翰，胜集良辰。"①除了他本人较高的文学成就之外，他的崇隆官位和豪宕潇洒的性格、喜好结客的习惯，也都为他成为京城诗坛名流提供了条件。吴伟业所言"文史富，才名擅。交与盛，声华健"②，正是龚鼎孳扬名京城的根本原因。

龚鼎孳在顺治中期京城诗坛上的地位名望，颇可以通过时人以清初京城诗人为主要编选对象的《扶轮广集》与《国门集》这两部总集来分析。

顺治十一年春，黄传祖入京，广收京城名士诗集，编为《扶轮广集》，是年秋南归。张缙彦序云："锡山黄心甫博古工诗，成《扶轮》两集，不胫而走海内，海内文士，争为执鞭。于是北游齐梁燕赵，览督亢地图，登金台，纵览帝王都会，山川边塞。一时钜公名卿文人墨士以诗鸣者，皆投赠满奚囊矣。"前文所述，这部《扶轮广集》，实际上反映出的正是顺治十一年前后，京城诗坛的面貌。在京期间，黄传祖来往于诸多京城仕宦文士之门，他在《扶轮广集自序》中，提到他于顺治十一年到京城以后，和诸多公卿诗人结交的过程："甲午季春，予发兴游都门。……既游辇上诸贵间，殊落落。"这些"辇上诸贵"也包括龚鼎孳。他在离京之时，龚氏还特为作《送黄心甫歌》送之："梁溪逸客兴潇洒，老笔论诗压年少。手钞细字满巾箱，传观海内称精妙。……长安卿相君所见，几人得意字酬绢。"③

在这部《扶轮广集》中，黄传祖给了龚鼎孳极高的评价，将他视为在京江南诗人的佼佼者，并认为他足以与吴伟业齐名："江南近习，专尚风藻，气骨稍薄，卓然不朽。如坦庵、梅村、芝麓、茧雪四公，各自擅场，不相仿佛，足当四大家。"《扶轮广集》选龚鼎孳诗多达52首，包括五古13首、七古5首、五律16首、七律12首、五言排律1首、七言排律2首、七绝3首，数量相当可观。

顺治十四年，韩诗、陈祚明在京师编订《国门集初选》完成。这部总

---

① 吴伟业：《题龚芝麓寿序》，《吴梅村全集》卷三十七，上海：上海古籍出版社，1990年，第803—804页。
② 吴伟业：《满江红·题画寿总宪龚芝麓》，《吴梅村全集》卷二十二，第564页。
③ 龚鼎孳：《送黄心甫歌》，《定山堂诗集》卷四，《龚鼎孳全集》，第130页。

集，也以顺治时代京城仕宦诗人为主，陈祚明自序云："及游燕山，重与韩子圣秋篝灯浮白，抗论得失。圣秋出其年岁差次诸名公卿诗稿，及凡客游过长安道上者投赠篇什，共选为《国门集》，得诗千余首。"而陈祚明也明确将龚鼎孳视为京城"辇下诸老"中首屈一指的诗坛名流："近日辇下诸老，风雅翩翩，如芝麓、梅村而外，又有宪石、行坞、岩荦、犹龙诸先生，振藻扬芬，上嗣风雅，可谓极盛矣。"是集收入龚鼎孳诗歌 54 首，包括五古 13 首，七古 4 首，五律 17 首，七律 18 首，七绝 2 首，数量亦较可观。

顺治十一年十一月，龚芝麓四十岁生日，一时名公巨卿、海内名宿操文贺者无数。吴伟业《赠总宪龚公芝麓》："丈夫四十致卿相，努力公孤方少壮。……即君致身已鼎足，正色趋朝勤补牍。异书扪腹五千卷，美酒开颜三百斛。月明歌舞出帘栊，刻烛分题挥洒中。谈笑阮生青眼客，文章王掾黑头公。"① 杨思圣《龚芝麓都宪初度》："折槛当年旧有声，今来骢马领诸英。中朝月旦归吾党，一代龙门望老成。青眼看山诗力健，朱楼结客酒杯清。须知臣寿能荣国，佳气常浮汉阙明。"② 甚至远在江南的诗坛耆宿钱谦益，也作有《龚孝升四十初度附诗燕喜凡二十二韵》贺之："一气乘箕里，三辰戴斗边。上卿占月省，执法丽星躔。"③ 当时的盛况，足见他在京城的影响力之大。

在这一阶段，龚鼎孳在京的交往对象极为广泛，首先是身份与他相类似的在京仕宦文人。其中尤以吴伟业、曹溶、魏裔介、杨思圣等京城诗坛名流最值得注意：

> 余昔与侍御及宋中丞林屋、吴祭酒梅村、曹司农秋岳数君子聚首长安，交相善也。每暇日经过，辄相与泛澜古今，或松下长哦，或马上唱和，期于追躅古人，庶几建安诸子之胜事。④

---

① 吴伟业：《赠总宪龚公芝麓》，《吴梅村全集》卷十一，第 282—283 页。
② 杨思圣：《龚芝麓都宪初度》，《且亭诗·七言律》，《四库全书存目丛书》集部第 213 册，第 694 页。
③ 钱谦益：《龚孝升四十初度附诗燕喜凡二十二韵》，《有学集》卷五，第 206 页。
④ 龚鼎孳：《山晖稿序》，《定山堂文集》卷五，《龚鼎孳全集》，第 1658 页。

吴伟业与龚鼎孳的交往，可以一直追溯到晚明时代。崇祯九年，吴伟业典试湖广，时龚鼎孳在蕲水知县任上，两人因此订交："丙子余与九青使楚，而孝升分一经，最得士，相知为深。"① 入清后，两人仍然书信往来不绝。特别是吴伟业北上仕清后，顺治十一年春抵达京城，此后直至顺治十三年末以丁忧离京，在京的三年中，与龚鼎孳来往极为密切。吴伟业《送旧总宪龚公以上林苑监出使广东》对此描述颇详："门前车马多豪俊，蹑衣上坐容衰鬓。我持半勺君一斗，我吟一篇君百首。每逢高会辄尽欢，把我新诗不容口。"②

由于吴龚二人在京期间文学往来密切，因而对彼此的文学创作都极为熟悉。龚鼎孳在《书送田髯渊归水西草堂长歌后》中写道："近来海内为长句，梅村先生最为擅场，往往阁笔不能与之抗行也。"③ 田髯渊入京事在顺治十二年，正是吴伟业入京后以"梅村体"名扬京城之时。龚鼎孳丁忧去官后浪游江南，然并未与吴伟业见面。④ 他能大规模接触到"梅村体"作品，必在吴伟业本人于顺治十一年入京以后。

而吴伟业对龚鼎孳的敏捷才情，亦有相当的了解和欣赏。他在《龚芝麓诗序》中，记载龚鼎孳于酒宴上挥洒赋诗的潇洒之状："先生之潜搜冥索，出政事鞅掌之余；高咏长吟，在宾客填咽之际。尝为余张乐置饮，授简各赋一章。歌舞恢笑，方杂沓于前，而先生涉笔已得数纸。坐者未散，传诵者早遍于远近矣。此先生之才也。"⑤ 吴伟业所目睹的龚鼎孳即席赋诗的场面，很可能也是在他仕清入京，与龚鼎孳作为同僚的三年之内。

曹溶是龚鼎孳的老友，也是龚鼎孳顺治时代在京为官时，另一位重要的交往酬唱对象。曹溶于顺治十年起复，是年十月复太仆寺少卿原职。此后在京历任太常寺少卿提督四译馆、左通政、左副都御史、户部右侍郎等职，至顺治十二年十月外放为广东布政使司左布政使，是年十二月离京赴任，在京

---

① 吴伟业：《梅村诗话》，《吴梅村全集》卷五十八，第1138页。
② 吴伟业：《送旧总宪龚公以上林苑监出使广东》，《吴梅村全集》卷十一，第291页。
③ 龚鼎孳：《书送田髯渊归水西草堂长歌后》，《定山堂文集》卷十六，《龚鼎孳全集》，第1882页。
④ 龚鼎孳《与吴梅村书》系其顺治七年起复时所作，信中有"庾楼之别，垂十五年"之语（《定山堂文集补遗》卷下，第2160页），足见龚氏放废江南的数年间，并未与吴伟业见面。
⑤ 吴伟业：《龚芝麓诗序》，《吴梅村全集》卷二十八，第664—665页。

城居留两年。此间与龚鼎孳有极密切的往来唱酬，时人乃以"龚曹"目之。曹溶《寿芝麓》有"四海龚曹虽并称"①，《龚芝麓宗伯请告南还寄赠十首》自注亦云"海内有龚曹之目"②，可见当时两人齐名。

曹溶与龚鼎孳交情极深，《赠龚芝麓三首》："比翼得嘉彦，合契相颉颃。……君子有端度，遇患恒交匡。""得闲聊共游，相招喜无度。"③《答芝麓八首》："交游盈四海，惟子实心知。""限日排酬唱，琼枝满客床。"④ 皆可见两人在京期间交往频繁，唱和极多。后来曹溶赴粤任职，在广东重逢龚鼎孳，仍津津乐道于当年两人在京时的密切交往："忆昔共良会，结驷燕山傍。奋身作麟凤，推挽义所当。"⑤ 其原因一方面是两人政治立场相近，皆属南党，且皆是不甘寂寞之人："鄙事瓜田熟，还分紫禁班。"⑥ "居高布明德，禄仕复何损？"⑦ 因而对彼此喜好名利进取的心境，颇可理解。另一方面，也因两人身经丧乱且同系"贰臣"，心境皆有黍离之悲、失节之恸的一面。曹溶《甲午春彦升芝麓招看韦祠海棠余病不及赴遥同三首》："胭脂山下颜应好，天宝宫中恨较多。同是旧时憔悴客，可堪斜日听笙歌？"⑧ 即可见两人唱和冶游时的心境。

龚鼎孳虽然是在京南籍贰臣的领袖人物，但其交往范畴却并不限于南党。在吴伟业、曹溶这些较有名望的南籍仕清文人之外，龚鼎孳还与为数不少的北籍仕宦文士保持往来，其中最有代表性的是魏裔介和杨思圣。两人皆系直隶籍仕清文士，号称"杨魏"，官位既高，又有好士之名，在京城诗坛特别是北籍文士中颇有名望。

龚鼎孳与杨思圣之诗文往来，可考者最早在顺治十一年十一月，龚鼎孳四十初度时，杨思圣有《龚芝麓都宪初度》⑨ 赠之。次年杨思圣出任山西按

---

① 曹溶：《寿芝麓》，《静惕堂诗集》卷十一，第105页。
② 曹溶：《龚芝麓宗伯请告南还寄赠十首》，《静惕堂诗集》卷二十二，第187页。
③ 曹溶：《静惕堂诗集》卷四，第58页。
④ 曹溶：《静惕堂诗集》卷十七，第145页。
⑤ 曹溶：《送芝麓还朝四首》，《静惕堂诗集》卷五，第62页。
⑥ 曹溶：《答芝麓八首》，《静惕堂诗集》卷十七，第145页。
⑦ 曹溶：《赠龚芝麓三首》，《静惕堂诗集》卷四，第58页。
⑧ 曹溶：《静惕堂诗集》卷三十一，第280页。
⑨ 杨思圣：《且亭诗》七言律卷，第694页。

察使，龚鼎孳有《杨犹龙学士出长晋臬》① 相赠。后来，直到康熙元年，龚鼎孳还有《和送法黄石宪长并简杨犹龙方伯》② 诗，寄赠当时在四川任职的杨思圣。杨思圣去世后，龚鼎孳并有《题魏贞庵冢宰挽杨犹龙方伯诗后》："杨方伯意气文章倾动海内，同心之好，无间风雨，十余年于兹矣。中道捐弃，人琴之感，渺若山河。"③

在这一时期，龚鼎孳与魏裔介亦有一定程度的交往。龚鼎孳在左都御史任上的时候，魏裔介系副都御史，"公与予往共事台府，相得甚欢。未几予去而公代"④。虽然魏裔介与南党不睦，且曾在顺治十三年二月，上疏劾南党魁首陈之遴结党；然龚鼎孳仍与他不乏诗文往来："时海内渐平，风雅飙起，公与钜鹿杨犹龙、永年申凫盟、内丘乔文衣、太仓吴梅村、合肥龚芝麓唱和，四方诗人多酬答之。"⑤ 两人虽在政治立场上分属南北党，但私交始终相当投缘，"交承始终无间，同朝厚善，宜无如公之于予者矣"⑥。两人在诗学观念上也有相合之处："公（魏裔介）与合淝有针芥相投处，人不能知也。"⑦

除了与这些已有较高声望的士林名流交往，龚鼎孳还广为结交京城诗坛新秀。以顺治时代活跃于京城诗坛的"燕台七子"为例，其中至少有三位，是龚鼎孳在这一时期内结识并订交的。

施闰章于顺治十二年春服满入京，补刑部广西司员外郎。次年秋被委任为山东学政，奉使视学山东。两人订交之具体时间尚不可考，然施闰章有《奉答龚芝麓中丞京邸夜宴酒间枉赠长句》⑧ 及《已出都门龚中丞书至》⑨，皆以"中丞"称龚鼎孳，此二诗必作于龚鼎孳任左都御史的顺治十一年五月，至龚氏降补上林苑蕃育署署丞的顺治十三年之间。且前者云"谓我间关成远客，素心促席相劝酬"，由此可知，此二诗系于施闰章督学山东前夕，

---

① 龚鼎孳：《定山堂诗集》卷二十三，《龚鼎孳全集》，第832页。
② 龚鼎孳：《定山堂诗集》卷二十九，《龚鼎孳全集》，第1068页。
③ 龚鼎孳：《定山堂文集》卷十六，《龚鼎孳全集》，第1874页。
④ 龚鼎孳：《相国魏贞庵五十寿序》，《定山堂文集》卷九，《龚鼎孳全集》，第1741页。
⑤ 魏荔彤：《魏贞庵先生年谱》，《兼济堂文集》卷二十，第599页。
⑥ 龚鼎孳：《相国魏贞庵五十寿序》，《定山堂文集》卷九，《龚鼎孳全集》，第1741页。
⑦ 邓汉仪辑：《诗观二集》卷九，第291页。
⑧ 施闰章：《学余堂诗集》卷十九，《施愚山集》第2册，第360页。
⑨ 施闰章：《学余堂诗集》卷三十六，《施愚山集》第3册，第258页。

龚鼎孳为之饯行,其后又曾寄以书信。这是龚施两人有唱酬往来的最早记载。其后,龚鼎孳于顺治十三年奉使岭南,施闰章作有《送龚芝麓先生使岭南》①。顺治十四年,龚鼎孳并有诗柬施闰章,寿其四十初度。② 以施闰章《奉答龚芝麓中丞京邸夜宴酒间柱赠长句》:"主人爱才天下少,众中见许文词好。执卷摩娑语未停,长篇挥洒疾如扫。"③ 可知两人在京期间,龚鼎孳颇为欣赏施闰章的诗才。

丁澎于顺治十三年三月到京,④ 入京后广与京城诗坛名流交接,其中也包括投赠龚鼎孳。⑤ 时龚鼎孳已被两度降级,正处仕途低谷,而丁澎仍然以诗投赠,足见龚鼎孳的仕途蹉跌,并未影响到他在文坛的崇隆声望。后来丁澎不但与龚鼎孳长期保持诗文往来,且直称:"余得邀先生之知者已数十年,其沐浴教泽者深矣。"⑥

陈祚明与龚鼎孳系通家之好,早在崇祯十五年春,龚鼎孳参与李雯所召集的虎丘几社大会时,即曾与陈祚明之兄陈朱明订交。⑦ 但龚鼎孳与陈祚明本人的往来,可考者最早也要到顺治十三年龚鼎孳受命使粤之时,时陈祚明有《送芝麓先生以上林簿使岭南二首》相赠,其二云:"惟有风流属谢安,京华骑马耐微官。论诗细辨宫商密,爱士兼容礼法宽。"⑧

与仕宦诗人的交往之外,龚鼎孳对遗民诗人也多有结交。吴伟业所谓之"交尽王侯,而好山泽之游……倾囊橐以恤穷交,出气力以援知己"⑨ 在此时即已现端倪。这一时期龚鼎孳在京城密切交往的遗民文士,至少包括:

纪映钟于顺治十年夏受赵开心之聘,随同入都。《真冷堂诗稿》附录韩诗《戆叟诗选序》:"壬辰春,余以师命再游长安,明年夏,叟亦受御史大夫

---

① 施闰章:《学余堂诗集》卷五,《施愚山集》第 2 册,第 78 页。
② 龚鼎孳:《寄施愚山学宪兼寿其四十初度》,《定山堂诗集》卷二十六,《龚鼎孳全集》,第 940 页。
③ 施闰章:《学余堂诗集》卷十九,《施闰章全集》第 2 册,第 360 页。
④ 丁澎:《丙申岁三月初抵长安作》,《扶荔堂诗集选》卷一,《清代诗文集汇编》第 78 册,第 361 页。
⑤ 丁澎:《始赴尚书省上龚芝麓都宪》,《扶荔堂诗集选》卷一,第 362 页。
⑥ 丁澎:《定山堂诗余序》,《龚鼎孳全集》附录,第 2543 页。
⑦ 杜登春:《社事始末》:"壬午之春,又大集虎阜维扬。"与会者中即包括"合肥龚孝叔先生鼎孳""陈元倩先生朱明"。《中国野史集成》第 27 册,成都:巴蜀书社,1993 年,第 636 页。
⑧ 陈祚明:《稽留山人集》卷二,第 475 页。
⑨ 吴伟业:《龚芝麓诗序》,《吴梅村全集》卷二十八,第 665 页。

赵公聘，相遇于京洛。"此次纪映钟在京与龚鼎孳多有唱和，龚鼎孳有《送陈行五之登莱和伯紫彦远韵》①《纪伯紫午日过别留宿小斋是夕大雨》② 等。纪映钟《真冷堂诗稿》亦有《雪中书所见呈龚少司寇并简见未在辛燕友三郎中》。纪映钟在京一直逗留到顺治十一年五月，方赴山西巡抚陈应泰幕。

阎尔梅于顺治八年九月入京，寓于真空寺。顺治八年冬，龚鼎孳曾携酒至真空寺，与阎尔梅共饮，《戊申禊日诗》其二下自注："辛卯冬，公（按：指龚鼎孳）曾携酒酌余于此（按：指真空寺），时偕谈长益、韩圣秋、赵友沂。"③ 此次阎尔梅行踪颇谨密，在京往来者"率皆羁客游士，显官除龚孝升外殆无一人"④。

邓汉仪在顺治时代曾两入京城，其一在顺治八年，龚鼎孳不但作有《喜孝威至都门》⑤ 诗，且直接让邓汉仪住到自己家中。直至顺治十年离京，邓汉仪都一直寄居在龚鼎孳寓所。邓氏《定园诗集序》："忆壬辰岁，余浪游燕都，客龚芝麓先生家。"⑥ 其二在顺治十二年，次年初离京南归。邓汉仪在《诗观二集》中明言"乙未客京师"⑦。这两次入京，龚鼎孳都与他有极密切的交往和唱和："定山当钩党方兴之日，闻仆至京，甫下驴，即呼酒快酌，同赋入韵。嗣后霜灯促膝，情好最敦。"⑧ "钩党方兴"显指顺治十一年陈名夏被杀、南党遭遇蹉跌之事。而龚氏与邓汉仪"呼酒快酌，同赋入韵"的情形，必在顺治十二年。

申涵光于顺治十年六月以请父恤入京，当年冬离京回乡。启程前一日，龚鼎孳在自己的寓所龙松馆邀集纪映钟、韩诗等诸多名士为之送行，申涵光遂有《出都前一日韩圣秋纪伯紫徐德荁张青琱邓叔奇社集龚孝升先生龙松馆分韵得真字》⑨ 后来，龚鼎孳遂在《燕市四子诗序》中，提及自己与申涵光

---

① 龚鼎孳：《定山堂诗集》卷十，《龚鼎孳全集》，第335页。
② 龚鼎孳：《定山堂诗集》卷二十三，第810页。
③ 阎尔梅：《白耷山人诗集》卷六上，《续修四库全书》集部第1394册，第341页。
④ 张相文编订：《白耷山人年谱》，《北京图书馆藏珍本年谱丛刊》第68册，第32页。
⑤ 龚鼎孳：《定山堂诗集》卷九，《龚鼎孳全集》，第295页。
⑥ 邓汉仪：《定园诗集序》，《定园诗集》，《清代诗文集汇编》第21册，第30页。
⑦ 邓汉仪辑：《诗观二集》卷二，第19页。
⑧ 邓汉仪辑：《诗观初集》卷二，第245页。
⑨ 申涵光：《出都前一日韩圣秋纪伯紫徐德荁张青琱邓叔奇社集龚孝升先生龙松馆分韵得真字》，《聪山集》诗集卷五，第454页。

的这段交往:"凫盟乃今招魂魄于铜驼落日、石麟秋雨之间,其声激越而窈寥,即远逾西台呼朱鸟竹如意击石俱碎时。韦杜尺五,固王哀伤心泪也。"①

胡介于顺治十年入京,次年春离京,正是在京期间结识了龚鼎孳。龚氏《胡彦远归武林吴梅村纪伯紫各有诗赠别步原韵二首》所言甚详:"六年西子湖,吾梦落中渚。苍然南屏月,投老已心许。相思不相见,明河耿芳杼。岂意湖上客,京华等羁旅。"②龚鼎孳在顺治三年丁忧回乡后,长期流寓江南,数次到杭州,却都未能与胡介见面。直到顺治十一年春,两人方在京城相见订交,颇为投契。龚氏《与胡彦远》云:"平生以好友为性命,得御先生,恨犹晚合也。夜阑秉烛,遂闻春雪之唱,喜极忘寐。"③而胡介亦言:"因叹介与阁下投分之深,情性之契,疑有夙因,并不能自喻也。"④且龚鼎孳对胡介多有经济上的资助:"燕市十旬,适馆授餐,频繁朝夕,琼窗解佩之谊,亦同于缁衣矣。"⑤《与龚芝麓》更回忆:"前时旅食燕山,几无人理。龙松独体先生意,授餐解佩。"⑥

不过,需要注意的是,这段时间龚鼎孳虽然在京城诗坛上名气极大、交游亦广,但尚未占据京城诗坛"职志"的位置,而是与北籍贰臣文人领袖"京师三大家"处于并驾齐驱状态。仅以与京城诗坛新秀"燕台七子"之关系来看,与龚鼎孳订交的"燕台七子"成员,除了早在顺治初期就已与龚氏有故交的宋琬以外,其余皆系南籍文士;而"燕台七子"中,来自中州的张文光与赵宾,是"京师三大家"之首王铎所主掌的"孟津诗派"旗下健将,且皆与龚鼎孳并无任何诗文往来。而其他的在京北籍文士,也不乏与"京师三大家"往来甚密,而与龚鼎孳往来不多的例子。如王崇简,《青箱堂诗集》中与"京师三大家"唱和者,多达12首,而他在顺治一朝与包括龚鼎孳在内的南党人物唱和者,仅有顺治十年六月的《芝麓荔裳雨中过饮家舫》一首而已。这一严格的地域分野,显然与顺治时代之南北党争格局有

---

① 龚鼎孳:《燕市四子诗序》,《定山堂文集》卷四,《龚鼎孳全集》,第1636页。
② 龚鼎孳:《胡彦远归武林吴梅村纪伯紫各有诗赠别步原韵二首》,《定山堂诗集》卷二,《龚鼎孳全集》,第55页。
③ 龚鼎孳:《与胡彦远》,《定山堂文集》卷二十六,《龚鼎孳全集》,第2086页。
④ 胡介:《报龚孝升总宪》,《藏弆集》卷五,民国贝叶山房刊本,1936年,第88页。
⑤ 同上。
⑥ 胡介:《与龚芝麓》,《旅堂诗文集》卷二,《四库未收书辑刊》第7辑20册,第770页。

关,而这也能说明,此时龚鼎孳之人望与地位尚未能成为京城诗坛盟主。

龚鼎孳这一段仕途顺遂、诗名显赫的时期,随着顺治时代南北党争的日益激化而画上了句号。顺治十一年三月,南党党魁陈名夏以"留发复衣冠"及纵子为恶诸不法事,为诸王大臣劾议论死。顺治十三年三月,南党另一重要首领人物陈之遴也因结党营私,一度被"原官发盛京地方居住",两年后复被革职流徙。龚鼎孳虽然与陈名夏不和,但同系南党重要人物,且平时多有庇护汉族士人之举:"公在法司,每事好持两议,人为公言满汉异议未便,公弗听……"① 因而同样处境不妙。顺治十二年十月,他因对法司审理各案"往往倡为另议,若事系满洲,则同满议,附会重律;事涉汉人,则多出两议,曲引宽条。……不思尽心报国"②,被降八级调用;十二月,复以所荐顺天巡抚顾仁贪污伏法再降三级。直到顺治十三年四月,补为上林苑蕃育署署丞,奉命出使广东。

(三) 仕途蹉跌时期

顺治十四年末,龚鼎孳由广东回到京城,此后数年一直在微末闲官任上蹉跎。先任上林苑蕃育署署丞:"倦欲眠鸥屿,闲都似马曹。(注云:时余守囿簿。)"③ 顺治十七年改为国子助教,生活仍然相当闲适清苦:"广文官独冷,立马听残松。落日宣王鼓,青天长乐钟。(注云:余时谪官助教。)"④ 虽然龚氏在这段时期内仕途蹉跌,但顺治帝对他曾经誉为"真才子"的龚鼎孳,仍然给予了一定的庇护照顾。早在顺治十三年五月,大学士成克巩奏言吴达情罪,复牵连出龚鼎孳结党庇护之事,但顺治帝并未穷究,仅将龚鼎孳罚俸一年。顺治十七年春,甄别京官,龚鼎孳以素行不孚,众论拟外放,顺治帝却将龚氏特旨内留,并由上林苑监改为国子监助教,由郎署小吏重新回到较为清贵的教职。这很可能是源于顺治帝对龚鼎孳的才华仍然有所欣赏之故。

这一时期,龚鼎孳的心境相当消沉灰暗。他本来就是热衷功名之人,更

---

① 严正矩:《大宗伯龚端毅公传》,《龚鼎孳全集》附录,第 2568 页。
② 龚鼎孳:《遵谕明白回话疏》,《龚端毅公奏疏》卷三,《龚鼎孳全集》,第 2412 页。
③ 龚鼎孳:《九日集兴诚寺用重阳登高四韵》,《定山堂诗集》卷十二,《龚鼎孳全集》,第 427 页。
④ 龚鼎孳:《寄范眉生》,《定山堂诗集》卷十四,《龚鼎孳全集》,第 481 页。

何况以他年仅四十岁就位列左都御史的经历，沦落到这种位卑职小的闲曹冷官，其牢骚抑郁可想而知："因怜京洛新蓬鬓，悔负烟波旧钓船。黄纸千官堂印下，清流九品玉衡前。"① "鹓鹭班仍隔，龙蛇道易沉。三年簪笏外，筋力懒全侵。"② 虽然他也以"褊心都已尽，浮世任相看。顽钝藏龙性，飞扬问鹔冠。五湖春自阔，三事态殊难。早寄群鸥语，恩波属钓竿"③ 之类谪宦强作旷达之言，来自我安慰，但仍多"鬓发随年短，沧桑拭泪看。前春花下骑，沉痛醉难宽"④ 的愤懑苦痛。

在这数年沉沦下僚的时期，龚鼎孳在政治上无所作为，更将主要精力投放于文学创作和文人交际："左官才子非沦落，薇省诗成酒百瓢。"⑤ "生涯自昔贫兼病，世事年来拙更疏。已誓埋名消结习，苦将词赋问闲居。"⑥ 仕途低谷所带来的世态炎凉与精神苦闷，使得他特别渴望和重视与草野文人们的友情："余一官潦倒，京洛风尘，玄鬓改素，自顾生平，颇无托足。每当愁冗频侵，形神交瘁之时，辄念与二三同志把臂林涧，徜徉啸歌，何易可得？"⑦ 他在《与邓孝威》中，对自己这种诗酒自娱的心态，阐释更详：

> 长安寥落，同人雨散，园次长贫，圣秋善病。草土残人，长斋杜门，生趣都尽。而珠桂之累，时来侵迫，如空山老头陀，尚欲开堂接众，苦可知也。久不获通讯知己，非缘疏懒，忧患之余，笔墨既废，而亦以日日乞归，谓故山聚首有期，剪灯听漏，胜于鳞沉羽浮耳。⑧

这一时期，龚鼎孳曾交游唱和过的京城文化名流如吴伟业、曹溶、杨思

---

① 龚鼎孳：《寿铁山相国用戊子甓湖旧韵》，《定山堂诗集》卷二十三，《龚鼎孳全集》，第830页。
② 龚鼎孳：《元日试笔四首》，《定山堂诗集》卷十二，《龚鼎孳全集》，第428页。
③ 同上。
④ 龚鼎孳：《正月二十一日为先严诞辰过长椿寺礼诵默公出缣扇索书援笔写怀遂成春日杂感二十首》，《定山堂诗集》卷十三，《龚鼎孳全集》，第457页。
⑤ 龚鼎孳：《读友人寄怀秋岳诗和柬秋老》，《定山堂诗集》卷二十四，《龚鼎孳全集》，第852页。
⑥ 龚鼎孳：《过善果访旅公同圣秋路若》，《定山堂诗集》卷二十八，《龚鼎孳全集》，第1004页。
⑦ 龚鼎孳：《秦虞衡近体诗序》，《定山堂文集》卷四，《龚鼎孳全集》，第1639页。
⑧ 龚鼎孳：《与邓孝威》，《定山堂文集》卷二十七，《龚鼎孳全集》，第2094页。

圣、宋琬、施闰章等，多已离开京城。尚在京与他往来的只有纪映钟、陈祚明、韩诗等人。不过，龚鼎孳在这段时间的文化交游并不寂寞，一方面，他与那些外放的老友仍然保持联系并时常唱和往来。仅以"燕台七子"中心人物"南施北宋"为例，两人先后外放以后，都曾与龚鼎孳有相当频繁的文学交流。宋琬《亭皋诗序》："比予备员卢龙，园次友沂同为中书舍人，合肥龚芝麓先生方左迁国子典簿，更倡迭和，一时流传塞上。"① 宋琬升任永平副使在顺治十四年春，直到顺治十六年秋，外调浙江宁绍台道。龚鼎孳与其"更倡迭和"必在此期间。而对于远在江西任职的施闰章，龚鼎孳亦保持相当多的诗文往来，《酬施愚山寄怀三首》其三："烟水扁舟得，高歌未损神。十年青鬓改，万里白鸥亲。江柳先春折，檐梅带笑巡。几时重促坐，款款话垂纶。"自注云："读湖上诸近咏。"② 足见施闰章虽不在京城，龚鼎孳对其创作仍然相当熟悉。

更重要的是，这一时期，龚鼎孳在京城广泛交接提携年轻后进文士，并逐渐建立起属于自己门下的文学团体，这对于他后来获得京城诗坛"职志"的地位，是非常有利的："顺治中，廷敬在翰林。大宗伯端毅龚公以能诗接后进。先生（汪琬）与今宰相合肥李公天馥、今户部侍郎新城王公士正、吏部郎中颍州刘公体仁、监察御史长洲董公文骥及海内名能诗之士，后先来会。顾予亦以诗受知龚公，日与诸子相见于词场。"③ "（廷敬）年二十释褐登朝，优游词馆。时龚芝麓宗伯以风雅号召天下，诸名士皆出门下。而新城王贻上最有诗名。"④ 王士禛《居易录》："甲辰迁礼部，与翰林李检讨天馥湘北、今兵部尚书陈检讨廷敬子端、今都察院左都御史台中董御史文骥玉虬泊梁、刘、汪、程辈，切劘为诗歌古文，而合肥龚端毅公芝麓方为尚书，为之职志。"⑤ 这个"龚氏门下士"文学群体的常驻成员，包括王士禛、王士禄、陈廷敬、汪琬、梁熙、刘体仁、程可则、李天馥、董文骥等，他们多系

---

① 宋琬：《亭皋诗序》，《安雅堂全集》卷八，第 377 页。
② 龚鼎孳：《酬施愚山寄怀三首》，《定山堂诗集》卷十四，《龚鼎孳全集》，第 485 页。
③ 陈廷敬：《翰林编修汪钝翁墓志铭》，《午亭文编》卷四十四，《文渊阁四库全书》集部第 1316 册，第 630 页。
④ 郑方坤：《国朝名家诗钞小传·午亭诗钞小传》，《清代传记丛刊》第 24 册，台北：明文书局，1985 年，第 131 页。
⑤ 王士禛：《居易录》卷五，《王士禛全集》，第 3761 页。

顺治后期中第成名的年轻文士。其中，汪琬、王士禄、刘体仁、梁熙系顺治十二年进士，王士禛、陈廷敬、李天馥系顺治十五年进士，而他们与龚鼎孳的结识，多在龚鼎孳使粤归来，放废京城的这数年之间。

王士禛与龚鼎孳有所往来的最早记载，是他在顺治十五年中进士后归里。龚鼎孳《秋夜集筑影斋分韵》其二注云"时周量贻上将归"①。其后，龚鼎孳对王士禛多有提携，特别是在顺治十六年冬，王士禛出任扬州推官，离京赴扬州就任时，龚鼎孳不但召集京城诸人赋诗送之，且以文坛前辈身份给予他诸多建议："其年冬，予之官扬州，合肥龚端毅公集诸词人，赋诗祖道，联为巨轴。"②

王士禄虽然活动于京城的时间还早于其弟，早在顺治九年即中会试，但以科场风波被开革，未与殿试而归。其后于顺治十二年参加殿试，置于末甲。他这两次皆在京城来去匆匆，与龚鼎孳订交的可能性不大。直到顺治十六年以后，王士禄方得入京任职，得以与龚鼎孳交往。龚鼎孳颇欣赏王士禄的诗才，曾于顺治十八年正月，为王士禄作《题王西樵无题诗后》，盛赞其诗"一本之乐府古歌行，无唐以后只字。少陵之熟精文选，太白之佳似阴铿，以方西樵，古今并驾矣"③。康熙三年，王士禄以中州科场案系狱，龚鼎孳颇为担忧，至罢中秋之宴："康熙甲辰，先兄西樵以中州科场磨勘事，自吏部移法司。会中秋，合肥龚端毅之门生为置酒，呼梨园部奏伎。公愀然曰：'王西樵无妄，在请室，吾辈可乐饮乎？'遂罢，遣乐人，茗粥清谈而已。"④

汪琬在《董御史文集序》中，明确承认龚鼎孳的京城文坛盟主地位，且承认自己也属于龚鼎孳门下之士："当是之时，端毅公以文教主盟于上，予党数辈复左推右挽其间。"⑤ 他与龚鼎孳订交的时间不详，但他在作于顺治末期之《说铃》中，已记载他与龚鼎孳就"穷愁著书"问题进行文学讨论："余尝问龚先生：古人穷愁著书，今某辈奔走衣食，顿觉文思荒芜，都

---

① 龚鼎孳：《秋夜集筑影斋分韵》，《定山堂诗集》卷十二，《龚鼎孳全集》，第422页。
② 王士禛：《黄湄诗选序》，《渔洋文集》卷二，第1545页。
③ 龚鼎孳：《题王西樵无题诗后》，《定山堂文集》卷十六，《龚鼎孳全集》，第1873页。
④ 王士禛：《分甘余话》卷二，《王士禛全集》，第4990页。
⑤ 汪琬：《董御史文集序》，《尧峰文钞别录》卷二，《汪琬全集笺校》，第2158页。

无逸兴,如何?先生言:古人直是忧谗畏讥耳。与近世金尽裘敝者不同,故能托物感怀,缠绵悱恻。若使饥寒切肤,恐亦未暇尔尔。"①

程可则系岭南文士,其与龚鼎孳的渊源始于龚氏顺治十四年使粤之时:"予持节底五羊,则秋岳时时言此中有人,盖盛称周量诗不置云。而后乃今相见极欢。"其后程可则入京,"不自意再见于都下,其为诗歌古文辞,风气弥上,海日堂一编,清英苍健,根柢风雅,都人士传观惊叹,等于《上林》《羽猎》之书"②。程可则来自偏远的岭南,虽然早在顺治九年即入京中第,却由于科场案而很快被褫革。在京城倏去倏来,并未造成太大影响。其诗文能达到"都人士传观惊叹"的效果,显然是为龚鼎孳所提携。上文所提及《秋夜集筑影斋分韵》注云"时周量贻上将归"③,可见程可则此次入京是在顺治十五年。其后,顺治十七年,程可则授官为中书舍人,其间龚鼎孳还曾为其像作赞:"于是龚芝麓孙退谷两先生皆为周量像赞。"④

陈廷敬是在顺治十五年中进士后,以诗文受知于龚鼎孳,被其收入门下的。陈廷敬本人对此记载甚详:"顺治中,廷敬在翰林。大宗伯端毅龚公以能诗接后进。……予亦以诗受知龚公,日与诸子相见于词场。"⑤

李天馥与龚鼎孳订交于何时,尚不可考,然据陈廷敬之记载,也在顺治时代,很可能是李天馥于顺治十五年中进士之后。《定山堂诗集》中有《灯夕饮李湘北太史斋中》⑥《元宵词饮湘北太史斋中》⑦二诗,应是同一次灯节聚会的作品。李天馥中第后曾入翰林院为庶吉士,三年后授官检讨,随即丁忧归里。其诗以"太史"称之,则此次聚会,必在李天馥充任庶吉士的顺治十五年至十八年之间。

龚鼎孳有《为周茂三录别和刘公㦃比部松下饮酒四诗韵》:"刘生理朱丝,当风再三叹(谓公㦃也)。长啸怀苏门,遐征纵云翰。"⑧刘体仁曾于顺

---

① 汪琬:《说铃》,《汪琬全集笺校》,第2231页。
② 龚鼎孳:《海日堂集序》,《海日堂集》,《清代诗文集汇编》第90册,第283页。
③ 龚鼎孳:《秋夜集筑影斋分韵》,《定山堂诗集》卷十二,《龚鼎孳全集》,第422页。
④ 汪琬:《程周量像赞》,《钝翁前后类稿》卷四十六,《汪琬全集笺校》,第855页。
⑤ 陈廷敬:《翰林编修汪钝翁墓志铭》,《午亭文编》卷四十四,第630页。
⑥ 龚鼎孳:《定山堂诗集》卷三十一,《龚鼎孳全集》,第1112页。
⑦ 龚鼎孳:《定山堂诗集》卷四十一,《龚鼎孳全集》,第1355页。
⑧ 龚鼎孳:《为周茂三录别和刘公㦃比部松下饮酒四诗韵》,《定山堂诗集》卷二,《龚鼎孳全集》,第75页。

治十年游苏门山并欲隐居，龚诗即指此事。刘体仁在顺治十二年中第后授刑部主事。次年因家难遽归。顺治十五年再补刑部，擢员外郎，次年八月又以病假还里。其诗以"比部"称之，必作于顺治时代。

（四）诗坛"职志"时期

康熙二年六月，丁继母忧之后奉诏在任守制的龚鼎孳，重补都察院左都御史，结束了数年来蹉跎下僚的生活，迎来了仕途上的再度飞黄腾达："忽蒙圣恩，拔之卿贰。引见之日，多所奖励，云是大才，为世皇重用之人，久经淹屈，特为拔擢等语。"① 由此可知，龚氏的东山再起，或与清廷简拔顺治朝得力旧臣有关。此后，他先后历任各部尚书：康熙三年十一月，迁刑部尚书；康熙五年九月，改兵部尚书；康熙八年五月，转礼部尚书。龚氏在各部尚书任上，皆有可圈可点的政绩：补左都御史后"有《宽民力以裕赋税》之疏，《惜人才以收器使》之疏，有《感诵皇仁安插投诚》诸疏"。迁刑部尚书后"反复招详，稍有疑窦，必为招雪。有《复秋决恤妇女》之疏，星变陈言有请赦密疏，有《宽失出》《宥小过》《恤株累》诸疏，皆切中时务，语多忌讳"。调兵部时"区画方略，核军实，严纪律，有《酌投诚》《重言路》诸疏，有《宽奏销》疏"。任职礼部则"厘正京官仪从，复岁贡廷试录进呈"。② 并于康熙九年与十二年，两主会试，得士极多。康熙十二年，卒于礼部尚书任上。

在这一时期，龚鼎孳除了康熙五年一度回乡葬母以外③，一直在京城任职，官位崇隆，文学声望极高。而且曾与他在京城诗坛上并驾齐驱的老一辈贰臣文人若吴伟业、曹溶、"京师三大家"等，此时或已去世，或早已离开京城；仍在京城诗坛上活动的王崇简、梁清标等人，文学成就和声望皆非他可比。龚鼎孳成为名副其实的京城诗坛"职志"，已是水到渠成之事。《庐州府志》对于龚鼎孳能够"领袖人文"，成为诗坛"职志"的原因，有一相当全面的概括：

---

① 龚鼎孳：《又示长子士稹》，《定山堂文集》卷二十，《龚鼎孳全集》，第1955页。
② 严正矩：《大宗伯龚端毅公传》，《龚鼎孳全集》附录，第2568—2569页。
③ 《龚端毅公奏疏》卷四《遵谕自陈不职疏》中，龚鼎孳提到自己于康熙五年三月请假回籍葬亲，除往来行程外只准三个月假期，可见他此次在南方停留时间并不长，是年九月即内调兵部尚书，在南方辗转只有数月。

>公清操雅量,领袖人文。通籍四十年,宦橐如洗,俸钱辄以应故交寒士,奖掖后进,孜孜不遑。于桑梓疾苦,尤为留意,请蠲请赈,前后奏牍甚多。及卒,四方闻者多为陨涕。诗词古文,卓然名家,封事详明恺切,每一疏出,台垣传诵,此大江南北数十年来所仅有也。

龚鼎孳能"领袖人文"的前提,首先在于他自身的文学成就相当可观:"诗词古文,卓然名家。"这也正是同样在京城官位崇隆且有爱士之名的王崇简、魏裔介、梁清标辈都未能问鼎诗坛"职志"的根本原因。

康熙六年冬,顾有孝、赵沄与慎交社同人辑选《江左三家诗钞》,镂版于吴门。"江左三大家"因而得名,龚鼎孳与钱谦益、吴伟业并驾齐驱的文学地位,也由此确立。虽然龚氏的文学成就仍较钱、吴略逊,但此时钱谦益已经去世,吴伟业身在江南且已无官位,名望虽高,影响力终究有限;而扎根京城且官位崇隆的龚鼎孳,其文学创作完全可以达到"每一疏出,台垣传诵"的快速传播效果,这是钱吴二人皆不可相比的。

龚鼎孳成为诗坛"职志"的第二个原因,是他喜好结交寒士、提携后辈、扶掖人才,"俸钱辄以应故交寒士,奖掖后进,孜孜不遑"。年轻后进文士入京干谒,以寻求入仕及扬名机会,这是历朝历代皆有的现象:"今天下挟策游京师者以数十万计,然拔帜登金马之门,联镳问东华之路,斐然有作,为时称首,仍指不多屈。"① 而龚鼎孳这类官位和名望都极为显赫的前辈耆宿,正是他们孜孜以求的进身之阶。正如尤侗所指出的:"若今日者,诗教上行,得龚公辈十数人落落然参错庙堂,为词坛领袖,即有才如李杜,不过应教门下,敛衽称述已耳,安能扬眉吐舌,以长城自雄哉?"②

龚鼎孳平生以风流文人自赏,好士之名遍传天下。吴伟业在《龚芝麓诗序》中写道:"身为三公,而修布衣之节;交尽王侯,而好山泽之游。故人老宿,殷勤赠答,北门之窭贫,行道之饥渴,未尝不彷徨而慰劳也;后生英俊,弘奖风流,考槃之寤歌,彤管之悦怿,未尝不流连而奖许也。"③ 余怀亦盛赞龚"孝升先生奖拔奇士,皇皇若不及,不独玄晖之割卧具,道济之手

---

① 龚鼎孳:《张寄亭云门稿序》,《定山堂文集》卷五,《龚鼎孳全集》,第1665页。
② 尤侗:《龚宗伯诗序》,《龚鼎孳全集》附录,第2530页。
③ 吴伟业:《龚芝麓诗序》,《吴梅村全集》卷二十八,第665页。

题政事堂也，士以此归之如流水"①。尤侗《再上龚总宪书》更是称颂龚"今世所谓伯乐者，舍阁下其谁哉？揽四方之纪纲，秉百工之刀尺，位已尊矣，望已隆矣，文章经济，赫然称当代一人矣。而犹倾心于下吏，肯首于愚生，褒尺寸之才，扬纤毫之美"②，高度评价龚的地位之高和肯于奖掖人才。

被龚鼎孳资助和奖掖的寒士，主要包括两个群体：鼎革之际潜身草野的遗老和混迹京城希图仕进的晚生后辈。而龚鼎孳之所以能成为他们的领袖，正是因为他官位既高，而才华又足以压倒群雄之故：

> 时鼎革方新，前朝耆旧，多混迹于酒人画师，以寄其侘傺幽忧之感。又少年英俊，希光而待荫者，龠集京师，不能无丐齿牙、仰煦沫。先生开东阁以招之，分余明以照之。严冬之裘万里，三涂之缏千寻。古云"陆大夫宴喜西都，郭有道人伦东国"者，川骛星奔，于斯为盛。先生既负宗师重望，而才气又实能笼罩群英。③

龚鼎孳一方面乐于资助或直接援救那些因为坚守气节不食周粟而陷入贫困乃至罹难入狱的遗民文士，吴伟业云："自伐木之道衰，而黾勉有无、匍匐急难者，吾不得而见之矣。先生倾囊橐以恤穷交，出气力以援知己，其恻怛真挚，见之篇什者，百世而下，读之应为感动，而况于身受之者乎？"④另一方面龚鼎孳也乐于提携那些流寓京城希图进取的年轻后进文人。他的崇隆官位和由此而来的权力、资源和便利，也有利于他从事这类义举。以康熙初年活跃于京城诗坛的文人来看，王士禛、汪琬、刘体仁、程可则等皆系龚鼎孳门下之士；而陈维崧、顾贞观、徐釚等后辈文人，也多受过龚鼎孳的提携照顾。

值得注意的是，龚鼎孳任礼部尚书期间，曾在康熙九年与十二年两次主持会试，这更扩展了他的人脉关系。"庚戌主会试，得宫梦仁等三百八人。

---

① 余怀：《过岭集序》，《龚鼎孳全集》附录，第2522—2523页。
② 尤侗：《再上龚总宪书》，《西堂杂俎》二集卷五，《四库禁毁书丛刊》集部第129册，第238页。
③ 郑方坤：《国朝诗钞小传》卷一，第71—72页。
④ 吴伟业：《龚芝麓诗序》，《吴梅村全集》卷二十八，第665页。

癸丑复主试，得韩菼等一百五十九人。"① 他所取士人中即有徐乾学、韩菼等后来在康熙朝炙手可热的人物。徐乾学作有《上座主合肥先生》②，明确以"座主"称呼龚鼎孳。两主会试对龚鼎孳人望的巨大作用，不可小觑。

龚鼎孳为当时文士所崇仰，乃至得以成为诗坛"职志"的第三个重要原因，是他"于桑梓疾苦，尤为留意，请蠲请赈，前后奏牍甚多"。龚鼎孳晚年的仕宦生涯，仍然延续了他在顺治时代的勤勉有为和刚直敢言。有些研究者因龚鼎孳之名节问题，对他颇有微辞，孟森谓："（芝麓）顺治间尚有爱名余习，附和溧阳、海宁二相，未免略祖汉人，遂致蹉跌。再起以后，想能效法金之俊、王熙等，容容尸位，故以大官终。"③ 然以龚鼎孳实际表现来看，他绝非"容容尸位"之人。重任左都御史后两个月，他即上《请宽民力以裕赋税之源疏》，疏请将康熙元年以前催征不得的钱粮概行蠲免，这明显是就江南奏销案这一政治敏感问题而言。任刑部尚书以后，康熙四年他更有《请宽奏销以广恩诏疏》，直指奏销案中"该抚不论多寡，一概指参；该部未经核查，一概降革"，"该抚早夜拮据，及地方剜肉医疮之状，可以想见"，请开复顺治十八年前因逋赋而被革的士绅，"通其最大而行之既效者，则《宽民力以裕赋税》之疏，蠲江南积逋三百余万"。严正矩记载此疏"请复江南降黜绅士不下千人。于迹涉嫌，时多龁之。公毅然曰：'以我一官赎千万人职，何不可？'"④ 而他对那些罹难入狱或生活贫困的遗民人士的援救，更是为人称道，最知名者莫过于康熙四年救助阎尔梅的壮举。阎圻《文节公白耷山人家传》提到，阎尔梅遣子入京求救时，龚鼎孳慨然应允，称："某岂恋旦夕一官，负天下豪贤哉！"⑤ 即使龚鼎孳的行为中确有相当的"好名"因素，这样做也需要胆量。由此可知，龚鼎孳的文坛声望，不仅来源于他的官位之崇隆，也不仅仅来源于他的文学成就，更源于他的人格与为人处世方式。正如杜濬所言："出处之道，处以为身，出以为民而已。求之当世，

---

① 严正矩：《大宗伯龚端毅公传》，《龚鼎孳全集》附录，第2569页。
② 徐乾学：《憺园文集》卷五，《续修四库全书》集部第1412册，第377页。
③ 孟森：《横波夫人考》，《心史丛刊二集》，第123页。
④ 严正矩：《大宗伯龚端毅公传》，《龚鼎孳全集》附录，第2569页。
⑤ 阎圻：《文节公白耷山人家传》，鲁一同编《白耷山人年谱》附录，《北京图书馆藏珍本年谱丛刊》第67册，第732页。

处以为身者当如宣城沈耕岩先生；出以为民者当如合肥龚芝麓先生。"① 堪称时人对这位"三朝元老"的最高评价。

龚鼎孳成为诗坛"职志"另有一极重要的原因，以往研究者多未注意到。龚鼎孳是一位身兼"南"与"北"、"朝"与"野"的特殊人物：一方面，他仕清很早，且仕清后从未做过地方官，长期定居并任职于京城，是最早活跃于清初京城诗坛的文士之一，因而在京城人脉广泛，得以在京结识大量的北籍文士，如宋琬、杨思圣、魏裔介、申涵光等。另一方面，他本来是南籍文士，且在顺治八年起复之前，数年间浪游江南，在江南文人中人脉亦颇广。他在仕清后虽然偶逢仕途蹉跌，却一直未曾真正离开官场，晚年更历任各部尚书，官位崇隆，有庙堂诗人领袖的风范；同时，他又广为结交草野遗民、布衣文人，特别是在浪游江南期间，和南京、扬州等江南遗民重镇有较多的联系，其友人纪映钟、冒襄、杜濬、阎尔梅、万寿祺、顾与治等皆为江南著名遗民文士。所以，他在京城固然是宾朋满座、风光无限："月明歌舞出帘栊，刻烛分题挥洒中。谈笑阮生青眼客，文章王掾黑头公。"② 到江南以后同样可以毫不费力地召集大规模的文人聚会："往年合肥好风雅，每至扬州客景从。华堂盛会珠履集，清歌妙舞倾千钟。"③ 他曾提到自己顺治十四年使粤归来，在南京举行的一场较大的诗酒唱和活动："余使粤复命，泊舟白门，海内同人，各挈诗囊，衣冠云合，相与扬扢风雅，焜耀有辞，琳琅作响。"④ 由此即可知，龚鼎孳虽然身为京官，又是贰臣，但仍然在江南有极高人望，文学活动丰富。可以说，龚鼎孳是以一人联结了南籍与北籍、遗民与庙堂诸多不同的诗人群体，这是钱谦益与吴伟业始终没有做到的。

所以，龚鼎孳在京城与江南两地的人望，他自身的文学成就，以及他豪爽好交游的性格，使他顺理成章地成为在京江南文士的中心。江南文人赴京或推荐后辈赴京，往往都来投奔龚鼎孳，尤侗云："予观朝廷之上，公卿大夫率多光明俊伟，喜为文章以表见于世，而一时骚人墨客，承风附景，步趋

---

① 杜濬：《送宋荔裳之官四川按察使序》，《变雅堂遗集》卷五，《续修四库全书》集部第1394册，第41页。
② 吴伟业：《赠总宪龚公芝麓》，《吴梅村全集》卷十一，第283页。
③ 邓汉仪：《壬戌冬日巢民先生招同曹秋岳诸公大集海陵寓馆即事》，《慎墨堂诗集》卷四，《四库禁毁书丛刊补编》第57册，北京：北京出版社，2005年，第476页。
④ 龚鼎孳：《秦虞衡近体诗序》，《定山堂文集》卷四，第1639页。

恐后，此诗教在上之应也。于我江南则合肥龚公为最著。"① 龚氏在江南的遗民故交，也往往向他推荐一些入京寻求前途的后学晚辈，请求他予以照拂。冒襄即曾致书龚鼎孳："彦发来京师，则吾辟疆为之驿骑。"② 文中所提及"时方斋居太学"，可知此事必在龚鼎孳谪国子监助教期间。而冒襄二子丹书、禾书入京后，也确实得到龚鼎孳的照拂：是时朝廷出台政策，寓居在京者须取印结上纳，方可在京应试；龚鼎孳代为奔走，多方努力，方得续报③。由此也可知，龚鼎孳身为贰臣，且长期离开江南故里，却在江南士人中仍有较高声望，与他"出气力以援知己"的慷慨侠义行为，有很大关系。

值得注意的是，龚鼎孳成为京城诗坛"职志"的时间，很可能比王士禛所记载的康熙七年还要早。据《汪尧峰先生年谱》记载，早在康熙三年，一个以龚鼎孳为中心的门下士人团体就已经建立起来："康熙三年甲辰四十一岁……与李湘北天馥、陈说岩廷敬、董玉虬文骥、梁曰缉、刘公䍐、程周量等切靡为诗歌古文，而龚芝麓鼎孳为之职志。"④ 也正是这一年的十一月十七日，龚鼎孳值五十寿辰。龚氏虽以母丧在堂，妻室连逝为由，谢绝酬应，然一时名公巨卿以及海内知名之士，操诗歌古文辞，介祝于庭者应不可计数。由此更可知龚鼎孳当时在京城已具诗坛"职志"地位。而王士禛记载有所偏差，其原因或系康熙三年他尚在扬州为官，对京城诗坛格局的了解不深之故。

二、龚鼎孳与"失节文学"的自觉

明清之际，两朝为官之"贰臣"文人，在诗坛上占据半壁江山。而这一群体所特有之"失节"文学，亦取得了远远高于前代同类诗作的成就。关于明清之际失节文学，研究者往往首推吴伟业之"沉吟不断，草间偷活""误尽平生是一官"等，而对龚鼎孳不屑一顾，乃至大多认为他对失节缺乏忏悔之心。若孟森言其"自存稿，自入集，毫无愧耻之心"⑤，张仲谋《贰

---

① 尤侗：《龚宗伯诗序》，《龚鼎孳全集》附录，第2530页。
② 龚鼎孳：《沙彦发诗序》，《定山堂文集》卷四，《龚鼎孳全集》，第1646页。
③ 龚鼎孳：《与冒辟疆》，《定山堂文集补遗》卷下，《龚鼎孳全集》，第2163页。
④ 赵经达：《汪尧峰先生年谱》，《北京图书馆藏珍本年谱丛刊》第76册，第491页。
⑤ 孟森：《横波夫人考》，《心史丛刊》二集，第115页。

臣人格》亦评论说:"在一部《定山堂集》中,我们几乎找不到他为自己的失节行为而痛苦或忏悔的诗句。"①

然而,这些批评并不符合龚鼎孳的创作实际。龚鼎孳性格雄豪洒脱,不似吴伟业那样失节之后每时每刻都背负沉重的负罪感并经常形诸笔墨;再加上他的功名欲望太强,自然难免会给人以贪恋富贵、"认罪态度"不佳的印象。但实际上,细考龚鼎孳之诗文创作,即可发现,他对自我心态剖析之细致,不让吴伟业;而他所展现的自我心态之复杂微妙,则还在吴伟业之上,实系"失节文学"中不可多得的绝好样本,亦有助于研究中国传统士人在外界环境重压下所呈现出的人格心态。

甲申国变之后不久,龚鼎孳在第一时间即对自身惨痛经历做出了极为直观的描述,堪称展现甲申国变时官绅士人经历遭际及心境变化的"一手资料"。

崇祯十七年甲申三月,闯军入城,崇祯帝自缢,明亡,龚变装藏身佣保间。三月二十五日,龚氏被捕。二十六日,龚氏受拷掠,不堪受刑而与家人投井,为人所救。事见《龚端毅公奏疏》之《衰病残躯不能供职谨补牍陈情乞恩允放启》:"流寇陷城,夹拷惨毒,骨胫折断,阖门投井,为居民救苏,裹痛扶伤,逃命山谷。"② 不久,龚氏受大顺政权的直指使之职,巡视北城。③ 四月二十九日,大顺军撤离京城前夕,他与熊文举逃出京城,却被土贼抢掠,④ 只得再度返回京城,遂被清廷接收而官复原职。五月清军入京后,他又降清,以原官任。

细考龚鼎孳之诗文作品,即可发现,他确实对自己受大顺伪职之事有所避讳伪饰,但除此之外,他对自己在甲申国变中的大部分经历,都无甚讳言,记录阐释不但相当细致,而且满怀痛楚:"甲申之变,蹈刃如饴,尺组重渊,我师弟各行其志,攀髯莫遂。义师入焉,薰濯亡俘,以臣以仆,陈情

---

① 张仲谋:《贰臣人格》,武汉:长江文艺出版社,1996年,第311页。
② 龚鼎孳:《衰病残躯不能供职谨补牍陈情乞恩允放启》,《龚端毅公奏疏》附卷,《龚鼎孳全集》,第2504页。
③ 按《甲申传信录》记载,"四月十一日闯召见所放狱五品以下官,并授伪职。"龚鼎孳当系此时被赦出狱,受大顺之职。事见《甲申传信录》卷五《槐国衣冠》,上海:上海书店,1982年,第79页。
④ 事见熊文举《与门人韩圣秋中翰》:"寇以四月廿九遁□与龚芝麓、涂印海解缚逃出平自门六昼夜伏□仅得程途八里,遭土贼劫夺,寸骨皆伤,一丝不□。仆三人口占文互祭,将同毕命于一野寺荒园。□时血染郊原,茫茫天地,有谁知者?"《雪堂先生文集》卷二十三,第535页。

累表，痛哉言乎。"①《与卢德水先生》描述更详："方流寇之陷都城也，自分必死，既已被执，求死不得，所以窘辱万状。稍得间，即同内人赴井死，不幸为邻人救苏，遂与雪堂先生携手行遁，去之荒野，则土贼遮路，寸趾难前。未几，大清讨贼之师亦遂入。"②

对自己的两度失节，龚鼎孳是深感羞耻愧悔的，绝不是孟森所言之"毫无愧耻之心"。在甲申当年七月，他即以思亲成病为由请辞官③，但未被摄政王允准。不久，在《衰病残躯不能供职谨补牍陈情乞恩允放启》中，他更是明明白白地承认，他辞官的唯一原因，是无法承受身事两朝的心理压力："性诚懿劣，命复奇穷，一年之间，九死备历，再尘仕版，必致偾辕。既不能逭缧绁于前朝，又安能效忠悫于今日？负先帝教戒玉成之德，昧人臣进礼退义之闲，徒积诟讥，奚裨尘露。此所由低徊往事而益凛乎其疚心也。"④

更糟糕的是，顺治三年四月十五日，龚鼎孳之父去世，而这一事件又被龚氏的政敌所利用，攻击其居丧期间行为不检。这更令龚鼎孳产生了极大的心理压力与负罪感。他甚至在潜意识中，将父亲的去世，也归结为上天对自己未能殉国、两度失节的惩罚："不孝孤不才失路，惭负良友。……万死残人，遘天酷罚，先君奄乎见背，痛心摧骨，不足比数于人。"⑤ "不自意罪逆深重，祸极终天，摧骨腐心，不足比于人数。当日井边絮语，甘从彭咸，足下援我尊人为解，而不孝孤亦竟招魂水国，忍须臾无死。……独以不孝自恨自责，余生既赘，万死犹赊，一息苟存，不如速尽之为幸耳。"⑥ 这种极端惨痛愧疚的心境，使得他在这一段时期内，往往有酷烈而近于自虐的自责："不忠不孝，负终天大痛，行且待死草土，为沟壑中一不足怜齿之物。"⑦

---

① 龚鼎孳：《送熊雪堂老师守制归章门序》，《定山堂文集》卷六，《龚鼎孳全集》，第1691—1692页。
② 龚鼎孳：《与卢德水先生》，《定山堂文集》卷二十五，《龚鼎孳全集》，第2046页。
③ 龚鼎孳：《恳恩给假省亲以展子情以广孝治疏》，《龚端毅公奏疏》卷一，《龚鼎孳全集》，第2367页。
④ 龚鼎孳：《衰病残躯不能供职谨补牍陈情乞恩允放启》，《龚端毅公奏疏》附卷，《龚鼎孳全集》，第2504页。
⑤ 龚鼎孳：《与阎古古》，《定山堂文集》卷二十五，《龚鼎孳全集》，第2047页。
⑥ 同上书，第2048页。
⑦ 龚鼎孳：《与卢德水先生》，《定山堂文集》卷二十五，《龚鼎孳全集》，第2046页。

这种酷烈的自责情绪，在后来的岁月中，虽然已不是事件发生时那种撕心裂肺的惨痛，却仍令他时时背负一种负罪感："仆也恨人，生惭贞魄。"①"批鳞甘蹈刃，久贻父母之忧；临难昧结缨，遂抱忝生之恨。"② 直到甲申国变以后多年，他在顺治七年起复北上时，所作的《与吴梅村书》，提到自己在甲申国变时的经历，仍颇多愧悔之辞：

  运移癸甲，大栋渐倾，妾以狂愚，奋身刀俎，甫离狱户，顿见沧桑，续命蛟宫，偷延视息，堕坑落堑，为世惭人。……且身既败矣，焉用文之？顾万事瓦裂，空言一线，犹冀后世原心，宣郁遣愁，亦惟斯道。③

  自我谴责之外，龚鼎孳还往往对周遭环境加诸失节者的道德压力，有较细致的描述。龚氏本人及甲申国变后滞留京城之仕清者如曹溶、李雯、熊文举辈，皆系南籍士人，江南士林对他们的"降贼"及"降虏"行径，本就极为不齿；再加上南明政权建立后，出于迫害复社清流之政治目的而大举追究"降官"问题，民间亦因此出现对降官家庭的劫掠焚毁。龚氏本人的家庭亦遭遇到这类迫害："江左清谈，遂当以我曹为题目。柄人残刻，佐斗蹶张，刀笔纵横，羽疮惟命。彼自冒赵盾、许止，通天莫大之辜；而反责人以范粲、管宁，今昔难同之事，此无怪少卿致叹于己矣，子山发涕于何堪也。"④

  政权层面之外，尤其令龚氏难堪和痛楚的是来自昔日友人的冷淡疏远乃至反感排斥，而这正与彼此身份的变化密切相关："时贤纷管葛，故老或夷齐。"⑤"绕树茫茫，有同萍梗。一二簪缨故老，皆赋首阳之薇，晞皋羽之发，抗怀云上，视我等为江令、沈郎。"⑥ 再归江南后，人事已非，原本之故交老友往往守节不仕，且对他们极为不齿。而这种社会评价降低、原有社

---

① 龚鼎孳：《员烈妇赞》，《定山堂文集》卷十三，《龚鼎孳全集》，第1786—1787页。
② 龚鼎孳：《祈寿保安疏》，《定山堂文集》卷十四，《龚鼎孳全集》，第1812页。
③ 龚鼎孳：《与吴梅村书》，《定山堂文集补遗》卷下，《龚鼎孳全集》，第2160页。
④ 龚鼎孳：《答曹秋岳》，《定山堂文集》卷二十五，《龚鼎孳全集》，第2044页。
⑤ 龚鼎孳：《石城放舟后即事言怀》，《定山堂诗集》卷三十三，《龚鼎孳全集》，第1156页。
⑥ 龚鼎孳：《复熊雪堂老师》，《定山堂文集》卷十八，《龚鼎孳全集》，第1918页。

会关系丧失的实际处境，自然也加剧了龚鼎孳这类贰臣的痛苦愧悔情绪。

不过，在因为失节而痛楚忏悔并苛刻自责的同时，龚鼎孳也往往在描述甲申国变经历的诗文作品中，表现出另一些与"忏悔"关系不大的真诚的痛苦，那就是生逢乱世、身不由己的凄哀压抑之感："余亦流浪尘海，幽忧连蹇，生平所历，如噩梦之初回，不胜望秋先零之感矣。"① "嗣是惊心动魄，可悲可愕，穷愁患难之事，与牛衣对泣之悲，靡所不经……"② 《待雁居小记》对此描述更详：

> 因念吾辈越鸟违巢，悲吟朔雪，高空雁响，目断遥山，不知天外浮云，何日送宾鸿之梦。衡阳戒影，羌笛题愁，游子悲故乡，不待临河梁而咏皓首也。仆本恨人，又逢离乱，"我生之初尚无为"，一言神泣，正使拍遍胡笳，未易为悠悠者道耳。③

这一类描述和阐释，其特色正在于：对历史去除了"亡国"与"失节"这类宏大叙事的道德标签，以一种高度个人化和去道德化的方式来阐释历史巨变，和身处其间被拨弄、被撕扯的渺小个体的真实心灵感受："登高一太息，零泪沾裳衣。流离逢世难，远道将焉依。岂无脱粟饭，中抱长苦饥。孤蓬随惊飙，故林不可归。宛转就娱乐，安知心所悲。迢迢天汉长，嗷嗷鸣雁飞。祸乱幸衰息，安枕以当归。"④ 这种小人物被巨变颠簸于历史风浪之中，无处可逃、无力自保的惊惶凄怆绝望之感，恐怕才是龚鼎孳这类亲历者在"亡国""失节"这类政治道德话语之外，感触最深刻也最真实的内容。再试观《花朝同敬哉韫退玉叔尔唯舒章芥庵社集秋岳斋限韵十体》：

> 高冈郁峣峣，梧子森成列。一朝化荆杞，凤凰不能食。翩翩江海人，来作燕赵客。事往计多忤，途穷步难择。飘零夙昔心，迢迢向华月。杂佩纷瑰瑜，动摇春风发。秦珠在泥涂，颠倒自差别。但坐饮醇

---

① 龚鼎孳：《张建侯时艺序》，《定山堂文集》卷二，《龚鼎孳全集》，第1588页。
② 龚鼎孳：《题画赠道公》，《定山堂文集》卷十六，《龚鼎孳全集》，第1887页。
③ 龚鼎孳：《待雁居小记》，《定山堂文集》卷十一，《龚鼎孳全集》，第1773页。
④ 龚鼎孳：《咏怀诗》，《定山堂诗集》卷一，《龚鼎孳全集》，第19页。

酒，勿复谈契阔。烂熳扬马辈，岂供时世悦。西京一以徂，俯仰恣耿结。①

此诗系顺治四年春，李雯南归之前，龚鼎孳与赵进美、李雯、张学曾，以及南归不久的王崇简、宋琬，在曹溶寓所聚会所作。在座者全部都是已经或将要仕清失节的士人。生逢鼎革使得他们进退两难，在龚鼎孳看来，自己和这些失节友人们，与其说是"罪人"，还不如说是乱世中无力自保的弱者，过去的理想与志向，皆在历史巨变中化为乌有，一切都有如一场噩梦，梦醒后已是名节有亏，而未来却依然茫茫不可知。这样的感叹，虽然不符合后世对这些失节者"忏悔"的道德期待，却实在是极为真挚悲苦的。

由于未能选择死节，而是选择了偷生，并因此经受种种磨难辛酸，龚鼎孳在诗作中经常描述"生"之艰难惨痛。若顺治二年七月送熊文举还乡时所作之《送雪堂夫子南归用古诗十九首韵》："死当魂慨慷，生当独悲辛。"②《送曹古遗给谏归殡汾阳十四首》："独生诚恨事，莫只怨河梁。"③ 在这种对偷生之苦的描述中，忏悔自责之外，往往能见一种自怜情绪。而自怜亦是龚氏在诗中时常有所表现的："但许称同病，悲怜意不生。"④ "应怜余失路，此哭不成声。"⑤ "怀古身何适？藏山晚自怜。"⑥ "销魂畏奏金微笛，薄命谁怜玉镜眉。"⑦ 这种自怜情绪，直接指向的正是那个乱世飘零身不由己、在世人白眼中艰难偷生的自我。

与此相应的是，龚鼎孳最常用的表述自我和失节同类的词汇，是"失路"二字。"失路者"之意象，在龚鼎孳诗文作品中特别常见，不但全部产

---

① 龚鼎孳：《花朝同敬哉韫退玉叔尔唯舒章芥庵社集秋岳斋限韵十体》，《定山堂诗集》卷一，《龚鼎孳全集》，第12页。
② 龚鼎孳：《送雪堂夫子南归用古诗十九首韵》，《定山堂诗集》卷一，《龚鼎孳全集》，第4页。
③ 龚鼎孳：《送曹古遗给谏归殡汾阳十四首》，《定山堂诗集》卷五，《龚鼎孳全集》，第158页。
④ 龚鼎孳：《有触》，《定山堂诗集》卷五，《龚鼎孳全集》，第162页。
⑤ 龚鼎孳：《送曹古遗给谏归殡汾阳十四首》，《定山堂诗集》卷五，《龚鼎孳全集》，第161页。
⑥ 龚鼎孳：《于皇辟疆友沂穆倩诸子再集寓斋出诸诗画共观》，《定山堂诗集》卷七，《龚鼎孳全集》，第224页。
⑦ 龚鼎孳：《初返居巢感怀》，《定山堂诗集》卷十七，《龚鼎孳全集》，第607页。

生于其失节仕清之后，而且大多数都见于与处境相近之仕清友人往来唱和之时：

> 伤哉失路人，全生不易为。①
> 崎岖逝与留，同为失路人。②
> 亡何骢马蹶霜蹄，我曹失路偏连鸡。③
> 应怜余失路，此哭不成声。④
> 闭门愁雨雪，失路狎樵渔。⑤
> 失路思良友，明心早钓矶。⑥
> 不敢称同病，怜予失路偏。⑦
> 看云岁序消杯酒，失路风波罪管城。⑧
> 渡江功业谁王谢，失路文章自庾徐。⑨
> 失路人归故国秋，飘零不敢吊巢由。⑩
> 藏身大地移舟壑，失路浮名吊刹藤。⑪
> 失路翻相重，伤弓总勿惩。⑫
> 庾徐失路因辞藻，苏李同时恨简编。⑬

---

① 龚鼎孳：《送雪堂夫子南归用古诗十九首韵》，《定山堂诗集》卷一，《龚鼎孳全集》，第6页。
② 龚鼎孳：《送遂初朱子南归和苏李录别韵》，《定山堂诗集》卷一，《龚鼎孳全集》，第11页。
③ 龚鼎孳：《岭南喜晤秋岳歌》，《定山堂诗集》卷四，《龚鼎孳全集》，第118页。
④ 龚鼎孳：《送曹古遗给谏归瘗汾阳十四首》，《定山堂诗集》卷五，《龚鼎孳全集》，第161页。
⑤ 龚鼎孳：《雪航席上同秋岳限韵》，《定山堂诗集》卷五，《龚鼎孳全集》，第166页。
⑥ 龚鼎孳：《故人王子云不相见者十七年忽握手于匡江之浒是夕遂别凄然不成寐寄怀六章》，《定山堂诗集》卷十一，《龚鼎孳全集》，第401页。
⑦ 龚鼎孳：《春暮集青藤馆送大隐先生》，《定山堂诗集》卷十三，《龚鼎孳全集》，第461页。
⑧ 龚鼎孳：《和雪堂先生遂初秋岳舒章秋日书怀诗十二首》，《定山堂诗集》卷十六，《龚鼎孳全集》，第566页。
⑨ 龚鼎孳：《怀方密之诗》，《定山堂诗集》卷十六，《龚鼎孳全集》，第576页。
⑩ 龚鼎孳：《初返居巢感怀》，《定山堂诗集》卷十七，《龚鼎孳全集》，第606页。
⑪ 龚鼎孳：《又赠林苍舒同年》，《定山堂诗集》卷十八，《龚鼎孳全集》，第641页。
⑫ 龚鼎孳：《寄怀袁箨庵水部用杜少陵寄刘峡州伯华使君四十韵》，《定山堂诗集》卷三十三，《龚鼎孳全集》，第1155页。
⑬ 龚鼎孳：《花朝同敬哉韫退玉叔尔唯舒章芥庵社集秋岳斋限韵十体》，《定山堂诗集》卷三十四，《龚鼎孳全集》，第1177页。

后庭花落肠应断,也是陈隋失路人。①
失路酒狂悲苦,目随云去。②

相较那些为数不多且往往产生于特殊语境下的"不足比数于人""沟壑中一不足怜齿之物""为世惭人"之类狠恶的自我诅咒,龚鼎孳给予自己的"失路"这一自我定义,显然更加五味俱全。"失路"本有弃正道而入歧途之含义,《楚辞·九章·惜诵》:"欲横奔而失路兮,坚志而不忍。"却亦可释为并非自我意愿的迷失路途,《韩非子·解老》:"使失路者而肯听习问知,即不成迷也。"使用这一特殊词汇来自我定义,足以表明,龚鼎孳在承认自己道德有亏之"罪人"身份的同时,也暗暗将自身经历视为一种由外界环境(非自我选择)而导致的不幸,并隐然含有哀怜自我前途茫然不知何去何从之意。仅以龚鼎孳最负盛名的两首有关"失路人"的诗作为例,略加剖析:

失路人归故国秋,飘零不敢吊巢由。书因入雒传黄耳,乌为伤心改白头。明月可怜销画角,花枝莫遣近高楼。台城一片歌钟起,散入南云万点愁。③
长恨飘零入雒身,相看憔悴掩罗巾。后庭花落肠应断,也是陈隋失路人。④

前一诗系作于龚鼎孳于顺治三年丁忧归乡之时,此时已成失节者,无颜再会守节不仕之友人,故云"不敢吊巢由"。颔联分别用《晋书·陆机传》中陆机羁留京洛时以骏犬黄耳传书和燕太子丹羁留秦国之典故,亦可见龚氏已成"入雒"之贰臣却仍在心理上进退失据之状。后一诗则系借他人酒杯浇自家块垒,歌者王郎身为南籍,又是飘零无依之歌童;而以诗相赠之钱谦

---

① 龚鼎孳:《赠歌者王郎南归和牧斋宗伯韵》,《定山堂诗集》卷三十七,《龚鼎孳全集》,第 1238 页。
② 龚鼎孳:《一落索》,《定山堂诗余》卷一,《龚鼎孳全集》,第 1456 页。
③ 龚鼎孳:《初返居巢感怀》,《定山堂诗集》卷十七,《龚鼎孳全集》,第 606 页。
④ 龚鼎孳:《赠歌者王郎南归和牧斋宗伯韵》,《定山堂诗集》卷三十七,《龚鼎孳全集》,第 1238 页。

益,更是与龚氏处境完全相类之贰臣;故而"失路人"可指王郎,可指牧斋,而更可寄托于龚氏自己。两诗中皆出现"入雒"典故,就更加耐人寻味。

特别值得注意的是,龚鼎孳在全面而详细地梳理自身失节前后生活遭际和情感心态的同时,往往能对上述复杂情绪,进行一种主动的观照与描述。他在作于甲申国变当年之夏的《题画与曹秋岳》中,有这样一段描述:

> 甲申夏与秋岳留滞燕邸,郁郁寡欢。偶出此卷,命余属闺人作画。时则流离惨悴,笔砚颓唐,神虽王弗善也。呜呼!吾等生逢戎马,身作俘囚,登王仲宣之楼,时无刘表;读庾子山之赋,梦绕江南。兰荒芷老,悲三径之难寻;玉树后庭,与千秋而同感。乃犹收拾杜鹃之泪,低徊翡翠之床,吊草凭花,申吁表哭。有情必怨,无语不凄。东篱菊,西山薇,其必笑此当门伴人潦倒矣。①

龚鼎孳不但能直面亡国失节的不幸遭际本身,且能将此种不幸遭际和由此产生的情感张力,视为文学创作之来源;甚至还从"失节文学"的创作中,发掘出某种隐秘的自我价值感,借此修复失节本身所造成的伤痛:"古今才子,遭时不幸,往往从铜驼蔓棘,标韵竞妍。赵魏公本五陵佳气中人,芳草王孙,岂胜凭吊;而金人玉马之句,至今秀夺江山。即国初潜溪青田诸公,自有可传,宁得舍彼千年,讥其两截?吾兄勉为之。"② 这种创作心态,可称为"失节文学的自觉性"。这是此前历代失节文学都比较少见的。

失节者的特殊心境,也影响到龚鼎孳的从政过程。两朝为官之贰臣士人,在新朝之从政生涯,往往在传统儒家道德之"学而优则仕""太上立德,其次立功"之功名欲望和失节导致的沉重的心理负罪感之间撕扯,龚鼎孳亦不例外。他本是个功名欲望极为强烈又具有相当政治才干的能吏,却由于自身失节经历和清初特殊政治环境,而仕途坎壈、大起大落。其间所产生之感情张力,也颇有值得分析之处。

---

① 龚鼎孳:《题画与曹秋岳》,《定山堂文集》卷十六,《龚鼎孳全集》,第 1887 页。
② 龚鼎孳:《答曹秋岳》,《定山堂文集》卷二十五,《龚鼎孳全集》,第 2043 页。

龚鼎孳是个功名欲望极端强烈之人，而他也从不讳言这一点。年未弱冠即得中进士；治理蕲水时能在"流贼"频繁活动的危险地带保境安民；回京后出任谏官，又以刚直敢言而声重朝野。他对自己的政治才干是极为自信的，自然不愿因易代而从此归隐。以《咏怀诗》为例，他将自己喻为姿容绝代的美女："凤昔入宫时，蛾眉倾昭阳。承恩一顾盼，行步摇华光。何期中道捐，华发飘素霜。殊丽既难明，含贞亦不芳。"① 又喻为未得雕琢之美玉："荆山有奇璞，秀孕天庙光。剖之得国宝，灿烂陈琼瑱。卞氏昔未遇，掩暧愁孤芳。刖足岂云辱，恸哭空山阳。悼此连城姿，蹉跎誉不翔。物奇无知己，不若弃道傍。"② 表述自己不愿身遭弃置、失时伤悲，很能见他的心境和志向。而"执鞭苟可求，为谋宁不殚。感君布衣士，介节良独难"③，更可见他所秉承的原始儒家强烈的入世用世精神。

而仕途上勤于政事、奋发有为，也能对他因名节问题而留下的心理创伤构成一种补偿与安慰。他在《王铁山司马奏议小序》中言："论人于今日不难：救吾民则圣贤，虐吾民则寇盗，两言决耳。"④ 而这种"救吾民则圣贤"的辩白，也正是他敢于标榜"世事纷纭难具陈，吾徒出处应心晓"⑤，公开表达自己并不以出仕为耻的底气之所在。

龚鼎孳还是一个极注重物质享受、不堪忍受贫贱的人。他在《游子岁晏冰雪载涂盎粟行尽饥驱无所见杜子于皇乞食诗恻然心伤为赋反乞食诗用渊明原韵》中直言："贫贱岂不贵？恨吾离去之。失身志肥甘，温饱复我辞……躬耕尚不易，旅食焉能才。庶免苟得消，请辞长者贻。"⑥ 颇见自己对于追求富贵的坦率。老友余怀言其"雄豪盖代，视金玉如泥沙粪土。得眉娘佐之，益轻财好客，怜才下士，名誉盛于往时"⑦，绝非夸张。顺治十四年，他被连降十一级，出使广东，正在仕途蹉跌之时，却仍在南京为爱妾顾媚大

---

① 龚鼎孳：《咏怀诗》，《定山堂诗集》卷一，《龚鼎孳全集》，第21页。
② 同上书，第23页。
③ 龚鼎孳：《为周茂三录别和刘公戬比部松下饮酒四诗韵》，《定山堂诗集》卷二，《龚鼎孳全集》，第75页。
④ 龚鼎孳：《王铁山司马奏议小序》《定山堂文集》卷一《龚鼎孳全集》，第1551页。
⑤ 龚鼎孳：《和送徐敬庵考功假返虎林》，《定山堂诗集》卷四，《龚鼎孳全集》，第125页。
⑥ 龚鼎孳：《游子岁晏冰雪载涂盎粟行尽饥驱无所见杜子于皇乞食诗恻然心伤为赋反乞食诗用渊明原韵》，《定山堂诗集》卷一，《龚鼎孳全集》，第33页。
⑦ 余怀：《板桥杂记》卷中，上海：上海古籍出版社，2000年，第30页。

办生日筵席,广邀宾客,为一时之盛事:"岁丁酉,尚书挈夫人重过金陵,寓市隐园中林堂,值夫人生辰,张灯开宴,请召宾客数十百辈。"足见龚氏这种豪奢无度的性格。当然,此种生活方式,必须以官职权位和由此而来的金钱为后盾。他在《秋岳以纪病诗三十六韵见示我贫也非病也因为纪贫诗和韵》中,向友人曹溶发牢骚,嗟叹自己回乡后一直闲居,生活清苦;而他所谓的清苦,也不过是"世宜千日醉,书窖一囊钱","宾朋环座冷,钗钏逐时捐"① 而已。如此不耐寂寞贫苦的心态,也实在没法指望他隐居不仕。

然而,龚鼎孳入清以后的仕途,又实在难称顺遂,而是历经大起大落、坎坷异常:他在甲申国变后被清廷接收而归降,仅仅三年就因为与北籍贰臣冯铨、孙之獬等发生冲突,不得不灰头土脸地丁忧回乡;顺治七年起复后,又遭到昔日同僚陈名夏的恶意打压,好不容易因文采和政才而得顺治帝垂青提拔,却又因卷入南北党争而惨遭打击,由左都御史被贬成部曹小吏,在京放废多年;直至晚年才再得起复机会,历官各部尚书。友人吴伟业言其"三仕三已总莫问,一贵一贱将奚为"②,毫不夸张。

对于龚鼎孳和相同处境的贰臣士人来说,身为失节者,已经背负了太大的心理压力和负罪感;所以一旦官场蹉跌,内心的痛苦必然格外深重。他感叹"不敢称同病,怜予失路偏。……放斥恩原重,浮沉计屡迁"③。这正是一个浮沉于宦海中的贰臣的肺腑之言:失节再仕,已成毫无根基、前程渺茫的"失路人";而由此遭遇的仕途种种坎坷辛酸,也只好视为"求仁得仁"了。

所以,龚鼎孳凡遇仕途蹉跌,则往往出现归隐之意。这在中国传统文人士大夫之仕隐观念中并不稀奇,但龚氏的归隐之念,显然与他一直以来背负的由"失节"产生的心理负罪感有微妙的联系。邓汉仪提到,他在顺治十四年偕龚鼎孳前往岭南之时,龚鼎孳曾与他在舟中夜谈,颇有隐居之意:"岭南舟夜,公与予话及出处之事,誓墓之志甚坚,而为时所倚重,不能遂

---

① 龚鼎孳:《秋岳以纪病诗三十六韵见示我贫也非病也因为纪贫诗和韵》,《定山堂诗集》卷三十三,《龚鼎孳全集》,第 1165 页。
② 吴伟业:《送旧总宪龚公以上林苑监出使广东》,《吴梅村全集》卷十一,第 291 页。
③ 龚鼎孳:《春暮集青藤馆送大隐先生》,《定山堂诗集》卷十三,《龚鼎孳全集》,第 461 页。

其雅怀。"① 邓汉仪是遗民,先前就曾劝龚氏隐居,但未得答复;而此时龚鼎孳的"誓墓之志甚坚",显然与他当时正处仕途蹉跌有关。

近两百年后,有一位与龚鼎孳同样进退失据、声名褒贬不一的合肥同乡,给予了他相当的同情和理解,对他的政治与文学成就,皆进行了公允的评价:

> 端毅之诗故与牧斋、梅村称江左三家,二公皆贵显于明,在我朝仅一补官,而遂不振,端毅以小臣被遇圣代,扬历华要,赫然为一时人士所宗,此固非钱吴所能并语。而后之论者多右太仓而拟端毅于虞山,非知言也。夫易代之际,万事草创,人竞奋于功名,若风雅未绝,必有留以维系之者,而王文宪、沈隐侯辈且为佐命,不必论矣,彦昇、孝穆又何可轻议耶?端毅登第早,入国朝,年仅三十,殁曾不及下寿,使天意少迟回之,其文采物望当非昆山、新城所能及也。②

三、正变相兼的诗学主张与实际创作

龚鼎孳身为"江左三大家"成员,也是清初贰臣文人群体中成就最高者之一,长期主持京城坛坫,其创作取向与诗风皆较有研究价值,既明显体现出他所属的贰臣文人群体的共性,又具有相当的独特性。

以正变关系而论,龚鼎孳之诗学主张和实际创作,皆体现出极明显的正变兼重且更倾向于变雅的特征,这正是身经丧乱、遭际坎壈,却又身处庙堂、具有政治身份的贰臣文人的共同特点。

身为清王朝之高官文人,龚鼎孳也有整饬诗坛、建立属于有清一代自身新风的期许。《刘简斋先生诗序》:"夫诗必源于三百。当其盛时,宣导休隆,则有敬陈之什;称述祖德,则多扬颂之辞;叙致土风,亦兼赠答之义。迨其衰也,朝政无纲,元音息响,于是乎忧烦怨乱,刺讥感悼之作往往出焉。"③这明显是儒家诗教正变论中"治世之音安以乐,其政和;乱世之音怨以怒,

---

① 邓汉仪辑:《诗观初集》卷二,第251页。
② 李鸿章:《定山堂诗集序》,《龚鼎孳全集》附录,第2538页。
③ 龚鼎孳:《刘简斋先生诗序》,《定山堂文集》卷五,《龚鼎孳全集》,第1651页。

其政乖；亡国之音哀以思，其民困"（《毛诗大序》）的主张。他在《周子世业序》中，明确表现出对文风与治乱变迁之关系的重视，认为新王朝应有代表治世的"深醇典雅"的新文风：

> 天下之治，兆于文章。如风呼云，相为变合。由其气之所聚，阒然坚沉，物莫窥其所有。而独具手眼之人，取以自泽，并以泽世，不可诬也。今天下所奉为圣贤之言者，无过醇深典雅，使四海之内然膏秃颖，竞求进于醇深典雅之一途，而风固已大治。①

正因为秉持"天下之治，兆于文章"这类儒家诗教的正变论，龚鼎孳也有不少倡导符合儒家诗教之温柔敦厚正雅诗风的主张："傅岩之诗，根柢忠孝，出入风雅，春容深厚，情文谐和，以视所称有唐诸君子无愧焉。"②"《净悦游》诸诗，原本性情，发擿忠孝，出风入雅，郁然开元、大历之篇。"③并在创作中有意识地予以实践。王铎序高度评价龚诗"温然不挠，灵光大力，不争小智之所务，深乎幽微"，"无枝于中，气静而安于所是"④的风格，可见龚诗已经体现出由黍离悲恸向舒缓和平的庙堂之音转化的趋势。龚鼎孳之子龚士稹所作之跋，亦言其父诗"气高以雅，声和而平，意遥而旨"，"盖繇其德深，故不流于径露；其养厚，故不涉于孤清"，⑤有庙堂文学雍容平和的特点。而当时诗坛亦将龚鼎孳这位诗坛"职志"视为在七子与竟陵互争雄长的混乱局面中应运而生的"大人先生"："必有大人先生应鸿庞之运，以光辅文治者导扬中和，垂示典则，然后天下靡然从之，复归于正。"而龚氏众体兼长，古今博通，在诗坛和政坛上的影响力都有资格担当此任："今宗伯芝麓龚公，德业才华，超轶前古，论思之余，厘正风雅……"⑥

然而，当时有更多的评价者认为，龚诗的变雅色彩显然更为浓重："其

---

① 龚鼎孳：《周子世业序》，《定山堂文集》卷二，《龚鼎孳全集》，第1581页。
② 龚鼎孳：《许太仆诗集序》，《定山堂文集》卷三，《龚鼎孳全集》，第1609页。
③ 龚鼎孳：《罗讱菴净悦游序》，《定山堂文集》卷三，《龚鼎孳全集》，第1601页。
④ 王铎：《龚太常诗集序》，《龚鼎孳全集》附录，第2521页。
⑤ 龚士稹：《定山堂诗集跋》，《龚鼎孳全集》附录，第2536页。
⑥ 吴兴祚：《龚宗伯诗集跋》，《龚鼎孳全集》附录，第2537页。

诗多忧谗畏讥、呼天念乱之作。……忧深思远,有陈思、嗣宗、子山、少陵之遗焉。"① "其为诗也,轶宕而多伤,感慨而蕴藉。"② 李元鼎《尊拙斋诗集序》更指出,龚鼎孳实际是隐含在庙堂正雅风范之下的变雅本色:

> 今先生且蹑夔龙之武,纪太常之绩,鸣箫韶而矢卷阿,郊庙宴享,赠答赓和,渢渢乎盛世之音矣,又宁知当日悽惋淋漓有如斯者乎?③

李元鼎指出,读龚鼎孳诗如果只注意其"温厚和平之气",而对其中"世变"的部分置之不理,就不能算是真正读懂龚诗。"读先生之诗,而不于世变江河、运会转移之际,遇非屈宋,交非苏李,但觉有温厚和平之气,而不深维其用意之诚,何以知其人而论其世哉?"读龚诗若不能联系其所亲历的"世变江河、运会转移之际",则但觉有温厚和平之表,而不能得其真意。这足以说明,龚诗实际上是温厚在貌,沧桑在骨,仍属于真正的易代变雅而非庙堂之音。

这种"忧深思远""悽惋淋漓"的变雅特点,在龚鼎孳早年的创作中已见端倪。詹在前《序龚孝升先生诗》中,即提到龚鼎孳早期诗已具有较强的不平之鸣的特点:"尝语在前曰:'子诗中何多不平语?'居先生之地视在前之诗,固宜怪其不平,然以先生之言观先生之诗,岂独工于诗乎?"而这一特点正与他的坎坷经历有关:"孝升先生以弱冠登进士,为名宰,其于人世所谓蹭蹬颠踬、沦落窘辱之苦,泣牛衣、著犊裤、挽鹿车穷极无聊之状,惊髀里之肉生、叹头上之发短、书空愁坐、问天搔首种种悲愤之情。"④

龚鼎孳中进士相当早,也早负文名,但他在文坛上最先成名的是制艺,而并非诗歌:"癸酉甲戌联捷,时年才二十耳。闱卷房牍,脍炙海内,有《露浣园稿》百篇,学士家争传诵之。"⑤ 未获科名时先专心于制艺时文,待功名问题解决后才开始进行大规模的诗歌创作,这一现象在明清文人中相当

---

① 叶襄:《定山堂诗集序》,《龚鼎孳全集》附录,第2531页。
② 余怀:《定山堂诗集序》,《龚鼎孳全集》附录,第2533页。
③ 李元鼎:《尊拙斋诗集序》,《龚鼎孳全集》附录,第2518页。
④ 詹在前:《序龚孝升先生诗》,《龚鼎孳全集》附录,第2515—2516页。
⑤ 严正矩:《大宗伯龚端毅公传》,《龚鼎孳全集》附录,第2566页。

普遍。至于他早年的诗歌创作,有记载言其舞勺之年即已为诗,但尚未流传下来,且以龚氏本人之回忆,也多属"月幌烟窗,吟思缕缕"的吟风弄月之作。

龚鼎孳在诗歌之道上真正开始花费心力,是在崇祯七年。他在中进士前后,曾在京城客居一年:"客岁居燕一载,萧然旅人也。"其后授官前往湖北。这一年多的时间里,他在诗学上得到其房师项煜的指导,"吾师项水心先生藜阁之余,进而订业,小斋列坐,眉爽相开,盖亦自忘其浅陋者数矣,谈次间一及诗。"在项氏的引导之下,他大致确立了未来以"移情"和"杳深俊朗"为主,注重真性情和藻丽高华并重,且将诗歌创作与"生平研历之幽思,与日月升沉之转趣"密切联系的诗歌取向:

> 以吾师风雅兼长,此道固推特秀,而犹徘徊惝恍,动谓移情。因历数其生平研历之幽思,与日月新沉之转趣,杳深俊朗,言意如风,余乃觉从前月幌烟窗,吟思缕缕者,终非我有,斯岂寻常吟讽之所为乎?①

其后,龚鼎孳前往蕲水为官,这段特殊而艰险的经历,对他的诗学好尚更产生极大影响。湖北在明末首当官军与"流贼"的拉锯战前沿,战事频发,局势极为危险,"自孽氛发难以来,雨檄风鼙,骚然四起,勤天子左顾之忧,封疆外臣始无宁日,而楚其最冲也。"② 龚氏本系江南世家风流才子,赴任湖北时尚不及弱冠之年,却骤然面对"蕲邑寇扰,已及旬余,屠寨逼城,殆无虚日。今尚眈眈境内,倏去倏来,晓夜城头,栉沐俱废"③ 的艰危恐怖处境,必须在"流贼"频繁活动的状态下守土保民:"寇数至,辄回翔不去。余不佞,日短衣埤上,与霜月相循清泉白石间,几无复有生意。"④ "盖某自受事来,身家两字,已置度外。故五霜株守,戍楼之日,多于官斋;握槊之期,纷于视牍。"⑤ "围城岌岌,劳人戒寐,倏尔徂霜,遂乃骑饮于

---

① 龚鼎孳:《韦子寅悟因诗序》,《定山堂文集》卷三,《龚鼎孳全集》,第1592页。
② 龚鼎孳:《羽檄自序》,《定山堂文集》卷一,《龚鼎孳全集》,第1569页。
③ 龚鼎孳:《寄外舅童玄俊先生》,《定山堂文集》卷二十七,《龚鼎孳全集》,第2121页。
④ 龚鼎孳:《送主簿王君序》,《定山堂文集》卷六,《龚鼎孳全集》,第1680页。
⑤ 龚鼎孳:《上林紫涛按台》,《定山堂文集》卷十八,《龚鼎孳全集》,第1912页。

河,戈横于野,严陴累月,倍极支离。"① 由崇祯八年赴任,到崇祯十四年以卓异入京,他在蕲水做了六年县令,这段艰危生活,磨炼了他的从政能力,亦给他的心理带来巨大的感情冲击:"某蓬姿弱羽,困顿五秋,每当衰草哀笳,便觉此身如寄……"② "三期作令,十七治兵。……历溯所遭,徒增永叹。戍楼强半,时惊烽火之魂;孤堞偶全,益瘁冰霜之色。"③ 这段经历给他的诗文取向,带来决定性的影响。《堞喟自序》:

> 寇始乎秋,祸连乎冬,首尾三十日,去来如烟,踵相续也。劳臣于此邦,心力竭矣。倚楼闲眺,寒色满山,间以枯吟付之落叶,摅懑宣泪,多在翘翘棘棘之间,固不自知其情也。……遂觉锦凄玉泣,佳话云来,绪已抽乎百端,意实含诸一叹。江山邈矣,风景不殊,杳迥苍凉,秋思倍涩。嗟乎!苦妇之砧触月,杞人之鬓易霜。兴寄悠悠,曷其有极。若夫闻鼙鼓则思将帅之臣,臣也不才,何敢以赋诗代横槊哉?④

所以,龚鼎孳在湖北的诗文创作,已经呈现出极明显的忧国伤时、"凄惨愁悴"的面貌:"记乙亥春以风始结欢,今以风始惜别,其间凄惨互易,愁瘁频经,修我戈矛,愁予笔墨。"⑤ 其早年令蕲水时诗作保留不多,孙克强纂《龚鼎孳全集》由顺治《蕲水县志》卷二十四《艺文志》中,辑得龚氏《堞喟诗十八首》中九首,注云"崇祯乙亥年作,今录其九"。此诗在《定山堂诗集》中不载,系龚氏早年诗作。其中颇多对身处乱世的慨叹:"独有时危不可医,小臣何敢叹支离。愁深一夜白一发,任尔东风顶上吹。""万瓦如鳞一劫灰,野人无泪但徘徊。啼魂化血归何处?饱尽霜岑落叶堆。"⑥

龚鼎孳诗论的变雅特色,亦相当明显。首先是力倡真性情:"至于自写数十载之行藏,山巅水澳,僧庐芰舍,饥寒逼侧,瘦妻弱子,真啼强笑之情

---

① 龚鼎孳:《羽槭自序》,《定山堂文集》卷一,《龚鼎孳全集》,第1569页。
② 龚鼎孳:《上林紫涛按台》,《定山堂文集》卷十八,《龚鼎孳全集》,第1909页。
③ 龚鼎孳:《记略自序》,《定山堂文集》卷一,《龚鼎孳全集》,第1570页。
④ 龚鼎孳:《堞喟自序》,《定山堂文集》卷五,《龚鼎孳全集》,第1670页。
⑤ 龚鼎孳:《风始二集序》,《定山堂文集》卷二,《龚鼎孳全集》,第1580页。
⑥ 龚鼎孳:《堞喟诗十八首》,《定山堂诗集补遗》,《龚鼎孳全集》,第1428—1429页。

状。……故古人谓天下文章在是者，真也。真也者，文之所从生也，文之至而适得其真焉。"① 这正与他经项煜指导而建立的"移情"之创作取向直接相关："夫性情之为物也，不可究端矣。性情得者其人必真，其言必素，真与素合，言与人合，夫然后情与性合也，故以人配性，以言配情，兼斯二者则近乎道。"② 他对于"性情"之"真"的强调，显然超过了儒家诗教对"性情"施加的"发乎情止乎礼"的道德意义。这也可以解释，为何龚鼎孳在实际创作中偏好变雅更甚于正雅。他指出："夫无性情则无愧愤，无愧愤则无文章，愧愤失，不可以言赏罚；文章失，不可言是非。今天下何性情之少也？烽燧烛甗，豺狼在途，瘴人百罹，至尊独忧，当之者其事愈难，其情愈变，文章之士，几不可为功矣。而吾终以望之性情之人。"③ 他将"愧愤"这类有失温柔敦厚之道的负面感情，和"烽燧烛甗，豺狼在途"这类乱世动荡的环境，视为诗文创作的来源，可见他所强调的"性情"到底是什么。

其次，龚鼎孳对于沧桑世变对文人创作的影响，也往往给予正面评价。在儒家诗教话语描述中，"乱世之音怨以怒""亡国之音哀以思"这类由历史巨变导致的变风变雅之音，虽是不以人之意志转变的客观现实存在，但仍属于"变"而非"正"之范畴；龚鼎孳却敢于堂而皇之地提出，身经乱世陵谷巨变的文人，其艰危坎坷人生经历所带来的巨大的感情张力和由此导致的文学创作成就，绝非太平盛世文士可比："孝穆兰成，人宜悽丽；拾遗供奉，天与坎坷。岂古今才士，流落失职，命实不犹，而高踔麟龙之言，决不出于雄咍袖谈，优游平世之口耶？昌黎曰：欢娱之辞难工，穷苦之音易好，其大都矣。"④ 所以，他往往并不讳言自己在甲申国变时亡国失节的凄惨经历，且明言这类不幸经历和由此而来的情思，将对于自己和友人们的文学创作有较大助益。这种"失节文学"的自觉性，显然来自他对世变影响的正面评价。

在真情论和世变论的基础上，龚鼎孳明确提出为变风变雅张目的主张。他认为："夫诗必原于《三百》。当其盛时，宣导休隆，则有敬陈之什；称述

---

① 龚鼎孳：《答朱近修》，《定山堂文集》卷二十七，《龚鼎孳全集》，第 2107 页。
② 龚鼎孳：《贺黄以实奉使旋里序》，《定山堂文集》卷六，《龚鼎孳全集》，第 1674 页。
③ 同上书，第 1675 页。
④ 龚鼎孳：《熊雪堂先生觏斋劫余稿序》，《定山堂文集》卷四，《龚鼎孳全集》，第 1623 页。

祖德,则多扬颂之词;叙志土风,亦兼赠答之义。迨其衰也,朝政无纲,元音息响,于是乎忧烦怨乱刺讥感悼之作往往出焉。"① 盛时有治世之音,乱世有乱世之音,这是正常现象,并未背离传统儒家诗教关于正变论的定义。他进一步论述,那些在乱世中产生忧国伤时、悲天悯人情怀,并将变雅之音形诸笔墨的文人,往往具有高尚的个人品格,是"性情大有过人者"的"忠孝"之人:"是皆荩臣烈士,名卿大家,意有所蓄,则形于文墨,非夫性情大有过人者,固不能赓清庙、陈明堂,与夫呼旻天而念共人也。……虽当一觞一咏,折杨折柳,无不缠绵君父,缱绻苍生。"②"夫诗之为道,以言性情。论诗于今,尤必取诸怀抱。怀抱远者,其人必忠孝,其语必幽森,其取友必简严,而遇物必深厚。"③

而这类苍凉悲壮的变雅诗风,因其情感张力较大,也具有更强的艺术感染力:"读其诗者,一唱三叹,仿佛如见其行吟憔悴,忧思忉怛之容。"④"乃其顿挫音节,镵刻苍凉,写难状之景,如在目前。"⑤"感激悲吟,有离骚哀思,羽声慷慨之致。……篇中之调,苍壮高凉,十居五六……"⑥"读子常诗,苍凉悲壮,有冰车甲马,临江横槊之风。而于悯乱伤离,悲天时,忧国恤,一篇之中,三致意焉。"⑦

与此相应的是,龚鼎孳最为崇尚的诗人,正是变雅诗风的代表人物杜甫。他认为,杜甫正是儒家"温柔敦厚"诗教的典范:"今夫诗之为教也,温柔敦厚,其关于君臣朋友之际者为多。杜少陵坎壈陇蜀,一饭不忘君,至其抗救房次律、追惜吴侍御,怀台州则讼言直道,寄李白则比节黄公,率皆正色奋词,于患难颠沛之时,无少鲠避,即坐是流落,终不悔。乃若秋风雨脚,茅屋铁衾,思大厦之如山,甘吾庐之独冻,稷契许身,饥溺由己,其用意更为何等!"⑧ 而实际创作之中,杜甫也是他最经常效法的诗人。龚氏平

---

① 龚鼎孳:《刘简斋先生诗序》,《定山堂文集》卷五,《龚鼎孳全集》,第1651页。
② 同上。
③ 龚鼎孳:《邓孝威官梅集序》,《定山堂文集》卷三,《龚鼎孳全集》,第1600页。
④ 龚鼎孳:《刘简斋先生诗序》,《定山堂文集》卷五,《龚鼎孳全集》,第1651页。
⑤ 龚鼎孳:《读与三塞外诗偶书》,《定山堂文集》卷十五,《龚鼎孳全集》,第1854页。
⑥ 龚鼎孳:《旅庵禅师诗序》,《定山堂文集》卷四,《龚鼎孳全集》,第1645页。
⑦ 龚鼎孳:《刘子常诗序》,《定山堂文集》卷三,《龚鼎孳全集》,第1604页。
⑧ 龚鼎孳:《张康侯诗序》,《定山堂文集》卷三,《龚鼎孳全集》,第1608页。

生喜作和韵诗，而其和韵最多者，即为杜甫。《定山堂诗集》中步韵诗 426 首，其中和杜者即多达 148 首。当被王士禛问及为何大量创作和杜诗时，他以"捆了好打"这类玩笑含糊应对："合肥龚大宗伯往往酒酣赋诗，辄用杜韵，歌行亦然。予常举以为问，公笑曰：'无他，只是捆了好打耳。'"① 然龚氏宗杜之原因，显然不能如此简单。细考其和杜诸作，一方面，确与文人唱和交际之需求有关，杜诗之普及程度较有利于文人依韵和作。但另一方面，那些并非产生于唱和交际场合的和杜诗，则更能揭示龚鼎孳欲从杜诗中学习的到底是什么。

龚鼎孳使粤途中，有大量和杜之作，如《鸳水夜泊杨扶曦柱送招同孝威诸子小集舟中（用少陵〈湖城〉韵）》②《樟树行（用少陵〈古柏行〉韵）》③《临江缚虎行（用少陵〈虎牙行〉韵）》④《挽船行（用少陵〈最能行〉韵）》⑤《岁暮行（用少陵韵）》⑥《万安夜泊歌（用少陵〈忆昔〉韵）》⑦《刺舟行（用少陵〈负薪行〉韵）》⑧ 等。这类诗作并非产生于"宴饮酬酢"场合，几乎不涉及文人交际需求，完全是有感而发；而这些诗作大多系悯乱伤时题材，运笔也多有沉郁之音。以《岁暮行（用少陵韵）》为例，该诗描述各地因长期战乱而人口减少，清廷为维系追剿地方反抗势力的战争，驱使地方官为供应军需而大肆征敛：

> 天寒鼓柁生悲风，残年白头高浪中。地经江徽饱焚掠，夜夜防贼弯长弓。荒村叶落寡妇泣，山田瘦尽无耕农。男逃女窜迫兵火，十年不见旌旗空。昨夜少府下急牒，军兴无策宽蜚鸿。新粮旧税同立限，入不及格书笞庸。有司累累罪贬削，缙钱难铸山为铜。朝廷宽大重生息，群公固合哀愚蒙。揭竿扶杖尽赤子，休兵薄敛恩须终。⑨

---

① 王士禛：《香祖笔记》卷九，《王士禛全集》，第 4650 页。
② 龚鼎孳：《定山堂诗集》卷四，《龚鼎孳全集》，第 112 页。
③ 同上书，第 113 页。
④ 同上书，114 页。
⑤ 同上书，第 115 页。
⑥ 同上。
⑦ 龚鼎孳：《定山堂诗集》卷四，《龚鼎孳全集》，第 116 页。
⑧ 同上书，第 117 页。
⑨ 龚鼎孳：《岁暮行》，《定山堂诗集》卷四，《龚鼎孳全集》，第 115—116 页。

《万安夜泊歌（用少陵〈忆昔〉韵）》则描述由于战乱导致城池荒废、猛虎横行的惨状，并进一步揭露由于地方官聚敛军需，导致百姓举家逃离故里、冒险前往荒城中与虎争地的悲惨处境：

> 石壁阴森埋白日，城上野蒿连十室。高滩远吼鬼啸呼，空城人少虎充实。夜来三虎饥捉人，即今掉尾骄不出。行子未黑已灯火，持梃结伴恒恐失。凄凉土卒那可仗，苍黄老眼暗如漆。沿江戍舸仍杂沓，闵劳万一宽军律。县吏催租不敢卧，鞭挞残村忍见血。男耕女丝固有时，牛车负戴争虎穴。蠲赈岁看三辅遍，痛哭谁将荒徼说。皇天爱物岂择地，诸老分忧况显秩。夜半酸风射短裘，月黑江深转愁疾。①

龚鼎孳早年身处乱世，历经亡国之恸、失节之辱；中年以后又身处朝堂，成为清廷高官兼文坛领袖。这种大起大落的特殊经历，使得他的实际创作往往表现出正雅与变雅兼备，而更倾向于后者的特点。吴伟业序对龚诗这种兼具正变的双重属性，概括最为准确：

> 板荡极而楚骚乃兴，正始存而大雅复作，以先生时世论之，繇其前则忾我寤叹，忧谗愳、痛沧胥也；繇其后则式燕以敖、诵万年、洽四国也。……于是运会之升降，人事之变迁，物候之暄凉，世途之得失，尽取之以融释其心神而磨淬其术业。故其为诗也，有感时侘傺之响，而不改于和平。②

以龚氏诗歌创作之题材来看，感慨故国黍离的"忾我寤叹"的变雅之调与身为清廷高官宴饮酬酢的"式燕以敖"的正雅之音，在其诗集中各占半壁江山。沈德潜言其"宴饮酬酢多于登临凭吊"，并不准确。而这两类题材的正变性质，亦往往互相渗透，特别是其歌舞升平的酬答唱和之作，多夹杂着鼎革沧桑的黯然感慨。

---

① 龚鼎孳：《万安夜泊歌》，《定山堂诗集》卷四，《龚鼎孳全集》，第116页。
② 吴伟业：《龚芝麓诗序》，《吴梅村全集》卷二十八，第665页。

龚鼎孳作于清廷高官任上的歌咏升平、诗酒唱和之作，虽属于"式燕以敖，诵万年、洽四国"的正雅题材，却往往隐现着历经亡国的酸楚，在属于新兴清朝之"安以乐"的"治世之音"中，渗透了对明朝故国的"哀以思"的深长复杂况味。若《上巳韩圣秋丁野鹤邓孝威段雨岩白仲调赵友沂过集听王子玠度曲》：

> 碧窗樽酒聚繁弦，风日依稀玉溆边。韦曲气佳三纪月，永和代易九为年。招寻花事重游骑，浩荡春情逼杜鹃。荃蕙勿忧赍菉损，当门已让野夫先。①

其诗题注特意标出"是为顺治九年"。此时龚鼎孳已经服满起复，在京与友人韩诗、丁耀亢、邓汉仪、白仲调、赵而忭等听歌童度曲。这种即席应酬诗本是极为和雅闲适的题材。然而龚氏在席间觥筹交错之际，回忆的却是"永和代易九为年"，是九年前的春季，他亲身经历的甲申国变。这位亲历兴亡的贰臣文人，还是不太容易心无芥蒂地吟诵出温柔敦厚安乐祥和的"治世之音"。

四、兼容并蓄的诗学观及影响

在清初诗坛上，龚鼎孳无疑是一个极为特殊的存在。他与钱谦益、吴伟业并列"江左三大家"，却未能像钱谦益那样以自身鲜明的文学好尚来褒贬明诗、开宗立派，也未能像吴伟业那样以"梅村体"独步诗坛。他在康熙前期长期居于京城诗坛"职志"地位，"是时，士人挟诗文游京师者，首谒龚端毅公"②，堪称"王渔洋前时代"的京城诗坛盟主，却从未像王士禛那样，将自身文学观念流布天下，引导诗坛风尚变革；他甚至从未提出过任何独具自家面目的文学主张。

如果一定要对龚鼎孳的文学观念进行概括，可以用"兼容并蓄"四字。他的文学主张虽然不够鲜明个性化，却绝无门户之见。这种繁杂而包容性极

---

① 龚鼎孳：《上巳韩圣秋丁野鹤邓孝威段雨岩白仲调赵友沂过集听王子玠度曲》，《定山堂诗集》卷二十一，第 759 页。
② 王士禛：《渔洋山人自撰年谱》惠栋注，《王士禛全集》，第 5078 页。

大的文学观,给予了清初诗坛特别是京城诗坛,诸多潜移默化的影响。

(一) 兼容并蓄、不立门户的诗学观

龚鼎孳所处的清初顺治至康熙前期,正是诗坛门户林立、纷争频见、格局极为复杂的时代。清初诗坛不仅延续了晚明时代七子复古派与公安、竟陵的门户之争,更因清初宗宋风气而阑入唐宋之争,因而诗坛局面更加复杂混乱:"盖明季诗派,最为芜杂。其初厌太仓、历下之剽袭,一变而趋清新。其继又厌公安、竟陵之纤佻,一变而趋真朴。故国初诸家,颇以出入宋诗,矫钩棘涂饰之弊。"① 因而,清初诗人多各具门户之见,立场鲜明,正如王士禛在作于康熙二十一年的《黄湄诗选序》中所言:"予习见近人言诗,辄好立门户。"② 即使主持坛坫者,亦不能免俗。若钱谦益身为宋诗派主将而痛诋七子、竟陵,吴伟业则主要承袭宗唐七子诗风,即使是后来开有清一代新诗风的神韵派宗主王士禛,也一度以唐宋兼宗相标榜,而对以公安、竟陵为代表的晚明诗风颇有微辞。

龚鼎孳的特异之处在于,他对明清之际诗坛盛行的七子、公安、竟陵、宋诗派等诸多文学流派,皆采取兼收并蓄的态度,虽然略有轩轾,却并无特别的排斥。在门户林立、纷争频起的清初诗坛上,这种包容态度显得尤为特殊而可贵。

1. 宗唐、学杜、尊七子的总体倾向

由龚鼎孳的诗学批评言论和实际创作来看,宗唐尊七子的复古诗风,仍然是主流。赵杏根曾指出:"鼎孳为诗,承明七子宗风,师法汉魏和初盛唐,稍涉中晚,而不染宋调。"③ 龚氏本人的创作,确能佐证这一分析。他喜作和韵诗,所作和韵诗多达426首。他对步韵对象的选择,颇可看出他的诗学取向。其中,五古步韵诗120首,主要的步韵对象包括阮籍(46首)、陶渊明(20首)、古诗十九首(20首)、杜甫(8首)、苏武李陵赠答诗(7首)及谢灵运(7首)。七古步韵诗32首,主要步韵杜甫(23首)与李梦阳(7首)。五律步韵诗117首,主要步韵杜甫(87首)和李梦阳(28首)。七律

---

① 纪昀总纂:《四库全书总目提要》卷一百九十,第5207页。
② 王士禛:《黄湄诗选序》,《渔洋文集》卷二,《王士禛全集》,第1546页。
③ 赵杏根:《白下才华重合肥 散花天女著铢衣——龚鼎孳诗歌研究》,《厦门教育学院学报》2008年第2期,第13页。

步韵诗 143 首,主要步韵对象仍为杜甫(23 首)和李梦阳(12 首)。

可以看到,龚氏的古体和韵诗以步韵汉魏六朝作品者为多;近体则包括唐人以及前、后七子,其中,步韵杜甫和李梦阳二人的诗作占据绝对优势。且绝无一首步韵公安竟陵及宋代诗人的作品。

由此可知,龚鼎孳在诗学取向上,首先是个不折不扣的宗唐派诗人。其文学批评主张,也往往透露出明显的宗唐倾向。他评点后进诗人作品,多以"唐风"赞之:"原本于古诗乐府,而泽以开元大历之风藻。"①"杂之开元大历中,不易辨也。"② 对他十分欣赏的晚辈诗人王士禄,更有"一本之乐府古歌行,无唐以后只字。少陵之熟精文选,太白之佳似阴铿,以方西樵,古今并驾矣"③ 的评价。王士禄实为宗宋诗人,而龚鼎孳仍赞其作"无唐以后只字",可见龚氏对唐诗的偏好。

在唐代诗人之中,龚鼎孳特别偏爱杜甫。他所作和杜诗达 148 首之多,在所有步韵诗中数量首屈一指。王士禛记载他"往往酒酣赋诗,辄用杜韵,歌行亦然"④。尽管龚鼎孳用"捆了好打"这样的玩笑之语来解释自己为何偏爱杜诗,喜用杜韵,然而真正的原因却要从其《刘子常诗序》中寻找:

> 读子常诗,苍凉悲壮,有冰车甲马,临江横槊之风。而于悯乱伤离,悲天时,忧国恤,一篇之中,三致意焉。《新安》《石壕》《无家》《垂老》诸篇,千载而下,如闻叹息愁怨之声……⑤

由此可见,龚鼎孳真正欣赏的是杜甫的"悯乱伤离"的题材选择,和与这种题材相配的"苍凉悲壮"的风格。这也正是宗杜诗风在清初盛行的真正原因。而龚鼎孳作为身经丧乱、经历坎坷的"贰臣"文人,他本人的诗风,也多见杜甫式的"轶宕而多伤,感慨而蕴藉"⑥,故而时人以为其有

---

① 龚鼎孳:《徐存永尺木堂集题辞》,《定山堂文集》卷四,《龚鼎孳全集》,第 1643 页。
② 龚鼎孳:《潭影堂诗序》,《定山堂文集》卷三,《龚鼎孳全集》,第 1606 页。
③ 龚鼎孳:《题王西樵无题诗后》,《定山堂文集》卷十六,《龚鼎孳全集》,第 1873 页。
④ 王士禛:《香祖笔记》卷九,《王士禛全集》,第 4650 页。
⑤ 龚鼎孳:《刘子常诗序》,《定山堂文集》卷三,《龚鼎孳全集》,第 1604—1605 页。
⑥ 余怀:《定山堂诗集序》,《龚鼎孳全集》附录,第 2533 页。

"陈思嗣宗子山少陵之遗"①。

除了宗唐尊杜以外，龚鼎孳还有相当明显的尊崇明七子的态度。其步韵诗和李梦阳者，多达七古 7 首、五律 28 首、七律 12 首、五言排律 2 首，和何景明者有七言古诗 1 首，和王世贞者有七律 1 首、五言排律 2 首。步韵前、后七子的作品多达 53 首，占到他所作和韵诗总数的 12%，而李梦阳、何景明与王世贞，也是龚鼎孳步韵的仅有的三位明代诗人。这足以表明龚氏对前、后七子的偏爱和推崇。

龚鼎孳在诗学批评论述中，对前、后七子亦采取尊崇态度。其《寄金长真太守》记金氏重刻《何大复集》云"更采遗编扶大雅，深灯点笔尽琳琅"②，对何景明评价殊高。他甚至还曾以李攀龙、王世贞自许："呜呼，弇州往矣，历下邈然，吾曹一二人落落杯酒间，以意气相期许。"③ 他在以文坛耆宿评点后辈文士作品时，亦云："乐府踔两汉之巅，五古造建安之室。歌行雄迈，合李杜为一家；近体森严，综三唐之诸美。五绝方驾乎摩诘，半律伯仲乎龙标。……而信阳北地以来，风雅一席，舍斯人其谁归？"④ 这类明显是宗唐尊七子的文学批评话语，来评价诗坛后辈。

在清初诗坛对七子诗风流弊的反思潮流中，龚鼎孳还有公开维护七子的言论。他与钱谦益颇有交情，但对钱谦益《列朝诗集》排抵七子特别是李梦阳，并不赞同："钱虞山选历朝诗，极诋李空同。龚孝升曰：空同诗自宏正传来二百余年，到老先生眼中，似未可轻骂。"⑤

不过，龚鼎孳虽尊七子，却并无门户之见，对七子流派的弊端亦有所反思。其原因是他较为强调诗中性情之真，对七子斤斤于格调形式而为文造情的现象或有不满："夫清亦何名？岂徒字句间按衍得之乎？归本忠孝，发摅性情，斯乃物之至清，无有尚焉耳。……性情得者，其人必真，其言必素，真与素合，言与人合，夫然后情与性合也。"⑥《答朱近修》所论更详："至于自写数十载之行藏，山巅水澳，僧庐茅舍，饥寒逼侧，瘦妻弱子，真啼强

---

① 叶襄：《定山堂诗集序》，《龚鼎孳全集》附录，第 2531 页。
② 龚鼎孳：《寄金长真太守》，《定山堂诗集》卷三十一，《龚鼎孳全集》，第 1120 页。
③ 龚鼎孳：《跋王子云手卷》，《定山堂文集》卷十五，《龚鼎孳全集》，第 1843 页。
④ 龚鼎孳：《张寄亭云门稿序》，《定山堂文集》卷五，《龚鼎孳全集》，第 1665—1666 页。
⑤ 邓汉仪：《慎墨堂笔记》，《四库禁毁书丛刊补编》第 57 册，第 528 页。
⑥ 龚鼎孳：《贺黄以实奉使旋里序》，《定山堂文集》卷二，《龚鼎孳全集》，第 1674 页。

笑之情状。……文益奇而格益变,格屡变而情迭出。庄生云天籁,靖节谓称心,竹肉之传声,化工之貌物,庶几似之。……故古人谓天下文章在是者,真也。真也者,文之所从生也,文之至而适得其真焉……"① 这段话可以很明显地看出龚鼎孳的文学主张:他崇敬七子但不拘泥于七子,并对七子局限于汉魏初盛、主格调的弊端有深入反思,主张真啼强笑,格随情变,以真为先。

2. 与竟陵派的渊源

龚鼎孳作为京城诗坛"职志",虽然以宗唐和承袭七子为主,但他早年其实与竟陵派及其主要人物谭元春、刘侗,也有极深的渊源。这使得他虽然并不师法竟陵,但对于竟陵派,也并未像清初诗坛普遍风气那样采取一边倒的恶骂态度,而是具有相当的宽容乃至于好感。

龚鼎孳平生雅好结交文士,早年对身为竟陵派主将、启祯诗坛风云人物的钟惺、谭元春,充满敬仰之心:"弟十岁识书,时先生《诗归》出世已七年所矣。不知《诗归》为今世书,亦不知谭子为今世人也。家大人每从梧阴茗碗之余,手一卷相示,须眉神理,宛然在焉。而后六七年来,胸臆间时时有一谭子。"②

不过,龚鼎孳首先交往的竟陵名士,并非谭元春,而是竟陵派另一重要人物刘侗。刘为崇祯七年进士,与龚鼎孳系进士同年,有这一层关系,两人早在崇祯七年即订交于京城。《答刘同人》:"戌榜一放,弟乃得而友之,及来令蕲,弟又得邻治之。"③《答刘同人年兄启》更提到两人还有诗文往来:"乃辱瑶笺,并荣嘉贶,书分藜阁,俨謦欬于更生;砚入米颠,争欣赏于贡父。别论缊衣之好,久深刍玉之怀。"④

龚鼎孳在和刘侗的交往中,刘侗还进一步将谭元春的诗作介绍给龚鼎孳:"髫时读年丈之文,谓此绝世英人,何由一把其臂。及见谭子诗,有所谓人面龙鳞爪者,则大骇之,意必君家御龙氏所独贮之灵气,今特一见身说

---

① 龚鼎孳:《答朱近修》,《定山堂文集》卷二十七,《龚鼎孳全集》,第 2107 页。
② 龚鼎孳:《与谭友夏》,《定山堂文集》卷十九,《龚鼎孳全集》,第 1926 页。
③ 龚鼎孳:《答刘同人》,《定山堂文集》卷十九,《龚鼎孳全集》,第 1939 页。
④ 龚鼎孳:《答刘同人年兄启》,《定山堂文集》卷十七,《龚鼎孳全集》,第 1899 页。

法耳。"① 刘侗对谭元春的介绍,使得年轻的龚鼎孳对谭元春及竟陵派,产生了更大的兴趣与好感。

崇祯八年,年方弱冠的龚鼎孳被派往湖北蕲水任知县,荆楚正是竟陵派的发祥地。他在这一年秋,刚刚到蕲水任上不久,就曾致书于谭元春,邀其面晤:

> 今年入楚,才晤詹卓尔,便问先生近状,知寒河结夏,遂不肯以一字溷幽扉。然较之六七年来,卧思坐叹之怀,更似刻不能忘。间一聚谈,数先生一言一事,即体骨为之轻举,衣裳为之倒侧,心口间忽忽如有所往,都不自知。②

此次谭元春并未与龚鼎孳见面,然有一札回信,这使得龚鼎孳惊喜若狂:

> 秋初,鄂渚归来,九峰在梦,而詹子忽投一札云:是吾景陵人所贻。急起视之,幅余其情,墨余其秀,举六七年杳冥苍迥,不可端倪之物,一旦惝恍夷然,遇庄遇谭,庶几一遇耳。因念先生妙处不尽在诗文,即无字亦好,即不见面亦好,然终不如一见面也。何时放棹过三泉?望之望之。③

其后,在蕲水任上,龚鼎孳与谭元春颇有书信往来,且互相寄诗酬答。《龚端毅公文集》中,收有与谭元春的书札四封,其中有言:

> 詹卓尔以近状来,展读未解,辄津津有诗意。竹深月好,想见伊人。除夕偶闲,便成三咏,当发高斋一笑也。④
> 寒河人来,望其握间有冰雪气。开函见序言,好风便满鹤屋矣。岂

---

① 龚鼎孳:《答刘同人》,《定山堂文集》卷十九,《龚鼎孳全集》,第 1939 页。
② 龚鼎孳:《与谭友夏》,《定山堂文集》卷十九,《龚鼎孳全集》,第 1926 页。
③ 同上。
④ 同上。

敢云谢？但愿闭门十年，力追古人，以无负师友相成之意耳。①

早入世情，深用忏悔。幸寄想林涧，此骨未热耳。家先生之上有西园老人焉。拂衣二十年，杖履不出户外，一吟一弄，颇复淡娱，恨不令谭先生见也。②

龚鼎孳在湖北与谭元春的交往，一直系书信往来，直到谭元春去世，两人都未见面。《答谭只负昆仲》："生平以不见友夏为一恨事。见两兄如对吾梦寐中故人，甚慰。"③ 这种书信往来，一直持续到崇祯十年谭元春去世为止，《答詹卓尔》并有"友夏云亡，风流顿尽"④ 之语。

由崇祯八年赴蕲水知县任，至崇祯十四年以"大计卓异"入京擢升，龚鼎孳在湖北为官近七年。这段经历，使得他对于以屈原为代表的"楚风"有了相当程度的执着偏好："屈大夫，楚之沉郁孤秀者也，而其为骚，窈窕能思，缠连善怨，抉摘冥浩，涤豁幽鲜，纭纭纠纠，莫可名状，此亦天下之至奇矣。"⑤ 更重要的是，在荆楚为官，以及和竟陵人物谭元春、刘侗的密切往来，使得他的诗风沾染了相当程度的竟陵风味："启祯之间，楚风无不效法公安景陵者……"⑥ 而龚鼎孳也绝不讳言自己在湖北为官期间，受到以公安竟陵为代表的晚明"楚风"的熏染：

昨虽勉强再出，情景已如嚼蜡，真有袁中郎先生乌纱掷与优人，青袍改作裙裤，角带改为粪箕之意矣。得来诗又使我心眼一开。竟陵风趣，自是天生，非与寒河人交游十年，不得如此清切也。⑦

竟陵派对龚鼎孳的影响，首先体现在他对竟陵派创作与文学批评的熟悉

---

① 龚鼎孳：《与谭友夏》，《定山堂文集》卷十九，《龚鼎孳全集》，第 1927 页。
② 同上。
③ 龚鼎孳：《答谭只负昆仲》，《定山堂文集》卷十九，《龚鼎孳全集》，第 1932 页。
④ 龚鼎孳：《答詹卓尔》，《定山堂文集》卷十九，《龚鼎孳全集》，第 1929 页。
⑤ 龚鼎孳：《贺黄以实奉使旋里序》，《定山堂文集》卷二，《龚鼎孳全集》，第 1674 页。
⑥ 朱彝尊：《静志居诗话》卷二十二"杜濬"条，北京：人民文学出版社，1990 年，第 706 页。
⑦ 龚鼎孳：《答詹卓尔》，《定山堂文集》卷十九，《龚鼎孳全集》，第 1931 页。

程度上。他曾多次引用钟、谭的诗歌古文乃至文学批评观点：

> 谭友夏序袁特丘文：虽无紫盖不朝之心，亦怀连岭为云之耻。①
> 钟退谷语闽士曰：吾知有好不好文字，不知有中不中文字。②
> 谭友夏之哭钟退谷也，为诗三十绝，历叙生平。其言直率而不施文采，曰：吾与伯敬之交，庶为近古。③

龚鼎孳不仅熟悉竟陵派的创作，而且对竟陵派颇有好评。《题西山纪游诗后》：

> 读友夏西山纪游诸诗，觉此山之亭观林泉，皆奔会于四声八韵之中，各益以颊上三毛，固知摩诘诗中有画矣。④

《答二弟孝绪》甚至还以钟、谭自喻：

> 读"我与轻舠俱是画"之句，便欲凌驾钟谭，此尤快心事。⑤

不过，龚鼎孳后来却并没有在竟陵这一方向上发展，而是仍然沿袭了清初大多数仕宦诗人由七子派宗唐复古的道路。他平生酷喜作和韵诗，却竟无任何一首和钟、谭之作，仅存的和明人诗作皆系和七子。以龚鼎孳青年时代受竟陵派影响的程度，何以他后来并未入竟陵门户呢？

个人认为，龚鼎孳没有在竟陵途径上发展的原因，一方面固然是由于他作为清廷高官所处的身份地位，需要他作为庙堂正大闳雅诗风之表率，与代表晚明"亡国之音""鬼气""兵气"的竟陵幽响保持距离；更重要的是，他的性情为人和生活经历，也与竟陵派的美学精神不合。他后来诗风较倾向

---

① 龚鼎孳：《杨劬怀文稿序》，《定山堂文集》卷二，《龚鼎孳全集》，第1584页。
② 龚鼎孳：《卢元度文稿序》，《定山堂文集》卷二，《龚鼎孳全集》，第1583页。
③ 龚鼎孳：《题哭曹古遗诗后》，《定山堂文集》卷十六，《龚鼎孳全集》，第1881页。
④ 龚鼎孳：《题西山纪游诗后》，《定山堂文集》卷十六，《龚鼎孳全集》，第1875页。
⑤ 龚鼎孳：《答二弟孝绪》《定山堂文集》卷二十，《龚鼎孳全集》，第1945页。

于七子而基本上放弃竟陵,性格因素是个很重要的原因。龚鼎孳个性豪宕开阔,有政治抱负,崇尚事功,热衷名利,又极迷恋物质享受。别人评价他说"孝升太热"①,正中其要害。他的友人余怀也在《板桥杂记》中评价曰:"尚书雄豪盖代,视金玉如泥沙粪土。"② 这和竟陵派幽静内敛的隐士气质,差距极大。而明七子所标榜的"使工辞者畏其浑沦,负气者让其雄高"③ 的雄浑阔大诗风,显然与他的个性更加相符。

此外,龚鼎孳一生大起大落,沉浮宦海,饱经兵戈之危、亡国之恸、身世之悲,这也使得他不可能满足于格局狭小幽深的竟陵诗风,而是崇尚高远阔大的境界与苍雄悲慨的诗风。这早在他早年任职蕲水县令时已见端倪。他为自己作于蕲水任上的诗集自序云:"记乙亥春,以《风始》结欢,今以《风始》惜别,其间凄惨互易,愁瘁频经,修我戈矛,愁予笔墨。"④《风始集》所载,大多是龚鼎孳在蕲水守境保民的艰苦战争生涯,自然远非狭隘幽冷的竟陵诗风所能涵盖。《风始集》今已不传,然顺治《蕲水县志》卷二十四《艺文志》收录龚氏《堞喟诗十八首》,注云"崇祯乙亥年作,今录其九"。此诗在《定山堂诗集》中不载,正是龚氏在蕲水任职期间的诗作,其中颇多对战乱兵燹之苦的描述,以及自己身为保境安民官员的艰辛:"万瓦如鳞一劫灰,野人无泪但徘徊。啼魂化血归何处?饱尽霜岑落叶堆。""城南十里暮啼鸦,鬼火青青照浅沙。最是一声钟断后,山烟冷尽炊无家。""独有时危不可医,小臣何敢叹支离。愁深一夜白一发,任尔东风顶上吹。"⑤ 其诗感慨苍凉而近于老杜,与竟陵的清寒风格完全不类。

不过,龚鼎孳虽然自身并不宗尚竟陵,却也并未如清初多数诗人那样对竟陵口诛笔伐,而是对七子复古派与公安竟陵一视同仁、并无轩轾。在他看来,"夫诗始于学古,终于得意。学古则法立,得意则巧至。诸家言诗大指之别,二者而已"。而以学古相标榜的七子,和以"得意"为旨归的竟陵,

---

① 龚鼎孳:《送曹古遗给谏归殡汾阳十四首》,《定山堂诗集》卷五,《龚鼎孳全集》,第162页。
② 余怀:《板桥杂记》,第30页。
③ 李梦阳:《奉邃庵先生书》,《空同集》卷六十三,上海:上海古籍出版社,1991年,第578页。
④ 龚鼎孳:《风始二集序》,《定山堂文集》卷二,《龚鼎孳全集》,第1580页。
⑤ 龚鼎孳:《堞喟诗十八首》,《定山堂诗集补遗》,《龚鼎孳全集》,第1428—1429页。

皆有其长处，也各有其弱点："法宗王李，有因仍太过之讥；钟谭纯尚己意，而自放颓然，长不学无术之陋。"① 所以，他希望二者能合流兼美，各自发挥其长而去其短："历下苍奥，公安爽拔，近日西昌先生之高简，殆兼有之……"②

3. 对宋诗的包容态度

有研究者认为，龚鼎孳并不是完全"不染宋调"的，陈允衡《国雅初集》评价龚氏在顺治后期的创作："见称量于三唐之间，兼得其一二宋元别调。"③ 然而，考龚鼎孳实际创作，特别是其和韵诗中并无一首和宋诗之作，认为他"兼得宋元别调"之说，是站不住脚的，龚氏并无主动学习宋诗的迹象。

不过，龚鼎孳本人在创作上虽然并不学宋，但对宋诗也并不排斥，且颇能承认宋人的诗学成就，特别是对苏轼评价颇高："从数百年后想东坡，一恨事。髯翁邈矣，吾不得见，见一笔、一墨、一吟、一咏，如一巾、一袂、一笑、一语焉，是此老犹与我拱揖乎石几蕉榻之侧也。"④"东坡先生风流文采，照映古今，由其劲节高致，视世间悲愉得丧一无足以动乎其心。故浩然之气流于笔墨，千载而下，犹令人想见其人于掀髯岸帻，栖毫拂素之间也。"⑤ 龚鼎孳对苏轼的好感，或源于他生平仕途坎坷，在心理上与苏轼有所共鸣。

当然，作为宗唐一路诗人，龚鼎孳对唐诗与宋诗兼收并蓄的同时，仍然有所轩轾。他可以毫无顾忌地表述自己对宋代诗人尤其是苏轼的欣赏："子瞻海外之游，直云奇绝快平生，则儋崖万里，桄榔一宿，竟是笔墨间纵横光怪之所变现"，却仍然很坚决地认定，苏轼绝不可能超过身为唐代诗家的杜甫："置之古人中，故当高踞浣花一座，岂止与玉局老人抗耠而交绥乎？"⑥

龚鼎孳此种兼收并蓄、不拘一格，亦不执着于门户之见的文学观，或源于他对诗歌创作的随意态度。龚鼎孳诗学天分极高，下笔立成千言，时人对

---

① 龚鼎孳：《高愉堂诗序》，《定山堂文集补遗》卷上，《龚鼎孳全集》，第2132页。
② 龚鼎孳：《题洪谷一华山纪游后》，《定山堂文集》卷十六，《龚鼎孳全集》，第1873页。
③ 陈允衡辑：《国雅初集》，《四库全书存目丛书》集部第399册，第34页。
④ 龚鼎孳：《赠薄尘上人序》，《定山堂文集》卷六，《龚鼎孳全集》，第1682页。
⑤ 龚鼎孳：《题许侍御苏长公墨迹》，《定山堂文集》卷十六，《龚鼎孳全集》，第1862页。
⑥ 龚鼎孳：《读与三塞外诗偶书》，《定山堂文集》卷十五，《龚鼎孳全集》，第1854页。

此多有记载:"文词豪迈,警敏绝世,多者数千言,少或数百言,摇笔立就,备极工丽,则陈思之七步,青莲之倚马,未之或先也。"① 这种敏捷绝伦的创作才能,多数情况下都表现在宴饮酬酢场合:"在宾客填咽之际,尝为余张乐置饮,授简各赋一章,歌舞恢笑方杂沓于前,而先生涉笔已得数纸,坐者未散,传诵者早遍于远近矣。"② 所以,龚氏对这类应酬之作也不甚珍惜:"每当河梁折柳,即席分韵,挥毫染楮,词锋如云,醉后歌呼,辄不知其志之所托也。明日酒醒时都不复记忆,夫人于废笥中简而存之,十不得一二焉。"③ 早在他早年所作《露余自序》中,他就坦率地承认,诗歌于他不过是进行唱酬交流和自娱的手段:"生平不甚学诗,间一为之,笔落墨枯,遂亦不复省记。……而存者率多偶然酬唱之音,兴寄所至,去古颇远。"④ 周亮工称:"至于依永和声,诗词相禅,而引商刻羽,宫调久疏。先生偶一拈提,辄居最上。……韵险而句弥工,和多而调愈稳。"⑤ 龚鼎孳对和韵诗这类文字游戏的偏爱,以及"宴饮酬酢之篇,多于登临凭吊"⑥ 的特点,都与他进行文学创作的随意态度有关。

所以,虽然龚鼎孳才华敏捷,"下笔数千言可立就,词藻缤纷,都不点窜"⑦,却终究不能如将文学作为性命旨归进行研读和创作的钱谦益、吴伟业、王士禛辈那样开宗立派。然而,也正是由于这一原因,龚鼎孳能够不受明清之际大部分诗人的门户之见所束缚,达到真正心无轩轾的兼收并蓄。这位"有容乃大"的诗坛"职志",给予清初诗坛特别是京城诗坛的影响,实在不可估量。

(二) 兼备众家的"龚氏门下士"

龚鼎孳从顺治八年起复入京开始,除顺治十四年及康熙五年一度因事短期出京以外,一直长驻京城,这使得他能够长久地在京城诗坛上发挥影响。特别是在他于康熙二年重新起复为左都御史之后,官位崇隆,兼以可观的诗

---

① 严正矩:《大宗伯龚端毅公传》,《龚鼎孳全集》附录,第 2570 页。
② 吴伟业:《龚芝麓诗序》,《吴梅村全集》卷二十八,第 664—665 页。
③ 张贡孙:《尊拙斋诗集序》,《龚鼎孳全集》附录,第 2520 页。
④ 龚鼎孳:《定山堂文集》卷五,《龚鼎孳全集》,第 1672 页。
⑤ 周亮工:《定山堂诗集序》,《龚鼎孳全集》附录,第 2535 页。
⑥ 沈德潜等编:《清诗别裁集》卷一,上海:上海古籍出版社,2013 年,第 30 页。
⑦ 汪琬:《说铃》,《汪琬全集笺校》,第 2224 页。

文成就，已经成为实质上的京城诗坛盟主，并且拥有了属于自己的"门下士"群体。王士禛《居易录》："甲辰迁礼部，与翰林李检讨天馥湘北、今兵部尚书陈检讨廷敬子端、今都察院左都御史台中董御史文骥玉虬洎梁、刘、汪、程辈，切劘为诗歌古文，而合肥龚端毅公芝麓，方为尚书，为之职志。"① 陈廷敬《翰林编修汪钝翁墓志铭》亦记载道："顺治中，廷敬在翰林，大宗伯端毅龚公以能诗接后进，先生与今宰相合肥李公天馥、今户部侍郎新城王公士正、吏部郎中颍州刘公体仁、监察御史长洲董公文骥及海内名能诗之士，后先来会。顾予亦以诗受知龚公，日与诸子相见于词场。"② 这个"龚氏门下士"文学群体的常驻成员，包括王士禛及其兄长王士禄、陈廷敬、汪琬、梁熙、刘体仁、程可则、李天馥、董文骥等，涵盖了顺治后期入仕成名的大部分京城后进文士。其中，王氏兄弟、陈廷敬与程可则，皆系康熙前期京城著名文人团体"海内八家"成员。

值得注意的是，"龚氏门下士"虽然以龚鼎孳为职志，却并不是一个有统一诗学理念的诗歌流派，其成员的诗学主张差别极大。仅以清初诗坛最为显著的唐宋之争而论，"龚氏门下士"即等量齐观地包括了宗唐、宗宋与唐宋兼宗的文人。

龚鼎孳本人诗风以宗唐为主，门下宗唐文人数量亦不少，以李天馥、梁熙、程可则为代表。

程可则系岭南诗人，诗学主张倾向于宗唐，不染宋调。《与施愚山论诗作》："仆本滨海人，赋性多寡昧。读书怀古贤，苍茫隔人代。"其二更云："古贤逝不作，大雅将谁陈？汉魏邈千年，唐风委荆榛。"③ 不过，他对苏轼亦相当有好感："昔人论文以词为肉，意为骨。……长公斟酌尽善于二者之外，要皆有气以行乎其间，故轩举流逸，浩然志得。"④

李天馥曾入阁拜相，是典型的台阁诗人，"平生遭际圣明，陶写风雅，故其诗经经纬史，而皆以雍容渊秀出之。古诗排宕诘曲，似少陵昌黎；近体

---

① 王士禛：《居易录》卷五，《王士禛全集》，第3761页。
② 陈廷敬：《翰林编修汪钝翁墓志铭》，《午亭文编》卷四十四，第630页。
③ 程可则：《与施愚山论诗作》，《海日堂集》卷一，第297—298页。
④ 程可则：《跋苏长公春帖子》，《海日堂集》卷一，第387页。

格律，神韵俱在王杜间"①。陈廷敬亦认为李天馥是纯粹的宗唐派："五七言古，以少陵排宕之才，运昌黎诘屈之笔。五七言近体，格律精严，神韵洒落，在王杜伯仲间。"② 李天馥也如程可则一样，宗唐而并不排斥宋诗，尚有《喜王阮亭将至用坡公喜刘景文至韵同悦岩太宰》③ 这类用宋人诗韵的作品。

梁熙为中州诗人，主要承袭中州诗坛独宗杜甫的特色，汪琬《杜少陵像赞》："鄢陵梁子曰缉……顾其闲居为诗，独爱杜少陵先生。"④ 梁熙本人则在《抄杜诗了咏怀》中盛赞杜甫"碧海掣鲸鱼，不作兰苕媚。才力追王风，实本敦厚意"⑤。

虽然龚鼎孳本人的诗风不染宋调，但龚氏门下士之中，宗宋者亦不乏其人，典型代表是汪琬与王士禄。

汪琬系清初宗宋诗人代表人物之一，邓汉仪《慎墨堂笔记》："今诗专尚宋派，自钱虞山倡之，王贻上和之，从而泛滥其教者，有孙豹人枝蔚、汪季用懋麟、曹颂嘉禾、汪苕文琬、吴孟举之振。"⑥ 汪氏有《读宋人诗六首》，盛赞苏轼"一瓣香归玉局翁，风流羡与少陵同"，赞范成大"石湖别自擅宗风"，赞陆游"放翁已得眉山髓"⑦，其诗亦以学苏陆为主："先摹初唐，折而入宋，读宋人诗，亦是瓣香玉局，配以陆范。"⑧

王士禄自称"鄙人称诗慕韩杜，谓及苏陆皆文雄"⑨，是典型的宗宋诗人。尤其是他于康熙三年科场案入狱期间，以东坡自喻："念予兄弟即才具名位，不逮两苏公……其轗轲困踣，为流俗所指弃，又无不同。而坡公俊

---

① 徐世昌：《晚晴簃诗话》卷二十八，上海：华东师范大学出版社，2009 年，第 154—155 页。
② 陈廷敬：《容斋千首诗序》，《容斋千首诗》，《清代诗文集汇编》第 138 册，上海：上海古籍出版社，2010 年，第 3 页。
③ 李天馥：《容斋千首诗》，第 58 页。
④ 汪琬：《杜少陵像赞》，《钝翁前后类稿》卷四十六，《汪琬全集笺校》，第 849 页。
⑤ 梁熙：《抄杜诗了咏怀》，《皙次斋稿》卷一，《四库未收书辑刊》第 5 辑第 28 册，第 340 页。
⑥ 邓汉仪：《慎墨堂笔记》，第 527 页。
⑦ 汪琬：《读宋人诗六首》，《钝翁前后类稿》卷八，《汪琬全集笺校》，第 254—255 页。
⑧ 邓之诚：《清诗纪事初编》卷三，第 323 页。
⑨ 王士禄：《答赠邓孝威》，《上浮丙集》卷二，《十笏草堂诗选》，《四库全书存目丛书补编》第 79 册，第 182 页。

快,复善自宣写,乃稍取其集读之,读而且吟且叹,遂不自制,时复有作。"① 大量使用东坡诗韵,与其弟王士禛唱和酬答。

纯粹的宗唐派与宗宋派之外,还有一部分"龚氏门下士"是唐宋兼宗的,王士禛与陈廷敬即是代表。

王士禛虽系康熙初期宗宋派领袖之一,不过他的诗学是以唐人特别是王孟韦柳一路为主入手的,尝自言:"予幼入家塾,肄业之暇,即私取文选唐诗洛诵之。久之,学为五七字韵语。"②《渔洋集外诗》自序:"予八岁受诗,家兄授以王裴辋川诗,即得其解。"③ 所以,他在康熙初期倡导宋诗的"中岁越三唐而事两宋"④ 的阶段,其本质不过是拓展眼界,进行新的文学尝试,"良由物情厌故,笔意喜生,耳目为之顿新,心思于焉避熟",而绝非改弦更张,弃唐入宋。故时人评价他这段时间的作品,也多认为系唐宋兼宗而并非全盘转宋:"言惟公之于诗,既已寝息乎三唐两宋之间。"⑤ "虽持论广大,兼取南北宋元明诸家之诗,而选练矜慎,仍墨守唐人之声格。"⑥

关于陈廷敬的诗学好尚,王士禛曾以"独宗少陵"⑦ 为其定位,而《四库全书总目提要》亦沿袭王氏此说:"廷敬论诗宗杜甫,不为流连光景之词。"⑧ 但以陈廷敬的实际创作和诗学批评来看,他虽然宗杜,却并非独宗少陵,而是唐宋兼宗的。他不仅有诸多宗宋尤其是学习苏轼、步苏诗韵的作品,而且公开表示他对苏轼和陆游的好感:"苏公天上人,万丈银河垂。举手扪星辰,足蹴龙与螭。"⑨ "拂面冷风霜满鬓,何因检到放翁诗。"⑩ 他认为,"香山之挺出于长庆,苏陆之各擅于南北,迹其流风,会其神解,皆超然于自得之余"⑪。此种兼收并蓄、不立门户的主张,与王士禛颇为相似。

---

① 王士禄:《拘幽集自序》,第 68 页。
② 王士禛:《居易录》卷五,《王士禛全集》,第 3760—3761 页。
③ 王士禛:《渔洋集外诗》自序,《王士禛全集》,第 501 页。
④ 俞兆晟:《渔洋诗话序》,《王士禛全集》,第 4749 页。
⑤ 万言:《渔洋续诗集序》,《王士禛全集》,第 694 页。
⑥ 徐乾学:《渔洋山人续集序》,《王士禛全集》,第 687 页。
⑦ 王士禛:《渔洋诗话》卷中,《王士禛全集》,第 4796 页。
⑧ 纪昀总纂:《四库全书总目提要》卷一百七十三,第 4529 页。
⑨ 陈廷敬:《题东坡先生集》,《午亭文编》卷五,第 69 页。
⑩ 陈廷敬:《检放翁诗二首》,《午亭文编》卷十八,第 263 页。
⑪ 陈廷敬:《存诚堂集序》,《午亭文编》卷三十七,第 540 页。

宗唐派与宗宋派之外，龚氏门下士中，甚至还有刘体仁这样隶属晚明公安、竟陵一脉的文人。四库馆臣评价他"欲力脱七子之窠臼，而诗或生硬，文或纤佻，实出入于竟陵、公安之间"①。而他本人亦不讳言这一点。他在《徐学博诗叙》评价他人诗作曰："诗初得公安，意态阗入竟陵。"② 对公安、竟陵并无贬斥之辞。其诗作亦具公安、竟陵特色，若《慧湖怀贻上》："思君如草色，迢递入芜城。"③ 《西池》："清流自为源，碧罗熨晨雨。墙外浮藻腥，信凫没鹭举。"④ 前者颇有公安派的灵秀纤佻气味；后者则幽峭怪异，极类竟陵。这位直承晚明新变诗风的文士，在"有清一代，鄙弃晚明诗文；顺康以后，于启祯家数无复见知见闻者"⑤ 的氛围中，也能成为龚氏门下士，更可见龚鼎孳诗学理念的极大包容性。

龚鼎孳作为康熙前期京城诗坛之"职志"，虽然未能开宗立派，却以他的兼容并蓄，充分保障了京城诗坛的多元化局面。

由于龚鼎孳的兼容并蓄的特点，他虽然自身创作并不宗宋，却也颇能包容宗宋的后辈诗人。这一点在宋诗风尚未普及于京城诗坛的顺治时代已经有所体现。据王士禛记载，他于顺治十八年赴任扬州推官时，龚鼎孳曾盛赞年轻诗人王又旦之诗："其年冬，予之官扬州，合肥龚端毅公集诸词人赋诗祖道，联为巨轴，推幼华诗最工。"⑥ 而王又旦恰恰是一位兼宗唐宋的诗人，"其诗兼综唐宋人之长，独不取黄庭坚"⑦。

到了康熙初期王士禛作为京城新一代"职志"开始崭露头角，龚鼎孳的兼容并蓄更是起到了极大的作用。有研究者认为，王士禛在康熙初期之所以能在京城公开提倡宋诗并造成较大影响，很重要的一点是因为他身处的以龚鼎孳为中心的文化圈，对宋诗态度极为宽容："王士禛能将宋诗推广到'远近翕然宗之'的地步，他在龚鼎孳门下的康熙六年至十一年这五年是关

---

① 纪昀总纂：《四库全书总目提要》，卷一百八十二，第4947页。
② 刘体仁：《徐学博诗叙》，《七颂堂集》卷四，第547页。
③ 刘体仁：《慧湖怀贻上》，《七颂堂集》卷四，第484页。
④ 刘体仁：《西池》，《七颂堂集》卷七，第495页。
⑤ 钱锺书：《谈艺录》，北京：生活·读书·新知三联书店，2001年，第305页。
⑥ 王士禛：《黄湄诗选序》，《渔洋文集》卷二，《王士禛全集》，第1545页。
⑦ 朱彝尊：《儒林郎户科给事中郃阳王君墓志铭》，《曝书亭集》卷七十五，第860页。

键。"① 王士禛在康熙六年以后，在京颇有唱和，而诗风已呈现出明显的宗宋迹象，即《古夫于亭杂录》所载"康熙丁未戊申间，余与茗文、公戬、玉虬、周量辈在京师为诗倡和，余诗字句或偶涉新异，诸公亦效之"②。在康熙八年冬，王士禛还作有著名的《冬日读唐宋金元诸家诗偶有所感各题一绝于卷后凡七首》③，公开为宋元诗张目。其时正是龚鼎孳作为"职志"主掌京城诗坛的时期，若龚鼎孳对王士禛的宗宋倾向有所反对，王士禛绝无可能在京城大规模流布宋诗风。

此外，康熙十年吴之振携《宋诗钞》入京，并选宋琬、王士禛等"海内八家"作品为《八家诗选》，其自序即提到"余辛亥至京师，初未敢对客言诗，间与宋荔裳诸公相游宴，酒阑拈韵，窃窥群制，非世所谓唐法也"④。吴之振是宗宋派，他所指出的"海内八家"的"非世所谓唐法"的特色，显指"海内八家"创作中的宗宋倾向。而"海内八家"与龚鼎孳皆有极深的渊源，且有半数系龚氏门下士。可见龚鼎孳虽然自己不尚宋诗，但他对宋诗的宽容态度，却使得他周围以他为诗坛"职志"的士人，往往可以无所顾忌地表现出被七子宗唐派视为异端歧途的宗宋倾向。京城诗坛在康熙初期能够成为宗宋诗风的重镇，龚鼎孳这位长期主盟京城诗坛的"职志"对于宋诗的宽容，功不可没。

第二节 "京师三大家"

清初号称"京师三大家"的王铎、薛所蕴、刘正宗三位诗人，是清初顺治时代在京城诗坛影响力较大的台阁诗人："长安以诗名者，为王先生觉斯，刘先生宪石，暨吾行屋薛夫子，所谓三大家者也。"⑤ 这三位诗人作为清初北籍诗坛巨擘，是清初京城诗坛格局的一个重要组成部分。

---

① 万国华：《诗家与时代：龚鼎孳及其诗论、诗歌创作研究》，复旦大学 2011 年博士学位论文，第 113 页。
② 王士禛：《古夫于亭杂录》卷六，《王士禛全集》，第 4939 页。
③ 王士禛：《渔洋诗集》卷二十二，《王士禛全集》，第 483—484 页。
④ 吴之振：《八家诗选·自序》，第 539 页。
⑤ 彭志古：《桴庵诗跋》，第 211 页。

"京师三大家"系顺治时代活跃于京城诗坛的风云人物,然其名声在后世却并不响亮,远不如同系仕清之贰臣诗人的"江左三大家"知名。将其引入清代诗文学术研究的视野,就必须对他们的真实创作成就和影响力,以及他们被历史遗忘和屏蔽的原因,作考查与估量。

　　在声名流布和诗坛影响力方面,"京师三大家"确实存在被有意低估的情况。特别是王铎,他在崇祯时代的诗坛上,已有相当崇隆的声望。一方面,他是孟津诗派之开创者,也被视为继李梦阳、何景明之后中州诗坛成就最高的代表性人物。郑之玄《王觉四集序》云:"同年中州王觉四为词林垂十年……嗟夫,北地新都之后,其在孟津哉!"① 梁云构《倩松斋草序》则云:"中原大雅,时属觉斯,先生力欲大振宗风,共登作者,予与士心勉之哉!"② 可见是时王铎在河南诗坛乃至整个北方的极大影响力。另一方面,他官位显赫,又系词臣,门生众多,"公用文学特起,岳岳然为天子从臣,海内士大夫仰其宏博风流,以为庶几一代伟人"③,因而在崇祯时代的士林中声望极高:"二三十年间,海内所称有文章道德之望者,无不首推孟津。"④ "维先生之生,读书中秘,晋位宗伯,进阶宫保,人皆知其极布衣之荣。其子弟甲第,遭逢显仕,牙笏满床,人皆知为阀阅之莫京。至其学窥丘索,识探玄冥,所著诗书古文,凌驾前代,人皆知为名宿,为文人,为古今艺苑之所宗。"⑤

　　王铎的诗名并不仅限于北方,而已经成为晚明诗坛一影响力极大的重要人物。王鑨序称其"即与李何王李诸公共执牛耳,当不在钜鹿下也。同时有石斋、鸿宝、太青、明卿、牧斋诸钜公,偕声唱和,共救四体八病之失,大振噍杀纤琐之弊"⑥,可知当时王铎的诗名已可与黄道周、倪元璐、文翔凤乃至钱谦益并列。与此相应的是《北游录》提到黄道周论诗,以王铎为明

---

① 郑之玄:《王觉四集序》,《克薪堂文集》卷三,明崇祯十年刻本。
② 梁云构:《倩松斋草序》,《豹陵集》卷十三,《四库未收书辑刊》第7辑17册,第291页。
③ 田兰芳:《王文安公墨迹记》,《逸德轩文集》中卷,《四库未收书辑刊》第8辑17册,第54页。
④ 王鑨:《大愚集》附《诸同人尺牍》徐增书,《四库未收书辑刊》第7辑24册,第337页。
⑤ 张缙彦:《祭王觉斯先生文》,《依水园文集》后集卷二,国家图书馆藏清初刻本。
⑥ 王鑨:《拟山园选集序》,《拟山园选集》,第16页。

末"四大家"之一:"今诗四大家,孟津王觉斯铎、晋江黄太稚景昉。而推孟津甚至云。"① 冒襄《上宁盐台书》也提到"襄童年以诗文受知董思白、陈眉公、范质公、倪鸿宝、王觉斯诸先生"②,足见王铎在明朝已隐然成一时之诗坛名流,且能够提携后辈。

入清以后,王铎在顺治时代京城诗坛的声望更为响亮。像陈名夏、孙承泽这类官位显赫的京城文化名流,都以前辈礼事之:"是日为王文安公铎饯行,文安仪表俊伟,学问灏博,座中如孙北海承泽,陈百史名夏先生,皆以前辈礼事之。"③ 薛所蕴《忆觉斯先生八诗》:"百氏森罗万象垂,登坛执耳更推谁。惊看海岳掀翻势,叹尔风雷幻化奇。历下信阳犹小草,吴门北地总偏师。扬云殁后玄言绝,寂寞桓谭空系思。"④ 是诗作于顺治八年王铎出京祭华山时,对王铎入清后在京城文坛的宗盟地位,颇有渲染。

薛所蕴和刘正宗在明末至清初诗坛的声名,也相当可观。薛所蕴系明清之际河南诗坛领军人物之一:"莫不以为河津宗风,今在怀孟矣。"且与王铎并称:"盖海内称文章大家者,觉斯先生与先生河南北相望,如岱华之对峙,巍镇中原。"⑤ 此外,由于薛氏身为词馆中人,其"诗为一代正始之音,海内传诵已久,馆阁诸公评之当矣"⑥,可见薛所蕴的诗作,在"馆阁诸公"中颇有影响力,评价也相当高。

刘正宗早在明朝处词馆之时,已成为一个馆阁诗人文学集团的领袖:"同宪石读书史馆,一时雁行而称兄弟,埙吹篪和者,盖十有六人焉。十六人者,学为古文词,特识长宪石,即宪石亦不以执牛耳,狎主齐盟自孙谢。"⑦ 而到顺治十一年他身居相位之时,已隐然成为京城诗坛的"斯道主盟":"今海内士大夫鼓吹休明,振起风雅,汹汹乎欲比隆唐人,而树帜登坛,执此道牛耳者,咸首推相国刘宪石先生。……常操是法,以相海内人之

---

① 谈迁:《北游录·纪邮下》,北京:中华书局,1960 年,第 96 页。
② 冒襄:《上宁盐台书》,《巢民诗文集》文集卷三,《清代诗文集汇编》第 37 册,上海:上海古籍出版社,2011 年,第 476 页。
③ 褚人获:《坚瓠集》广集卷二"王觉斯前因"条,上海:上海古籍出版社,2012 年,第 916 页。
④ 薛所蕴:《忆觉斯先生八诗》,薛所蕴:《桴庵诗》七言律卷,第 311 页。
⑤ 张永祺:《澹友轩文集·序》,第 3—4 页。
⑥ 刘云:《澹友轩文集·序》,第 12 页。
⑦ 薛所蕴:《刘宪石逋斋诗序》,《澹友轩文集》卷三,第 40 页。

诗,合焉者之谓正派,离焉者之谓时派,不失尺寸。故宪石蔚为斯道主盟。"①

仅以清代前期较有成就的几部诗歌选本为例,即可知"京师三大家"在清初文学界的声望,并不逊于龚鼎孳。

《扶轮广集》系顺治十一年黄传祖所辑,反映出的正是顺治十一年前后,京城诗坛的面貌。黄传祖在《凡例》中明言:"今梓行者,大半甲午京师携归。"此集选龚鼎孳诗 52 首,选王铎诗多达 111 首,薛所蕴诗 31 首,刘正宗诗 28 首。

《国门集》系顺治十四年韩诗、陈祚明所辑,"所收诸作,多出顺治朝官吏之手"②。收入龚鼎孳诗歌 54 首,选刘正宗诗也多达 46 首,选薛所蕴诗 19 首。

《清诗初集》系康熙二十年蒋鑨、翁介眉所辑,涵盖了清初的主要庙堂文人。其集选龚鼎孳 14 首,选王铎诗也有 12 首,选薛所蕴诗 5 首。

《皇清诗选》系康熙二十七年孙铉所辑,选龚鼎孳诗 27 首、王铎 8 首、薛所蕴 10 首、刘正宗 2 首。

《国朝诗的》系康熙六十年陶煊、张璨所辑,选龚鼎孳 32 首、王铎 19 首、薛所蕴 26 首、刘正宗 3 首。

《国朝诗因》系乾隆三年查羲、查岐昌所纂,收龚鼎孳诗 19 首、王铎诗 42 首、薛所蕴诗 2 首。

"京师三大家"在清初以庙堂仕清诗人为主力的京城诗坛上的地位,以及对于有清一代庙堂诗学发展的作用和影响,更有待于恰如其分的估量。

京城诗坛"职志" 龚鼎孳主盟京城诗坛的时间在康熙初年,只比王士禛略早。王士禛《渔洋山人自撰年谱》中有一段材料说"康熙初,士人挟诗文游京师,必谒龚端毅公"。这段话系康熙七年。至于更早的顺治时代,龚鼎孳还并不能完全主盟京城诗坛。至少,"京师三大家"这三位同样官职显赫、处于京城权力中枢范畴的北方籍诗人,是足以和他平分秋色的。以顺治时代京城文人韩诗的描述来看:

---

① 薛所蕴:《曹锡余诗序》,《澹友轩文集》卷三,第 49 页。
② 谢正光:《清初人选清初诗汇考》,南京:南京大学出版社,1998 年,第 46 页。

> 近日辇下诸老,风雅翩翩,如芝麓、梅村而外,又有宪石、行坞、岩荦、犹龙诸先生,振藻扬芬,上嗣风雅,可谓极盛矣。①

韩诗所提及京城"辇下诸老",包括吴伟业,而吴伟业入京仕清的时间,仅在顺治十年到顺治十三年间,所以这则材料产生的年代,必在此期间。而他所历数的"辇下诸老",也即当时活跃在京城的著名仕宦诗人,除了吴伟业和龚鼎孳之外,就是刘正宗、薛所蕴等人。再看蒋钅龙《清诗初集自序》:

> 我朝运际昌期,词赋之盛,远迈千古。世祖章皇帝时,胜国遗贤如钱牧斋、吴梅村、龚芝麓、王觉斯、熊雪堂诸君子,同祖风骚,执耳坛坫,斌斌乎含燕而吐许矣。②

蒋钅龙此序,作于康熙二十年。此时,"京师三大家"的领军人物王铎,和"江左三大家"一样,也是被视为顺治时代的"胜国遗贤",开有清一代诗风的关键人物。

"京师三大家"中,声望最大、成就最高的王铎,在顺治九年已经去世,但是薛所蕴和刘正宗仍然在京城文化圈内活跃了很长一段时间。特别是刘正宗在顺治十年拜相,升任大学士以后,在顺治时代的京城诗坛庙堂仕宦诗人之中,也隐然有主盟地位。

刘正宗、薛所蕴在京城仕宦诗人中的主盟地位,甚至已经得到身处草野的士人的承认。钱谦益为"京师三大家"的友人张缙彦的诗稿作序,言:"孟津已矣,今所谓高李者,有行屋及安丘二公在。坦公将还朝,共理承明著作之事。"③ 钱谦益的序文作于顺治十五年,当时张缙彦以升任工部右侍郎回京,"坦公将还朝"即指此事。即使是当时偏处于江南故里的钱谦益,亦将刘薛二人视为京城有能力主掌"承明著作之事"的著名的仕宦诗人。

那么,何以"京师三大家"诗名远逊于同时期的"江左三大家",至今

---

① 韩诗:《国门集凡例》,《国门集》附录,清顺治刻本。
② 蒋钅龙:《清诗初集自序》,《清诗初集》卷首,第352页。
③ 钱谦益:《张坦公集序》,《有学集文集补遗》卷上,《牧斋杂著》,上海:上海古籍出版社,2007年,第535页。

未能进入文学史研究范畴?"京师三大家"的文学成就逊于"江左三大家",自是最主要原因;而其他影响"京师三大家"作品传播和影响力流布的因素,亦不可忽视。

在时间的延续性方面,"京师三大家"活跃于诗坛的时间,远较"江左三大家"为短。"江左三大家"中,钱谦益在明末已成为诗坛盟主,影响力一直延续到康熙初期,号称"四海宗盟五十年";吴伟业亦是在明末即诗名早著。而"京师三大家"中,声望最大、成就最高的王铎虽也成名于明末,却早在顺治九年即去世;薛所蕴、刘正宗则年辈较晚,主要是扬名于清初。且三人入清后活跃于文坛的时间,也基本不出顺治时代。王士禛《渔洋诗话》载薛所蕴事迹,即言其"顺治初,有诗名于京师"①。其中,王铎去世较早,而薛所蕴亦于顺治十四年休致,从此远离京城官场;刘正宗则在顺治十七年以张缙彦文集序中"将明之才"语句触清廷之忌,而被革职籍没。因而"京师三大家"在京城文坛之影响,在康熙时代即渐趋消泯。

在地域身份方面,"江左三大家"出身江南,而江南一直是明清时代文化最为发达的地域,实系全国的文化中心,亦代表了明清时代文化发展的方向和主流。而"京师三大家"均系北人,成名又在北方,他们所代表的地域文化,远不如江南发达,因而无论是在影响力,还是在诗坛走向之"话语权"方面,都较"江左三大家"略逊一筹。刘正宗的诗作流传不广,一个极重要原因就是他力倡严禁社局,与江南文人结怨较深,因而其作在江南人的诗歌选本中被有意"屏蔽":"正宗当国,有权奸之目,丁酉科场之狱,为其一手把持。与慎交水火。……其诗笔力甚健,江南人选诗多不及之,门户恩怨之见也。"②

一、"京师三大家"的诗学理念

(一) 对庙堂大雅诗学理念的倡导

1. "京师三大家"明清两代馆阁诗人的特殊身份

"京师三大家"的身份极具特色,不仅具有庙堂性质,而且表现出鲜明

---

① 王士禛:《渔洋诗话》卷中,《王士禛全集》,第4795页。
② 邓之诚:《清诗纪事初编》卷六乙编"刘正宗"条,第660页。

的过渡色彩。三人均系由明入清之贰臣，在明时即身列词馆，借词馆身份而得以诗名显扬，成为典型的馆阁诗人。其中，王铎成名最早，自天启二年中进士后，先后历任翰林院检讨、侍讲、少詹事、詹事等职，一直身处馆阁。这一颇令士人艳羡的清贵朝士身份，是其得享高名的重要原因。田兰芳《王文安公墨迹记》："公用文学特起，岳岳然为天子从臣，海内士大夫仰其宏博风流，以为庶几一代伟人。"① 可见王铎能够确立在诗坛的重要地位，很大一部分原因是他的馆阁词臣身份。

入清以后，王铎依然任职礼部，官职隆显，门生众多，因而仍然能够保持自身在诗坛的地位。张缙彦《祭王觉斯先生文》："维先生之生，读书中秘，晋位宗伯，进阶宫保，人皆知其极布衣之荣。其子弟甲第，遭逢显仕，牙笏满床，人皆知为阀阅之莫京。至其学窥丘索，识探玄冥，所著诗书古文，凌驾前代，人皆知为名宿，为文人，为古今艺苑之所宗。"② 薛所蕴亦有《忆觉斯先生八诗》，其三云："百氏森罗万象垂，登坛执耳更推谁。"③ 可知王铎高官显宦与诗坛宗盟的双重地位，入清而仍然不衰。

薛所蕴与刘正宗在明朝时，也具有词臣身份。两人均系以地方官入翰林，同在崇祯七年入词馆，刘正宗为编修，薛所蕴为检讨："丁酉试考选馆员，有旨：治行文学，既经公同酌核……刘正宗为翰林院编修……薛所蕴为简讨，仍送馆教习。"④

在明朝的词馆生涯中，薛刘和围绕在他们周围的馆阁诗人，已经有了文学集团的雏形。薛所蕴后来回忆这个馆阁诗人群体基本的形成过程："同宪石读书史馆，一时雁行而称兄弟，埙吹篪和者，盖十有六人焉。十六人者，学为古文词，特识长宪石，即宪石亦不以执牛耳，狎主齐盟自孙谢。"⑤ 可见，这个文学集团早在明代已经成型，其成员除薛、刘以外还有十六人，以

---

① 田兰芳：《王文安公墨迹记》，《逸德轩文集》中卷，第54页。
② 张缙彦：《祭王觉斯先生文》，《依水园文集》后集卷二，国家图书馆藏清初刻本。
③ 薛所蕴：《忆觉斯先生八诗》，《桴庵诗》七言律卷，第311页。
④ 谈迁：《国榷》卷九十三，北京：中华书局，1958年，第5682页。
⑤ 薛所蕴：《刘宪石逋斋诗序》，《澹友轩文集》卷三，第40页。

"古文辞"成就最高的刘正宗为中心①。而这十八人,均系词馆诗人。鼎革以后,这个馆阁气味浓厚的文学团体无形中解散:"亡何,沧桑易位,兹十六人中,或存或亡,或南或北,邈如隔世。"②薛氏《醉时歌柬宪石》《宪石斋中同葆光玉调听美人歌》也提到他们这个文学团体在明朝的活动情况:"不见当年金门友,十八人中如兰臭。只今相对余与君,四海风尘各老丑。"③这和薛所蕴提到的那个围绕刘正宗的十六人文学集团,数目正相符合。"廿年文社附应刘,天涯患难惊岁遒。那堪重对燕山陬,萧萧短发各翁俦。"④亦符合上文所言"沧桑易位,兹十六人中,或存或亡,或南或北,邈如隔世"的情况。

  明清易代以后,薛、刘二人仍然长期任职词馆,刘正宗历官侍讲、秘书院学士,直至顺治十年升为吏部侍郎。薛所蕴则入清后官祭酒,顺治四年一度因事降职后,又于顺治九年补为侍读。且两人都有于顺治九年教习庶吉士的经历:"九年壬辰科,命宏文院学士能图、刘清泰、秘书院学士刘正宗、国史院学士傅以渐、魏天赏、少詹事薛所蕴教习庶吉士。"⑤这一经历对两人影响颇大,因清初词馆特重诗文,"选入翰林者,俾肆力于吟咏,而开馆教习,往往以诗之工拙定其高下",特别是顺治帝喜爱诗文,注重翰林这方面的教习培养:"亲简英妙绝伦者读书中秘,日有课,月有程,时进诸殿陛,面较其艺,躬为序次,赏罚随之。"⑥以此看来,长期身处词馆并身为教习的薛所蕴、刘正宗,不仅由于所处的馆阁环境,能够"负朝端重望,履丰肩钜,乃于斜阳尘马之后,又复出其余绪,羽翼风雅"⑦,自觉以庙堂诗人的身份规范自身诗风,"先生之诗为一代正始之音,海内传诵已久,馆阁诸公

---

  ① 宫泉久《清初山左诗歌研究》亦提到这个文学集团,但他认为这一团体形成于清顺治朝:"在清初顺治时期,京城形成了以刘正宗为中心的沿袭七子、云间诗派的诗人群体"(宫泉久《清初山左诗歌研究》,北京:中国社会科学出版社,2009年,第245页)。此论不确。下文"亡何,沧桑易位"足见这一文学团体的形成,早在明亡以前。
  ② 薛所蕴:《刘宪石遹斋诗序》,《澹友轩文集》卷三,第40页。
  ③ 薛所蕴:《醉时歌柬宪石》,《桴庵诗》七言古卷,第249页。
  ④ 薛所蕴:《宪石斋中同葆光玉调听美人歌》,《桴庵诗》七言古卷,第261页。
  ⑤ 法式善:《槐厅载笔》卷九,《续修四库全书》子部第1178册,第424页。
  ⑥ 薛所蕴:《曹锡余诗序》,《澹友轩文集》卷三,第48页。
  ⑦ 王泰际:《桴庵诗·序》,第210页。

评之当矣"①。且因此更有能力扩大自身在馆阁诗群中的影响。李昌祚《薛宗伯六十寿序》即指出,薛所蕴长期供职于礼部,弟子门生众多,且均职位隆显,这显然极有利于他文学观念的普及:"孟县吾师薛行屋夫子,今之司马君实也。得其门者皆以正直闻于朝。……壬辰一甲而下,庶吉士满汉六十人,夫子奉命教习独久,一时品行文章,莫不视其师以为华。"② 在这些受教于薛刘的庶吉士中,即包括后来身列"海内八家"的晚辈名诗人沈荃、曹尔堪。

顺治十年五月,刘正宗升任吏部右侍郎;次年六月入阁拜相,在仕途上达到了顶峰。而他身为京城诗坛主盟人物之一的地位也得以确立。如薛所蕴《曹锡余诗序》指出,刘正宗身居相位之时,已俨然为京城金台诗人群体的盟主。而刘正宗得以在"鼓吹休明,振起风雅,汎汎乎欲比隆唐人"的"海内士大夫"中得以"树帜登坛,执此道牛耳"的关键因素,正是他所拥有的显赫官位。

2. 匡正清初诗风,正变兼宗的倾向

"京师三大家"的诗学主张,首先是指向"正诗风"的大前提,对清初"新声""时派"风行的现状进行严厉批判,旗帜鲜明地提出"返之正而归于风雅"的主张:"夫子与宪石先生更相酬倡,力挽之和平,一归大雅。"③薛所蕴在《刘宪石逌斋诗序》中,痛诋当时诗坛"竞为新声"、背离风雅的种种情状:

> 惟是风雅一事,共劂切伤时趋之诡正也,竞为新声,以枯澹为清脱,以浮艳为富丽,咀之无余意,讽之无余音,均于风雅无当也。④

薛所蕴所谓的"新声",显指公安竟陵与云间派而言。这其实并不是什么"新声",而系晚明时代的流风余绪,在清初诗坛的流布与延续。薛所蕴

---

① 刘云:《澹友轩文集·序》,第12页。
② 李昌祚:《薛宗伯六十寿序》,《真山人后集》文卷上,《四库未收书辑刊》第7辑23册,第167页。
③ 彭志古:《桴庵诗·跋》,第211页。
④ 薛所蕴:《刘宪石逌斋诗序》,《澹友轩文集》卷三,第41页。

认为，这些都是与"风雅"之"正"相悖的。

鉴于上述清初诗坛"流弊"，薛所蕴提出，"今竞为新声者……非以气格矫之，不能返之正而归于风雅"。于是，他与刘正宗"爰订一约：古体非汉魏晋宋不取材，近体则断自开元大历以还，气必于浑，格必于高。……任一时竞尚新声者诮为平为袭，终不以彼易此"。①

耐人寻味的是，薛刘辈力图使当世诗风"返之正而归于风雅"的努力，必然招致"一时竞尚新声者诮为平为袭"的结果。因为他们所倡导的诗风之"正"，实际上并没有提出更新的内容，大多观点都属于传统诗学观念的故调重弹。蒋寅对此有极精当的分析："从他（刘正宗）论诗主格调而兼重性情来看，应渊源于乡先辈李攀龙；而将当时诗流划分为正派与时派……也明显基于格调派的观念；至于论诗追溯到《三百篇》，则属于明末清初诗坛最一般的观念。……正因为太一般，反而显不出特色。"②

为何"三大家"这种不算新颖而且还相当传统乃至陈腐的诗学观念，竟然能够在清初京城诗坛受到相当多的拥护，达到了"蔚为斯道主盟""风雅一道亦遂大著"的风靡效果？"三大家"的官位和影响力固然是一方面；更重要的是，他们所提出的匡正诗风的主张，在清初的金台诗群中实在是适逢其时。

"三大家"所处时期，正值鼎革后清朝初立，亟须清理晚明诗坛那种芜杂混乱乃至"堕落"的状态。开一代新风，创造出属于本朝代自身的文学风尚，这是易代后的大多数文人，尤其是入仕清朝的文人的共同需求。而"三大家"所提出的"返之正而归于风雅"，规范当世诗风，其目的正是建立与新兴之清政权相符的诗学风尚。他们试图匡正当世诗风以与新兴之清王朝相匹的主张和努力，在清初以仕清者为主力的京城诗坛绝非个例，而是一种普遍性的思潮。"三大家"所倡导的"风雅一道"，显然属于"正"的范畴，系"盛世之音"，因而与新兴之"皇清"相匹配；而"三大家"所批判的"新声""时调"，则系由明朝末季的政治靡乱产生的"变风""变雅"之调，为"亡国之音"，只能与已然消亡的晚明时代匹配，因而属于新朝诗

---

① 薛所蕴：《刘宪石通斋诗序》，《澹友轩文集》卷三，第41页。
② 蒋寅：《清初诗学的地域格局与历史进程》，《文史知识》2007年第10期，第18页。

坛必须排除淘汰之列。在清初京城诗群这一崇正抑变、返归风雅的潮流中，"三大家"在诗学理念方面，显然是有意识地从崇奇主变的晚明遗风，向清初"盛世"所要求的崇雅主正转化，其身处两代的过渡特色极为鲜明。

以王铎为例，他在诗学批评方面颇有尚"奇"的偏好，声称"诗文之道，不古不传，不奇不传"①。而他的有意尚"奇"，与"软美卑靡"的"卑弱"诗风相对抗，正是晚明士人心性磊落、自视甚高、不愿受羁束的表现。时人评曰："觉斯于书无不窥，于作者之源流宗派无不晰。……而世人一切软美卑靡，掇拾浅易之语，又曷足邀其一盼？"②"觉斯誓不作卑弱一派，窥其意，必欲藏之名山，必欲俟知己于天下。……于以扫荡廓清，一除浅弱，真雄帅提戈，摧坚捣阵。"③ 此种心雄胆大、傲视当世诗坛的气概，显然是专属于个体心性舒张的晚明时代，而与清初大一统之"盛世"氛围颇不相符的。

在入清以后，王铎的诗学主张有了颇大变化，虽然间或仍有崇奇的言论，但显然倡导"雅正"的内容更多了。他称颂薛所蕴诗"正而有度"④，且在《王敬哉诗序》中，更提出为诗当"闳峻谨肃"的标准，对"不惬于物，又易为骚抑苛激之气"的"变雅"风气大加批判。而这种转型，正源于王铎自鼎革以后心境改变，他认为晚明祸乱系由诗风变异导致，因而改弦更张，崇尚雅正。其序云："嗟乎西寇黩于剥乱之后，万物燋夭，蒥聚秽聚，艰虞困顿，为欢几何？惜其从前辙者如彼也。"⑤ 对晚明时代那种张狂无忌的芜杂状态的反思，导向由崇奇而崇正的转变，正是清初诸多士人所走过的心路历程。

在对晚明思潮的反思之外，清初政治气氛的变化亦成为"三大家"由"奇"向"平""袭"的中规中矩风格转化的重要推动力。薛所蕴《送汪介人南旋应省试诗序》一文，对此种诗风转变的原因，有耐人寻味的说明：传主汪价本是一颇具晚明风范的奇人，"牢骚不平之意，发之于歌诗"，因此

---

① 杨观光：《王先生诗序》引王铎语，《拟山园选集》，清顺治十年刻本。
② 何吾驺：《拟山园选集序》，《拟山园选集》，清顺治十年刻本。
③ 蒋德璟：《拟山园选集序》，《拟山园选集》，清顺治十年刻本。
④ 王铎：《行坞薛公桴轩集序》，《拟山园选集》卷三十七，《北京图书馆古籍珍本丛刊》第 111 册，第 436 页。
⑤ 王铎：《王敬哉诗序》，《拟山园选集》卷二十九，第 347 页。

几乎罹祸。馆于薛家后,终于一改旧志,南归应省试,在精神上归顺了清王朝。于是薛所蕴意味深长地叹息道:"若夫博学高才,所已能也。销镕之以近于道,或亦有未能焉者。深味乎孟子动忍之说,尚其敛才归性,化奇为平。灌长孺、祢正平,何足为法哉!"①这实际上是对晚明那种强大的士人自我意识,与由此导致的诗文尚"奇"的风气,以传统儒学的"道"为准绳进行反拨,要求士人"敛才归性,化奇为平",消泯士人对现状的对抗心理。

不过,"京师三大家"对于诗风正变的态度,还是比较暧昧的。在理论上,他们认为新王朝应当有与之匹配的大雅至正诗风;但他们的诗学主张实际上是正变同尊,以正为主而不排斥变。诗学观念方面虽然大力提倡正雅,而在实际创作中,却也不妨表现出某些"多及时事""多感伤之概"的变雅特色。以上文所提及的王铎《行坞薛公桴轩集序》而论,王铎认为薛所蕴诗"正而有度",但薛诗"正而有度"的表现,却是"时挟风霆之气,又似行乎水石砰訇,风沙翳肆,金刀铁马,出没荒榛断崖之间,时而老健陡峙,时而覆五岳、翻沧海,天龙人鬼,变相蟠屈"②。这纯粹是由晚明动荡时代所形成的跌宕奇诡的"风霆之气"、变雅之音,和真正的庙堂大雅之声大相径庭。可见王铎所谓的"正而有度"的诗学理想,和真正的庙堂诗学有多大差距。

(二)"京师三大家"的主张:复兴"三百篇"、宗唐、承袭七子

"京师三大家"用以"正诗风"的诗学主张,正如薛所蕴所言,是"论诗必先格调,迤之性情,期于近法李唐,以远追三百篇遗音"③。是由明七子的格调之说,上溯唐诗,以远逃中国传统诗学之祖的"三百篇",这是明清两代最正统的学诗门径。然而,若将"京师三大家"这一看似平平无奇乃至颇有些陈腐的主张,置于清初庙堂诗学成型之大背景下考虑,它的很多内涵都颇为耐人寻味。

"京师三大家"的诗学主张突出的一点是重申"三百篇"传统,以之为

---

① 薛所蕴:《送汪介人南旋应省试诗序》,《澹友轩文集》卷四,第55—56页。
② 王铎:《行坞薛公桴轩集序》,《拟山园选集》卷三十七,第436页。
③ 薛所蕴:《曹锡余诗序》,《澹友轩文集》卷三,第49页。

匡正当世诗风的旗帜。刘正宗"兴观留四始,淡静却三彭"①,大力主张"远追三百篇遗音";而薛所蕴亦"于言志一道古稽今质,本诸静深","或拟议而景会,或俯仰而感存,或流连若愿违,或疏旷翻中结,莫不本温柔敦厚之教。而言志尝有遗言,且言志每有余志"。② 这一方面是来源于他们所处的地域文学传统,若刘正宗所出身的山左文化圈,其通行的"齐风"即包括"诗教"的内容,"雅正雄浑,气势宏大,其中显然包蕴了深植于齐鲁大地的儒家正统思想和诗教观念。可以说,齐风是正统思想、传统诗学、地方文化以及时势风气多重因素共同塑造而成的"③。然"京师三大家"以"三百篇"为诗学理想,主要还是他们所处的时代使然。

以"三百篇"传统为旗帜,推出自身诗学理念,这在明清时代乃至整个中国诗歌史上,并不算什么新鲜内容。"三百篇"因其久远年代与经典身份,已在士人心目中确立了某种类似于诗学"绝对真理"的地位。任何处于诗学传统的转型期,有意于变革当世诗风的诗人,大多都会举出"三百篇"这一中国诗歌创作与批评的原始经典来加以论证。而"三百篇"的诗学指向之复杂,几乎任何诗学主张都可以在其间寻得依据。而"京师三大家"所理解与提倡的"三百篇"传统,是由他们自身的庙堂诗人身份,以及所处的明清之际的特殊历史背景所决定的,包括"诗教""言志"与"美刺"三方面内容:

其一,是对三百篇"诗教"功用的重新强调。这是与清初整个诗学发展的大趋势相符合的。有明一代特别是晚明,是儒家诗学的政教传统失落的时代,而清初诗坛对晚明诗学传统反思的重要内容之一,就是重拾儒家正统诗学的政教传统。④ 这正是以清除晚明诗风"弊端"、创立新王朝之新诗学为己任的"京师三大家"等庙堂诗人,所持的诗学理念。鉴于七子乃至其后学云间派复古,"取声调格律,而不言性情",所复的是汉魏盛唐的审美传统、形式风格,而并非政教性质的"言志";至于公安派的性灵之论,张

---

① 胡世安:《书通斋集二首》,《秀岩集》卷十四,《四库全书存目丛书》集部第196册,第498页。
② 胡世安:《桴庵诗序》,《秀岩集》卷二十八,第609页。
③ 李伯齐:《山东分体文学史》,济南:齐鲁书社,2005年,第415页。
④ 参看张健《清代诗学研究》第一章"明清之际:儒家诗学政教观念的复兴",北京:北京大学出版社,1999年。

扬人的情欲本性,更是与政教传统直接对立。所以,"京师三大家"主张复兴的三百篇传统,是儒家以为文学须有"经夫妇,成孝敬,厚人伦,美教化,移风俗"功能的正统观念,将诗歌作为辅佐新兴之清王朝"文治"的组成部分。

其二,是对诗歌"言志"之情感因素的重新强调,以及以"性情之正""温柔敦厚"的标准,对"志"的内容进行规范。身为七子后学,有感于七子重形式而轻内容的弊端,"三大家"对诗作的情感内涵颇为重视。薛所蕴针对"文而不情"的现象,特意强调以意为诗、以意主辞的重要性:"古人著作大要,独写其意耳。意至故语无所蹈袭。若诗者,更天籁之鼓而性情之邮也。情动而文生,情深而文渺,情结轖而文悲愤,文而不情,如以衣冠饰木骸,俨然似人,不可即谓之人。"①

刘正宗的诗论传世不多,在《秀岩集序》中,他直言:"诗首唐虞,必曰言志,极之神人可和,无非是物。"② 白胤谦在《蕉林诗集序》中,记载了他与刘正宗论诗的一段对话。刘氏对当世诗风尤其是七子末流所表现出的"雕刻玩弄,情寡而辞多"③ 现象深为不满,因此特意重提"言志"传统,对这一不良风尚进行反拨。他称许白胤谦所提出的"匪意匪辞,而期合于古,自非然者,徒具韵语,非诗耳"。他自己作于崇祯十五年到崇祯十六年间的《愁吟集》,也正是这种高度重视诗文情感内容的"吟愁"之作:"愁何以吟?情之所结,声韵形之。《园桃》风人所谓'我歌且谣'者乎?"这一"愁吟"并非为赋新词强说愁,而是直接来源于时局的变迁,以及他对国愁家难的担忧:"是时寇垒遍寓内,太史之愁,国恤也,家忧也,吟之所自起也。"④ 因而能够"忧思深而绪邈曲折幻化,无所不至,郁抑而不得直达,则噫呜唱叹之音作焉",具有巨大的情感含量和感人的效果,与那些"雕刻玩弄,情寡而辞多"的玩弄形式、无病呻吟之作迥然相异。

然而,"京师三大家"重新抬出"三百篇"的"言志"传统,其情感内涵的前提并不是不受束缚地抒写个人情怀,而是要求发乎情止乎礼,所言必

---

① 薛所蕴:《阎审今诗序》,《澹友轩文集》卷四,第53页。
② 刘正宗:《秀岩集序》,《秀岩集》卷首,第406页。
③ 白胤谦:《蕉林诗集序》,《蕉林诗集》,《四库全书存目丛书》集部第204册,第4页。
④ 薛所蕴:《愁吟序》,《澹友轩文集》卷三,第49页。

须是受到儒家道德规范的情志。再进一步，就是"诗者持也，持天下之心志而囿之以礼乐中和。"诗中所言"情""志"的内容必须合乎儒家伦理规范，乃至须对当世有表率作用。薛所蕴在《愁吟序》中，特别指出刘正宗"愁怀"的儒家道德意义："太史服古怀深，以天下之忧为忧，故感时寓愁，情弗能已。吟之所自起也，然则有斯世斯民之责者皆愁。"① 这就是对诗作中感情内涵的道德规约，要求破除个人的小小哀愁，引申到因"斯世斯民之责"，而"以天下之忧为忧"的崇高胸怀。"情""志"的表现方式必须是温柔敦厚而有节制的，不能无限制地发露舒张，尤其是那种不够平和的苛激怨怼之情。王铎在《王敬哉诗序》提出"闳峻谨肃"的标准，认为好诗不应当是"若一二不惬于物，又易为骚抑苛激之气，以抵触于烟云花石虫鱼鸟兽山溪之间"②。其"闳峻谨肃"之说，与传统诗教之"温柔敦厚"标准如出一辙，实际上是提倡一种情感不过分夸张发露、节制有度的诗风。薛所蕴则倡导不随外物转移的和适心境，以及由此创作出的"格法宗唐，而虚圆澹泊，能令读者自远"③，"意思洒落，音韵和适，曾无几微怨尤不平，穷愁抑郁之感犯其笔端"④ 的诗风。

其三，是对"三百篇"之"美刺"传统的重新强调，因而形成的贴近时事、直笔书写民瘼时弊的特点。"京师三大家"诗文的"多及时事"⑤，一方面是身经鼎革之故，另一方面，也是自觉的创作追求。薛所蕴《胡苍恒诗序》："古者各国陈诗，王人采风谣而听之，即以考列，辟政教之得失。是古人之诗，即古人之政。"他进一步论述，胡氏诗作"悱恻疾痛"，"大类唐人元次山《舂陵行》"，"圣主采而听之，见其悱恻疾痛之词，必有戚戚于心，为保民求莫，沛然膏泽之下"⑥。

"京师三大家"对"古人之诗，即古人之政"的这一定义，显然是来自《毛诗》"赋之言铺，直铺陈今之政教善恶；比，见今之失，不敢斥言，取比类以言之"乃至其后"新乐府"的美刺传统。故《雪桥诗话》言刘正宗

---

① 薛所蕴：《愁吟序》，《澹友轩文集》卷三，第50页。
② 王铎：《王敬哉诗序》，《拟山园选集》卷二十九，第347页。
③ 薛所蕴：《周栎园秋稧诗序》，《澹友轩文集》卷三，第46页。
④ 薛所蕴：《孙孝思归来集序》，《澹友轩文集》卷四，第52页。
⑤ 邓之诚：《清诗纪事初编》，第883页。
⑥ 薛所蕴：《胡苍恒诗序》，《澹友轩文集》卷四，第50—51页。

诗"颇有《春陵行》遗意"①。此种"三百篇之旨",理论上亦应有"感人心,佐治理"之功用而有益于世,然因其直笔"时事",往往与庙堂诗学要求颇有扞格之处。被《雪桥诗话三集》盛赞为"颇有《春陵行》遗意"的《移庐行》《济上行》二诗,其一言清廷为八旗居住内城,而强行将城内汉族官民迁出,造成京城百姓流离失所的惨状:"襁负去故闾,赒给失啁啾。复许移庐出,华屋逮蓬茅。牛车何阗阗,巷陌喧瀑溢。人马为不行,道旁竞筑室。"②后者则揭露清军征战中劫掠平民卖为奴婢的恶行:"有客济上来,为我述荡析。縶累鬻道傍,云是捷功得。初但贵红颜,后乃空原隰。红颜供余欢,老稚获赎直。百年生聚地,千里弥荆棘。"③亦是相当大胆的直笔,绝无半分庙堂诗人应有的"粉饰太平"的意味,可知刘正宗所推崇的"三百篇"真精神究竟是什么。

　　同样的美刺传统、实录风味,在薛所蕴入清后的作品中亦有表现。若其《诸城高明府县堂产芝》:"四海困征轮,斯民类集蓼。兔葵蔓井邑,灌□弥区表。……祯祥胡足贵,良吏洵所宝。"④官衙生芝草,在一般人眼中系"祥瑞"之兆,本应有颂圣之辞;薛却直斥当时征敛繁多,民力荒芜之状,且结以"祯祥胡足贵,良吏洵所宝"。这种秉笔直言,指斥时弊的精神,正是薛刘企图复兴的"三百篇之旨",也成为庙堂诗风的不和谐音。

　　刘正宗甚至还对"三百篇之旨",有更深入也更"出格"的引申。他在《秀岩集序》中指出:"观宗伯之诗,壬子以后,深秀文明,戊辰以后,含弘光大,庚辰壬午间,蒿目多忧,至羁中数什,乃明夷百六矣。兴观群怨,直上接三百篇之旨,诗至此,虽欲不存焉不可得。"⑤他认为,胡世安作于万历年间的诗作"深秀文明",崇祯元年之后"含弘光大",而崇祯十三年以后"蒿目多忧",正是忠实地反映了他所处的时代的变迁兴衰,所以能够"直上接三百篇之旨"。此处的"三百篇之旨",已经不再有"辟政教之得失"以待"圣主采而听之",有用于现实政治乃至直接辅佐清王朝治化的意

---

① 杨钟羲:《雪桥诗话三集》卷一,北京:人民文学出版社,2011年,第1477页。
② 刘正宗:《移庐行》,《逋斋集》卷一,《四库未收书辑刊》第8辑第16册,第128页。
③ 刘正宗:《济上行》,《逋斋集》卷一,第129页。
④ 薛所蕴:《诸城高明府县堂产芝》,《桴庵诗》五言古卷,第235—236页。
⑤ 刘正宗:《秀岩集序》,《秀岩集》,第406页。

味，而纯然是一种直笔铺陈、以诗存史的精神。这样的"三百篇之旨"，和"皇清"自身庙堂诗学的规范全然背道而驰，也可解释"三大家"集中比比皆是的书写故国沦亡、今昔兴衰的诗文为何存在。

在鼓吹复兴"三百篇"传统的同时，"三大家"还进一步重申了自元明以来一直流行于诗坛的宗唐抑宋的主流观念，以之为理论旗帜。"三大家"此种严格的宗唐抑宋倾向，自"前辈"王铎已然如是。薛所蕴《忆觉斯先生八诗》其四云："清庙生民闲有作，开元大历后无朋。伤心风雅津梁阕，烟雨北邙葬少陵。"① 即指出王铎宗法盛唐的特点。而继王铎而起的刘正宗，也正是在"今海内士大夫鼓吹休明，振起风雅，汹汹乎欲比隆唐人"的环境中，提出"论诗必先格调，迓之性情，期于近法李唐，以远追三百篇遗音"② 的宗唐主张，因而能够执京城诗坛牛耳，对诗风进行规范。

宗唐与宗宋之争，系明清诗学发展的主要题目之一，亦是清初诗风一关键转捩。元明两代诗，俱是宗唐观念占上风，特别是明代中期以后，由于七子文宗秦汉、诗宗盛唐的观念盛行于文坛，宋诗几无人问津。吴之振《宋诗钞》序云："自嘉、隆以还，言诗家宗唐而黜宋。""京师三大家"作为七子后学，延续其尊唐黜宋观念并不奇怪，这一主张本身也并非多么新鲜，然将其置于清初特殊的历史背景之下，综合考量当时的唐宋诗之争，就可以知道"京师三大家"的宗唐并非单纯延续七子旧套，而是清初庙堂诗学构建的组成部分。

清初诗坛的宗唐与宗宋之争，是一个极为复杂的过程，其中自有文学自身发展规律的推动，但它绝非单纯的文学好尚之争端，而是阑入大量政治因素，在某种意义上已经成为清初庙堂与草野诗群的分界。而"京师三大家"的尊唐黜宋，实际上是明确标示了他们作为"鼓吹休明，振起风雅，汹汹乎欲比隆唐人"之庙堂诗群一方的立场，因而能在"海内士大夫"群体中，得以"树帜登坛，执此道牛耳"。

然而，虽以"宗唐"为帜，"京师三大家"的具体宗法对象和风格，却与清廷倡导的"鼓吹休明，振起风雅"颇有些扞格不合的地方。三人俱师

---

① 薛所蕴：《忆觉斯先生八诗》，《桴庵诗》七言律卷，第311页。
② 薛所蕴：《曹锡余诗序》，《澹友轩文集》卷三，第49页。

法李、杜，特别是杜甫，并以此闻名于世："盟津王先生富于六义，脱稿至数百卷，独推少陵，至一句一字，无不诠发意兴，令人爽然解颐。"①"行屋者，诚得力于杜，而以己意作杜者也。"② 而刘正宗更是"少陵诗法"的大力倡导者。③"京师三大家"的所谓"宗唐"，实际上是"宗杜"。

"京师三大家"的宗杜，并非多么新鲜的观念，宗杜的风尚在明代一直蔚为主流，并延续到清初。张缙彦《宪石先生诗叙》："今谭诗者咸知法少陵氏，谭史者咸知法子长氏。"方拱乾《桴庵诗序》："近世作诗者，谁不言学杜？"一方面李杜本就是盛唐乃至有唐一朝公认的成就最高、最有代表性的诗人："唐人树帜，无如李杜。"④ 另一方面，风靡有明一朝的七子流派，俱是以杜为宗。王士禛《七言诗凡例》："至何李学杜，厌诸家之坦迤，独于沉郁顿挫处用意。虽一变前人，号称复古，而同源异派，实皆以杜氏为昆仑墟。"⑤"京师三大家"身为七子后学而宗杜，也是顺理成章之事。

不过，明末清初的士人普遍学杜，还是与当时天崩地解的历史变乱以及由此带来的士人心理的剧烈动荡与创伤有关。王铎《始信》一诗，即颇能代表他本人以及明末相当多的学杜者的心态："始信杜陵叟，实悲丧乱频。恒逢西散卒，惊问北来人。老大心情异，衣冠禄秩新。浑城亦不见，泪尽诘青旻。"⑥"丧乱频"与"心情异"，正是明清之际士人学杜的心理根源，而杜诗最关键的特色——陵谷沧桑之变，与沉郁悲愤之情，显而易见，其实是前文所述"变雅"风气的典型，与清政权所力图实现的大雅"盛世"之音，是完全不匹配的。

薛所蕴的宗杜，虽然是因为杜甫"浑涵汪洋，包罗万状。元稹谓其词气振迈，风调清深，岂非以其气格浑古，而泂泂乎元音也哉"⑦ 的集大成特质，实际上也与"昔人有所不平感慨于中，幽忧郁抑，结轖无聊，辄发于诗

---

① 张缙彦：《阅审今变雅题辞》，《依水园文集》后集卷二，国家图书馆藏清初刻本。
② 方拱乾：《桴庵诗序》，第205页。
③ 张缙彦：《宪石先生诗叙》，《依水园文集》后集卷一，国家图书馆藏清初刻本。
④ 薛所蕴：《选李长吉诗序》，《澹友轩文集》卷四，第58页。
⑤ 王士禛：《七言诗凡例》，《渔洋文集》卷十四，《王士禛全集》，第1762页。
⑥ 王铎：《始信》，《拟山园选集》五言律卷五。
⑦ 薛所蕴：《选李长吉诗序》，《澹友轩文集》卷四，第58页。

歌","抚时伤世,一唱三叹"① 对时世变迁乃至故国沦亡的感慨,和"幽忧郁抑"的不平之情的抒发有关。他在《阎审今诗序》中,有更具体的论述:

> 审今之情,至也。尊亲之感,陵谷之恸,默之不能,遂之不可,而托为谲诡幽异之词,以自号泣于天开地绽,涛飞石走,马鸣草沸之间;以申控于山鬼庙祝,菩萨佛树之际。呜呼,深而渺,结涩而愤郁。②

阎氏之诗不仅情怀深挚,具有"情至"的特点,而且因"尊亲之感、陵谷之恸"而具有极为深重、几欲喷薄而出的悲愤,这显然是与他所处的时代风气紧密相关的。如此"情至",和"京师三大家"推崇"三百篇"时努力倡导的温柔敦厚、以理约情的主张,显然甚不合拍。但薛所蕴并不觉得这有什么不妥,且将阎氏与屈原和杜甫类比,这两人也是身逢国难,满腔悲愤的典型:"然乎三闾赋,幽忧绵渺,意绪烦蘼","子美非能自为诗,自是人性情中语,烦子美道耳"。③ 这种对屈原、杜甫的欣赏态度,乃至因此而部分否定自己"曾无几微怨尤不平,穷愁抑郁之感犯其笔端"④ 的主张,都显然说明他的庙堂气味并不纯粹,在感情和审美趣味上,有时还不由自主地流露出他所处的时代悲愤沉郁、以杜为尊的影子来。

而刘正宗所倡导的"少陵诗法",也正是此种陵谷之变、亡国之感的展现。张缙彦在《宪石先生诗叙》中,对刘正宗"少陵诗法"的内容,有颇详尽的说明,全文录于下:

> 今谭诗者咸知法少陵氏,谭史者咸知法子长氏。少陵为诗,凡出处动息,劳佚悲欢,忠愤感激,皆有为而为,古今学士大夫推为诗史。其所游历,每每编年纪之,岂诗法即史法与?夫比物类情,诗志也;引义切事,史志也。心有寓托,发之为言,可以论其世,见其人,故诗兼史者,诗法至焉。今诗之不为少陵者曰:用我法矣。至极情雕凿,究未能

---

① 薛所蕴:《何仲彻壮游草序》,《澹友轩文集》卷四,第54页。
② 薛所蕴:《阎审今诗序》,《澹友轩文集》卷四,第53页。
③ 同上。
④ 薛所蕴:《孙孝思归来集叙》,《澹友轩文集》卷四,第52页。

出于古人，但以少陵所不欲为者龂为新获，以庶几见异。故古法亡，诗亡也。宪石先生总史局，能文章，故不戛戛以声诗鸣，而诗以噪海内，一时能诗者心折学士，推齐盟。……

己巳间，曾读逋斋、雪鸿两集，今复出《庚寅草》《西征杂咏》二帙。余纵观学士所为诗，皆从食息瘖寐，饮酒骑乘，山川风物，触目成寓，发为声而征为气，盖有所为而为，亦有所为而不为者，故淋漓沉痛，一泄之于诗。

读其篇章，可以观世变，观诗变矣。虽然，诗有变哉？溺于法而不知变，与变而诡于法，皆无诗。故诗之变，法变也。王弇州曰：诗法如律法。法家严而寡恩，此虽少陵不能违，况学士乎？故逋斋、雪鸿，法蕴藉则蕴藉；《庚寅》《西征》，法激放则激放。是集也，荡之以天倪，规之以度数，深之以气候山川云日，变也，所为法也，是亦学士之诗之史也。嗟乎嗟乎，诗以道性情也，古今来穷愁抑扼，其书多传；而清庙明堂之中，反寥寥难之。盖犀轩峨冠，鸣玉而朝，足以平其心而易其所向。今学士际天禄石渠之盛，每有一段悲凉感激出于意，言之中，如少陵之诗所为者。其胸次孤宕，固落落与世不同，将以任和燮，操彤管，勒一代之典章。学士所优为者，恐少陵即穷愁抑厄悲歌慷慨，而卒不能为也。①

张缙彦认为，刘正宗一再强调的"法度"，实际上就是"少陵诗法"，与"史法"相通。它一方面是七子主张的格局法度的"诗法"，另一方面，则是杜甫"以诗兼史"的"诗史"意识，以及其所特有的"淋漓沉痛""悲凉感激"的风格。这正是清初所特有的诗学思潮的一部分。身为庙堂诗人的刘正宗，对此种"少陵诗法"的强调，以及他本人因身经陵谷之变、失节之痛，因而形成的"激放""悲凉感激""胸次孤宕，固落落与世不同"的诗风，显然都不是真正的庙堂诗风应有的。此种以清庙明堂之身，作老杜"悲凉感激"之音的奇特现象，堪称是以"京师三大家"为代表的清初过渡性庙堂诗人的重要特征。

---

① 张缙彦：《宪石先生诗叙》，《依水园文集》后集卷一，国家图书馆藏清初刻本。

实际上，正如前文所述的正变之争一样，随着清政权的渐趋稳定和清初庙堂诗风的渐趋成熟，也出现了对杜诗的反思。即使是"三大家"自身，也多少意识到宗杜与庙堂诗学不合拍的地方。薛所蕴在《孙孝思归来集叙》中，即对杜诗那些叹息"困穷失意"的"不平之鸣"有所不满，含蓄地以"哀而伤"冠之，言外颇有指责其为"亡国之音"的意味："诗工于唐，然出于呻吟愁叹，以抒其郁抑不平之感者，什之而九。子美圣于诗矣，乃同谷七歌之辞：'生不成名身已老，三年饥走荒山道。'先正以不知道讥之。岂非以处困穷失意之时，其言哀而伤乎？"他进一步对诗作所抒发的情感作出规范："夫人苟非内足于己，其于境遇之顺逆得丧，荣辱是非，遑遑随之迁移。而喜怒哀乐之情动于中者，遂茫然莫能自主。喜怒哀乐不能自主而发于外者，因之悲欢无定，歌哭由人。怨尤之意深，而疾首蹙额，噍杀之音以形，此从古诗人多穷愁发愤之词也。"① 对因"喜怒哀乐不能自主而发于外"的"怨尤之意""噍杀之音"颇有谴责的意味。这也可与前文所论及"京师三大家"所倡导的"三百篇"温柔敦厚、以礼制情的传统，对照参看。

二、"京师三大家"的诗歌创作：以乱离之悲、故国之思、失节之苦为主体的变雅悲音

"京师三大家"步入仕途和文坛的时间，系晚明启祯时代，这也是风雨飘摇的明王朝在内忧外患各方痼疾都急剧恶化、整个社会结构趋于大范围隳坏崩塌的时期。"京师三大家"均系北方人，其中王铎、薛所蕴还来自中原河南，这正是农民起义频发、农民军与官军反复拉锯战的地带。天灾人祸频仍，战乱残酷血腥，故里满目疮痍尽成丘墟，百姓流离失所的一幕幕人间惨剧，均是他们感同身受的。因而，多及乱离题材，直面民瘼，是身处乱世之"京师三大家"共有的特点："读枑庵古近体诗，其善陈时事，转变不测，一似《石壕》《新安》之睹记，《彭衙》《桔柏》之崎岖，重变现于少陵笔端者。"② 以王铎对薛所蕴诗"多忧国轸民"，"得山川之助既多，又得磨琢于

---

① 薛所蕴：《孙孝思归来集叙》，《澹友轩文集》卷四，第51页。
② 钱谦益：《薛行屋诗序》，《牧斋外集》卷五，《牧斋杂著》，第666页。

世局之变","三十年来中间世局倾洞、兵戈寇盗、星蚀日赤、山坼河涸、人才之崩奔骇怪,狼虎在牢,于是乎极而变矣"① 诗作题材选择和创作倾向的津津乐道,以及薛所蕴为刘正宗在明亡以前的诗作《愁吟集》所作的序文:"是时寇垒遍寓内,太史之愁,国恤也,家忧也,吟之所自起也。"② 足可知"京师三大家"无论是在诗学理论还是在创作取向方面,都有擅言时事的倾向。

"京师三大家"所擅言之"时事"的内容颇多,大抵不出国事蹖颓、战乱惨痛与民生疾苦等方面。其中,王铎年龄最长,在明朝为官的时间最长,所亲身经历之世局变乱也更为纷杂痛切,故其作中有关明末乱世的时事写实之作相当多。而薛所蕴和刘正宗成名较晚,且他俩作于明朝的作品大多未能保留下来,他们的时事题材往往集中在入清以后的民生疾苦方面。

在"外患"方面,王铎早在崇祯四年的《送肖形》中,即直笔记载了明王朝在关外大小凌河一线同清军作战的失败:"闻说凌河外,涛声带血流。中原初诲盗,边将避封侯。"③ 崇祯九年清军入寇,王铎又有《丙子事答友》:"马兰频入塞,肃慎太凭陵。……数州皆夜火,满地有胡鹰。"④ 崇祯十一年清军入寇,时兵部尚书杨嗣昌力主议和,与主战的宣大总督卢象昇不和,多方掣肘,致使明军惨败,卢象昇战死沙场。王铎曾极力反对杨嗣昌议和事,险些因此罹祸,其《敌退哀》指斥杨嗣昌议和误国:"敌退哀,哀何极,道中殁人带铁镞,无人收瘗为恻恻。百万生灵畴者误,才知不得和议力。"⑤ 末句出言殊为鲠直辛酸。《感戎事》更为卢象昇冤死而抱不平:"战场非容易,妒忌最易生。挥泪吊千古,往往困成功。害气难为除,巾帼议和戎。误国凭结交,一身为鬼雄。"⑥ 这些诗作都堪作史书读。

对于明末频仍的天灾,和因此导致的迅猛蔓延的农民战争的烈火,王铎更有感同身受的体会,和以诗为史的实录。其《壬申夏秋雒郡霪雨七十余日

---

① 王铎:《行坞薛公桴轩集序》,《拟山园选集》卷三十七,《北京图书馆古籍珍本丛刊》第111册,第436—437页。
② 薛所蕴:《愁吟序》,《澹友轩文集》卷三,第49页。
③ 王铎:《拟山园选集》五言律卷五,清顺治十年刻本。
④ 王铎:《拟山园选集》五言排律卷二,清顺治十年刻本。
⑤ 王铎:《拟山园选集》今乐府卷一,清顺治十年刻本。
⑥ 王铎:《拟山园选集》五言古卷六,清顺治十年刻本。

庐倾人伤禾害因忆辛未雪五尺冻死数百人》① 载崇祯五年河南夏秋洪灾事，作于崇祯十三年到十四年的《纪庚辰辛巳》也颇有对天灾人祸的悯伤："凶岁返故里，我心恻以悲。十人九人死，饥寇酷为疫。壮者日以殁，老者不得衰。……一死胜于饥，室庐成丘墟。"②《庚辰大饥津人食子》更写饥民杀子而食的惨剧：

> 骨肉岂不亲，穷极竟无恩。泪枯心膈萎，仰观白日昏。母饥骨髓空，儿胖血肉存。终知难两活，割劙饱一吞。相延望天雨，酷叹断草根。有司烈刑催，官军燔煮人。儿死尚可忍，儿啼那堪闻。决绝反为快，物气喜不仁。黄河流浩浩，死树皮呆呆。悉以粒苍生，忧深令心老。③

这人世间最为惨烈的一幕，以五古的朴老笔触写来，字字皆是血泪交迸、惊心动魄。

王铎的故里河南，系明末农民军与明朝官军作战的主战场之一，其家乡孟津系河南豫中地区，毗邻中原重镇洛阳，更是饱经战火摧残。王铎本人几经战乱，与农民军有过多次遭遇战，且因时局不宁而被迫数次挈家逃难。早在崇祯五年，他即有七律《壬申七月至十月晋寇约七万余夺太行石城而下去孟津止百里济源河内武陟修武杀焚之惨喋血为川林积其尸……拯民而出之水火者谁乎良可慨也予展转郁塞而作此诗》记载这年七月至十月，山西农民军南下攻入河南的一场大战乱，其二云："高阊欲叩泪沾裳，虑切腹心感慨长。汉法鱼盐榷算重，周官什伍井田荒。天时怪异曾生草，人事抢攘已履霜。钜镇先严援旅禁，长城不独在遐方。"④ 于明末重税聚敛的弊政、天时怪异、人事纷攘以至于战乱杀戮的种种惨状，都有颇真切的慨叹。

其后，王铎在故乡、京城和南京三地之间辗转为官，颠沛流离，河南故里的战乱，开封、洛阳、南阳等地的失陷，或系闻讯而知，或系他亲身经

---

① 王铎：《拟山园选集》五言律卷十九，清顺治十年刻本。
② 王铎：《拟山园选集》五言古卷二，清顺治十年刻本。
③ 王铎：《拟山园选集》五言古卷六，清顺治十年刻本。
④ 王铎：《拟山园选集》七言律卷二，清顺治十年刻本。

历，若"汴京怜折角，函谷欲赢籓。九陌阴霾合，三江羽檄援。深哀缺故旧，多难旷田园"①，"雒阳形胜郁苍苍，孰料城中是战场。一自收降为响应，顿教弓矢不飞扬"②，"雒阳城中獥猰貐，洛阳城外寇毒来。铁鸣惊兽揭长纛，焚烧黑夜光昭回。岁当豕韦王孙死，玉梢赤瑛一时了。馋灯自此弃歌声，水螭各郡齐纷扰。中原陆沉无将星，血流土妖日分崩。远近响应天日昏，象镌薈弥天怒凭"③，"蛇缠拱藻丹青晦，枭啸梁尘玳瑁空。仅有方城山色在，余花蔓草闭门红"④，"昔日王畿地，今朝寇火摧。只闻行子哭，未见救兵来。千里山河血，十城老幼灰。谁知燕誉者，飞骑奏行枚"⑤，都是极为惨痛凄苦的文字。

王铎的忧国伤时并不仅限于河南故里范畴，其《长平驿闻寇警》："驿后击柝堕日痕，驿前耕种几家存。凄凄风雨髑髅泣，黯黯寇兵井甸昏。抚议朝廷思将帅，军储海宇遍鸡豚。伤心莫说湟池细，南北豺狼谁忍言。"注云"齐鲁楚粤滇蜀秦晋兵事未殄"⑥，颇有对于各地时事的关注与担忧。《又破蜀十四邑》言张献忠入蜀之事，其中"重征"句，慨叹殊为深痛："栈道何容易，北来信有无。重征皆上考，恃险几深谟。鱼浦江烟断，蚕丛石壁孤。恐成割据势，难得罢须臾。"⑦

而对明末"流贼"蜂起、战乱不休之原因的述说，王铎亦往往有极为大胆尖锐的直笔。明末由于政权自身的腐败，以及关外满清军事集团的威胁，财政紧张，不得不对百姓课以重税，且一再频频加征，致使大量的普通乡民铤而走险、逃亡为盗。"重征不肯恤黔首，徒使髑脑委枯原。纵令遄下蠲征诏，谁复能生既死魂。"⑧"官长惟知墨，猾胥尤善饕。沿村从马户，逐社枉呼号。斫吏丸先择，弯弓迹已逃。"⑨ 这正是明末"流贼"屡剿不止，

---

① 王铎：《汴破怀州涵晖阁秋意》，《拟山园选集》五言排律卷一，清顺治十年刻本。
② 王铎：《有悼寇事》，《拟山园选集》七言律卷二，清顺治十年刻本。
③ 王铎：《雒阳城破歌》，《拟山园选集》七言古卷十，清顺治十年刻本。
④ 王铎：《悲南阳》，《拟山园选集》七言律卷一，清顺治十年刻本。
⑤ 王铎：《又破上蔡郾城鹿邑襄城陈州保留鄢陵新郑太康裕州商丘诸城》，《拟山园选集》五言律卷十一，清顺治十年刻本。
⑥ 王铎：《拟山园选集》七言律卷九，清顺治十年刻本。
⑦ 王铎：《拟山园选集》五言律卷一，清顺治十年刻本。
⑧ 王铎：《铜铊巷歌》，《拟山园选集》七言古卷七，清顺治十年刻本。
⑨ 王铎：《家居闻吏酷加租》，《拟山园选集》五言排律卷五，清顺治十年刻本。

且势力日益壮大的根源。王铎对这一弊政感慨极为深痛。《雏下歌》更言官府征租征丁,将已经饱经战乱的农民逼迫得家破人亡,甚至发出"不如从贼"的绝望怒吼,堪称是极为大胆的直笔:

> 官家军帖急,租户索军需。甑愁釜泣空无储。采葵作羹,持斧作薪。里胥催促,追呼逼人。磨刀何霍霍,欲避辄自僵。三日不曾铺,不独贼为殃。贼饱欲死,军肥欲死。不如从贼,完聚妻子!①

又如《守城怨》:

> 守城速,人痛哭。寇之来,乐其灾。寇来不可活,县官不可脱。重敛酷于白额虎,怙恃蛆蝇为刀俎。敲骨剥髓可如何,一闻寇来畏如鼠。率民守城民窜走,口毒背憎生怨语。幸城牢,寇去遥。鞭死邑中人,早死陇上苗,官甚于寇人安逃。愿天早升县官使离别,袨衣美食为欢悦,衣服皆是邑人血。②

官府平时重敛盘剥,"流寇"一至,才慌了手脚,逼迫乡民守城,而乡民们满心怨愤,无意与农民军作战。因城池坚牢,侥幸逼退农民军,官府依旧作威作福,欺压乡民。乡民那"官甚于寇""不如从贼"的愤慨咒骂,堪称是怨而怒的诛心之言。

《修武至宁郭驿》总结明末"流贼"并起,主要由于重敛之故,也颇有诗史意味:

> 喜叛非无故,贪征有所催。各村俱鼓角,满目是尘埃。日死全凋色,林焚半铲荄。河山多割剔,怨怒竟风雷。一旦土崩见,百年人孽开。战争残郡邑,啸聚辟蒿莱。为政浑如醉,予笺不告灾。③

---

① 王铎:《拟山园选集》今乐府卷一,清顺治十年刻本。
② 同上。
③ 王铎:《拟山园选集》五言排律卷一,清顺治十年刻本。

《故乡亲友来》言故乡亲友口中当地官府横征暴敛、民不聊生的惨状:

> 寇势稍稍减,上官无存恤。苛猛万千寇,荐疏谓能职。私派派靡已,数万复何极。不死于寇者,半乃死吏墨。其余未死者,求死反不得。虎寇生啖人,刑酷工雕刻。道路空以目,故旧非畴昔。昔时为儿童,今长杖下厄。今时诸壮者,桁杨听屠伯。旧人在新坟,新人卖旧宅。天地洵无情,官长逾乐易。……寥寥恫孑遗,生死不可测。四座皆荆棘,如闻冤鬼泣。庭中惨不言,郁若枯松柏。孰谓九阊遥,墨吏狼豕塞。①

这样的笔墨,是颇可与王铎所崇敬效法的杜甫同类诗作媲美的。

和王铎相比,薛所蕴和刘正宗关于乱离题材的时事作品,明显要少得多。这和他们在明朝时的诗作,大多未能保存下来有关。据彭志古的记载,薛所蕴"所著诗五七言古合近体约二千余篇",则目前《桴庵诗》所选,仅是薛所蕴创作的一小部分。而刘正宗作于崇祯十五年至十六年的《愁吟集》,也未能传世。以薛所蕴《愁吟序》的记载来看,"是时寇垒遍寓内,太史之愁,国恤也,家忧也,吟之所自起也"②。显然,对时局变迁的记载,以及对国忧家难的担忧,是这部诗集的主旋律。

薛、刘二人的"擅言时事",主要表现在他们入清以后的诗作上。清初顺治一朝,系清王朝由"乱世"趋向康熙时代之稳定"治世"的转型期,各地战乱依然不断,明清鼎革时所留下的满目疮痍,也尚未平复,乱世之哀、生民之苦,仍然是这一时代社会生活的主要基调。因而薛所蕴、刘正宗诗所表现出的"多及时事""感伤之概"的内容,亦不足为奇。若薛所蕴《悲云中》:"悲云中,千年雄镇一时空。青磷夜夜颓垣里,腥红血涨桑干水。"③ 言姜瓖之乱给山西带来的破坏与灾难。《河阳》:"郁郁河阳邑,郊埛丽蜿蜒。太形幕北址,洪流带南堧。三城控形势,绮绣错川原。猰㺄恣凭

---

① 王铎:《拟山园选集》五言古卷五,清顺治十年刻本。
② 薛所蕴:《愁吟序》,《澹友轩文集》卷三,第49页。
③ 薛所蕴:《悲云中》,《桴庵诗》七言古卷,第260页。

陵，烈焰灼玙璠。人烟莽萧索，草木亦焦燔。四顾悲风来，中心起长叹。"①言河阳故里在明末战乱中的残破之状，都蕴含悲慨之气。而刘正宗《济上行》更写到在清军进剿反清武装时，当地老弱妇孺被清军劫掠为奴婢，如牲畜般被公开发卖的凄惨情形："有客济上来，为我述荡析。絷累鬻道傍，云是捷功得。初但贵红颜，后乃空原隰。红颜供余欢，老稚获赎直。百年生聚地，千里弥荆棘。"其诗末尾云："眼前旌旗红，又向春明出。所愿念疮痍，无使生相失。"②清军的"旌旗"兵马又将出征，不知又有多少"絷累鬻道傍，云是捷功得"的惨剧即将上演。老辣的笔触中包蕴无限辛酸之感，读之令人喟然叹息。

对于乱离以外的其他社会弊端、民生疾苦，薛、刘笔下亦有不少佳作。若《渔父词》言官军强征渔民船只，使其全家流落无依；《驿卒词》言驿卒受官府盘剥逮治；《供兵曲》言官府为供应过往军队而搜刮百姓，"丁男负□妇拽车，轮挽一钟十钟费。富家廪庾净如洗，□家盆瓮空见底。牵儿市上买无人，官司有□□期比"③；《浮家曲》言百姓因征敛而四处流亡，"八口漂泊无定所，浮家泛宅良辛苦。……只为官司索逋赋，流滞他乡不敢去。他乡争似故乡好，侥幸免逢官长怒。昨夜东邻附书来，见说闾巷犹多故。书上泪痕血未干，更道敲扑肢体残。浮家虽苦在家难"④；都是极平实可感的实录文字。

明清鼎革的时代剧变，山河易主、国破家亡，明王朝黯然谢幕，入主中原的又是为汉族士人所鄙视的满清异族政权，无疑给生存于这一时代、从兵戈战乱中幸存下来的士人心灵留下了巨大的创伤。黍离之悲、家国之思因此而成为清初一段时间内普遍的社会思潮，同时也是文学创作的主旋律。

"京师三大家"入清后的创作，大部分作品也属于黍离变雅题材。三人均是由明臣而仕清之贰臣士人，且在明清两代都有较长的生存和为官经历，无论是在自我人生还是政治生命方面，都是不折不扣之"两截人"。甲申之变时，王铎52岁，刘正宗50岁，薛所蕴44岁，都已步入中年；而王铎为

---

① 薛所蕴：《河阳》，《桴庵诗》五言古卷，第226页。
② 刘正宗：《济上行》，《逋斋集》卷一，第129页。
③ 薛所蕴：《供兵曲》，《桴庵诗》七言古卷，第247页。
④ 同上。

天启二年（1622）进士，薛所蕴和刘正宗俱系崇祯元年进士，在明朝均已有十几年的为官经历。他们和已经逝去的明王朝在心理上的联系和眷恋是非常强烈的，且必然发之于诗作。

对亡国之际的风云变幻，特别是对王朝覆亡本身进行实录色彩鲜明的记载和吟咏嗟叹。"京师三大家"在明清易代之际的遭际极为复杂特异，从甲申国变到南明灭亡，这一系列明清鼎革的重大历史事件发生的时候，三人均是身在朝堂为官，正处于历史巨变的前沿，对其中的波谲云诡均系亲身经历。薛所蕴在甲申国变之际身处京城，先降大顺而后降清人，两月之内三易其主，尽尝亡国辛酸；王铎和刘正宗则在南明政权身任要职，且在清军下江南之际同时迎降于南京，于南明王朝"一年天子小朝廷"那充满悲剧色彩的急速灭亡，亦是感同身受。因而他们对于明清鼎革的种种重大历史事件的记载，颇有极为真切而深厚的个人感受，而他们颠簸于时代巨变风口浪尖之上，对于国家前途和自身命运的复杂心理悸动，亦流露于字里行间。

王铎在南明政权中不及一年的"阁老"经历，使他的个人命运、声名荣辱，都与南明政权的兴亡休戚相关。从他入清后的诗文创作中，我们几乎可以整理出一部完整的南明沦亡史。以其《聚宝门歌》为例："聚宝门外黑云愁，老鸱夜叫音啾啾。绿树清波都无赖，伎船不用珊瑚钩。鸟鼠各散，冰解鱼烂。宫门昼开，麋鹿可叹。人心变谲道不古，三尺儿童觳毒弩。王侯邸第毡不留，那论贤愚填刀俎。"① 其诗详述南明政权覆亡之时的全部过程，清军铁骑重兵压城的恐怖气氛，南明小朝廷文武官员或逃或降、零落星散，寥寥数笔即勾勒出一个政权土崩瓦解的狼狈凄惨情形。《独松关》吟咏马士英挟持弘光帝逃离南京，战死于浙江事："独松关，独松关，南京扰乱朱旗殷。谁挟天子夜半走，杀官踏破广德山。……绍兴多战鼓，金支与弯弧。尺天寸地摇生铁，钱塘烟柳无颜色。侥幸西湖脱妖腥，终须然脐流其血。"② 马士英任首辅时，王铎在内阁多受他欺压排挤，本就对他恨意殊深。而强敌压境之际，马士英为保存自身实力，竟挟弘光帝弃城而逃；被弃于南京城中，毫无抵御能力的南明文武官员们，无奈只得"降志辱身"，开城降

---

① 王铎：《拟山园选集》七言古卷三，清顺治十年刻本。
② 同上。

清。王铎因而衔恨马士英刻骨,故诗中极力铺叙马士英的可耻下场,字字切齿。

和南明灭亡同时而来的,是王铎本人迎降清军的屈辱,和作为亡国俘臣被挟持北上的凄怆。"长幡高揭横空起,山云惊飞几千里。流寓秣陵一老翁,几翻死矣竟不死。"在"金陵王气黯然收""一片降幡出石头"之际,王铎也是未能死节,而跪倒在"降幡"之下,成为清军马前的数百名南明群臣之一,"血泪沾裳,为心内伤,梦中犹闻金鼓震,醒后一身隔异乡"①。转瞬之间南明已然沦亡,自己也成了丧家犬般的亡国俘臣,这惨烈屈辱的经历宛如一场荒唐的噩梦,一个颠簸于历史巨变狂澜巨涛中的渺小孱弱而又充满惊惧的灵魂跃然纸上。

其后,他被清军挟持北上,一路目睹的是清军铁骑蹂躏江南大地,百万生灵挣扎于血火兵戈的惨景:"太湖摇橹战云腻,百万人家死无泪。秋风寒烈商声哀,湖州金铁又新回。……夫婿儿女散如雨,炙肉毳帐还歌舞。"②他满怀屈辱怆痛,挥泪随军北行:"何处家,在天涯,眼前愁见桂风斜,此去孤蓬冷露华。石城安敢重挥泪,深崖尚恐有虺蛇。"③"吾今渡江去,汝应入敬亭。山鸟有心暝欲哭,野菊残篱傍寒木。"④"此知君劳于军旅中,世情难谐招烦恼。泪目止,北山紫。苍苍者天,浩浩者水。……嗟乎,家乡破,休垂泪,今古兴亡付梦寐,长箫一曲飞山翠。"⑤"雨后残萤沟水浮,山烟不作去年秋。灯影无声堕新泪,默默中藏万斛愁。"⑥ 故国沦亡、江山破碎,自身也已然成为名节丧尽、无家可归的俘虏。他无力反抗这无可奈何的天意,却也无法接受这残酷的现实,所以他途中的诗作,大多是此类血泪交迸、长歌当哭之作,其亡国"诗史"的悲怆意味和其间个体灵魂被残酷现实撕裂的惨痛,是颇可与南宋末年之汪水云对照的。

身为亲历亡国战乱的南明遗臣,王铎对清人的记载,许多地方都颇不恭

---

① 王铎:《秋日白下漫兴》,《拟山园选集》七言古卷三,清顺治十年刻本。
② 王铎:《江宁吟》,《拟山园选集》七言古卷四,清顺治十年刻本。
③ 王铎:《雨后》,《拟山园选集》七言古卷四,清顺治十年刻本。
④ 王铎:《别幕府庵昙英》,《拟山园选集》七言古卷四,清顺治十年刻本。
⑤ 王铎:《性儒菊水言别呼酒署中乏曲生恼甚》,《拟山园选集》七言古卷四,清顺治十年刻本。
⑥ 王铎:《夜坐吟》,《拟山园选集》七言古卷四,清顺治十年刻本。

敬。他对清军在江南攻城略地、杀戮掳掠的"武功战绩",竟有这样的"实录"与"颂美":"神兵搴旗来关东,自天而下扬海风。一扫寇氛殿乾坤,崩雷震瓦气何雄。长江澎湃才饮马,席卷血流琼花宫。"① "黑风簸海哈呀张,长鲵血齿兼赤蛇。扬州四月时,人死如乱麻。"② 两诗所载,俱系对扬州屠城惨剧的毫不粉饰的直笔。由此可以充分说明,"京师三大家"所提倡的那种来源于"世局之变"的"兴观群怨,直上接三百篇之旨"到底是什么,和清人所倡导的庙堂诗风又有多大差距。《前年行》亦是一标准的"实录"之作:"官军好杀舞长钺,良民夺妇畏蛇蝎。……至今滇南粤东西,尚费金钱张桓拨。人身竭来蜾蠃同,幸遇贼兵犹自可。若遇官军席卷空,寒风枯桑吼夜火。"③ 直斥清军在进击云南广东的残明政权时杀戮民命、劫夺民财的种种行径。显然,这样的诗作在康乾"盛世"极力粉饰"文治"的时代,实在是欲不阑入禁毁之列而不可的。

薛所蕴和刘正宗留存下来的直接抒写和记录亡国史事的题材不甚多,可能也与二人入清后主动规范和淘汰个人诗集中那些"不合时宜"之作有关。但相关题材的比兴寄托之作仍有。若薛所蕴《咏史》感叹"宋社已墟歌槲罢,半闲春草亦榛芜"④,显然是以宋亡比拟明朝的沦亡;刘正宗《和苍梧云行》更是一首对故国沦亡的泣血长歌:"万里苍梧隔楚天,闲云岁岁覆湘川。云去云来几千载,重瞳一去今何在。当年洒泪传二女,至今竹上泪可数。鼎湖龙髯挂乌号,离恨何如此地苦。玉匣金棺閟终古,九疑渺渺杂风雨。乾坤万类情不移,黯淡云深陵下土。"⑤ 其诗托舜帝苍梧的典故,显系抒写明王朝的沦亡。若"玉匣金棺閟终古"及"黯淡云深陵下土"等,指意颇为显豁。

不过,在两人集中仍可觅得他们曾经身为亡国遗臣的蛛丝马迹。刘正宗《京口夜泊》注明"乙酉由此北归",系他顺治三年典试浙江时,回忆顺治二年秋南明灭亡以后,随清军北上的所见所闻。字里行间也颇可见他身为亡

---

① 王铎:《阅内府唐宋元明画六万八千轴最奇者仅三十为作长歌》,《拟山园选集》七言古卷十二,清顺治十年刻本。
② 王铎:《骑马往薛萝后斋悟戒庵》,《拟山园选集》七言古卷四,清顺治十年刻本。
③ 王铎:《拟山园选集》七言古卷六,清顺治十年刻本。
④ 薛所蕴:《桴庵诗》七言律卷,第298页。
⑤ 刘正宗:《逋斋集》卷二,第143页。

国者身世飘零的凄怆心态："自昔江山发啸咏，重来胜地一悲歌。潮通铁瓮浮归棹，梦到金陵隔逝波。人代几惊身是客，荷衣未就鬓空皤。奚囊寂寞芦花冷，入夜秋声枕上多。"①《次韵时在闱中》："鬓霜重对短檠前，阅尽池灰已大千。朔漠风回连北阙，关山月迥隔南天。愁空寂寞尊中酒，懒谢萧疏壁上弦。久耐时艰花溅泪，何辞官冷爨无烟。惊心螮蝀犹今日，判袂鸰原忽去年。慕义鲁连曾蹈海，辞荣疏受亦归田。"② 身经鼎革而作为幸存者的苍凉疲累心境，隐然可见。

"京师三大家"笔下有关故国特别是京城今昔之感的内容，也颇值得注意。"城池当末劫，山海见前朝。"③ 他们入清再仕以后，主要是在京城从政和生活，目睹京城宫阙风景未改，但明朝已然覆亡，而他们也已经成了新王朝的臣子，这种外界环境和自身心境的双重剧烈变动，必然发之于他们的诗作中。王铎在《会周栎园方伯》中叹息"六年才一会，况是旧都城"④，在他的记忆中，北京依稀还是明王朝的"旧都城"；现实却是江山已经易主，北京也成了清朝的"新都城"。因而，面对故都景物昔日繁华与今日经历战乱之后凄凉惨景的感慨，这种微妙而难以言说的"今昔之感"，无疑有着鲜明的故国之思、亡国之恸的内涵。

以王铎《独至彰义门外》与《卢沟行》二诗为例，前者叹息自己所目睹的"畿外"京郊地区的荒芜之状："畿外宁如昨，荒林接壤堋。风来朝气白，尘灭旧山青。"⑤ 后者更铺叙清人占领下京城的一片荒凉破败景象，城中是"孤城空余老稚悲，颓垣只见兔狐出"，城外是"城外棘坟对古阿，敲钲争斗鸣骆驼。……沙粒草萎长安道，田火如灯鬼相吊"。⑥ 二诗都作于他入京后不久，字里行间充满了身为亡国者的凄哀。刘正宗作于顺治五年春的《同白东谷过湖上有感》，亦具此类借风景抒写今昔之感的特点："湖光漾碧净无尘，羸马重来见早春。华屋日成新燕垒，荒台树倒旧龙鳞。经行是处

---

① 刘正宗：《逋斋集》卷四，第185页。
② 同上书，第191页。
③ 王铎：《干泽》，《拟山园选集》五言律卷十四，清顺治十年刻本。
④ 王铎：《拟山园选集》五言律卷二十，清顺治十年刻本。
⑤ 王铎：《拟山园选集》五言律卷七，清顺治十年刻本。
⑥ 王铎：《拟山园选集》七言古卷六，清顺治十年刻本。

伤衰鬓，阅世何人叹积薪。独有西山浑未改，朝朝空翠落城闉。"① "华屋日成新燕垒，荒台树倒旧龙鳞"句，暗指明祚已移，故国丘墟。诗意中的辛酸，不问可知。

吟咏亡国史事，慨叹今昔对比之外，"京师三大家"还有对明清鼎革之原因的反思与总结。这种对明朝三百年基业隳败于何人，江山易主神州陆沉之历史大悲剧何以发生的反思，也是清初颇为盛行的士人思潮与创作倾向。

入清后曾经一度列席史馆，受命纂修明史的刘正宗，有《和陈彦升玉芝宫修史二十韵》，与同在史馆的陈之遴唱和。在新朝为官后，再来修撰故国的史书，总结明朝灭亡的原因，这对于他们这些贰臣来说，实在是颇有一番异样的滋味。"清议能亡汉，分曹亦败明。蜩螗犹彼此，伏莽已纵横。祸速诛求急，人嗟愤怨盈。有君臣不逮，望治乱先萌。"② 认为明末朝廷党争和加赋重敛是导致明王朝灭亡的祸根，亦系清初大多数士人的理解。

王铎晚年滞留京城时所作的《有述病中》，更是由明朝的衰亡，一直到南明的覆灭，都有极为深刻凄怆的总结：

> 人生坎壈皆繇天，且为抵掌诉当年。北都全盛多登庸，礼乐制度各森然。九阍不敢深翳闭，太府孰肯横数钱。予亦逶迤明光殿，望君唐虞蒙顾眷。后来宰相误加赋，遂使盗贼遍州县。虽予屡诤竟何益，雨雪瞪人不见睍。天乎北畿竟沉沦，扫除寇氛是何人。南渡一年力欲陈，天吴九头唇龂龂。赤手障日决一逃，金山铁锁空嶙峋。泣挽不能留龙衮，操权背憎如狸隼。黑乌赤狐延秋呼，贵筑筋缓魂魄紧。江皋抛帝等庄宗，真宰应怒臣心忍。翠旆虎牺委泥沙，皇帝曰悔泪痕氲。千里千里闻予说，两人泪落如秋叶。丹是寸心白是虹，贾相秋壑真调燮。可怜二百八十载，五岳四渎难收拾。③

从加赋重敛导致的"盗贼"蜂起，葬送明王朝，至南明因奸臣专擅弄权而短命早亡，在这段风起云涌的悲怆历史中，王铎一直都是亲历者。明朝

---

① 刘正宗:《逋斋集》卷四，第176页。
② 同上书，第188—189页。
③ 王铎:《拟山园选集》七言古卷三，清顺治十年刻本。

"全盛"之时,他"逶迤明光殿",成为风光无限的朝廷官员;"宰相误加赋"时,他是极力反对的"屡诤"者;而弘光帝被俘,南明覆亡之际,他又成了与弘光帝泪眼相望,各自追悔莫及的囚徒。由于他对明末和南明史事介入颇深,所以他的理解与评述,显然较没有参与过这段历史的旁观者要深刻真实得多。

和其他身经鼎革的士人相比,包括"京师三大家"在内的贰臣诗人降清再仕、丧失节操,是他们人生中有如天翻地覆向死而生的巨大转折,他们成为前后割裂之"两截人",这也就成就了他们入清后诗文作品的另一特色题材——失节之悔。

在这方面,"京师三大家"的忏悔心态,和对这种心境的反复吟咏嗟叹,其真挚动人之处,都不逊于其他贰臣大家。特别是降清时年龄已经较大,入清后心态极为颓唐苦闷、绝意仕进的王铎,他入清后所创作的诗文,对降清之愧悔的表达就更为多见:"盖觉斯晚年,未尝不自悔其覆水难收,故多作愤语。士大夫立身不慎,失足一旦,千古难回,虽晚节自悔何益哉!"① 王铎晚年的"多作愤语",乃至如"溷迹牛马,寄情声歌,衣垢不浣,病不循医,桎梏其身"②,"粉黛横陈,二八递代,按旧曲,度新歌,宵旦不分,悲欢间作"③,种种颓然自放的行为,均系因其名节丧尽,"自悔其覆水难收"之故。

"京师三大家"对于"愧悔"之心态的吟咏,尤以王铎为多,在其入清后的诗作中堪称连篇累牍。《已老》:"载羽谁空羡,匡山愧杏田。"④《最稳》:"羞言贱子志,悔与故山辞。"⑤《答刘子讯》:"谋食无长策,干时有愧容。"⑥《喜孙伯生来访》:"远游吾道拙,垂老寸心违。"⑦《西山秋夜》:"经今何事事,悔已复娟娟。"⑧《小草》:"小草出山意渺冥,悔来谁念发星

---

① 震钧:《天咫偶闻》卷六,《续修四库全书》史部第730册,第673页。
② 张缙彦:《觉斯先生家庙碑记》,《依水园后集》卷一。
③ 钱谦益:《故宫保大学士孟津王公墓志铭》,《有学集》卷三十,第1104页。
④ 王铎:《拟山园选集》五言律卷七,清顺治十年刻本。
⑤ 王铎:《拟山园选集》五言律卷八,清顺治十年刻本。
⑥ 王铎:《拟山园选集》五言律卷十七,清顺治十年刻本。
⑦ 王铎:《拟山园选集》五言律卷二十,清顺治十年刻本。
⑧ 王铎:《拟山园选集》五言排律卷一,清顺治十年刻本。

星。"① 其忏悔的力度之深之频繁，都不在吴伟业等人之下。这也正和他晚年绝意仕进的心境相符。《天咫偶闻》评价其晚年诗作"自悔其覆水难收，故多作愤语"，是相当切合实际的。

即使是在清朝春风得意的刘正宗，他将自己的书斋命名为"逋斋"，也和这种自认有负于明朝故国、有负于道德原则的心态相关。金之俊《逋斋记》："逋斋者，学士刘宪石先生取以名其读书之室也，属金子为之记。金子窃有疑而请焉曰：逋者负也，先生之以逋名斋也，其义何居？岂先生亦有所负乎？先生曰：自顾七尺，负欠良多。因示余一诗，有'自怜半百余，所负十六七'之句。"② 刘正宗所喟然叹息的"负欠良多"，显与其失节问题相关。

总之，虽然在诗学理论上，"京师三大家"是以"明七子→唐诗→三百篇"的正统学诗门径为旨归，倡导闳雅正大的庙堂大雅之音。然而，在创作方面，他们却往往偏离自己的诗学主张，发出与大雅之音甚不相合的"悲凉感激"的变雅之调来。其原因并不复杂："京师三大家"均系贰臣诗人，他们历官两朝、身经丧乱，由于故国的沦亡和自身的失节再仕，入清后的处境颇多尴尬，心灵上更是留下极为惨痛、难以愈合的创伤。虽然以他们身为清廷大僚主掌文坛之现实身份，必须为朝廷和后辈士人作出合乎身份的表率，在诗学主张上符合并顺应清政权"文治"的要求在创作层面也一力向庙堂大雅风范靠拢；但即使是如古人所言之"心画心声总失真"，身为文学家也不可能在自己的作品中，长久隐藏自己的真实感受。那些不够雅正平和的内容，那些悲慨苍凉的变雅之音，还是会隐现于诗篇之中。身为清初的第一代庙堂诗人，"京师三大家"就是处于这种理论与创作时时脱节的尴尬状态里。

三、"京师三大家"对清初新进金台诗人的影响

前文所述，"京师三大家"立足于京城文化圈，自身又拥有词馆文臣的身份，其庙堂诗人的色彩殊为浓厚。且"京师三大家"早在明末即系京城

---

① 王铎：《拟山园选集》七言律卷八，清顺治十年刻本。
② 金之俊：《逋斋记》，《金文通公集》卷七，《续修四库全书》集部第1393册，第64页。

馆阁诗人，入清后又先后成为清廷的馆阁诗人，对于京城诗坛的影响力跨越明清两代。因而清初新兴的一代金台诗人，必然在创作和诗学理念各方面，都得到这几位诗坛前辈的沾溉。

（一）"京师三大家"与"燕台七子"

顺治时期的京城文化圈，在老一辈贰臣诗人如"京师三大家"、龚鼎孳等人主盟诗坛的同时，新一代的年轻士人也开始崭露头角，其中以所谓"燕台七子"最负盛名。而"燕台七子"诸家，都与"京师三大家"有联系，更有半数成员是出自其门下。直接与"京师三大家"有师友关系，诗风也受其影响较大的，就有张文光、赵宾、宋琬、丁澎四人。其中，张文光和赵宾都是王铎所主掌的"孟津诗派"旗下健将，宋琬也曾师事王铎，丁澎则与刘正宗颇多往来。此外，施闰章因曾为官山东，与刘正宗也有过一段渊源。而陈祚明虽然与"京师三大家"本身交往不多，却与"京师三大家"的另一位"编外"成员张缙彦交谊极为密切。与年轻一代金台诗人的这种千丝万缕的联系，本身就说明了"京师三大家"在清初京城文化圈和庙堂诗人群体中的巨大影响力。

张文光身为中州诗人，与王铎、薛所蕴系同乡，且与薛所蕴、刘正宗又系进士同年，与"京师三大家"深有渊源。他与王铎订交最早，在明末已有颇多往来，且王铎还为其改字"云斋"。《云斋记》："张子谯明见余北都，余曰：'路史古有谯明氏，亦山名，谯，呵责也。吾易子号为云斋，可乎？'张子欣然以云甘心焉。"① 由这段记载可以看出，王铎与张文光不仅交往笃密，且隐然有师友的意味。

甲申二月，王铎策划买舟南下避乱，即曾与彭而述、张文光等会于浚县，联楫而进。王铎《拟山园选集》五言律卷十七《贼獗冒险栖浚将买楫南下苦路涩禹峰彭云斋张二道友子伯寀仲亮数百里避山击贼来订携行惊喜良深即鼓枻联进楫中赋》即载此事，其五言律卷六《呈云斋》，当也作于和张文光南下避难之际。彭而述《读史亭诗集》卷十亦有《同张云斋避乱南徙自共城纤道二百里寻觅斯先生舟于黎阳联楫而进载诗见投依韵奉答》，注明

---

① 王铎：《云斋记》，《拟山园选集》卷四十一，《北京图书馆古籍珍本丛刊》第111册，第479页。

"时甲申二月"。

鼎革以后,王铎与张文光俱在南明政权迎降而仕清,并随清军北上,两人仍然往来不绝。王铎《跋小楷帖》:"丙戌春正月十三日,云斋获古楷帖于报国寺。"① 言顺治三年正月,王铎曾在京与张文光共赏古帖。其后不久,张文光即受任钱塘知县而南下,两人从此再未见面。顺治九年王铎去世之时,张文光尚有七律《忆王觉斯先生》② 凭吊王铎。

张文光与薛所蕴、刘正宗也颇有往来。他升任吏科给事中时,薛所蕴曾作《送张谯明新授给谏由汴还淮其旧治地今侨寓焉》。而他和刘正宗的交往亦是始于明末,南明覆亡之后,刘正宗于顺治三年典试浙江,曾在杭州与就任钱塘知县的张文光会面,并作有《张云斋年兄闱中招饮呈同座诸君子》。其后又作有《寄钱塘张云斋年兄》《柬张谯明年兄》诗,回忆此会。按《柬张谯明年兄》"今岁饱燕尘"③ 句,可知两人同在南明灭亡后随清军北上。《寄钱塘张云斋年兄》云:"却忆丙戌冬,复得展良觌。屡倾湖上杯,骚屑颇取适。"④ 此次会面必在顺治三年冬。而在顺治十年张文光入京就任给事中后,刘正宗、薛所蕴与其还有交往,刘正宗并有《行屋投除夕诗云斋适至率成志感兼和》诗。

张文光的诗风系典型的中州诗人一路,瓣香何、李,上溯老杜。《中州诗征》卷一载杨允让评语:"谯明先生以绝代奇才,振兴大雅,斗斋一集,海宇诵弦。尔时唱和诸公,有王文安、薛行屋、彭禹峰、赵锦帆,皆中原麟凤,继趾联翩,一洗公安竟陵陋习,而北地信阳之本来面目,于焉复睹。"在张文光诗风的形成中,王铎这位亦师亦友的同乡前辈诗人,显然起了相当大的引领作用。《晚晴簃诗话》提及张文光"与王觉斯、邓禹峰游,始为诗。其才力亦复相亚,在国初中州诗人中堪称健者"。⑤ 可见张文光的诗风取向,正是形成于与王铎、彭而述等人的唱和中。

张文光甚至还曾直接以自己的诗作向王铎请教,而王铎亦给予指点和赏

---

① 王铎:《拟山园选集》卷三十八,《北京图书馆古籍珍本丛刊》第111册,第448页。
② 张文光:《斗斋诗选》卷下,清乾隆二十七年刻本。
③ 刘正宗:《逋斋集》卷一,第136页。
④ 刘正宗:《寄钱塘张云斋年兄》,《逋斋集》卷一,第120页。
⑤ 徐世昌:《晚晴簃诗话》卷二十一,第93页。

识。王铎《诵云斋诗喜其趱趱》:"张仲诗如鹤,飞飞出古林。奈无玄赏者,隐约若为深。风雪十年梦,蝎虺万姓心。为君嗟汲引,楚沥一悲吟。"① 王铎认为,张诗既有高逸超群的一面,也有忧国"悲吟"的一面。前一特征与他的"深微"之论,正相契合:"其诗温然不挠灵光,大力不争小智,之所务深乎幽微,所以成胜。"② 而后者更合于王铎"不徒流连云月,恒发其中所悱恻瘝人愁国之情"③ 这一主张民生疾苦和悲天悯人的传统儒家诗学观。

"燕台七子"中的另一位河南籍诗人赵宾,与张文光同属中州诗派重要成员,与"京师三大家"也颇具渊源与传承关系。王铎有《答锦帆》书信一封,言道:"天壤间固有竺交肥义,若足下者哉!"可见两人交情深厚。其中提及"仆祭毕岳灵,遄陟崇崿。……自蒲城便上泾干"④,按《王铎年谱》,王铎祭华山毕,拟从蒲城入泾阳,事在顺治八年六月,其书必作于此间。其后不久,王铎去世,赵宾更作有《京邸同张谯明许菊溪彭禹峰哭大宗伯觉斯先生廿四韵》吊挽,从王铎在明末已具有的"岱华东西交少室,图书河洛出中天。先朝骚雅艰三事,夫子文章起八砖"的诗文成就,到鼎革之后"中兴事业浑杯酒,老去心期付简编。十载逢人俱好好,五经撑腹独便便"的苦闷颓唐心境,以及其"一代诗名传日本,三都纸价贵朝鲜"入清后仍然未衰的文坛声望,均在笔端,末云"春风耆社悲司马,夜雨天津泣杜鹃。……悲来哭向山阳侣,惆怅人间无大还"⑤,对王铎沉浮于历史巨变中的悲剧人生,更多了一分理解与悲悯。赵、王交情之深厚,可见一斑。

赵宾与王铎之弟王鑨的往来更为密切。《学易庵诗集》卷三有《晤大愚先生于泰安使院因携入历城》⑥。《大愚先生初度》为王鑨祝寿,盛赞王鑨的诗歌成就:"鸡潭词赋推牛耳,济水官寮拜朔风。"⑦ 而王鑨对赵宾也颇有眷

---

① 王铎:《拟山园选集》五言律卷十五,清顺治十年刻本。
② 王铎:《拟山园选集》卷三十六《龚太常诗集序》,《北京图书馆古籍珍本丛刊》第111册,第420页。
③ 王铎:《拟山园选集》卷二十九《张坦公文集序》,《北京图书馆古籍珍本丛刊》第111册,第342页。
④ 王铎:《拟山园选集》卷五十八,《北京图书馆古籍珍本丛刊》第111册,第653页。
⑤ 赵宾:《学易庵诗集》卷六,《四库未收书辑刊》7辑21册,第596—597页。
⑥ 赵宾:《学易庵诗集》卷三,第509页。
⑦ 赵宾:《学易庵诗集》卷四,第555页。

念之情,其《大愚集》卷十三有《中秋独夜怀刘石生赵锦帆》五律。而且,王鑨与赵宾还有诗学方面的交流,并对赵宾的才名颇为赏识。《独夜怀赵锦帆》:"赵氏才名旧有声,倾怀倒意见君情。坐来不觉钟声晓,一夜谈诗到五更。"① 即言两位友人秉烛夜谈、倾怀论诗的动人情景,而王鑨在诗学方面所给予赵宾的影响,也是可想而知。

在诗学取向方面,赵宾"诗学杜陵,盖中州诗教自王铎、王鑨、薛所蕴皆如此"②。可见赵宾所代表的是正宗的中州诗派,和王铎、薛所蕴同样走的是学杜的路子。邰焕元《赵锦帆先生文集序》对此论述更详:"中州以文鸣世者,自李崆峒、何大复而后,率以孟津王文安公为称首,其后南阳彭禹峰先生为之继。曩禹峰遇余楚中,则为余称阳武锦帆赵子云。锦帆崛起河朔间,用才显名,为两先生所引重,益自发舒为文辞,隐然为中原后劲。两先生殁,而锦帆以独力楷柱者垂三十年。""惟是一意笃古,必引于绳墨,结构中度,而后修辞。"③ 可见赵宾作为中州诗派的后劲,不仅被王铎和彭而述所推重,被公认为他俩的继承者,且也在复古与讲求法度的方面,继承了"燕台七子"和"京师三大家"的衣钵。

"燕台七子"中成就最高、名气最大者,当属号称"南施北宋"之宋琬、施闰章。施系南籍人士,其诗风也更偏于江南一脉;而宋琬虽出身山左望族,系北方诗人,却是一个能对南北诗风兼收并蓄的人物。"京师三大家"作为北方一系的诗人,给予他的影响,颇值得发掘。

山左望族莱阳宋氏,在明清之际声名极为显赫,与"京师三大家"亦不乏往来。宋琬的族兄宋玫(九青)官至工部侍郎,亦系晚明的诗坛名流,王铎在明朝未亡之时即与其有故交。其《拟山园选集》诗集收录《北海邀水亭同九青》《九青过访》二诗,文集卷五十六并有《答九青》的信函一封。

宋琬与王铎的交往,则是入清之后才开始的,当始于顺治四年宋琬中进士并受任主事之后。《藤阴杂记》载顺治四年王铎与宋琬等人同游事:"时顺

---

① 王鑨:《独夜怀赵锦帆》,《大愚集》卷二十六,第309页。
② 邓之诚:《清诗纪事初编》"赵宾"条,第890页。
③ 邰焕元:《赵锦帆先生文集序》,《学易庵诗集》卷首,第464—465页。

治丁亥，王年五十六，同游者孙枚先廷铨、宋玉叔琬、赵韫退进美。"① 宋琬、赵进美与孙廷铨三人，均系山东籍诗人。由此也颇可知王铎仕清后在京与山左诗人的往来之密切。王铎有诗《偬直岩荦午刻招饮时韫退玉叔枚先亦见招闻括苍事白因识所怀》，所记亦系与宋琬、赵进美等山东诗人的交往。其四云："缓带虚徐惭补益，风骚语罢泪痕深。千屯入洛家先破，九译朝周发已侵。"② 可见其间既多故国之思的叹惋，又颇有"风骚"之类的诗文交流。王铎《对月饮酒歌柬玉叔野鹤道庄》所记则系与宋琬及另一位山东籍名诗人丁耀亢的往来，其诗作于顺治六年三月，亦是宋琬任职京城期间。

宋琬甚至明言，他在中进士以后，还曾师事王铎，而王铎亦对他颇为赏识："及余成进士，始得师事王文安公，公于后进最爱余，亦雅喜为余作书。"③ 他向王铎学习的主要是书法之道，但显然也应有诗学方面的交流存在。

宋琬的诗风和诗学理念来源颇为复杂，一方面，他早年曾入复社，与李雯、宋徵舆等颇有交往，和云间派有很深的渊源。而他的诗风也颇表现出江南云间一路的秀丽风致，和"京师三大家"雄健粗豪的北人气质略有不同。钱谦益《宋玉叔安雅堂集序》谓："天才俊朗，逸思雕华，风力既遒，丹彩弥润。"④ 吴伟业《宋玉叔诗文集序》谓："才情隽丽，格合声谐，明艳如华，温润如璧。"⑤ 此种风致秀美、华彩斐然的诗风，显然是云间派所赋予宋琬的。

另一方面，宋琬身为山左诗人，虽得云间的营养，但骨子里仍具典型的北人风范。叶矫然《龙性堂诗话》初集："莱阳荔裳初年心仪王、李，时论以七子目之，信然。"⑥ 朱庭珍《筱园诗话》："宋荔裳诗格老成，笔亦健举。七古法高、岑、王、李，整齐雅炼，时有警语。篇幅局阵最为完密。五律亦是高、岑、王、李一派。七律虽不脱七子面目，往往堕入空声，至其合作，

---

① 戴璐：《藤阴杂记》卷八，上海：上海古籍出版社，1985年，第95页。
② 王铎：《拟山园选集》七言律卷七，清顺治十年刻本。
③ 宋琬：《祁止祥书帖后》，《安雅堂全集》卷十一，第520页。
④ 钱谦益：《宋玉叔安雅堂集序》，《有学集》卷十七，第764页。
⑤ 吴伟业：《宋玉叔诗文集序》，《吴梅村全集》卷五十九，第1153页。
⑥ 叶矫然：《龙性堂诗话》初集，《清诗话续编》，上海：上海古籍出版社，1983年，第995页。

固北地、信阳之俦也。"① 邓汉仪评其《赠蜀中李鹏海进士》:"沧溟长歌,华整而兼有逸气,最忌拖沓。荔裳直可接武济南。"② 而宋琬所表现出来的类似于七子特别是李梦阳、李攀龙的特征,则显然是在其雄豪而近于悲壮的诗风取向上。郑方坤《国朝名家诗钞小传》言其"豪宕感激"③,康发祥《伯山诗话》:"宋荔裳琬……悲壮激昂,不作铿铿细响。"④ 林昌彝《射鹰楼诗话》:"国初莱阳宋荔裳安雅堂诗,风骨浑雄,气韵深厚。其七言古尤为沉郁,直接少陵,为同时诸老之冠。"⑤ 此种沉郁浑厚、接武少陵的北人风范,正与王铎等北籍诗人的诗学取向相合。

上述张文光、赵宾、宋琬三人,可称是"燕台七子"中直接承袭"京师三大家"衣钵者。其余几人虽未师承"京师三大家",但与"京师三大家"仍有不同程度的交往,并受到其影响。丁澎即是一例。丁澎属于典型的江南文化圈诗人,早年系"西泠十子"成员,据毛先舒《白榆集小传》云:"十子皆出卧子先生之门,国初西泠派即云间派也。"⑥ 可见他实际上是云间派的嫡传,邓之诚以为其"诗学晚唐,独无拟古乐府,不尽依云间矩矱"。然而,他也与"京师三大家"有所往来,柯愈春《清人诗文集总目提要》提及刘正宗"与丁澎、王铎等往来密切"⑦。

"燕台七子"其余几位成员施闰章、严沆、陈祚明、周茂源,与"京师三大家"交往均不甚密切,或因这几位诗人均系南籍,在京也更倾向于与南籍朝臣往来。以陈祚明为例,他与王、薛、刘三人均无往来唱和,却和京城诗坛的另一重要人物龚鼎孳关系颇密,其《稽留山人集》中颇有与龚鼎孳唱和的诗作。

不过,这些身处京城文化圈之中文人也必然与"京师三大家"这三位官职与诗名俱极崇隆的人物发生联系。若施闰章顺治十三年视学山东,曾以

---

① 朱庭珍:《筱园诗话》卷二,《清诗话续编》,第2357页。
② 邓汉仪辑:《诗观初集》卷三,第294页。
③ 郑方坤:《国朝名家诗钞小传》,第144页。
④ 康发祥:《伯山诗话》,《清诗话三编》,第5241页。
⑤ 林昌彝:《射鹰楼诗话》卷三,上海:上海古籍出版社,1988年,第51页。
⑥ 毛先舒:《白榆集小传》,《陈子龙诗集》附录,第669页。
⑦ 柯愈春:《清人诗文集总目提要》卷一"逋斋诗"条,北京:北京古籍出版社,2001年,第18页。

"徇一情，失一士，吾宁拚此官，不忍获罪于名教"语拒刘正宗请托，刘正宗因此对其颇为赏识，称之"不畏强御，不迩货财，君子也"。①

(二)"京师三大家"与"海内八家"

"燕台七子"之外，清初金台诗人群体尚有"海内八家"，系康熙十年王士禛策划，吴之振纂辑的《八家诗选》刊行，收录宋琬、曹尔堪、施闰章、沈荃、王士禄、程可则、王士禛、陈廷敬八家。其活动时间较"燕台七子"略晚，大致处于顺治末至康熙前期。其中，宋琬与"京师三大家"的师承关系，上文已有论述；"海内八家"中与"京师三大家"有渊源者，还有曹尔堪与沈荃。

沈荃出身云间沈氏，历代博学工书，系极有名望的簪缨世族，他在少年时代即扬名于几社。然而，他中第入仕后的诗风，却与云间派颇有区别。邓之诚评其诗"不及云间三子恒套，独会心于高、岑、王、孟，颇足见其性情"②。和云间派雄健华美兼备的诗风相比，沈诗较少那种江南诗人特有的秀丽风致，而是往往体现出北人朴老沉郁、骨力坚刚的特点。邓汉仪《诗观》评曰：《大风泊河口不寐偶成》"朴老处纯学少陵"，《十月十五泊舟宿于河滨》"气韵沉雄"，《至日别友》"一洗脂泽，独以骨力胜人"，③《阮公啸台》"短节自老"，《翁山人述嵩少之盛有赋》"古色照人"，《送应公游五台》"横厉"，《途次风霾迟家音不至》"其不装点处，所以绝似少陵"。④ 这种"一洗脂泽""不装点"而以骨力与古意胜人，甚至具有"朴老""横厉"之意的诗风，显然和"京师三大家"一系的北方诗人更为接近。沈荃以云间诗人身份，何以时时作北人语，其原因颇耐人寻味。

沈荃虽系云间诗人，却与河南颇有渊源：他曾于顺治十三年任按察司副使，分巡大梁道。这段经历，使他与中州诗人产生了千丝万缕的联系。赵宾《学易庵诗集》卷六有《半野园社集赋送沈绎堂先生兵备大梁》诗，即系送沈荃至河南赴任而作。

在河南为官期间，沈荃结识了不少中州诗坛名流，其中就包括王铎之弟

---

① 施彦恪：《施氏家风述略续编》，《施愚山集》附录，第240页。
② 邓之诚：《清诗纪事初编》卷四，第467页。
③ 邓汉仪辑：《诗观初集》卷七，第455页。
④ 邓汉仪辑：《诗观二集》卷三，第59—60页。

王鑨。王鑨《春明怀沈绎堂》:"梦著仍在嵩山岛,曾联屐齿登少室。"① 其诗可知王鑨与沈荃必然有交往,且两人曾同登少室山。两人的订交,显然在沈荃分巡大梁副使任上。沈荃因此任而结识订交的中州诗人颇多,赵宾《学易庵诗集》卷三有《雪夜同沈绎堂彭禹峰张谯明小集》,参与者除沈荃本人以外,赵宾、彭而述、张文光均系河南籍诗人,足见沈荃与中州诗人群体关系之密切。而与赵宾、张文光这些中州诗人唱酬之余,沈荃的诗风也必然会受到他们的影响。

沈荃以云间诗人作北人语的另一更重要的原因是:他曾以庶吉士身份,直接受教于薛所蕴和刘正宗。《沈绎堂钓台集序》对此记载甚详:"朝廷储才,每科三鼎甲,例与诸常吉士同读中秘之书。壬辰开馆,余与今相国安丘宪石刘公同膺教习之命。"② 沈荃为当年探花,显然,薛所蕴和刘正宗都在这种"相与朝夕,讲求千秋大业"的过程中,将自身的诗学观念传播给了沈荃。

对沈荃的诗文成就,薛、刘二人极为欣赏,且利用自身影响力,在京城文化圈内着力照拂。沈荃在京城的扬名,和这两位前辈的提携是分不开的:"每一艺出,宪石与余辄相对击节。以为古文词一道,将来当树汉赤帜。诗则高音亮节,渢渢乎唐调云。既解馆,视草明光之余,益攻吟咏,学力日益厚,古近体日益精,长安荐绅间无不传诵绎堂诗,遂推绎堂为风雅主盟。"③

薛所蕴、刘正宗之所以对沈荃表示出超乎寻常的欣赏提携,正在于沈荃虽出身云间嫡派,诗风却不类云间的藻丽,"绎堂生长云间,独舍齐梁之艳藻,而优入唐人之室,远宗三百篇风雅遗意"④,其朴老沉郁、骨力坚刚的特点,正与"京师三大家"所倡导的强调内涵寄托、以文被质的"三百篇"至盛唐的传统相合,"以情纬物,以文被质,体裁明密,而寄托弘远,沉郁顿挫,盖入初盛唐之室矣"⑤。

以庶吉士身份入馆受教的经历,不仅为这位云间诗人的诗风赋予了某些

---

① 王鑨:《大愚集》卷九,第131页。
② 薛所蕴:《沈绎堂钓台集序》,《澹友轩文集》卷三,第46页。
③ 同上。
④ 同上书,第47页。
⑤ 同上书,第46页。

北方特质，而且还形成了他偏于雅正的庙堂诗学取向。徐世昌认为其"春容安雅，盛世之音汎汎如也"。① 王崇简《沈绎堂诗序》："读其诗秀丽赡逸，绝无苦涩俭削之色，予益信诗之佳者，不独穷愁之言也。"② 认为沈荃诗没有"穷愁"色彩，庙堂气息浓厚。《沈绎堂诗跋》更言沈荃"潜心大雅，削去苦涩僻碎淫靡流易，而独撰高深。咏其雅丽清绝激越之章，当必有以感兴忠孝，以黼黻盛世，岂徒较音节、角藻饰之间乎？"③ 这种"潜心大雅，削去苦涩僻碎淫靡流易"的诗学取向，正是身为词馆诗人所应有的，也是曾为其"教习"的薛所蕴、刘正宗辈所赋予的。

得以由词馆而亲承"京师三大家"之教的"海内八家"诗人，除沈荃外还有其进士同年曹尔堪。曹尔堪也曾于顺治九年以庶吉士身份入词馆，受到身为词馆教习的薛所蕴、刘正宗教导。而且，他和"京师三大家"的渊源还远远不止于此，而是可以追溯到他的父辈：

曹尔堪之父曹勋，为崇祯元年会元，官至礼部侍郎，世称峨雪先生，也系明清之际诗坛名流。他和薛所蕴、刘正宗系进士同年，关系颇为密切。早在明朝未亡之时，曹氏与薛刘等人同处词馆，即颇有诗文方面的唱和与交流。刘正宗在《送曹峨雪归东干》诗中写道："回首三十年，尔我须鬓黑。领袖光同人，君先登馆职。接踵侍金门，珥笔愈素食。沧桑换俄顷，江皋曾共即。"④ 由此可知，曹氏在明末任职翰林院时，显然和刘正宗等人颇有诗文往来，甚至很有可能是薛所蕴所提及的"一时雁行而称兄弟，埙吹篪和者"⑤ 的十六人之一。

鼎革之后，在顺治十一年春，曹勋还曾入京，与薛所蕴、刘正宗等有过多次大规模的唱和活动。薛所蕴《曹峨雪诗序》："今年春，方子坦庵以应召入都门，峨雪继至。时与宪石、菊潭二三老年友瓯茗过从，作真率会，每晤言必称诗道。故以故我辈唱和诗传诵长安士大夫间，称一时雅集韵事。"⑥

---

① 徐世昌：《晚晴簃诗话》卷二十六，第 136 页。
② 王崇简：《沈绎堂诗序》，《青箱堂文集》卷四，《四库全书存目丛书》集部第 203 册，第 370 页。
③ 王崇简：《沈绎堂诗跋》，《青箱堂文集》卷十，第 525 页。
④ 刘正宗：《逋斋集》二集卷四，第 302 页。
⑤ 薛所蕴：《刘宪石逋斋诗序》，《澹友轩文集》卷三，第 40 页。
⑥ 薛所蕴：《曹峨雪诗序》，《澹友轩文集》卷三，第 44 页。

《祭少宗伯峨雪曹公》也言及曹氏入京与薛所蕴、刘正宗、方拱乾唱和之事:"忆前年之春,公命驾北来,三五老兄弟聚首长安,某随宪石相国、菊潭宗伯、坦庵学士,复同昆岳、砺岳两侍郎,瓯茗过从,促膝谈心,殆无虚日。公命酒赋诗,唱为阳春白雪之调,相国宗伯学士与某属和,亦无虚日。长安士大夫争相传诵,以为风雅萃于同谱,比之香山洛社,千载同一风流。"① 作于顺治十一年五月的《甲午五月雨中峨雪菊潭宪石坦庵会饮柽庵先是于菊潭座上观禊帖故诗中拈及》:"南北分携二十秋,过从此日□扳留。居然洛社耆英侣,可让兰亭被禊游。一代诗名推李杜,清时文会阕应刘。浓云密雨休辞醉,出处虽殊总白头。"②

(三)"京师三大家"与"金台十子"

入清以来第二代台阁诗人群,当属康熙十五年前后的"金台十子"。此"十子"包括宋荦、王又旦、叶峰、田雯、谢重辉、丁炜、曹禾、汪懋麟、颜光敏、曹贞吉。事见王士禛《居易录》:"丙辰、丁巳间,商丘宋荦牧仲(今巡抚江西、右副都御史)、邰阳王又旦幼华(后官户科给事中)、安丘曹贞吉升六(今徽州府同知)、曲阜颜光敏修来(后官吏部考功郎中)、黄冈叶封井叔(后官工部主事)、德州田雯子纶(今巡抚贵州、右佥都御史)、谢重辉千仞(今刑部员外郎)、晋江丁炜雁水(官湖广按察使)及门人江阴曹禾颂嘉(后官国子祭酒)、江都汪懋麟季用(刑部主事),皆来谈艺,予为定《十子诗》刻之。"③ 他们较"燕台七子""海内八家"年辈更晚,成名时间亦已在康熙前期。他们在京城诗坛的地位,正如马大勇所指出的:"这一批十人则是继贰臣诗界瓦解、第一代台阁诗人群也衰落后最称'有声'的后起之秀中尤其'英拔'者。"④ 在"金台十子"登上京城诗坛的康熙十五年、十六年间,昔日以贰臣诗人身份领袖诗坛的龚鼎孳、"京师三大家"等人,早已风流云散,或死或戍,远离京城。然即使如此,"金台十子"中仍有两位诗人,与"京师三大家"渊源极深,堪称承其衣钵。

宋荦(1634—1713),字牧仲,号漫堂,别号绵津山人,河南商丘人。

---

① 薛所蕴:《澹友轩文集》卷十六,第191页。
② 薛所蕴:《柽庵诗》七言律卷,第310页。
③ 王士禛:《居易录》卷五,《王士禛全集》,第3761页。
④ 马大勇:《清初庙堂诗歌集群研究》,第162页。

其父宋权（1598—1652），字玄平，号雨恭，又号梁园，明天启五年进士，累官遵化巡抚，入清官至国史院大学士，卒赠少保，谥文康。宋荦顺治四年以大臣子入为侍卫，顺治七年回乡读书，与侯方域等重开雪园社，合称"雪园六子"。康熙三年任黄州通判，十六年授理藩院院判，其后历任刑部员外郎、直隶通永道、山东按察使、江西巡抚、江苏巡抚等职，官至吏部尚书加太子少师。他属于明末清初中州与孟津诗派并存的另一重要诗学流派——商丘诗派。"豫中人文，商丘与洛阳竞爽。"① 这个诗学流派在明亡之前已经存在，以雪园社成员为代表，隐然有和王铎兄弟为首的孟津诗派一争高下的意味。

早在明亡以前，同系中州诗坛名流的宋权，即与王铎相识并颇有交往，崇祯七年八月，王铎即曾为宋权作《跋颜真卿争座位帖》。王铎《充符过茅屋陪雨恭饮》："月余不出门，秋草生门口。我友雨恭来，相与酌大斗。"② 其诗显在明亡之前，且说明早在两人年轻时代即已结识："我与雨恭昔未遭，九州铸错气岸牢。汴都已觉天地窄，英雄咄嗟笑蓬蒿。"《拟山园选集》七言古卷六另有《宋商丘公出羲之墨迹感怀贻三十二字》，也可说明王铎与宋权在明朝的交往。

入清以后，宋权贵为大学士，王铎为礼部尚书，两人在京往来颇多。其中最知名的一次往来，就是顺治六年五月在宋权别墅举行的"枯兰复花"之会。此次宋荦也曾与会，按他的记载，顺治己丑五月二十二日，其父宋权京师别墅枯兰重开，召集在京为官的河南同乡吟赏，王铎欣然援笔画兰为长卷，并题："己丑五月夜，同观画梁眉居、黄于石、张坦公、张玉调、薛行坞、傅梦祯、刘瀛洲、宋牧仲、宋赤城，主人玄平号雨恭，时同饮三槐下。"事载宋荦《跋王文安公枯兰复花卷》。③ 此会颇为知名，参与者相当多，除了宋氏族人以外，其余与会者梁云构、黄甲第、张缙彦、张鼎延、薛所蕴、傅景星、刘昌，均系在京的河南籍贰臣。

王铎、薛所蕴与宋权的关系在入清以后相当密切，顺治三年七月，王铎

---

① 邓之诚：《清诗纪事初编》，第894页。
② 王铎：《拟山园选集》七言古卷九，清顺治十年刻本。
③ 宋荦：《跋王文安公枯兰复花卷》，《西陂类稿》卷二十八，《清代诗文集汇编》第135册，第325页。

为作《贺相国玄平宋公寿序》贺宋权寿。顺治四年四月，宋权母寿辰，王铎又为作《宋母丁太夫人七十寿序》："丁亥之四月十四日，宋母一品太夫人帨辰也，中州诸君子皆喜称贺，令予文。"① 可知此次聚会，很有可能是在京河南籍贰臣的一次大聚会，而身为河南籍的大学士宋权，堪称是其中魁首。这也颇可解释王铎在入清后和宋权往来密切的原因。王铎顺治六年又作《清赠光禄大夫内翰林国史院大学士福山知县玄平宋公暨一品太夫人张氏丁氏合葬墓志铭》。他还分别有为宋权父母作《复宇宋公墓志铭》和《丁孺人传》。顺治九年王铎去世后，宋权尚有《白华堂诗·怀王觉斯》挽之："我怀王宗伯，自号有发僧。一自出白刃，心事如寒冰。"薛所蕴亦有《送宋雨恭相国谢政旋商丘相国新砌假山多奇石故次章及之》："片帆轻一叶，霖雨下商丘。雪苑梅初熟，汴河水自流。"②

宋荦"少有才名，共侯方域结社，习为诗古文辞"③。他早年受商丘诗派特别是侯方域等雪园社成员影响，走的是由七子宗唐的路子，这也是一般中州诗人学诗的旧路。《漫堂说诗》云："余年十二，即奉先文康庭训，从事声律。……后归故园，追随侯方域、贾开宗、徐作肃诸君，分题拈韵，篇什遂多。……然初接王、李之余波，后守三唐之成法，于古人精意，毫未窥见。"④ 王铎对他早年的宗唐诗风颇为赞赏："牧仲诗受铸于唐，音调清新范我，驰驱游意乎无穷之次，方洛洛焉，奚暇蹋鞠击剑，按瑟饮燕为耶？"⑤ 然其康熙十一年、十二年以后入京，因结交王士禛等人，逐渐抛弃早年"接王、李之余波，守三唐之成法"的诗风，阑入宋人藩篱。《漫堂说诗》云："康熙壬子癸丑间屡入长安，与海内名宿尊酒细论，又阑入宋人畛域。"⑥ 其后，他在康熙二十九年任江西巡抚时以《江西诗派论》课士，为张泰来《江西诗社宗派图录》作序，康熙三十八年主持编撰刻印《施注苏诗》，都系提倡宋诗，特别是尊崇苏轼。沈德潜言其专学苏轼，"所作诗古体主奔放，

---

① 王铎：《拟山园选集》卷三十六，《北京图书馆古籍珍本丛刊》第 111 册，第 415 页。
② 薛所蕴：《桴庵诗》五言律卷，第 280 页。
③ 邓之诚：《清诗纪事初编》，第 881 页。
④ 宋荦：《漫堂说诗》，《清诗话》，第 420 页。
⑤ 李时灿辑：《中州诗征》卷四，经川图书馆刻本，1936 年。
⑥ 宋荦：《漫堂说诗》，第 420 页。

近体主生新，意在规仿东坡"①。这样一来，他的诗风往往呈现出兼宗杜苏、熔唐宋于一炉的特点。邵长蘅指出："公诗所谓论者，谓镕杜苏于炉鞴。"朱彝尊亦有评价云："公之诗兼取材于唐宋，长歌短吟，各臻其能。"② 宋荦的不能谨守家数，充分表明，在康熙前期，以步法七子为主调的"京师大三家"，其影响力逐渐丧失。这一现象，在"京师三大家"的嫡传后人曹贞吉身上，亦有表现。

曹贞吉（1634—1698），字迪清，一字升阶，又字升六，号实庵，山东安丘人。他是刘正宗的外孙，在康熙三年中进士，康熙八年考授内阁中书，久沦末僚，至康熙二十四年始外放徽州同知，内召礼部仪制司郎中，以疾辞湖广学政归里。诗作今传有《珂雪集》一卷，《珂雪二集》一卷，《朝天集》一卷，《鸿爪集》一卷，《黄山纪游诗》一卷。其弟曹申吉（1635—1680），字澹余，一字锡余，号逸庵，顺治十二年进士，授编修，旋外放湖广布政参议等职，康熙十年擢拜贵州巡抚，死于三藩之乱。其人亦有诗名，有《澹余诗集》。

曹氏兄弟出身于山左书香世家，家族的著述风气极盛，李良年序《珂雪诗集》称："齐鲁称诗最富，若安丘、新城，著述聚于一门，此其尤盛者。"③ 二人早年即从外祖父刘正宗受诗法，可称是"京师三大家"的嫡传一脉。《清诗纪事初编》云："顺治中，刘正宗力倡济南诗派，申吉兄弟于正宗为外孙，得其指授，加以变化，居然作者，不得以七子少之。"④ 薛所蕴《曹锡余诗序》亦云："盖锡余以宪石相国为外王父，渊源所自，于诗之一道，固有独得者。"⑤

对于曹氏兄弟来说，刘正宗这位才华横溢、身处高位而又一生大起大落、争议颇多的外祖父，给他们的人生留下的影响相当深远。两人年幼丧父，依母而生，幼年时家境相当贫困："茕茕弃路隅，艰难时陨涕。提携惟老母，追随有弱弟。抢攘兵戈中，生全偶然济。茹苦甘熊丸，长贫恒断荠。

---

① 沈德潜等编：《清诗别裁集》卷十三，第529页。
② 李时灿辑：《中州诗征》卷四，经川图书馆刻本，1936年。
③ 李良年《珂雪集序》，《珂雪集》，《清代诗文集汇编》第133册，第257页。
④ 邓之诚：《清诗纪事初编》，第691页。
⑤ 薛所蕴：《曹锡余诗序》，《澹友轩文集》卷三，第49页。

租税苦追呼，风雨门常闭。"① 其舅氏刘家很可能在"指授诗法"之外，还对其兄弟有经济上的资助。曹申吉顺治十二年早成进士，或也系借外祖父之荫。然顺治十七年，刘正宗获罪遣戍，尚未中第入仕的曹贞吉因而也在前途上失去有力的强援，因此心境一度相当苦闷。曹申吉《珂雪诗集序》："时外王父方谢政，人事变迁，而兄以屡试不见收，未免怀抱为恶。"② 曹贞吉为此作有《良乡道上送舅氏之大名》："天涯骨肉三年别，此日相逢叹转蓬。不信人言成市虎，须知杯影辨蛇弓。"③ 全诗气象衰飒，颇有惊弓之鸟的意味，显然是作于刘正宗得罪以后。

  曹贞吉对刘正宗这位外祖父的感情颇为复杂，也颇多眷恋之情。在刘正宗去世后，他先后作有《哭外祖墓》和《拜先外祖墓》凭吊。前者叹息刘正宗晚景凄凉、客死异乡："音容欲溯竟茫茫，三尺萧然尚异乡。两地松楸存马鬣，十年感慨痛羊肠。"④ 笔下情怀颇为凄凉。后者则回顾外祖父大起大落的一生，对他昔日"先皇求治恢前业，金华昼敞日三接。细旃促膝出连镳，赐得天闲马蹀躞"，以治世之才受知于顺治帝，而能身登要职、备受宠信，"淋漓翰墨承清燕，执经直入蓬莱殿。珊瑚笔格玻璃床，金泥玉册题之遍"的经历相当艳羡，且对其为政和为人颇多溢美之辞："黄扉七载佐升平，政府由来冰蘖声。"而对外祖父最终失势被逐的下场，曹贞吉也颇有哀痛和不平之感："叔敖之子行负薪，廉吏于今那可作。故里谁称宅相贤，短衣破帽青门边。辞家赵壹仍贫贱，入洛陆机非少年。"⑤《邯郸行》写观演《邯郸记》故事，遍写卢生从"西上长安见天子，黄金一掷称奇才。高第由来出俦伍，张赵声名安足数。河功奏罢复边功，兜鍪巍然持绣斧"，身登高位、气焰熏天，到"悲欢一瞬幻烟云，蒲类捷书成祸府。云阳市上列修罗，盈场观者色如土。鸡竿诏下许投荒，铜柱珠崖道路长。月黑箐深魑魅走，风生海涌蛟螭狂"的失势，再引申出对宦海险恶的慨叹："清宵抵掌声硑訇，丈夫得志当如此。原边蕉鹿醒徐徐，百年将相真蘧庐。"⑥ 很可能也是为外祖父

---

① 曹贞吉：《岁暮感旧书怀二十八韵》，《珂雪集》卷一，第 240 页。
② 曹申吉：《珂雪诗集序》，第 258 页。
③ 曹贞吉：《珂雪集》卷一，第 246 页。
④ 同上。
⑤ 曹贞吉：《珂雪集》卷二，第 262 页。
⑥ 同上书，第 261—262 页。

的生平遭际而发的感慨。

刘正宗在诗学观念方面所给予曹氏兄弟的影响，首先是以七子为师。曹贞吉在《读明诗偶成》中写道："济南声调自琳琅，白雪黄金未易方。怪杀竟陵两才子，一生空作夜郎王。"① 对七子和竟陵两派的褒贬之意甚明，而对李攀龙更是推崇备至。虽然他对公安、竟陵两派也有较公允的态度，并非一味贬斥（"一卷诗归冰雪清，公安旖旎亦多情"），但在他心目中，七子的地位高于公安竟陵，仍然毫无疑义。这显然是外祖父所施加的"幼学"的影响。邓汉仪评其《奇石歌赠李谏臣》："笔力夭矫纵异，前惟子美，后则空同。"② 清楚地显露出学杜甫和李梦阳的痕迹，这正是他承袭自外祖父的家学渊源。类似的倾向在曹申吉诗作中也有表现，《晓发抵嘉鱼县》谓"深刻处绝似北地"③，说明曹申吉的诗风，也经常不自觉地显露出幼时习于七子的根底来。

其次是对格律法度的尊崇和对雄奇苍劲风格的偏好。薛所蕴《曹锡余诗序》评价青年时代的曹申吉诗："古近体皆隽上奇警，才气过人，而揆以法度，无锱铢毫发爽。"④ 严遵法度，显然是刘正宗的传统。而曹贞吉，《四库全书总目提要》评其"诗格遒炼"⑤，显然也是讲究格调法度的一路。其《望岱》一诗，格律精严，气势雄奇，邓汉仪评之"典稳处特见苍辣"⑥，颇可见乃外祖对他的影响："青岳群峰长，苍然势自雄。碑存秦相迹，雪满汉王宫。横海开千嶂，弥天划二东。杖藜曾有约，心怯北来风。"⑦ 此外，他的《冬日过宣武门即事》"气味沉雄"，《和子延中丞登望海楼韵》"题极雄伟，固须有此英健之作"⑧。这种有意识倾向于"沉雄""英健"的风格，也不难分辨出他那喜好"奇古雄创"的外祖父所给予的影响。

然而，得"京师三大家"嫡传的曹贞吉，也不能如其外祖父始终坚持

---

① 曹贞吉：《珂雪集》卷二，第264页。
② 邓汉仪辑：《诗观初集》卷三，第312页。
③ 邓汉仪辑：《诗观初集》卷六，第397页。
④ 薛所蕴：《曹锡余诗序》，《澹友轩文集》卷三，第49页。
⑤ 纪昀总纂：《四库全书总目提要》卷一百八十三，第4974页。
⑥ 邓汉仪辑：《诗观初集》卷三，第313页。
⑦ 曹贞吉：《珂雪集》卷一，第244页。
⑧ 邓汉仪辑：《诗观二集》卷六，第184页。

以历下上溯于唐,而是如宋荦一样,在中年渐阑入宋人疆域。其康熙十九年的《朝天集》显系学宋之作,颇有仿效苏轼、陆游一路的作品。汪懋麟评其《彭城怀古五绝句》"真放翁论古手"①,赵执信评其《题昭君故里》"气体逼真坡公"②,汪懋麟评其《蒙山出云歌》"纵横变幻,神似东坡"③。康熙二十六年之《鸿爪集》亦是以韩、杜、苏、陆为师之作。靳治荆序云:"至是集之为韩为杜为苏为陆,世之读者自能辨之。"④

曹贞吉涉猎宋诗,显然是受到康熙初期诗坛"贵宋"风气,特别是一度宗宋的诗坛盟主王士禛的影响。王士禛曾激赏曹贞吉在京城和其《文姬归汉图》长歌,称其"极有笔力"⑤,即可知王、曹二人之间的诗学交流。而曹贞吉也显然是依据康熙初年普遍的宗宋风气"稍变其体",重新规范自己的诗风。邓之诚对此有极精当的评价:"贞吉诗从七子入手,世贵眉山剑南,及稍变其体,故为士禛所赏。然读其七古诸篇,悲歌慷慨,自是才人。与弟申吉可称二难。盖盛衰之感,不能寓于肤阔,此其所以折而入宋欤?"⑥曹贞吉实际上是在其外祖父所给予的由七子宗唐的底子上,加入了宗宋的时代因素。而他的学宋,一部分是为了符合时调,一部分也是为了抒发"盛衰之感"。

宋荦、曹贞吉这两位"京师三大家"后学对"京师三大家"主张的偏离,特别是渐弃七子而倾向于宋诗,一方面体现出"京师三大家"作为过渡性质的贰臣诗人其影响力渐趋消泯;另一方面,也说明自居七子正统的"京师三大家"所严格沿袭的由七子宗唐的诗学主张,由于自身所存在的种种偏狭的弊端,在清初已经无力再延续下去。而"京师三大家"对七子那种"合焉者之谓正派,离焉者之谓时派,不失尺寸"⑦亦步亦趋的追随,必然是道路越走越窄,被大多数希求诗风变革的后进年轻诗人所抛弃。以曹贞吉为例,他正是反思七子诗风存在的门径过狭、模拟剽贼的弊病,因而才越

---

① 曹贞吉:《朝天集》,《清代诗文集汇编》第133册,第376页。
② 同上书,第377页。
③ 同上书,第380页。
④ 曹贞吉:《鸿爪集》,《清代诗文集汇编》第133册,第384页。
⑤ 王士禛:《渔洋诗话》卷下,《王士禛全集》,第4804页。
⑥ 邓之诚:《清诗纪事初编》,第693页。
⑦ 薛所蕴:《曹锡余诗序》,《澹友轩文集》卷三,第49页。

出七子限界，引入宋诗，所谓："盖盛衰之感，不能寓于肤阔此其所以折而入宋欤？"①

第三节　清初京城诗坛的其他贰臣文人

一、吴伟业与京城诗坛

"江左三大家"中的另一诗坛巨擘吴伟业，也曾一度活跃于清初京城诗坛。虽然由于他在京时间不长，而且对于文坛树帜不甚热心，所以他在京城诗坛上的名位不如龚鼎孳显赫；但他仍然以自身的创作成就，在京城诗坛上留下了属于自己的一席之地，而且京城对于他的文学创作，特别是"梅村体"的发展完善，也有相当的影响。

(一) 吴伟业在京城诗坛的活动

吴伟业因"有司敦迫"而出山仕清，在顺治十年九月由太仓故里启程北上。王抃《王巢松年谱》："九月中，梅村夫子出山北上，余送至吴门。"②但一路行程颇为缓慢，直到次年初春方抵达京城。其原因一方面是由于吴伟业系抱病入京："吾临行时以怫郁大病，入京师而又病。"③另一方面，恐怕也是由于吴伟业对入京为官一事在心理上极为抵触，这也正是他临近入京，还以诗寄"当事诸老"，请求让他"白衣宣至白衣还"的原因。

吴伟业抵京的具体时间，尚不可考，但仍有蛛丝马迹可循。《陈百史文集序》："今年春，始进谒于京师。"④陈名夏是吴伟业出山的荐举人，吴伟业入京后，必然要尽快谒见他，不可能拖得太久；而陈名夏在顺治十一年三月就因罪论死。由此可知，吴伟业此次谒见陈名夏，必然在顺治十一年春。而他抵京也应该是在这个时间。此外，谈迁《北游录》中，最早与吴伟业在京往来的记载是顺治十一年二月丙子日："曹太仆时柬居停云：太仓吴骏

---

① 邓之诚：《清诗纪事初编》，第691页。
② 王抃：《王巢松年谱》，苏州图书馆，1939年，第23页。
③ 吴伟业：《与子暻疏》，《吴梅村全集》卷五十七，第1132页。
④ 吴伟业：《陈百史文集序》，《吴梅村全集》卷二十七，第655页。

公欲枉我，嘱令先之。"① 吴伟业抵京应在此之前。

吴伟业抵京后，适逢举荐他的南党重要人物陈名夏被处死，所以一直未能授官，直到当年十月方补授秘书院侍讲。顺治十二年正月与四月，又先后受命为《顺治大训》与《太祖圣训》的纂修官。顺治十三年二月，升任国子监祭酒。十月，即以嗣母张孺人卒，乞假归，年底启程离京。他在京城居住和活动的时间，尚不到三年。

吴伟业在京的这三年间，心境是相当抑郁苦闷的。由于他的出山并非本人意愿，而是来自于清廷的政治压力："有司敦逼，先生控辞再四，二亲流涕辨严，摄使就道，难伤老人意，乃扶病入都"②，"不意荐剡牵连，逼迫万状。老亲惧祸，流涕催装。同事者有借吾为剡矢，吾遂落彀中，不能白衣而返矣"③。在出山之际，他就已经意识到，这段贰臣经历，对他将是"误尽平生"的人生污点："误尽平生是一官，弃家容易变名难！"④

尽管吴伟业入京时还抱着一定的侥幸心理，写了《将至京师寄当事诸老》四首，向"当事诸老"哀求"今日巢由车下拜，凄凉诗卷乞闲身"，"赤松本是留侯志，早放商山四老归"，请求能够让他"白衣宣至白衣还"⑤。然而，"当事诸老"并没有发善心放他回归故里，而举荐他的陈名夏却很快倒台论死。吴伟业滞留京城，进退两难，心理压力极大，而对自己失节仕清的愧疚自责心理也就更为严重。他本来就体弱多病，系抱病北上；入京以后的顺治十一年七月再次病倒。谈迁记载他于顺治十一年七月访吴伟业时吴氏"方抱疾"⑥，而龚鼎孳作于顺治十一年秋的《寄怀彦远》，亦云："独有江东吴学士，药炉寒雁送秋分。"⑦

所以，吴伟业在京期间的诗文作品，感情基调大多比较低沉哀苦。在他的名作《贺新郎·病中有感》下阕，他写道："故人慷慨多奇节，为当年，沉吟不断，草间偷活。艾炙眉头瓜喷鼻，今日须难诀绝。早患苦，重来千

---

① 谈迁：《北游录·纪游上》，第 53 页。
② 顾湄：《吴伟业先生行状》，《吴梅村全集》附录一，第 1405 页。
③ 吴伟业：《与子暻疏》，《吴梅村全集》卷五十七，第 1132 页。
④ 吴伟业：《自叹》，《吴梅村全集》卷六，第 176 页。
⑤ 吴伟业：《将至京师寄当事诸老》，《吴梅村全集》卷十五，第 401—402 页。
⑥ 谈迁：《北游录·纪邮上》，第 65 页。
⑦ 龚鼎孳：《寄怀彦远》，《定山堂诗集》卷三十七，第 1247 页。

叠。脱屣妻孥非易事，竟一钱不值何须说。人世事，几完缺？"① "为当年，沉吟不断，草间偷活"叹息自己于甲申国变时未能死节，致有今日之辱；"一钱不值何须说"对自己的道德谴责尤为严厉沉痛。

在入京后所作的《退谷歌》中，吴伟业更是以近乎癫狂、亦歌亦哭的笔法，抒写了他身受当局名为"征辟""举荐"，实为无孔不入、无路可逃之恐怖威胁的满腔悲苦压抑愤懑之气：

> 岂无巢居子，长啸呼赤松。后来高卧不可得，无乃此世非鸿蒙。元气茫茫鬼神凿，黄虞既没巢由穷。……君不见抱石沉，焚山死，被发佯狂弃妻子。匡庐峰，成都市，欲逃名姓竟谁是？少微无光客星暗，四皓衣冠只如此。使我山不得高，水不得深，鸟不得飞，鱼不得沉。武陵洞口闻野哭，萧斧斫尽桃花林。仙人得道古来宅，劫火到处相追寻。②

所以，到顺治十三年十月，吴伟业以嗣母张孺人卒，乞假归乡，从此隐居乡里，再未出仕。后来，顺治十七年江南"奏销案"起，他被卷入其中，褫夺了仕宦身份，而他对此事的态度还颇为自适：尽管在此案中吃尽苦头、"几至破家"，他仍然在《与子暻疏》中明言"奏销适吾素愿"③，由此足以说明，吴伟业对自己清廷官员的身份深恶痛绝，感到如芒在背。

不过，在这段苦闷压抑的日子里，吴伟业从京城的友人尤其是贰臣友人那里，也获得了颇多的友谊与心灵慰藉。这段时间内，和他往来最为频繁的贰臣有龚鼎孳、曹溶、孙承泽等人，这些交往有些属于学术性质④，但更多则属于应酬往来、社集宴饮。仅龚鼎孳一人，其《定山堂诗集》卷二十三即有相当数量的与吴伟业的唱和之作，多作于吴北上仕清后，如《雪中驾幸南苑纪事和梅村宫坊》《和梅村上元纪事》等。⑤ 而龚鼎孳、曹溶等与其频繁唱和往来，不能说没有体谅吴伟业心境苦涩而设法为其排解的意味。

---

① 吴伟业：《贺新郎·病中有感》，《吴梅村全集》卷二十二，第585页。
② 吴伟业：《退谷歌》，《吴梅村全集》卷十一，第301页。
③ 吴伟业：《与子暻疏》，《吴梅村全集》卷五十七，第1132页。
④ 如谈迁《北游录》所载曾于吴伟业处借得孙承泽《四朝人物传》，当系吴从孙承泽处借来。见《北游录·纪邮下》，第117页。
⑤ 龚鼎孳：《定山堂诗集》卷二十三，《龚鼎孳全集》，第805、809页。

值得注意的是，在与这些"即君致身已鼎足，正色趋朝勤补牍"① 的贰臣友人的往来中，吴伟业的心态也在潜移默化地发生着变化。他所耳闻目睹的，是仕清故友们"月明歌舞出帘栊，刻烛分题挥洒中。谈笑阮生青眼客，文章王掾黑头公"② 这类诗酒清贵的台阁氛围，是"扼腕休悲□□频，安生已觉升平再"，"皇都春色贵潋滟，盛事不得讥豪奢"③ 这类对新朝的歌功颂德之辞。如严正矩般世故地劝导他与世浮沉、"君子之于天下也，屈伸从乎道，变化随乎时"④ 的贰臣友人越来越多。

在这样的群体氛围下，吴伟业刚刚入京时那"欲逃名姓竟谁是"⑤、"早放商山四老归"⑥ 那如坐针毡的强烈的负罪感，逐渐地被消解和软化。在贺龚鼎孳四十寿辰的《满江红·题画寿总宪龚芝麓》词中，虽然他仍然不能忘怀退隐山林的人生理想，规劝龚氏"待它年，捡取碧云峰，归来羡"，但对于龚氏身兼清廷大僚与文坛"职志"，"文史富，才名擅。交与盛，声华健。正三公开府，张灯高宴"⑦ 的富贵繁华生活，却也无甚反感，相反还有某种说不清道不明的羡慕意味。复观曹溶《春夕行北海少宰席上同梅村作》"定有侯家张广晏，戏舞鱼龙迟夕箭。但爱酒盏吸百川，岂解笔阵掣飞电"⑧，更可知这类贰臣聚宴所表现出的只是一片感受不到任何忏悔痛苦之意的歌舞升平气氛，而吴伟业尚乐于参加这类节庆聚会且欣然命笔赋诗，毫无半点反感，说明他在精神上，也在慢慢地融入这一显贵繁华的贰臣群体氛围中。

除了与和自己处境相似的贰臣文人的交往，吴伟业在京期间，往来较多的还有客居京城的南籍文士。其时南籍文人入京应试及寻求资助者颇多，吴伟业本人即云"时南士之从计者甚众"⑨。以吴伟业身为南人而滞留京城不得归去的状况，他必然在心理上与这类南籍文士产生更多共鸣："士游京师

---

① 吴伟业：《赠总宪龚公芝麓》，《吴梅村全集》卷十一，第283页。
② 同上。
③ 曹溶：《春夕行北海少宰席上同梅村作》，《静惕堂诗集》卷十一，第103—104页。
④ 严正矩：《上大司成吴梅村先生书》，《涉园集》卷二十一，清康熙刻本。
⑤ 吴伟业：《退谷歌》，《吴梅村全集》卷十一，第301页。
⑥ 吴伟业：《将至京师寄当事诸老四首》，《吴梅村全集》卷十五，第402页。
⑦ 吴伟业：《满江红·题画寿总宪龚芝麓》，《吴梅村全集》卷二十二，第564页。
⑧ 曹溶：《春夕行北海少宰席上同梅村作》，《静惕堂诗集》卷十一，第104页。
⑨ 吴伟业：《田鬲渊诗序》，《吴梅村全集》卷五十九，第1154页。

不得所遭而思归者，亦情也。虽然当其初也，感概不平，咎斯人之莫偶，望望然不可以留。其既也，蹉跎难返，冀知己之一遇，栖栖焉又未可以去也。"①

顺治时代往来于京城诗坛的南籍文士，以云间派诗人最多。"云间固才薮，而诗特工。在先朝由经术取士，士之致身者废风雅于弗讲。独云间坛坫，声名擅海内。"②顺治十一年至十三年间曾活动于京城的云间派诗人，在京期间大多都与吴伟业有过往来。如彭宾，吴伟业曾延请他到自己寓所论文，谈迁记载，顺治十二年三月，"辛亥过吴太史所，共华亭彭燕又饭，剧论文事。燕又先别"③。又如吴懋谦，他在顺治十三年动身出京时，吴伟业特为之作《吴六益诗序》："其间得二人焉，于史则谈孺木，于诗则吾家六益而已。……（六益）自居长安来，关河宫阙，郊原城市，人事之迁变，日月之消沉，无不发之于诗。"④

与吴伟业在京往来最多的云间诗人，系顺治十二年入京应举的田茂遇。《田髴渊诗序》明言"余初识孝廉田子髴渊于京师"⑤，足见两人系顺治十二年订交于京城。两人在京时文学交流颇多，如顺治十三年正月，谈迁即载"戊戌粥后过吴太史，已华亭田髴渊来，同饮"⑥。吴伟业还经常将自己的新作送给田茂遇鉴赏。田茂遇《读松山哀有感》："延陵授予新诗卷，披读未竟转凄然。"⑦而田茂遇对吴伟业这位江南士林领袖、文坛耆宿更是崇仰备至："海内君宗吾道尊，春风群彦李膺门。车中衰凤非难仕，柱下犹龙每赠言。"⑧"江东艺苑孰登坛，夫子于今河岳看。"⑨顺治十三年秋，田茂遇离京南归，吴伟业作《送田髴渊孝廉南还四首》送之："客路论投分，三年便已深。每寻萧寺约，共话故园心。"⑩田茂遇亦作《步韵酬吴梅村先生》和之：

---

① 吴伟业：《田髴渊梦归草堂诗序》，《吴梅村全集》卷三十，第695页。
② 吴伟业：《董苍水诗序》，《吴梅村全集》卷三十，第697页。
③ 谈迁：《北游录·纪邮下》，第99页。
④ 吴伟业：《吴六益诗序》，《吴梅村全集》卷三十，第698页。
⑤ 吴伟业：《田髴渊诗序》，《吴梅村全集》卷五十九，第1154页。
⑥ 谈迁：《北游录·纪邮下》，第129页。
⑦ 田茂遇：《读松山哀有感》，《水西近咏》，《四库未收书辑刊》第7辑23册，第373页。
⑧ 田茂遇：《呈吴梅村先生》，《水西近咏》，第397页。
⑨ 田茂遇：《柬梅村先生》，《水西近咏》，第409页。
⑩ 吴伟业：《送田髴渊孝廉南还四首》，《吴梅村全集》卷十二，第341页。

"吾道今谁托，如君知吾深。文章岂有合，论难本无心。"①

在与自己处境心态相仿的贰臣文士、南籍文士往来之外，吴伟业在京也颇有结交京城诗坛新秀之举。时京城诗坛晚辈后进，以"燕台七子"声望最高，而吴伟业与其中两位成员施闰章、赵宾，均是他仕清期间订交于京城的。沈荃有《腊月廿五日施尚白招同彭禹峰赵锦帆吴梅村张友鸿王廷标孙扶云吴六益时彭子遹行余亦将出都矣为赋此诗》②。按此时施闰章、吴懋谦均在京城，次年方离京；而沈荃以分巡大梁出京，亦在顺治十三年。可知此诗当作于顺治十二年十二月二十五日无疑。其中，施闰章、赵宾皆系"燕台七子"成员；沈荃本人虽未能列席"燕台七子"，却是康熙初期京城诗坛"海内八家"之一；彭而述是赵宾故交、中州诗人；张一鹄、吴懋谦则系客居京城的云间诗人。

吴伟业在京结交之晚辈文士中，尤以施闰章、王士禛较值得注意。吴伟业在《萧孟昉五十寿序》中提到"今天下士大夫讲学者，无如吾友少参愚山施公"③，对施闰章以"吾友"称之。而两人之订交，显在京城。施闰章于顺治十三年秋受任督学山东，吴伟业有诗送之，施闰章《与吴梅村》记载甚详："长安车马尘中，不得过省，过亦不数及。临行拜别，语娓娓难竟，时已迫矣。德音之锡，宠逾百朋，愧未属和。抵沧州，则与第五联舟，灯下读百韵诗，涕数行下，诗之能移人情至此。益追恨前此不日侍左右，当面错过也。"④《沧州值同年何省斋南归时予赴官山左联舟信宿诗以录别》亦提到"洒落一千言，长歌声欲吞"，注云："吴梅村学士有送行百韵。"⑤ 这首百韵送行诗即《送何省斋》⑥，《梅村家藏稿》同时并有《送宛陵施愚山提学山东三首》⑦。

王士禛自称"余少奉教于虞山、娄江两先生"⑧。而他结交吴伟业也在

---

① 田茂遇：《步韵酬吴梅村先生》，《水西近咏》，第350页。
② 沈荃：《一研斋诗集》卷六，《清代诗文集汇编》第93册，第34页。
③ 吴伟业：《萧孟昉五十寿序》，《吴梅村全集》卷三十六，第770页。
④ 施闰章：《与吴梅村》，《学余堂文集》卷二十七，《施愚山集》第1册，第547页。
⑤ 施闰章：《沧州值同年何省斋南归时予赴官山左联舟信宿诗以录别》，《学余堂诗集》卷五，《施愚山集》第2册，第83页。
⑥ 吴伟业：《吴梅村全集》卷九，第221页。
⑦ 同上书，第225页。
⑧ 王士禛：《古夫于亭杂录》卷三，《王士禛全集》，第4886页。

京城。吴伟业《落笺堂集》序言曰："予在京师，辱与贻上交，从其所并识子底。两人姿貌修伟，言论风发。"① 其具体时间很可能在顺治十二年春。这一年，王士禛应会试入京，三月中式，未与殿试而归。其间在京城广交文士，逐渐有了一定声望。《渔洋山人自撰年谱》于顺治十二年条目下云："始与海内闻人缟纻论交，时号三王。"② 吴伟业极有可能也属于他"缟纻论交"的"海内闻人"之一。另据吴伟业《程昆仑文集序》提到"识贻上在十年之前"③，而据程康庄《自课堂集》记载，吴序作于"康熙四年上巳前五日"④，由此上溯，正是顺治十二年。

吴伟业在京期间，除了笔耕不辍，并搜集资料以备修史以外，还经常参与京城诗坛的各种文化活动。历数自顺治十一年至十三年间，京城文化圈中的诸多盛事，吴伟业往往都有所参与。

顺治十一年春，吴伟业甫到京城即邂逅一桩著名文化事件：旅居京城的遗民诗人胡介启程回乡。其时京城诗坛名流多赋诗相送，一时在京城蔚为大观。丘象随序《旅堂诗文集》："其一时风雅，钜公卿如吴龚曹周，皆相赠答唱酬，流连往复。"⑤ 吴伟业在《送胡彦远南归序》中，提到他与胡介相逢于京城的详细经过：

> 今年春，遇诗人胡彦远于长安，每酒酣，诧客曰："吾家在武林之河渚……吾父子葺茆屋以居，杜门著书，不见兵革。顾以贫故，无以赡老亲，不得已走京师，从故人索河北一书。今将涉漳河，过邢台，溯淮而南，归吾所居河渚，誓不复出矣。"⑥

吴伟业不仅入京不久即与胡介订交，且两人之间建立了相当深笃的友情。吴伟业被迫北上仕清后，在京期间精神状态相当颓唐苦闷，曾大病一

---

① 吴伟业：《落笺堂集序》，《王士禛全集》，第13页。
② 王士禛：《渔洋山人自撰年谱》，《王士禛全集》附录，第5059页。
③ 吴伟业：《程昆仑文集序》，《吴梅村全集》卷二十九，第683页。
④ 程康庄：《自课堂集》，《清代诗文集汇编》第42册，上海：上海古籍出版社，2011年，第388页。
⑤ 丘象随：《旅堂诗文集序》，《旅堂诗文集》，第692页。
⑥ 吴伟业：《送胡彦远南归序》，《吴梅村全集》卷三十五，第750页。

场。胡介遂请吴"善为眠食",并以佛学观点为吴安慰排解道:"五浊亦名缺陷,既落世网中,顺行逆行,冷暖自喻,要之古庙香炉,酬偿本愿,我辈唯以不负三生为大耳。……从来慧业文人,皆道人之名根色想未净,转展迁流者,故世遇率坎坷多故,正以助发其回首拂衣也。"① 而对于吴伟业受逼迫而不得已出山仕清的凄惨处境,胡介亦寄了相当的理解和同情。他曾作有《吴梅村被征入都》四首,展现吴当时为"有司敦逼"的处境:

> 海外黄冠旧有期,难教野老放清时。身随杞宋留文献,代过商周重鼎彝。满地江湖伤白发,极天兵甲忆乌皮。重来簪笔承明殿,记得挥毫出每迟。
>
> 幕府征书日夜催,宫开碣石待君来。归心更渡桑干水,伏枥重登郭隗台。花萼春回新侍从,风云气隐旧蓬莱。暮年诗赋江关重,输却城南十里梅。
>
> 一尊雨雪坐冥蒙,人在汪洋千顷中。老骥犹传空冀北,春鸿那得久江东。榛苓过眼成虚谷,禾黍关心拜故宫。我亦吹箫向燕市,从今敢自惜途穷。
>
> 碧海黄尘事有无,此来风雪满燕都。遗京节度新推毂,盛世朝廷倍重儒。花暗凤池思剑佩,春深虎观梦江湖。悲歌吾道非全泯,坐有荆高旧酒徒。②

胡介不仅指出"幕府征书日夜催"是吴伟业出仕的根本原因,而且用饱含同情的笔墨写出了当时吴伟业"难教野老放清时"身不由己的尴尬处境,和对故国"禾黍关心拜故宫"的深长思念。

吴伟业对胡介的理解和友情也是极为感激,且对其"虽入侯王门,不受公卿举。……悲歌因卧病,归心入春雨。从此谢姓名,问之了不语"③ 的高标气格深感钦佩羡慕。他作有《题河渚图送胡彦远南归》《送胡彦远南还河渚》等一系列诗作,后者云:"我有田庐难共隐,君今朋友独何心?还家早

---

① 胡介:《与吴骏公先辈》,《尺牍初征》卷三,《四库禁毁书丛刊》集部第153册,第553页。
② 胡介:《吴梅村被征入都》,《旅堂诗文集》卷一,第718页。
③ 吴伟业:《题河渚图送胡彦远南归》,《吴梅村全集》卷九,第221页。

便更名姓,只恐青山尚未深!"① 堪称基于自身处境的痛楚而真挚的情感抒发。

顺治十一年春,京城诗坛另有一重大文化事件,即黄传祖入京编选《扶轮广集》。《扶轮广集·凡例》:"今梓行者,大半甲午京师携归。清朝文运飙起,一时元老钜公,皆词坛名宿,旧契新交,缁衣笃切,倾筐惠教。"而这些"倾筐惠教"的"元老钜公",亦包括吴伟业在内。《扶轮广集》前有鉴定参阅等人选,其中参阅者即有吴伟业之名。

顺治十三年二月,魏裔介编纂《观始集》,广选清初诗作:"时海内渐平,风雅飙起,公与钜鹿杨犹龙、永年申凫盟、内丘乔文衣、太仓吴梅村、合肥龚芝麓唱和,四方诗人多酬答之。公于是有《观始集》之选。"② 吴伟业入京后,颇与魏裔介唱和往来,此次不但参与编选工作,而且还应魏氏之请,为之作序:"观始集者,鄗城魏石生先生合海内之诗选之以名其编者也。……始定为若干卷,而授伟业序之……"③

魏裔介的年辈较吴伟业为晚,他系顺治三年进士,入清以后方在京城文化圈中活动。吴伟业与他的订交,极有可能是在顺治十一年到京以后。其《读鄗城魏石生怀古诗》云:"长安雪后客心孤,画省论文折简呼。家近丛台推意气,山开全赵见平芜。忧时危论书千卷,怀古高歌酒百壶。自是汉廷真谏议,萧王陌上赋东都。"④ 足见两人之交往,系同在"长安"为官之时。而魏裔介对这位前辈耆宿的诗文成就与文坛声望,也是极为崇仰:"先生灵光岿峙,东南领袖。若与之左提右挈,尚论千古,著为定评,诚千载一时也。"⑤ "方今理学有曹厚庵先生,诗学有吴梅村、杨犹龙诸先生,不肖谬附莫逆,而二者俱未有当焉。"⑥ 他对吴伟业被迫再仕于清的经历,也颇能理解接受:"梅村先生人品诗品如灵光巍峙,出山应聘,无惭谢傅当年。"⑦ 他恳请吴伟业参与《观始集》修纂并请求题序一事,也显然是出于借助这位

---

① 吴伟业:《送胡彦远南还河渚》,《吴梅村全集》卷十五,第408页。
② 魏荔彤:《魏贞庵先生年谱》,《兼济堂文集》卷二十,第599页。
③ 吴伟业:《观始诗集序》,《吴梅村全集》卷二十七,第660页。
④ 吴伟业:《读鄗城魏石生怀古诗》,《吴梅村全集》卷十五,第407页。
⑤ 魏裔介:《与吴梅村书》,《兼济堂文集》卷九,第230页。
⑥ 魏裔介:《复葛曲阳》,《兼济堂文集》卷十,第258页。
⑦ 魏裔介:《观始集》卷八,清顺治十三年刻本。

文坛耆宿的声望之故。

魏裔介身为清廷高官，其诗学主张的正统色彩极为浓厚。他编选《观始集》的目的，正是要反映清朝的"开国气象"，为诗坛开一代新风："会国家膺图受箓，文章彪炳，思与三代同风。""我观乎声教之始，将取诗以纪之。……我观乎政治之始，将取诗以美之。"所以他在编选《观始集》时，有意识选择那些"一时名贤润色鸿业，歌咏至化，系维诗道是赖"的雅正和平之作，而弃选那些怨怒哀苦的变风变雅之作："若夫淫哇之响，侧艳之辞，哀怒怨诽之作，不入于大雅，皆吾集所弗载者也。"①

不过，有意思的是，魏裔介对吴伟业梅村体叙事诗中所呈现的变风变雅之音，却也有极高的评价："三年别海上，忆尔望金台。弓鼎轩皇去，山河庾信哀。"② 他对吴诗那些有关"弓鼎轩皇去"的黍离之悲，"山河庾信哀"的失节之痛，这些不那么符合"润色鸿业，歌咏至化"标准的内容，也不是不能接受的。而《观始集》中，所选吴伟业之诗，涉及"哀怒怨诽之作"亦往往有之。如评《琵琶行》"音调悱恻"，评《莱阳行》"可泣神鬼，何莱阳之多君子也"③，评《台城》"刘宾客怀古不能及其悲惋"④。他在为《丛碧山房诗钞》所作的序言中，更云："诗以道性情，人皆知之，然非性情之独至者不能为。……近日惟吴梅村、杨犹龙用其性情以为诗，卓然成一家言。"⑤ 这种对于诗歌中那些不怎么符合雅正标准的"性情之独至"的欣赏喜爱，可能正是魏裔介这位观念颇为正统的清廷新贵，能与吴伟业这位经历复杂、心境哀苦的贰臣交情笃厚并合作进行文化活动的原因。

（二）京城生活对吴伟业创作的影响

吴伟业仕清后，主要担任的是文学侍从一类职务。他从顺治授秘书院侍讲开始，先后受命纂修《顺治大训》《太祖圣训》《孝经衍义》等，都是文

---

① 吴伟业：《观始诗集序》，《吴梅村全集》卷二十七，第660—661页。
② 魏裔介：《寄吴梅村中允》，《兼济堂文集》卷十九，第515页。
③ 魏裔介：《观始集》卷三，清顺治十三年刻本。
④ 魏裔介：《观始集》卷八，清顺治十三年刻本。
⑤ 魏裔介：《丛碧山房诗序》，《丛碧山房诗钞》卷首，《清代诗文集汇编》第155册，第6页。

献编修整理一类事务，还曾受命注唐诗。① 此外，任职期间，他还时常受命作应制诗画。如顺治十二年十二月，"上传吴太史及庶吉士严子餐沆、行人张穉恂，各作画以进"②，顺治十三年二月，顺治帝猎于南苑，吴伟业随群臣扈从，亦有应制诗。这足见顺治帝对吴伟业的授官，是这位年轻的异族皇帝出于对汉文化的喜爱渴求，而有意识任用这位名满天下的江南才子作为文学侍从。

由此可知，吴伟业在京任职期间，政务不多，他本人也完全无心参与官场权力争夺。因而，他得以将大部分精力都放在文学创作与历史考证上。在这三年中，他笔耕不辍，创作成果无论是数量还是质量都相当可观，其文学理念颇有所深入和发展。谈迁记载他在京期间与吴伟业的两次论诗过程：

> 太史曰："人虽有才，决不可恃。且迟速难强，兴会勃发，观如堵墙，意气非不盛也；而寒窗下有宿儒老生，决不相关，辄指吾字句曰：某字误，某字劣，则大事去矣。今人看唐诗，岂今人才胜于唐耶？直意见胜之也。又曰：作诗雅不得，俗不得。"（顺治十一年九月）③
>
> 太史曰："诗文举业，俱不可著一好字。胸中稍著，则伎俩见矣。凡古人得意之处，非古人得力之处。惟深于文者知之。"（顺治十二年三月）④

"梅村体"的重要特点是雅俗兼备，既有辞采富丽、使事巧妙的"雅"的一面，亦有浅俗流利、接近口语化的"俗"的一面，以至于时人讥之为"盲女弹词"，批评其"喜用口语，亦是一蔽"⑤。但梅村体歌行因其叙事性，又必然有浅显通俗的一面，正如《遁堪书题》所言："实则此体正不嫌俗，

---

① 施闰章《学余堂文集》卷二十六《翰林院侍讲学士曹公顾庵墓志铭》："尝受诏与吴学士伟业等同注唐诗，书成称旨。"曹尔堪于顺治十一年九月授编修，十三年丁忧。与吴伟业同注唐诗事必在此之间。
② 谈迁：《北游录·纪邮下》，第125页。
③ 谈迁：《北游录·纪邮上》，第81页。
④ 谈迁：《北游录·纪邮下》，第96页。
⑤ 邓之诚：《清诗纪事初编》，第393页。

但视其驱使何如耳。"① 吴伟业的"雅不得，俗不得"之论，恰恰是他对叙事歌行的风格雅俗问题进行深入思考后所得出的甘苦之言。

文学理念之外，吴伟业之诗歌创作，更在仕清留京期间达到高峰。入京并结交大量京城文士，令他的创作高度增长："余留京师三年，四方之士以诗文相质问者无虑以十数。"② 谈迁记载，他曾在顺治十一年四月过访吴伟业，"过吴太史，剧论二十刻，因出其诗文四帙，读一二篇，其势如钱塘八月潮"③。细考吴伟业在京期间之创作，"势如钱塘八月潮"绝非过誉。仅以他平生最得意之"梅村体"七古长诗而论，作于他居留京城期间者，至少包括：

1.《萧史青门曲》。此诗以四位明朝公主的人生遭际为题材，是吴伟业的传世名作之一，但关于其创作时间还有争议。《家藏稿》将这首作品列于前集，似是吴伟业入京仕清以前所作，但是在谈迁《北游录》中，明白提及《萧史青门曲》应是吴伟业顺治十一年三月在京师时的作品④。此外，诗中对崇祯帝之妹宁德公主夫妇及崇祯帝之女长平公主于甲申乱后流落民间的苦况，有颇详细的吟咏。而吴伟业在鼎革后，直至仕清之前，都未到过京城，如果《萧史青门曲》作于他北上仕清以前，那么，一直未入京城的他，对宁德、长平两位公主在鼎革后的遭际，不太可能知道得如此详细。故此可以推定《家藏稿》有误，《北游录》与顾师轼《吴梅村先生年谱》的说法则比较符合事实：《萧史青门曲》应系吴伟业北上仕清、重至京城后的作品，创作时间大致在顺治十一年三月。

2.《银泉山》。咏郑贵妃事，在《家藏稿》系于后集，时间不明。谈迁于《北游录》顺治十一年八月条下，提及"吴骏公太史银泉山诗"⑤。

3.《王郎曲》。咏伶人王紫稼事，而兼及黍离之思。顺治十一年十一月，谈迁记载："壬子过吴太史所，太史近作王郎曲。"⑥

4.《赠总宪龚公芝麓》。此诗显系顺治十一年十一月龚鼎孳四十初度时

---

① 张孟劬：《逼堪书题》，《史学年报》，1938年。
② 吴伟业：《吴六益诗序》，《吴梅村全集》卷三十，第698页。
③ 谈迁：《北游录·纪邮上》，第59页。
④ 同上书，第55页。
⑤ 同上书，第71页。
⑥ 同上书，第86页。

所作。

5. 《题崔青蚓洗象图》。崔青蚓为明清之际京城著名画家，《北游录》记载颇详："都人崔青蚓，顺天诸生也。善书绘，轨守寂，无子，赘婿无赖，尽破其产。甲申之乱竟馁死。吴骏公先生题其《洗象图》。"① 谈迁另于《北游录》顺治十一年十二月条下，有这样的记载："过吴太史所，云往时大兴孙清隐□有高节，画山水人物，追踪古人。无子，甲申遭乱，馁死。其画多传。太史题其《洗象图》。"② 文中"孙清隐"显为"崔青蚓"之口误，此诗必作于顺治十一年十二月。

6. 《海户曲》。咏南海子猎户故实，而慨叹明清易代，《家藏稿》收于后集。具体时间不可考，但吴伟业于顺治十二年正月受召入南苑，其诗有可能作于是时。

7. 《退谷歌》。咏孙承泽退谷别业。按顺治十二年春，吴伟业与曹溶等宴饮于退谷，曹溶作有《春夕行北海少宰席上同梅村作》。其诗明言："近日长杨射猎回，天子端居未央殿。……娄东学士新应诏，文采何辞万人羡。"③ 吴伟业于是年正月二十九日受顺治帝召入南苑，纂修《内政辑要》，此诗必作于其后。

8. 《松山哀》。咏松山大战及洪承畴事，《家藏稿》收于后集。田茂遇《读松山哀有感》："延陵授予新诗卷，披读未竟转凄然。千载文章还我党，几年心事异时贤。松山战后龙韬尽，辽海魂归鹤影还。俯仰兴亡成往事，茫茫玉碗欲呼天。"④ 田诗收于《水西近咏·挚匹偶存》，注云"乙未"，是顺治十二年所作。这足以说明《松山哀》一诗是作于顺治十二年。此外，需要注意的是，《北游录》"顺治十二年四月"条目下记载一事：吴伟业的同乡王生自辽东归来，述当地风土人情："过吴太史所，太史里人王生，方归自沈阳，述其往反。"其中就包括松山旧战场："十里松山堡，城濠坚广，今堙矣。……辛巳春，北兵围锦州，先朝覆十万众于此，至今白骨山积。"⑤

---

① 谈迁：《北游录·纪闻上》，第329页。
② 谈迁：《北游录·纪邮上》，第88页。
③ 曹溶：《春夕行北海少宰席上同梅村作》，《静惕堂诗集》卷十一，第104页。
④ 田茂遇：《读松山哀有感》，《水西近咏》，第373页。
⑤ 谈迁：《北游录·纪邮下》，第102—103页。

吴伟业极有可能是由于这位王生的叙述，而生出感慨，因而作《松山哀》一诗。

9.《临淮老妓行》。叙刘泽清家妓冬儿事迹，兼及甲申及南明史事。《北游录》顺治十二年六月条下："庚辰午过吴太史所，太史作《临淮老伎行》，甫脱稿。"①

10.《田家铁狮歌》。咏明末外戚田弘遇事迹。《北游录》："故左都督田弘遇赐第前，铁狮二，元元贞十年彰德路铸造，精莹不锈。吴骏公先生作《田家铁狮行》。"②谈迁另于"顺治十二年七月"条目下记载："入宣武门大街，久之。道侧铁狮二，元元贞十年彰德路造，先朝都督田弘遇赐第，狮当其门。今门堙而狮如故也。吴骏公尝作歌。"③可见是诗应作于顺治十二年七月前后。

11.《画中九友歌》。此诗系于《家藏稿》后集。按诗中有"姑苏太守今僧繇，问事不省张两眸。振笔忽起风飕飕，连纸十丈神明遒。（尔唯）"④《吴县志》记载，张学曾（尔唯）于顺治十二年正月为苏州知府，本年十二月离任，此诗必作于顺治十二年。

12.《雁门尚书行》。咏明末名将孙传庭事迹。尽管程穆衡笺注、顾师轼《吴梅村先生年谱》都将《雁门尚书行》列为崇祯十六年也即孙传庭殉难当年的作品，但《梅村家藏稿》将其列于后集，其创作时间应在吴伟业入京以后。小序云："余门人冯君讷生，公同里人，作《潼关行》纪其事。余曾识公于朝，因感赋此什。"⑤冯云骧（讷生）为顺治十二年进士，次年冬授大同府教授。吴伟业很有可能是在京期间结识冯云骧，并因读其《潼关行》而作此诗的。

13.《送沈绎堂太史之官大梁》。系送沈荃赴任。按沈荃补河南按察使司副使，分巡大梁道，事在顺治十三年四月，吴伟业此诗应作于其后不久。

14.《通玄老人龙腹竹歌》。为西洋传教士汤若望而作。此诗亦作于吴伟

---

① 谈迁：《北游录·纪邮下》，第110页。
② 谈迁：《北游录·纪闻上》，第318页。
③ 谈迁：《北游录·纪邮下》，第113页。
④ 吴伟业：《画中九友歌》，《吴梅村全集》卷十一，第289页。
⑤ 吴伟业：《雁门尚书行》，《吴梅村全集》卷十一，第292页。

业在京期间,《陈垣学术论文集》二集有《吴梅村集通玄老人龙腹竹解题》,考证此诗作于顺治十三年七月①。

15.《雕桥庄歌》。吟咏真定梁氏家族在明清之际事迹。按叶君远《吴梅村年谱》以吴伟业入京后首次见到梁维枢的顺治十一年春为《雕桥庄歌》创作时间,并引《梁水部玉剑尊闻序》:"水部真定梁公慎可别十八年矣。今年春,再相见于京师,出所著《玉剑尊闻集》以示余。"② 然吴伟业亲笔《雕桥庄歌》书卷后有"大司马玉翁老先生,水部公之兄子也,有《雕桥行乐图歌》赠其季父,纪家园而咏前烈,文辞最为钜丽,余于京邸读之心折,因以意写图,题诗其上,不能仿佛也。时丙申长至后二日,娄东吴伟业。"可见此诗实作于顺治十三年夏。

16.《送旧总宪龚公以上林苑监出使广东》,为送别龚鼎孳而作。按龚鼎孳受命使粤在顺治十三年四月,启程于是年秋,诗中有"秋风吹向越王台"③ 之句,系作于顺治十三年秋无疑。

可以看到,入京任职的三年,堪称是吴伟业"梅村体"长篇叙事诗创作的高峰期之一。《梅村家藏稿》后集收录七古45题50首,而可以确定作于京城的就有16首。其中还包括了《萧史青门曲》《松山哀》《临淮老妓行》《雁门尚书行》等被视为"梅村体"代表的名作。那么,为何这短短三年在"梅村体"的创作与发展过程中起到了如此举足轻重的作用?

吴伟业在《金宪梁公西韩先生墓志铭》中云:"余与公定交于先朝,比去京师十五年,宿素已尽,惟公迎阁握手,高谈尽日。"④ 此"梁公"指梁维枢,"先朝"指崇祯朝,"迎阁握手,高谈尽日"云云指的是吴伟业顺治十一年春抵达京城时与梁重逢的场面。由此上推十五年,是崇祯十二年,吴伟业于是年离京,奉使封藩。也就是说,吴伟业离京后,十五年间从未到过京城,直至此次入京仕清。此时的京城已经易主,风景依旧而人事全非,这种凄苦的"故地重游",对于在明朝就曾做过京官的吴伟业,必然引发强烈

---

① 陈垣:《吴梅村集通玄老人龙腹竹解题》,《陈垣学术论文集》二集,北京:中华书局,1982年,第375页。
② 吴伟业:《梁水部玉剑尊闻序》,《吴梅村全集》卷三十二,第719页。
③ 吴伟业:《送旧总宪龚孝升以上林苑监出使广东》,《吴梅村全集》卷十一,第291页。
④ 吴伟业:《金宪梁公西韩先生墓志铭》,《吴梅村全集》卷四十二,第893页。

的黍离之感。

以作于顺治十一年八月前后的《银泉山》为例,此诗吟咏万历帝宠妃郑贵妃事,兼及万历朝史实。值得注意的是,此诗并非吴伟业首次咏及郑贵妃史事,早在明朝未亡之时,吴伟业就以郑贵妃之子福王朱常洵生平事迹为题材,作有《雒阳行》一诗。然《雒阳行》主要集中于朱常洵"先帝玉符分爱子,西京铜狄泣王孙"①的一生,以及与此相关之万历朝"争国本"事件、明末"流贼"史事等。而《银泉山》虽系相似题材,但感情基调显然更为凄怆,开篇即描述银泉山的郑妃陵寝荒芜隳败、盗贼横行之状:

> 银泉山下行人稀,青枫月落鱼灯微。道旁翁仲忽闻语,火入空坟烧宝衣。五陵小儿若狐兔,夜穴红墙县官捕。玉碗珠襦散草间,云是先朝郑妃墓。②

显赫一时的郑贵妃,其陵寝竟是如此凄惨情形,这不仅是人走茶凉,更是鼎革后明朝宗室后妃陵寝废弃的结果。而吴伟业随即展开的对郑贵妃生平"覆雨翻云四十年,专房共辇承恩顾"的描述,也必然带有因黍离之思而生发出的凄凉意味,这显然是当年的《雒阳行》所无法涵盖的。

《田家铁狮歌》作于顺治十二年七月前后,系咏田弘遇事。田弘遇为崇祯帝宠妃田贵妃之父,豪奢无度。《旧京遗事》卷一:"田皇亲居第在西安门,即太监王体乾之旧宅,都人称为铁狮田家。铁狮,故元贵家门前狮也。今在田家门云。皇亲女为西宫皇贵妃,善大书,能鼓琴,圣心钟爱。皇亲恃其贵溢,气势奢华,是以园亭声伎之美,倾甲于都下。然性侈荡。……是以长安诸外戚虽以意气自豪,亦颇讥田家家法之不检。"③鼎革之后,"铁狮田家"家族败落,只有这对铁狮依然存留下来:"先朝都督田弘遇赐第,狮当其门。今门堙而狮如故也。"④吴伟业入京后,很可能曾到西安门田氏故地,亲眼目睹了田氏邸第已成废墟而铁狮犹存的荒凉凄哀之状,因而咏成此诗:

---

① 吴伟业:《雒阳行》,《吴梅村全集》卷二,第41页。
② 吴伟业:《银泉山》,《吴梅村全集》卷十一,第303页。
③ 史玄:《旧京遗事》卷一,《四库禁毁书丛刊》史部第33册,第317页。
④ 谈迁:《北游录·纪邮下》,第113页。

>武安戚里起高门，欲表君恩示子孙。铸就铭词镌日月，天贻神兽守重闉。第令监奴睛闪烁，老熊当路将人攫。不堪此子更当关，钩爪张眸吐银腭。……异材逸兽信超群，其气无乃如将军。将军岂是批熊手，瞋目哮呼天下闻。

然而，皇亲田弘遇的熏天势焰，终究在时光流逝和历史巨变中化为乌有。崇祯十六年，田贵妃和田弘遇父女相继去世，次年即逢甲申国变，明朝灭亡：

>省中忽唱田蚡死，青犊明年食龙子。虾蟆血洒上阳门，三十六宫土花紫。

十余年过去，权贵豪门已成丘墟，而昔日权贵门前耀武扬威的铁狮，也已经成为市井儿童玩耍的坐骑：

>此时铁狮绝可怜，儿童牵挽谁能前。橐驼磨肩牛砺角，霜摧雨蚀枯藤缠。主人已去朱扉改，眼鼻尘沙经几载。锁钥无能护北门，画图何处归西海。①

这种"城郭依旧人民非"的感慨，不是亲身体验，是很难感受到的。

除了能够一览鼎革后的京城风景，吴伟业在京期间还往往耳闻目睹明末京城的高门权贵、伶人名妓等各种社会名人，在历史巨变中沦落飘零的情形。这更为其梅村体叙事诗提供了丰厚的创作题材。

作于顺治十二年六月的《临淮老妓行》，其主人公冬儿正是这样一位颇具传奇色彩的人物，而她的生平事迹，又关系到明清之际的风云人物刘泽清。冬儿本是外戚田弘遇的家妓，被刘泽清纳为侍妾。这是一位既有武艺，又有胆略的奇女子："羊侃侍儿能走马，李波小妹解弯弓。"甲申国变之际，她曾受刘泽清之托，秘密潜入清军占领下的京城，前往旧主田家，探访崇祯

---

① 吴伟业：《田家铁狮歌》，《吴梅村全集》卷十一，第304页。

帝两位皇子的下落："甲申，泽清欲侦二王存否，冬儿请自往田氏探之，遂男饰而北，知二王已绝，逐南。"① "妓奋然曰：'身给事戚畹邸中久，宜往。'遂易鞯鞴，持匕首，间关数千里，穿贼垒而还。"② 在吴伟业笔下，冬儿这一充满勇气的义举尤为惊心动魄、光彩照人：

忽闻京阙起黄尘，杀气奔腾满川陆。探骑谁能到蓟门，空闲千里追风足。消息无凭访两宫，儿家出入金张屋。请为将军走故都，一鞭夜渡黄河宿。暗穿敌垒过侯家，妓堂仍讶调丝竹。

然而，这位智勇双全的小女子冬儿，虽然亲眼见证了鼎革巨变，却对历史大势无能为力，也无力掌握她自己的命运：

翻身归去遇南兵，退驻淮安正拔营。……将军自撤临淮戍。不惜黄金购海师，西施一舸东南避。

清军南下时，刘泽清弃守淮河防线逃跑，其后降清，不久就被清廷处死：

重来海口竖降幡，全家北过长淮去。长淮一去几时还？误作王侯邸第看。收者到门停奏伎，萧条西市叹南冠。

冬儿则侥幸得免，外嫁为民妇，作为历史变迁的幸存者活了下来。吴伟业在《临淮老妓行》的结尾叹息道：

老妇今年头总白，凄凉阅尽兴亡迹。已见秋槐陨故宫，又看春草生南陌。依然丝管刘东风，坐中尚识当时客。金谷田园化作尘，绿珠子弟

---

① 谈迁：《枣林杂俎·义集》，北京：中华书局，2006年，第289页。
② 陈维崧：《妇人集》，《丛书集成新编》第101册，台北：新文丰出版公司，2008年，第706页。

更无人。楚州月落清江冷,长笛声声欲断魂。①

  这位"凄凉阅尽兴亡迹"的故侯家妓冬儿,最终成了"依然丝管对东风"的民间卖唱女。在吴伟业笔下,她的一生,浓缩了从甲申国变到南明灭亡,整整一部明清易代的历史。而以全诗开头之"才转轻喉泪便流,尊前诉出飘零苦",结尾之"依然丝管对东风,坐中尚识当时客"来看,吴伟业极有可能是入京仕清以后,在京城见到了嫁为民妇后依然以卖唱为业的冬儿本人。

  吴伟业在京期间,不仅耳闻目睹鼎革之后京城风景与人事的变迁,而且,他自身心态也已发生巨大变化。仕清失节作为他生命中的重大事件,不仅给他留下了惨烈的心理创伤,而且令他对历史变迁和历史人物的评价都有了极大的变化。那种对于人物以主流忠节道德观念进行核察与评价的书写方式,在《家藏稿》前集中时常能见到,在后集中却变得越来越可有可无,乃至在一些作品中完全被抛弃;取而代之的是对于个体人物命运的深刻的理解与同情,这种理解与同情纯属发自作者内心,而不带一丝道德自我展示的影子,同时在某些方面与主流道德还根本不能相容。严苛的道德评判的退位与真挚的个体情感的凸显,使得吴伟业入京以后的很多作品都显现出了远远超越同时代文学水平的成就。这种由于作者心态变化而带来的作品精神气质的改变,可以用他分别作于仕清前后的《吴门遇刘雪舫》和《萧史青门曲》二诗作一对比。

  《吴门遇刘雪舫》收于《家藏稿》前集,是吴伟业未仕清前的作品。诗中的"刘雪舫"本名刘文炤,为新乐侯刘文炳之幼弟,系崇祯生母刘选侍族中子弟。甲申国变之际,兄长刘文炳举家自焚殉节,只有十五岁的他因"留延宗祧"而活下来,流落南方。吴伟业对于国变时个人行为准则的态度通过这个亲身经历亡国惨祸的人物呈现出来,特别是在皇帝已经殉国的背景下臣子的"大节"是否必须通过死亡来表现的问题,是比较有代表性的:

---

① 吴伟业:《临淮老妓行》,《吴梅村全集》卷十一,第285—286页。

> 我兄闻再拜，痛哭高皇灵。烈烈巩都尉，挥手先我行。①

可以看到，仕清前的吴伟业笔下，还并没有给人性中趋向于软弱的正常情感体验留下相应的空间。诗中的"巩都尉"为崇祯妹乐安公主之夫巩永固，在城破之时举家自焚。《甲申传信录》："明日城陷，公主已先一年薨，柩尚在寝。生子女四人，悉以黄绳系之椽旁，聚古玩书画环绕殡宫，杂置积薪焚之。永固大书'世受国恩，义不受辱'，自投火中并死。"② 以史实来看，吴伟业所热情洋溢地颂扬的"烈烈巩都尉，挥手先我行"的殉节过程，虽然确实相当壮烈，但其中的残酷不仁之处也是显而易见的。甲申国变时，官吏士人们这种类似"全家殉节"的惨烈场面，有相当一部分都是如巩永固般采取强迫手段，乃至是直接动手杀害亲属。刘文焰之兄刘文炳举家殉节的场面更是残酷得令人发指："文炳呼其妻孥悉避楼上，拔其梯，纵火燔之。童孙幼女号啼呼文炳，文炳曰：'噫！儿且去，我寻即至耳！'悉焚其第，遂自缢，共燔火中。大小儿女死者十六人。"③ 这样的"全家殉节"在当时是节义可风之举，在今日看来堪称惨无人道。而吴伟业对这类行径的歌颂，显然与他自幼生长于重视忠君道德传统的环境中，兼之崇祯皇帝对他颇为厚爱的知遇之恩，是分不开的。

随着个人经历的日益坎坷复杂，尤其是入京仕清后，在心灵上背负了贰臣的重担，吴伟业对于人性中软弱的求生本能有了更多的认识。所以，在入京以后创作的"梅村体"叙事诗中，已经极少见那种以主流道德标准评析衡量人物的抒写方式，而对于个人处于历史大变革时期道德与本能、理智与情感的十字路口时种种或悲壮或尴尬的艰难选择，却往往能寄予一种发自切身感受的深长的同情与理解，这使得他笔下的很多不能为正统道德标准所容的人物，在因为他们的某些有损道义的行为经受谴责之余，还显现出了处于某种特殊情势下，作为有血有肉活生生的人而引人共鸣的真切之感。对于他们在历史巨变带来的两难境遇中的选择，诗人给予了相当的宽容与设身处地的同情。这在《萧史青门曲》中尤为明显。以四位大明公主的人生遭际为

---

① 吴伟业：《吴门遇刘雪舫》，《吴梅村全集》卷一，第15页。
② 钱𰀁：《甲申传信录》卷三，第38页。
③ 同上书，第37页。

题材的《萧史青门曲》中,出现于《吴门遇刘雪舫》一诗中的殉节驸马巩永固的形象再次被提及,并与同系崇祯之妹的宁德公主夫妇,形成了强烈的对比。在诗的后半部分,当面临着"铁骑烧宫阙"那翻天覆地的大动乱,当崇祯皇帝已经"君后仓黄相诀绝"以死殉国的时候,面对巩永固那壮烈而残酷的"阖门自焚",宁德公主和她的丈夫是另一种选择:

> 慷慨难从巩公死,乱离怕与刘郎别。扶携夫妇出兵间,改朔移朝至今活。①

宁德夫妇没有以死殉国,而是在改朔移朝的历史巨变中艰难地但也是坦然地生存了下来。在他们心目中,个体生命和亲情的可贵,无疑超过了被当时人奉为圭臬的忠君大节。而且,虽然宁德公主的生平和他们夫妇在"改朔移朝"后的遭遇无从考证,但从吴伟业那不乏含糊甚至是暧昧的笔法上来看,这对夫妻为了保住性命很有可能有过某些有愧臣节的不光彩之举。② 程穆衡在笺注中指出,《明史》中宁德公主夫妇的传记之所以极为简略,就是因为"意有福当国变后,必有不可问者,故削而不书"③。然而,此时的吴伟业心目中,宁德夫妇的苟活并没有多少可以谴责之处,"乱离怕与刘郎别"那对生命和亲情的眷恋本身并不意味着罪恶。这种对于人性软弱、求生之本能的理解和悲悯,是创作《吴门遇刘雪舫》时还尚未失节的吴伟业所不具备的。再进一步说,诗中宁德夫妇那身处乱世的卑微而强烈的生存渴望,在忠节道德标准重压下对个体生存权的微弱诉求,恐怕也是有着同样经历的诗人自己内心深处的声音。

吴伟业这种贰臣心态,和由此而来的对于个体在历史变迁中苦难处境的悲悯,在《松山哀》一诗中,表现得更为充分:

---

① 吴伟业:《萧史青门曲》,《吴梅村全集》卷三,第75页。
② 关于宁德公主夫妇入清后的境遇,《清实录·世祖章皇帝实录》"顺治二年六月乙亥"条,有"给故明宁德长公主徽研、驸马刘有福银百两,地二百晌,以资赡养"的记载,但故明皇亲接受清廷的赡养,恐怕算不上多么严重的"失节"行为。(第三册,第153页)
③ 程穆衡:《吴梅村诗集笺注》,上海:上海古籍出版社,1983年,第455页。

拔剑倚柱悲无端，为君慷慨歌松山。卢龙蜿蜒东走欲入海，屹然支拄当雄关。连城列障去不息，兹山突兀烟峰攒。中有垒石之军盘，白骨撑距凌巉岏。十三万兵同日死，浑河流血增奔湍。岂无遭际异，变化须臾间。出身忧劳致将相，征蛮建节重登坛。

《松山哀》取材于洪承畴的生平经历。洪承畴系明末名将，在崇祯十五年松山战役中战败被俘，不久降清。其后，他虽然背负着贰臣的罪孽，却凭借自己的军事才干出人意料地飞黄腾达。然而，在新主治下春风得意、屡建奇功的洪承畴，在回忆起那场不堪回首的惨烈战役时，内心能够平静吗？

还忆往时旧部曲，喟然叹息摧心肝！①

许多研究者都把《松山哀》看作对屈膝降敌、助纣为虐的汉奸洪承畴的讽刺，但只要读到这段深沉的叹息就可以体会到，原来，在吴伟业心目中，洪承畴和他自己一样，也是一个回首往事时"竟一钱不值何须说"的"两截人"。昔日意气风发、吞灭胡虏的壮志，昔日忠君爱国、其重如山的臣节，都变成了不堪回首的一场大笑话，只有回忆起当年战死松山的旧部的时候，他才能记起这一段已经被他自己在精神上亲手埋葬了的经历，而这回忆的过程对于此时的他来说，又构成了何等残酷的道德拷问。那一声"喟然叹息摧心肝"，包括了极为深重的感慨和在历史的须臾变化中不能自主的悲哀。不论洪承畴本人是否有"喟然叹息摧心肝"的忏悔觉悟，吴伟业却纯然是通过这一人物"借古人之歌呼笑骂，以陶写我之抑郁牢骚"，联系自己失节受辱的遭际，写出清初整个贰臣群体不堪回首过去的"两截人"悲哀。

纵览吴伟业入京后之"梅村体"作品，除了对于人性和人类苦难处境的理解与悲悯之外，还体现出极强的历史虚无主义的感情色彩。在他笔下，历史变迁呈现出的是一种无是无非的混沌状态，从道德上评判它没有任何意义，因为它只是造化操纵的一场荒唐噩梦，一切都将破败，一切都指向无目的的虚空，而活跃于其中的个人则只不过是渺小的历史过客。

---

① 吴伟业：《松山哀》，《吴梅村全集》卷十一，第307页。

这种感情基调悲抑而充满历史虚无感的抒写，最具代表性的是《雁门尚书行》。其诗写崇祯十六年秦督孙传庭与农民军作战、败死于潼关的历史事件。孙传庭的血战而死，在诗中被浓墨重彩抒写得悲壮无比：

> 蚁聚蜂屯已入城，持矛瞋目呼狂贼。战马嘶鸣失主归，横尸撑距无能识。

他的家属同日殉难的景象则更为惨烈：

> 愿逐相公忠义死，一门恨血土花斑。……辘轳绳断野苔生，几尺枯泉浸形影。永夜曾归风露清，经秋不化冰霜冷。二女何年驾碧鸾，七姬无冢埋红粉。

然而，名将全家的殉节，换来的仍然是于事无补的悲哀。在全诗结尾，吴伟业以充满苍凉意味的笔触写道：

> 回首潼关废垒高，知公于此葬蓬蒿。沙沉白骨魂应在，雨洗金疮恨未消。渭水无情自东去，残鸦落日蓝田树。青史谁人哭藓碑，赤眉铜马知何处？①

作者仿佛置身于潼关战场的故地，"回首潼关废垒高，知公于此葬蓬蒿"，此时孙传庭殚精竭虑试图挽救的大明政权早已归于覆灭，只有"渭水无情自东去"的一片荒凉。在此可与吴伟业作于明朝未亡时的另一名作《临江参军》作对比。《临江参军》以崇祯十一年卢象昇抗击清军、殉难于贾庄的历史事件为题材，所写亦系殉难忠臣的事迹。如果说在《临江参军》中，作者尚能用"生死无愧辞，大义照颜色"② 这类对于殉难者道德意义的高度评价，来化解卢象昇殉难时的悲剧意味，那么在《雁门尚书行》中，

---

① 吴伟业：《雁门尚书行》，《吴梅村全集》卷十一，第 293 页。
② 吴伟业：《临江参军》，《吴梅村全集》卷一，第 3 页。

这种道德意义上的歌颂已经显示出空洞无力，只呈现出一种壮志难酬、无力回天的挽歌。更重要的是，在"大义照颜色"的道德评价退出以后，沉重的历史虚无感填补了作品的情感空缺：不但孙传庭本人的死是"青史谁人哭薛碑"，在于国无望的悲哀中很快被人忘却；即使是他的敌人也是"赤眉铜马知何处"，在历史波谲云诡的进程中归于虚无。既然无论是雁门尚书还是赤眉铜马乃至整个大明王朝，最终都归于"渭水无情自东去"的一去不返，那么孙传庭的一腔报国热血，其意义又在何处？这种关于忠臣行为意义的深层次追问，不但彻底宣布了忠臣的英雄末路，也等于是宣告了整个历史进程都具有某种既无意义亦无是非的荒谬感。这种浓厚的历史虚无主义色彩，带给"梅村体"的那种凄楚苍凉的感情基调，正是吴伟业在失节仕清以后的作品中表现的。

　　入京仕清虽然是吴伟业名节上的污点，但京城这一文化传播平台却也令吴伟业的诗坛声望得到相当程度的提升。吴伟业自崇祯十二年离京任职后，一直辗转于南方，从未到过京城，因而他的诗坛影响力更多是在江南，而不是北方。然而，他在顺治十一年春入京后，很快就成了京城诗坛影响力最大的仕宦诗人之一。黄传祖纂《扶轮广集》，选其诗35首，并将他与龚鼎孳并列，视为京城江南籍文士的"四大家"之一："江南近习，专尚风藻，气骨稍薄。卓然不朽，如坦庵、梅村、芝麓、茧雪四公，各自擅场，不相仿佛，足当四大家。"①《扶轮广集》所收诗人诗作，多半系黄传祖于顺治十一年在京城收集，可见甫入京城不久的吴伟业，在京城文化圈中已有相当名望。顺治十四年，陈祚明、韩诗纂成《国门集》，选吴伟业诗多达68首，亦将吴伟业与龚鼎孳、"京师三大家"这些已在京城诗坛名望极高的大家相提并论："近日辇下诸老，风雅翩翩，如芝麓、梅村而外，又有宪石、行坞、岩荤、犹龙诸先生，振藻扬芬，上嗣风雅，可谓极盛矣。"②

　　吴伟业在京城诗坛上享有盛望的最主要原因，还是来源于其"梅村体"叙事诗的成就。正如龚鼎孳《书送田髴渊归水西草堂长歌后》所言："近来

---

① 黄传祖：《扶轮广集·凡例》，顺治十二年黄氏依邻草堂本。
② 陈祚明：《国门集·序》，清顺治刻本。

海内为长句，梅村先生最为擅场，往往阁笔不能与之抗行也。"① 龚鼎孳这一评价，系在顺治十五年。②

值得注意的是，虽然吴伟业在入京之前，在文坛上已有相当声望，特别是他于顺治十年主持慎交、同声二社之虎丘大会，成为江南士林领袖："（顺治十年）两社俱大会于虎丘……两社俱推戴梅村夫子。"③ "十年上巳，吴中两社并兴……大会于虎丘，奉梅村先生为宗主。"④ 但是，他在京城乃至全国范围内的扬名，仍然与他的仕清入京以及其后在京城诗坛上的活动分不开。"太仓十子"之一的王昊曾在《蓟门篇上吴梅村太史先生》中，对吴伟业扬名的过程，尤其是京城文化圈的作用，有一极详尽的说明："蓟门夙昔多雄风，文章海内俱朝宗。就中骊珠谁摘得？人间宗匠归我公。"虽然吴伟业早在入京之前，即已经是"我公大笔冠江左，咳唾真欲惊鸿蒙"，但入京仕清，却仍然成为他在文坛上拥有更高名望的起点："迩来天子重文献，诏书屡下特宣见。从猎每入甘泉宫，和诗长侍柏梁殿。此时升平需雅颂，自古燕台富才彦。牛耳千人已竞推，龙门百尺谁堪擅？"⑤ 京城诗坛和它所代表的传播学意义上的巨大影响力，以及来自清廷官方的揄扬，无疑在吴伟业成为"文章海内俱朝宗"的"辇下诸老"的过程中，起了极大的作用。

不过，这也就引出了一个耐人寻味的问题：吴伟业为何未能像同属"江左三大家"的龚鼎孳一样，成为京城诗坛"职志"？原因之一当然是他在京活动的时间不长，只有区区三年，且他在被迫仕清后心境颓唐，对于广揽文士、主持坛坫，也远不如龚鼎孳热心。而更深层次的原因，则是他的身份与心态变化，对他的文坛声望的直接影响。

---

① 龚鼎孳：《书送田髴渊归水西草堂长歌后》，《定山堂文集》卷十六，《龚鼎孳全集》，第1882页。
② 田茂遇（髴渊）在顺治时代两次入京，其一在顺治十二年，次年离京；其二在顺治十五年入京应试，是年秋离京。以龚鼎孳《定山堂诗集》卷四《田髴渊归水西草堂长歌留别依韵送之》"岭表人还再相见，羡汝京华满三殿"一诗，可知《书送田髴渊归水西草堂长歌后》一文，必在龚鼎孳使粤归来之后，田茂遇二次入京的顺治十五年。
③ 王抃：《王巢松年谱》，第23页。
④ 顾师轼：《吴梅村先生年谱》卷四，《北京图书馆藏珍本年谱丛刊》第69册，第324—325页。
⑤ 王昊：《蓟门篇上吴梅村太史先生》，《硕园诗稿》卷十三，《四库未收书辑刊》第9辑16册，第451页。

吴伟业崛起于清初诗坛的时间，是在明清易代以后直到其仕清前的十年间。顺治六年，云间派诗人彭宾曾有诗寄赠吴伟业曰："和璧蛇珠世希有，一逢周客皆难售。黄钟大吕出明堂，当时作者尽奔走。披谒龙门客不空，骚坛艺苑称宗工。"① 彭氏所形容之一时文士争相奔走披谒吴伟业之门的盛况，足见当时吴伟业已颇得天下士人景仰，渐具诗坛领袖风范。一方面，在这一时期，他的创作达到高峰，具有"激楚苍凉""哀感顽艳"特征的"梅村体"诗风正是形成于这一时期。他身历山河破碎、故国沦亡之恸，笔下佳篇迭出，若《永和宫词》《听女道士卞玉京弹琴歌》《圆圆曲》《鸳湖曲》等代表性作品，俱完成于这十年间。另一方面，也是更重要的原因：当时他尚未仕清，身为大节未改之前朝遗老，"清修重德，不肯随时俯仰，为海内贤士大夫领袖"②，声望极高。兼以他在易代后"蹑履东山，纵情声伎，当歌对酒"③，经常参与文人聚会，所以，他为当时士人所尊崇推重，也就成为顺理成章之事。而他能在虎丘大会上作为两社共同推戴的社团宗主而出尽风头，根本原因也正是他的"清修重德，不肯随时俯仰"的前朝遗老身份。

这也正是吴伟业无法在以仕宦诗人为主体的清初京城诗坛上成为盟主的根本原因：严格意义上，他并不属于庙堂诗人，他是以明朝遗老的身份登上江南士林领袖之位的。早在南明时代，他就已经辞官归隐，正如侯方域在《与吴骏公书》中所指出的："学士乃披裘杖藜，栖迟海滨，歌彼黍之油油……然学士身隐而道弥彰，域之羡学士之披裘杖藜也，过于坐玉堂、秉钧轴远甚。"④ 而他真正与清初之庙堂诗人群发生较密切的关系，也只是在他顺治十一年入京至顺治十三年丁忧离京的一段时间内。他与在京的龚鼎孳、曹溶、孙承泽等仕清显贵的唱和，也大多发生于这一时间内。但当他入京仕清，靠拢"庙堂"之后，必然导致他在士人特别是故国之思强烈的遗民们

---

① 彭宾：《寄赠吴骏公宫尹》，《偶存草》，国家图书馆藏清初刻本。
② 侯方域：《与吴骏公书》，《壮悔堂文集》卷三，《侯方域全集校笺》，北京：人民文学出版社，2013年，第170页。
③ 徐釚：《本事诗》卷八，第611页。
④ 侯方域：《与吴骏公书》，《壮悔堂文集》卷三，第169—170页。

心目中声望丧失①。而他又不愿意如龚鼎孳辈以清廷高官文人身份立足诗坛。身份上的非"朝"非"野"、进退两难,也正是他失去文坛盟主地位的原因。清初文坛格局中"庙堂"与"草野"的此种动态的平衡格局,颇值得注意。

二、以仕为隐的梁清标

梁清标也是清初京城诗坛上较具影响力的贰臣文士之一。虽然他的实际诗文成就不及龚鼎孳,但其长期身处京城,官位崇隆,且对后进多有提携,因而其在诗坛上的声誉与好士之名,皆可与龚氏相颉颃。朱鹤龄《梁大司农诗集序》:"三十年来,海内之以名公钜卿主持风雅者,南为芝麓龚先生,北为苍岩梁先生。"②

梁清标(1620—1691),字玉立,号蕉林,一号苍岩,又号棠村,河北正定人。正定梁氏在明朝时即系河北簪缨世族,梁清标曾祖梁梦龙,嘉靖时官至吏部尚书。其后梁氏一门,人才辈出,至梁梦龙孙辈中,梁维基历任中宪大夫、广东南雄知府,梁维本、梁维枢等人亦在明朝为官。梁清标本人更是家族中的佼佼者,他在崇祯十六年登进士第,选庶吉士。然次年即逢甲申国变,京城为大顺军所占领,年轻的梁清标亦一度接受大顺官职,《清史列传·贰臣传》记载:"福王时,以清标曾降附流贼李自成,定入从贼案。"③

入清以后,梁清标再仕于清,重为庶吉士。顺治六年四月,授内翰林弘文院编修。九年六月,升为内翰林国史院侍讲学士。十年五月,升为詹事府少詹事兼内翰林秘书院侍读学士。十二月,又升为礼部右侍郎。十一年九月,调吏部右侍郎。十三年四月,升为兵部尚书。康熙五年,转礼部尚书,次年主会试,然三月即以京察革职,原因不详,或系因当时辅政大臣鳌拜专权,梁清标与之不和:"当鳌拜辅政,与之不协,以大司马自陈革职。鳌拜

---

① 清人刘献廷《广阳杂记》著录了一段传闻:两社大会之上,忽有少年投诗吴梅村,云:"千人石上坐千人,一半清朝一半明。寄语娄东吴学士,两朝天子一朝臣。"(《广阳杂记》卷一,北京:中华书局,1957年,第10页)不过这则传闻或有误,两社大会之时,吴伟业尚未出仕。
② 朱鹤龄:《梁大司农诗集序》,《愚庵小集》卷八,上海:上海古籍出版社,1979年,第387—388页。
③ 《清史列传·贰臣传》卷十一,《清代传记丛刊》第57册,第725页。

败,特还原官。"① 去职以后,梁清标曾在正定故里有过数年隐居生活:"京察解任,翩然归里,手葺蕉林书屋,赋诗饮酒,优游泉石,有终焉之志。"② 直至康熙八年八月,方因康熙帝特旨,复礼部尚书原职。十年二月,补刑部尚书。十一年二月,转为户部尚书。二十七年,更授保和殿大学士兼理兵部尚书,身任相位。

康熙十二年秋,梁清标曾受命撤南方诸藩,启程前往广州移尚可喜家口,十二月至广州。其后,偕督抚会议起行日期,尚可喜称疾不至。适逢吴三桂倡乱,朝廷谕梁清标还朝,梁清标遂于康熙十三年四月启程回京复命。梁清标自出仕以来,一直任京官,生活环境较为单一;此次行程辗转万余里,且几经艰危,实系其人生中重大事件。《蕉林诗集》中那些以地方民生疾苦、战乱兵燹为题材的作品,多出自其使粤经历。

梁清标虽然也像龚鼎孳一样,被列入《贰臣传》乙编,是有过降闯降清经历的"三朝元老",但他的心态与年辈较长的龚鼎孳有极大区别。他在甲申国变时,只有二十余岁,且仅为庶吉士,尚未真正开始政治生涯;因而,在降闯与仕清问题上,他较之已经在明王朝仕宦多年的王铎、龚鼎孳等人,心理压力更少。

而且,北方世家大族的出身背景,也使梁清标不得不仕清。梁清标父辈中,其父梁维本、叔父梁维枢等,皆在明时已经出仕,入清后再仕于清。而梁清标的两位堂兄弟梁清宽、梁清远,也在顺治三年的清朝首次科举考试中成为进士,进入仕途。梁清标本人于康熙二十七年授保和殿大学士兼理兵部尚书,身任相位;而梁清宽、梁清远亦做到侍郎之职。梁氏几代显官、门庭高贵,号称"兄弟九列""一堂荣五代",据《正定县志》记载,是时真定城内建有梁家"恩荣坊""恩褒三世坊""三世一品坊"等旌表牌坊多座,可见其家势派之显赫。如此地位和梁氏一家积极仕清并身居高位,密不可分。

所以,梁清标的诗作,虽然也不乏故国黍离题材,若"十年戈甲犹中土,千古繁华此帝州。西苑妆楼悲夜月,长陵风雨泣松楸"③,"落日临仙

---

① 杨钟羲:《雪桥诗话》续集卷一,第 804 页。
② 光绪《正定县志》卷三十六,清光绪元年刻本。
③ 梁清标:《新秋感兴》,《蕉林诗集》七言律卷一,第 112 页。

掌，荒烟满上林。河山凭吊泪，岁月去来心"①，"徙倚风烟晚，燕山翠万重。诸陵悲草木，双阙冷芙蓉"②，"当日朱门邸地空，茫茫春草恨无穷。墓碑苔卧无人识，哭向寒烟野水中"③，笔调皆凄怆感人；但其大部分黍离题材作品，其情感内涵明显较为淡漠。如《昌平野望》：

> 居庸遥接翠层层，南拥神京属股肱。鸿雁乱云横紫塞，锦貂走马臂黄鹰。貔貅列成三千骑，风雨前朝十二陵。万寿山中悬片月，年年自照旧觚棱。④

在梁清标心目中，明朝已经直接被称为"前朝"，而昌平明陵前随意来去的那些"锦貂走马臂黄鹰"的清朝官兵，也已经是司空见惯。直到末尾提及万寿山时，方有一丝若有若无的悲哀感慨浮现出来。这种淡然而有节制的悲伤，在梁清标的黍离题材相关作品中较为常见："燕山春雨细，赵苑暮云多。百战伤天宝，群贤忆永和。"⑤ 在他笔下，故国沦亡、山河易主，只是一种迷茫感伤、恍如一梦的回忆。虽也有凄哀之感，却已淡到若有若无之间。这种情感基调，已和王士禛《秋柳》诸诗，颇为相类。

梁清标不仅对故国沦亡的哀痛不甚深厚，他对自己身事二朝的纠结悔恨，也远较老一辈贰臣文人少得多。虽然他在作于顺治七年春的《自伤》中写道："七载悲沧海。" 又言："吾生那可问，天意欲如何？南雁穿云急，东风掩泪多。"⑥ "运际龙蛇岁，心伤风木年。"⑦ 可见失节之痛他并未淡忘，他也并非全无心肝之人；但"浮名知已误，那复怨遭逢"⑧ 这样的感慨，足见他的自责并不深重，更不至于如吴伟业等贰臣文人那样，成为至死难忘的心灵重负。他对未能死节不但无多少悔意，甚至还颇有侥幸之感："荏苒如

---

① 梁清标：《秋怀》，《蕉林诗集》五言律卷一，第47页。
② 同上书，第48页。
③ 梁清标：《春郊即事》，《蕉林诗集》七言绝卷一，第216页。
④ 梁清标：《昌平野望》，《蕉林诗集》七言律卷一，第130页。
⑤ 梁清标：《上巳》，《蕉林诗集》五言律卷一，第45页。
⑥ 梁清标：《自伤》，《蕉林诗集》五言古卷一，第53页。
⑦ 同上书，第54页。
⑧ 梁清标：《秋怀》，《蕉林诗集》五言律卷一，第48页。

隔世,陵谷悲迁移。余幸列朝绅,生来对丹墀。"① 一个"幸"字,即道尽了他的幸存者心态。

有意思的是,梁清标在其诗作中有个相当耐人寻味的倾向,他很喜欢将清朝及其相关话题称为"汉家":"一夕春风满汉家"②"汉家城阙暮笳多","白云不改汉宫秋"③"汉家天子贵,犹召鲁诸生"④"夜色开驰道,清丝出汉宫"⑤"汉家重奏大风歌"⑥"一夕春风满汉京"⑦ 等,无不在极力淡化现政权的异族色彩。这一方面显示出他对自己身事两朝而且是仕于异族,还是颇有心理顾虑;另一方面,也能显示出他对清廷的心理接受程度,要远远高于老一代贰臣如钱谦益、吴伟业辈。

梁清标一生仕宦显达,除了康熙六年曾因开罪辅臣,而经历过一次蹉跌以外,他的仕途相当顺畅,青年时代一直在翰苑担任清贵职位,不到四十岁就做到兵部尚书的高位,中年多历各部尚书任,晚年更入阁拜相。然而,他对仕途进取的兴趣始终并不甚高,尽管官位显赫,却并无多少像样政绩,甚至在兵部尚书任上时,就曾受到顺治帝的斥责:"梁清标经朕特简畀掌中枢,自当殚竭心力,以图报称,乃凡事诿卸,不肯担任劳怨,本当议处,姑从宽免,著照旧供职,以后务宜痛加警省。"⑧

《清诗纪事初编》评梁清标云:"立身从官,风雅好文,与王崇简略同,而才笔过之,持禄保位亦过之。"⑨ 这个评价恰如其分。他既缺乏传统儒家士人兼济天下的志向,也没有多少高官厚禄的功名欲望。在本质上,他只是一个略有用世之心,但名利观念不强,长于持禄保身的官僚文士。如其诗云:"还山忧未果,用世复何能?"⑩ "居诸浑易度,心事讶全非。简淡存吾

---

① 梁清标:《赠南雄尹生》,《蕉林诗集》五言古卷一,第17页。
② 梁清标:《甲寅除夕》,《蕉林诗集》七言律卷四,第199页。
③ 梁清标:《立秋》,《蕉林诗集》七言绝卷一,第218页。
④ 梁清标:《感兴》,《蕉林诗集》五言律卷一,第61页。
⑤ 梁清标:《十六夜》,《蕉林诗集》五言律卷一,第63页。
⑥ 梁清标:《新秋感兴》,《蕉林诗集》七言律卷一,第112页。
⑦ 梁清标:《戊戌除夕》,《蕉林诗集》七言律卷二,第139页。
⑧ 《清实录·世祖章皇帝实录》卷一三二"顺治十七年二月"条,《清实录》第3册,第1018页。
⑨ 邓之诚:《清诗纪事初编》卷五,第605页。
⑩ 梁清标:《秋怀》,《蕉林诗集》五言律卷一,第47页。

好,浮沉与世违。食贫原自适,战胜未能肥。"①《夏日闲居》更能代表他这种但求明哲保身、安富尊荣的心境:

> 海鸟爱毛羽,不乐栖雕笼。麋鹿鸣呦呦,胡为轩槛中?……渊明志羲皇,悠然忘鼎钟。自顾何卤莽,禄食沾微躬。苦吟性所耽,涉世术未工。栖迟朝市间,碌碌幸良朋。所怀数龃龉,萧飒哀霜蓬。……壮夫生明时,致身思显融。吁嗟嵇阮俦,宁必皆愚蒙。②

所以,梁清标在数十年的仕宦生涯中,往往呈现出一种"以仕为隐"的生活方式与情感倾向。他对于兼济天下和个人仕进,均无多少兴趣;但他并没有也不能选择真正的隐居,因为他还需要高官厚禄给他带来的家族荣誉和富贵生活。于是,以仕为隐,在朝廷高官的既定身份中追求属于隐士的潇洒散漫的生活方式,就成为他的最终选择。其诗云:"闭户甘寥落,何须广见闻。近修黄老术,拟结鹭鸥群。"③"渐觉飨殽累,从知礼法疏。喧阗虽傍市,不异野人居。""白日车尘里,青山客梦余。金门真大隐,偃仰见华胥。"④ 他时常标榜自己无意仕宦,洁身自好的形象:"大隐曾闻朝市居,一官落落计全疏。湖边贺监身难乞,楼上元龙气未除。怀古重论游侠传,杜门欲广绝交书。青鞋布袜从吾好,何日南山问敝庐。"⑤ 更津津乐道于这种大隐隐于朝的闲适生活:"且莫侈,谈天口,何必论,经纶手。静观消息君知否,三十年间一回首,但愿岁岁长饮酒。身强无事足安眠,浮云舒卷吾何有。"⑥

从梁清标对陶渊明的态度中,颇能窥知他这种"以仕为隐"的心态。梁清标非常欣赏和崇尚陶渊明,特意以陶诗中"悠然见南山"名句,为自己的书斋命名:"余尝读陶诗,而爱其'悠然见南山'之句,因以名斋。……余非能乐天知命者,而窃有意于悠然之旨。"然而,他自己的"少

---

① 梁清标:《秋怀》,《蕉林诗集》五言律卷一,第46页。
② 梁清标:《夏日闲居》,《蕉林诗集》五言古卷一,第15—16页。
③ 梁清标:《初冬感赋》,《蕉林诗集》五言古卷一,第50页。
④ 梁清标:《遣兴》,《蕉林诗集》五言律卷一,第60页。
⑤ 梁清标:《冬日感怀》,《蕉林诗集》七言律卷一,第109页。
⑥ 梁清标:《岁暮行》,《蕉林诗集》七言古卷一,第27页。

入尘网,遭时窃禄"的生活状态,跟陶渊明差距太远,所以,他虽然欣赏陶渊明,却往往不能理解陶渊明:"每怪陶子虽隐居不仕,而身当衰乱,戎马骎骎,又穷困瘠馁,人所不堪,顾安所得悠然者,而萧闲若此?嗟乎,此其际难言之矣。"①

既然无法在生存方式上真正效法陶渊明,梁清标便以自己的生活和心境去揣测陶渊明:"使陶子而处明盛之世,佩玉鸣珂,出入将相而显功名于时,其所为萧闲脱落者,当自有在,盖无入而不自得也。其于南山,特寄焉耳。"他想象陶渊明如果能身处"盛世",如他自己一样成为一个世俗意义上的成功的官僚,而仍然能保持原有的"萧闲脱落"的心境,这就为他自己"以仕为隐"的生活方式找到了理论依据。他进一步描述自己是如何在高官厚禄与喧闹都市中,实现陶渊明的理想:

> 余斋近市廛,去郊野远,诛除草茅,杂植花木,窗槛咫尺之外,余无所见。……顾每退食归邸舍,飞尘满面,力惫神疲,户外喧嚣杂沓,则辄闭门卧斋中如不闻,焚香手一编,屏虑寡营,得稍休焉。久之,欣然忘倦,如栖深岩而揖太古,陶陶终日。其所见南山耶?太行耶?讵暇问哉!②

虽然梁清标标榜自己喜好隐居,但他入仕以后的人生里,除了康熙五年去官后真正在乡里有过数年隐居生活之外,主要还是京城的高官厚禄的生活。而他在这种生活里,真正赋予了最多的兴趣与关注的领域,其实是诗文创作与文学交际:"梁苍岩教子弟……必使涉猎诗词,曰:所以发其兴观群怨,俾识古人,美人香草,皆有所寄托也。"③ 这也就形成了一种奇特的现象:他明明是朝廷高官,但生活方式更接近于一位风雅的文士:"棠村公领尚书事垂二十年,功名既赫奕矣,犹笃学不倦。每退朝,即阁静坐,啸咏自娱。所著诗古文,传颂遍海内。"④ "乃于从容退食之暇,后堂丝竹,一切屏

---

① 梁清标:《悠然斋记》,《蕉林文稿》,清初刻本。
② 同上。
③ 王晫:《今世说》卷一,《四库全书存目丛书》子部第245册,第107页。
④ 徐釚:《本事诗》卷八,《四库禁毁书丛刊》集部第94册,第623页。

绝，帘阁香浓，翛然静坐，吟弄篇什。"① "乃一切无所好，好读书，牙笺万轴，手自雠校，时时引我辈布衣为文字之饮。耳热剧谭，纵横千古。"② 这也正是中国历史上一般持禄保身、无所作为而又有些文学才华的官僚，所选择的生活方式。

梁清标去官后，康熙六年在正定故里所建之别业"蕉林书屋"，正是这样一处集隐居、藏书和文化交际于一身的胜地。关于蕉林书屋的来由，梁清标在《蕉林书屋图小序》中说："蕉林书屋者，予之所构以藏书而燕息咏啸于其中者也。予性不敏，不能博闻强记，以窥夫古人之学。顾好买书，俸钱恒苦不给，见人则求所未见书，得一帙如遇故人，辄怡然累日。然率不能读也，久之所蓄益多。又特爱芭蕉青翠，舒卷自如，有林下风味，于是筑室布席，拥书其间，自谓南面百城不以易此。小畦种蕉数丛，掩映窗几，迎风摇曳，庶几可忘暑暍而澹尘襟也。"③ 龚鼎孳在《题梁玉立司马蕉林书屋图》中写道："太平调鼎事，敢不讳山林。何意缁尘地，偏闲白日心。"④ 足可见梁清标最喜爱的生活方式到底是什么。而梁清标本人亦有不少篇章，吟咏这种以仕为隐、高卧市朝而心境潇洒的生存方式：

> 白日每易暮，浮云亦无心。长安何喧阗，岁月徒骎骎。小院暑气薄，庭昼结秋阴。柴门无热客，危坐胡萧森。时时手一编，散帙走白蟫。凉风左右至，飒然开素襟。幽花夜半舒，坐中香微侵。秋虫不知名，往往得清音。不寐受晚凉，雨气来遥岑。天地未有穷，荣禄安足歆。千秋万祀名，寂寞垂古今。步兵何潦倒，岁星甘陆沉。昔人有怀抱，谁与测高深。时誉非苟得，投分须黄金。且酌杯中酒，白眼托高吟。⑤

> 轻阴细雨响庭柯，开径唯应二仲过。蕉影上窗新笋直，蛛丝垂户落花多。焚香自信无机事，退食宁能废啸歌。门外尽教尘十丈，坐销白日

---

① 徐釚：《蕉林诗集序》，《蕉林诗集》附录，第9页。
② 申涵光：《蕉林集诗序》，《聪山集》文集卷一，第478页。
③ 梁清标：《蕉林书屋图小序》，《蕉林文稿》，清初刻本。
④ 龚鼎孳：《题梁玉立司马蕉林书屋图》，《定山堂诗集》卷十三，《龚鼎孳全集》，第458页。
⑤ 梁清标：《闲意》，《蕉林诗集》五言古卷一，第15页。

似山阿。①

梁清标不但自己酷爱吟咏，而且对于京城的各种文坛活动，从诗酒唱酬到提携寒士，也有极高的兴趣。袁行云《清人诗集叙录》："贰臣传名辈风雅好士，不主颂扬，当日风气盖如此。"② 这种好风雅、喜提携的特点，在清初汉人高官中颇为普遍。前文所述，其原因或与清初特别是康熙时代"政归八旗"、汉人官僚难以掌握实际权力的政治格局有关。

梁清标在顺治时代，已是京城诗坛的文化名流。王崇简《送梁玉立假归治丧》："京国才名推上第，中原风雅久登坛。"③ 其诗系于顺治七年秋，虽为溢美之辞，也可知当时梁清标在顺治京城诗坛上已有一定名气。吴伟业《田髴渊诗序》："于是宛平王公、柏乡魏公、合肥龚公、真定梁公以大臣折节好士名天下，田子与之游。"④ 吴伟业此序作于顺治十二年至十三年间，时田茂遇入京应顺治十二年春闱，不第，滞留京城，广为结交。更足以说明，在顺治朝中后期，梁清标就已经是与龚鼎孳、王崇简辈齐名的"以大臣折节好士名天下"者。

不过，梁清标在京城诗坛声望最高之时，还要到康熙十年前后。前文所引用之朱鹤龄《梁大司农诗集序》："三十年来，海内以名公钜卿主持风雅者，南为芝麓龚先生，北为苍岩梁先生。"⑤ 梁清标已能与京城诗坛"职志"龚鼎孳相提并论。而朱鹤龄此序所提及之梁清标"以名公钜卿主持风雅"的时期，必在康熙十一年梁清标转为户部尚书之时。这一阶段，正是龚鼎孳以"职志"身份主盟京城诗坛的后期。其后，龚鼎孳于康熙十二年去世；而新一代的主盟者王士禛则于康熙十一年远赴四川，归来后又以丁忧而远离京城。在这数年真空期中，京城诗坛的主盟者，正是前辈贰臣中之梁清标、王崇简等人。

梁清标在京城文坛上交际颇广，与顺治时代京城诗坛名流"燕台七

---

① 梁清标：《初夏斋中》，《蕉林诗集》七言律卷二，第142页。
② 袁行云：《清人诗集叙录》卷七，第206页。
③ 王崇简：《送梁玉立假归治丧》，《青箱堂诗集》卷七，第115页。
④ 吴伟业：《田髴渊诗序》，《吴梅村全集》卷五十九，第1154页。
⑤ 朱鹤龄：《梁大司农诗集序》，《愚庵小集》卷八，第387—388页。

子"、康熙前期京城诗坛名流"海内八家"的诸多成员，皆有往来。

梁清标与宋琬结识，早在顺治时代。顺治十年冬，宋琬外调为分巡陇右道兼兵备佥事，梁清标即有诗送之。《送宋玉叔佥宪之任陇西》："帝里论交重友生，骊驹何事去春明。""千古词场推宋玉，中朝吏部属山涛。"① 宋琬较梁清标年长，又系山左望族子弟，且早在晚明时代就在京城文坛上有较高的声望，因此梁清标与他论交之时，尚系较平等的朋友关系。后来，宋琬于康熙九年回京，其后在京多有交际，而梁清标亦多参与。王士禛对此颇有记载："当年雾夕咏芙蕖，促席传觞乐未疏。名忝应刘七才子，座倾沈范两尚书（龚芝麓、梁苍岩二宗伯）。"② 康熙十年，宋琬入都时，即曾宴请龚鼎孳及梁清标、王士禄、王士禛兄弟于梁家园③。《香祖笔记》："宋荔裳琬在京师，一日招龚芝麓大宗伯、梁苍岩大司马及予兄弟饮梁家园子。"④ 也是在康熙十年春，宋琬邀在京士绅名流观其《祭皋陶》杂剧，梁清标亦在出席之列，并作有《宋荔裳观察暮春召饮寓园观祭皋陶新剧次韵》⑤。康熙十一年春，宋琬受任四川按察使，启程出京，梁清标亦为之饯行，有《送宋荔裳观察之蜀中》⑥。

梁清标与施闰章订交的时间，较宋琬要晚得多。施闰章《饮梁苍岩大司寇宅》："不到青门七载余，重烦问讯及樵渔。……相逢便许相酬唱，倘得新诗慰索居。"⑦ 梁清标任刑部尚书，事在康熙十年至十一年间，施闰章曾于康熙十年六月入京，八月离京，此诗必作于此期间。以首句"不到青门七载余，重烦问讯及樵渔"可知，施闰章于康熙三年入京述职之时，两人已经相识，这是梁、施二人订交的最早记载。在康熙十年施闰章滞留京城的数月中，两人多有往来唱和，施闰章离京时，梁清标有《送施愚山少参南归游嵩

---

① 梁清标：《送宋玉叔佥宪之任陇西》，《蕉林诗集》七言律卷一，第 122 页。
② 王士禛：《题新乐县驿壁寄荔裳》，《渔洋续诗》卷二，《王士禛全集》，第 724 页。
③ 王士禛：《过梁家园忆宋荔裳按察昔邀梁苍岩龚芝麓二先生与予兄弟泛舟于此颇有唱和时诸公及先兄西樵皆殁》，《蚕尾诗集》卷二，《王士禛全集》，第 1101 页。
④ 王士禛：《香祖笔记》卷四，《王士禛全集》，第 4542 页。
⑤ 梁清标：《宋荔裳观察暮春召饮寓园观祭皋陶新剧次韵》，《蕉林诗集》七言绝卷三，第 239 页。
⑥ 梁清标：《送宋荔裳观察之蜀中》，《蕉林诗集》七言律卷三，第 167 页。
⑦ 施闰章：《饮梁苍岩大司寇宅》，《学余堂诗集》卷三十七，《施愚山集》第 3 册，第 292 页。

山》："拥节西江久策勋，宛陵诗法古今闻。"① 后来，施闰章在康熙十八年以博学鸿词科入京，梁清标是时正在户部尚书任上，施闰章遂有《奉赠梁大司农棠村》②。

梁清标所结识的"燕台七子"成员，除了"南施北宋"之外，尚有赵宾、严沆和丁澎。

赵宾、严沆与梁清标订交时间皆不详，但大致都在顺治末至康熙初的一段时间里。赵宾有《梁玉立大司马》七律③，其创作时间应在顺治十三年至康熙五年之间，梁清标任兵部尚书之时。梁清标有《送严颢亭给谏还武林》④一诗，严沆归里葬亲之事，在顺治十六年，参见陈祚明《己亥暮春颢亭请假葬亲余不得偕遣舍弟附舟南下赋别》⑤，梁清标之诗必作于此时。

丁澎与梁清标订交之时间，亦不可考。《蕉林诗集》中有《赠丁飞涛南归》："辽海初归华表鹤，词场争诵帝京篇。"⑥ 显然作于康熙二年丁澎遇赦南归入京之时。丁澎并有和作《奉和梁苍岩尚书见赠之作》⑦。此外，丁澎还有《为梁宗伯苍岩题蕉林书屋图和龚芝麓尚书原韵四首》⑧，由"宗伯"之称可知，此诗必作于梁清标任礼部尚书的康熙五年至六年间。

梁清标与"海内八家"的关系极为密切。"海内八家"形成于康熙十年，正是梁清标在诗坛上声望达到最高点、被朱鹤龄盛赞为"三十年来，海内以名公钜卿主持风雅者，南为芝麓龚先生，北为苍岩梁先生"的时期。他在"海内八家"形成过程中的活跃程度，与龚鼎孳不相上下。

仅以"海内八家"中声名最大的未来文坛盟主王士禛而论，梁清标与他的交往极为密切。两人订交，早在顺治时代。顺治十六年十二月，王士禛

---

① 梁清标：《送施愚山少参南归游嵩山》，《蕉林诗集》七言律卷三，第163页。
② 施闰章：《学余堂诗集》卷四十，《施愚山集》第3册，第356页。
③ 赵宾：《梁玉立大司马》，《学易庵诗集》卷四，第541—542页。
④ 梁清标：《送严颢亭给谏还武林》，《蕉林诗集》七言律卷二，第139页。
⑤ 陈祚明：《己亥暮春颢亭请假葬亲余不得偕遣舍弟附舟南下赋别》，《稽留山人集》卷四，第494页。
⑥ 梁清标：《赠丁飞涛南归》，《蕉林诗集》七言律卷二，第154页。
⑦ 丁澎：《奉和梁苍岩尚书见赠之作》，《扶荔堂诗集选》卷八，第413页。
⑧ 丁澎：《为梁宗伯苍岩题蕉林书屋图和龚芝麓尚书原韵四首》，《扶荔堂诗集选》卷三，第380页。

赴扬州推官任前,就曾为梁清标题有《水心精舍图为大司马梁公赋》①二首。王氏赴扬州任以后,两人仍然异地唱和不绝,王士禛在作于顺治十八年的《大司马玉立梁公远讯近诗恭答》②即谓梁清标对他颇为关注,并以书索其近作。

此后,王士禛于康熙四年自扬州回京任职,曾多次成为梁清标的下属:他在康熙五年受任礼部主客司主事,是时梁清标正任礼部尚书。康熙十年,王士禛迁户部福建司郎中,有《王筠侣画草虫为大司寇梁公题二首》③,时梁清标尚在刑部尚书任上。次年梁即调任户部尚书,再次成为王士禛的上司。康熙十五年五月,王士禛服满返京,补户部四川清吏司郎中,是时户部尚书正是梁清标。直至康熙三十年八月,梁清标去世,王士禛有《保和殿大学士兵部尚书苍岩梁公挽词四首》悼之:"儒雅开文苑,风流亦我师。岂知台象坼,真兆哲人萎。蕉叶银钩字,棠村锦瑟词(蕉林棠村皆公所居,公诗词书翰并工妙)。平泉多草木,金粟但余碑。"④

由于"海内八家"成员多为在京新贵文士,作为京城高官兼文坛名流的梁清标,自然与他们皆有应酬往来。《蕉林诗集》有《送周量职方出守桂林》⑤系送程可则赴任,程可则任桂林知府事在康熙十二年,其诗必作于是年。另有《赠沈绎堂馆丈》⑥一诗,系赠沈荃,时间尚不可考。此外,梁清标去世时,陈廷敬有《梁相国苍岩挽诗》:"两朝耆旧冠公卿,星坼三台暗玉衡。馆阁风流倾后辈,海山位业悟前生。"⑦两人或也有一定程度的相识与往来。

在结交京城新贵诗人之外,梁清标与很多曾活跃于京城诗坛的遗民布衣文士,也有交往。申涵光《蕉林集诗序》:"(梁清标)时时引我辈布衣为文

---

① 王士禛:《渔洋诗集》卷六,《王士禛全集》,第237页。
② 王士禛:《大司马玉立梁公远讯近诗恭答》,《渔洋集外诗》卷三,《王士禛全集》,第615页。
③ 王士禛:《渔洋续诗集》卷一,《王士禛全集》,第705页。
④ 王士禛:《保和殿大学士兵部尚书苍岩梁公挽词四首》,《蚕尾诗集》卷二,《王士禛全集》,第1098页。
⑤ 梁清标:《送周量职方出守桂林》,《蕉林诗集》七言律卷三,第170页。
⑥ 梁清标:《赠沈绎堂馆丈》,《蕉林诗集》七言律卷二,第155页。
⑦ 陈廷敬:《梁相国苍岩挽诗》,《午亭文编》卷十五,第217页。

字之饮，耳热剧谭，纵横千古。"① 特别是与河朔诗派宗主申涵光，交往极密。两人至少在顺治十年时即已结识：是年夏，隐居广平故里多年的申涵光以请父恤事入京，在京多有结交，其中就包括梁清标。申涵光离京时，梁清标有《送申凫盟还广平》诗，高度评价申的忠义传家、遗民气节，以及诗文成就："骑驴来阙下，怜尔放歌余。避世身甘隐，终天恨未舒。从容殉国日，珍重易名书。吾道沧洲贵，无烦更卜居。"② 其后，两人往来不绝，申涵光特意为梁清标作《蕉林诗集序》："今秋来都下，始示我蕉林集，盖亦简十之二三而刻之者。"③ 考申氏行踪，顺治十八年秋，申涵光之弟申涵盼成进士，选庶吉士，迎养其母于京城，申涵光一路相送至京师，申序中所谓"今秋来都下"正指此事，而序文亦作于此年。

即使是那些短期来京的遗民布衣士人，梁清标亦能对其盛情接待，折节结交。以著名遗民诗人钱澄之为例，他曾于康熙十一、十二年间入京，受到梁清标的邀请，与之诗酒唱和。《梁大司农玉立招饮有作》："计相邀宾阁早开，论文同把夜深杯。相逢南国交情满（坐上皆吴人），乍对西山爽气来。燕市自知难作客，汉廷何意独怜才。白头皂帽浑无赖，酒后狂谈迥不猜。""竹根杯换夜严初，世法逢迎许尽除。异代尚悲钩党祸，同年曾接孝廉书（谓家仲芳）。也知大老门原广，即恐山人礼太疏。好笑故交无尺素，凭将三寸作双鱼。"④ 对梁清标身为清廷高官而热情好客、不拘礼法、折节结交布衣文士的行为极为欣赏。

正像其他的"以名公钜卿主持风雅者"一样，梁清标也颇喜以文坛前辈兼朝廷高官的身份，宏奖提携晚辈后进文士。《红豆树馆诗话》："苍岩相国雍容闲雅，宏奖风流，一时如张敦复、汪蛟门、缪歌起、方渭仁诸公，皆游其门。先生自公退食，日抱芸编，黄阁青灯，互相酬唱。前辈高风，可想像于辰告吁谟之外。"⑤ 他的学生汪懋麟评价他说："司农情深吐握，尤喜与

---

① 申涵光：《蕉林集诗序》，《聪山集》文集卷一，第 478 页。
② 梁清标：《送申凫盟还广平》，《蕉林诗集》五言律卷一，第 66 页。
③ 申涵光：《蕉林集诗序》，《聪山集》文集卷一，第 478 页。
④ 钱澄之：《梁大司农玉立招饮有作》，《田间诗集》卷十九，合肥：黄山书社，1998 年，第 396—397 页。
⑤ 陶樑编：《国朝畿辅诗传》卷六，第 79 页。

草茅之士唱予和女，固吾党所共瞻仰也。"① 身列梁清标门墙之下，被他所宏奖提携的文士，以汪懋麟、徐釚最为知名。

汪懋麟系王士禛门下"金台十子"成员之一，与梁清标同样往来频繁，特别是在梁清标受任户部尚书的康熙十一年以后。汪懋麟所作之《除夕司农公示诗奉答次来韵》及《除夕遣怀再叠前韵呈司农公》诗，皆作于此时。梁清标也有《代柬送蛟门合欢花》《蛟门舍人见贻黄扇名香赋此代柬》《题汪蛟门百尺梧桐阁图》②等作，与之往来。康熙十一年，梁清标之妻去世，汪作《祭告封一品梁母吴夫人文》以示哀悼。康熙十二年，梁清标奉旨使粤前夕，汪懋麟回乡，梁清标遂有《送汪蛟门舍人还广陵余适有岭海之行》："简书万里去乡关，那复秋风送客还。良夜论文频问字，邻墙过酒每开颜。"③ 康熙十七年，《蕉林诗集》付梓，汪懋麟为之题序。对于这位颇有才华的年轻后进士人，梁清标亦着力提携，魏象枢《题汪蛟门百尺梧桐阁图》即提到梁清标向他推荐并宏奖汪懋麟的往事："百尺梧桐阁，阁中有一人。读书秋树下，阅历冬及春。司农为我言（谓梁玉立先生），汪子志嶙峋。文章追大雅，孝友笃天伦。"④

徐釚亦明确承认他与梁清标的师承关系："予举博学宏词科，出吾师真定相国苍岩梁公之门。"⑤ 而两人之论交，尚在康熙十八年博学鸿词科之前，经由龚鼎孳为之介绍。徐釚自言："余少从合肥宗伯谈诗，遂因宗伯得受业于今司徒苍岩公。"⑥ 梁清标于康熙十三年自岭南回京，徐釚有《大司农苍岩公岭南使回贻诗见怀敬依原韵奉酬》⑦及《画云林山水奉寄司农公时方奉使归自岭表》。后者云："过岭新诗喜乍攀，海天归棹泣乌蛮。尚书自爱蕉林好，饱看倪迂数尺山。"⑧ 梁清标亦有《寄钱塘令家侄承笃兼怀徐电发》《次

---

① 邓汉仪辑：《诗观二集》卷二，第5页。
② 上述诗作皆见于《蕉林诗集》七言古卷三，第43页。
③ 梁清标：《送汪蛟门舍人还广陵余适有岭海之行》，《蕉林诗集》七言律卷三，第173页。
④ 魏象枢：《题汪蛟门百尺梧桐阁图》，《寒松堂全集》卷七，北京：中华书局，1996年，第308页。
⑤ 徐釚：《傅浣岚太守寿序》，《南州草堂集》卷二十二，《清代诗文集汇编》第141册，第405页。
⑥ 徐釚：《藤坞诗集序》，《南州草堂集》卷十八，第379页。
⑦ 徐釚：《南州草堂集》卷五，第285页。
⑧ 徐釚：《画云林山水奉寄司农公时方奉使归自岭表》，《南州草堂集》卷五，第286页。

韵寄酬徐电发》①等。此外，梁清标与徐釚均系词坛名家，徐曾参与过梁清标《棠村词》的刊刻出版，且在《词苑丛谈》中有大量篇幅对梁清标的词进行分析与评价。

无论是从人生经历还是实际创作来看，梁清标都是个相当典型的台阁文人。他入清以后，从翰苑词臣到各部尚书，一直做京官，除了康熙十二年以撤藩使粤以外，他完全没有任何出任地方官的经历。这种平顺而阅历较少的生活，必然令他的创作题材较为狭窄。徐釚《蕉林诗集序》盛赞梁氏："今先生一为司马，再为司寇，为宗伯，为司农，凡兵农礼乐诸大政，为国家所宜，因革损益者，先生以一身肩之。用佐圣天子致治，与唐虞媲隆。其所以宣郁而达情者，一一于诗寄之。"②这一评价实系溢美之辞。实际上，以梁清标持禄保身的谨慎生活方式，其诗文涉及顺康时代"兵农礼乐诸大政"的内容少之又少，大部分都是赠答酬唱之作，这也正切合这一类热心于风雅的高官文人的生活方式。"汪懋麟曰：吾师生长京国，早登上乡，凡所撰者，皆庙堂雅颂之音，山川登陟之作盖少也。"③汪懋麟还在为《蕉林诗集》所作的序言中称梁清标"郊劳饯送，宴享赠答，点笔挥洒，捷如风雨。"④足见梁清标的主要生活方式，以及诗文的主要题材。而他的才情敏捷与长于酬答，也很容易令人联想到长于宴饮酬酢的龚鼎孳。

身为台阁文人，梁清标诗文有相当明显的雅正和平的特点。虽然同为贰臣，但比起在明朝生活过较长时间、"两截人"心理更难摆脱、诗风多变雅之音的龚鼎孳，梁清标的正雅风范显然更为醇正。申涵光《蕉林诗集序》："吾读大司马玉立先生诗，盖真善折衷而无所偏者。""其音纯宫，铿锵顿挫，不故为愁苦老病之习，体物逐情，一唱三叹，读之者如披春风，如觐宫阙。"⑤魏裔介《梁玉立悠然斋诗序》则称："其诗之高华矜贵而不佻，渊弘静毓而有本。"⑥

这种庙堂正雅风范，既是梁清标的人生历程所决定的，也是梁清标的自

---

① 梁清标：《次韵寄酬徐电发》，《蕉林诗集》七言律卷四，第202页。
② 徐釚：《蕉林诗集序》，《蕉林诗集》附录，第9页。
③ 邓汉仪辑：《诗观二集》卷二，第7页。
④ 汪懋麟：《蕉林诗集序》，《蕉林诗集》附录，第10页。
⑤ 申涵光：《蕉林集诗序》，《聪山集》文集卷一，第478页。
⑥ 魏裔介：《梁玉立悠然斋诗序》，《蕉林诗集》附录，第2页。

觉选择。他在与弟子汪懋麟的交流中,曾明确自称:"余世家子,又早达,忝窃六卿已二十年。遭逢盛时,幸四体壮盛,生不识药物,得天不可为不厚。偶然而为诗,不过舒余所欲吐,讵能矫情饰志,谬托为幽忧愁叹之言,以与天下文学憔悴之士较工拙哉?"① 他作为早达科第的世家子弟,与仕途顺遂的高龄官僚,确实不需要叹老嗟卑。强作"幽忧愁叹之言",反而有为赋新词强说愁之感。不过,《四库全书总目提要》评价其作:"其诗作于明季者,多感慨讽刺之言;及入本朝以后,则沨沨乎春容之音矣。"② 现存《蕉林诗集》已经难觅那些"作于明季"的"感慨讽刺之言",但至少说明,梁清标并不是没有发自内心的"幽忧愁叹",他入清后文学风格的巨大转变,既与境遇变化有关,恐怕也是以清廷高官身份自我规范的结果。

正如清初大多数台阁诗人一样,梁清标的诗风也是以复古宗唐为主的。他对于"或自谓能不事雕篹,独辟堂奥,卒之毁弃古法"的公安竟陵颇为不喜:"不事雕篹,是矣。而谓不师古人,可乎?夫文章之有法度,犹大匠之有规矩。……苟不得其谨严之意,而驰骋泛滥,破古人之藩篱,以矜其区区之见,是犹舍规矩而欲为方圆也。"③ 朱鹤龄《梁大司农诗集序》言其诗文"筋力成就在高、岑、王、孟间,七言近体兼撮历下之胜"④。

不过,梁清标并不是一个有门户之见的文人,其风格颇能兼容并蓄。他本人对门户之争颇不以为然,在《魏石生诗序》中,明确提出对各种门户之见的"折衷":"尚格律者尊七子而斥景陵,乐夷旷者宗宋人而诋何李,徒以耳食管窥,各伸其说,反唇相讥耳。其真能较然于古人之得失而折衷之者几人哉?"⑤ 因而,申涵光索性称梁清标为"善折衷"者:"济南竟陵,不得以一家名,而皆掇其所长,弃其所短,吾所云善折衷者非耶?"⑥ 魏裔介《梁玉立悠然斋诗序》所言更详:"玉立之为诗,不屑屑模拟三唐陈迹,亦不屑屑取青媲白如近人,仿佛于鳞七子等声调气格之间。唯是枕藉六经,沉酣诸史,应制记事,陈大雅德音之辞,咏物怀人,备风人香草之义。盖燕许大

---

① 汪懋麟:《蕉林诗集序》,《蕉林诗集》附录,第10页。
② 纪昀总纂:《四库全书总目提要》卷一百八十一,第4904页。
③ 梁清标:《魏石生诗序》,《蕉林文稿》,清初刻本。
④ 朱鹤龄:《梁大司农诗集序》,《愚庵小集》卷八,第388页。
⑤ 梁清标:《魏石生诗序》,《蕉林文稿》,清初刻本。
⑥ 申涵光:《蕉林集诗序》,《聪山集》文集卷一,第478页。

手,而非元轻白俗、郊寒岛瘦之所得而企及者。"① 这种在"雅正"前提之下兼收并蓄的特色,正是清初多数庙堂文人如施闰章、冯溥、魏裔介辈所具有的。正如汪懋麟序所指出的:"先生之诗本于学问,出以和平雍容、浑浩博通于诸大家,而不得执一以名。"②

梁清标的赠答酬酢之诗极多,几乎占据其诗集的十之七八,其中颇多应酬俗套。相比之下,梁诗成就较高者,主要是那些抒写自身仕隐情结的闲适诗。这类作品往往情怀疏朗、风格秀丽。许多评价者都指出梁诗所具有的"秀艳""清丽"特色:"诗丽而有则,庄而不佻,可称台阁中钜手。"③ "司农之诗,妙于秀艳之中,特露警拔。"④ "诗笔清丽,读之能令人低回不已。"⑤ "其诗清峭工丽。"⑥ "有正容剀切之志,而不改其和平;有揽天藻丽之辞,而不流于靡荡。"⑦ 这些评价,仅以梁清标的闲适诗而论,当之无愧。若《忆蕉林》这类小诗:"半船坐雨冷萧萧,仿佛江天弄晚潮。人在西窗清似水,最堪听处是芭蕉。""淡烟旭日满帘栊,春色依依上小红。客为看花频载酒,海棠开否问东风。"⑧ 清丽疏秀,极有词的韵味。又如《蕉林书屋歌》,风格疏放,颇能见出他以仕为隐、自得其乐的情怀:

> 主人疏放麋鹿性,小筑茅茨爱幽靓。地偏偶结陶潜庐,客至暂开蒋诩径。种蕉阴阴如绿天,北窗长日疑小年。攒茎抽叶布清影,赤日障蔽空堂寒。倚槛数竿竹,仿佛潇湘浦。秋晚畦流漠漠云,夜凉帘卷声声雨。主人乐此长闭关,檐花如绮图书闲。当门不种钩衣草,入室频移幽谷兰。车马九衢任杂沓,坐拥万卷心悠然。焚香偃仰复何事,萧飒志在沧洲间。尘壒纷纷安所极,独上元龙楼百尺。自笑平生与世违,且对蕉林共晨夕。出门波涛滚滚来,仰视浮云兴太息。⑨

---

① 魏裔介:《梁玉立悠然斋诗序》,《蕉林诗集》附录,第 2 页。
② 汪懋麟:《蕉林诗集序》,《蕉林诗集》附录,第 10 页。
③ 陶樑:《红豆树馆诗话》,《国朝畿辅诗传》卷六,第 79 页。
④ 邓汉仪辑:《诗观二集》卷二,第 5 页。
⑤ 邓之诚:《清诗纪事初编》卷五,第 605 页。
⑥ 袁行云:《清人诗集叙录》卷七,第 205 页。
⑦ 朱鹤龄:《梁大司农诗集序》,《愚庵小集》卷八,第 388 页。
⑧ 梁清标:《忆蕉林》,《蕉林诗集》七言绝卷三,第 238 页。
⑨ 梁清标:《蕉林书屋歌》,《蕉林诗集》七言古卷一,第 30—31 页。

梁清标亦有少数不甚符合"正雅"特点的作品,题材以忧时悯乱为主,风格或激越,或沉郁,这类作品多作于其使粤前后。如《上滩行》:"荒城昨夜催滩夫,沿村比屋群吏呼。鹑衣百结亦人子,仓皇追捉如逃逋。冥蒙天黑帆尽湿,县令雨立冲泥途。令言城空居人少,屯官降卒众相嘲。岁收租税令不行,田家半菽何曾饱。供繁役重支柱艰,簿书期会皆草草。西江贫瘠昔所嗟,况复豺虎恣攫拿。空岩哀狖啼夜月,穷乡密箐盘虺蛇。"① 这一类较近民生疾苦的作品,大多作于梁清标使粤期间。他本是京官,从入仕起就一直在京城任职,没有做地方官的经历,于民生疾苦本不甚熟悉;但使粤期间适逢三藩之乱,多见战火兵燹、民不聊生之状,因而颇多嗟叹民生之辞。如《挽船曲》言三藩之乱中,清军在地方强征民夫挽船,并借此讹诈民财的行径:

宁为官道尘,勿为官道人。尘土践踏有时歇,人民力尽还戕身。长安昨日兵符下,舳舻千里如云屯。官司催夫牵缆去,扶老携儿啼满路。村村逃避鸡犬空,长河日黑涛声怒。纤夫追捉动数千,行旅裹足无人烟。穷搜急比势如火,那知人夫不用用金钱。健儿露刃过虓虎,鞭箠叱咤惊风雨。得钱放去复重催,县官金尽谁为主。穷民袒臂身无粮,挽船数日犹空肠。霜飙烈日任吹炙,皮穿骨折委道傍。前船夫多死,后船夫又续。眼见骨肉离,安能辞楚毒。呼天不敢祈生还,但愿将身葬鱼腹。可怜河畔风凄凄,中夜磷飞新鬼哭。②

三、"烟霞之气著于眉宇"的王崇简

王崇简的生平经历、处世方式与诗风好尚,都相当接近于梁清标。其实际创作成就略逊于梁,而在京城诗坛之声望与影响力颇堪与梁氏颉颃。

王崇简(1602—1678),字敬哉,一作敬斋,顺天府宛平(今北京)人。他是地地道道的京畿本地士人,从晚明时代起即在京城活动,而且是较

---

① 梁清标:《上滩行》,《蕉林诗集》七言古卷三,第41页。
② 梁清标:《挽船曲》,《蕉林诗集》七言古卷二,第31页。

早参与社事的北方士人之一。崇祯元年张溥入京,结燕台社,王崇简即是其中重要成员。杜登春《社事始末》云:"是时娄东张天如先生溥,金沙周介生先生钟,并以明经贡入国学……于是乎先君子与都门王敬哉先生崇简倡燕台十子之盟。"① 次年复社成立,王崇简亦加入其中。身为京畿士人之"本土"优势,再加上社盟所带来的人脉,所以王崇简在京城诗坛崭露头角的时间相当早,"宗伯自为诸生孝廉时,望隆顾俊,一时公卿咸为倒屣"②,"年二十六,举乡试,负海内重名,为清流引重"③。宋徵舆《送米吉士序》提到明末士人好文风气,"始自江南,而大河以北遂起而应之于燕,得最著者二人"④,其中之一即王崇简。足可知王崇简早在明亡之前,已是京城文化圈内的著名文士。细考王氏之结交对象,不仅包括了夏允彝、陈子龙、李雯、宋徵璧、宋琬等著名复社人士,也包括了晚明诗坛风头最劲的竟陵诸子如谭元春、刘侗、于奕正等。

王崇简在京城诗坛出道虽早,科场却并不得意:"敬哉居京华之中,生有异才,久不得志。"⑤ 直至崇祯十六年,他才考中进士。次年即逢甲申国变,他挈家逃往南方。由于他在京城诗坛上有一定的人脉与名望,他很快就得到滞留京城的贰臣友人的举荐:顺治元年八月,顺天督学御史曹溶荐王崇简等五人,下吏部擢用。⑥ 当时王崇简全家尚流寓在江南。不过,北归仕清对王崇简来说,并没有多少心理上的阻力:甲申国变时他甫中进士、尚未授官,如果选择仕清,是否属于贰臣还要打个问号;而且他是北方士人,对故乡的思念眷恋,也使得他不太愿意长久流寓在南方。所以,在江南避难期间,他一直与那些滞留北方、已经降清的贰臣友人保持书信往来,很可能就是在探听时局,做好北归仕清的准备。

以作于顺治二年的《寄高岱舆戴岩荦刘元公孙北海郝棫清》为例,高尔俨、戴明说、孙承泽等人,都系正在京城为官的贰臣。在诗中,王崇简叹

---

① 杜登春:《社事始末》,第632页。
② 邓汉仪辑:《诗观二集》卷二,第10页。
③ 徐乾学:《文贞王公墓表》,《憺园文集》卷三十二,第725页。
④ 宋徵舆:《送米吉士序》,《林屋文稿》卷三,第282页。
⑤ 李雯:《青箱堂诗集序》,第3页。
⑥ 《清实录·世祖章皇帝实录》卷八"顺治元年八月"条,《清实录》第3册,第82页。

息"无家随地住，有梦到长安"，"念我归何日，兴怀或夜阑"，^① 北归之意已十分明显。于是，到了顺治二年九月，王崇简终于自淮上北还，十月抵达莱阳，依友人宋琬居，十一月至京。他在当年所作之《燕京除夕》中写道："一去经时岁，香灯慰始归。何堪今夕是，难悔昔年非。日月逢人异，行藏与我违。欲偕云水侣，海上采新薇。"^②

回到北方以后，王崇简尽管也一度自称"欲偕云水侣，海上采新薇"，但很快就和曹溶、龚鼎孳、李雯、赵进美这些滞留在北的贰臣们打成一片，诗酒谈宴，过起了"脱巾笑此双蓬鬓，短袖新裁旧锦袍"^③的生活。并与高珩、孙承泽、成克巩、白胤谦、姚文然等北籍贰臣也开始频繁进行诗酒往还唱酬，俨然已经融入了贰臣新贵们的圈子。不久，在顺治三年二月，他被授为内翰林国史院庶吉士，正式仕清。对于自己的改节再仕，王崇简虽然也有些"扼腕余生无一见，腼颜万事已全非"，"每欲观书消永夜，几回掩卷愧前贤"的愧疚，^④ 但他在明朝并未授官，仕清的心理压力显然远远小于那些已在明朝正式授官的贰臣。

仕清以后，王崇简的仕途相当平顺，顺治四年六月，由庶吉士授内翰林秘书院检讨。六年正月，升本院侍读。八年七月，升为国子监祭酒，次年又升内翰林弘文院侍读学士。十三年七月，升为内翰林国史院学士，次年又升吏部右侍郎。十五年二月，转为吏部左侍郎兼内翰林国史院学士，六月升礼部尚书。康熙三年十二月以老疾乞休，命原官致仕。康熙十七年病逝，谥文贞。王崇简的仕途由翰林院起步，一直都担任清贵词臣的角色。其子王熙亦以词臣起家，父子都在清王朝"文治"建设中多有出力："文贞官国史院学士，时子文靖亦除弘文院学士。世祖以父子同列，特命擢文贞吏部侍郎，世以为荣遇。时方开国，郊庙之制，多为文贞所定。"^⑤

作为京城诗坛的常驻高官文士，王崇简自仕清以后，一直做京官，从未离开京城，且几乎没遭遇过较大的仕途蹉跌，所以，他在京城诗坛上活动时

---

① 王崇简：《寄高岱舆戴岩荦刘元公孙北海郝械清》《青箱堂诗集》卷四，第78页。
② 王崇简：《燕京除夕》，《青箱堂诗集》卷四，第88页。
③ 王崇简：《春日曹秋岳社集龚孝升李舒章宋玉叔赵韫退别体限韵》，《青箱堂诗集》卷五，第89页。
④ 王崇简：《冬啸步姚若侯韵》，《青箱堂诗集》卷五，第91页。
⑤ 徐世昌：《晚晴簃诗汇》卷二十三，第115页。

间相当长。他官位崇隆,但早在康熙初就退出政坛,退归京邸,以诗酒自娱,大量结交文士。这都使得他成为清初京城诗坛上的重要人物。申涵光《畿辅先贤诗序》:"况先生(王崇简)领袖群贤,称文章司命,海内之士,得望龙门,如金就冶。"①

王崇简的性格心态,颇可作为研究明清之际士人心态变迁的样本。他曾经积极参与晚明社事,但其个性与处世原则,皆与晚明热烈放纵的士林风习相去甚远,而更倾向于平易敦厚、谨慎自守的传统儒生人格:"先生不矜过高绝人之行,不为蹊刻已甚之事,平淡率易,善气迎人,好士如渴。"② "公尝语余曰:吾生平不喜讲学,每于日用伦常之地,时自检点,宁免无憾而讲学哉。唯一觞一咏以毕此余生可耳。"③ 这不仅是性格使然,更是王崇简有意识地选择的一种谨慎世故的生存方式,其诗云:"不拟将心防涉世,只期随境托微身。"④ "癖多思自忏,默坐省前非。"⑤ 他在康熙二年宋琬出狱时所作之《宋荔裳遭诬得白谈宴赋赠》,极能见他为人处世之方式:

> 握手悲欢难具陈,一樽聊且慰艰辛。怜君濒死脱奇祸,愧我论交不古人。相对今宵灯下面,犹疑隔岁梦中身。知经动忍才尤练,那得岩阿学隐沦。⑥

王崇简与宋琬早在晚明时即已订交,甲申国变时王氏挈家南逃,次年北归,其间颇得宋琬照拂。顺治十八年宋琬受诬入狱后,王崇简却未能施以援手。他对此老实承认并为自己的持禄保身而深感愧疚;他规劝宋琬应以"动心忍性"之论合理看待自己的不幸遭遇,从此"隐沦",更是相当温和而世故的主张。

曾经参与过晚明社事的王崇简,其生存理念最终导向晚明狂放精神的反面,趋向于世故而谨小慎微,其中之原因异常复杂。首先是晚明动荡乱世以

---

① 申涵光:《畿辅先贤诗序》,《聪山集》文集卷一,第474页。
② 钱澄之:《青箱堂诗集序》,《青箱堂诗集》,第14页。
③ 钱澄之:《重刻青箱堂集序》,《青箱堂文集》,第299页。
④ 王崇简:《独坐》,《青箱堂诗集》卷八,第130页。
⑤ 王崇简:《岁暮杂兴》,《青箱堂诗集》卷十八,第206—207页。
⑥ 王崇简:《宋荔裳遭诬得白谈宴赋赠》,《青箱堂诗集》卷十八,第206页。

至于甲申陵谷之变,给他带来的忧惧凄苦的心理创伤,并促使他对晚明士风有所反思。早在崇祯十四年,他即有"生逢末季难为善,世少英流莫好奇"① 这样的甘苦之言。其后,故国倾覆,自己成了失节再仕的贰臣,这当然也会令他在心理上有所转型。他在作于顺治十一年的《甲午守岁》中写道:"守岁当今日,新朝十一年。……祝国祈多福,筹身愿寡愆。"② 明显是自觉将自己当作"两截人"看待,旧朝之旧我已经死去,只有新朝之新我生存下来,而新朝之我,由于时代背景的变化,也不得不以"寡愆"为最高处世原则。作于顺治十四年岁末的《岁晏》云:"处世宜如何?大哉唯谨言。言为心之声,亦是祸之门。"③ 堪称他仕清之后的甘苦之言,这种谨慎态度也是他在清朝历经南北党争而不至于贾祸的原因。

值得注意的是,王崇简虽然仕途顺遂、官位崇隆,他对自我的定位始终只是一个普通小人物。这或与他的实际处境有关:他出身平民家庭,虽有一定文学才华和政治能力,但并非天资绝高;他既非龚鼎孳这类有兼济之志的政治人才,也非梁清标乃至王士禛这类为家族利益出仕的世家子弟。他只是一个在鼎革巨变中被历史拨弄、偶然在仕途上有所成就的普通士人。正如他在《萤》中借咏萤对自我形象的描述:"日月如何补?终宵只自明。幽心还独照,暗室不胜情。偶借炎蒸力,何求爝火名。空林随处去,宿鸟几为惊。"④ 他在称病致仕的康熙三年末所作《引年子告》中,小人物心态更为显著:"平生娓娓偶逢时,何幸蒙恩遂所思。报国有心年已及,筹时无术见常迟。"⑤ 他对自我的定位,只是一个"何幸蒙恩""偶借炎蒸力"进入仕途的寒士,这也就难怪他对生活往往采取随遇而安、明哲保身的态度了。

王崇简之仕宦人格与"好士"特征,皆与梁清标相仿,亦有较强的"以仕为隐"倾向。友人申涵光评价他"虽历膴仕,常翛然有遗世之想"⑥。既要在"膴仕"中持禄保身,又要努力维系心理上的自由出尘的"遗世之想",这种身在魏阙而心怀山林的"仕隐"人格,在中国古代官僚文人中相

---

① 王崇简:《寄宋玉叔》,《青箱堂诗集》卷三,第67页。
② 王崇简:《甲午守岁》,《青箱堂诗集》卷九,第143页。
③ 王崇简:《岁晏》,《青箱堂诗集》卷十二,第165页。
④ 王崇简:《萤》,《青箱堂诗集》卷十,第148页。
⑤ 王崇简:《引年子告》,《青箱堂诗集》卷十九,第214页。
⑥ 申涵光:《青箱堂诗集·序》,第9页。

当普遍。而王崇简也并不认为，在现实生活中继续做高官，和在精神上做隐士，有什么不相容的地方，其诗云："栖栖依旧里，城市亦山家。"① "聊且竞时趋，怀抱悲今昨。眷念西来峰，抚景登高阁。谁谓云无心？悠然恋岩壑。"②

　　身为京城高官，王崇简极喜招揽寒士、提携后辈。这正是他在京城诗坛声望崇隆的重要原因："（崇简）今位极崇隆，而虚怀下士，有若饥渴。"③ "公交游满天下，少时所亲密者，率多文章意气之士；既跻贵显，犹汲引不少怠。虽单门后进，辈行阔绝，每到门投谒，必相与握手款曲。凡被公礼遇者，人人色喜，谓：王先生亲我也。诸所奖借，其后率皆成名。"④

　　王崇简的好士之名，一方面是因为他起家于晚明文社、带有明季士人好交际的流风余绪。宋玫序提到王崇简"中慧而勤，又交多四方"⑤。崇祯十一年李雯为王崇简诗集所作之序，亦言："敬哉为人沉博有大虑，善自谦下，四方之贤豪长者，无不交也。"⑥ 另一方面，在康熙初期"政归八旗"背景下，高官文人往往"仅备文学顾问而已。故皆好与文士游"⑦，"仅以文学备顾问，暇则结纳名士，竞尚诗文"⑧，权欲不强而又谨慎自守的王崇简自然也不能免。此外，他是京畿本土文士，又长期做京官，这就更为他常驻京城并接受各地入京文人之投赠谒见提供了相当的便利。其诗云："余家京师，才艺之士自四方至者，或来顾焉。"⑨ 而他在丰台的别业，也往往成为京城各路文化名流往来的胜地。以其《癸丑四月六日饯饮光毛子霞陆翼王陈胤倩马又辉计甫草严荪友朱锡鬯小饮丰台芍药圃是日顾宁人有山东之役未及约》为例：

---

① 王崇简：《闲居》，《青箱堂诗集》卷八，第130页。
② 王崇简：《述怀》，《青箱堂诗集》卷十二，第161页。
③ 邓汉仪辑：《诗观二集》卷二，第10页。
④ 汪琬：《光禄大夫太子人保礼部尚书王公行状》，《钝翁续稿》卷二十二，《汪琬全集笺校》，第1540页。
⑤ 宋玫：《青箱堂诗集·序》，第1页。
⑥ 李雯：《青箱堂诗集·序》，第2页。
⑦ 邓之诚：《清诗纪事初编》，第613页。
⑧ 同上书，第611页。
⑨ 王崇简：《陈子文诗序》，《青箱堂文集》卷四，第378页。

乐郊芳草径回互，西南去是丰台路。绿柳依依随陂陀，溪田远近立白鹭。暋地惊若到江南，草桥茅屋隔深树。四月芍药花正繁，我有十亩恰盈圃。招招我友坐空亭，韶华过眼愁难住。①

其诗作于康熙十二年四月，当时在座者中，钱澄之、陆元辅、陈祚明均是高尚不仕之遗民。朱彝尊与严绳孙虽在后来仕于博学鸿词科，但此时仍系遗民，尚未失节。因当时顾炎武已经启程去山东，未能与会，但很可能顾炎武也是认识王崇简的。

值得注意的是，王崇简对结交草野遗民，有较高的兴趣，《清人诗集叙录》载："（崇简）喜交遗民，姜垓、方以智、顾炎武、万寿祺、沙张白、纪映钟、钱澄之，均与之过从。"② 而与遗民的关系，更直接影响到他在文坛上的声望。仅以他与申涵光的交往过程为例，即可见两人关系之密切，以及这种友情影响到了申涵光对这位贰臣高官的评价。

王崇简和申涵光的交往，很可能是始于甲申国变后两人同在江南避难之时。王崇简《寄赠申凫盟》："秣陵云扰后，寤寐忆君多。吾道存薇蕨，风尘乱薜萝。"③ 与此相对应的是，顺治十年申涵光以请父恤入京，有《答王祭酒敬哉先生》，亦云："冠履曾瞻钟阜月，须眉应老蓟门霜。一时麟凤趋天仗，十载禽鱼恋草堂。"④ 由顺治十年逆推"十载"，正是甲申国变当年。而两人诗中均提及南京，极有可能是两人相识订交之地。

鼎革之后，王崇简北归仕清，申涵光则隐居广平故里多年，然两人仍不乏书信往来。顺治八年初，王崇简即有《寄赠申凫盟》寄申涵光，并提及申父甲申殉难之事："知子承家学，孤贞千古光。气常争日月，名岂变沧桑。人自诗书远，心从烟水长。高风不可即，洄溯怅苍苍。"⑤ 对申之节烈家风和遗民志向，皆表示崇仰。

顺治十年夏，蛰居故里十年的申涵光因为父请恤而入京，在京城文化圈

---

① 王崇简：《癸丑四月六日钱饮光毛子霞陆翼王陈胤倩马又辉计甫草严荪友朱锡鬯小饮丰台芍药圃是日顾宁人有山东之役未及约》，《青箱堂诗集》卷二十八，第251页。
② 袁行云：《清人诗集叙录》卷二，第37页。
③ 王崇简：《寄赠申凫盟》，《青箱堂诗集》卷七，第120页。
④ 申涵光：《答王祭酒敬哉先生》，《聪山集》诗集卷五，第452页。
⑤ 王崇简：《寄赠申凫盟》，《青箱堂诗集》卷七，第120页。

内引起较大反响,而他此行所拜会的京城高官公卿、士林名流,即包括了王崇简。《答王祭酒敬哉先生》云:"沙吹碣石断飞鸿,千里霜笳夕照中。我自孤筇寻涧草,君从双阙咏秋风。天涯烽火寒暄隔,午夜悲歌出处同。待到功成黄阁后,肯将渔父作邻翁?"① 申氏此次在京多方奔走,至当年冬离开京城,王崇简并有《送申凫盟归里》② 相赠。

此后,申涵光虽未仕清,却因家事而频繁往来于京城,从而与王崇简交往更为频繁。顺治十三年冬,王崇简有《米吉士申凫盟小饮》③,次年秋,王崇简欲购置田产,还曾托申涵光予以留意④,足见两人关系之亲厚。而两人更时常探讨学术问题,如康熙六年,申涵光将《说杜》寄予王崇简,王崇简回书一封⑤,并为之作序⑥。康熙七年,王崇简并有书信寄于申公,对《荆园小语》评价甚高⑦。康熙十六年申涵光去世时,王有《挽申凫盟》诗挽之。其二云:"犹记相逢日,多君志气人。偕歌燕市月,尝忆秣陵春。高卧非关懒,持躬不惮真。诗文盈予笥,触目倍伤神。"⑧

顺治十八年,王崇简谢病居家,整理自己自顺治十三年以来的作品,与前刻汇成一集,寄书请申涵光作序:"王敬哉先生诗集既有刻,行世久矣。辛丑谢病,上大宗伯印绶。林居清暇,乃汇丙申以后六年之诗,将续前刻。缄书千里走一介谓光曰:'为我删定之。千秋之业非他世态可比,幸以古道自处也。'"申涵光遂为之作《青箱堂诗集序》,高度评价:"先生有古道二字在其胸中,出处超然,又何足异?""敬哉先生,今之有道者。虽历膴仕,常翛然有遗世之想。……故其诗不附近代,亦不规摹古人,直行胸臆,萧疏自远。""所记载多朝廷典礼,都俞盛事,而相与周旋者,大半荐绅冠盖之流,乃诵其诗,谡谡然烟霞之气,著于眉宇。"⑨

王崇简之诗学成就不及龚鼎孳、"京师三大家"等,而参与整饬当世诗

---

① 申涵光:《答王祭酒敬哉先生》,《聪山集》诗集卷五,第 452 页。
② 王崇简:《青箱堂诗集》卷八,第 134 页。
③ 王崇简:《青箱堂诗集》卷十一,第 158 页。
④ 王崇简:《托申凫盟觅田》,《青箱堂诗集》卷十二,第 163 页。
⑤ 王崇简:《与申凫盟》,《青箱堂文集》卷二,第 316 页。
⑥ 王崇简:《说杜序》,《青箱堂文集》卷三,第 345 页。
⑦ 王崇简:《与申凫盟》,《青箱堂文集》卷二,第 315 页。
⑧ 王崇简:《挽申凫盟》,《青箱堂诗集》卷三十二,第 279 页。
⑨ 申涵光:《青箱堂诗集·序》,第 9—10 页。

风的积极性又远不及冯溥、魏裔介辈,他的崇隆声望主要来源于结交草野遗民、提携后进晚辈。《清诗纪事初编》云:"(崇简)为人醇厚,喜从诸名士游,故其出处,人颇谅之。顾炎武择交最严,独许为有心人。申涵光称其古道,必有由也。"① 这也多少体现出,清初舆论环境中,遗民之月旦评仍有较大的分量。

王崇简虽系贰臣,但年辈较晚,仕途又相对平顺,心态特征与老一辈身经鼎革两朝为官的贰臣文人如龚鼎孳、"京师三大家"等,有较大区别,更接近于清王朝之新贵文士;而其诗学主张与创作特色中的庙堂正雅风范也更为明显。他针对明代诗学发展中更注重"文"而令儒家诗教传统失落的趋势,重申"明道"的重要性:"惟明乎道而非志于文,此文所以卒莫能过也。后之学者不务明道,惟致工文,于是摹仿其语言,剽袭其声格,甚至训诂艰深以为奇,穷其力而为之。"② 这是相当正统的征圣宗经的主张。

王崇简的风雅正变论亦较有特色。一方面,他对变风变雅有相当大的宽容度,对于诗人"忧愁激昂忠孝隐约之情,若屈子之眷怀,少陵之感愤"③的创作方式推崇备至。这种宽容态度,可能与他自己也曾亲历陵谷之变、南逃北归,"自流落生还,萦怀畴昔,情郁于中,辞穷于说"④ 的经历有关。但另一方面,他也有大量对庙堂正雅诗风的论述,如《何次德诗序》质疑"诗穷而后工":"嗟乎,穷愁易好,古人其知言哉!虽然,夫三百篇明堂清庙,歌功颂德,奕奕煌煌,焜耀于今古者,岂独征夫怨女孤臣孽子之音乎?或亦动心忍性所得者深,而富贵逸乐其动物者浅耶?抑其才有及有不及欤?"⑤ 王氏认为,"诗穷而后工"不能一概而论,穷愁和逸乐作为情感基调与作品素材,本身并无高下之分,形诸作品后感人效果有所差别,主要是源于作者的才能而不是感情倾向。这种批判显然不是针对"诗穷而后工"本身的,而是驳斥那些以"诗穷而后工"为依据,证明变风变雅合理性的论述。

---

① 邓之诚:《清诗纪事初编》卷五,第611页。
② 王崇简:《施愚山观海集序》,《青箱堂文集》卷三,第351页。
③ 王崇简:《宋秋士诗序》,《青箱堂文集》卷四,第366页。
④ 王崇简:《毛筴子诗序》,《青箱堂文集》卷四,第367页。
⑤ 王崇简:《何次德诗序》,《青箱堂文集》卷四,第365页。

不过，王崇简风雅正变论中最值得注意的部分，还是以"声之正变"取代"格之正变"。《清诗别裁集》谓："（崇简）说诗谓论格之正变，不如论声之正变。清和广大者为正，志微噍杀者为变也。亦最平允。"① 由宋至明，特别是明人格调论者，往往以体格论诗之正变，若高棅《唐诗品汇》将杜甫各体均列入"大家"而非"正宗"，在诸体"叙目"中，常云老杜之体异于盛唐诸家。何景明《明月篇序》更直称"子美辞固沉着，而调失流转，虽成一家语，实则诗歌之变体也"②。这其实是排除了风雅正变论中的政治因素，以文学本体论来定义"正变"。王崇简以"声之正变"取代"格之正变"，对高棅至明七子论诗取格调的论述方式进行纠正，实际上是要求回归"声音之道与政通"的儒家诗教传统。

王崇简推崇的"声之正变"，也有让诗学正变与时代背景脱钩的意味。在《吴六益诗集序》中，王崇简提出，风雅正变之区别不在时代背景，而在声调气质："诗之贵体格也尚矣，非惟风雅颂各有其体，即风雅之正变，亦以其体言也。体之合乎正者，虽衰时不无温厚之章；体之出乎正者，即盛世不无怨刺之什。是正变各以体言，非以其时之衰而为变，世之盛而为正也。"他进一步论述道："声调之盛，莫盛于唐，亦未有不由其体格而能名家者也。"所以，即使是同样的"盛唐"，也有"王、储之朴厚，孟、韦之孤清，高、岑之悲逸，李、杜之壮阔，王、杨、沈、宋之流丽丰蔚"③ 等不同的风格，而不是一味温柔敦厚粉饰太平。这实际上也变相为变风变雅争取了生存空间。以此来看，王崇简的整体诗学观念仍是调和正变的，而非纯粹的崇正抑变。

王崇简诗学和创作的师承宗法关系，以宗唐为主。申涵光《青箱堂诗集序》归纳王崇简的师承，云："古诗敦穆而澹永，似黄初。近体遒逸而多风，似开元。"该序更言："予尝谓敬哉先生，唐音不绝，惟先生可以正之。盖先生之诗中正和雅，无邪氛杂其笔端。"④ 申涵光属于宗唐尊七子一路，对康熙初期诗坛中唐宋并称乃至"以宋驾唐"的趋势颇有不满，而他将王崇简

---

① 沈德潜等编：《清诗别裁集》卷二，第55页。
② 何景明：《明月篇序》，《大复集》卷十四，《文渊阁四库全书》集部第1267册，第123页。
③ 王崇简：《吴六益诗集序》，《青箱堂文集》卷四，第363页。
④ 申涵光：《青箱堂诗集·序》，《四库全书存目丛书》集部第203册，第9—10、15页。

视为能匡正当世宋调"邪氛"的人物,显然是王崇简表现出较纯正"唐音"的缘故。

不过,王崇简虽然本人宗唐,却也不甚排斥宋诗。康熙十一年正月,吴之振寄《宋诗钞》与王崇简,王遂有《吴孟举以所辑宋诗相贻赋赠》:"卓识开千古,从今宋有诗。汉唐堪并驾,鲍谢不专奇。"① 次年,王崇简又有《看山》:"何必诗文擅胜场,任他两汉与三唐。"② 可见王崇简也不甚执着于唐宋分野,这可能与他性格淡泊闲散、不执着于争文坛短长有关。

王崇简既不执着于唐宋分野,也不执着于七子和竟陵门户之争。他青年时代曾师从竟陵派名家于奕正,受竟陵的影响很深;中年以后身为清廷高官,才逐渐由竟陵向七子转型。所以他的诗学主要趋向,以综合两家之长为主。他在《法黄石诗序》中,分析尚声调的七子和尚澹远的竟陵两种诗风,认为前者之壮易近于浮,后者之清易近于弱,他崇尚的是"体坚气厚,非渊源经术","清不至弱,壮不及浮"的风格。③ 这实际上是将竟陵原有的灵厚之论,糅入了七子的体格之说。《刘广生诗序》更认为"寻声逐响,以雕刻为能"的七子,和"托言古澹,飒然凄萧,疏漏而无足观"的竟陵,都是"作者愤一时之剿习",因而"矫其偏,既复言而为弊"④ 的产物,他所追求的是得二家之长而去其短。

王崇简自身的实际创作成就不及京城诗坛"职志"龚鼎孳,也略逊于时代背景和出身经历相似的梁清标,然仍堪称清初京城诗坛一位较有影响力的名家。对其诗风,前人之评价可分为两方面:其一,坦直平易。申涵光为《青箱堂诗集》作序云:"故其诗不附近代,亦不规摹古人,直行胸臆,萧疏自远。"⑤ 陈融《颙园诗话》亦云:"(崇简)为文平近流易,诗亦如之。"其二,清和整丽。汪琬《光禄大夫太子太保礼部尚书王公行状》云:"闲召宾从子姓,与之觞咏,及婴遨山水间,所赋诗清新整丽,见者争传颂之。"⑥

---

① 王崇简:《吴孟举以所辑宋诗相贻赋赠》,《青箱堂诗集》卷二十七,第244页。
② 王崇简:《看山》,《青箱堂诗集》卷二十八,第252页。
③ 王崇简:《法黄石诗序》,《青箱堂文集》卷四,第367页。
④ 王崇简:《刘广生诗序》,《青箱堂文集》卷四,第372页。
⑤ 申涵光:《青箱堂诗集·序》,第9页。
⑥ 汪琬:《光禄大夫太子太保礼部尚书王公行状》,《钝翁续稿》卷二十二,《汪琬全集笺校》,第1541页。

袁行云《清人诗集叙录》云:"诗即主清和栖托。"① 而这两种特征,均为王诗所具有。

一方面,王崇简性格和易敦厚,生平经历又较为平顺,故诗文亦多真挚平易之言。以其甲申国变前后的诗作为例,即可看到,王崇简对"亡国"与"失节"这两大自我人生中重要事件的描述往往带有一种对普通个体人生遭际和前途命运的高度关注,以及对自我心态微妙变化的极为真切而富有人情味的还原,正符合申涵光所言"直行胸臆,萧疏自远"的特点。早在他作于甲申国变当年的《寄悲》六首中,他即写道:"国破家亡生亦余,无聊惋愤但踌躅。……儿女流离衣履弊,亲朋音问死生殊。"② 虽然他对于故国沦亡也有真挚的伤痛,但他对儿女亲朋这类日常生活,显然投注了更多的关注。这也正是他"踌躇"却不能决死的原因,而他也并不吝于承认这一点。其后,他北上仕清,至莱阳依宋氏居,《至莱阳语宋玉伯玉仲玉叔》云:"不能生值尧舜成康世,不能夔龙稷契相比肩。不然得为箕山颍水子,亦可笑傲卒天年。……既苦生来能识字,忧患即与相周旋。……何乃生逢鼎革叹颠连。……士生此际不得已,死难得所岂苟焉?……四方靡骋可奈何?已矣何如归园田。一旦生还如梦寐,上下四旁有余怜。"③ 比起国破家亡,他更关注的是在这种波谲云诡的局势下,他和宋琬这些普通士人所面临的尴尬苦涩处境:生逢乱世,不甘就死,又不能隐居,出山就成为唯一的选择,却又因此被强烈的自我负罪感所折磨。同样作于顺治五年春的《春暮吉土卜周式之惟梅木公析木幼则饮花下念若侯王乔既亡仲木商贤公狄尧叟复在四方感而作歌》《宋上木偶来燕市信宿别去作歌送之》亦言出处问题,在苦闷之中将自身与其他友人的失节,归结为士人在特殊时代背景下不可避免的悲剧:"慎莫呼天触天怒,人生亦有时不遇。夷齐箕比不逢尧,蔡邕荀彧何足数。对酒当歌花下卧,蹉跎悔昔伤迟暮。"④ "惟悔何必多读书,悲歌相泣诉当年。……男儿生既不能鼎钟荣,又不能遭险而死垂令名,局蹐但觉天地

---

① 袁行云:《清人诗集叙录》卷二,第37页。
② 王崇简:《寄悲》,《青箱堂诗集》卷四,第74页。
③ 王崇简:《至莱阳语宋玉伯玉仲玉叔》,《青箱堂诗集》卷四,第86页。
④ 王崇简:《春暮吉土卜周式之惟梅木公析木幼则饮花下念若侯王乔既亡仲木商贤公狄尧叟复在四方感而作歌》,《青箱堂诗集》卷六,第100页。

窄，劳劳喜怵徒多惊。"① 这种对于自我微妙隐秘心境的真实剖白，特别是自我在理想与现实、道德与利益之间艰难权衡和选择的过程，极能见出中国古代士人生存方式和人格特征的侧面。

另一方面，也正是由于相对平顺的仕宦经历和清廷高官的政治身份，王崇简诗风亦有较明显的雍容和平的庙堂气象。宋琬指出，王崇简"居丧乱之际，有初盛之风，宇内之平，兆于子矣"②。钱澄之亦言："若先生之缠绵悱恻，其诗一出以柔澹，而归于和平，则纯乎性情之为，非气之为矣。"③ 特别是身处魏阙而心怀江湖、淡泊仕途而向往隐者生活的"以仕为隐"心态，颇类似于梁清标："敬哉居大市西，修廊折径，幽篁怪石，左列尊彝，右陈图史，庭馆肃清，闺帏静好，虽车马阗咽，而咏歌不辍。故其为诗也，幽而不纤，丽而不淫。"④ 申涵光《青箱堂诗集序》更指出，王诗"所记载多朝廷典礼，都俞盛事，而与相周旋者，大半荐绅冠盖之流，乃诵其诗，谡谡然烟霞之气，著于眉宇"⑤。以在朝高官而诗文有"烟霞气"，是王崇简诗作的一大特色。顺治十年所作之《莫笑》即颇能见出他这种持禄保身、以仕为隐的心态：

  一身几许让人闲，杂沓风尘变旧颜。习隐未尝忘绿野，干名久已愧青山。茶烟故绕晴林下，午梦惊回鸟语间。莫笑垂纶何处去，扁舟自有万重湾。⑥

王崇简诗的"烟霞气"一方面来源于王崇简在心理上对仕宦生涯的保留乃至疏离态度。王崇简虽仕途平顺，但功名欲望并不强，所以在康熙初即彻底淡出政坛。这种疏离心理，很可能与他的失节经历有关。而他对此也从不讳言："世情缘悔淡，山癖入秋深。"⑦ "避世未能随杖屦，全躯且自溷风

---

① 王崇简：《宋上木偶来燕市信宿别去作歌送之》，《青箱堂诗集》卷六，第101页。
② 宋琬：《王敬哉诗序》，《安雅堂未刻稿》卷十三，第571页。
③ 钱澄之：《青箱堂诗集·序》，第14页。
④ 宋琬：《王敬哉诗序》，《安雅堂未刻稿》卷十三，第570页。
⑤ 申涵光：《青箱堂诗集·序》，第10页。
⑥ 王崇简：《莫笑》，《青箱堂诗集》卷八，第130页。
⑦ 王崇简：《散步》，《青箱堂诗集》卷九，第138页。

尘。当年悔不从农圃，致使儒冠误此身。"①

另一方面，王诗的"烟霞气"也与他的竟陵诗学背景，有极大的关联。王崇简在晚明时代曾师从竟陵派名家于奕正，更与谭元春、刘侗等竟陵巨擘有极密切的往来，故而诗学功底一开始就是属于竟陵派的。崇祯十一年李雯为王崇简诗集所作之序提到，当时王崇简最多见的就是凄静冲放、寄情山水的篇章："（王崇简诗）大约皆清新真逸，独写性情之作也。……作为歌诗，凄静冲放。"② 这既来源于他场屋不利，更与他的竟陵背景有直接关系。顺治八年宋徵舆序，更指出王崇简的诗风变化先宗陶、孟，后为脱竟陵樊篱而入沉博绝丽，又为脱七子樊篱而上宗《诗》与汉魏，足见王崇简实际上与竟陵有极深渊源："先生弱冠即工为诗，迄今将三十余年。起家宗陶、孟，以自然为则。已而曰：不知者将谓我从竟陵。于是为沉博绝丽之言。已又曰：不知者将谓我从济南。于是规三百，准汉魏，日蕃日变，人莫之测。"③ 蒋伊序认为，王崇简诗是"胸中有烟霞万斛，眉宇间有孤云艳雪之致"④ 的竟陵风气与和平敦厚、雍容大雅结合的产物，这个评价是恰如其分的。

---

① 王崇简：《寄怀梁公狄内弟流寓宝应》，《青箱堂诗集》卷六，第102页。
② 李雯：《青箱堂诗集·序》，第2页。
③ 宋徵舆：《王敬哉先生诗集序》，《林屋文稿》卷四，第298页。
④ 蒋伊：《青箱堂诗集·序》，第14页。

第二章　清初京城文学的接续：新贵诗人群体

第一节　"燕台七子"

一、"燕台七子"成员考

"燕台七子"是清初顺治时代活跃于京城诗坛的著名文学团体，其成员包括号称"南施北宋"的清初著名诗人宋琬、施闰章等人，在京城诗坛具有极大的影响力，甚至被视为清初开一代风气的先驱："漫羡燕台七子诗，论文尤贵黜浮辞。华嚣风气由兹变，正是愚山讲学时。"① 然而，这一文学团体的具体成员及活动时间，至今仍然尚有不少争议和模糊之处，需要进一步深入研究。

"燕台七子"这一名称的最终确立，是在顺治十八年严沆所选刊之《燕台七子诗刻》中。而这个文学团体在当时扬名，也多因《诗刻》之故。魏宪编修《皇清百名家诗选》，即云"曩余读燕台诗，叹才之难也。荔裳表东

---

① 陈作霖：《论国朝古文绝句二十首》，《可园诗存》卷二十二，《续修四库全书》集部第1569册，第607页。

海之观,锦帆、谯明擅梁苑之誉,愚山争霸宛陵,药园胤倩、颢亭踞吴山之巅,合四国之英,而仅得七子"①。"燕台七子"的成员,也颇有以"燕台七子"名号自称者,如施闰章《怀旧篇寄严灏亭都谏》即明确提及"燕台七子"名目:"旧有燕台七子,今张谯明即世,宋荔裳逮系,丁飞涛谪关外。"②《临江答宋荔裳西湖见寄》亦云:"十年思射虎,七子岂枯萤?"自注云:"往同在部曹,有燕台七子之目。"③

不过,这一文学团体的成员究竟包括哪些人,至今仍然说法不一。其中争议最大者,当属陈祚明与周茂源二人。

按严沆所选《燕台七子诗刻》,所收录为张文光、赵宾、宋琬、施闰章、严沆、丁澎、陈祚明七人。而"燕台七子"成员宋琬、施闰章等人,亦明确证实,陈祚明属于"燕台七子"之一。宋琬《赵雍客诗序》:"往在京师,与施愚山诸君子以诗学相切劘,因而有燕台七子之刻。严给谏颢亭、丁仪部飞涛、陈布衣胤倩,皆杭人也。"④《严母江太孺人七秩寿序》:"余自束发之年,即与严给谏灏亭以诗文相切劘。既先后通籍,得与海内贤豪文章之士游。大梁则张子文光、赵子宾,宣城则施子闰章,钱塘则丁子澎、陈子祚明,并灏亭与余而七。仿王、李、宗、梁之遗事,有燕台七子诗行世。"⑤《寄怀施愚山少参》:"吾友下礼曹,词翰果清绝。同人滥吹奖,莳菲采薄劣。严张两黄门,雅与夫君埒。矫矫陈布衣,骚坛称七杰。丁也坐微眚,足践辰韩雪。"⑥ 其中"七杰"显指"燕台七子"而言,"丁"指遣戍塞外之丁澎,"严张两黄门"指严沆与张文光,而"陈布衣"则非陈祚明莫属。施闰章《哭颢亭少司农》亦提到"燕台七子"的人员构成:"定交原杵臼,卜夜屡壶觞。侨胙真联络,应刘并颉颃。(注云:谓丁飞涛、陈胤倩。)校书专史

---

① 魏宪编:《皇清白名家诗选》卷三十八,第367页。
② 施闰章:《怀旧篇寄严灏亭都谏》,《学余堂诗集》卷七,《施愚山集》第2册,第127页。
③ 施闰章:《临江答宋荔裳西湖见寄》,《学余堂诗集》卷四十三,《施愚山集》第3册,第417页。
④ 宋琬:《赵雍客诗序》,《安雅堂全集》卷八,第378页。
⑤ 宋琬:《严母江太孺人七秩寿序》,《安雅堂全集》卷十,第480—481页。
⑥ 宋琬:《寄怀施愚山少参》,《安雅堂全集》卷二,第107页。

局,珥笔主词场。七子诗标举,千秋兴激昂。"① 显然也将陈祚明视为"燕台七子"之一。

但是,也有不少资料提到,"燕台七子"的第七位成员并不是陈祚明,而是周茂源:"(丁澎)通籍后与宋荔裳、施愚山、张谯明、周釜山、严颢亭、赵锦帆唱酬日下,继王、李、西曹觞咏之风,又称燕台七子。"② "(赵)宾与宋琬、施闰章、张文光、周釜山、严沆、丁澎以诗酬唱日下,世称燕台七子。"③ 后来《国朝先正事略》及《晚晴簃诗话》都采纳这一说法,认为周茂源系"燕台七子"成员。《国朝先正事略》所载《施愚山先生事略》:"公余与宋荔裳、严颢亭、丁飞涛、张谯明、赵锦帆、周宿来诸君相唱和,号燕台七子。"④《丁药园先生事略》:"通籍后,与宋荔裳、施愚山、张谯明、周釜山、严灏亭、赵锦帆酬唱日下,又号燕台七子。"⑤《晚晴簃诗话》:"谯明晚而工诗,官京朝时,与宋荔裳、施愚山、丁飞涛、严颢亭、赵锦帆、周宿来诸人聊吟合刻,时称燕台七子。"⑥ 又:"宿来早入几社,才力尚不逮陈卧子、李天章诸人,官比部时,与同署宋直方、施愚山相过从,饮酒赋诗,风雪不辍,列燕台七子中。"⑦

许多研究者都以《燕台七子诗刻》为定论,将"周茂源系燕台七子成员"之说视为舛误,如较早对"燕台七子"进行研究的马大勇《清初庙堂诗歌集群研究》即有定评云:"周氏非'七子''八家'中人,自李元度《国朝先正事略》误植其入'七子'行列后,《国史列传》及现代不少著作如《古典文学流派辞典》等皆沿其谬,以之代替陈祚明席位。"⑧ 李静《关

---

① 施闰章:《哭颢亭少司农》,《学余堂诗集》卷四十四,《施愚山集》第3册,第426—427页。
② 阮元:《两浙輶轩录》卷四,《续修四库全书》集部第1683册,第233页。
③ 李时灿辑:《中州诗征》卷二,经川图书馆刻本,1936年。
④ 李元度:《国朝先正事略》卷二十九,《续修四库全书》史部538册,第637页。
⑤ 李元度:《国朝先正事略》卷三十七,《续修四库全书》史部539册,第69页。
⑥ 徐世昌:《晚晴簃诗话》卷二十一,第92页。
⑦ 徐世昌:《晚晴簃诗话》卷二十五,第129页。
⑧ 马大勇:《清初庙堂诗歌集群研究》第四章"'燕台七子'与'海内八家'",第131页。

于清初"燕台七子"的几个问题》①、江增华《"燕台七子"考辨》②等文，亦认为周茂源并非"燕台七子"成员。

然而，值得注意的是，周茂源系"燕台七子"成员之说，并非后世的以讹传讹，而是得到了当时其他"燕台七子"成员的认可。按"燕台七子"成员之一的赵宾有《送周宿来出守括苍》，明言："当时七子推司寇，天下名山数括苍。"③ 明确指出周茂源也曾被视为"燕台七子"成员之一。按周茂源出任处州知府，事在顺治十四年，赵宾此诗必作于是年。另一"燕台七子"成员丁澎作《五君咏》，吟咏当时在京城结识的五位友人，包括"张补阙谯明"张文光、"赵法曹锦帆"赵宾、"严黄门子餐"严沆、"施学使尚白"施闰章、"周郡守宿来"周茂源④，却并不及陈祚明。以"施学使"之称来看，此诗显作于施闰章任职山东学政的顺治十三年。也就是说，早在《燕台七子诗刻》成书之前，周茂源即一度被"燕台七子"其他人物视为成员之一。

那么，"燕台七子"的第七位成员，到底是陈祚明还是周茂源？这必须从"燕台七子"的形成过程与在京期间的文学活动入手，进行探究。由于"燕台七子"是一个组织结构相当松散的文学团体，它虽然是一个地域文学社团，但其成员却皆非京城本地人，仅因他们皆曾一度在京城活动，且文学好尚相近，唱和往来较多而得名。它不但不像明末文人社团那样有较明确的组织；甚至在它形成的历史上，根本没有出现过全体成员齐聚京城的情形。因此，不仅"燕台七子"成员的考订相当困难，而且极有可能因时间分期和团体成员的离京，而导致其成员的身份变化。

"燕台七子"中，除了张文光已在明朝取得进士功名，陈祚明系布衣以外，皆系清顺治朝进士。入清以后，他们在京活动的时间如下：

顺治三年，宋琬由故乡莱阳入京，并举顺天乡试。这一年，赵宾成进士，受任淳化县令。张文光还在浙江钱塘县令任上。其他"燕台七子"成

---

① 李静：《关于清初"燕台七子"的几个问题》，《现代语文》2008年第1期，第28—29页。
② 江增华：《"燕台七子"考辨》，《贵州大学学报》（社会科学版）2013年第6期，第128—131页。
③ 赵宾：《送周宿来出守括苍》，《学易庵诗集》卷四，第536页。
④ 丁澎：《五君咏》，《扶荔堂诗集选》卷一，第363页。

员尚未中第入仕,亦未到京。

顺治四年,宋琬举会试,授户部河南司主事。

顺治六年,施闰章、周茂源成进士,并皆成为刑部主事,开始与京城发生联系。是年秋,宋琬由户部调至芜湖钞关。

顺治七年八月,宋琬由芜湖回京,改任吏部稽勋司主事。十一月,因恶仆诬陷而入狱。在狱期间,他与时任刑部主事的施闰章订交。

值得注意的是,在宋琬任职京城郎署的这段时间里,他所密切交往的"同官"诗人,正是施闰章与周茂源二人。在《周釜山诗序》中,宋琬记载,他的进士同年宋徵舆曾将周茂源、施闰章二人介绍给他:"吾同官有二人焉,一为周子釜山,一为施子愚山,则相与为交欢相得也。郎署多暇,敝车羸马相过从,饮酒赋诗为乐,虽大风雪弗辍也。"① 周茂源在本年有《慰宋荔裳》诗,显系为宋琬冤狱所作:"北寺凌寒饱橐饘,幽兰白雪自盈编。三秋怅望燕台月,五夜哀吟蜀国弦。"② 在这一年,其他的"燕台七子"成员,尚未在京城活动。

顺治八年秋,施闰章奉使广西,回京后不久即因祖母逝世,丁忧返回故乡宣城。这一年冬,宋琬出狱,仍在吏部任职。而周茂源在本年亦一度奉使出京,作有《辛卯正月奉使闽中出都之作》③。周茂源从顺治六年中进士起,一直在京城任职,本年系中第后首次出京。途中所作之《辛卯长至宿卫辉使馆》有句云:"万里乍归沧海使,三年长拂帝京尘。"④

顺治九年,宋琬继续在吏部任职,周茂源亦回到京城。

顺治十年,赵宾由淳化县令入京,升刑部主事。《赵锦帆先生传》:"因例升刑部主事……此先皇十年事也。"⑤ 本年冬,宋琬外调,授官分巡陇右道兼兵备佥事。

顺治十一年春,宋琬启程赴秦州任,暂时远离了京城诗坛。也正是在这一年,张文光以钱塘知县调任为兵科给事中,入京。

---

① 宋琬:《周釜山诗序》,《安雅堂全集》卷八,第375页。
② 周茂源:《慰宋荔裳》,《鹤静堂集》卷七,《四库全书存目丛书》集部第219册,第84—85页。
③ 周茂源:《鹤静堂集》卷四,第45页。
④ 周茂源:《辛卯长至宿卫辉使馆》,《鹤静堂集》卷七,第84页。
⑤ 张慎为:《赵锦帆先生传》,《学易庵诗集》卷首,第471页。

顺治十二年春，施闰章服满赴京，为刑部广西员外郎。这一年，丁澎、严沆中进士，开始在京城活动。六月，周茂源出京，往河南恤刑。

值得注意的是，陈祚明也是在这一年入京，开始活动于京城文化圈之内。以《清诗纪事初编》为代表的大部分研究者，都认为陈祚明首次入京是在顺治十三年："顺治十三年入都，以诗酒遨游公卿间。"① 然田茂遇《水西近咏·挚匹偶存》有《赠陈胤倩》云："争传七子西园赋，为访群龙东井归。"②《水西近咏·挚匹偶存》明确注云"乙未"，是田茂遇顺治十二年在京期间所作。此诗作于顺治十二年秋，而此时陈祚明正在京城，与田茂遇相逢。由此足以证明，陈祚明首次入京，并非在顺治十三年，而是在顺治十二年秋。而陈祚明本人的诗作亦可证实这一点。其《田髯渊孝廉游西山归将买舟南下长歌赠别》有"我留京邸四载余"③ 之句，《送黄响先司李端州》更云："自我来京华，四见秋草黄。"④ 此二诗皆作于顺治十五年。《庚子春送周茂三南征四首》作于顺治十七年，其二云："自我客京国，岁序曰五改。"⑤《送包水部枢臣奉使之鸠兹》则作于顺治十八年，有"七年燕市称狂客"⑥ 之句。同年所作《题画再送方贻》有"京洛风尘淹七载"⑦ 句。《辛丑八月将出燕山留别邸中知交》其三有"关河七载来时路"⑧ 之句，皆可证实，陈祚明至少在顺治十二年，已在京城生活。

顺治十三年三月，丁澎到京，并有《丙申岁三月初抵长安作》⑨。宋琬仍在秦州任上。是年秋，施闰章被委任为山东学政，奉使视学山东。年末，赵宾一度奉使秦中，施闰章有《赴官山左闻赵锦帆使秦中》："岁暮同曹忽分手，路岐东鲁望西秦。"⑩ 其余"燕台七子"成员，则均在京城任职。

---

① 邓之诚：《清诗纪事初编》，第260页。
② 田茂遇：《赠陈胤倩》，《水西近咏》，第389页。
③ 陈祚明：《田髯渊孝廉游西山归将买舟南下长歌赠别》，《稽留山人集》卷三，第486页。
④ 陈祚明：《送黄响先司李端州》，《稽留山人集》卷三，第487页。
⑤ 陈祚明：《庚子春送周茂三南征四首》，《稽留山人集》卷六，第513页。
⑥ 陈祚明：《送包水部枢臣奉使之鸠兹》，《稽留山人集》卷七，第519页。
⑦ 陈祚明：《题画再送方贻》，《稽留山人集》卷七，第519页。
⑧ 陈祚明：《辛丑八月将出燕山留别邸中知交》，《稽留山人集》卷七，第523页。
⑨ 丁澎：《扶荔堂诗集选》卷一，第361页。
⑩ 施闰章：《赴官山左闻赵锦帆使秦中》，《学余堂诗集》卷三十五，《施愚山集》第3册，第225页。

顺治十四年春，宋琬升任永平副使。初夏回到京郊任职。施闰章则在山东任上。是年六月，丁澎为河南乡试主考官，因科场案下狱。也是在这一年，周茂源出任处州知府，从此远离了京城诗坛。张文光、赵宾、严沆等，皆在京城为官。

需要注意的是，宋琬在顺治十四年至十六年的永平副使任上，虽然身处京郊，离京城距离并不甚远，但他却极少回到京城，在这一时期基本上没有参与"燕台七子"在京城诗坛上的文学活动。以至于顺治十年以后入京的"燕台七子"成员如张文光、赵宾等，诗集中完全没有存留下与宋琬来往唱和的记录。顺治十二年成进士而居留京城的丁澎，其"会游京阙，得时从折衷同调合志"所作之《五君咏》，也只包括"张补阙谯明"张文光、"赵法曹锦帆"赵宾、"严黄门子餐"严沆、"施学使尚白"施闰章、"周郡守宿来"周茂源①，却并不及宋琬。不过，宋琬这段时间虽未在京城诗坛活动，却仍得到"燕台七子"其他在京成员的承认和推挽。丁澎《遗宋玉叔书》："始仆游长安，顿忘固陋，独与黄门法曹诸君子共推挽玉叔，比调迭唱，以庶几接嘉隆之轨。"②宋琬本人《寄怀施愚山少参》提到"绛帐遍青齐，相望渺恒碣。吾友下礼曹，词翰果清绝。同人滥吹奖，蓻菲采薄劣"③，其中"绛帐遍青齐"系施闰章任山东学政，事在顺治十三年；而"同人滥吹奖"更与丁澎"与黄门法曹诸君子共推挽玉叔"的记载相对应。宋琬在已离开京城诗坛的状态下，在京城文化圈中仍保留着一定的声望与影响力，正是因"燕台七子"其他成员大力推挽之故。

顺治十五年四月，张文光被委任为江南按察使司副使、池太道，离开京城。是年丁澎戍尚阳堡。

顺治十六年秋，宋琬由永平副使调浙江宁绍台道，离开京城。至此，"燕台七子"主要成员大部分都已离开京城，这一文学团体在京城的影响力亦走到了尽头。

上述情况以简表呈现，见表2-1：

---

① 丁澎：《五君咏》，《扶荔堂诗集选》卷一，第363页。
② 丁澎：《遗宋玉叔书》，《扶荔堂文集选》卷七，第531页。
③ 宋琬：《寄怀施愚山少参》，《安雅堂全集》卷二，第107页。

表 2-1 顺治朝"燕台七子"在京活动一览

时　间	"燕台七子"在京成员
顺治三年	宋琬（举顺天乡试） 赵宾（中进士）
顺治四年	宋琬（中进士，授户部河南司主事）
顺治五年	宋琬（在户部主事任）
顺治六年	宋琬（在户部主事任，是年秋外调芜湖） 施闰章（中进士，授刑部主事） 周茂源（中进士，授刑部主事）
顺治七年	宋琬（回京，任吏部稽勋司主事，因事入狱） 施闰章（在刑部主事任） 周茂源（在刑部主事任）
顺治八年	宋琬（是年冬狱解，在吏部主事任） 施闰章（是年冬奉使广西，丁忧返乡） 周茂源（是年奉使福建）
顺治九年	宋琬（在吏部主事任） 周茂源（在刑部主事任）
顺治十年	宋琬（是年冬外调陇右） 周茂源（在刑部主事任） 赵宾（入京，任刑部主事）
顺治十一年	张文光（入京，任兵科给事中） 赵宾（在刑部主事任） 周茂源（在刑部主事任）
顺治十二年	施闰章（服满赴京，为刑部广西员外郎） 张文光（在兵科给事中任上） 赵宾（在刑部主事任） 丁澎（中进士，为庶吉士） 严沆（中进士，为庶吉士） 陈祚明（是年秋入京） 周茂源（六月出京赴河南恤刑）
顺治十三年	丁澎（官刑部主事） 严沆（任兵科给事中） 施闰章（在刑部员外郎任上，是年秋任山东学政，出京） 张文光（在兵科给事中任上） 赵宾（在刑部主事任） 陈祚明（在京城） 周茂源（回京，在刑部主事任）

(续表)

时　间	"燕台七子"在京成员
顺治十四年	宋琬（升任永平副使，回到永平任职） 丁澎（六月出为河南乡试主考官） 严沆（在户科给事中任，曾一度典试山东） 张文光（在兵科给事中任） 赵宾（在刑部主事任） 陈祚明（在京城）
顺治十五年	宋琬（在永平副使任上） 严沆（在刑科给事中任） 赵宾（在刑部主事任） 陈祚明（在京城）
顺治十六年	严沆（在刑科都给事中任） 赵宾（在刑部主事任） 陈祚明（在京城）

由表2-1可以看到，在顺治六年至顺治十二年期间，也即陈祚明入京之前的数年内，周茂源一直在京任职，并且在刑部主事任上，与同样任职郎署的宋琬、施闰章、赵宾等人，有相当密切的交往。顺治十年以前，"燕台七子"大多数成员或在地方官任上，或尚未取得功名，这一文学团体仅具雏形，而在这段时间内，活跃在京城的正是同系刑部主事的宋琬、施闰章、周茂源三人，也即宋琬在《周釜山诗序》中所提到的"郎署多暇，敝车羸马相过从，饮酒赋诗为乐"①。到了顺治十年以后，张文光、赵宾、丁澎、严沆等相继入京，周茂源仍是其中重要人物，与"燕台七子"多数成员均有极密切之交往。

宋琬虽最终未将周茂源列入"燕台七子"成员，但他早在顺治六年周茂源中进士时，即与之订交，且来往极为频繁，上文所引《周釜山诗序》即是明证。《周鹰垂诗序》亦云："吾友周君釜山少而诗名闻海内，后与余同为郎京师，则相与往来赋诗，每一篇出，吾党皆逊谢以为不及。"② 宋琬于顺治七年入狱时，周茂源亦在京并有《慰宋荔裳》诗相送。其后，周茂源

---

① 宋琬：《周釜山诗序》，《安雅堂全集》卷八，第375页。
② 宋琬：《周鹰垂诗序》，《安雅堂全集》卷八，第400页。

于顺治八年使闽时，宋琬尚有《送周宿来赍诏闽中兼怀直方尚未诸昆弟》，周茂源并有《酬宋荔裳赠行四章次原韵》① 与之唱酬。后来到了康熙时代，宋琬流寓江南之时，还曾在松江与周茂源会面，周茂源并有《宋荔裳观察移家旅松元日奉柬》② 等。

周茂源于顺治十二年赴河南恤刑时，有《怀施尚白》一诗："郎官比舍旧题名，三度参商出凤城。"③ 明确提及两人订交，系在"郎官比舍"也即任职刑部郎署之时。后来施闰章任职江西，周茂源曾前往临江访问，施闰章《学余堂诗集》卷三十七有《入夏十日怀周釜山去年此日同泛临江》。

丁澎在《五君咏》中，明确将周茂源与张文光、赵宾、严沆、施闰章等四位"燕台七子"成员，视为"仆会游京阙，得时从折衷同调合志"④ 的友人。在周茂源于顺治十二年赴河南恤刑时，他有《周宿来比部奉使河阳谢病乞归却寄》⑤。顺治十四年周茂源任处州知府，他又有《括苍太守歌送周宿来之郡》⑥ 赠之。

周茂源与赵宾订交，系在赵宾于顺治十年入京任刑部主事之后。周氏《怀赵锦帆》一诗，提及自己和赵宾在京城时的交往："赵子起中原，俊望激颓俗。……昔同秋官郎，大义互敦勖。怀才具栋梁，宁苟受微禄。"⑦ 后来周茂源出任处州知府，赵宾有《送周宿来出守括苍》送之。

值得注意的是，刑部郎署在"燕台七子"形成的过程中，起了相当大的作用，这一点也为"燕台七子"成员所公认。施闰章《临江答宋荔裳西湖见寄》："十年思射虎，七子岂枯萤？（注云：往同在部曹，有燕台七子之目。）"《哭颢亭少司农》："君捷南宫日，余陪西署郎。定交原杵臼，卜夜屡壶觞。……七子诗标举，千秋兴激昂。"宋琬《送施尚白赍诏粤西》亦有意识提及"燕台七子"与明代后七子在西曹官员身份上的相似性："昔在先朝全盛日，才人辈出肩相望。济南娄东擅独步，起家同拜秋官郎。白云轶事在

---

① 周茂源：《鹤静堂集》卷四，第46页。
② 周茂源：《鹤静堂集》卷十，第121页。
③ 周茂源：《怀施尚白》，《鹤静堂集》卷七，第89页。
④ 丁澎：《五君咏》，《扶荔堂诗集选》卷一，第363页。
⑤ 丁澎：《扶荔堂诗集选》卷六，第400页。
⑥ 丁澎：《扶荔堂诗集选》卷二，第367页。
⑦ 周茂源：《怀赵锦帆》，《鹤静堂集》卷一，第8页。

人口，片词只句犹琳琅。百有余祀调遂寡，作者谁复升其堂。宣城词客奋彩笔，重来西省生辉光。"① 丁澎《长歌酬锦帆尚白》所言更详："长安街头日走马，秋宪门前马齐下。同舍为郎三十人，尽属西曹振风雅。大梁赵生气若虹，金石拊击声摩空。宣城施子意不薄，吞吐胸中半丘壑。仆也驱驰伯仲间，拍肩奋袖都欢颜。……俗眼睥睨安足论？海内诗名吾自有。"② 其诗明确指出，"燕台七子"是在任职郎署之时，逐渐形成文学社团的。而其中"西曹"的作用尤其显著，"燕台七子"成员中，宋琬、施闰章、赵宾、严沆、丁澎五人，皆有任职刑部郎署的经历。而周茂源恰在顺治六年中进士后，相当长的一段时期内在刑部任职。除顺治八年奉使福建，顺治十二年赴河南恤刑以外，从顺治六年至十二年期间，他皆在刑部郎署任职。其《辛卯长至宿卫辉使馆》作于顺治八年，有"万里乍归沧海使，三年长拂帝京尘"③句，《怀施尚白》作于顺治十二年出京恤刑之时，亦有"郎官比舍旧题名，三度参商出凤城"④句，可知他在顺治九年回京以后，一直任职刑部。

由此可见，在陈祚明入京并扎根于京城文学圈子之前，周茂源与"燕台七子"的其他成员特别是宋琬与施闰章显然关系要更加密切。施闰章所云"往同在部曹，有燕台七子之目"，考证施闰章与宋琬生平，两人"同在部曹"的时间，只能是顺治六年至顺治八年间，其后施闰章即丁忧返乡。后来，施闰章于顺治十二年服满重回部曹，这时宋琬早已外调。在这一时间段内，能与他们"有燕台七子之目"者，除了也同时身在刑部任职的周茂源以外，绝无他人。

总之，"燕台七子"的人员构成，并非恒定，而是随着时间流逝和成员的离京，有一定变化。周茂源实为顺治六年至顺治十二年之间，"燕台七子"这一文学团体尚未完全成型的时期，活跃于该文学团体内部的不可或缺的重要诗人。只因他在顺治十四年以后出京任职，在顺治后期"燕台七子"的文学活动中淡出，所以才未能成为最后入选《燕台七子诗刻》的成员。

---

① 宋琬：《送施尚白赍诏粤西》，《安雅堂全集》卷三，第158页。
② 丁澎：《长歌酬锦帆尚白》，《扶荔堂诗集选》卷二，第366页。
③ 周茂源：《辛卯长至宿卫辉使馆》，《鹤静堂集》卷七，第84页。
④ 周茂源：《怀施尚白》，《鹤静堂集》卷七，第88—89页。

而顺治十二年进京,且此后一直在京城活动的陈祚明,则填补了他留下的空缺。将周茂源视为"燕台七子"之早期成员及"编外"成员,是恰如其分的评价。

二、宋琬与京城诗坛

宋琬(1614—1673),字玉叔,号荔裳,山东莱阳人。顺治四年进士,授户部主事,历官监督芜湖钞关、陕西陇右道佥事、直隶永平道副使、浙江宁绍台道参政、浙江按察使,任上因被诬与于七起义有牵连而被捕入狱,全家被囚三年,方得免罪放归故乡。其后流寓江南,直至康熙十年方被起用来京,次年授四川按察使,时逢三藩之乱,家人失陷,遂忧愤而亡。

宋琬是清初最负盛名的诗人之一,与施闰章并称"南施北宋":"康熙已来,诗人无出南施北宋之右。宣城施闰章愚山,莱阳宋琬荔裳也。"① 同时他也是清初京城诗坛的风云人物,先后占据顺治时代京城著名文学团体"燕台七子"和康熙初期京城文学团体"海内八家"之一席。入清后,他不仅在京城长期任职并定居,而且,他在京城诗坛上的活动与他自身的文学声望,以及京城诗坛的诗风变迁,皆有密切的关系。

(一) 晚明时代宋琬在京城的文学活动

宋琬与京城发生联系的时间相当早,作为天才早慧的世家子弟,他早在晚明时代即随父长期居住京城,并在京城诗坛上有了一定名气。崇祯四年,宋琬父宋应亨由清丰知县考选至京师任职,授礼部主客司主事。是年十八岁的宋琬借省亲北上游学京师,入国子监。王熙《通议大夫四川按察使司按察使宋公琬墓志铭》云:"是时公父吏部公方以清直宿望参选事,九青公(宋玫)亦官给谏。公缘省觐而游太学。"② 宋琬本人则在《祁止祥书帖后》中记载:"昔予弱冠,从先大夫宦游京邸。"③ 这是宋琬与京城产生关系的最早开端。

入京以后,宋琬常随父宋应亨及族兄宋玫在京参加文人雅士的宴饮聚

---

① 王士禛:《池北偶谈》卷十一,《王士禛全集》,第 3085 页。
② 王熙:《通议大夫四川按察使司按察使宋公琬墓志铭》,《王文靖公集》卷十九,《四库全书存目丛书》集部第 214 册,第 660 页。
③ 宋琬:《祁止祥书帖后》,《安雅堂全集》卷十一,第 520 页。

会，结交了不少京城文化名流。其中以王崇简最为知名。王崇简《青箱堂诗集》系于崇祯五年的诗作《岁暮宋玉仲玉叔夕坐胜引楼因念杨史占宋文玉之别》①，可知至少在这一年两人已经订交。

崇祯六年，宋琬曾一度离京，崇祯八年以高才生拔贡，再入京城游太学。王熙《重刻安雅堂集序》云："忆自前明乙亥，先生举茂才异等，来京师，与先君文贞公申侨肸之好。"② 其后，宋琬一直在京城居住，并曾数次参加会试，然科场不利。直到崇祯十三年，其兄宋璜中进士授杭州推官，宋琬随兄赴杭州任所。

从崇祯四年随父入京，直至崇祯十三年南下，宋琬在这九年内，除崇祯六七年间短期回乡以外，一直生活在京师。这是宋琬京城生涯的第一个阶段。在这一阶段内，宋琬虽然年纪尚轻，但已经有了一定的名气，并借由京城诗坛这一平台而广泛传播，这也成为他入清以后扬名的基础。王熙《通议大夫四川按察使司按察使宋公琬墓志铭》云："公年虽少，而诗文名实闻见四方。"③

（二）顺治三年至六年期间宋琬在京的文学活动

入清以后，宋琬与京城的渊源，仍然在延续。他在明清易代的战乱中曾一度流寓南方，但顺治三年春即再入京城，是年举顺天乡试。次年又举会试，授户部河南司主事。其后在户部任职，直至顺治六年秋调任芜湖钞关为止。这是宋琬在京城活动的第二个阶段。其间除了中乡试后一度返回莱阳故里以外，他一直在京城生活，属于较早仕清并且在清初京城诗坛扎根和活动的诗人之一。

宋琬身为世家子弟，出身背景非同一般，其父宋应亨在崇祯十六年清军入寇山东时守土抗清战死，包括宋琬族兄宋玫在内的多位宋氏族人同时遇难。然宋琬却是较早仕清的新贵诗人之一，其原因一方面与宋琬在明朝时长期场屋不利有关；另一方面，父兄族人抗清殉难这一特殊而敏感的家庭背景，也在入清以后给他带来了相当大的麻烦，迫使其为生存作出选择。作于顺治二年的《京口送房周垣北归》其二云："忽忆同游地，今成异姓庐。"注

---

① 王崇简：《青箱堂诗集》卷二，第46页。
② 王熙：《重刻安雅堂集序》，《王文靖公集》卷十一，第564页。
③ 王熙：《通议大夫四川按察使司按察使宋公琬墓志铭》，《王文靖公集》卷十九，第660页。

云:"时余家宅第为邑豪所据。"① 《郭辉竹太夫人寿》亦提到其家在甲申年曾遭逢原因不明的家难:"甲申之岁起龙蛇,雀鼠豺狼坏我家。翟公宾客半零落,鹡鸰原上昏风沙。肝胆一朝成楚越,挥戈奋臂磨其牙。"② 味其"鹡鸰原"之句,此家难应与宋氏族人相关。《长歌寄怀姜如须》则对自己的仕清阐释更详:"携家流落栖江左,出处怜予无一可。旧业虽余数顷田,犁锄欲把谁能那?况复陈留风俗衰,青咒玄熊啼向我。应诏公车解褐衣,勉寻升斗羞卑琐。"③ 甲申国变以后,他流寓江南,失去生活来源,故乡的家产又遭逢巧取豪夺,为生存计,仕清也成为他的必然选择。

宋琬作为并无明廷官员身份的年轻士人,他对明朝的感情,本就不如贰臣辈更加深沉复杂。他虽然也不乏"战伐何时息,浮生此际难。谁云愁可畔,翻觉恨无端"④ 这类对故国沦亡、陵谷巨变的感慨与迷惘,但对自身前途命运的关注,显然还是占了上风。他在顺治三年北上应清廷科举后不久所作的《曹秋岳斋中社集》中写道:

> 歌钟久谢平阳馆,鼙鼓遥悲天宝年。讵有江湖容皂帽,难将妻子入蓝田。陆机赴洛心元壮,王粲怀秦事可怜。千里厌闻猱玃啸,三春怯对鹭鸥眠。园陵寂寞西京后,词赋峥嵘北斗边。佩去空滋九畹蕙,时移犹贵五铢钱。青袍白马看如练,秾李夭桃争欲然。燕市只今征骏骨,豫章何日劚龙泉?飞扬戏插镆铘箭,摇落身如舴艋船。⑤

宋琬承认朝代更迭这一事实无法改变,而他也欲以"陆机赴洛"的心态,向新王朝展示自己的"词赋峥嵘"。所以,在这一时期内,宋琬在京城的主要交往对象,大多是仕清较早的贰臣文士,如王崇简、龚鼎孳、曹溶等。年轻而文名早著的世家子弟宋琬,很快融入了这个由仕清文士构成的圈子。

---

① 宋琬:《京口送房周垣北归》,《安雅堂全集》卷四,第 174 页。
② 宋琬:《郭辉竹太夫人寿》,《安雅堂全集》卷三,第 146 页。
③ 宋琬:《长歌寄怀姜如须》,《安雅堂全集》卷三,第 151—152 页。
④ 宋琬:《赠别曹秋岳太仆》,《安雅堂全集》卷四,第 188 页。
⑤ 宋琬:《曹秋岳斋中社集》,《安雅堂全集》卷六,第 347 页。

早在顺治三年宋琬入京后不久，他就参与了当年二月十二日由曹溶主持的以"花朝"迎春为主题的社集聚会。这次社集活动规模相当大，参与者包括龚鼎孳、李雯、赵进美、宋琬、张学曾、朱虚，以及刚从南方归回不久的王崇简。宋琬本人在这次聚会上作有《春日曹侍御秋岳斋中社集》七古、五律、五言排律、七言排律各一。此外，曹溶有《芝麓舒章尔唯敬哉玉树韫退过集分赋》，龚鼎孳有《花朝同敬哉韫退玉叔尔唯舒章介庵社集秋岳斋限韵十体》，李雯有《十体诗花朝社集秋岳斋限韵》，王崇简有《春日曹秋岳社集龚孝升李舒章宋玉叔赵韫退别体限韵》。

可以看到，此次聚会的参与者，全部是在京的仕清文士；且除了在明朝尚无官职的宋琬和以诸生身份仕清的李雯以外，其余几人都是以明臣身份仕清的贰臣。由此足以看出，宋琬在顺治初年居留京城期间的主要交往对象是生活在京城的仕清文人。

这一时期宋琬在京的交往，较值得注意的另一方面，是他与李雯、宋徵舆、周茂源等在京云间派诗人的密切往来。宋琬与李雯早在晚明时代即已在京订交，李雯有《至前一日敬哉玉叔吉士约集摩诃庵冒雪而往余不能从诸君归述此叙之乐因赋》①。甲申国变后，李雯滞留京城而仕清，宋琬则流寓江南，后亦北上应举，两人重逢于京城，宋琬有《重晤李舒章二首》记之："漠漠阴风吹草莱，故人悲喜更衔杯。竞传河朔陈琳檄，谁念江南庾信哀。""曾向燕山对落晖，重来陵谷已全非。即看明主无金碗，何事孤臣泣纻衣。"② 对于李雯不得已而仕清的愧悔凄楚心态，颇多理解。两人共同参与了顺治三年的花朝之会，其后李雯并有《春雨欲过宋玉叔不果赋赠》③。不久李雯南归，宋琬《送李舒章南还四首》相赠，其二云："垂钓堪思申浦鱼，惊心重数乱离初。莺花又满咸阳路，龟策难知楚客居。碣石春寒犹有雁，茂陵云黯久无书。故人况逐扁舟去，满目江湖涕泪余。"注云："时话甲申之变。"④ 亦具故国沧桑之感。

在顺治初年的这一段在京生活经历中，宋琬与云间派另一重要人物宋徵

---

① 李雯：《蓼斋集》卷二十七，《李雯集》，第 506 页。
② 宋琬：《重晤李舒章二首》，《安雅堂全集》卷五，第 293—294 页。
③ 李雯：《蓼斋后集》卷四，《李雯集》，第 907 页。
④ 宋琬：《送李舒章南还四首》，《安雅堂全集》卷五，第 294 页。

舆订交。后者于顺治三年,入京试北闱,在京逗留百余日。宋徵舆《送米吉士序》:"今朝廷开国之次年,予即公车,既至燕。……然予旋得假归,留燕仅百日。"① 正是在此期间,宋琬结识了宋徵舆。《祭直方副宪文》:"逾年丙戌,京兆荐余。君于是冬,再上公车。定交燕市,其乐只且。"② 由此可知,宋徵舆所应为顺治四年之会试,他在顺治三年冬到京,与宋琬在此期间订交。在京期间,两人颇多唱和,宋徵舆《巳秋稿自序》对此记载颇详:

> 予自丁亥正月入都,至四月得假,留京师者百许日。始沉于举子业,后仆仆车马间,无时优闲以遂吟咏。时海宁陈学士彦升、益都赵大行韫退、桐城姚庶常若侯、莱阳宗兄玉叔,皆擅风雅,以能言鸣有所唱,属予和之。③

宋琬与宋徵舆的交往,随着两人中第授官后定居京城,一直延续下来。两人皆在顺治四年成进士,宋琬授户部主事,宋徵舆授刑部主事,直至顺治六年宋琬出榷芜湖,次年宋徵舆外放福建布政使为止,两人皆在京城郎署任职,来往颇为密切,且有相当多的文学交流。宋琬在《祭直方副宪文》中回忆道:"为尚书郎,先后铨除。望衡接宇,杯酒相于。晨趋君邸,夕造吾庐。抗言今昔,高论起予。文宗西汉,诗法黄初。……分题命韵,酬倡无虚。披衷沥赤,手足不如。"④

顺治六年,经由宋徵舆的介绍,宋琬还结识了云间派后期重要诗人之一的周茂源。按宋琬《周釜山诗序》记载:"吾同官有二人焉,一为周子釜山,一为施子愚山,则相与为交欢相得也。郎署多暇,敝车羸马相过从,饮酒赋诗为乐,虽大风雪弗辍也。"⑤ 当时周茂源与宋琬皆系刑部主事,往来便利。而且当时周茂源已是颇有名气的云间诗人,故宋琬乐于与他结交。宋琬《周鹰垂诗序》:"吾友周君釜山少而诗名闻海内,后与余同为郎京师,则相与往

---

① 宋徵舆:《送米吉士序》《林屋文稿》卷三,第282页。
② 宋琬:《祭直方副宪文》,《安雅堂全集》卷十五,第687页。
③ 宋徵舆:《巳秋稿自序》,《林屋文稿》卷五,第316页。
④ 宋琬:《祭直方副宪文》,《安雅堂未刻稿》卷十五,第687页。
⑤ 宋琬:《周釜山诗序》,《安雅堂全集》卷八,第375页。

来赋诗,每一篇出,吾党皆逊谢以为不及。"①

李雯与宋徵舆皆系云间派创始人"云间三子"成员,周茂源也是云间派后期健将,他们在诗学观念上给予了宋琬相当大的影响。后来宋琬回忆道:"往在京师与舒章抗论反复,以为专宗汉魏,何如上溯雅南。"② 与云间友人的频繁文学交流,使他不仅对云间派的诗学主张比较了解,而且较有好感:"云间之学,始于几社。陈卧子、李舒章有廓清摧陷之功,于是北地、信阳、济南、娄东之言,复为天下所信从。"③ 他盛赞云间派在公安、竟陵诗风盛行的晚明时代,重振七子声威的功绩:"三十年来海内言文章者,必归云间。方是时,陈、夏、徐、李诸君子,实主齐盟,而皆以予兄尚木为质的。复有子建、直方为之羽翼,于是诗学大昌,一洗公安、竟陵之陋,而复见黄初、建安、开元、大历之风。"④

宋琬本人的创作体现出的绮靡丽藻与雄强风骨相结合的特点,亦约略可见云间宗风的特征。钱谦益云:"玉叔之诗,天才隽朗,逸思雕华,风力既遒,丹采弥润。陶写性灵,抒寄幽愤,声出宫商,情兼雅颂,其诗人之雄乎?"⑤ 即指出宋琬诗既尚丽藻,又有骨力的特点。吴伟业《安雅堂集序》亦指出宋琬诗风隽丽而多"凄清激宕"的特点:"其才情隽丽,格合声谐,明艳如华,温润如璧,而抚时触事,类多凄清激宕之调。又如秋隼盘空,岭猿啼夜,境事既极,亦复不骛于和平,庶几乎备文质而兼雅怨者。"⑥ 虽然尚不能确定宋琬这种丽藻与风骨并重的特征是直接学习云间,但他早年与李雯、宋徵舆辈"抗论反复",后来又与周茂源"饮酒赋诗为乐,虽大风雪弗辍也"的经历,显然会在他诗风形成的过程中留下印记。

(三) 顺治七年至十年间宋琬在京的文学活动

顺治六年,宋琬外调芜湖钞关,次年八月回京,改任吏部稽勋司主事。十一月以恶仆诬陷而入狱,顺治八年二月出狱,仍在吏部任职。顺治十年冬,正式外调,授官分巡陇右道兼兵备佥事。由顺治七年自芜湖回京,到顺

---

① 宋琬:《周鹰垂诗序》,《安雅堂全集》卷八,第400页。
② 宋琬:《周釜山诗序》,《安雅堂全集》卷八,第374页。
③ 同上。
④ 宋琬:《尚木兄诗序》,《安雅堂全集》卷八,第379页。
⑤ 钱谦益:《安雅堂全集序》,《有学集》卷十七,第764页。
⑥ 吴伟业:《宋玉叔诗文集序》,《吴梅村全集》卷五十九,第1153页。

治十年外调秦州,这是宋琬与京城诗坛发生联系的第三个阶段。

在这一阶段,最值得注意的就是宋琬与"燕台七子"的往来。除严沆与宋琬订交较早,在晚明时代即有诗文往来以外;"燕台七子"的其余成员,几乎都是宋琬在这段时期结识的。宋琬《严母江太孺人七秩寿序》对此记载颇详:

> 余自束发之年,即与严给谏灏亭以诗文相切劘。既先后通籍,得与海内贤豪文章之士游。大梁则张子文光、赵子宾,宣城则施子闰章,钱塘则丁子澎、陈子祚明,并灏亭与余而七。仿王李宗梁之遗事,有燕台七子诗行世。①

宋琬在京结识的首位"燕台七子"成员,系施闰章。他在顺治六年已成进士,然是年适逢宋琬出榷芜湖,两人未能会面。宋施二人的最终订交,系在顺治七年末,宋琬首次受诬入狱期间。时施闰章正在刑部任主事,故能与尚在狱中的宋琬结识。施闰章《宋荔裳北寺草序》对此记载甚详:"自吾好为诗,通籍而求当世缙绅同辈,得一人焉曰宋荔裳。既读其集数卷,慕悦之不得见。会入直西曹,见荔裳非所,大嗟异,遂定交圜墙间。"②宋琬本人亦多次提到两人在狱订交的这一段佳话:"昔我陷虎吻,微躯蒙羁绁。君方拜法曹,顾余两悲咽。愧乏平生欢,定交在狱阒。"③"宣城词客奋彩笔,重来西省生辉光。前身应是谢太守,风格不下陈思王。阅我姓名在囹隶,定交折节桁杨旁。赭衣逡巡不敢揖,况与法吏相颉颃。一人知己死不恨,区区此意安可忘。"④

顺治八年冬,施闰章奉使广西,与宋琬分别,当时宋琬尚在狱中。施闰章《忆昔行寄宋荔裳陇西》小序记载甚详:"辛卯冬,于役西粤。宋员外琬坐系,泣赠长歌,呼予谢宣城。……及粤西乱后,予归居先王母忧,宋已脱

---

① 宋琬:《严母江太孺人七秩寿序》,《安雅堂全集》卷十,第480—481页。
② 施闰章:《宋荔裳北寺草序》,《学余堂文集》卷四,《施愚山集》第1册,第73—74页。
③ 宋琬:《寄怀施愚山少参》,《安雅堂全集》卷二,第106页。
④ 宋琬:《送施尚白赍诏粤西》,《安雅堂全集》卷三,第158页。

难，迁吏部尚书郎。"① 施闰章所提及宋琬"泣赠长歌，呼予谢宣城"，应是宋琬所作《送施尚白赍诏粤西》一诗："宣城词客奋彩笔，重来西省生辉光。前身应是谢太守，风格不下陈思王。……我皇献寿长秋宫，诏书捧出蓬莱殿。解泽宏敷万国欢，恩膏须使蛮方遍。……尹生今为二千石，与尔同门兄弟为。尊酒相于傥问讯，念余脱械当何时。"② 诗中明确写到施闰章奉使粤西之时，自己尚在狱中，并未开释。而宋琬的出狱，则至少已在施闰章抵达广西以后。宋琬《寄怀施愚山少参》："爰书未奏当，忽作粤中别。挥泪远行迈，万里忧心惙。先帝汤文姿，沉冤荷昭晰。豺狼伏厥辜，再添鹓行列。之子在桂林，赋诗见慰悦。"③ 包括叶君远等《宋琬年表（上）》④、李娟《宋琬年谱》⑤ 在内的不少相关研究，都认为宋琬于顺治八年夏已经出狱，其说值得商榷。

值得注意的是，宋琬虽被视为"燕台七子"成员，并列名于顺治十八年严沆所编之《燕台七子诗刻》，但他却始终游离于"燕台七子"这一文学团体的活动范围之外。其原因是"燕台七子"成员除宋琬和施闰章外，皆系顺治十年以后方到京城。其中，赵宾在顺治十年以淳化县令入京任刑部主事，张文光在顺治十一年以钱塘知县调任兵科给事中，丁澎、严沆皆在顺治十二年中进士，陈祚明也是顺治十二年秋到京。而在顺治十年以后，也即"燕台七子"在京活动最密集的时间段，宋琬已经离开京城，远赴秦州，顺治十四年方由秦州调回。其后在永平副使任上两年，直至顺治十六年调任浙江。

在任职永平副使的两年期间，虽然与京城距离并不甚远，但宋琬却极少回到京城，在这一时期基本上没有参与"燕台七子"在京城诗坛上的文学活动。以至于顺治十年以后入京的"燕台七子"成员如张文光、赵宾等人的诗集中完全没有存留下与宋琬来往唱和的记录。顺治十二年成进士而居留京城的丁澎，其"会游京阙，得时从折衷同调合志"所作之《五君咏》，也

---

① 施闰章：《忆昔行寄宋荔裳陇西》，《学余堂诗集》卷十五，《施愚山集》第2册，第292—293页。
② 宋琬：《安雅堂全集》卷三，第158—159页。
③ 宋琬：《安雅堂全集》卷二，第106—107页。
④ 叶君远、高莲莲：《宋琬年表（上）》，《沈阳师范大学学报》（社会科学版）2004年第5期。
⑤ 李娟：《宋琬年谱》，兰州大学2008年硕士学位论文。

不及宋琬。而丁澎与宋琬最终见面,还是在他于顺治十四年遣戍尚阳堡时,途经永平,方得会面:"仆道经卢龙塞口,卧槛车中,不省玉叔之莅兹土也,遥见瓯脱外数悍骑挟弓弩而前,惶悸失色,忽下马并车揖相持而哭,慰问加餐良苦。"①

宋琬这段时间虽未在京城诗坛活动,但在诗坛的名气和影响力并未消泯。丁澎提及当时京城诗坛有"南丁北宋"之称:"大雅宣城倡,新声汴水遗。(注云:指愚山、锦帆。)开襟舒一笑,岸帻倒千卮。北宋濡毫健,(注云:南丁北宋,京师口号也。)髯张觅句迟。(注云:荔裳、谯明。)"② 而宋琬在身处外地的情况下,在京城诗坛仍保留着一定的声望与影响力,系因"燕台七子"其他成员大力推挽之故。丁澎《遗宋玉叔书》:"始仆游长安,顿忘固陋,独与黄门法曹诸君子共推挽玉叔,比调迭唱,以庶几接嘉隆之轨。"③

(四) 康熙九年至十一年间宋琬在京的文学活动

宋琬活跃于京城诗坛的第四个阶段,是在康熙九年至十一年。他在身经冤狱,一度放废江南以后,于康熙九年秋北上赴京,投牒自讼,自此寓居于京城。直至康熙十一年春补四川按察使,是年秋启程离京,次年进京述职,适逢三藩乱起,不得回程,卒于京城。

宋琬此次入京,因累逢冤狱,放废多年,心境已颇为颓唐。《初至京王敬哉先生贻诗慰问依韵赋答》:"散发江干带女萝,蓟门何意复经过。五湖笠子风涛稳,长乐钟声感慨多。放逐久无人问讯,文章能遣命蹉跎。出山小草良朋劝,犹自羁魂怯网罗。"④ 其诗作于宋琬康熙九年入京以后,其中多宦海风尘之叹、深悔轻出之意。

在这一时期,宋琬直接参与了康熙时代京城诗坛重要文学团体"海内八家"的形成:"己酉奉使淮浦,庚戌冬入都,会考功兄再官吏部,莱阳宋按察琬玉叔、嘉善曹讲学尔堪子顾、宣城施参议闰章尚白、华亭沈副使荃贞

---

① 丁澎:《遗宋玉叔书》,《扶荔堂文集选》卷七,第531页。
② 丁澎:《严少司农颢亭六□和白侍郎代简寄元微之百韵诗》,《扶荔堂诗集选》卷十,第434页。
③ 丁澎:《遗宋玉叔书》,《扶荔堂文集选》卷七,第531页。
④ 宋琬:《初至京王敬哉先生贻诗慰问依韵赋答》,《安雅堂全集》卷五,第288页。

蕤，皆集京师，与予兄弟暨李陈诸子为诗文之会。"① "今年予在都下，故人曹君顾庵，宋君荔裳，王君西樵、阮亭，沈君绎堂，相与连日夜为文酒欢。"②

值得注意的是，宋琬此时的诗风变化，正与当时京城诗坛的风气丕变相合。他在身遭冤狱，放废江南之后，逐渐开始涉染宋风，"宋浙江后诗，颇拟放翁；五古歌行，时闯杜韩之奥"③。

王士禛所提到的宋琬诗"颇拟放翁"现象，有实证可循，在江南期间，宋琬确对陆游发生浓厚兴趣，《舟中病齿效陆放翁体》④ 即系效法陆游诗而作。《读剑南集》直接赞誉陆游诗的成就："高人最爱孔巢父，佳句惊看陆放翁。欲画衣冠无妙手，松江绣刺比来工。"⑤

宋琬诗风的变化，还体现在宗杜方面。宋琬一直相当尊崇杜甫，他在顺治十一年赴秦州任时，即曾谒秦州杜甫草堂。是年初冬，宋琬沿当年杜甫入川路线，巡察陇南，并特地拜访成县杜甫草堂，作《同欧阳介庵拜杜子美草堂诗》；次年再谒杜甫草堂，并捐己俸薪，重修杜甫草堂，有《祭杜少陵草堂》文。他在《题杜子美秦州流寓诗石刻跋》中，对杜甫评价极高："顾其诗乃逾益工，格亦逾益变，今所传《秦州杂诗》及《同谷七歌》数十篇，忧时悯乱，感物怀君，怨不涉诽，哀不伤激，殆渢渢乎小雅离骚之遗矣。"⑥不过，如前所述，宗杜本就是明七子的诗论标杆之一，宋琬在顺治时代的宗杜，更多的是源于他身为七子一脉诗人。

放废江南以后，宋琬的宗杜出现明显的变化。王士禄在康熙四年曾在江南与宋琬会面，有《宋荔裳四汉瓷盏歌》，诗中提到此时宋琬宗杜的方向，已经指向了杜甫夔州诗："宋侯今日之杜甫，万首新诗继夔府。"⑦ 而杜甫夔州诸诗所表现出的瘦硬拗峭之风，正是风格与"唐法"有异，而呈现出宋诗气象的转折之作，黄庭坚誉为"不烦绳削而自合矣"，"简易而大巧出焉，

---

① 王士禛：《居易录》卷五，《王士禛全集》，第 3761 页。
② 施闰章：《程周量诗序》，《学余堂文集》卷四，《施愚山集》第 1 册，第 74 页。
③ 王士禛：《池北偶谈》卷十一，《王士禛全集》，第 3086 页。
④ 宋琬：《安雅堂全集》卷五，第 285 页。
⑤ 宋琬：《读剑南集》，《安雅堂全集》卷六，第 332 页。
⑥ 宋琬：《题杜子美秦州流寓诗石刻跋》，《安雅堂全集》卷十一，第 527—528 页。
⑦ 王士禄：《宋荔裳四汉瓷盏歌》，《十笏草堂诗选》卷二，第 85 页。

平淡而山高水深"①。宋琬流寓江南时效法杜甫夔州诗,正代表了他诗风倾向于宋调的一面。后来他在康熙十一年入蜀为官,所作《入蜀集》,宋人气味更加浓厚,若《癸丑上元游赤壁作》,是为王士禛所激赏的名作:

> 步屧临皋芳草生,断崖千尺夕阳横。赋成赤壁人如梦,江到黄州夜有声。雪后归鸿频代谢,渚边孤鹤自哀鸣。烟波极目凭阑客,载酒还应酹月明。②

"海内八家"时代的宋琬,由于宗宋倾向太过鲜明,甚至被吴之振视为京城宋诗风的代表人物。吴之振《八家诗选·自序》:"余辛亥至京师,初未敢对客言诗。间与宋荔裳诸公相游宴,酒阑拈韵,窃窥群制,非世所谓唐法也。"③ 吴之振是立场鲜明的宗宋派,他所激赏的宋琬"非世所谓唐法"的一面,显指其宗宋倾向而言。《读宋荔裳观察安雅堂集题赠二首》其一:"香爇南丰宿火灰,虞山拂水想徘徊。曾经沧海波澜阔,早识匡庐面目来。"其二:"安雅堂中一卷诗,风流蕴籍是吾师。驱除王李聱牙句,摒当钟谭噂呓词。"④ 皆言宋琬诗风之宗宋倾向。

宋琬在康熙九年,将他在放废江南期间所形成的"宋风"带入京城诗坛之时,也正是王士禛在京城诗坛大力传播"宋风"之时。由扬州北归后重新入京为官的王士禛,在诗学理念和诗歌创作上,皆已展现出相当明显的宗宋倾向。康熙八年冬,王士禛作《冬日读唐宋金元诸家诗偶有所感各题一绝于卷后凡七首》,为宋元诗张目。此时入京的宋琬正成为王士禛在京倡导"宋风"的重要羽翼。

以论交时序来看,宋琬与王士禛之兄王士禄订交更早,早在康熙二年冬,宋琬出狱时,王士禄恰从河南来到京城,两人"相持大恸"。康熙三年,王士禄又以科场罪名入狱,宋琬也曾前去探望:

---

① 黄庭坚:《与王观复书三首》,《黄庭坚全集辑校编年》,南昌:江西人民出版社,2008年,第939—940页。
② 宋琬:《癸丑上元游赤壁作》,《安雅堂全集》卷七,第351页。
③ 吴之振:《八家诗选·自序》,第539页。
④ 吴之振:《读宋荔裳观察安雅堂集题赠二首》,《黄叶村庄诗集》卷二,《四库全书存目丛书》集部第237册,第693页。

辛丑冬，予以族子告密，槛车征诣北阙，有诏付诸司败，颂系庑下者二年。天子廉其无罪，因得复为完人。时西樵至自中州，与余相持大恸。居亡何，竟用举子试卷微眚，待直爽鸠外署。予与二三同人往省，西樵方从颓垣破屋中写《金刚》《普门》诸经，萧然一苦行头陀也。①

康熙四年四月，王士禄访杭州，与时在杭州的宋琬见面。《喜王西樵至湖上》："伏枕南屏寺，闻君脱罻罗。翻然具舟楫，及此问烟萝。惊定收双泪，悲来著九歌。惠连新句好，惆怅未同过。"② 其中"闻君脱罻罗"句，显指王士禄康熙三年科场案。由于两人皆系身遭冤狱，侥幸获释不久，因而在精神上颇有相通之感。宋琬《题王西樵长斋绣佛图》："吾友王考功，同官复同难。"③ 王士禄并以其《长斋绣佛图》示之。宋琬《赠戴葭湄》："吾友琅琊王吏部，昔年邂逅西泠浒。示我长斋绣佛图，云是君家妙手之所谱。"④

需要注意的是，此时宋琬和王士禄皆已显示出宗宋倾向。《题王西樵西湖竹枝词序》："会西樵从邗上来，问无恙外，即次及湖山之状。一日，出所为竹枝词二十篇读之，了不出人意中；而兴会标举，又前人所未能道只字者。……请以质之阮亭，当必倚声而和之，政如苏子由作《黄楼记》，不必身至彭城也。"⑤ 王士禄在康熙三年之狱期间，以苏轼自居，诗风亦大力学苏，多有步韵苏诗之作，宋琬特意提及"苏子由作《黄楼记》"，当有所指。

康熙五年，宋琬到广陵，方与王士禛相见并唱和，王士禛并以王士禄手书《金刚经》示之："今年秋，舟次广陵。令弟贻上出以示余。"⑥《题王阮亭小像》即应作于此期间："摩诘前身信有征，讼庭清映玉壶冰。行吟东阁官梅下，一片涛声在广陵。"⑦

不过，广陵之会只是来去匆匆，康熙九年以后，方是宋琬与王士禛交往唱和的高峰期。王士禛在《渔洋诗话》中提到康熙十年自己在京与施闰章、

---

① 宋琬：《题王西樵书金刚诸品经后》，《安雅堂全集》卷十一，第517页。
② 宋琬：《喜王西樵至湖上》，《安雅堂全集》卷四，第201页。
③ 宋琬：《题王西樵长斋绣佛图》，《安雅堂全集》卷二，第105页。
④ 宋琬：《赠戴葭湄》，《安雅堂全集》卷三，第137页。
⑤ 宋琬：《题王西樵西湖竹枝词序》，《安雅堂全集》卷十，第478页。
⑥ 宋琬：《题王西樵书金刚诸品经后》，《安雅堂全集》卷十一，第517页。
⑦ 宋琬：《题王阮亭小像》，《安雅堂全集》卷六，第324页。

宋琬的唱和："康熙辛亥，宋荔裳琬、施愚山闰章皆集京师，与余兄弟倡和最久。"① 康熙九年至十一年期间的宋王交往，可考者至少包括：

康熙九年七月，宋琬复出仕北上，途径淮上，见到了王士禛，并多携名画。

康熙十年五月十四日，王士禛与曹尔堪等集宋琬京邸，在席上观宋琬自度新曲《祭皋陶》。

六月，施闰章入京补官。到京次日，王士禛、王士禄兄弟即在寓所招同"海内八家"大部分成员小集，为施闰章接风，宋琬也曾参与。施闰章有《初入都集王西樵阮亭邸舍同荔裳顾庵绎堂周量赋得初字》②，王士禛有《愚山至都门同荔裳顾庵绎堂湟溱小集家兄西樵邸舍同用初字》③，曹尔堪有《愚山初至都门西樵阮亭见招晚集同荔裳绎堂周量》④。

六月间，宋琬与王士禄、王士禛兄弟皆应程可则招，与施闰章、曹尔堪、沈荃等集蔡海日堂赋诗送蔡湘前往太原。施闰章有《程周量寓斋夜宴兼送蔡竹涛游太原同用一屋》，注云"同荔裳、顾庵、绎堂、周量、西樵、阮亭、竹涛"⑤。王士禛有《程湟溱席上同荔裳愚山顾庵绎堂西樵送蔡竹涛之太原兼寄潘次耕》⑥，曹尔堪有《程周量席上送蔡竹涛之太原同宋荔裳王西樵施愚山沈绎堂王阮亭》⑦。

六月二十七日，龚鼎孳招宋琬、施闰章、曹尔堪、纪映钟、沈荃、王士禄和王士禛兄弟、曾灿、姜埂等，于黑龙潭赋诗。龚鼎孳为京城诗坛"职志"，人脉颇广，此次除"海内八家"成员外，还包括了相当数量的京城文化名流。施闰章有《黑龙潭树下晚集分得浊字呈龚大宗伯》，注云"是夕，同荔裳、顾庵、绎堂、西樵、周量、阮亭、次山、蘖子、铁夫、青藜、陶季、穀梁"⑧。

---

① 王士禛：《渔洋诗话》卷下，《王士禛全集》，第4800页。
② 施闰章：《学余堂诗集》卷三十七，《施愚山集》第3册，第290页。
③ 王士禛：《渔洋诗集》卷一，《王士禛全集》，第698页。
④ 吴之振编：《八家诗选》卷二，第584页。
⑤ 施闰章：《学余堂诗集》卷十，《施愚山集》第2册，第182页。
⑥ 王士禛：《渔洋诗集》卷一，《王士禛全集》，第710页。
⑦ 吴之振编：《八家诗选》卷二，第585页。
⑧ 施闰章：《学余堂诗集》卷十，《施愚山集》第2册，第181页。

八月，宋琬招王士禛兄弟及曹尔堪、沈荃、施闰章等集王方朴寓所赋诗。王士禛有《宋荔裳观察招同诸公集大司马王公别墅分赋四首》①。施闰章有《京邸夏杪宋荔裳宴王氏园林限韵四首》，注云"同曹顾庵、陈说岩、王西樵、阮亭、程周量、许青屿、沈绎堂"②。

八月，施闰章自京城辞归，将游嵩洛，启程出京。"海内八家"诸成员为他举行了大规模的酬答送别活动，其中之一系在京城胜地金鱼池。施闰章《金鱼池歌仿杜乐游园体》小序注云："时余将南归，荔裳、顾庵、绎堂、周量、西樵、阮亭、观玉、昆仑、方山诸公，集饯同赋。"③ 参与金鱼池之会者，有宋琬、曹尔堪、沈荃、程可则、王士禛、王士禄、谢重辉等。

九月，宋琬以送姜梗归浙江招饮，王士禛亦参加，有《宋荔裳梁园饮集送姜铁夫自覃怀归会稽》④。

康熙十一年正月，王士禛与宋琬、王士禄、谢重辉共游西山。王士禛有《初春四日休沐同荔裳方山西樵往西山道中作》⑤。

康熙十一年春，王士禛与宋琬饮宴，宋琬请为定诗集。王士禛《池北偶谈》云："康熙壬子春，在京师求予定其诗笔为三十卷。其秋，与予先后入蜀，予归之。"⑥ 是年六月，宋琬离京赴四川上任。

康熙九年至十一年期间，是宋琬与王士禛在京唱和最为频繁的一段时间。直到宋琬与王士禛在康熙十一年先后入蜀，王士禛仍然念念不忘这一段京城共处的时光。《题新乐县驿壁寄荔裳》："当年雾夕咏芙蕖，促席传觞乐未疏。名忝应刘七才子，座倾沈范两尚书。（注云：龚芝麓、梁苍岩二宗伯。）"⑦ 这段时间内，宋琬与王士禛作为"海内八家"成员，且皆系宗宋诗人，在京城诗坛的活动，对于当时京城已经兴起的宗宋诗风，必然有相当大的推动作用。吴之振所耳闻目睹的"间与宋荔裳诸公相游宴，酒阑拈韵，窃窥群制，非世所谓唐法"的情形，显然与宋、王的交往以及他们共同在京城

---

① 王士禛：《渔洋诗集》卷一，《王士禛全集》，第701页。
② 施闰章：《学余堂诗集》卷二十九，《施愚山集》第3册，第87页。
③ 施闰章：《学余堂诗集》卷二十一，《施愚山集》第2册，第394页。
④ 王士禛：《渔洋诗集》卷一，《王士禛全集》，第712页。
⑤ 王士禛：《渔洋诗集》卷二，《王士禛全集》，第713页。
⑥ 王士禛：《池北偶谈》卷十一"施宋"条，《王士禛全集》，第3085—3086页。
⑦ 王士禛：《渔洋诗集》卷二，《王士禛全集》，第724页。

推动宋诗风,是分不开的。

宋琬最后一次来到京城,是在康熙十二年,他自四川入京述职,适逢三藩乱起,其妻孥皆陷于成都,宋琬遂滞留京城。由于这种特殊而悲惨的处境,他在这一段时间内极少有作品留存,更无力再参与京城诗坛活动,终至郁郁而死。

三、施闰章与京城诗坛

施闰章(1618—1683),字尚白,号愚山,又号蠖斋,晚号矩斋,安徽宣城人。顺治六年进士,授刑部主事。历官山东学道、江西布政司参议分守湖西道。后因裁缺归里。康熙十八年举博学鸿词科,授翰林院侍讲,与修《明史》。二十二年转侍读,不久病逝于京邸。

与宋琬齐名的施闰章,同样作为清初顺治时代京城诗坛著名文人团体"燕台七子"和康熙初期京城诗坛文人团体"海内八家"的成员,一生在京城活动也相当频繁,并也以自身的诗学观念和实际创作,在清初京城诗坛上产生巨大影响。

(一)顺治六年至八年期间施闰章在京的文学活动

施闰章与京城诗坛首次发生联系,是在顺治六年成进士,至顺治八年被任命为刑部湖广司主事,奉使广西,回京后因祖母逝世,丁忧返回故乡宣城。由顺治六年至八年,这是他在京活动的第一个阶段,持续了两年左右。

在这段时间,施闰章初入京城不久,诗名亦相当有限。黄传祖选于顺治八年之《扶轮续集》,其中并未收录施闰章之作,直至顺治十一年编选之《扶轮广集》,方将施闰章诗选入,但也只选区区一首五律而已。《扶轮广集》是黄传祖顺治十一年在京城收集的诗作,最能反映这一年京城诗坛的面貌。其《凡例》称"今梓行者,大半甲午京师携归"。《扶轮广集》收录施诗极少,足见顺治十二年再入京城之前的施闰章,在京城诗坛上尚属无名之辈。

在这一时期,施闰章最重要的交际活动,是他结识了宋琬,这成为顺治时代京城诗坛著名文人社团"燕台七子"成型的契机。虽然施闰章在顺治六年已成进士,然是年适逢宋琬出榷芜湖,两人未能会面。宋、施二人的最终订交,系在顺治七年末,宋琬首次受诬入狱期间。时施闰章正在刑部任职，故能与尚在狱中的宋琬结识。顺治八年冬，施闰章奉使广西，与宋琬分别，当时宋琬尚在狱中。施闰章《忆昔行寄宋荔裳陇西》小序记载甚详："辛卯冬，于役西粤。宋员外琬坐系，泣赠长歌，呼予谢宣城。……及粤西乱后，予归居先王母忧，宋已脱难，迁吏部尚书郎。"① 当时，"燕台七子"其他成员皆尚未入京，施闰章与宋琬的订交，堪称这一文学团体形成的最早开端。

在施宋订交的过程中，施闰章始终采取主动态度，他先是读到宋琬诗集以后对其人"慕悦之不得见"，其后得知宋琬羁押于刑部之后，更是主动"定交在狱阒"。其原因是，宋琬在京城诗坛上的年辈与名气，远远超过了施闰章。宋琬年长施闰章四岁，出身山左世族，且在诗坛上成名相当早。他早在晚明时代就曾游学京师，随其父长期居住京城，并在京城广为结交文士，诗酒唱和，有了相当可观的名气。宋琬《祁止祥书帖后》中记载："昔予弱冠，从先大夫宦游京邸。"② 按王熙《通议大夫四川按察使司按察使宋公琬墓志铭》记载，宋琬当时"年虽少，而诗文名实闻见四方"③。以较能反映明清之际京城诗坛面貌的黄传祖《扶轮》诸集来看，宋琬早在编纂于晚明时代的《扶轮初集》中即有入选，《扶轮广集》中更是入选七古2首、五律4首、七律3首，数量在晚辈文士中已相当可观，王熙所称"诗文名实闻见四方"，绝非过誉。宋琬的世家身份与显赫的诗名，皆非出身于寒士家庭的年轻后进诗人施闰章可比。故施闰章对其倾慕之至，不惜折节相交于狱中。

(二) 顺治十二年至十三年期间施闰章在京的文学活动

顺治十二年春，施闰章服满赴京，补刑部广西员外郎。《宣城会馆记》："乙未春，服阕入都。"④ 十三年秋，被委任为山东学政，奉使视学山东，离京赴任。本次施闰章在京城居住了一年多，是他在京城活动的第二个阶段。

施闰章的这段在京居住时期虽然不长，但他真正在京城诗坛扬名并广为结交，正是在这一时期。韩诗《水西近咏序》云："以予所闻，海内崇尚诗

---

① 施闰章：《忆昔行寄宋荔裳陇西》，《学余堂诗集》卷十五，《施愚山集》第2册，第292—293页。
② 宋琬：《祁止祥书帖后》，《安雅堂全集》卷十一，第520页。
③ 王熙：《通议大夫四川按察使司按察使宋公琬墓志铭》，《王文靖公集》卷十九，第660页。
④ 施闰章：《宣城会馆记》，《学余堂文集》卷十一，《施愚山集》第1册，第228页。

学有三派,曰宣城,曰华亭,曰桐城。"① 韩诗此序作于顺治十三年,当时施闰章所代表的"宣城体",在京城颇为知名,可见施闰章在京城的影响力,已相当可观。

这一时期,也是"燕台七子"形成的关键时期。"燕台七子"元老之一的宋琬虽然已赴秦州任,远离了京城诗坛;但其他"燕台七子"成员,皆在这一时间前后入京定居。顺治十年,赵宾由淳化县令入京,升刑部主事。顺治十一年,张文光以钱塘知县调任为兵科给事中,入京。顺治十二年,丁澎、严沆中进士,开始在京城活动。陈祚明也是在这一年入京,开始活动于京城文化圈。

施闰章与"燕台七子"其他五位成员的订交,全部在顺治十二年至十三年间他以刑部主事定居京城的一段时间里。《同宋荔裳集严灏亭皋园》云:"畴昔在京洛,七子相追寻。眷眷古人义,慷慨扬清音。"②《送张友鸿归云间》小序云:"施子官比部,与时彦诸公数集友鸿所。张谯明、许菊溪、赵锦帆、顾介石、吴六益、沈绎堂,皆词学相友者也。"③ 其中,张文光与赵宾皆系"燕台七子"成员。《哭颢亭少司农》亦提到他与"燕台七子"成员严沆、丁澎、陈祚明等的订交:"君捷南宫日,余陪西署郎。定交原杵臼,卜夜屡壶觞。侨胤真联络,应刘并颉颃。(注云:谓丁飞涛、陈胤倩。)校书专史局,珥笔主词场。七子诗标举,千秋兴激昂。"④ "君捷南宫日,余陪西署郎"言严沆于顺治十二年中进士时,施闰章已是刑部主事,两人很可能正是这一年在京城订交的。而施闰章特意提及他与丁澎、陈祚明的交情,也始于他担任刑部主事之时。陈祚明于顺治十二年入京,在京系依严沆而居,施闰章与严、陈二人同时订交的可能性很大。与丁澎的往来,也在这个时期。《答严给谏子餐》中,施闰章提到自己在京与丁澎的交往,以及两人之间的文学交流:"在京邸,把酒剧谭,必飞涛与俱。有所得,必相质。"⑤

施闰章与"燕台七子"中的中州籍诗人赵宾、张文光的交往,更值得

---

① 韩诗:《水西近咏序》,《水西近咏》,第 311 页。
② 施闰章:《同宋荔裳集严灏亭皋园》,《学余堂诗集》卷九,《施愚山集》第 2 册,第 158 页。
③ 施闰章:《送张友鸿归云间》,《学余堂诗集》卷十六,第 2 册,第 305 页。
④ 施闰章:《哭颢亭少司农》,《学余堂诗集》卷四十四《哭颢亭少司农》,《施愚山集》第 3 册,第 426—427 页。
⑤ 施闰章:《答严给谏子餐》,《学余堂文集》卷二十七,《施愚山集》第 1 册,第 538 页。

注意。他是南方诗人，却在京城结交了大量的中州籍文士，按《淡止园诗集序》的记载，施闰章与包括张文光、赵宾、薛所蕴、彭而述在内的中州诗人群体结交，正是在京城任刑部主事期间；而他能够结交上述中州诗人，则是借由同在刑部任职的赵宾的介绍："予方在比部，与同舍郎赵君锦帆善。赵君大梁人也，因得尽交中州诸君子。是时宗伯薛公行屋、给谏张君谯明数相见，而彭君禹峰自外至，值之慈仁寺，已乃得交菊溪先生，皆一见倾洽，遂为文辞之游。"①《汴中追悼赵锦帆》小序亦云："先是张谯明、许菊溪、彭禹峰诸公，皆因锦帆定交。"②

"燕台七子"成员之外，施闰章在这一阶段还结交了不少京城文化名流。其中包括龚鼎孳、王崇简、魏象枢、吴伟业。

顺治十三年龚鼎孳奉使岭南时，施闰章有《送龚芝麓先生使岭南》："执义感绸缪，相送不能言。"③顺治十四年，龚鼎孳有诗柬施闰章，寿其四十初度，见《定山堂诗集》卷二十六《寄施愚山学宪兼寿其四十初度》。

顺治十三年秋，王崇简作《送施愚山督学山左》④，送施闰章主山东学政。其后，王崇简还曾在康熙元年，作《寄施尚白副宪江西》，其中"忆昔曾偕物外缘，论文常对夕阳天"⑤之句，可知施闰章在京时，两人曾颇有交往。

施闰章在《寄魏司农环溪》中提到，他与魏象枢结识也是在京为刑部主事期间："向者滥竽郎署，尝与同舍陈天袯、丁飞涛旅进于左右矣。阁下置身千仞而喜接后辈，遇之颇不以众人。"⑥

吴伟业于顺治十年北上仕清，任职国子监祭酒，十三年即丁忧回乡，在京不及三年。而施闰章亦借由这段短暂的在京时期，与他有了往来。顺治十二年十二月二十五日，施闰章在寓所发起社集，参与者即包括吴伟业，并有沈荃、彭而述、赵宾、张一鹄、吴懋谦等。沈荃《腊月廿五日施尚白招同彭禹峰赵锦帆吴梅村张友鸿王廷标孙扶云吴六益时彭子遄行余亦将出都矣为赋

---

① 施闰章：《淡止园诗集序》，《学余堂文集》卷五，《施愚山集》第1册，第99—100页。
② 施闰章：《汴中追悼赵锦帆》，《学余堂诗集》卷三十三，第3册，第184页。
③ 施闰章：《送龚芝麓先生使岭南》，《学余堂诗集》卷五，《施愚山集》第2册，第78页。
④ 王崇简：《青箱堂诗集》卷十一，第156页。
⑤ 王崇简：《寄施尚白副宪江西》，《青箱堂诗集》卷十七，第198页。
⑥ 施闰章：《寄魏司农环溪》，《学余堂文集》卷二十七，《施愚山集》第1册，第540页。

此诗》①记载甚详。《学余堂文集》有《与吴梅村》书信一札,显然是在吴伟业在京期间所作:"长安车马尘中,不得过省,过亦不数及。临行拜别,语娓娓难竟,时已迫矣。"②

对于施闰章来说,入京为官,正是他这个来自寒士家庭、成名较晚的南方士人能够广结友人、扬名于诗坛的契机。在《王山长集序》中,施闰章自豪地声称"海以内恢奇博雅能文之士,大率多吾友也。不则亦尝闻姓字寓书往来者也"③,而他的交游之广,一个很重要的原因就是居官京城所提供的便利,使他能结识更多的"海以内恢奇博雅能文之士"。其《程周量诗序》直陈入京为官给自己提供的文学交流方面的便利:"余少喜文词,为古诗歌。闻天下之善是者,求之惟恐后。自官京师以游四方,所交殆遍,非徒其词之癖也,盖将与贤豪者游。"④

(三) 康熙十年施闰章在京的文学活动

顺治十三年以后,施闰章辗转于山东、江西等地方官任上,暂时远离了京城诗坛。虽然他曾于康熙元年与三年,两度入京述职,但都是倏来倏往,并未展开大规模的交际活动。直到康熙十年夏,闲居故里的施闰章因朝廷敦迫回京补官,才再次入京。这也是施闰章第三次与京城发生联系。他于康熙十年六月入京,八月即离京游嵩洛,在京时间只有两个多月,但这位早已名满天下的"宣城体"创始人的入京,在京城引起了极大轰动。

施闰章此次入京,所亲身参与的影响力最大的文学活动,是康熙初期京城著名诗人群体"海内八家"的形成。康熙十年的京城诗坛,格局已出现较大变化,昔日的"燕台七子"早已风流云散,但"燕台七子"重要成员之一的宋琬,已在康熙九年以起复入京。而年辈更晚的王士禛兄弟,也在京城诗坛上隐然崛起。《居易录》:"己酉奉使淮浦,庚戌冬入都,会考功兄再官吏部,莱阳宋按察琬玉叔、嘉善曹讲学尔堪子顾、宣城施参议闰章尚白、华亭沈副使荃贞蕤,皆集京师,与予兄弟暨李、陈诸子为诗文之会。"⑤

---

① 沈荃:《一研斋诗集》卷六,第 34 页。
② 施闰章:《与吴梅村》,《学余堂文集》卷二十七,第 1 册,第 547 页。
③ 施闰章:《王山长集序》,《学余堂文集》卷四,《施愚山集》第 1 册,第 82 页。
④ 施闰章:《程周量诗序》,《学余堂文集》卷四,《施愚山集》第 1 册,第 74 页。
⑤ 王士禛:《居易录》卷五,《王士禛全集》,第 3761 页。

正是在施闰章入京补官的这一年，"海内八家"正式成型。施闰章《程周量诗序》云："今年予在都下，故人曹君顾庵、宋君荔裳、王君西樵、阮亭、沈君绎堂，相与连日夜为文酒欢。是时周量官兵部职方郎，于事称剧，未尝不脱身与高会。"①《醉来歌赠曹顾庵先生》："十六年来重把臂，金门会合多吾辈。莱阳之宋（荔裳）新城王（西樵、阮亭），南海（周量）东吴（绎堂）相颉颃。余亦羁栖燕市旁，同声异曲成宫商。"②施闰章提及者，包括了"海内八家"的所有成员。《闻王西樵考功讣》更明确提及"八家"之名："京辇追高会，壶觞伴苦吟。同声兄弟好，衔痛蓼莪深。……八子情摇落（注云：时同西樵兄弟有《八家诗》行世），千秋事陆沉。岱云今黯淡，回首一沾襟。"③吴之振也正是在这一年到达京师，荟萃宋琬、施闰章、曹尔堪、沈荃、王士禄、陈廷敬、程可则与王士禛八家诗，刻于嘉兴，"海内八家"由此得名。

施闰章在京的短短两个多月的时间里，他参与"海内八家"的活动，可考者如下（与前文所述宋琬在京交游互见部分从略）：

六月，施闰章入京补官。到京次日，王士禄、王士禛兄弟即在寓所招宋琬、曹尔堪、沈荃、程可则等小集，为施闰章接风。施闰章有《初入都集王西樵阮亭邸舍同荔裳顾庵绎堂周量赋得初字》④。

六月间，施闰章应程可则招，与宋琬、曹尔堪、王士禄和王士禛兄弟、沈荃等集海日堂赋诗送蔡湘前往太原。施闰章有《程周量寓斋夜宴兼送蔡竹涛游太原同用一屋》。

六月二十七日，龚鼎孳招施闰章及宋琬、曹尔堪、纪映钟、沈荃、王士禄和王士禛兄弟、曾灿、姜埰等，于黑龙潭赋诗。施闰章本人有《黑龙潭树下晚集分得浊字呈龚大宗伯》。

八月，宋琬招王士禛兄弟及曹尔堪、沈荃、施闰章、程可则等集王方朴寓所赋诗。施闰章有《京邸夏杪宋荔裳宴王氏园林限韵四首》。

---

① 施闰章：《程周量诗序》，《学余堂文集》卷四，《施愚山集》第1册，第74页。
② 施闰章：《醉来歌赠曹顾庵先生》，《学余堂诗集》卷二十一，《施愚山集》第2册，第391页。
③ 施闰章：《闻王西樵考功讣》，《学余堂诗集》卷四十三，《施愚山集》第3册，第421页。
④ 施闰章：《学余堂诗集》卷三十七，《施愚山集》第3册，第290页。

八月，施闰章自京城辞归，将游嵩洛，启程出京。"海内八家"诸成员为他举办了大规模的酬答送别活动。其中之一系在京城胜地金鱼池。另一次聚会在乔莱寓所，参与者包括宋琬、程可则、曹尔堪、沈荃、王士禄、王士禛、汪懋麟、曹禾等。《遥和沈康臣曹颂嘉汪蛟门乔石林四舍人迟予未赴之作》，注云"在坐者青屿、荔裳、顾庵、绎堂、西樵、周量、阮亭、陶季"①。程可则《乔石林宅集同青屿荔裳顾庵愚山绎堂西樵阮亭铁夫陶季康臣蛟门颂嘉分得家溪二字》②亦载此事。施闰章《将游嵩岳留别都门诸同好》并记载自己离京时赋诗留别的友人："富贵非我怀，慨焉企高蹈。京国偶羁栖，相怜为同调。文酒连朝昏，屦舄每颠倒。欲别重拳拳，白头不忍掉。"③言自己与上述诸人在京城往来之密切。

值得注意的是，在"海内八家"形成的过程中，施闰章、宋琬等老一辈京城诗人，已不能在其间占据主导地位，而主持"海内八家"诗酒唱和者是康熙初期方在京城诗坛崭露头角的王士禛。甚至施闰章本人到京时，也是由王士禛兄弟主持为其接风。由此可知，施闰章虽然因诗歌成就出众，诗名始终不衰；但由于多年辗转地方官任上，此时他在京城诗坛上的人望与影响力，已经逊于王士禛兄弟。

在"海内八家"形成的过程中，施闰章在京城与"海内八家"成员特别是王士禛，有极为密切的文学交流，而王士禛将施闰章与宋琬并称"南施北宋"，也是在此期间。按施闰章《渔洋山人续集序》："忆辛亥夏，与阮亭昵就辇下，相约互为论叙，忽忽十余年不暇作，自惭固陋，无足齿数。而阮亭论诗，常谬许有南施北宋之目。北宋者，谓荔裳也。予谢不敏。顷尽取予诗点定一过，又仿唐人《主客图》，摘予五字诗藏诸箧笥。予感而序之，以见吾两人之论诗往复如此。"④《寄阮亭农部》描述更详："客子栖京华，举动见穷陋。解官无长物，未足成瑕垢。时俗或揶揄，君收若兰臭。读我卖船诗，慷慨书其后。大张廉吏军，抗声告耆旧。"⑤其中，"读我卖船诗，慷慨

---

① 施闰章：《学余堂诗集》卷二十九，《施愚山集》第3册，第88页。
② 程可则：《海日堂集》卷三，第349页。
③ 施闰章：《将游嵩岳留别都门诸同好》，《学余堂诗集》卷十，《施愚山集》第2册，第184页。
④ 施闰章：《渔洋山人续集序》，《施愚山集》补遗，第142—143页。
⑤ 施闰章：《寄阮亭农部》，《学余堂诗集》卷十，《施愚山集》第2册，第185页。

书其后"指的是王士禛对施闰章名作《卖船行》的揄扬与和作。施闰章在湖西道为官数年,清廉如水,裁缺归里时不得不借由友人赠船方能起行,其廉吏之名与诗歌成就,在诗坛上闻名遐迩。他此次入京,王士禛特意为《卖船行》题作《题施愚山少参卖船诗后》,后又有《又赋卖船诗二首》①。前者云:"是时宛陵公,持节吉临交。为政贵简易,洁己先清儌。……七载一舸归,无物充官艘。两郡万黔首,留公但号咷。读公卖船诗,中心何忉忉。填膺抒此词,庶以备风谣。"②

康熙十年施闰章的入京,虽然时间不长,但对其诗学特别是"宣城体"的传播具有极大的作用。"闰章与同邑高咏友善,皆工诗,主东南坛坫数十年,时号宣城体。"③"宣城体"本是地域色彩相当浓厚的南方诗学流派,而本次施闰章入京并在京广泛进行文学交往活动,得以将其影响力带入京城。以康熙初期京城两位影响力较大的仕宦文士王崇简、梁清标为例,康熙十年夏王崇简作有《施愚山少参悟言草堂将有嵩山之游》,其中即有"赠我袖中诗,音响偕律吕"④之句,可见两人此次必有诗文交流。梁清标亦有《送施愚山少参南归游嵩山》云"宛陵诗法古今闻"⑤,足见梁清标对于施闰章的"宛陵诗法"已经有了一定程度的了解。

施闰章的名作《卖船行》更是在诗坛引起相当大的影响,一时南北名士包括杜濬、魏宪、许楚等纷纷属和题咏。京城诗坛亦颇有和作,前述王士禛即是一例。程可则亦有《卖船行》,注云"为施愚山参议作"⑥,也作于康熙十年施闰章再次入京之时。纪映钟也有《卖船行为愚山使君作》:"读书好学施先生,廿年作吏冰雪行。扁舟一卷清江上,使君清比清江清。……长安炎歊道路塞,对君芝兰好颜色。偶然示我卖船行,佳事还存从咏歌。"⑦其中"长安炎歊道路塞"以下四句,足可说明,施闰章是在康熙十年入京时

---

① 王士禛:《王士禛全集》,第699页。
② 王士禛:《题施愚山少参卖船诗后》,《王士禛全集》,第699页。
③ 赵尔巽等:《清史稿》,卷四百八十四,第13329页。
④ 王崇简:《施愚山少参悟言草堂将有嵩山之游》,《青箱堂诗集》卷二十四,第240页。
⑤ 梁清标:《送施愚山少参南归游嵩山》,《蕉林诗集》七言律卷三,第163页。
⑥ 程可则:《海日堂集》卷二,第315页。
⑦ 纪映钟:《卖船行为愚山使君作》,《戆叟诗钞》卷四,《四库未收书辑刊》7辑30册,第290页。

以《卖船行》示纪映钟的。

（四）康熙十七年以后施闰章在京的文学活动

施闰章与京城第四次也是最后一次发生联系，是在康熙十七年应博学鸿词科。康熙十七年夏，施闰章受召赴京，应博学鸿词科。他于此年夏北上，在京过年，有《京邸立春》诗①。次年春，参加博学鸿词科御试，以二等第四名授翰林，官翰林院侍讲，并入史馆纂修《明史》。其《三月一日入直史馆见玉河水色次韵陈其年》②可知康熙十八年三月，施闰章正式入直史局。其间除了在康熙二十年秋奉命典试河南以外，一直在京为官，过着贫寒安闲、诗酒自娱的生活。康熙二十二年，施闰章转翰林院侍读，充太宗圣训纂修官。此年病逝。

入京参与博学鸿词科，使得曾一度远离京城的施闰章，其人脉关系和在京城诗坛的影响力又一次得到显著的增长。施闰章在《京邸述病呈诸公》中，描述了他因为"睿虑罗腐儒，盛事应不朽"的博学鸿词科而被召入京后的生活："蹭蹬来国门，契阔平生友。浮名滥前茅，万事他人后。庑下栖一枝，长风飒虚牖。……公卿时过存，黄钟收瓦缶。折简忝嘉招，华筵强野叟。青云多妙年，抗手推衰丑。草野受优容，顾影觉颜厚。歌吹喧从伶，屡舄相践蹂。稠人接对难，数问此某某。嗟此麋鹿性，还堪上客否？"③施闰章虽然是"燕台七子"与"海内八家"主要成员，早在顺治时代就已是京城诗坛风云人物，但由于他长期辗转于地方官任上，其后又隐居乡里，到康熙十七年第四次入京时，他在京城的人脉关系已大不如前。而博学鸿词科吸引了大量文人名士聚集京城，恰恰给了他进行文化活动，广泛结交友人，"契阔平生友""公卿时过存"的机会。康熙十七年入京以后的施闰章，于是得以大幅度拓展人脉关系，结识了许多被征召入京的文人名士。例如：王岱，施闰章有《题王山长小像》④；孙枝蔚、邓汉仪，施闰章有《冬夕豹人大可孝威舟次枉集寓斋》⑤；陈僖，施闰章有《赠陈蔼公》⑥。按陈僖字蔼公，

---

① 施闰章：《学余堂诗集》卷三十二，《施愚山集》第3册，第161页。
② 施闰章：《学余堂诗集》卷四十一，《施愚山集》第3册，第369页。
③ 施闰章：《京邸述病呈诸公》，《学余堂诗集》卷十三，《施愚山集》第2册，第237页。
④ 施闰章：《学余堂诗集》卷十三，《施愚山集》第2册，第247页。
⑤ 同上书，第238页。
⑥ 同上书，第247页。

清苑人，贡生。康熙十八年荐举博学鸿词，有《燕山草堂集》。陈僖是河北著名文士，施闰章与他结交，也是因应博学鸿词科之故。施闰章《送陆冰修归海宁》提到自己与陆嘉淑的交往过程，显然他们也是在京城结识："大陆诗传京輂遍，满眼公卿希见面。耸肩抱膝短长吟，羞把文词觅推荐。"①

这段时间里施闰章与冯溥的往来，尤其值得注意。博学鸿词科本身就是京城诗坛风气变化的又一大转折，且这一转折系直接由清廷推动，目的是匡正诗坛风气，建立有清一代正雅庙堂诗学。冯溥受康熙帝之命主持博学鸿词科考试，这位"得仿旧例，先具词业缴丞相府"②的博学鸿词科官方代表府邸中集合了大量名士，"大科初开，四方名士待诏金马门者，恒宴集于此"③；并且频繁进行文学活动，"千载一时，而侧席幽人，风云蔚起，四海才人，一时罗之金门玉堂中。……更喜诸君子得先生为之大冶，咸在函丈之列，一觞一咏，郁郁云章，视汉人后堂丝竹，则又过之远矣"④。

冯溥不仅以在朝高官文士的身份对博学鸿词科参与者进行勉励，曾曰："诸子何济济，蔚矣廊庙材。……相励以坚贞，见异迁乃乖。立朝贵正色，匪曰著风裁。"⑤ 更重要的是，他已经直接表露出欲引领清初诗坛以为"盛世"诗风的努力："岁晏比风入户凉，诸子过我论文章。……吾衰不逮建安才，诸子滚滚黄金台。黼黻日月看昭回，扫除榛芜天地开。自古朝廷集贤哲，飞扬岂比鹰隼继。"⑥ 已明明白白地昭示，他欲以高官诗人的身份，引领并规范京城文士，向朝廷所需的"黼黻日月"的庙堂诗风看齐。

在冯溥试图以博学鸿词科为契机，引领清初诗坛庙堂诗风的过程中，施闰章起了相当大的作用。在入京应博学鸿词科以后，施闰章即与冯溥订交，冯溥是一位立身端谨正直、博学能文而又喜好延揽寒士的高官文人，"先生辅相天子，泽被万物，持身励俗，汲引寒贱，以及晚年，好学不倦，退食之暇，坐一室，手一编，其用意之工，虽憔悴专一者不及也"⑦。施闰章对于

---

① 施闰章：《送陆冰修归海宁》，《学余堂诗集》卷二十三，《施愚山集》第2册，第439页。
② 毛奇龄：《佳山堂诗集序》，《佳山堂诗集》，第8页。
③ 陈康祺：《郎潜纪闻》初笔卷八，北京：中华书局，1984年，第181页。
④ 高珩：《佳山堂诗集序》，《佳山堂诗集》，第2页。
⑤ 冯溥：《赠别己未诸子》，《佳山堂诗集》二集卷一，第160页。
⑥ 冯溥：《岁晏行》，《佳山堂诗集》卷三，第56页。
⑦ 梁清标：《佳山堂诗集序》，《佳山堂诗集》，第6页。

这样的仁德长者，是相当有好感的。他在《奉益都相国冯公》中写道："抗声推直臣，坐使百僚肃。譬构九仞台，求得千章木。贱士多沾濡，群才见甄录。昔闻赤舄公，吐哺下白屋。"① 施闰章很快就成为冯溥万柳堂的座上常客。《冯相国万柳堂二十四韵》描述冯溥与鸿儒文士在此饮宴酬唱的盛况："酬唱分题数，登临共客酣。乐游华敢羡，吏隐朴宁甘。"②

康熙十七年十二月，冯溥七十大寿，京师名流布衣纷纷以诗为寿，成为年度盛事。参与祝寿的人员有 72 人，施闰章即在其中。《奉益都相国冯公》三首序云："时七十初度，同人征诗为寿。"③ 其后施闰章与冯溥诗词往来不绝。康熙十八年三月，施闰章有《三月三日集万柳堂奉和冯相国韵》④。康熙十八年十二月，冯溥生日，施闰章有《冯相国生日同诸君移尊长春寺宴坐》⑤。康熙十九年上巳，施闰章与博学宏词众文士再集万柳堂，有《冯相国上巳日招集万柳堂限韵》⑥。本年，施闰章还曾以家乡绿雪茶相赠冯溥，冯溥有《岁前施愚山以自制绿雪茶见惠赋此识谢兼索新茗》⑦《和施愚山惠茶之作原韵》⑧。施闰章亦有《冯相国枉谢绿雪茶兼索新者走笔奉和》⑨。康熙二十年春，施闰章等人复在万柳堂集会，施闰章有《三月三日集万柳堂奉和冯相国原韵二首》及《四月八日奉和益都相国万柳堂及放生池元韵》。直至康熙二十一年秋，冯溥致仕归里，施闰章尚作有《万柳堂合钱益都相国即和元韵》⑩ 相送。

施闰章与冯溥能保持密切往来，一方面是冯溥较看重施闰章的才华品格，另一方面，也是更重要的原因是，施闰章的诗学主张与冯溥多有相合之处，两人皆系主张复兴儒家诗教论、重建温柔敦厚之大雅庙堂诗学的仕宦文

---

① 施闰章：《奉益都相国冯公》，《学余堂诗集》卷十三，《施愚山集》第 2 册，第 239 页。
② 施闰章：《冯相国万柳堂二十四韵》，《学余堂诗集》卷四十四，《施愚山集》第 3 册，第 425 页。
③ 施闰章：《奉益都相国冯公》，《学余堂诗集》卷十三，《施愚山集》第 2 册，第 239 页。
④ 施闰章：《学余堂诗集》卷三十三，《施愚山集》第 3 册，第 188 页。
⑤ 施闰章：《学余堂诗集》卷四十一，《施愚山集》第 3 册，第 377 页。
⑥ 同上书，第 381 页。
⑦ 冯溥：《佳山堂诗集》二集卷四，第 193 页。
⑧ 冯溥：《佳山堂诗集》二集卷八，第 232 页。
⑨ 施闰章：《学余堂诗集》卷四十一，《施愚山集》第 3 册，第 382 页。
⑩ 施闰章：《学余堂诗集》卷四十二，《施愚山集》第 3 册，第 394 页。

士。施闰章认为:"士君子家居则修其道,为谏臣则尽其言,有官守则勤其职,所谓天下文章,莫大乎是矣。其溢而为诗歌赋颂之属,皆其余也。"①"文者道之余也,诗者文之一体也。"② 他在《房枢部文集序》中,把"天下日竞于文而文益敝"的原因,归结为文人在精神根基上背离了儒家道德传统:"中古淳茂之风,卒不可复","假令骚赋诗文,徒取雕绘浮言,曲说是非,甘谬于圣人,鏧槸虽工,即土苴之弗若矣"。③ 冯溥则自称:"文字尚尔雅,匪徒饰铅椠。澹朴敦古谊,浣濯却浮艳。"④ 欣赏的显然是"澹朴敦古谊"的大雅诗风。徐嘉炎所记载的冯溥的一段论述,更可知他的诗学主张:"吾师之言曰:'诗之为教也,温柔敦厚,文已尽而意有余。……惟是读书好古,历有年岁,知清新大雅之作出于比兴者为多,溯流以穷源而实见其然也。'"⑤ 强调的是"温柔敦厚"的"诗教"和"清新大雅"的正统诗风,正与施闰章相合。所以,冯溥在《赠施愚山》中,对施闰章有高度评价,将施闰章视为自身诗学观念的实践者:"东山丝竹护烟霞,齐鲁皋比忆绛纱。时诎官方存剂量,雅亡风尚见浮华。元晖终自留余论,正始何人识永嘉。不信丛残多款启,须凭子野辨灰葭。"⑥

由施闰章为冯溥所作的《佳山堂诗序》,颇可知两人的文学观念相合之处,以及施闰章在冯溥力图以高官文士身份重整诗坛过程中所扮演的角色:

> 章尝受知于先生,伏读永叹者累日。夫诗与乐为源流,古者诗作而被诸乐,后世乐亡而散见诸诗。……君子怀易直子谅之心,则必多和平啴缓之声,诚积之于中不自知其然也。故曰:"温柔敦厚,诗教也。"先生起北海文敏公之后,怀仁辅义,冲然如不及,未尝揭揭以诗名。迹其志行,皆温柔敦厚之意,得之诗教为多。尝对客微吟,泉注云奔,不屑争字句工拙。……夫孔子删诗而《雅》《颂》得所,延陵听乐而兴衰

---

① 施闰章:《姜定庵两水亭余稿序》,《学余堂文集》卷七,《施愚山集》第1册,第129页。
② 施闰章:《李屺瞻诗序》,《学余堂文集》卷六,《施愚山集》第1册,第108页。
③ 施闰章:《房枢部文集序》,《学余堂文集》卷五,《施愚山集》第1册,第89—90页。
④ 冯溥:《在昔》,《佳山堂诗集》二集卷一,第163页。
⑤ 徐嘉炎:《佳山堂诗集跋》,《佳山堂诗集》第241—242页。
⑥ 冯溥:《佳山堂诗集》卷六,第124页。

是征,诗也者,持也。由是言之,谓先生以诗持世可也。①

施闰章直陈自己"尝受知于先生",受到冯溥的提携,而且他显然是与冯溥探讨过"诗文之道与治乱终始"这类话题的。施闰章相当欣赏冯溥以"易直子谅之心"所导致的"和平啴缓之声"。他认为,冯溥"无嘺嚁噍杀之声,所谓洋洋大国风者"的诗风,体现了清代的庙堂大雅之音;而冯溥这类有较大诗学影响的高官文人,完全可以且应该"以诗持世",成为诗坛风气的重振整理者。冯溥"愿与子共振之"的态度,说明他是相当赞成和欣赏施闰章的诗学观念的,乃至于视施闰章为自己重整诗坛的良好帮手。

四、"燕台七子"其他成员

(一)丁澎

丁澎(1622—1685),字飞涛,号药园,仁和(今浙江杭州)人。他成名颇早,早年"与同里陆圻、柴绍炳、孙治、张纲孙、陈廷会、毛先舒、吴百朋、沈谦、虞黄昊诸名士力扶大雅,称西陵十子"②,实际上属于云间派的分支,"陈卧子先生司李绍兴,诗名既盛,浙东西人士无不遵其指授。故张纲孙等所撰《西泠十子诗》,皆云间派也"③。丁澎顺治十二年成进士,初官刑部,后调入礼部,兼主客贡使。按赵宾《雪后赠丁客部飞涛》注云"时由比部新调"④,则丁澎由刑部调至礼部,事在顺治十三年冬。也正是在顺治十三年至十四年间,丁澎得以与宋琬、施闰章等结识订交,成为"燕台七子"成员。顺治十四年,丁澎主河南乡试,以"违例更改举人原文作程文"下狱,入狱近一年。顺治十五年七月,流徙尚阳堡,"谪居塞上者五载,卜筑东冈,躬自饭牛"⑤,康熙二年始返故里,贫苦不堪,潦倒游食以终。

值得注意的是,丁澎在京城诗坛上活动的时间并不长。他虽然于顺治十二年成进士,但真正入京为官却要到顺治十三年三月,其所作《丙申岁三月

---

① 施闰章:《佳山堂诗序》,《学余堂文集》卷七,《施愚山集》第1册,第132—133页。
② 阮元:《两浙輶轩录》卷四,《续修四库全书》集部第1683册,第233页。
③ 王昶:《长夏怀人绝句》,《春融堂集》卷二十四,《续修四库全书》集部第1437册,第613页。
④ 赵宾:《雪后赠丁客部飞涛》,《学易庵诗集》卷四,第536页。
⑤ 阮元:《两浙輶轩录》卷四,第234页。

初抵长安作》①，即可知丁澎到京的实际时间。而顺治十四年七月，他即出京主河南乡试，以科场案流徙，在京的实际活动时间只有一年左右。然而，他却是一度与宋琬并称为"南丁北宋"的名家，《诗观初集》即言顺治时代"一时有南丁北宋之目"②。这一方面是由于丁澎确实才华出众，另一方面，也与他在京城文化圈内比较活跃、广为结交有关。

从丁澎与"燕台七子"诸成员的关系来看，他与同为浙人的严沆订交较早："二十友严生，弱冠抒幽抱。"其他的几位"燕台七子"成员除了顺治十三年至十四年间辗转外任、不在京城的宋琬以外，皆系丁澎入京以后所结交。《五君咏》小注明言："仆会游京阙，得时从折衷同调合志，为作《五君咏》。"③"五君"分别包括"张补阙谯明""赵法曹锦帆""严黄门子餐""施学使尚白""周郡守宿来"。其中，周茂源实系陈祚明入京之前列席于"燕台七子"的编外成员，前文已有论述。以"施学使"之称来看，此诗作于顺治十三年秋施闰章奉使视学山东之时。丁澎后来在《严少司农颢亭六□和白侍郎代简寄元微之百韵诗》中，回忆自己在京时与"燕台七子"的文学活动：

> 酬唱惟同调，朝参不误期。开樽尝索俸，出署每留诗。传涉千门赋，精探一字师。……铜鹤巍丹陛，金鱼漾绿池。（注云：僚友晏集多聚金鱼池。）行吟时载酒，休沐数搜奇。词妙题黄绢，官方励素丝。……大雅宣城倡，新声汴水遗。（注云：指愚山锦帆。）开襟舒一笑，岸帻倒千卮。北宋濡毫健，（注云：南丁北宋，京师口号也。）髯张觅句迟。（注云：荔裳、谯明。）短长皆合格，出入必联骑。胜事千秋在，诗名七子垂。④

此诗提到"燕台七子"的形成，包括其中的重要成员宋琬、施闰章、

---

① 丁澎：《丙申岁三月抵长安作》，《扶荔堂诗集选》卷一，第 361 页。
② 邓汉仪辑：《诗观初集》卷十，第 576 页。
③ 丁澎：《五君咏》，《扶荔堂诗集选》卷一，第 363 页。
④ 丁澎：《严少司农颢亭六□和白侍郎代简寄元微之百韵诗》，《扶荔堂诗集选》卷十，第 434 页。

张文光、赵宾等,亦证实当时京城有"南丁北宋"之称。"燕台七子"中,丁澎尤与施闰章交情笃厚。施闰章《答严给谏子餐》:"在京邸,把酒剧谭,必飞涛与俱。有所得,必相质。"①《寄魏司农环溪》亦提到他与丁澎结识是在京为刑部主事期间:"向者滥竽郎署,尝与同舍陈天袯、丁飞涛旅进于左右矣。"②

此外,丁澎与京城文化圈内其他文士名流的交往也相当广泛。《扶荔堂诗集选》中,包括龚鼎孳、吴伟业、王士禛、宋琬、梁清标、徐乾学、魏象枢、沈荃、施闰章、杨思圣、赵宾、陈之遴、魏裔介、陈祚明、薛所蕴、汪琬、曹尔堪、宋徵舆、王鑨、曹贞吉等京城著名仕宦文人的评注,即可见丁澎交游之广。而如此之广的人脉关系,与丁澎大力交接京城诗坛名流是分不开的。他在始任刑部之时,即以诗投赠时任左都御史的龚鼎孳③,和任左副都御史的魏裔介④;调任礼部后,又以诗投赠时任礼部侍郎的薛所蕴⑤,这三位皆系顺治时代京城诗坛上著名人物,足可见丁澎在京城大量进行文化交际活动的积极态度。

在遣戍归来以后,丁澎还与京城文化圈发生过一定的联系。虽然他发牢骚说:"自获罪以还,京师诸贵游咸以仆为戒,见仆一刺,如避荆卿。"⑥丁澎叹息自己在京城的人脉关系已经大打折扣,不过还是颇结交了一些康熙时代京城诗坛的文化名流,如梁清标⑦。他南归之际,梁清标并有《赠丁飞涛南归》,云"士到途穷诗律细,曲当和寡谤书多"⑧,显系慨叹丁澎之遭遇,丁澎亦有《奉和梁苍岩尚书见赠之作》⑨和之。

丁澎之诗学理念颇有崇尚雅正的一面。"(丁澎)往在长安,官礼曹,

---

① 施闰章:《答严给谏子餐》,《学余堂文集》卷二十七,《施愚山集》第1册,第538页。
② 施闰章:《寄魏司农环溪》,《学余堂文集》卷二十七,《施愚山集》第1册,第540页。
③ 丁澎:《始赴尚书省上龚芝麓都宪》,《扶荔堂诗集选》卷一,第362页。
④ 丁澎:《赠魏贞庵副宪》,《扶荔堂诗集选》卷六,第396页。
⑤ 丁澎:《初调东省献薛行屋年伯》,《扶荔堂诗集选》卷一,第362页。
⑥ 丁澎:《遗宋玉叔书》,《扶荔堂诗集选》卷七,第531页。
⑦ 丁澎:《为梁宗伯苍岩题蕉林书屋图和龚芝麓尚书原韵四首》,《扶荔堂诗集选》卷三,第380页。此诗当作于康熙以后,丁澎遭戍归来之后。
⑧ 梁清标:《赠丁飞涛南归》,《蕉林诗集·七言律》,第154页。
⑨ 丁澎:《奉和梁苍岩尚书见赠之作》,《扶荔堂诗集选》卷八,第413页。

与余等论诗,其声崇竑清越,如金钟大镛,此之谓夏声矣。"① 丁澎原本于云间派,又系兴朝新贵,因而诗风往往呈现出这种"崇竑清越"与雅正蕴藉并存的特色。《两浙轺轩录》言其"所作诗,语多忠爱,无怨诽之意"②。《清诗纪事初编》亦言其"诗学晚唐,独无拟古乐府,不尽依云间矩矱。……怨而不怒,颇有蕴藉之致"③。

但这并不意味着丁澎诗缺少真性情。他对自己心目中完美的诗作标准,有这样一种定位:

> 客问予曰:"诗何以传乎?"曰:"其气力足以自举,神采精思不可掩已,信其必传于后世。夫气者,志之因也。力者,心之往也。心志萃而后情生焉,沛然有不可扞之势,若有物焉,纡回曲折而出,奔放勃崒,以发见之于诗。自三百篇以迄,汉魏三唐之作者,其精神常足以通乎天下后世之心志,故可惊可喜,可歌可泣,历之久而入人也深。"④

丁澎极为注重"心志"也即感情因素在诗歌创作中的作用,而"可惊可喜,可歌可泣"与儒家传统诗学理念之"温柔敦厚",却也有不甚合拍之处。所以,丁澎诗虽有"语多忠爱,无怨诽之意"的篇章,却也不乏怨而怒、哀而伤的作品。《诏狱后与严给事》系其遣戍期满归乡后与严沆唱和,字里行间即颇见怨怒不平之气:

> 谁道南归着楚冠,偏怜失路共悲酸。不凡此处须公等,相忽何人累下官。白日松鼯憎暗出,中宵山魅喜同看。早知呵壁真难问,漫理江潭旧钓竿。⑤

同时期另有《报宋荔裳观察》:

---

① 彭宾:《扶荔堂文集序》,《扶荔堂文集选》,第448页。
② 阮元:《两浙轺轩录》卷四,第234页。
③ 邓之诚:《清诗纪事初编》卷七,第794页。
④ 丁澎:《概堂诗集序》,《扶荔堂文集选》卷四,第500页。
⑤ 丁澎:《诏狱后与严给事》,《扶荔堂诗集选》卷六,第401页。

> 风起卢龙急雁行,几年归梦度渔阳。髡钳季布藏车下,钩党符融泣路伤。马怯危桥冰泪泪,鹳鸣横岭月苍苍。乾葵棘兔惊秋晚,不敢逢人问故乡。①

以其诗中"几年归梦度渔阳"句,可知此诗系丁澎在戍地所作,且必作于宋琬于顺治十八年春擢升浙江按察使到是年十一月被逮下狱之前的一段时间里。其诗出语沉郁凄怆,颔联慨叹自身冤狱,或及当年宋琬相送之事,感慨尤深。这样的诗作,实在是不能用"语多忠爱,无怨诽之意"来概括的。

作为云间派的旁支,丁澎喜作律诗,其诗集中最多即为七律,实际上他的七古长诗也相当有成就,尤其是那些感慨兴亡的作品。《听石城寇白弦索歌》写"秦淮八艳"之一的寇白门生平经历,并及明清兴亡,最为人称道。《寻聚远楼故迹感旧》题咏江西德兴聚远楼古迹,以建炎元年宋高宗赐聚远楼金匾事而扩展到南宋兴亡,也隐然有感叹南明历史的意味:

> 忆昔高宗常驻跸,南渡朝廷全盛日。君王吟坐爱此楼,月榭梅坡最清逸。和宁门外提点呼,御舟传唤戏西湖。教坊杂进太平曲,六么爨㜸纷笙竽。王侥角抵林赛舞,缠头乱掷红氍毹。宸游喜与民同乐,宝骑香车日交错。北府兵厨雪王酺,瓦子勾栏银凿落。……四百年来往事非,铜驼草深萤火飞。朝朝松柏西泠路,何处梨花无燕归。云鬟翠饰交龙钿,熹庙繁华眼犹见。居人尚指玉津园,画船箫鼓喧波面。红裙低拜鄂王祠,银筝细捻平章院。一旦黄尘动地来,绮罗香散成蒿莱。狮子巷中土花落,酒市墟荒络纬哀。樵采时闻歌敕勒,粉蝶悲笳吹落梅。不见南朝旧乌鹊,至今长绕越王台。②

(二) 张文光

清初中州诗人在京城诗坛上极为活跃,黄传祖《扶轮广集·凡例》乃

---

① 丁澎:《报宋荔裳观察》,《扶荔堂诗集选》卷七,第406页。
② 丁澎:《寻聚远楼故迹感旧》,《扶荔堂诗集选》卷二,第373—374页。

有"中州霸天下哉"的惊叹。"燕台七子"中，中州诗人即占据两席，分别为张文光和赵宾。

张文光（1593—1661），字谯明，河南祥符人。他是"燕台七子"中年纪最大的一位，也是"燕台七子"中唯一一位曾仕于明朝的诗人。他早在崇祯元年即中进士，在明朝曾任曲沃、丹徒县令，一直沉沦下僚，不得升迁。入清以后，他于顺治二年再仕清朝，成为贰臣。仕清以后，张文光仕途仍然不顺，在钱塘知县任上蹉跎九年，"谯明令武林，久不调"①，"及鼎造，公为钱塘令九年，入为侍中"②。直到顺治十一年六月，张文光方以兵科给事中擢升入京，其时已是花甲之年。他在京活动的时间有四年左右，在此期间他一路累升至吏科都给事中，并得以与施闰章、丁澎、严沆等结交，成为"燕台七子"成员。直到顺治十五年，他被任命为江南按察使司副使，离开京城诗坛。

张文光是清初中州诗人之健将，与王铎、彭而述齐名。彭而述云："吾中原自何李后，允执牛耳，历落且百祀。孟津起而振之。近读谯明与菊溪作，沨沨乎正始。"③ 徐世昌评价："（文光）早年与王觉斯、邓禹峰游，始为诗，其才力亦复相亚。在国初中州诗人中堪称健者。"④ 然其诗存世不多，今传《燕台七子诗刻》中《斗斋诗选》一卷，另有乾隆二十七年刊行之《斗斋诗选》二卷。其原因或系张文光开始创作的时间偏晚。他本人在《斗斋诗选小引》中提到自己的创作起始时间及师承："予半生未学诗，曩与觉斯、禹峰避寇东行，出没于天雄、清源间，暮霭孤帆，风声鹤唳，一切欲歌欲泣之情，偶触为诗，二公谬许可。"⑤ 按张文光南下避兵事在崇祯十七年，彭而述《燕邸晤张谯明给谏话旧》小序所言甚明："甲申二月，闯贼自潼关渡河。……晤谯明旅舍，遂促装携家，同予避地南下。"⑥ 后来，他辗转县

---

① 彭而述：《燕邸晤张谯明给谏话旧》，《读史亭诗集》卷十二，《四库全书存目丛书》集部第 200 册，第 685 页。
② 彭而述：《出滇日记》，《读史亭文集》卷十，《四库全书存目丛书》集部第 201 册，第 134 页。
③ 彭而述：《寒谷诗序》，《读史亭文集》卷二，第 37 页。
④ 徐世昌：《晚晴簃诗话》卷二十一，第 93 页。
⑤ 张文光：《斗斋诗选小引》，《斗斋诗选》，清乾隆二十七年刻本。
⑥ 彭而述：《燕邸晤张谯明给谏话旧》，《读史亭诗集》卷十二，第 685 页。

令任上，直至入京成为"燕台七子"以后，方重拾诗歌创作："年来栖迟梧省，稍一涉笔，吾友丁飞涛、施尚白、严颢亭、赵锦帆、史及超、宋玉叔、陈胤倩鼓吹金台，有合刻之役。"并因而成名："晚年栖金台，官梧桐花下，日与吴梅村、施尚白、赵锦帆诸君子游，临风谱恨，赊月题欢，遂学为诗。不数月，竟登作者之坛。"①

张文光自称师承于王铎、彭而述，前文已有论述；而其家数，也是极典型的复古派宗唐尊杜效法七子的路子："谯明先生以绝代奇才，振兴大雅，斗斋一集，海宇诵弦。尔时唱和诸公，有王文安、薛行屋、彭禹峰、赵锦帆，皆中原麟凤，继趾联翩，一洗公安竟陵陋习，而北地信阳之本来面目，于焉复睹。"② "诸体选材于汉魏，托质于少陵，故格必高苍，调必沉郁。……宏开宝之正音，拓何李之遗响。"③

清初七子传人，大多以杜为宗，张文光亦不例外。沈德潜评其诗"副使诗得力于杜，有悲壮之声"④。其"悲壮"之处，显然源于他亲历鼎革、身经离乱之故。故《斗斋诗选》中，颇不乏吟咏山河破碎、战乱兵燹之惨的作品，如卷上《登汴城角楼》："落日下层城，苍然远树平。乱云连岳碧，野火隔河明。狐兔盘深窟，蒹葭冷旧京。中原形胜地，画角起边声。"⑤ 描摹河南名城开封在历经明末战乱水灾后的残破之状，笔调悲壮，尾联怆痛尤深。又如《饮泗州谯楼》：

  危楼四顾远苍茫，寥落人烟旧帝乡。栋接层霄云气出，檐垂半壁雨声凉。民间蒿里同陵寝，世外桃源尽战场。满目山川须痛醉，乾坤今古有斜阳。⑥

泗州是明太祖朱元璋的故里，也是明朝龙兴之地，然明末几经战乱，人烟寥落，荒凉不堪，连中都凤阳的明朝祖先陵寝，亦为"流贼"所发掘破

---

① 侯朴余：《斗斋诗选序》《斗斋诗选》，清乾隆二十七年刻本。
② 李时灿辑：《中州诗征》卷一，经川图书馆刻本，1936年。
③ 施闰章：《斗斋诗选序》，《斗斋诗选》，清乾隆二十七年刻本。
④ 沈德潜等编：《清诗别裁集》卷一，第15页。
⑤ 张文光：《登汴城角楼》，《斗斋诗选》卷上，清乾隆二十七年刻本。
⑥ 张文光：《饮泗州谯楼》，《斗斋诗选》卷下，清乾隆二十七年刻本。

坏。张文光于甲申二年南下避乱之时，途径泗州，目睹"旧帝乡"从帝王陵寝到民间村落的残破之状，感慨悲怆，可想而知。这正是张文光学杜而能"得力于杜，有悲壮之声"的根本原因。

张文光作为历仕明清两朝之贰臣诗人，身份特殊而尴尬，因而其诗作也颇有慨叹自己作为"两截人"的痛苦。若《平干道上》："时危轻作客，物役悔为儒。"① 实在是生逢乱世又不甘寂寞、处境尴尬，不得不与世浮沉的士人的甘苦之言。《后妇行》更直接用再醮之"后妇"自喻，以抒写身为贰臣所受到的内心和仕途的压力：

　　春华未及实，一旦遭风雨。离披愧松柏，徒然怨泥土。霞彩灿桑榆，莫能蔽村坞。鸳鸯七十二，贱妾亦为伍。遂充君下陈，宠爱良难数。戚施共燕婉，展转惭无补。偃蹇任侍儿，殷勤通保母。区区自束缚，郁郁不得语。献君一杯酒，愿君千万寿。宁为薄命妾，难为再醮妇。敢告后来人，初心安可负！②

张文光笔下的"后妇"，正是仕清贰臣之整体形象的写照。他们在节操上有愧于"松柏"而靦颜改节，尽管"遂充君下陈"，但仍遭受"侍儿""保母"的欺凌，仕途并不顺遂，心境更是郁塞束缚，最后发出"宁为薄命妾，难为再醮妇。敢告后来人，初心安可负"的哀叹。此种心态，当系贰臣群体所共有。

张文光一生由明入清，一直辗转于七品县令之职，竟达二十八年之久，直到花甲之年方得入京为郎署微官，其心境之辛酸抑郁，可想而知。所以，他一方面对时弊颇有刚直感言的一面，如《宿柳塘》言清廷为维系与南方残明势力的战争而横征暴敛，地方官竭力"催科"盘剥百姓之状："天地方流血，得非战鬼多？细听乃人声，县官自催科。挥鞭凌石齿，俨如雷霆过。孑遗无定魂，相视涕滂沱。"③《夏雨叹》言地方官瞒报灾情："君不见南北

---

① 张文光：《平干道上》，《斗斋诗选》卷下，清乾隆二十七年刻本。
② 张文光：《后妇行》，《斗斋诗选》卷下，清乾隆二十七年刻本。
③ 张文光：《宿柳塘》，《斗斋诗选》卷上，清乾隆二十七年刻本。

荒郊饥骨朽，犹报司农登大有。田翁欲上真宰书，九阙重重天狗守。"① 措辞皆极为尖锐。

另一方面，则是对沉沦下僚之身世遭际的怨诽。张文光在送别友人赵宾归里的《冬日载酒慰赵锦帆去国》中写道："作宦心原苦，归田赋莫传。汉家新气运，沦落几才贤。""俯仰嗟时事，凄凉对逐臣。半生齐宠辱，垂老得松筠。海内谁知己，天涯尚畏人。上林曾有赋，万一动枫宸。"② 既为友人无辜受贬的遭际不平，更兼及自家身世之感。另如卷上《送季天中秋日东行》：

> 千山落日淡高旻，万里秋风促去轮。自是圣朝无阙事，何妨天末有孤臣？霜侵列戍猿声急，云卷平沙月影新。我亦梧桐花下客，至今魂梦愧斯人。③

季开生身为谏官，以谏顺治帝买江南女子事而惹怒皇帝，被遣戍。张文光自省身为言官却不能如季天中刚直敢言，且以季天中之遭际，讥讽清廷之"圣朝无阙事"，感慨讽刺尤深。

张文光最擅律诗，这也是七子一路诗人的特色。《晚晴簃诗话》评其"五七言近体尤胜，高亮浑脱，直逼明七子"④。其律诗中多有对仗工稳妥帖的佳句，如"松老云光定，花深雨气凉"⑤，"云气来中岳，秋声落大河"⑥，"露冷秋山淡，风高海月斜"⑦，"星斗黄昏暗，风云白昼屯"⑧，"山光摇塔影，海气入钟声"⑨，"一天残月影，万壑晓钟声"⑩，"千林落照违云阙，一

---

① 张文光：《夏雨叹》，《斗斋诗选》卷下，清乾隆二十七年刻本。
② 张文光：《冬日载酒慰赵锦帆去国》，《斗斋诗选》卷上，清乾隆二十七年刻本。
③ 张文光：《送季天中秋日东行》，《斗斋诗选》卷上，清乾隆二十七年刻本。
④ 徐世昌：《晚晴簃诗话》卷二十一，第92—93页。
⑤ 张文光：《云居寺》，《斗斋诗选》卷上，清乾隆二十七年刻本。
⑥ 张文光：《送沈绛堂太史分宪大梁》，《斗斋诗选》卷上，清乾隆二十七年刻本。
⑦ 张文光：《送吴六益诗人南归》，《斗斋诗选》卷上，清乾隆二十七年刻本。
⑧ 张文光：《冬日载酒慰赵锦帆去国》，《斗斋诗选》卷上，清乾隆二十七年刻本。
⑨ 张文光：《胜果寺》，《斗斋诗选》卷下，清乾隆二十七年刻本。
⑩ 张文光：《天竺早起》，《斗斋诗选》卷下，清乾隆二十七年刻本。

路深秋出海门"①，"万里天风横一雁，数峰岚雨洗孤樽"②，"地连紫塞千峰远，天落黄河一水分"③，虽尚不及唐人高处，却也不输于前、后七子。

张文光的五言近体成就较高，尤擅炼字炼句。吴伟业称为"独于苍深巨丽之中，具幽渺清微之旨。……五言句法字法，起体结体，才人之极致，良工之苦心，毫发无遗憾，定为不朽之作"④。如《斗斋独坐》："夕阳催倦鸟，篱落点霜红。客久乡心断，秋深旅鬓空。晚潮连夜雨，老树百年风。俯仰嗟生事，愁吟未许同。"⑤《野月》："野旷烟初敛，孤辉更杳茫。长天笼远树，古渡泊空航。夜冷流民屋，春寒战骨霜。荷锄聊自慰，草露借余光。"⑥ 皆是风格老苍而字法精练的佳作。

(三) 赵宾

赵宾（1609—1677），字珠履，别号锦帆。河南阳武人。有《学易庵诗集》八卷。其生卒年或有争议，然张慎《赵锦帆先生传》已明言赵宾"丁巳年六月二十四日酉时卒，寿六十九岁"⑦。马大勇《清初庙堂诗歌集群研究》以为赵宾生卒年为1607—1675年，此说非是。

赵宾为顺治三年进士，授陕西淳化知县，顺治十年升刑部主事。张慎《赵锦帆先生传》："因例升刑部主事……此先皇十年事也。"数年后以事去官，赵宾遂言"余之业在白华南陔之章矣"⑧，慨然还乡。此次赵宾仕途蹉跌之原因不明，去官回乡的时间，尚可考证。张文光《冬日载酒慰赵锦帆去国》："俯仰嗟时事，凄凉对逐臣。"⑨ 显然是赵宾去官时所作。诗中另有"三年同作客，两鬓各成翁"之句，张文光由钱塘知县任上入京，是在顺治十一年。后赵宾又曾入京，作有《都门喜晤丁飞涛》，诗中有"山鬼有时啼户外，孤臣几载老关东"⑩之句，可知两人此次之在京会面，必在丁澎成满

---

① 张文光:《怀季天中》，《斗斋诗选》卷上，清乾隆二十七年刻本。
② 张文光:《芜阴九日》，《斗斋诗选》卷下，清乾隆二十七年刻本。
③ 张文光:《送张坦公南归》，《斗斋诗选》卷下，清乾隆二十七年刻本。
④ 吴伟业:《斗斋诗选序》，清乾隆二十七年刻本。
⑤ 张文光:《斗斋独坐》，《斗斋诗选》卷下，清乾隆二十七年刻本。
⑥ 张文光:《野月》，《斗斋诗选》卷下，清乾隆二十七年刻本。
⑦ 张慎:《赵锦帆先生传》，《学易庵诗集》，第472页。
⑧ 同上书。
⑨ 张文光:《冬日载酒慰赵锦帆去国》，《斗斋诗选》卷上，清乾隆二十七年刻本。
⑩ 赵宾:《都门喜晤丁飞涛》，《学易庵诗集》卷四，第548页。

之康熙二年。赵宾另有《入都》诗："五载重来此，旧居小巷迷。"① 由此逆推，可知赵宾去官离京的时间，应在顺治十五年前后。

赵宾在京城结交并不甚广，考其《学易庵诗集》中的唱酬篇章可知，他在京城结交的文士，除了在京的中州同乡诗人如薛所蕴、张文光等人之外，只与"燕台七子"中的施闰章和丁澎关系较近，特别是顺治十三年与施闰章、丁澎同在京城刑部郎署任职时期。《立秋日偶集施尚白邸中走笔柬飞涛》："施生同舍西曹里，腹笥便便廿一史。裒典香醪邀客饮，性耽佳句惊人死。……酒间屈指数诗豪，此事第一推飞涛。文采风流逼古人，壁垒旌旗走我曹。"以其诗首句"三年执戟老燕台"②，即可知此诗系作于顺治十三年。

也正是在这一年秋，施闰章受命视学山东，赵宾与丁澎等在金鱼池为其饯行。赵宾有《丙申九日飞涛诸公燕集》③，另有《九日送施尚白督学山东》："燕台九日海风寒，赋别登高醉倚阑。山斗东方新建节，诗文南国旧登坛。"④

前文所述，施闰章作为南方籍诗人，他与在京中州诗人的交往，主要由同在刑部郎署的同事赵宾为之介绍："予方在比部，与同舍郎赵君锦帆善。赵君大梁人也，因得尽交中州诸君子。"⑤ 施闰章另有《醉后歌酬赵锦帆兼呈丁飞涛》："赵君立马下阶前，尊酒论诗恣倾倒。君诗横绝天下知，掉头不数雕虫儿。同舍为郎执余手，愁中相视开须眉。才雄气莽天地窄，老蛟怒吼长河圻。……君言西署吾曹在，三分割据争峻嶒。……闻君作令赋甘泉，七载囊中无一钱。三年执戟颠毛白，当途谁复知其贤。"⑥ 以其"三年执戟颠毛白"句，可知此诗也作于赵宾入京任职三年以后的顺治十三年。

赵宾的诗学取向以复古宗杜尊七子为先，这也正是始于明代李梦阳、何景明的"中州家数"。郜焕元《赵锦帆先生集序》："中州以文鸣世者，自李

---

① 赵宾：《入都》，《学易庵诗集》卷三，第506页。
② 赵宾：《立秋日偶集施尚白邸中走笔柬飞涛》，《学易庵诗集》卷二，第491页。
③ 赵宾：《丙申九日飞涛诸公燕集》，《学易庵诗集》卷四，第536页。
④ 赵宾：《九日送施尚白督学山东》，《学易庵诗集》卷四，第536页。
⑤ 施闰章：《淡止园诗序》，《学余堂文集》卷五，《施愚山集》第1册，第99页。
⑥ 施闰章：《醉后歌酬赵锦帆兼呈丁飞涛》，《学余堂诗集》卷十六，《施愚山集》第2册，第306—307页。

崆峒、何大复而后，率以孟津王文安公为称首，其后南阳彭禹峰先生为之继。曩禹峰遇余楚中，则为余称阳武锦帆赵子云。锦帆崛起河朔间，用才显名，为两先生所引重，益自发舒为文辞，隐然为中原后劲。两先生殁，而锦帆以独力楷柱者垂三十年。""锦帆为文法迁史班椽，古诗法曹、刘，近体法初盛，尤宗杜少陵，兢兢守先正之矩矱，毋敢尺寸逾越。……惟是一意笃古，必引于绳墨，结构中度，而后修辞。"① 赵宾本人则在《同石生夜读何李集》中，直接表达自己对七子的尊崇："绣丝何日事，镂像此时心。一代推牛耳，百家废蛙吟。"②

赵宾本人的诗歌创作以悲慨浑阔为主，郜焕元《赵锦帆先生集序》："锦帆文尚简练，诗尚雄浑。"③ 这一方面是他所师法的由杜甫至前七子的中州家数起了作用，另一方面也与他的经历有关。他青年时代身历鼎革，虽早仕新朝，但仕途并不顺遂，一直辗转于县令郎署一类微末小官："锦帆先生于胜国之季，兵戈迭起，民物凋伤。逮先皇帝定鼎，而后捷南宫……由郎官陟西曹，未竟其用，而遂与时忤，人皆为先生惜之。"④ 所以，赵宾诗虽然也有"得其性情之正，而不滞忧乐于偏端"的庙堂正雅一面，却更不乏"去离乱之未远，故不禁凄怆而愤惋也"⑤ 的变风变雅一面。如《庙市歌》通篇铺陈北京庙市的古董珍玩之多，结尾却云："白发中涓腰半伸，当年御前供奉臣。忽见数物潜悲辛，云是累朝大内珍！"⑥ 写到前明老宦官目睹昔日明宫珍玩售于市肆而悲辛难禁，这一小小细节，故国沦亡的悲凉，溢然纸上。《读昭君曲》以昭君故事而言及清军劫掠女子北上，更颇有秉笔直书的"诗史"意味：

  沙漠绮罗亦是春，琵琶哀怨怨何人。眼前亲见甲申事，不算明妃命不辰。（其一）

  青草冢边白日曛，乌啼猿叫果难闻。多少文姬流塞外，纷纷何事吊

---

① 郜焕元：《赵锦帆先生集序》，《学易庵诗集》，第464—465页。
② 赵宾：《同石生夜读何李集》，《学易庵诗集》卷三，第522页。
③ 郜焕元：《赵锦帆先生集序》，《学易庵诗集》，第465页。
④ 郜焕元：《赵锦帆先生诗序》，《学易庵诗集》，第469页。
⑤ 同上。
⑥ 赵宾：《庙市歌》，《学易庵诗集》卷二，第494页。

昭君。(其二)①

赵宾的性格颇有北人豪放的一面,施闰章《汴中追悼赵锦帆》:"醉忆粗豪态,诗从慷慨论。"② 这也影响到他的诗风好尚。《道经谯明墓拜之》系拜祭好友张文光之墓所作:"来从何处来,死竟斯地死。圣贤与愚蒙,万古皆如此。七尺不自保,何况妻与子。"③ 出语虽寥寥,而颇有古诗的浑沦悲慨之气。《明妃曲》咏昭君故事:"酩酒微醺云四垂,鹰飞兔走骋乌骓。煞强长信深宫冷,尽日金钱媚画师。"④ 更颇见其为人倨傲不受羁络之处。

赵宾比较偏好怀古题材的诗作,且颇多佳作。《朱仙镇谒武穆庙》吟咏岳飞故事,极得七子高华悲壮的神采:

虎斗中原旧战场,丹青古庙壮河梁。千群铁驷嘶南渡,二帝梓宫冷朔方。遗像登歌云阵苦,空阶拜手日轮黄。拊膺正愤天难问,猎猎西风响白杨。⑤

又如《博浪沙》:

黄河浪高蛟龙号,博浪沙堆卷怒飙。秦皇旌旗蔽日月,虎豹昼藏鸟不翱。仲连布衣耻帝秦,张侯况是韩世臣。五岳填胸游沧海,邂逅异人力扛鼎,荆卿卤莽舞阳馁。挥椎雷电走惊飙,天地失色山谷摇,祖龙魂魄丧副轺。诏书十道大物色,从容受书下邳桥。千载我来访遗迹,谷陵变迁人代遥。祠堂风雨圮路侧,静院空庭锁寂寥。凭吊徙倚日薄暮,西风萧飒吹野椒。⑥

其诗咏张良博浪沙典故,极尽慷慨雄阔之势。由博浪沙的壮美景色展开

---

① 赵宾:《读昭君曲》,《学易庵诗集》卷八,第612页。
② 施闰章:《汴中追悼赵锦帆》,《学余堂诗集》卷三十三,《施愚山集》第3册,第184页。
③ 赵宾:《道经谯明墓拜之》,《学易庵诗集》卷一,第488页。
④ 赵宾:《明妃曲》,《学易庵诗集》卷八,第623页。
⑤ 赵宾:《朱仙镇谒武穆庙》,《学易庵诗集》卷四下,第560页。
⑥ 赵宾:《博浪沙》,《学易庵诗集》卷二,第494—495页。

铺叙，秦王车骑的煊赫，张良的大智大勇，直至博浪沙行刺一刻那石破天惊、风云变色的场面，笔挟风雷之势，令人心胆俱摇。这种悲慨壮阔的英雄气，正是由李梦阳、王铎一路中州诗人所倡导的。

（四）严沆

严沆（1617—1678）字子餐，号颢亭，浙江余杭人。顺治十二年进士，改庶吉士，次年被授为兵科给事中。此后十几年一直辗转于各科谏官任上，逐级递升为刑科都给事中。康熙十年，补太仆寺少卿。十二年，迁左佥都御史、宗人府府丞、左副都御史。十三年，任户部仓场侍郎，四年后去世。

严沆一生仕途平顺，未见蹉跌，性格也较为谦和内敛，《清诗别裁集》："司农敛退谦抑，虽跻九列，不殊寒素。有讥弹其诗者，应时改定，远近称为德人。"① 他曾在丁澎遣戍时施以援手，且长期资助供养流寓京城的陈祚明。施闰章回忆他"历官无长物，急友肯多方"②，实非过誉。

严沆才力比较平庸，在"燕台七子"中是较弱的一家。他之所以能列席于"燕台七子"，原因之一是他中第后仕途顺遂，且一直在做京官，长期扎根于京城文化圈中。龚鼎孳《严颢亭都谏奏疏序》："颢亭给事省中也，能文章，负气节，有当世盛名。又自承明金马之庐出而领琐闼、司风谏，风裁赫然。"③ 龚氏另有《送严颢亭都谏假归虎林》："早日公车至，投诗比玉盘。金门三赋就，彩笔万人看。"④ 另一方面，严沆交游颇广，安闲的京官生涯恰有利于他在京城开展文学交际活动。他作为性格宽厚又喜好结交的高官文士，不论是已成名的文人还是无名寒士，严沆皆能与之相处相知。严沆能借此列席"燕台七子"，也可谓文学现象之一种。细考"燕台七子"的所有成员，全部都与他有极深的渊源和交谊：

宋琬与严沆订交，早在明朝末亡之时，远远早于他和其他"燕台七子"成员的订交。宋琬云："余自束发之年，即与严给谏灏亭以诗文相切靡。"⑤ "夙昔慕嘤鸣，良朋以为命。载交严给事，如见陶士行。"⑥

---

① 沈德潜等编：《清诗别裁集》卷四，第141页。
② 施闰章：《哭颢亭少司农》，《学余堂诗集》卷四十四，《施愚山集》第3册，第427页。
③ 龚鼎孳：《严颢亭都谏奏疏序》，《定山堂文集》卷一，《龚鼎孳全集》，第1556—1557页。
④ 龚鼎孳：《送严颢亭都谏假归虎林》，《定山堂诗集》卷十二，《龚鼎孳全集》，第431页。
⑤ 宋琬：《严母江太孺人七秩寿序》，《安雅堂全集》卷十，第480页。
⑥ 宋琬：《严灏亭太夫人寿》，《安雅堂全集》卷二，第105页。

丁澎与严沆是同榜进士，同时在京城诗坛上扬名，而两人之间也有极好交情，唱酬颇多："章皇临御日，同第祝鸬司。并辔瞻天阙，齐名受主知。……酬唱唯同调，朝参不误期。开樽尝索俸，出署每留诗。专涉千门赋，精探一字师。"后来丁澎因事遣戍时，时任谏官的严沆还曾出力相救："予谪靖安，颢亭时为救援。"①

施闰章在严沆甫中进士不久，即与其订交。施闰章诗云："君捷南宫日，余陪西署郎。定交原杵臼，卜夜屡壶觞。"②严沆亦有《赠施尚白比部二首》为施闰章作："才华金马客，侍从白云司。几上甘泉颂，常吟曲水诗。"③此诗以"比部"相称，必作于施闰章顺治十三年视学山东之前。后来施闰章出京任职，但两人一直诗文往来不绝："多情偏好我，远道独相望。尺素嗟离索，三生恨渺茫（注云：客冬见枉诗札）。"④

陈祚明与严沆的关系更是非同一般。两人素有旧交，陈祚明于顺治十二年入京，正是由于严沆的邀请："昔我河上居，固穷悲屡空。……金门子通籍，托信南飞鸿。……殷勤劝治装，舟楫何匆匆。"入京以后，他长期馆于严沆家中，教授严沆之子："鹿鸣呼野草，兄弟亦不如。饱餐大官米，岂叹食无鱼？"⑤甚至他最后客死京城，也是在严沆寓所中去世。"依君那似客，有弟亦忘形"⑥正是两人一生交往的最好概括。

柯愈春《清人诗文集总目提要》，载严沆有诗文集多种，今已皆不可见，唯有魏宪《皇清百名家诗选》载《严颢亭诗》一卷，康熙间枕江堂刻。严津《燕台七子诗刻》、邹漪《名家诗选》皆辑入《颢亭诗选》一卷。魏宪评其诗"应制则台阁庄严，馆课则条达敷适，感事述怀则慷慨激扬，赠答酬唱则情词斐亹"⑦，实系过誉之辞。倒是魏裔介《严颢亭张譙明诸子诗序》颇能见出其诗的一些特点："以今观譙明、颢亭、锦帆、尚白诸公，皆当世

---

① 丁澎：《严少司农颢亭六□和白侍郎代简寄元微之百韵诗》，《扶荔堂诗集选》卷十，第434页。
② 施闰章：《哭颢亭少司农》，《学余堂诗集》卷四十四，《施愚山集》第3册，第426页。
③ 严沆：《赠施尚白比部二首》，《皇清百名家诗选》卷二十一，第218页。
④ 施闰章：《哭颢亭少司农》，《学余堂诗集》卷四十四，《施愚山集》第3册，第427页。
⑤ 陈祚明：《己亥暮春颢亭请假葬亲余不得借遣舍弟附舟南下赋别》，《稽留山人集》卷四，第494—495页。
⑥ 陈祚明：《癸丑元夕把酒口占赠颢亭太仆》，《稽留山人集》卷二十，第662页。
⑦ 魏宪编：《皇清百名家诗选》卷二十一，第215页。

之笃于性情者也。拟议所构，追美风雅，卜子夏曰：发乎情，止乎礼义。……以是鼓吹元音扫除绮丽可也。今景运方昌，诸君子追躅先民，力崇正始。"① 虽然严氏才力平平，列席于"燕台七子"之间，略显名不副实；但他作为一个称职的官僚，一个品格谦厚的仕宦文士，其诗风又是典型的台阁元音，其"雅正"程度，在"燕台七子"中首屈一指，甚至超过了张文光、赵宾沉沦下僚的压抑愤懑之辞和宋琬、丁澎的冤苦凄厉之音。试看其《怀季天中辽左》一诗：

> 万里边城问谪居，躬耕辽海意何如？龙沙更作投湘赋，凤阙长悬谏猎书。鸭绿流澌春水下，医闾积雪暮寒余。柳条渐识阳和近，未必君恩雨露疏。②

季开先身为谏官，以谏买扬州女子事而遭遣戍，时京城文士多有诗相赠。严沆此诗虽以"谏猎"之典颂美季开先的刚直敢言，末尾却结以君恩雨露之俗套，实在是"怨而不怒"到了极点。比较张文光《送季天中秋日东行》"自是圣朝无阙事，何妨天末有孤臣？"③ 的深沉反讽，严诗之"雅正"也就一目了然了。《送吴谨侯同馆谪广文还里作歌》亦系赠逐臣题材，也是这种怨而不怒的"雅正"气味："梦回辇道记鸣珂，坐听辘轳初转井。……夺我凤凰池，未妨彭泽醉。兴来拄笏西山翠。自有哀吟动鬼神，长将诗卷留天地。不知璧水况金门，见说移官亦主恩。"沈德潜评此诗云："'梦回辇道'二语，写其玉堂天上之感，末并望主恩之赐环，而出以微婉，不伤直致，得立言之体。"④ 应是的评。

第二节 "海内八家"

"海内八家"这一文学团体的得名，源于康熙十年吴之振入京，选取当

---

① 魏裔介：《严颢亭张谯明诸子诗序》，《兼济堂文集》卷五，第110页。
② 严沆：《怀季天中辽左》，《皇清百名家诗选》卷二十一，第219页。
③ 张文光：《送季天中秋日东行》，《斗斋诗选》卷上，清乾隆二十七年刻本。
④ 沈德潜等编：《清诗别裁集》卷四，第141页。

时正活跃于京城诗坛的八位诗人宋琬、曹尔堪、施闰章、沈荃、王士禄、程可则、王士禛、陈廷敬之作品,纂成《八家诗选》。这是一个在康熙初期京城诗坛上有相当影响力的文人社团,却并无统一的文学主张,其人员构成和诗学观念,皆相当繁杂。本节拟对"海内八家"的一些相关问题进行探讨。

一、关于"海内八家"的几个问题
(一)"海内八家"成员的过渡性质

"海内八家"的人员构成,体现出明显的过渡性质。八位成员皆系清朝新进仕宦文人,且皆有在京为官的经历。其中,成名于顺治时代与康熙初期的诗人各占半数。

试将"海内八家"与"燕台七子"略作比较,即可从成员身份的变化中,窥知清初诗坛人员构成的某些转变:"燕台七子"的成员身份相当芜杂,其中张文光是在明朝即曾出仕的贰臣,陈祚明是不仕清朝的遗民诗人,其余则系新进仕宦文人。而活跃于康熙初年京城诗坛的"海内八家",已无贰臣诗人与遗民诗人,清一色皆是新进仕宦文人。由此或可窥知,顺治时代诗坛由遗民与仕宦文人(包括身仕两朝之贰臣文人和入清后进入仕途的新进仕宦文人)两分天下的局面,在康熙时代已有所变化,遗民与贰臣皆逐渐淡出诗坛,新进仕宦文人成为诗坛主流的时代即将到来。

"海内八家"诸成员中,宋琬和施闰章皆系"燕台七子"成员,这两人作为清人入京以后较早出仕的文人之一,分别在顺治四年与六年即成进士,因而在京城诗坛扬名的时间相当早。中进士后,两人皆有长期在京任职郎署的经历,并借此在京城广为结交,由此形成了"燕台七子"这一标榜后七子宗风的文人社团。

沈荃和曹尔堪虽然未能列席"燕台七子"之中,但两人同样是成名于顺治时代的京城诗人。两人皆系顺治九年中第,且授职皆系京官,此后在京城生活了相当长的一段时间,在顺治时代即在京城文化圈建立起了属于自己的人脉关系。

曹尔堪在顺治时代,与京城发生联系的机会有三次。第一次是顺治五年十月,曹尔堪北上赴京会试,居京师时,曾与宋徵舆、王崇简、宋琬等在京文士,多有宴集唱和之作。第二次,是在顺治九年成进士,任职翰林院,直至十三年丁忧离京。第三次，在顺治十五年除服返京，补原官，直至顺治十八年以逋粮案夺级南归，这段时间内亦曾在京城广为结交。

沈荃与京城的渊源，则是从他顺治九年中探花开始的。他于是年授国史院编修，开始在京城广交文士，直至顺治十三年夏迁分巡大梁道副使，出京任职，他与京城诗坛的联系，方告一段落。他虽然不属于"燕台七子"成员，但在顺治九年至十三年期间，他在京城与"燕台七子"多位成员有都有交往，尤以施闰章、赵宾、张文光三人最为密切。施闰章《送张友鸿归云间》及小序对此记载甚详："施子官比部，与时彦诸公数集友鸿所。张谯明、许菊溪、赵锦帆、顾介石、吴六益、沈绎堂，皆词学相友者也。"①

"海内八家"的其余四位成员，都是在顺治末年登上诗坛，在康熙初期方崭露头角的年轻后进士人。其中，程可则和王士禄虽然也早在顺治九年即中会试，但均以科场风波被开革，未与殿试而归。其后，王士禄曾于顺治十二年参加殿试，时人皆以为能入翰林，朝廷却复以顺治九年科场事件，将其置于末甲，未能参与馆选，而只得到莱州府学教授的职位。直到顺治十六年，王士禄方得入京任职。程可则则直到顺治十七年才再与殿试并授官。这一场科场蹉跌，使得程王二人在顺治时代，对京城诗坛的活动参与不多。

王士禛的情况则更为特殊。他在顺治十二年中了会试，但未参加殿试即匆匆归里。所以他虽然在此期间曾一度在京城广交文士，《渔洋山人自撰年谱》于顺治十二年条目下云："始与海内闻人缟纻论交，时号三王。"② 但这期间形成的名望，却并未在京城诗坛持续下去。直到顺治十五年，他再次赴京殿试，顺利进士及第，但未得馆选，滞留京城，才复在京城诗坛上有了一定的文化交往。而且，在顺治时代，王士禛作为诗坛上的晚辈后进，尚属于龚鼎孳门下之士，未能自立门户。

陈廷敬与王士禛为同榜进士，且同在顺治十五年成进士。与王士禛未得馆选不同，陈廷敬很快被选为庶吉士，作为京官留在京城。不过，他也系龚鼎孳门下之士，远未达到可以自立门户的地步。

王士禄、王士禛、程可则、陈廷敬四人，在顺治时代的京城诗坛上，或

---

① 施闰章：《送张友鸿归云间》，《学余堂诗集》卷十六，《施愚山集》第2册，第305页。
② 王士禛：《渔洋山人自撰年谱》，《王士禛全集》附录，第5059页。

来去匆匆，或依人门下，影响力都比较有限。而他们真正在京城诗坛扬名，还要到康熙前期。由此可见，"海内八家"实际上是一个集聚了京城诗坛"前辈"与"晚辈"的复杂的诗人团体。

（二）"海内八家"的形成过程

"海内八家"的活动时间，集中在康熙十年前后。其中，程可则、沈荃、陈廷敬、王士禛四人回京较早：程可则早在康熙三年秋，即赴京补官。陈廷敬于康熙四年假满还京，任检讨原官。沈荃于康熙五年由分巡通蓟道任上调回翰林院。王士禛则略晚于上述三人，于康熙七年再入京城为官。《居易录》卷五："己酉奉使淮浦，庚戌冬入都。"① 因而此四人都已在京展开广泛的交往唱和活动。

"海内八家"的其他四位成员重回京城的时间，则集中于康熙九年至十年间。康熙九年九月，王士禄还官，补吏部考功司员外郎。康熙十年四月，曹尔堪为谋复官职而入京城。而顺治时代京城仕宦诗人团体"燕台七子"重要成员的宋琬、施闰章，也分别于康熙九年秋与康熙十年六月先后起复入京。

其中，施闰章回京最晚，在京逗留时间也最为短暂，却是"海内八家"中最重要的人物之一。由于他在顺治时代京城诗坛上名气太大，他到京次日，王士禛、王士禄兄弟即在寓所设宴，为施闰章接风。参与者还有"海内八家"的另外四位成员宋琬、曹尔堪、沈荃、程可则。由此也可看出，在施闰章到京之时，"海内八家"作为文人团体已经基本成型了。

施闰章和王士禛对"海内八家"在京唱和的盛况，皆有相当详细的描述。施闰章谓："今年予在都下，故人曹君顾庵、宋君荔裳、王君西樵、阮亭、沈君绎堂，相与连日夜为文酒欢。是时周量官兵部职方郎，于事称剧，未尝不脱身与高会。"② 其《醉来歌赠曹顾庵先生》云："十六年来重把臂，金门会合多吾辈。莱阳之宋（荔裳）新城王（西樵、阮亭），南海（周量）东吴（绎堂）相颉颃。余亦羁栖燕市旁，同声异曲成宫商。"③ 此诗涵盖了"海内八家"的所有成员。《闻王西樵考功讣》更明确提及"八家"之名：

---

① 王士禛：《居易录》卷五，《王士禛全集》，第3761页。
② 施闰章：《程周量诗序》，《学余堂文集》卷四，《施愚山集》第1册，第74页。
③ 施闰章：《学余堂诗集》卷二十一，《施愚山集》第2册，第391页。

"京辇追高会，壶觞伴苦吟。同声兄弟好，衔痛蓼莪深。……八子情摇落，（注云：时同西樵兄弟有八家诗行世。）千秋事陆沉。"① 王士禛《居易录》亦载："庚戌冬入都，会考功兄再官吏部，莱阳宋按察琬玉叔、嘉善曹讲学尔堪子顾、宣城施参议闰章尚白、华亭沈副使荃贞蕤，皆集京师，与予兄弟暨李陈诸子为诗文之会。"② 吴之振也正是在这一年到达京师，荟萃宋琬、施闰章、曹尔堪、沈荃、王士禄、陈廷敬、程可则与王士禛八家诗，刻于嘉兴。

不过，"海内八家"在京城共同活动的时间并不长，而是在短暂相聚后很快就风流云散：施闰章于康熙十年六月入京，八月即离京，曹尔堪亦于是年九月离京南归，因而，"海内八家"成员齐全的聚会，不过康熙十年中的数月而已。此后，宋琬于康熙十一年补四川按察使，程可则于同年补桂林知府，王士禛也在本年受命主四川乡试，因而先后离京。王士禄更于康熙十二年七月去世。后来能够长驻京城的"海内八家"成员，只有王士禛、沈荃、陈廷敬，以及数年后以博学鸿词科入京的施闰章四人。

（三）浅析"海内八家"宗宋之说

有些研究者认为，"海内八家"是一个有显著宗宋色彩的诗学团体。之所以有此说，一方面是因为"海内八家"的形成恰恰是在王士禛倡导宗宋诗风相当用力的康熙九年至十年间；另一方面，可能也是受到了吴之振略带夸张色彩的描述的影响。吴氏《八家诗选·自序》云："余辛亥至京师，初未敢对客言诗，间与宋荔裳诸公相游宴，酒阑拈韵，窃窥群制，非世所谓唐法也。故态复狂，诸公亦不以余为怪，还往唱酬，因尽得其平日之所作而论次之。皆脱弃凡近，澡雪氛翳，一集之中，自为变幻，莫可方物。"在吴之振的描述中，"海内八家"大部分成员的诗风，俨然皆属于"非世所谓唐法"的宋调。

但吴之振这一定论，其实并不符合"海内八家"的真实状况。对"海内八家"诗风宗尚进行逐一考察，就可以发现，"海内八家"并不是一个由相似文学观念统合而成的文人团体，其成员之间诗学主张差异极大。其中，

---

① 施闰章：《学余堂诗集》卷四十三，《施愚山集》第3册，第421页。
② 王士禛：《居易录》卷五，《王士禛全集》，第3761页。

符合吴之振所言"非世所谓唐法"的宗宋诗人，只有三家：王士禄、王士禛兄弟和宋琬。

王士禛对宋诗发生兴趣，是在他就任扬州推官以后。他在《癸卯诗卷自序》中，提到自己少年时代即已接触过苏轼诗，而青年宦游之际，对其诗有更深入的理解："尝读东坡先生集云：少与子由寓居怀远驿，一日，秋风起，雨作，中夜翛然，始有感慨离合之意。嗣是宦游四方，不相见者十八九。每秋风起，木落草衰，辄凄然有所感。"① 他在顺治十八年春，先后作有《上方寺访东坡先生石刻诗次韵附跋》②《第二泉和涪翁韵》③，分别表现出对苏轼和黄庭坚的浓厚兴趣。到了康熙二年，他写下著名的《戏效元遗山论诗绝句三十六首》，"耳食纷纷说开宝，几人眼见宋元诗"④，公开为宋元诗张目。

在康熙三年，另有一重大事件，对王氏兄弟形成宗宋倾向有较大的影响，这就是王士禄以科场案入狱，直至是年冬方获释。在狱中，王士禄因自己的处境而联想到苏轼兄弟，因此开始仿效苏轼诗风，步其诗韵，与时在扬州任职的王士禛唱和："念予兄弟即才具名位，不逮两苏公；然其友爱同，其离索同，其不合时宜同，其辚轲困踣，为流俗所指弃，又无不同。而坡公俊快，复善自宣写，乃稍取其集读之，读而且吟且叹，遂不自制，时复有作。"⑤ 王士禄系狱期间所作之《拘幽集》，即系步苏轼韵与王士禛唱和者。

王士禛与王士禄手足情笃，且在诗学领域受到兄长极大影响。王士禄以步韵学苏之诗与他唱和，也使得王士禛的诗风不能不受到苏轼所代表之"宋风"的濡染。虽然王士禛集中并未保存下这段时间与兄长唱和的诗作，但王士禄《次韵贻上用坡公东府雨中别子由韵见寄诗》序云："今年春，贻上用坡公东府别子由韵作诗见寄，读之凄然，未及和答。比在幽系中，言念聚散，感慨不能已已，遂次韵寄之。"⑥ 可知王士禛在康熙三年春，确有主动步苏轼诗韵与兄长唱和的作品。

---

① 王士禛：《癸卯诗卷自序》，《渔洋文集》卷三，《王士禛全集》，第1566页。
② 王士禛：《渔洋诗集》卷九，《王士禛全集》，第278页。
③ 王士禛：《渔洋诗集》卷十，《王士禛全集》，第293页。
④ 王士禛：《戏效元遗山论诗绝句三十六首》，《渔洋诗集》卷十四，《王士禛全集》，第372页。
⑤ 王士禄：《拘幽集自序》，第68页。
⑥ 王士禄：《次韵贻上用坡公东府雨中别子由韵见寄诗》，《辛甲集》卷一，第74—75页。

康熙三年，王士禛还曾对陆游产生较浓厚的兴趣。他在淮上舟中读陆游诗，作有《甓湖舟夜读渭南诗集偶题长句》①及《陆放翁心太平庵砚歌为毕刺史赋》，②对陆游入蜀诸诗，评价极高。

不过，王氏兄弟的宗宋倾向，至少要到王士禛回京以后，才在京城流布开来。虽然在王士禛任职扬州推官的顺治十八年至康熙三年期间，王士禄身在京城，但他性格淡泊，又遭逢冤狱，对文坛角胜并无多少兴趣，所以在京的酬答之诗并不多，"兼以疏拙，性厌献酬。……以故自辀轩驰驱邮壁驿柱之外，其居京师两岁中，为诗不过三十许篇耳"③。他的宗宋倾向，基本未能在京城诗坛造成什么影响。

康熙四年九月，王士禛自扬州北归，入京赴礼部主客司主事任。此时的王士禛，在诗学理念和诗歌创作上，皆已展现出相当明显的宗宋倾向。康熙八年冬，王士禛作《冬日读唐宋金元诸家诗偶有所感各题一绝于卷后凡七首》④，在理论上明确为宋诗的成就张目。而自身的创作亦体现出极鲜明的"宋调"。《古夫余亭杂录》："康熙丁未、戊申间，余与茗文、公戭、玉虬、周量辈在京师为诗倡和，余诗字句或偶涉新异，诸公亦效之。茗文规之曰：兄等勿效阮亭，渠别有西川织锦匠作局在。"⑤ 与此相对应的是，康熙六年汪琬有诗云："渔洋新诗与众殊，粗乱都好如名姝。"⑥ "渔洋新诗"的"粗乱"倾向，显然也是向宋人风调靠拢。可见在王士禛甫由扬州回京后的康熙六年至七年间，不但他的诗风已经表现出相当鲜明的"偶涉新异"倾向，而且达到令"诸公效之"的地步。

王士禄的宗宋倾向，较其弟更为鲜明。他自称"鄙人称诗慕韩杜，谓及苏陆皆文雄"⑦，后人亦评价他的诗风"老苍兀奡，酷似剑南眉山"⑧。吴之振所言京城诗人"非世所谓唐法"的创作倾向，若仅以王氏兄弟的情形来

---

① 王士禛：《渔洋诗集》卷十五，《王士禛全集》，第383页。
② 同上书，第388页。
③ 王士禄：《尘余集自序》，第67页。
④ 王士禛：《渔洋诗集》卷二十二，《王士禛全集》，第484页。
⑤ 王士禛：《古夫余亭杂录》卷六，《王士禛全集》，第4939页。
⑥ 汪琬：《口号五首》，《钝翁前后类稿》卷四，《汪琬全集笺校》，第157页。
⑦ 王士禄：《答赠邓孝威》，《十笏草堂诗集》卷二，第182页。
⑧ 徐釚：《本事诗》卷九，第631页。

看，实非夸张。

宋琬是康熙前期京城诗坛宗宋派的又一健将。他出身山左世家，早期宗唐尊七子，直到身遭冤狱、放废江南之后方有所变化，逐渐开始涉染宋风，"宋浙江后诗，颇拟放翁；五古歌行，时闯杜韩之奥"①。对于宋琬在康熙十年前后所呈现出的浓厚的宗宋倾向，吴之振是极为欣赏的。《读宋荔裳观察安雅堂集题赠二首》："曾经沧海波澜阔，早识匡庐面目来。……巾箱忽展惊人句，唤得吟魂午夜回。"②

陈廷敬的情况比较特殊，他虽以宗唐为主，却也偶涉宋风。王士禛称其"独宗少陵"："陈说岩廷敬相国少与余论诗，独宗少陵。"③ 但实际上，陈廷敬虽然宗杜，却未必"独宗"，而是时常阑入宋人畛域，特别是对苏轼颇为偏爱。他不仅盛赞苏轼"苏公天上人，万丈银河垂。举手扪星辰，足蹋龙与螭。旋幹周四运，浩气森淋漓。感心生直亮，体道忘艰危"④；且多有和苏学苏之作，《午亭文编》中，直接步苏轼韵的作品即多达十数首。吴之振所提到的京城文士"窃窥群制，非世所谓唐法"，极有可能也包括陈廷敬在内。

"海内八家"的其余四人，皆属较纯粹的宗唐派诗人，不染宋风。其中，施闰章一直是对诗坛的宗宋风潮"不苟同其说"的正统宗唐派。邓汉仪谓："今诗专尚宋派，自钱虞山倡之，王贻上和之……而与余商略，不苟同其说者，则有施尚白闰章、李岯瞻念慈、申孚孟涵光、朱锡鬯彝尊、徐原一乾学、曾青藜灿、李子德因笃、屈翁山大均等人。"⑤ 毛奇龄曾记载施闰章以博学鸿儒入京以后，为矫正宋诗风而有意进行唐诗编选之事："前此入史馆，时值长安词客高谈宋诗之际，宣城侍读施君与扬州汪主事论诗不合，自选唐人长句律一百首以示指趋，题曰馆选。"⑥

程可则系岭南诗人，自称"仆本滨海人，赋性多寡昧。读书怀古贤，苍茫隔人代"，诗学好尚比较保守，且一直以"古贤逝不作，大雅将谁陈？汉

---

① 王士禛：《池北偶谈》卷十一，《王士禛全集》，第3086页。
② 吴之振：《读宋荔裳观察安雅堂集题赠二首》，《黄叶村庄诗集》卷二，第693页。
③ 王士禛：《渔洋诗话》卷中，《王士禛全集》，第4796页。
④ 陈廷敬：《题东坡先生集》，《午亭文编》卷五，第69页。
⑤ 邓汉仪：《慎墨堂笔记》，第527—528页。
⑥ 毛奇龄：《唐七律选序》，《西河集》卷五十三，第465页。

魏邈千年，唐风委荆榛"① 为憾，可见其诗学主张也是沿袭明代中后期以来的宗唐复古旧辙，而不濡染新兴宋风。

曹尔堪的诗集传世不多，尤侗《曹顾庵六十寿序》称其"扬之高华而不铺历下之糟，按之幽细而不淈竟陵之泥。庶几乎登开元之堂，入大历之室"②。由此可知，曹尔堪风格亦趋向于宗唐一路。

身为云间派后学的沈荃更是严格遵循宗唐尊七子的云间家法，"独会心于高、岑、王、孟"③。而且，沈荃对当时流行的宋诗风颇为不屑，在康熙十一年所作《过日集序》中，他对当时的宗宋之风有极严厉的批判："近世诗贵菁华，不无伤于浮滥，有识者恒欲反之以质，于是尊尚宋诗以救弊。……今之号为宋诗者，皆村野学究肤浅鄙俚之辞。求其如欧阳永叔所云'哆兮其似春，凄兮其似秋，使人读之可以喜、可以悲'者，百不得一焉。此不过学宋人之糟粕，而非欲得宋人之精神也。"④

可以看到，宗唐派仍在"八家"中占有半数，而"八家"中明确倡导宋诗者，只有王士禛、王士禄兄弟和宋琬三家，以及唐宋兼宗之陈廷敬而已。而吴之振之所以把风格宗尚各异的"海内八家"全部定性为宗宋诗人，一方面当然与他自身作为宗宋派，希图大力推广宋诗的立场有关；另一方面，吴之振于康熙十年冬到京，他入京的时候，施闰章和曹尔堪已经先后离开京城，"海内八家"已经仅剩六家。而施闰章恰恰是"八家"中宗唐立场最为鲜明的诗人之一，曹尔堪也系宗唐诗人。所以吴之振所目睹的尚在京城的"六家"诗人所表现出的"窃窥群制，非世所谓唐法也"的宗宋趋势，恐难涵盖"海内八家"的总体风貌。

由此可知，"海内八家"与顺治时代明确以明七子后学自居的"燕台七子"完全不同，它并不是一个有相近诗学主张的团体。"海内八家"各家之间的师承与风格，彼此差异极大。《八家诗选》的选者吴之振，在暗示"八家"宗宋倾向的同时，也诚实地承认这种相异之处。他在《八家诗选·自

---

① 程可则：《与施愚山论诗作》，《海日堂集》卷一，第298页。
② 尤侗：《曹顾庵六十寿序》，《西堂杂俎》三集卷五，《续修四库全书》集部第1406册，第436页。
③ 邓之诚：《清诗纪事初编》卷四，第467页。
④ 沈荃：《过日集序》，《过日集》，清康熙六松草堂刻本。

序》中明确指出,"近诗之敝也,患在苟同而不求自得。……调弄唐吻,则枵中捷口之徒,邪许而集,昼蝇晚蚊,相聚雷和"①,所以,他选"海内八家"之诗,正是着眼于诸家各有其面貌:"今八家,自不相为同;余之选八家也,非选其同于余标一同之说以绳天下,斯不同者多知吾之所谓不同则可以同,此不同者正多也。其足以陵轹中州,摩荡风雅,亦在能诗者各求其自得也而已矣,何必同?"②

二、"海内八家"成员

(一)王士禄

王士禄作为王士禛的兄长,在诗歌创作与诗学观念方面给予王士禛的巨大影响,前文已有概述。他在文学史上借由其弟而得名,历代诗话诗评及文学史,也往往将他与王士禛进行简单的类比乃至混淆。但实际上,王士禄在性格心态及诗文创作方面,与王士禛均存在诸多不同之处,实系清初京城诗坛上较有特色的名家,并不能为渔洋神韵诗论所涵盖。

王士禄(1626—1673),字子底,号西樵山人,山东新城人。和其弟王士禛一样,他也是一个少年早慧的诗人,少工吟咏,且能以诗传授诸弟。然而,王士禛少年得第,仕途顺遂,一生几乎未经历过仕途蹉跌;而其兄王士禄虽然同样身负高才,却终生命宫磨蝎,在仕途上屡屡颠踬。

顺治九年,王士禄中会试,适逢朝中重臣倾轧,参劾中试者制艺纰缪,导致包括会元程可则在内的多位中试者皆被褫夺殿试资格,王士禄也在其中。三年以后,王士禄才得以参加殿试,时人皆以其高才而寄予厚望,"群以馆阁期士禄,已而,竟不与"③。此次朝廷又以顺治九年科场事件,将其抑置末甲,使得他未能参与馆选。王士禄只好自请改任教职,出任莱州教授,"上书东曹,改教授,偃仰海郡者四五年"④。

顺治十六年,在地方教官任上蹉跎数载的王士禄方得入京任职,为国子

---

① 吴之振:《八家诗选·自序》,第537—538页。
② 同上书,第539页。
③ 陈僖:《新城王氏合传》,《燕山草堂集》卷三,《四库未收书辑刊》第8辑17册,第503页。
④ 王士禄:《西樵山人传》,《王考功年谱》附录,《王士禛全集》,第2510页。

监助教。康熙元年三月,升迁为吏部考功司主事。次年七月,王士禄迁司勋员外郎,受命至河南取士,却因此招致了一场牢狱之灾。

康熙三年三月,礼部磨勘河南乡试程文纰缪,适逢朝廷严厉惩处科场案,王士禄遂被逮下狱。直到当年冬,王士禄方得以出狱。《上浮集自序》记载:"仆辰冬出都。"①这场冤狱让王士禄身心交瘁,他在《将视贻上都门先有此寄》中写道:"邯郸梦破似惊禽,永谢幽州马客吟。难缓在原千里翼,重违誓墓百年心。由来词赋干憔悴,讵有风尘好滞淫。知汝一官同脱屣,郁洲隐迹会双寻。"②足见冤狱带给他的心理摧残。

出狱以后,王士禄在康熙四年春启程南下,前往投奔尚在扬州任推官的王士禛。王士禛《祭孙无言文》云:"康熙乙巳春,先考功兄南游广陵。"③此后,他一度流寓江南,与宋琬、曹尔堪等唱和,过着放废江湖的生活。直到康熙九年九月,始得重补吏部考功司员外郎。王士禄几经蹉跎,此次本不愿再出。"康熙九年庚戌,有自白典试狱复官者,母促之行。士禄曰:'儿性散慢,不宜于官。况有老亲在,即官,亦宜乞归养。乃复撄世网耶!'"④却因母命难违,仍入京补官。任职不到两年,又以遵旨一并详察议奏事,被降二级,时论咸以过薄。康熙十一年八月,王士禄之母去世。次年七月,王士禄亦以哀毁过逾而死。

虽然王氏兄弟具有山左世家望族子弟身份,又是少年早达,故而兄弟皆在文坛上声誉鹊起,是清初新贵诗人最值得艳羡的典型。"王于新城著姓,世侪贵显,而先生昇季,名重天下,故其交游极海内之选。"⑤"西樵、阮亭两先生皆弱冠以甲科起家,所至者述王氏之言满天下。"⑥但王士禄之性格心态其实与身为高官而兼任文坛盟主的王士禛有极大的区别。

关于王士禄之为人处世,汪琬云:"为人清介有守"⑦,"吾友吏部郎王子子底,为人恬静少欲,不苟言笑,殆几于闻道者。……盖子底之视朝市

---

① 王士禄:《上浮集自序》,第128页。
② 王士禄:《将视贻上都门先有此寄》,《上浮集》卷二,第156页。
③ 王士禛:《祭孙无言文》,《渔洋文集》卷十一,第1697页。
④ 陈僖:《新城王氏合传》,《燕山草堂集》卷三,第504页。
⑤ 雷士俊:《上浮丙集序》,第158页。
⑥ 雷士俊:《辛甲集序》,第61页。
⑦ 汪琬:《节孝王先生传》,《钝翁前后类稿》卷三十五,《汪琬全集笺校》,第730页。

也,固无以异于山林穷居者也"①。施闰章评之曰:"温厚矢德音,喧嚣厌尘鞅。"② 又云:"(王士禄)为人清真简远,望之翛然,于父母兄弟之间,至性独绝。其中孑孑,其外油油。尝抱膝不谒贵人。"③ 汪琬和施闰章皆与王士禄交情笃厚,也颇了解其为人。虽然他们皆以儒家忠孝温厚的君子人格模式来比拟王士禄,但都触及了王士禄性格的核心部分:身为一个清高自守、崖岸高峻的文人,所具有的"喧嚣厌尘鞅""至性独绝"的厌世出世心态。

对于王士禄来说,出仕本就非其所愿,而是情势所迫、不得不然的选择。他在自传《西樵山人传》中,描述自己出仕的原因:"山人少抱微尚,慕孟襄阳之为人,学不为仕。以门祚中替,外侮时蘖,祖父督詟,遂黾勉场屋,以甲科起家。"④ 新城王氏家族作为明代煊赫一时的山左望族,易代之后如不能有子弟入仕新朝,必然难逃衰落的命运。这正是王士禄兄弟必须仕清的根本原因,却令本来不喜仕途的王士禄倍感压抑。他在作于顺治十六年的《遣兴二首》中写道:"鄙人猿鹤姿,羁马非所便。失策偕计年,偶尔溷群彦。遂乖小山隐,讵有子虚荐。自兹世网婴,百忧日冥眩。……本无经世才,讵敢厌卑贱?"⑤

也正是由于这种心不甘情不愿的出仕,所以王士禄始终在官场上频频蹉跌。其中固然有时命不利的外在因素,但也与他本人性格有关。他自称:"性散慢,既婴世网,雅不欲为折腰吏。"⑥ 早年在莱州教官任上,即曾峻拒权贵的延揽,"莱州知府万代尚有诗才,雅重士禄,士禄作反乞食诗见志"⑦。在吏部为官期间,更是"风操严峻,门径萧然"⑧。他在官场上多受人排挤陷害,不能不说和这种刚直孤傲、崖岸高峻,不能和光同尘的为人处世方式,有很大关系,"(王士禄)夙负文名,事著作任脱略,所善皆文章友,不

---

① 汪琬:《缓斋记》,《钝翁前后类稿》卷三十二,《汪琬全集笺校》,第681页。
② 施闰章:《途中寄王西樵考功》,《学余堂诗集》卷十,《施愚山集》第2册,第185页。
③ 施闰章:《吏部考功司员外郎王君墓碑》,《学余堂文集》卷十九,《施愚山集》第1册,第396页。
④ 王士禄:《西樵山人传》,《王考功年谱》附录,《王士禛全集》,第2509页。
⑤ 王士禄:《遣兴二首》,《十笏草堂诗集》卷一,第23页。
⑥ 王士禄:《西樵山人传》,《王考功年谱》附录,《王士禛全集》,第2509—2510页。
⑦ 陈僖:《新城王氏合传》,《燕山草堂集》卷三,第503页。
⑧ 同上书,第504页。

无侧目者。其交游又多布衣韦带之士，不足备缓急"①。

王士禄不但不喜仕途，同时也不喜文场应酬。这是他与那位喜好奖掖文士、长袖善舞、广树门墙的弟弟王士禛最大的区别。他在《尘余集自序》中，直言自己不喜文场应酬交际："兼以疏拙，性厌献酬。……以故自辖轩驰驱邮壁驿柱之外，其居京师两岁中，为诗不过三十许篇耳。"② 汪琬也曾记载王氏兄弟在文人社交场合的不同表现："群居酒次，贻上议论风发，而先生独恂恂不妄措一辞。"③ 这是因为，王士禄在本质上，比其弟王士禛更接近于纯粹的文人。他既无心成为有所作为的官吏，也无心在文坛上开宗立派博取声名，他只希望作为一个萧散适性的文人生存下去。他在狱事解后的康熙四年，送王士禛北上回京时，曾有这样的表述："老兄性戆迂，触事不能耐。五载官京华，狂奴只故态。"④ 虽然身遭冤狱、经历坎坷，然而他那"戆迂"与世不偕的本色，却仍未改变。

所以，王士禄面对冤狱的态度较为旷达："曹讯日具三木，山人夷然。退而命酒赋诗，翌日诗传郡下。"⑤ 后来王士禛记载兄长出狱以后，"扁舟南下，余迎于秦邮，相见持之而泣。西樵都不及患难时事，直取一巨编掷余前曰：'弟视吾诗，境地差进不？'人叹其旷达"⑥。这或许被视为王士禛对其兄长旷达高士形象的粉饰，然邓汉仪亦曾提到王士禄在出狱以后流寓江南，处境相当凄凉，但仍能恬然自若，"西樵罢吏部，客邗上，当途少以猪肝饷者。而西樵安之，日事啸咏，故知其为静力人也"⑦。足见王士禛所述，并非夸张。而王士禄之所以能以旷达心态对待冤狱和仕途蹉跌，正与他这种崖岸高峻的出世心态有直接关系。他在《用坡公狱中遗子由诗韵寄礼吉贻上兼示子侧二首》中写道："漫云吹律解回春，大患由来在有身。俯首方知尊狱吏，行吟转欲羡骚人。南天雁影空凝望，北寺秋声易怆神。此事凭谁究端

---

① 陈僖：《新城王氏合传》，《燕山草堂集》卷三，第 504 页。
② 王士禄：《尘余集自序》，第 67 页。
③ 汪琬：《节孝王先生传》，《钝翁前后类稿》卷三十五，《汪琬全集笺校》，第 731 页。
④ 王士禄：《途中送贻上北上兼示子侧》，《上浮集》卷二，第 155 页。
⑤ 王士禄：《西樵山人传》，《王考功年谱》附录，《王士禛全集》，第 2510 页。
⑥ 王士禛：《渔洋诗话》卷上，《王士禛全集》，第 4764 页。
⑦ 邓汉仪辑：《诗观初集》卷二，第 262 页。

绪，茫茫应是夙生因。"① 在他眼中，出仕和入狱其实无甚区别，都是在"大患由来在有身"的不自由状态下被命运拨弄。所以他对此安然处之，且以佞佛方式寻求心灵安慰，时人称："君初不事浮屠，拘幽时仿苏长公斋戒写佛氏书。"② "士禄之在请室也，死生无所系，惟忧念父母，日写诸浮屠经。……曰：吾非好佛者，借佛力慰亲耳。"③

王士禄的诗学好尚也相当通达，这一点颇似其弟王士禛。王士禛记载这位兄长极喜孟浩然，且在他少年学诗时以王、孟一路清澹诗风相指授："时先长兄考功始为诸生，嗜为诗。见予诗甚喜，取刘须溪先生所编《唐诗宿》中王、孟、常建、王昌龄、刘眘虚、韦应物、柳宗元数家诗，使手钞之。"④ 但实际上，王士禄的诗学好尚极为广泛，且能唐宋兼宗，远非单纯的"王孟家数"所能概括。

一方面，王士禄确有高度尊崇孟浩然的一面，而且是既喜其诗，且慕其人。他自称："山人少抱微尚，慕孟襄阳之为人，学不为仕。"⑤ 以前文所述王士禄之出世人格来看，孟浩然高洁自守的隐士情怀，颇能切近其心理。他在《读孟襄阳诗有作》中写道："鱼鸟云沙见楚天，清诗句句果堪传。一从时世矜高唱，谁识襄阳孟浩然。"⑥ 显然是既赏孟氏之"清诗"，又追慕其为人的。

另一方面，王士禄之宗唐，绝非仅宗王、孟，他还有尊奉乃至取法杜诗的一面："孙豹人以为（西樵诗）取法少陵，稍出入于康乐、东坡之间。"⑦ 他在作于顺治十四年的《读杜集竟怃然有作得百九十字书之卷尾》中写道："杜陵诗人宗，词场纵高步。"⑧ 对杜甫评价颇高，且对杜甫"公诗纪时事者，语多隐约"的特点，尤为欣赏。《用坡公过新息示乡人任师中韵》更

---

① 王士禄：《用坡公狱中遗子由诗韵寄礼吉贻上兼示子侧二首》，《辛甲集》卷五，第103页。
② 施闰章：《吏部考功司员外郎王君墓碑》，《学余堂文集》卷十九，《施愚山集》第1册，第397页。
③ 陈僖：《新城王氏合传》，《燕山草堂集》卷三，第504页。
④ 王士禛：《居易录》卷五，《王士禛全集》，第3760页。
⑤ 王士禛：《西樵山人传》，《王考功年谱》附录，《王士禛全集》，第2509页。
⑥ 王士禄：《读孟襄阳诗有作》，《上浮集》卷一，第141页。
⑦ 王士禛：《考功集序》，《蚕尾续文》卷三，《王士禛全集》，第2016页。
⑧ 王士禄：《读杜集竟怃然有作得百九十字书之卷尾》，《十笏草堂诗选》卷一，第21页。

云:"高节颇希邴曼容,长句稍师杜子美。"①

对于在清初屡遭非议的明代诗学特别是明七子,王士禄也有较公允的评价。虽然他曾在《读历代诗文选呈大司农岩荦戴公兼怀范箕生前辈》中自称"屏斥苦李隘(注云:谓于鳞),钩抉笑钟岡(注云:谓伯敬)"②,对明代盛极一时的七子和竟陵流派,都表现出保留态度;但实际上他对于明七子的态度相当宽容乃至颇有好感。王士禛记载他曾将自己与徐祯卿类比,"但使有数百篇诗,得称迪功集,比于徐正卿足矣"③。邓汉仪也提到他在扬州与王士禄论诗时,王士禄并不排斥七子,对李攀龙的成就也能予以承认:"广陵客舍与西樵论诗,言沧溟黄榆马□诸诗,雄奇瑰丽,足压千古。今人漫相訾议,实夜郎不知汉大也。西樵深以仆言为然。"④ 对比王士禛对竟陵派口诛笔伐,对以本乡山左前贤李攀龙为代表的明七子也颇有微词的情形,王士禄的诗学观念或较王士禛更为通达。

甚至是为大多数正统文人所非议的晚唐香奁体,王士禄也曾师法。其三十首《无题》诗摹写艳情,在当时脍炙人口,"摹玉溪几于神似"⑤。这对于"清介有守""风操严峻"的王士禄来说,似有些不协调,但王士禄却强硬地自称"情至之语,风雅扫地,然不过使我于宣尼庑下俎豆无分耳"⑥。其实,以王士禄之孤介性格,很难想象他会真的沉溺于香奁绮思。《无题》诸诗不过如他学孟学杜一般,也是一种兼收并蓄广开眼界的尝试。

王士禄还是"海内八家"中著名的宗宋诗人,他自称"鄙人称诗慕韩杜,谓及苏陆皆文雄"⑦。甲辰之狱成为他大力宗宋的一个转折点,他由自己的处境而联想到苏轼兄弟:"念予兄弟即才具名位,不逮两苏公;然其友爱同,其离索同,其不合时宜同,其轗轲困踬,为流俗所指弃,又无不同。而坡公俊快,复善自宣写,乃稍取其集读之,读而且吟且叹,遂不自制,时

---

① 王士禄:《用坡公过新息示乡人任师中韵》,《辛甲集》卷二,第84页。
② 王士禄:《读历代诗文选呈大司农岩荦戴公兼怀范箕生前辈》,《上浮丙集序》卷二,第183页。
③ 王士禛:《感旧集》卷八,《四库禁毁书丛刊》集部第74册,第309页。
④ 邓汉仪辑:《诗观初集》卷七,第441页。
⑤ 邓之诚:《清诗纪事初编》卷六,第675页。
⑥ 王士禛:《渔洋山人自撰年谱》卷上,第5063页。
⑦ 王士禄:《答赠邓孝威》,《上浮丙集序》卷二,第182页。

复有作。"① 王士禄因此开始对苏轼发生兴趣，诵读仿效他的诗作。

早在王士禄系狱不久的康熙三年春，他即开始步韵苏轼，与其弟王士禛唱和。《次韵贻上用坡公东府雨中别子由韵见寄诗》序云："今年春，贻上用坡公东府别子由韵作诗见寄，读之凄然，未及和答。比在幽系中，言念聚散，感慨不能已已，遂次韵寄之。"② 此后，王士禄遂在与王士禛的唱和中，大量效法苏诗、使用苏韵，仅《拘幽集》中就有《寄季弟贻上用坡公晓至巴河口迎子由韵》《次韵贻上用坡公东府雨中别子由韵见寄诗》《用坡公狱中遗子由诗韵寄礼吉贻上兼示子侧二首》《读坡集答满思复诗偶感于自甘茅屋老三间之句思一和之就枕画被不即成寐遂得六首示子侧同作》《又用坡公寄子由韵寄贻上》《再用坡公遗子由韵二首》《读坡诗天涯老兄弟怀抱几时摅之句为之慨然因以为韵作十绝句示子侧并寄礼吉贻上》《雨夜用子由韵作二绝句与季弟》等。

王士禄步韵苏诗，绝非仅仅自叹身世，他在精神上也与苏轼有高度共鸣。《赋得四十年来发苍苍》（注云：坡集送仲素寺丞归潜山句也）："来年四十发苍苍，归去为欢未可忘。齐物彭殇原一致，安心醉睡讵殊乡。"③《又用坡公寄子由韵寄贻上》："安得遥乘御寇风，泠然归去便相从。"④ 皆堪称他由衷的夫子自道。作于康熙四年的《北固多景楼临眺放歌》更云："危楼飒爽临江开，襟江冠岭何崔嵬。振衣直上俯千仞，恍惚疑蹑金银台。……苏公大笑扬其颏，庶几陶写中心哀。古今缭绍不堪把，大江赴海无西回。掉头长啸归去来！"⑤ 王士禄扁舟南下与乃弟相见时"不及患难时事，直取一巨编掷余前"的潇洒豪气，宛然可见。

王士禄宗宋的另一侧面，是他为诗颇喜议论，尤其是咏史诗别具一格，往往有极为精警的笔墨。他吟咏长平之战事迹的《长平坑歌》、咏唐玄宗事迹之《飞龙宫行》，在当时皆受人称道，也多为各种选本所援引。《故明景帝陵》吟咏明景帝朱祁钰史事：

---

① 王士禄：《拘幽集自序》，第68页。
② 王士禄：《次韵贻上用坡公东府雨中别子由韵见寄诗》，《辛甲集》卷一，第75页。
③ 王士禄：《赋得四十年来发苍苍》，《辛甲集》卷五，第105页。
④ 王士禄：《又用坡公寄子由韵寄贻上》，《辛甲集》卷五，第105页。
⑤ 王士禄：《北固多景楼临眺放歌》，《上浮乙集》卷一，第134页。

景皇决策仗于公,定变支危社稷功。南内已殊渊圣没,绝沟何意鲁昭同。玉鱼杀礼虚幽寝,苍鼠惊人窜败丛。莫向空山纷感慨,十三陵树各悲风。①

此诗以景帝生前临危受命、任用忠臣的"定变支危社稷功",与身后帝位被夺、草草归葬、不成礼数的凄凉情状进行对比,寄寓故明沦亡的黍离之感,风味极为沉郁深厚。

总之,王士禄的诗风宗尚极为复杂,且毫无门户之见,较之以"神韵"开宗立派的王士禛更加宽容通达。历来诗论评价西樵诗,往往有"清澹"与"豪宕"两种评价。前者如:"汪苕文以为幽闲澹肆,极其性情之所之,而夷然一归于正。""尤展成以为如深山道人,草衣木食,而神色敷腴,非食肉之相。"② "其诗不为七子肤润及钟、谭纤仄之体,盖以萧淡简远为宗。"③ 后者如:"林铁崖以为登临瞩望,多豪隽非常之词。""毛驰黄以为磅礴在中,郁纡在外,皆忠爱悱恻之所激发。"④ "司勋十笏草堂诗歌,老苍兀奡,酷似剑南眉山。"⑤ "修洁不及士禛,而笔力劲健过之。"⑥ 正是因为他宗尚的对象较为复杂,且既喜孟浩然,又学苏轼之故。

(二) 程可则

程可则也是"海内八家"中较有特色的一位诗人。他本是岭南诗学名家,与梁佩兰、陈恭尹、王邦畿、方殿元、方远、方朝并称"岭南七子"。"国初吾粤诗人,三大家外,则推程周量可则、方九谷殿元可以方驾。周量与王阮亭辈称诗日下,名重一时。"⑦ 清初岭南诗学极盛,但一直偏于海隅,能在京城长期活动并有所影响的诗人不多,而程可则正是其中之一。京城诗坛"五方杂处"之特色,由此也可见一斑。

---

① 王士禄:《故明景帝陵》,王士禛《感旧集》卷八,《四库禁毁书丛刊》集部第74册,第309页。
② 王士禛:《考功集序》,《蚕尾续文集》卷三,《王士禛全集》,第2016页。
③ 袁行云:《清人诗集叙录》卷八,第259页。
④ 王士禛:《考功集序》,《蚕尾续文集》卷三,《王士禛全集》,第2016页。
⑤ 徐釚:《本事诗》卷九,第631页。
⑥ 邓之诚:《清诗纪事初编》卷六,第675页。
⑦ 黄培芳:《香石诗话》卷四,《清诗话三编》第4册,第2753页。

程可则（1623—1673），字周量，号湟溙，一号石臞，广东南海人。他早在顺治九年即名列会试第一，但被朝臣参奏制艺纰缪而遭褫革，竟不得与殿试，时人多为之不平。此后蹉跎数载，直到顺治十七年方应阁试，授撰文中书，寻改内秘书院，康熙八年，以户部主事晋员外郎。康熙十年，迁兵部职方郎中，后出为桂林知府。赴任途中闻三藩乱起，以忧卒于全州。诗有《海日堂集》五卷。

　　程可则在京城主要活动的时间，大致在顺治末至康熙初期。虽然他早在顺治九年即中第，但因磨勘而未与殿试，不得不匆匆南归，在京停留时间不长，"自入春明，迄皇皇出都，凡一百五十日"①。其后相隔数年，他再次入京。其《先府君行述》云："丙申夏，不孝服刘孺人之服……又明年冬十一月北行。"② 可知程可则于顺治九年科场风波后，再度北上，是在顺治十四年冬十一月，入京则应在顺治十五年。此后程可则遂居于京城，龚鼎孳《秋夜集筑影斋分韵》注云"时周量、贻上将归"，作于顺治十五年程可则正在京城时。这段时间内，程可则身处龚鼎孳门下，并在京城多所结交，特别是结交了王士禛兄弟、汪琬、刘体仁等人："予交长安虽多人，莫若刘子公㦷、汪子苕文、王子贻上为最笃。"③《汪尧峰先生年谱》顺治十五年条目下记载："秋，与新城王贻上士禛、南海程周量可则以诗相倡和。"④ 这一段在京城居住活动的时间，一直延续到康熙元年。时程可则之父在京去世，程遂扶柩南归："壬寅三月，予从燕京奉先大夫丧归里。"⑤ 直到康熙三年秋，程可则服阙入京补官⑥，方重归京城诗坛，仍旧依附于龚鼎孳门下。此后数年，直至康熙十二年受命为桂林知府之前，程可则长期在京为官，也就一直活跃在京城诗坛上。

　　清初岭南诗学肇兴，涌现出以"岭南三大家"屈大均、陈恭尹、梁佩兰为代表的诸多著名诗人。但由于岭南地处偏僻，且遗民风气颇盛，当地名士往往不愿仕清、困守故乡，这就使得岭南诗学在清初一直偏处海隅，未能

---

① 程可则：《萍花草自序》，《海日堂集》卷二，第392页。
② 程可则：《先府君行述》，《海日堂集》卷二，第395页。
③ 程可则：《书汪苕文四子诗卷后》，《海日堂集》卷一，第383页。
④ 赵经达：《汪尧峰先生年谱》，第482页。
⑤ 程可则：《寄酬介长褐舍人》，《海日堂集》卷二，第308页。
⑥ 程可则：《甲辰秋免丧赴都留别羊城诸亲友》，《海日堂集》卷四，第353页。

将影响力流布全国。

程可则是岭南诗人中的特例。他不仅欣然仕清、以京官身份长驻京城，且在京积极开展文学交际活动。朱彝尊《程职方诗集序》："南海程君周量好为歌诗。……盖凡名公卿庶寀，下至布衣绋屦之士，留京师者，饮食燕游赠送，靡不有诗。"①《清诗纪事初编》："可则广交游，务声施，与王士禛交好，负一时盛名。"② 他在京城的声誉鹊起，除了自身创作成就以外，也与他和顺治、康熙两代的两位京城诗坛"职志"龚鼎孳和王士禛的交谊有极为密切的关系。

首先，是与顺治末至康熙初诗坛"职志"龚鼎孳的结交。程可则虽然在顺治九年入京会试，但在京城来去匆匆，并未与龚鼎孳相识。他与龚鼎孳的结识，是在顺治十四年龚鼎孳受命使粤期间，由曹溶所举荐。龚鼎孳《海日堂集序》记载："予持节底五羊，则秋岳时时言此中有人，盖盛称周量诗不置云。而后乃今相见极欢。"龚鼎孳因而有《和秋岳游五羊观四首同程周量作》③。两人在粤订交后，龚鼎孳回京，而程可则也于顺治十五年再次入京，两人再次相见于京城："不自意再见于都下，其为诗歌古文辞，风气弥上。海日堂一编，清英苍健，根柢风雅，都人士传观惊叹，等于《上林》《羽猎》之书。"④ 这位偏处海隅的诗人的才华，令龚鼎孳极为惊叹。他本就喜好奖掖后进，必然在京为程可则大力揄扬。其后，康熙元年，程可则之父在京去世，龚鼎孳为其父诗集作《程匪凡先生诗序》云："周量与予同为棘人，方将有岭南万里之行。"⑤ 可知是程可则丧父后扶柩回乡前夕，请龚鼎孳为之序。

其后，程可则在京城诗坛上，基本上是以龚鼎孳门下士的身份展开文学活动的。他在《题合肥龚大司寇祝册》中写道："海内论宗匠，如公实所尊。几人天下士，不在郑公门？"⑥ 在京期间，程可则经常在这个以龚鼎孳为"职志"的文学小团体中活动，《题合肥龚大司寇祝册》云："岁岁重阳节，

---

① 朱彝尊：《程职方诗集序》，《曝书亭集》卷三十七，第456页。
② 邓之诚：《清诗纪事初编》卷八，第981页。
③ 龚鼎孳：《定山堂诗集》卷二十五，《龚鼎孳全集》，第881页。
④ 龚鼎孳：《海日堂集序》，《海日堂集》，第283页。
⑤ 龚鼎孳：《程匪凡先生诗序》，《定山堂诗集》卷五，第1648页。
⑥ 程可则：《题合肥龚大司寇祝册》，《海日堂集》卷三，第338页。

高丘此地登。"注云:"右龙爪槐在京师宣武城南最高处,公每岁九日与同人吟眺其地。"① 龙爪槐是当时京城城南著名风景,生性好游而又宾客众多的龚鼎孳,每年重阳都携门下士人到此地登高,而程可则正是参与龚氏门下士重阳唱和活动最为频繁的一位。《九日刘公䫋司勋招同诸公采菊城南余以病不克赴次董玉虬侍御家翼苍太史韵奉呈诸公》注云:"向年九日数从芝麓先生登高龙爪槐下。"② 由此即可知程可则与龚鼎孳的关系之密切。他作为偏处海隅的岭南诗人,且仕途蹉跌、官卑职小。其诗在京城竟能达到"都人士传观惊叹"的影响力,极有可能是拜龚鼎孳所提携。

在龚鼎孳门下活动的同时,程可则和正在崛起的新一代诗坛"职志"王士禛的关系也非比寻常。他与新城王氏本来就有渊源,王士禛之兄王士禄与他在顺治九年同中会试,又同时被黜落。因为有这一层关系,所以王士禛在顺治十五年通过殿试后滞留京城,程可则很快就与其订交。《居易录》卷五云:"戊戌廷对,不与馆选,以观政留京师,始与长洲汪琬苕文、南海程可则周量、武进邹祇谟䜣士辈倡和为诗。"③《戊戌诗自序》亦记载:"予自乙未举南宫,归卧山中三载,至戊戌始射策成进士。用新例当出官法曹,留滞京师,久之不自得,日与长洲汪琬、南海程可则……相切劘为古文诗歌。"④ 此后两人在京往来不绝,时常诗文唱和。王士禛云:"己亥三月,余复游京师。是时汪琬、程可则在都下,与余昕夕论文。"⑤ 在王士禛于顺治十六年赴扬州任时,程可则还有诗《贻上出都门予病甚不能相送复枉过存潸然志别》⑥ 相赠,王士禛并有《留别周量》⑦。程可则在《书汪苕文四子诗卷后》中,提到自己与王士禛之间的密切交往:"予交长安虽多人,莫若刘子公䫋、汪子苕文、王子贻上为最笃。每当佳时胜地,三子者未尝不在,予未尝不从。间有所论著,属三子之扬榷为多。"⑧ 而王士禛亦极为欣赏程可

---

① 程可则:《题合肥龚大司寇祝册》,《海日堂集》卷三,第339页。
② 程可则:《九日刘公䫋司勋招同诸公采菊城南余以病不克赴次董玉虬侍御家翼苍太史韵奉呈诸公》,《海日堂集》卷三,第342页。
③ 王士禛:《居易录》卷五,第3760页。
④ 王士禛:《戊戌诗自序》,《渔洋集外诗》卷二,《王士禛全集》,第553页。
⑤ 王士禛:《己亥诗自序》,《渔洋集外诗》卷二,第576页。
⑥ 程可则:《海日堂集》卷五,第363页。
⑦ 王士禛:《渔洋诗集》卷六,第239页。
⑧ 程可则:《书汪苕文四子诗卷后》,《海日堂集》卷一,第383页。

则,乃至将他视为岭南诗人之佼佼者:"程子亭亭秀南海,结庐正在罗浮巅。金橙桂子散秋色,玲珑万树摇风烟。濯发欲泛溟渤去,读书自抱云霞眠。一朝上书动天子,上林笔札人争传。山鬼窈窕岁既宴,翩然挂席沧江边。七载相思一倾倒,雄谈岸帻如飞泉。"①

此外,程可则与施闰章也有故交。施闰章在《程周量诗序》中提到,他在江西为官时即与程可则相识,两人曾同登滕王阁,"周量相值南州,遂同登啸滕王阁"②。施闰章并有《滕王阁值岭南程周量同怀王贻上广陵》③。两人订交的时间尚不可考,但必然在程可则由康熙元年扶柩回乡,至康熙三年服满还京的三年间。其时王士禛尚在扬州为官,故云"怀王贻上广陵"。

作为"海内八家"成员,程可则的特异之处在于,他作为"岭南七子"之一,是为数不多的长期在京城活动的岭南诗人,体现出极为明显的地域诗学特点,在京城文化圈内展现了自身所属的岭南诗学传统。

岭南诗学传统始于唐代张九龄,在元末明初崛起于诗坛,曾涌现出"南园五子""南园后五子"等名家,在明代诗坛上占有特殊地位,体现出极为明显的独特地域风貌。学界普遍所认可的岭南诗学传统,具有如下特色:

其一,复古宗唐,摒弃"新声"。这一家数传统,与岭南诗人所普遍尊崇的岭南诗学创始人张九龄有关。有明一代,诗风好尚屡变,七子、公安、竟陵互争门户,但岭南诗人却普遍恪守宗唐的传统,不为当世诗风所变易,虽宗唐而不染七子风习。黄培芳《香石诗话》:"明诗大率以复古为事,议者嫌其习气太重,惟吾岭南诗人不为所染。余读区海目集,纯乎唐音,亦无习气。"④ 这一方面是由于岭南地处偏僻,不易受到外界影响;另一方面,以"曲江家数"为正统,也是本土诗人自觉的地域文化选择。薛始亨《中洲集序》:"尝纵观洪永成宏,以迄于今,天下之诗凡数变矣。独吾粤犹奉先正典型。……彬彬乎曲江流风,于斯为盛。"⑤ 屈大均《东莞诗集序》并云:"为

---

① 王士禛:《赠程五周量》,《渔洋诗集》卷四,第194—195页。
② 施闰章:《程周量诗序》,《学余堂文集》卷四,《施愚山集》第1册,第74页。
③ 施闰章:《学余堂诗集》卷三十六,《施愚山集》第3册,第257页。
④ 黄培芳:《香石诗话》卷三,《清诗话三编》第4册,第2725页。
⑤ 薛始亨:《中洲集序》,《中洲草堂遗集》,《清代诗文集汇编》第48册,第6页。

古体者,以两汉为正朔。为今体者,以三唐为大宗,固广东诗之渊薮也。"①屈氏《广东文选自序·凡例》阐释更详:"吾粤诗始曲江,以正始元音,先开风气。千余年以来作者彬彬,家三唐而汉魏,皆谨守曲江规矩,无敢以新声野体而伤大雅。与天下之为袁、徐,为钟、谭,为宋元者俱变,故推诗风之正者,吾粤为先。"②

其二,雄直诗风。《问花楼诗话》:"国朝谈诗者,风格遒上推岭南。"③洪亮吉《道中无事偶作论诗截句二十首》更云:"尚得昔贤雄直气,岭南犹似胜江南。"④ 岭南诗人的"雄直"传统,在标举雄浑气象以与元末纤弱萎靡诗风相抗的"南园五子"已见端倪,但真正大行其道,却是在清初以屈大均、陈恭尹为代表的岭南遗民诗人的苍凉悲慨之音。这种"雄直"之气再辅以岭南地区特殊的风土人情相关题材,便形成一种本土文化特色极为鲜明的地域诗学。

程可则所体现出的正是这种特殊的岭南地域诗学特色。他和陈恭尹是同窗,与"岭南三大家"皆有极深的交谊,受到"岭南三大家"较深的影响,对自己身为岭南诗人的地域身份有相当明确的归属感。《与施愚山论诗作》其一即云:"仆本滨海人,赋性多寡昧。读书怀古贤,苍茫隔人代。"程可则有意识坚持岭南诗学传统。其二云:"古贤逝不作,大雅将谁陈?汉魏邈千年,唐风委荆榛。"⑤ 足见他也是将自己定位为严格的复古宗唐派的。

程可则自身的诗歌创作,亦表现出岭南诗坛的"雄直"特色。沈德潜评价为"俊伟腾踔,声光熊熊"⑥。程氏较擅古体,袁行云《清人诗集叙录》言其"歌诗清异,古乐府及五七言长篇尤工"⑦。尤其是其七古长诗,往往风格雄奇、声情激越,如《趵突泉歌呈许实轩中丞》:"陡然冰柱拔地起,皎若玉山迥立蓬壶方。沙清石齿不盈寸,洪涛白浪争低昂。疑是阳侯仰天怒,

---

① 屈大均:《东莞诗集序》,《翁山文钞》,《屈大均全集》第3册,北京:人民文学出版社,1996年,第279页。
② 屈大均:《广东文选自序·凡例》,《翁山文外》卷二,《屈大均全集》第3册,第43页。
③ 陆蓥:《问花楼诗话》卷三,《清诗话续编》,第2312页。
④ 洪亮吉:《道中无事偶作论诗截句二十首》,《更生斋诗》卷二,《续修四库全书》集部第1468册,第131页。
⑤ 程可则:《与施愚山论诗作》,《海日堂集》卷一,第298页。
⑥ 沈德潜等编:《清诗别裁集》卷三,第109页。
⑦ 袁行云:《清人诗集叙录》卷七,第211页。

凿破沧溟去风雨。驱令蜃蛤不敢藏,坐遣鼋鼍向空舞。又似昆明习组练,水犀一鼓师百万。白昼传呼转战来,左冲右击轰雷电。"① 其诗吟咏泉水喷涌之形态,竟以冰柱玉山、风涛巨浪、水族鱼龙、百万雄师等为喻,想象夸张,而文辞亦极为豪宕酣畅。又如《南池李白酒楼放歌》:

> 南池之水清湜湜,荷叶荷花净如拭。上有青莲旧酒楼,旷代风流宛颜色。天生白也是仙才,会当早应承明直。何事金銮被诏迟,接䍦倒著狙徕侧。烂醉不辞丞相嗔,酣歌但许知章识。楼上楼前岳影横,长啸一声天地窄。呜呼,人生有酒消百忧,人生昼短须夜游。可怜鬓发事尘鞅,转眼白尽公卿头。不如满引百千斛,一醉可以凌沧洲。骑鲸捉月非狡狯,青山牛渚空悠悠!②

李白在岭南诗人心目中的地位非比寻常,温汝能在《粤东诗海·例言》中指出,岭南诗的鼻祖张九龄"实为太白之先声",在诗学上有传承关系。所以,岭南诗人学李白的风气极盛,尤以"岭南三大家"之首屈大均为代表,"翁山之诗,祖灵均而宗太白"③。而程可则本人亦有宗尚李白的一面,温汝能云:"吾粤如白沙、海目、湛若、一灵、湟溱诸公,皆其嫡派。"(《粤东诗海·例言》)此诗吟咏李白事迹,却绝非单纯咏史,而显然阑入了程可则自己的心灵块垒。李白"会当早应承明直"却最终不容于权贵,被赐金归山,无疑令他想到自己身为会元却遭逢磨勘、黯然还乡的惨痛经历。也正是由于这种精神上的共鸣,他笔下李白诗酒放旷的种种情态,也因此染上了一重难以遏制的压抑和悲愤。

虽然程可则仕清较早,并非遗民,但其作亦不乏故国黍离题材的作品。《金陵怀古同梁药亭陈元孝作》:"半壁江山王气孤,秋风愁听白门乌。衣冠此日休伤晋,花草由来不属吴。铁瓮已残征战垒,石头犹拱帝王都。还家亦有梁江总,曾向新亭洒泪无。"④ 吟咏南京古迹,而隐然有悲悼明朝覆亡的

---

① 程可则:《趵突泉歌呈许实轩中丞》,《海日堂集》卷二,第308页。
② 程可则:《南池李白酒楼放歌》,《海日堂集》卷二,第318页。
③ 潘耒:《广东新语序》,《续修四库全书》史部第734册,第450页。
④ 程可则:《金陵怀古同梁药亭陈元孝作》,《海日堂集》卷四,第349页。

意味，情思颇为凄怆。又如张维屏在《听松庐诗话》中激赏的《书张伯明先生忠烈诗卷后》：

> 千古睢阳烈，悠悠复应城。斯文惭后死，吾道见先生。俎豆为军旅，旂常足姓名。至今余浩气，日夜绕南荆。（其一）
> 盗贼悲前代，驱除岂异人。将军无卫霍，博士有君臣。报国心何苦，承师道更屯。所钦还令子，涕泣上枫宸。（其二）
> 郧襄祠庙在，江汉表遐灵。浮水波同碧，松门草自青。哀歌怜楚些，遗恨乞秦庭。异代崇风烈，何由荐德馨。（其三）①

此诗吟咏明末张国勋事迹。张系湖北应城儒学训导，崇祯九年，李自成军围城，张国勋率军死守数月，兵败不屈死。张维屏《听松庐诗话》赞曰："湟溱先生五律高浑遒健，直迫唐贤。《书张伯明先生忠烈诗卷后》三首尤为沉郁。……诵此三诗，益令人想见忠魂毅魄也。"② 这类作品，都是颇能见出程可则身为岭南诗人的"古贤雄直气"的。

程可则的近体诗颇有工整雅秀的一面，《清诗纪事初编》评曰"诗有才语"③。《送魏子存司理成都》："芳草绿齐过汉水，杜鹃红尽到绵城。"④《登南安东山寺》："日日登楼望翠微，扪萝今始到山扉。白云引径鹤孤往，碧水当门花乱飞。"⑤ 皆是对仗工稳、笔法秀逸，为时人所称道的佳作。

（三）沈荃

沈荃也是"海内八家"中较有特色的一家。他本是少年成名的云间派诗人，但年轻时代就得中高第，久居京城，对于云间诗风在京城的传播流布，有极大作用。而且，他与中州、河朔文化圈的诸多诗家都有密切往来，故而诗风也体现出相当明显的南北合流特色。同时，他也是"海内八家"中仕途较顺遂的一位，所以，"八家"中庙堂正雅特色较为鲜明者，除王士

---

① 程可则：《书张伯明先生忠烈诗卷后》，《海日堂集》卷三，第343页。
② 张维屏：《听松庐诗话》，《国朝诗人征略》卷二，《清代传记丛刊》第21册，第102—104页。
③ 邓之诚：《清诗纪事初编》卷八，第981页。
④ 程可则：《送魏子存司理成都》，《海日堂集》卷四，第350页。
⑤ 程可则：《登南安东山寺》，《海日堂集》卷四，第349页。

禛以外，非他莫属。

沈荃（1624—1684），字贞蕤，号绎堂，别号充斋，华亭人。其家族为云间世家，早在明宣宗时代，其远祖沈粲与兄长沈度皆以布衣善书入翰林，号称"大小学士"。至沈荃时，仍是"其族甲于松江"①，其祖父皆系著名文人。沈荃本人少年时代有声于几社，顺治九年成探花，授国史院编修，顺治十三年外迁分巡大梁道副使，康熙元年服阕补分巡通蓟道，次年调宁波府同知，但未及赴任即得特旨，重入翰林院。是年冬，补翰林院侍讲。其后，他除了在康熙十一年因主浙江乡试出京以外，一直在京城任职。十三年夏，擢国子监祭酒。十五年冬，进詹事府少詹事。十六年春，进詹事府詹事。十九年夏，加礼部侍郎。越四年卒，谥文恪。有《一研斋诗集》十六卷。

沈荃中试颇早，而且入仕以后，仕途极为平顺，除了由顺治十三年外迁分巡大梁道副使，到康熙二年以特旨重归翰林院的数年，他的整个仕宦生涯一直在京城任职，而且所任皆系清华翰苑之职，是极典型的庙堂清贵文士："公以鼎甲起家，受知两朝，历官中外，功效茂著。其诗文雅赡，书法精工，为海内所重，尤受知于皇上，宠遇优渥，一时罕匹。"②

细考沈荃生平，可以发现，他与王士禛具有较多相似之处。皆系前明簪缨世家子弟身份，少年早达，并有声于文坛。而且他在地方任上辗转数载，即将调任宁波之时，忽以诗才而得特旨重归翰林院的过程，也与后来王士禛被简拔入翰林院的经历，极为相似：

> 会吏部传旨召见，命书唐人早朝诗，上称善。因上疏自辨，诏复原级，作恭纪圣恩诗。寻复召至弘德殿，命说《论语》及书汉诏、唐赋，上称善。久之，特赐貂裘一袭、宫缎五端，寻命作经筵恭纪诗。上出关，恭谒山陵，还，即传旨沈荃以原品内用。③

康熙帝特召沈荃回归翰林院，一方面是欣赏他富有家学渊源的"书法精工"："晚被今上特达之遇，恩礼莫并，或命就御榻前濡墨挥毫，或颁宫纸，

---

① 王熙：《沈公荃墓志铭》，《碑传集》卷十八，《清代传记丛刊》第107册，第264页。
② 同上书，第263页。
③ 同上书，第265—266页。

令缮写卷册以进。日或一再召见。"① 另一方面也是喜爱他的"诗文雅赡",将他作为文学侍从任用:"自后朝廷有大文,若御制碑、御屏箴铭、《太皇太后大德景福颂》《升平宴诗》,旨属公书以进,上辄称善,赏赐甚多。"② 足见康熙帝对沈荃的特旨和恩宠,与十余年后特旨简拔部曹小吏王士禛入翰林院一样,都是清廷"文治"的组成部分,将这类身负文名而又立身恭谨的仕宦诗人树为庙堂诗学之样板,其中是否有示好于前朝世家子弟的意味,尚不得而知。吴伟业在《送沈绎堂太史之官大梁》中,对于沈荃以前朝世家子弟而成为清廷文学侍从,备极恩宠的情形,有颇为详细之描述:

> 知君门胄本能文,易世遭逢更绝伦。射策紫袤胪唱出,马蹄不动六街尘。曲江李杜无遗恨,留取花枝待后人。……君也读书致上第,传家翰墨闲游戏。迸落长空笔阵奇,纵横妙得先人意。顿挫沉雄类壮夫,双瞳剪水清癯异。卧疾萧斋好苦吟,平生雅不为身计。惟留诗句满长安,清切长宜禁近官。③

这种久居京城、生活安定的仕宦经历,一方面使得沈荃自身的文学创作呈现出纯正的庙堂正雅风味,另一方面,也有助于他在京城文化圈中展开交游活动。

沈荃虽然在康熙前期才以"海内八家"闻名于天下,但他在京城的文化活动,早在顺治时代就已经开始。从顺治九年中第,到顺治十三年出巡大梁的数年间,他在京城广为交接,尤其是与当时京城诗坛的风云人物"燕台七子"关系极为密切。虽然他因为顺治十三年出京任职,没有参加过"燕台七子"在顺治后期的文学活动,未被列入"燕台七子"行列;但他与"燕台七子"中的多位成员如施闰章、张文光、赵宾都有所交往。施闰章《送张友鸿归云间》序言记载甚详:"施子官比部,与时彦诸公数集友鸿所,张谯明、许菊溪、赵锦帆、顾介石、吴六益、沈绎堂,皆词学相友者也。"④

---

① 邵长蘅:《礼部侍郎沈公神道碑》,《碑传集》卷十八,第271页。
② 王熙:《沈公荃墓志铭》,《碑传集》卷十八,第266页。
③ 吴伟业:《送沈绎堂太史之官大梁》,《吴梅村全集》卷十一,第287页。
④ 施闰章:《送张友鸿归云间》,《学余堂诗集》卷十六,第2册,第305页。

施闰章服阕重回刑部任职，是在顺治十二年春，而次年秋他就受任视学山东，所谓"施子官比部"必在此期间，这也正是他与沈荃订交的开始。由施闰章《集张谯明给谏宅同许菊溪赵锦帆张友鸿顾介石沈绛堂吴六益》、赵宾《同张谯明许菊溪沈绛堂顾介石吴六一张友鸿社集施尚白斋头》、《同张谯明许菊溪施尚白沈绛堂吴六益张友鸿顾介石社集》等，皆可知这个文学小团体在京唱和之频繁，而其间往往少不了沈荃与"燕台七子"成员施闰章、张文光、赵宾的身影。施闰章《赐裘图歌为沈绛堂太史作》："忆昔读书石渠阁，京洛才华推卓荦。扬马文章夙讨论，钟王字体兼摹索。"① 正是顺治时代沈荃在京城文化圈中已经初露头角的明证。

沈荃与在京中州诗人的关系，尤其值得注意。中州诗坛在清初相当兴盛，且有较多名家都活跃于京城诗坛上，如"京师三大家"之王铎、薛所蕴，列席"燕台七子"中的张文光、赵宾等。中州诗坛向来恪守以乡贤李梦阳、何景明为代表的七子复古派家数，宗唐尊杜，崇尚浑朴雄阔的北人风范，与虽也复古尊七子却阑入六朝绮语的云间派有极大不同；而当时中州诗坛名家也往往以七子正脉自居，排斥云间藻丽诗风。沈荃身为江南云间诗人，却能与中州诗人有相当密切的往来和文学交流，堪称异数，这种破除门户之间的交流，多半也只能在"五方杂处"的京城才能得以实现。

沈荃一生仕途顺遂，交游又广，故其诗作多以赠答酬唱为主，句法工稳，格律谨严，精于炼字，有唐人至明七子一路的高华明朗，但情感又较为平和，不至过分亢厉。《同徐宁庵宪副席竺来太守荥河秋望》："西风猎猎动寒波，荥水相逢一浩歌。广武秋阴迷旧垒，太行晴色下长河。黄蒿断岸奔流急，野寺疏杨夕照多。萧瑟那堪风景异，高天极目雁行过。"② 风格健朗、声调铿锵，颇有唐人风范。又如《送雪龛兄之保宁司李》："最忆阆中胜，云山到眼迷。地从巴水折，天入剑门低。夜月桐花艳，春风杜宇啼。池塘应有句，芳信待缄题。"③ 沈德潜尤为激赏颔联，评"折字、低字，锤炼得之"④。也可见沈荃在辞句锤炼方面的用心精深。

---

① 施闰章：《赐裘图歌为沈绛堂太史作》，《学余堂诗集》卷二十一，第2册，第390页。
② 沈荃：《同徐宁庵宪副席竺来太守荥河秋望》，《一研斋诗集》卷七，第39页。
③ 沈荃：《送雪龛兄之保宁司李》，《一研斋诗集》卷七，第39页。
④ 沈德潜等编：《清诗别裁集》卷三，第106页。

值得注意的是,沈荃是云间诗人中少见的官位显达者,甚至被后人视为云间诗学在清初庙堂的代表人物。魏宪云:"云间名下,久立词坛赤帜。……独绎堂沈学士受知圣天子,世所传应制诸篇,真不啻凌云之赋。"① 但其实际诗学倾向,却往往背离云间传统。虽然他仍然坚持云间派宗唐尊七子的门径,但风格却并非云间诗人的宗法六朝、绮丽婉缛,而呈现出高、岑、王、孟一路修洁俊健的诗风。王熙《沈公荃墓志铭》评价沈荃诗作"诗继七子而起,皆秀伟卓荦,其高者出入三唐"②。邓之诚评沈诗"不及云间三子恒套,独会心于高、岑、王、孟,颇足见其性情"③。袁行云认为沈荃"诗出入王、孟、高、岑间,苍凉清健"④。傅而师序则认为沈荃"格律精严,如程不识之部曲,凛然难犯。而鱼鱼其度,珊珊其音,矫矫其骨,总出以温挚之性情,使读者一往而深,往复而不知倦。方之古人,虽于少陵之高朴,间有神似;而俊宕修洁,实兼高、岑、王、孟四家之长"⑤。皆指出沈荃严格宗唐却有意识背离云间藻丽传统的特点。

为何沈荃身为云间诗人,却不能保持云间家数?其原因一方面是他长驻京城,受到北籍诗人特别是前文所述"京师三大家"与"燕台七子"的影响;另一方面,他作为被康熙帝特旨简拔并树为样板的御用词臣,必须谨守温柔敦厚、中正和平的庙堂正雅风范,"不为婉缛之体,绮丽之音,而一复元古清真"⑥。而云间派的婉缛绮艳之辞,无疑是与庙堂正雅诗学规范背离的,故而他必须与之划清界限。王崇简评曰:"(沈荃)潜心大雅,削去苦涩僻碎淫靡流易,而独撼高深。咏其雅丽清绝激越之章,当必有以感兴忠孝,以黼黻盛世,岂徒较音节、角藻饰之间乎?"⑦

沈荃诗的庙堂雅正色彩相当明显:"大抵斋皇台阁,规模七子。"⑧ "温

---

① 魏宪编:《皇清百名家诗选》卷十五,第155页。
② 王熙:《沈公荃墓志铭》,《碑传集》卷十八,第268页。
③ 邓之诚:《清诗纪事初编》卷四,第467页。
④ 袁行云:《清人诗集叙录》卷七,第230页。
⑤ 傅而师:《一研斋诗集序》,第5—6页。
⑥ 魏裔介:《沈绎堂燕台新咏序》,《兼济堂文集》卷五,第111页。
⑦ 王崇简:《一研斋诗集序》,第7页。
⑧ 吴骐:《一研斋诗集序》,第7页。

厚和平，深有得于风人之旨。"① "诗春容安雅，盛世之音泛泛如也。"② 这明显是身为御用词臣，有意识在诗歌创作中进行自我规范乃至压抑的结果，也显然限制了他的诗歌创作所能达到的成就。邓之诚评其诗"中年以后，唱而不叹，诗思匆匆，遂乏佳致矣"③，所谓"中年以后"正是他仕途显达之后，这种"温柔敦厚""怨而不怒"的和婉心态，更多地表现于作品。以《九月朔送顾庵学士二首》其二为例：

> 天涯话别重萧骚，客舍经年醉浊醪。荏苒星霜怜旧雨，迟回灯火恋同袍。名山蜡屐秋仍健，白社题诗老更豪。归及茱萸佳节近，知君何处独登高？④

曹尔堪也系"八家"成员，在顺治时代颇受宠任。康熙帝即位后，曹竟以族子涉及奏销案而牵连罢归，时论多为之不平："顾庵聪察开朗，有经世之志，景陵深赏之，许为学问最优。坐是见嫉，中蜚语罢归，同时京朝诸公多赋诗以饯。"⑤ 在此可以程可则《送曹顾庵学士》诗对比：

> 居然天外作闲身，大笑东华十丈尘。既有门生能抗疏，不妨夫子独垂纶。伯牙台上谁千古？范蠡湖中又一人。只是故交怜话别，菊花时节泪沾巾。⑥

程诗由同情曹尔堪的遭遇，更联系到自己当年所遭遇的磨勘蹉跌，笔调圭角分明，颇多伴狂的怨愤不平之气，显然有违"怨而不怒"的儒家诗教。同时参与饯行的沈荃，其抒情运笔就极有分寸，以友朋眷恋之情为全诗的主要基调，旁及对曹尔堪去官后"隐逸"生活的想象，却丝毫不及曹尔堪的无辜放废，确实堪称"温厚和平，深有得于风人之旨"。

---

① 魏裔介：《沈绎堂燕台新咏序》，《兼济堂文集》卷五，第111页。
② 徐世昌：《晚晴簃诗话》卷二十六，第136页。
③ 邓之诚：《清诗纪事初编》卷四，第467页。
④ 沈荃：《九月朔送顾庵学士二首》，《一研斋诗集》卷十二，第76页。
⑤ 徐世昌：《晚晴簃诗话》卷二十六，第134页。
⑥ 此诗《海日堂集》中不载，引于《八家诗选》卷六，第664页。

(四) 曹尔堪

曹尔堪（1617—1679），字子顾，号顾庵，浙江嘉善人。其父曹勋系前明高官，于崇祯元年举会试第一，官至礼部右侍郎兼翰林院侍读学士，颇有文名，世称峨雪先生。曹尔堪本人少年早慧，顺治三年，举浙江乡试，其后，他于五年十月北上入京赴进士试，居京师时即多有结交，与宋徵舆、王崇简、宋琬、丁耀亢等京城文化名流都有宴集唱和之作。次年二月他应进士试不第，于三月初沿运河南还。这是曹尔堪和京城的首次因缘。

顺治九年，曹尔堪成进士，改庶吉士，十一年九月，授内翰林秘书院编修。十二年春，为礼部试官，参与进士试阅卷。又受诏与吴伟业等同注唐诗。十三年正月，顺治帝欲纂修《通鉴全书》，任命曹尔堪等为纂修官。未几，曹尔堪得知父死讯，解职，奔父丧。这是曹尔堪在京城活动的第二个阶段。此后直到顺治十五年，曹尔堪除服返京，次年五月补原官。数月后又先后升为翰林院侍读、侍讲学士。这是曹尔堪在京活动的第三个阶段。在这两个阶段里，曹尔堪一直任职于清贵翰苑，担任着文学侍从的职位，由于"为文敏给博丽，兼长众体，阁试两称最，同馆皆逊服之"而受到正在崇尚"文治"的顺治帝宠任。施闰章为其作墓志铭记曰："是时世祖章皇帝力崇文治，数召试诸词臣，品目甲乙。君扈从瀛台南苑，上霁颜顾问。……服除，补旧秩，俄迁侍读，升侍讲学士。故事，翰林官皆积岁待迁，君半岁迁至再，殆殊遇也。"① 而他在京的文学活动也颇为频繁。与韩诗、纪映钟、沈荃、王士禛等皆有交往唱酬之作。

曹尔堪的清贵词臣生涯，在顺治十八年的奏销案中戛然而止。由于族侄被牵连入奏销案，他也受到连累，竟致罢官南归，从此再未能起复。回乡后不久，又因家仆与县卒口角而触怒地方官，被罗织罪状，险些遣戍关外，赖友人多方援救方得免戍。这段仕途蹉跌和遭逢冤狱的经历，令曹尔堪的性格与诗风皆有极大改变，"自是箬冠芒履，北抵秦晋，南涉荆楚，中历嵩洛海岱之间，铭记词赋，动盈卷帙"②。放废乡里的数年中，他一直过着这种漫游四方、诗酒自遣的生活。

---

① 施闰章：《翰林院侍讲学士曹公顾庵墓志铭》，《学余堂文集》卷十九，《施愚山集》第 1 册，第 381 页。
② 同上。

直到康熙十年春，曹尔堪方重回京城，谋复官职。在京诸友人多为其奔走，但未能如愿。时曹尔堪已然年迈，愤而言："六十老人岂复梦金马门哉！"① 他对仕途已然绝望，遂以更多精力投入在京的文化交际和诗酒唱和中，"酒酣雄辩，四座尽倾，纵笔为诗歌，益复颠倒啸呼，累日夜不倦"②。直到是年九月，他方离京南归。他成为"海内八家"成员，正是在此期间。此后，他于康熙十四年间曾再度入京，但具体目的已不可知。这是曹尔堪活跃于京城的第四个阶段，他在京城诗坛的地位最终确定，也是在此期间。

曹尔堪在文学史上的名望，主要来源于词。虽然他的诗歌创作亦有成就，惜哉传世不多，今可见者仅有刊行于顺治间的《客装》一卷，载其顺治五年入京至六年出京期间所作之诗；《里音》一卷，载其顺治六年至八年里居之作。另有上海图书馆所藏《曹顾庵残诗》，康熙间刻本，包括《浮山后集》一卷，《曹学士近诗》一卷，《槐憩集》一卷，《南溪文略》一卷，《湖上近体》一卷。其余则见于《八家诗选》《百名家诗选》中。

曹尔堪之生平坎坷，颇类于宋琬、王士禄、丁澎等人。他出身官宦书香，少年成名，虽一度列身于清贵翰苑文学侍从职位，备受恩宠，却好景不长，因清廷对汉族士人政策收紧而放废江湖，且险罹冤案，其心境之悲怆愤懑，可想而知。因而其诗作，尤其是放废以后的作品，往往风格清刚而暗含冷峭不平之气。试看《过德州逢程周量舍人》：

> 去国轻舟下夕阳，缘知使节暂翱翔。久怀南海城头月，近踏东山树底霜。诗格苍深追李杜，离心悲壮入伊凉。天边白雁秋先到，碣石寒烟绕帝乡。③

此诗既称程可则为"舍人"，显然是作于顺治十八年，曹尔堪以奏销案去官南归之时。想到程可则也曾得中高第而因磨勘放废，几经周折方得一微官，两人在心境上实属同病相怜，故云"离心悲壮"。全诗毫无一般谪人诗

---

① 施闰章：《翰林院侍讲学士曹公顾庵墓志铭》，《学余堂文集》卷十九，《施愚山集》第1册，第381页。
② 同上。
③ 曹尔堪：《过德州逢程周量舍人》，《皇清百名家诗选》卷十九，第197页。

中故作潇洒、想象隐逸生活的俗套，眼中之"帝乡"更纯是一派萧瑟悲凉的秋景，更可见曹氏心中之抑郁愤懑。他于康熙十年再度入京雪冤复官未成，离京回乡之际，分别与王士禛兄弟、程可则的唱和赠答：

> 每食无鱼叹此身，栖迟丘陇谢风尘。秋垂野菊携书卷，晓上寒潮拂钓纶。伍相祠前多病客，荆卿垆畔和歌人。著书忘老松鳞蜕，醉倚瓜庐岸角巾。①
> 白发余生刀俎余，酒铛药裹送居诸。魂消皂帽游荒塞，泪尽青衫念旧庐。一雁远随羁客棹，双鱼期损故人书。孤臣引分江干老，赋就闲情傲子虚。②

此时曹尔堪已是六旬老人，当年身遭横祸、险些"魂消皂帽游荒塞"的经历，"白发余生刀俎余"的惊弓之鸟心态，以及"六十老人岂复梦金马门"的年迈蹉跎境地，令他对再入仕途已毫无兴趣，但朝廷毫无道理的冷漠弃置，令他仍然愤懑难平。虽然对于自己"栖迟丘陇谢风尘"的生活，他再三以"孤臣引分江干老，赋就闲情傲子虚"的闲情逸致来自我安慰，却仍然难以平复"每食无鱼叹此身"的抑郁与"泪尽青衫"的苦痛。而他在京城数月中"纵笔为诗歌，益复颠倒啸呼，累日夜不倦"的诗酒唱和，也明明白白是一种佯狂以掩盖苦闷心境的行为。

曹尔堪的诗歌虽然传世不甚多，但仍可以归纳出一些值得注意的特色。在他成名的顺治后期至康熙前期，正是浙派诗的草创时期。浙派诗系清代地域诗歌文化之大宗，以黄宗羲、吕留良、吴之振等为首创，力倡宗宋，诗风清奇瘦硬。而同系浙籍的曹尔堪，虽然并不宗宋，但也呈现出浙派诗的某些特点。

曹尔堪的诗学好尚以宗唐为先，基本不涉宋风。这可能与他一度身为文学侍从的经历有关。他在翰苑任职之时，即曾受诏注唐诗，并借此成名：

---

① 曹尔堪：《周量赋诗赠行依来韵留别》，《八家诗选》卷二，第587页。
② 曹尔堪：《秋日南还留别西樵阮亭次来韵》，《皇清百名家诗选》卷十九，第204页。

"尝受诏与吴学士伟业等同注唐诗，书成称旨，时被褒嘉，中外惊传其语。"① 这一经历显然影响到他的诗歌创作。不过，曹尔堪虽然宗唐，却往往表现出与一般"唐风"不同的特点来：

首先，曹尔堪的诗风往往多瘦硬冷涩之感，不似一般宗唐者圆熟。《初冬同半千问旭静鉴过访扫叶清凉寺山楼》：

> 落木吹残鸭脚风，妙香微度小楼空。相携诗友多方外，不断江流在镜中。近市何妨喧寂半，澄心已悟合离同。六朝烟景犹无际，须让青山与谢公。②

这种清刚瘦硬的诗风，再兼以曹尔堪本身的性格心境，往往更见兀傲不平之气。如《季天中给谏病没于辽左赋诗吊之》：

> 缨鳞奏草动宸居，海内争传痛哭书。羝乳竟虚头白后，葵丹空照汗青余。三春漠漠关云黯，千里茫茫塞草疏。蜕骨龙荒何日返，只怜化鹤到淮徐。③

季开生以谏买江南女子事而遭戍关外，殁于戍所，遭际甚惨。曹尔堪既称颂季氏之直臣刚骨，更描述季氏客死异乡之凄苦，字里行间充满对季开生遭际的不平，更隐然有他自己无辜受遣的心头块垒。这样圭角分明、怨而又怒的诗作，显然是曹尔堪在做翰苑词臣的时候，无论如何也写不出来的。

其次，曹尔堪诗用典颇多，又喜议论，也与当时一般"唐音"不同，而与浙派诗的宗宋倾向相似。曹尔堪出身官宦书香世家，博闻强记，施闰章记载他"君淹博，多识掌故，又强记"④。试看其名作《钱牧斋先生挽词》：

---

① 施闰章：《翰林院侍讲学士曹公顾庵墓志铭》，《学余堂文集》卷十九，《施愚山集》第1册，第381页。
② 曹尔堪：《初冬同半千问旭静鉴过访扫叶清凉寺山楼》，《皇清百名家诗选》卷十九，第200页。
③ 曹尔堪：《季天中给谏病没于辽左赋诗吊之》，《清诗别裁集》卷三，第114页。
④ 施闰章：《翰林院侍讲学士曹公顾庵墓志铭》，《学余堂文集》卷十九，《施愚山集》第1册，第381页。

入世雄心老渐灰，昔年钩党竟风雷。俊厨何救东京没，刁顾还从北渡来。天为文章留末路，人推碑版冠群材。先朝实录尤淹贯，多少微辞纪定哀。①

此诗吟咏钱谦益生平，多用典故而并不觉烦琐，议论极冷峻而颇具史书笔法。以汉末党锢之乱喻明末党争，以"八俊""八厨"喻钱氏以东林党魁身负重名，却汲汲于党争之中，不能裨益于国事兴衰；"刁顾还从北渡来"更直指钱氏之降清失节。然"天为文章留末路"，"多少微辞纪定哀"又见出对钱氏之大才以及其进退两难处境的同情。对于钱氏其人，堪称盖棺定论。此诗颇可见出顾庵诗接近于浙派的一些特点，实非"登开元之堂，入大历之室"所能涵盖。

（五）陈廷敬

陈廷敬是"海内八家"中，唯一的一位官位之崇隆与仕途之顺遂都超过王士禛的人物。其诗文成就虽不及王士禛，但也堪称名家。只是因为他在立功方面更多投入精力，而非如渔洋一般主要致力于树帜文坛，所以在康熙时代的京城诗坛上未能如渔洋般开宗立派，影响力也逊于渔洋。历来研究者多以康熙帝《午亭诗序》所下"清醇雅厚"四字断语和王士禛所评价的"独宗少陵"来论断其诗，实际上，陈廷敬的师承关系相当复杂，其成就亦远非上述评价所能包括。

陈廷敬（1640—1712），字子端，号说岩，晚号午亭山人，山西泽州（今晋城）人。他是一个典型的成长于"皇清"的后进文士，在"海内八家"中年辈最小，较之少年成名的王士禛，尚小了好几岁。而他又是个少年成名的新贵文士，早在顺治十五年，不到弱冠之时即成进士，且入选庶吉士。此后，陈廷敬一路官运亨通，且一直在做京官：十八年，授秘书院检讨。康熙元年假归，四年，假满还京，任检讨原官。八年，升国子监司业。九年，迁弘文院侍读。十年，改翰林院侍讲。十二年迁侍读学士，武会试副考官，十六年任翰林掌院学士，二十二年授礼部侍郎，翌年擢左都御史，此后三十年一直在各部尚书任上，康熙四十二年后入阁，仍兼吏部尚书，又九

---

① 曹尔堪：《钱牧斋先生挽词》，《皇清百名家诗选》卷十九，第200—201页。

年卒，谥文贞。有诗文合集《尊闻堂集》八十卷，后定为《午亭文编》五十卷，系卒前二年命门人林信所汇辑，又有《午亭山人第二集》三卷，有诗无文，今并存世。

陈廷敬能在京城诗坛上扬名，一方面是由于他确有高才，且从入仕以来就一直在做京官，从未外放，官位既高，生活又稳定，自然有利于他在京城诗坛上展开创作和文学交际并发挥影响；另一方面，他在京城诗坛上的名望，也与他所处的文学交际圈子有很大关系。他成为进士，进入京城文化圈以后，在顺治末至康熙初的十余年间，一直以京城诗坛"职志"龚鼎孳的门下之士身份进行文学活动；而康熙前期王士禛崭露头角以后，他又作为王氏兄弟的至交和文友，活跃于京城诗坛，却与王士禛及其神韵一派并无从属关系，而其文学理念和实际创作，也远非神韵一路所能涵盖。

早在陈廷敬成进士以后的顺治末期，他就已经成为龚鼎孳的门下士。其《翰林编修汪钝翁墓志铭》记载甚明："顺治中，廷敬在翰林，大宗伯端毅龚公以能诗接后进，先生与今宰相合肥李公天馥、今户部侍郎新城王公士正、吏部郎中颍州刘公体仁、监察御史长洲董公文骥及海内名能诗之士，后先来会。顾予亦以诗受知龚公，日与诸子相见于词场。"① 他与王士禛分别在康熙四年和五年回京以后，再一次回到龚鼎孳门下。《午亭山人年谱》康熙六年条目下记载："是年，龚芝麓尚书约山人同汪苕文琬、程周量可则、刘公㦸体仁、叶子吉方蔼、梁曰缉熙、董玉虬文骥、王子底士禄、王贻上士禛、李湘北天馥海内诸名公为文社。"王士禛《居易录》亦云："甲辰迁礼部，与翰林李检讨天馥湘北、兵部尚书陈检讨廷敬子端、今左都御史台中董御史文骥玉虬洎梁、刘、汪、程辈，切劚为诗歌古文，而合肥龚端毅公芝麓方为尚书，为之职志。"② 陈廷敬对这个"龚氏门下士"文社的活动有不少记载："使君几载为清郎，我曹文采争辉光。宣武水楼烟柳碧，城南古台野菊黄。联翩不误尚书期（注云：龚宗伯芝麓），婉娈能倾翰墨场。即今会合亦何有，汪王程董伱离久（注云：苕文、西樵、阮亭、湟榛、玉虬）。"③ "文章宜特达，郎署偶同趋。颇觉时全盛，相逢屡宴娱。莺花晨讽咏，风雪夜招

---

① 陈廷敬：《翰林编修汪钝翁墓志铭》，《午亭文编》卷四十四，第630页。
② 王士禛：《居易录》卷五，《王士禛全集》，第3761页。
③ 陈廷敬：《黄鹤楼歌送魏使君》，《午亭文编》卷三，第37页。

呼。择胜青丝障,当筵紫绣襦。尚书频顾曲(注云:芝麓龚公),吏部解投壶(注云:贻上有刘公㦄吏部投壶诗)。"①

在龚氏门下士组成的文学团体中活动的同时,陈廷敬也与京城诗坛另一位崛起的新星王士禛建立了相当密切的交谊。他与王士禛、王士禄兄弟皆交情极好,其《追悼王西樵吏部兼怀阮亭》云:"海内谁知己?相思大小王。"②这份友情一直贯穿了他的官场生涯。不过,在推崇王士禛文学成就与声望的同时,他也能保持自家面目,并不为神韵论所笼罩,而且明确强调自己与王士禛的相异之处:"陶谢吾生晚,斯文厄横流。非君展心目,千古谁冥搜?结交四十载,往往异沉浮。"③

陈廷敬与王士禛最根本的区别在于:他是一位以"立功"为人生首要目的的台阁重臣。"泽州居馆阁,典文章,经画论思密勿之地几四十年。"④由于他在明朝灭亡时还是幼童,而且他的家族也并非前明显贵,他无论是在心理上还是在文学创作中,都殊少对于明清鼎革的黍离之悲,也根本不存在仕与隐的纠结;所以,出身明朝官宦世家的王士禛,在青年时代尚能有《秋柳》一类隐含故国之思的诗作,而年轻的陈廷敬所表现出的,只有儒家士人兼济天下的理想和强烈的功名欲望。他在康熙初年所作的《贻上湘北同游放生池作》中写道:"可怜四海数兵革,感事触物含悲辛。天狗堕地走郊野,熊貔豺虎生攫人。苍生性命等蝼蚁,刀俎往往屠麒麟。吾衰念此涕沾臆,买放虫鰕随细民。两生才可登要津,向我肝胆倾轮囷。会当万里策骥足,努力斯世谋致身。"⑤清初战乱不休、民命如蚁的社会实况,在陈廷敬心目中所引发的绝非明遗民的黍离之思,也未必是施闰章那一类的生民之感、儒者之哀,而是年轻士人深感人生苦短、急于事功的情怀。

这也正是陈廷敬与王士禛作为文人,最根本的区别:王士禛在政坛上是一个温和练达、明哲保身的人,他对主盟文坛、开宗立派的兴趣,远远超过了在政治上的进取;而陈廷敬的价值排序恰好相反,他更执着于事功,而无

---

① 陈廷敬:《寄汪大长洲王十一新城五十韵》,《午亭文编》卷十一,第159页。
② 陈廷敬:《追悼王西樵吏部兼怀阮亭》,《午亭文编》卷十一,第153页。
③ 陈廷敬:《河间道中怀阮亭》,《午亭文编》卷七,第98页。
④ 沈德潜等编:《清诗别裁集》卷五,第181页。
⑤ 陈廷敬:《贻上湘北同游放生池作》,《午亭文编》卷三,第34页。

意于文场角逐。《夏日遣兴四首》："大雅久寂寞，苦吟谁见荣？勋名苟不立，章句老此生。"①《存诚堂集序》所言更详："儒者以道德文章蒙知遇，被显擢，在密勿论思之地。……当大有为之日，赞不世见之功，休休乎，济济乎，骏声鸿烈，与五曜三阶争光映采可也。岂犹与夫庭廛郎署备官散秩，以及穷巷布衣韦带之士，竞秀摛华，角一字句之胜负，蕲荣名于虫书蠹简之中也哉？"② 这堪称夫子自道。他给自己的定位，是身被显擢、以立不世之功为己任的高官，而并非在仕途上无所进取，只能靠寻章摘句、竞文坛之短长来寻求人生价值的文人。

细究陈廷敬的人格和心态，与传统儒家观念中的"君子""贤臣"形象其实有相当大的区别；尽管他囿于自己现实生活中的高官显贵身份，不得不尽力将自己的外在形象向后者靠拢。这也正是他与王士禛的相似之处：高官贤臣只是他们用以应付社会环境的人格面具。人格面具之下，王士禛的真实人格，是一个性格温和优雅、好山水、喜交游而又比较爱名的文人；而陈廷敬的真实人格，则是一个骄傲放旷且颇具雄杰之气的豪士。早在与王士禛订交的顺治末期，陈廷敬年方弱冠之时，即已表现出这种张扬豪迈的个性。他在《送宋荔裳观察赴成都因寄艾石方伯》中写道："当余束发负奇气，草莽梦想英雄人。黄尘走马京华道，逆旅苍茫会有神。片语交欢如故久，更两王生夙所友（注云：谓子底贻上）。"③《赠静明子序》更直陈自己在精神上能有所共鸣的人，不是那些温厚和平的儒士君子，而恰恰是那些与儒家道德不甚合拍的"权奇磊落之士"："余行天下，见磊落权奇之士，其人皆超然高举，不能与世近，顾余独慕好其人。"④ 试观其《东山亭子放歌》：

> 东山望南山，百里堕我前。山亭横绝浮空翠，阑干缥缈临无地。我来气与霜天高，风尘归后寒萧骚。拂衣枕石每独往，垤蚁群笑沧溟鳌。百事回头如旧否，一片青山落吾手。倦客重寻冈上庐，童时旧种门前柳。尽扫西风万古愁，且倾落日三杯酒。君不见谢公高卧东山时，起为

---

① 陈廷敬：《夏日遣兴四首》，《午亭文编》卷五，第65页。
② 陈廷敬：《存诚堂集序》，《午亭文编》卷三十七，第539页。
③ 陈廷敬：《送宋荔裳观察赴成都因寄艾石方伯》，《午亭文编》卷三，第44页。
④ 陈廷敬：《赠静明子序》，《午亭文编》卷三十六，第517页。

苍生已白首。昔时丝竹转凄凉，美人黄土今安有。百年我亦一东山，日夕樵歌动林薮。①

诗中那位登临放歌的自我形象，绝非忧心天下的儒臣君子，而更类似于一位性格高傲、情怀激烈的"狂生"。他令自己高踞于霜天之上，且以沧溟巨鳌自居，傲视庸碌众生；他所关注的既有"起为苍生"，更有时间的流逝、生命的短暂，以及自身的崇隆功业在历史长河中终究会归于虚无的悲剧。这样强烈而奔放的豪士人格，显然并非儒家温厚和平的君子标准所能涵盖。

儒家温柔敦厚"贤臣"标准，与陈廷敬自身性格中"豪士"一面的矛盾，是他人生中的一大关键。再看其《放歌再用坡公韵》：

明月在窗谁与呼？数枝风竹鸣墙隅。先生宴坐百不思，更鼓未起人声无。三旬九食天所病，霍然中夜歌可夫。丝竹不解作陶写，药饵颇赖相撑扶。铜镜憔悴已上面，更堪拣摘霜髭须。敝屋青山何太晚，残经白首正坐迂。得句浅澹取押韵，哦诗漫浪非和苏。朝餐暮卧聊尔耳，虽百年活岂复殊？先王道在古圣远，茫茫天壤乃有吾。明月与汝生为徒，随风一棹游江湖。②

陈廷敬对苏轼极有好感，集中颇多和苏之作。而他对苏轼的喜爱，正源于在精神上与苏轼有所共鸣：身为士人，在儒家以修齐治平为代表的士人道德行为标准和理想人格的自由舒展之间，往往充满矛盾、无所适从。这既是东坡的苦恼，也是陈廷敬本人的苦恼。他在精神上与"先王古圣贤之道"其实颇有距离，对"残经白首"的传统儒士生活方式也没有兴趣。他更执着追求的其实是在短暂人生中实现自我价值的功业，以及"随风一棹游江湖"的精神自由状态。

这种外在的"贤臣"人格，与内在的"豪士"人格之间的矛盾，也充

---

① 陈廷敬：《东山亭子放歌》，《午亭文编》卷五，第68页。
② 陈廷敬：《放歌再用坡公韵》，《午亭文编》卷四，第54—55页。

分体现于陈廷敬的文学创作中。单以诗学批评主张而论,陈廷敬的诗学观念相当保守。他认同征圣宗经的儒家诗教说,甚至认为"文以载道"的标准也应该放诸诗歌:"古人有言:声画之美者无如文,文之精者无如诗。夫文以载道,诗独不然乎?"① 所以,他不但力倡以儒家温柔敦厚诗教论为主导的诗学正统观:"生民皇古前,心志自澹泊。迨彼喜怒烦,忧患抵中恶。圣人急其病,道和救以药。作乐反性初,缘情礼乃托。悠哉咸韶音,风淳合冥漠。"② 而且还极力主张应当匡正当世诗风以回归儒家正统:"托志在大雅,讲德观王风。永言播声律,和平民所衷。五弦奋逸响,筝瑟难为工。诗亡演别体,绮靡将焉终。我圣放郑声,伟哉删述功。"③ 他甚至提出,醉心于诗文创作本身,也是与圣人之道所不符的:"晚岁得闻道,懒不复吟诗。今兹理药饵,因病多闲时。呻吟秋蝉声,断续春茧丝。知希则我贵,绮丽安足为?古昔贤达士,陶白良可师。以我观二子,犹未掀藩篱。不免文字习,恐为圣者嗤。"④ 而他以庙堂文人身份,在创作应制诗时,也自觉以上述大雅和平的诗教论来进行自我规范。叶之溶《小石林文外·本朝诗话》评其应制诗堂皇典雅的庙堂特色之鲜明,尚在王士禛之上:"午亭集中应制诗最工,矞皇典雅,非渔洋所能抗行。"⑤

然而,陈廷敬在应制诗之外的诗歌创作,却和他这些正统气息浓厚的诗学批评主张颇有距离。作为清初的高官文人,他的诗风完全不同于台阁正雅诗风所要求的温柔敦厚、中正和平的标准,却如他本人的性格一样,往往体现出雄强豪健、气势惊人的特色来。沈德潜在《清诗别裁集》中,以初盛唐之际的张说、苏颋之"燕许大手笔"为之定位:"泽州居馆阁,典文章,经画论思密勿之地几四十年。故其吐辞可上追燕许。兹特取其典质朴茂者著于卷中。"⑥ 这个评价相当恰如其分。观其《送张簣山归庐陵》《挽王考功子底宋观察玉叔》二诗:

---

① 陈廷敬:《吴元朗诗集序》,《午亭文编》卷三十七,第547页。
② 陈廷敬:《君子有所思行》,《午亭文编》卷二,第26—27页。
③ 陈廷敬:《咏古四首》,《午亭文编》卷三,第30页。
④ 陈廷敬:《闻道》,《午亭文编》卷四,第57页。
⑤ 叶之溶:《小石林文外·本朝诗话》,《清诗话三编》第2册,第1247页。
⑥ 沈德潜等编:《清诗别裁集》卷五,第181页。

秋阴匿景光，凄凄增暮寒。鸿雁应候起，黄鹄临风翻。高飞览九州，谁能铩羽翰？念我同袍士，矫矫青云端。北风吹河梁，车徒不可攀。高林集天霜，大海激回澜。君子抱亮节，志士多苦颜。君恩当识察，臣义择所安。肉食等藜藿，荣名配芳兰。勖哉千岁业，离别何足叹。①

　　前后铨衡地，凄凉诏狱同。范滂真謇谔，裴楷自清通。藻镜南曹月，琅玕北寺风。宦途纷轥轲，襟抱得冲融。……岁月鱼吞饵，乾坤鸟触笼。漂摇惊泛梗，惨澹送飞蓬。肠断山阳笛，悲迷朔塞鸿。②

前一首诗，系康熙九年为张贞生作，是时沈荃亦有同题作品《送张簣山学士归庐陵》："圣德优容昭日月，臣心愚朴本平生。曲江风度应相忆，莫恋空山猿鹤盟。"③ 感情基调是相当中正平和而不逾矩的。相对沈作，陈廷敬此诗中，以肃杀的深秋为背景，以高天中铩羽的孤鸿喻指被逐的直臣，显然更加气概雄壮且圭角分明、暗藏愤懑。后一首回忆"海内八家"友人王士禄、宋琬遭逢冤狱的生平和冤狱所带给他们的惨烈的精神创伤，内含悲慨之气，也和"怨而不怒"的儒家诗教标准有些距离。

陈廷敬诗还有一个值得注意的特色，这也是王士禛所具有的，即最大程度的兼收并蓄。这首先是他的自觉选择，他在《五月十二日重游崇效寺寻雪公看花之约后二日阮亭侍郎亦往游焉以五月江深草阁寒为韵赋诗予亦作七首》中写道：

　　文章小技耳，吾欲观其深。以兹破万卷，寓我不住心。湛然遗句字，忽流天乐音。譬之云在天，变化无古今。形影岂一同？踪迹难重寻。所以自开辟，天云长浮沉。④

---

① 陈廷敬：《送张簣山归庐陵》，《午亭文编》卷三，第43页。
② 陈廷敬：《挽王考功乃底宋观察玉叔》，《午亭文编》卷十一，第151—152页。
③ 沈荃：《送张簣山学士归庐陵》，《一砚斋诗集》卷十二，第76页。
④ 陈廷敬：《五月十二日重游崇效寺寻雪公看花之约后二日阮亭侍郎亦往游焉以五月江深草阁寒为韵赋诗予亦作七首》，《午亭文编》卷六，第81页。

陈廷敬论诗能兼收并蓄的原因，一方面是由于他性格的骄傲强悍，故而不愿依傍门户，而试图自开蹊径；另一方面，也是更重要的原因是，他并无开宗立派、领袖文坛的意愿。所以，王士禛会因为自己身为文坛盟主"越三唐而事两宋"所导致的"清利流为空疏，新灵浸以佶屈"的弊病而"顾瞻世道，怒焉心忧"①，乃至于改弦更张复归于唐；对宋诗本来并不排斥的冯溥，也会以诗坛整饬者的身份批判"近乃欲祖宋元而祧前古，风渐以不竞，非盛世清明广大之音也"②。但陈廷敬却并无这样的顾虑。

陈廷敬在兼收并蓄方面，比正统色彩浓厚的冯溥和王士禛走得更远。他不排斥宋诗，也不认为只有宗唐才能代表大清"盛世"诗风。他认为，能对汉魏唐宋诗兼容并包的集大成者，才是台阁诗学应有的形态："溯流寻源，直追骚雅，牢笼汉魏，陶铸宋唐，实集百家之大成，允为一代之宗匠矣。"③他甚至明确表示，正风正雅与变风变雅并无轩轾，认为两者只是时势不同："子舆氏谓诵诗读书，必先论世。《国风》之有正变，二《雅》之有盛衰，岂作者哀乐之情，有所偏毗于其间哉？亦时为之也。"④这种高度的包容性，甚至超过了试图在正风正雅前提下兼收并蓄的王士禛。

陈廷敬本人的诗学源流，首宗杜甫。王士禛谓其"独宗少陵"自然并不准确，然《四库全书总目提要》基于渔洋对陈氏的评价，称他"论诗宗杜甫，不为流连光景之词，颇不与王士禛相合"⑤，确是的评。陈廷敬多次表达他对杜甫的崇仰喜爱："杜陵诗尽人间意，解道兼须入海求。"⑥ "杜陵野老一生诗。"⑦ 杜甫的雄阔沉郁风格，也正与他本人的性格好尚相符。故而午亭诗中，往往多有风神酷肖杜甫的佳作，沈德潜在《清诗别裁集》中举其《晋国》一诗：

晋国强天下，秦关限域中。兵车千乘合，血气万方同。紫塞连天

---

① 俞兆晟：《渔洋诗话序》，《王士禛全集》，第 4749 页。
② 施闰章：《佳山堂诗序》，《学余堂文集》卷七，《施愚山集》第 1 册，第 133 页。
③ 陈廷敬：《合肥李相国诗序》，《午亭文编》卷三十七，第 542 页。
④ 同上书，第 541 页。
⑤ 纪昀总纂：《四库全书总目提要》卷一百七十三，第 4529 页。
⑥ 陈廷敬：《过永平怀故观察宋荔裳二首》，《午亭文编》卷十一，第 163 页。
⑦ 陈廷敬：《写怀与同舟兼寄京师游好》，《午亭文编》卷十九，第 266 页。

险,黄河划地雄。虎狼休纵逸,父老愿从戎。①

沈德潜指出,他少年时代读到此诗,即惊叹于此诗的雄阔大气、酷似杜甫:"予少时,尤沧湄宫赞以午亭诗见示,读《晋国》一篇,爱其近杜。后读《渔洋诗话》,亦谓其独宗少陵。前辈先得我心,不胜自喜。"②足见陈廷敬虽不"独宗少陵",却极有少陵神采。又如《张东山少司寇宅观弈》:

人事纷纷似弈棋,故山回首烂柯迟。古松流水幽寻后,清簟疏帘对坐时。旧垒沧桑初历乱,曙天星斗忽参差。只应万事推枰外,夜雨秋灯话后期。③

此诗以咏弈为题材,兼及叹息人世沧桑,也颇有杜甫《秋兴》诸作的兴味。无怪乎沈德潜评价云:"东坡少陵语,一经熔冶,无限风神。"④

不过,陈廷敬虽宗少陵,却绝非"独宗",在他的师法对象中,能与杜甫比肩者,至少还有苏轼。陈廷敬对苏轼推崇备至,他在《题东坡先生集》中盛赞:"苏公天上人,万丈银河垂。举手扪星辰,足蹋龙与螭。……真宰固有意,风雅将在兹。斯文配天命,大化需人为。"⑤他对苏轼的欣赏,既来源于苏轼的"旋幹周四运,浩气森淋漓"的惊人才气与宏阔诗风,更源于苏轼身为忠正之臣能够"感心生直亮,体道忘艰危"的精神品格。他对苏轼所产生的精神共鸣,甚至可能是超过了对杜甫的共鸣。

所以,陈廷敬的诗作中,步杜韵者有限,而步苏韵者却相当多,其中古体诗多达23首,另有绝句4首。可以说,陈廷敬的古体诗其实是以宗苏为主的。以《忆樊川梅花用东坡松风亭梅花韵》为例:"半林乔木樊川村,数株梅花牵梦魂。媌娥靡曼不挂眼,夭桃野杏为狂昏。一廛未安扬子宅,五亩欲老香山园。玉妃鬖鬖露身手,暗香冷艳来相温。有时先生春睡美,绮窗唤

---

① 陈廷敬:《晋国》,《午亭文编》卷十一,第155页。
② 沈德潜等编:《清诗别裁集》卷五,第187—188页。
③ 陈廷敬:《张东山少司寇宅观弈》,《午亭文编》卷九,第133页。
④ 沈德潜等编:《清诗别裁集》卷五,第188页。
⑤ 陈廷敬:《题东坡先生集》,《午亭文编》卷五,第69页。

起惊朝暾。经寒故尝却罗幔,避风勤与关柴门。翻笑孤山林处士,拥衾对花花无言。只今人去花寂寞,谁怜落月间清尊。"① 其纵横跌宕之处,极似苏轼。

事实上,陈廷敬所喜好的宋诗风还绝不止苏轼一家。他对梅尧臣和陆游,也颇有好感。《九日宋玉叔招同诸子宴集梁家园池亭兼送绎堂之中州访愚山嵩岳以秋菊有佳色为韵五首》:"宛陵含清真,论诗造精域。"② 《检放翁诗二首》:"青山黄阁眼迷离,文字丛残晚岁时。拂面冷风霜满鬓,何因检到放翁诗。"③ 所以,康熙十年吴之振携《宋诗钞》入京之时,陈廷敬也曾与之唱和:"伊昔遘嘉会,欢言迈群英。客亭载酒时,题楼闻令名。"④ 吴之振在《八家诗选·自序》中所提到的"余辛亥至京师……酒阑拈韵,窃窥群制,非世所谓唐法也"的宗宋倾向,极有可能也包括陈廷敬在内。

除了宗杜及宗宋以外,陈廷敬的诗学好尚与师承,至少还包括如下几个方向:

其一,李白之放旷洒脱。这也是与陈廷敬的豪士人格有所共鸣的。他在《梦太白五月初六日作》中对李白推崇备至:"太白天上人,入世思沉冥。昔过酒楼下,扁舟系客情。昨夜忽梦公,千载犹峥嵘。"⑤ 而他的某些古体诗也往往体现出李白式的潇洒放浪,如《醉眠对月放歌》:

> 落日已远烟云残,三两星宿森芒寒。顷之月出庭南端,醉卧短檐天地宽。咫尺不疑星汉远,放眼那觉关山难。玉京金阙隔何许,狂吟惊绝难攀缘。黄帝乘龙所蹈路,微茫陡绝一发悬。葛许之徒可诧异,白昼直上携飞仙。沉想此事心如颠,使我竟夕不得终欢颜。洗盏更酌酒,荡涤万古愁。寂莫此形骸,昔人无良谋。尧舜之名如浮沤,秋风蔓草萦荒丘。歌终渺渺增繁忧!⑥

---

① 陈廷敬:《忆樊川梅花用东坡松风亭梅花韵》,《午亭文编》卷三,第38页。
② 陈廷敬:《九日宋玉叔招同诸子宴集梁家园池亭兼送绎堂之中州访愚山嵩岳以秋菊有佳色为韵五首》,《午亭文编》卷三,第34页。
③ 陈廷敬:《检放翁诗二首》,《午亭文编》卷十八,第263页。
④ 陈廷敬:《寻畅楼诗为吴孟举赋》,《午亭文编》卷七,第104页。
⑤ 陈廷敬:《梦太白五月初六日作》,《午亭文编》卷七,第102页。
⑥ 陈廷敬:《醉眠对月放歌》,《午亭文编》卷四,第58页。

其二，韩愈之奇险拗峭。陈廷敬的古风在学李杜与学苏之外，还有学韩愈的一面，早年所作《石鼓歌》，明言是学韩之作："石鼓歌者韩与苏，我今捉笔捋虎须。"① 其《午亭山人第二集》中，多有用韩诗之韵，包括《秋日述怀次用昌黎此日足可惜赠张籍韵》《秋怀诗次昌黎韵十一首》《虾蟆石诗》（用昌黎答柳州虾蟆诗韵），皆雄奇拗峭，颇有昌黎遗风。

其三，王维、韦应物之清澹秀雅。陈廷敬的古体诗渊源颇广，或源于太白，或源于昌黎，或源于东坡；但其近体绝句，却往往师法王维、韦应物一路，风味清隽灵秀。其《午亭诗二十首》，颇有摩诘神韵："远林闻微香，青春入丛薄。散步梅子冈，幽花自开落。"（《梅子冈》）"断云出横岭，明月生高峰。无人与晨夕，时倚岩际松。"（《太丘峰》）"落日清磬响，数峰相对闲。复此值秋色，坐见烟禽还。"（《西山院》）②

陈廷敬对王维颇有好评，且以"秀"字论之："摩诘秀千叶，柳州俨天人。"③ 他也提到自己中年以后多喜王维诗："长吟摩诘句，辛苦学无生。"④ 这也使得他对于继承了王维一路，以"清"为主要风格的刘长卿、韦应物较有好感，其诗云："我慕刘随州，清诗美无度。"⑤ "我观韦公诗，澹然生道心。鲜食冰玉洁，浩歌流清音。"⑥ 康熙帝评陈诗"清雅醇厚"⑦，恐怕有很大一部分是来源于他对王维、韦应物一路的学习。

其四，陶渊明、白居易之平淡自然。这尤其表现在陈廷敬晚年的诗学好尚中。早年他颇喜爱陶诗的仙气，称赞："渊明真仙人，明明凛帝旨。"⑧ 晚年他对仕途得失看得较淡，就更加欣赏陶诗，诗曰："征夫告予以归路，袖手且读陶公诗。""两载丝桐学得成，渊明一曲最移情。"⑨ 同时他也颇欣赏

---

① 陈廷敬：《石鼓歌》，《午亭文编》卷三，第 31 页。
② 陈廷敬：《午亭诗二十首》，《午亭文编》卷八，第 109 页。
③ 陈廷敬：《论晋中诗人怀天章》，《午亭文编》卷七，第 91 页。
④ 陈廷敬：《简王思显侍御》，《午亭文编》卷二十，第 300 页。
⑤ 陈廷敬：《吴桥道中题刘随州诗寄查夏重》，《午亭文编》卷七，第 99 页。
⑥ 陈廷敬：《韦苏州诗书后》，《午亭文编》卷五，第 62 页。
⑦ 赵尔巽等：《清史稿·陈廷敬传》，《清史稿》卷二百六十七，第 9969 页。
⑧ 陈廷敬：《东坡和渊明读山海经十三首谓其七首皆仙语读抱朴子有感和之余尝欲作游仙诗因次其韵》，《午亭文编》卷六，第 80 页。
⑨ 陈廷敬：《杂兴九首》，《午亭山人第二集》卷一，《清代诗文集汇编》第 153 册，上海：上海古籍出版社，2011 年，第 536 页。

白居易坦荡潇洒的生活态度和诗风："香山放乎海，澹澹天无涯。"① 对比王士禛对陶诗不置一辞，对白诗较为排斥，陈廷敬的态度显然包容性要更大一些。

第三节　王士禛与京城诗坛

王士禛不但是引领清初诗坛风尚的神韵派创始人，同时也是继龚鼎孳之后的清初京城诗坛第二位"职志"。他与京城诗坛的渊源，颇值得考查。本节力求厘清他在康熙十四年重归京城诗坛并选定"金台十子"、成为实质上的京城诗坛盟主之前，在京城文化圈的活动历程，并梳理出他借由与京城文化圈的结交，从名位不显的诗坛后进，逐渐成为声名显赫的诗坛名流的过程。

一、首次入京：来去匆匆

王士禛是个少年早慧的诗人，在文坛上崭露头角的时间也相当早。顺治八年冬，他与兄长王士禄同赴京城会试。这是王士禛的首次入京。虽然时年他只有十八岁，但由于家学渊源和自身出色的文学天分，他已经开始大量进行诗文创作，并有意识地扩大自身文学影响力，诸如在赴试途中频繁创作题壁诗，其自称："予少时与先兄考功同上公车，每到驿亭，辄题素壁，笔墨狼藉，率不存稿，逸去多矣。"② 这种沿途题壁的创作方式，在王氏兄弟年纪尚轻、文学名望不显的状况下，是一种行之有效的扩大自身文学创作影响力的方式。吴伟业即提到自己在顺治十三年离京回乡时，沿途诵读王氏兄弟题壁诗之事："予在京师，辱与贻上交，从其所并识子底。两人姿貌修伟，言论风发。比归，而道出青齐，邮亭墙壁间，往往得其埙篪唱和之作，流连扪摸，倾写甚至。"③ 可见那些一路遍布于"邮亭墙壁间"的题壁之作，对王氏兄弟扩大文学声望所产生的"广告效应"。

---

① 陈廷敬：《题东坡先生集》，《午亭文编》卷五，第69页。
② 王士禛：《池北偶谈》卷十八"题壁逸诗"条，《王士禛全集》，第3290页。
③ 吴伟业：《落笺堂集序》，《王士禛全集》，第13页。

不过，直到顺治十二年以前，王士禛兄弟在京城，还仅仅是名位不显的年轻举子。顺治九年三月，王士禛和兄长王士禄在京参加会试，王士禛落榜而兄长中式。由于是年会试出现了重臣参劾该科会元文义错谬、不合经旨的事件，殿试被停一科，王士禄也因此未与殿试。是年五月，王氏兄弟从京城归里。

这一次入京，年轻的王氏兄弟如蜻蜓点水，来去匆匆，既未获取功名，也未能展开大规模的交游活动，几乎没有在京城诗坛上留下任何文学影响。

"海内八家"中的沈荃和曹尔堪，皆系顺治九年进士，且中进士后皆入翰林院，以庶吉士身份在京城活动，成为顺治时代京城的文化名流。但王士禛却并未能在顺治九年与这两人订交。他与曹尔堪的交往，可考者最早在顺治十六年九月，王士禛作有《九日黑窑厂登高同曹顾庵彭骏孙四首》①，曹尔堪则有《己亥九日黑窑厂登高同王贻上魏子存彭骏孙》②。而王士禛与沈荃订交更迟至康熙十年，沈荃《王阮亭抱琴洗桐图》③即作于是年。在康熙十年之前，两人完全没有任何可考的诗文往来。由此可见，顺治八年至九年期间的王士禛，虽然在京城生活了几个月，却并未在京城诗坛上有所结交。

二、再入京城：崭露头角

王士禛在京城诗坛上真正的扬名，是在顺治十二年。而京城这个"五方杂处"、交际便利的文化平台，也成为他扬名天下的起点。在这一年春，王士禛偕兄长王士禄再入京城，王士禛本人应会试，王士禄应殿试。是年三月王士禄中殿试，王士禛亦中会试，未参加殿试即归里，在京城逗留时间并不长。但王氏兄弟正是利用这一段时间，在京城广交文士，有了一定声望。《渔洋山人自撰年谱》顺治十二年条目下云："是年西樵以殿试，与山人同上公车。东亭亦以太学生廷试入都。始与海内闻人缟纻论交，时号三王。"④年谱并引计东《广说铃》："同人每相太息曰：济南二于才故奇，亦以贵，

---

① 王士禛：《渔洋诗集》卷六，《王士禛全集》，第 228 页。
② 吴之振编：《八家诗选》卷二，第 569 页。
③ 沈荃：《一研斋诗集》卷十一，第 71 页。
④ 王士禛：《渔洋山人自撰年谱》，《王士禛全集》，第 5059 页。

声誉先布。"①

王氏兄弟在京城声誉鹊起的原因，一方面是由于他们出身山左望族，其家族背景在京城仕宦文人圈子内即有一定人脉："王于新城著姓，世饶贵显，而先生昆季，名重天下，故其交游极海内之选。"② 更重要的是，兄弟两人皆以科甲起家，少年得志，才华横溢，堪称清初新贵诗人最为艳羡的典型："世以西樵、阮亭两王先生比子瞻、子由，诚有同者。子瞻、子由少年登进士科，又多才，兄弟至京师，赫然声名动海内。……西樵、阮亭两先生皆弱冠以甲科起家，所至著述王氏之言满天下，学者翕然称之，信哉！"③

在这一年，年轻的王士禛虽然因为种种原因未予殿试，但他已经在京城主动展开文学交际活动，最突出的例子就是他与吴伟业的相识和交往。吴伟业序王士禛《落笺堂集》，提到两人正是在京城订交的④。按吴伟业自顺治十年被迫北上仕清，直至顺治十三年以丁忧为借口南下归里，在京逗留数年，能与王士禛产生交集的时间，必在顺治十二年。吴伟业作为"梅村体"创始人，当时已名满天下，王士禛和他的结识，足以说明此时的王士禛已经有意识地结交文坛耆宿。

在顺治十二年的京城诗坛上，除了老一辈执掌坛坫的贰臣文人名流如龚鼎孳以外，风头最劲者，当属以新贵诗人身份登上文坛的"燕台七子"。由于王氏兄弟"才故奇，亦以蚤贵，声誉先布"，"燕台七子"已经对他们的文名有所耳闻。"燕台七子"之一的施闰章在《渔洋集外诗序》中提道："余初官比部，与宋玉叔、严子餐、丁飞涛诸君论交，辄心向王君贻上。"⑤ 施闰章任刑部广西员外郎，是在顺治十二年春（"乙未春，服阕入都"⑥）。而丁澎、严沆中进士，开始在京城活动，也正是在这一年。施闰章所谓"心向王君贻上"之时，必在顺治十二年。

而王士禛对"燕台七子"这些活跃于京城诗坛的风云人物尤其是其中成就最高、名气最大的"南施北宋"也相当向往。是时宋琬尚在陇右兵备

---

① 王士禛：《渔洋山人自撰年谱》，《王士禛全集》，第 5060 页。
② 雷士俊：《上浮丙集序》，王士禄《上浮集》，第 158 页。
③ 雷士俊：《辛甲集序》，王士禄《辛甲集》，第 61 页。
④ 吴伟业：《落笺堂集序》，《王士禛全集》，第 13 页。
⑤ 施闰章：《渔洋集外诗序》，《王士禛全集》，第 520 页。
⑥ 施闰章：《宣城会馆记》，《学余堂文集》卷十一，《施愚山集》第 1 册，第 228 页。

任上,并不在京,故两人未能相识。而施闰章在顺治十二年春刚刚服阕入京,正是王士禛结束会试归里之时,"时贻上东归"①,因而两人也未及会面。不过,很快两人就因机缘遇合,得以相见。顺治十三年十月,施闰章授山东提学使,赴任之所正是王士禛的故里。施闰章抵达济南后,王士禛即以诗赠之。施闰章云:"及待罪山左……贻上间过余独树轩,命酒移日。……贻上时时以诗见存,余过广陵,适会其病卧,闻余至,亟出稿属序。"② 这是两人初次订交的最早记载。《渔洋集外诗》之《丙申稿》有《历下奉赠愚山学宪十五韵》③ 及《再赠愚山学宪时以越游草见示》,皆系作于顺治十三年施闰章任山东学政时。《再赠愚山学宪时以越游草见示》云:"美人江左望修名,公子韶音夏玉清。汉代谈诗尊四学,鲁宫设帐进诸生。宛陵旧续梅家体,历下新寻白雪盟。海内几人同调在,桓谭今欲愧西京。"④可以看到,在这段关系中王士禛一直采取较主动的结交态度,无论在行为还是在诗文唱和中,对施闰章都极为敬重。因为,与当时已经名满天下的"燕台七子"相比,此时的王士禛还是不折不扣的文坛晚辈,尚处于"始与海内闻人缟纻论交"的阶段。

此外,王士禛还借由会试同籍的便利,在京结交新进文士。后来与他交期笃厚且在诗学观念上互相构成较大影响的汪琬,正是在这一年结识他的。按《渔洋诗集·戊戌稿》有《赠汪大苕文》:"故人三年复相见,赠我怀中琼树枝。"⑤ 此诗作于顺治十五年,"故人三年复相见"句,说明两人结识于顺治十二年。

从顺治十二年入京会试以后,直至三年后再赴京城殿试,王士禛在这段时间内一直居住在山东故里,未入京城。但在京城"与海内闻人缟纻论交"的经历,以及由此导致的"赫然声名动海内"的结果,还是影响到他在山东故乡的文学活动。顺治十四年八月,他于大明湖畔举秋柳社,能得诸多名士唱和,与他在京城的扬名也有一定关联。

---

① 施闰章:《渔洋集外诗序》,《王士禛全集》,第520页。
② 同上。
③ 王士禛:《渔洋集外诗》卷一,《王士禛全集》,第540页。
④ 同上书,第541页。
⑤ 王士禛:《赠汪大苕文》,《渔洋诗集》卷四,《王士禛全集》,第193页。

三、三入京城，广交文士

顺治十五年是王士禛在京城展开文学活动并借此扬名的又一重要时间段。本年三月，王士禛再赴京城，参与殿试，时年二十五岁。这一次，王士禛顺利进士及第，但未得馆选，滞留京城，是年九月归里。在这半年时间里，王士禛在京进行的文学交流活动极为频繁，而借此结识的京城文人数量，也远远多于此前。他本人在《戊戌诗自序》中言："予自乙未举南宫，归卧山中三载，至戊戌始射策成进士。用新例当出官法曹，留滞京师，久之不自得，日与长洲汪琬、南海程可则、泾阳李念慈、三原韩诗、武进邹祗谟、华亭张一鹄、吴懋谦、昆山许虬、吴邑钱中谐、宛平米汉雯、新昌毛远、侯官许珌辈相切劘，为古文诗歌。"①

王士禛所提到的那些与自己"相切劘，为古文诗歌"的京城文人，除了汪琬与王士禛早有交往以外，其余诸人皆系王士禛在顺治十五年所结识。其中，邹祗谟、李念慈是他的进士同年，汪琬、梁熙与他同榜会试，程可则则系其兄长王士禄的进士同年。由此可以看到，此时王士禛在京城展开文学交际活动，主要是借由进士同年的关系，这也是"弱冠以甲科起家"的王氏兄弟的必然选择。

仅以王士禛本人所承认的三位交期最为笃厚、对其影响最可观的同籍进士汪琬、刘体仁、梁熙而论，王士禛在《御史梁晳次先生传》中明言："予顺治中游京师，求天下善士而友之，于同籍得三人焉，曰颍川刘公㦛体仁，长洲汪茗文琬，鄢陵梁曰缉熙。……三人者，性情不苟同，而皆与予交莫逆。"② 其中，除汪琬在顺治十二年已经与王士禛订交以外，另两位皆是王士禛顺治十五年滞留京城期间与之订交的。

王士禛在《居易录》中，明确指出自己在顺治十五年方与梁熙结识订交："鄢陵梁熙晳次与予乙未同年进士，榜下未相识。戊戌，予观政兵部，寓居慈仁寺，梁适自咸宁令减俸行取入都，亦寓寺中，始与往还。"③

王士禛与刘体仁的订交，也在顺治十五年。本年刘体仁至京，寓居慈仁

---

① 王士禛：《戊戌诗自序》，《渔洋集外诗》卷二，《王士禛全集》，第553页。
② 王士禛：《御史梁晳次先生传》，《蚕尾文集》卷二，《王士禛全集》，第1811—1812页。
③ 王士禛：《居易录》卷五，《王士禛全集》，第3759页。

寺，再补刑部，擢员外郎。时汪琬赴京谒选得户部福建司主事，亦居京师。在这一年里，王士禛不仅自己结识了刘体仁，且介绍汪琬与之订交。《渔洋诗话》："初钝翁在京师，求友于余，余为言刘公㦷，梁曰缉、程周量，钝翁遂皆与定交云。"①

另一位与王士禛"相切劘为古文辞"的新进诗人程可则，也是王士禛于顺治十五年在京结识的。王士禛有《赠程五周量》系于《渔洋诗集·戊戌稿》，为顺治十五年所作："程子亭亭秀南海，结庐正在罗浮巅。……七载相思一倾倒，雄谈岸帻如飞泉。"②"七载相思"言程可则于顺治九年得中会元，然两人迟至顺治十五年方得以见面订交。

除了在与他身份处境相仿的新进文士之中进行文学交际活动之外，王士禛也在京城积极结交那些虽无功名却在文坛有较大声望的布衣诗人。他与清初浪游京城的两位云间派文士吴懋谦、田茂遇的交往，俱在本年。

吴懋谦系云间派后起之秀，乾隆朝《江南通志》："诗文与同里吴麒齐名，时有云间二吴之目。生平多贵游，所至名公巨卿皆与结诗社。"他也是王士禛在京城"相切劘为古文诗歌"的友人之一。王士禛与他的相识，正在顺治十五年。这一年，吴懋谦入京，"余戊戌偶客都门"③。按《渔洋诗集·戊戌稿》有《吴六益束鹿归有诗见怀赋答》④。吴懋谦亦有《秋后二日同许天玉汪苕文王贻上李屺瞻程周量集报国寺松下》⑤。是年秋，吴懋谦南归，王士禛有《赠别张友鸿吴六益》送之⑥。

云间派另一位往来于京城诗坛的布衣诗人田茂遇，也是在本年与王士禛订交的。田茂遇在云间派中的声望及在京城诗坛交际活动的巨大影响力，都颇可与吴懋谦相颉颃，陈祚明《水西近咏序》云："髯渊，云间大家。云间之诗，三二十年来嗣响济南娄东，以追汉魏三唐之盛。……髯渊诗凡数百篇，序序者无虑十数人，皆一时名公卿作者之林也。"陈序并提及田茂遇也

---

① 王士禛：《渔洋诗话》卷上，《王士禛全集》，第4764页。
② 王士禛：《赠程五周量》，《渔洋诗集》卷四，《王士禛全集》，第194—195页。
③ 吴懋谦：《长安咏怀》，《苧庵二集》卷六，《四库全书存目丛书》集部第207册，第742页。
④ 王士禛：《渔洋诗集》卷四，《王士禛全集》，第196页。
⑤ 吴懋谦：《苧庵二集》卷八，第779页。
⑥ 王士禛：《赠别张友鸿吴六益》，《渔洋诗集》卷四，《王士禛全集》，第204页。

曾在顺治十五年入京："岁戊戌，髯渊重至都门。"① 王士禛正是与他在这一年相识，并且颇有诗文往还，田茂遇《王怀人席上同邹讦士王贻上》："金谷园非石，兰亭序是王。高文传绣虎，雅调发清商。"② 王士禛亦有《答赠田髯渊》："天涯芳草独相求，回首怀人历九秋。文选楼中新著作，读书台上古风流。"③

在与吴懋谦、田茂遇这类布衣游士交往的同时，王士禛还以京城为平台，积极结交那些名气较大的遗民文士。他与申涵光的往来即是典型例子。王士禛《孝廉申君观仲墓志铭》："聪山既高肥遁之节，君才名又籍甚，辇下公卿大夫，争折节礼之。"④ 顺治十五年，申涵光有诗赠王士禛，《王贻上书来》："交道今谁继，升沉异所亲。怪君新及第，遗札问垂纶。兄弟知名旧，文章作合真。异时谋把臂，烟海幸比邻。"⑤ 此前申涵光曾于顺治十年及十三年两次入京，但王士禛都不在京城，两人并无会面的机会。味其诗意，极有可能先前王士禛与申涵光并不相识，此次中进士后主动寄书给申涵光，希求结交。

顺治十六年三月末，王士禛再次启程入京，准备谒选。十一月谒选得扬州推官，十二月方离京回乡，在京城逗留了大半年。这是王士禛在京文学交游活动的又一个密集期。他在《己亥诗自序》中，对自己这段时间内在京城的活动和交往情形，记载颇详：

> 己亥三月，余复游京师。是时汪琬、程可则在都下，与余昕夕论文。鄢陵梁侍御熙、颍川刘比部体仁，亦引与谈名理，时有倡酬。……是冬，与海盐彭孙遹、嘉善魏学渠，卜邻宣武门外，有《香奁倡和诗》。十一月家兄量移入京师，十二月予归里门。是岁，友朋赠答之诗多，而兄弟献酬之作盖寡矣。⑥

---

① 陈祚明：《水西近咏序》，第 312 页。
② 田茂遇：《王怀人席上同邹讦士王贻上》，《水西近咏》，第 343 页。
③ 王士禛：《答赠田髯渊》，《渔洋集外诗》卷二，《王士禛全集》，第 563 页。
④ 王士禛：《蚕尾续文》卷十七，《王士禛全集》，第 2254 页。
⑤ 申涵光：《王贻上书来》，《聪山集》诗集卷三，第 442 页。
⑥ 王士禛：《己亥诗自序》，《渔洋集外诗》卷二，《王士禛全集》，第 576 页。

《容斋千首诗序》中，王士禛补充说明他在这段时间内与身居翰林的陈廷敬、李天馥的往来："予弱冠游京师，于翰林友二人焉，曰今相国合肥公，与今户部尚书泽州陈公。予既散曹，二公虽号清切，然嗜好略相似，每下直日必相聚，聚必相与研六艺之旨，穷四始五际之变，至参横月落，然后散去。"①

值得注意的是，在顺治十五年，王士禛还结交了当时的京城诗坛耆宿龚鼎孳，对于他后来在诗坛的发展，有极大的影响。关于两人订交的过程，王士禛本人并无唱和诗作留存，然龚鼎孳有《秋夜集筑影斋分韵》，其二注云"时周量贻上将归"②，王士禛中进士后归里，事在顺治十五年中秋以后。这极可能是龚鼎孳与王士禛订交的开始。

在此之后，在顺治十五年至十六年期间，王士禛和他所结交的这些年轻的新晋进士，实际上都处于龚鼎孳门下。在以龚鼎孳为中心的这个松散的京城文人小团体里，王士禛无疑是其中的佼佼者。龚鼎孳在诗坛的显赫声望与人脉关系，为他扩展自身名望提供了极大的便利。顺治十六年冬，王士禛离京赴扬州就任时，龚鼎孳特意在京召集了众多文士，为他发起大规模的赋诗饯行活动。"其年冬，予之官扬州，合肥龚端毅公集诸词人，赋诗祖道，联为巨轴。"③ 这足以说明当时龚鼎孳在京城诗坛的地位，以及他对王士禛这位年轻门下士的欣赏与提携。以王士禛所作的《答别御史大夫龚公兼呈苕文公戢禹疏秋崖周量圣秋石潭紫来黄湄诸君》④ 来看，参与聚会的汪琬、刘体仁、程可则等，本来就是王士禛的友人，也和王士禛一样，有着龚氏门下士的身份。

龚鼎孳不仅为王士禛"集诸词人，赋诗祖道"，且以文坛前辈身份给予他诸多宝贵建议。《送王阮亭司李广陵序》：

> 王子既拜广陵之命，予告以尊贤礼士，行古教化，为清净狱讼之本。因举所与游诸子以对曰："夫夫皆束修自好，矫厉名行，足以起其

---

① 王士禛：《容斋千首诗序》，《容斋千首诗》，第1页。
② 龚鼎孳：《秋夜集筑影斋分韵》，《定山堂诗集》卷十二，《龚鼎孳全集》，第422页。
③ 王士禛：《黄湄诗选序》，《渔洋文集》卷二，《王士禛全集》，第1545页。
④ 王士禛：《渔洋诗集》卷六，第237页。

文章。与之朝萃而夕处焉，贤者亲，斯不肖者远，是亦足以为政矣。"①

龚鼎孳还特意告诫王士禛，如果他希望在江南文坛站稳脚跟，就必须大力结交遗民文士：

> 于是有诋讥之者曰："今之所谓名士者，伪耳。夫且为阳鱎，将不利于子。且子既以高文上第，藉甚公卿间，又安取资于菰芦之累累者乎？"余闻之而窃悲其说。……苟岩间处士，州里秀杰，希风望尘，比间接席，欢然慕说，陈说道义，因之以磨砥流俗，题拂名字，岂不胜于粪土之汶汶者哉？②

龚鼎孳为王士禛送行时，并有《送贻上司李扬州集园次房研斋分得支先二韵》：

> 石头潮水连瓜步，才过卢循万里船。无数遗民愁铁甲，频年估客荡金钱。爱书亡害于廷尉，经笥难逢边孝先。伏处此邦饶俊杰，仗君凭轼起高眠。③

龚鼎孳虽系清廷大僚，但他本系江南人，在以遗民为主体的江南士人文化圈内有相当的人脉和声望，更深知遗民文士在江南文化圈中的话语权。因而他特意告诫王士禛"伏处此邦饶俊杰，仗君凭轼起高眠"，建议他到扬州以后，必须尊重和延揽江南文化名流特别是声望较高的遗民文士。后来王士禛在扬州为官期间，大力结交的冒辟疆等江南士林领袖也是龚鼎孳的故友。王士禛之所以能很快融入当地文化圈子并获得较高的声望，正是接受了龚鼎孳的建议，乃至直接利用龚鼎孳在江南的人脉关系。

可以看到，顺治十五年至十六年在京期间，王士禛的交际活动相当频

---

① 龚鼎孳：《送王阮亭司李广陵序》，《定山堂文集》卷七，《龚鼎孳全集》，第1695页。
② 同上。
③ 龚鼎孳：《送贻上司李扬州集园次房研斋分得支先二韵》，《定山堂诗集》卷二十七，《龚鼎孳全集》，第980页。

繁,结交对象既有龚鼎孳这类主持京城坛坫的贰臣前辈耆宿,也有汪琬、程可则、梁熙、刘体仁等科场同年,还有叶方蔼、彭孙遹、李天馥等顺治十六年的新科进士,更包括吴懋谦、田茂遇这类尚无官职的京城游士,乃至申涵光这类义不仕清的遗民。王士禛与他们的结交,说明此时的王士禛其身份和交往圈子虽然仍主要在后进新贵文人范围内,但已经相当广泛。

四、扬州归来,力倡宋诗

顺治十七年至康熙四年间,王士禛一直在扬州推官任上,暂时远离京城诗坛。直到康熙四年九月,方入京赴礼部主客司主事任、提督会同四译馆,其后曾以事一度罢官回乡,直到次年九月复原官,重新北上入京。从此,王士禛开始了长达数年的京官生活,其间除了康熙八年一度奉使淮南榷清江关以外,他一直定居于京城,辗转在礼部、户部郎署任职。直到康熙十一年受命为四川乡试主考官,启程出京。

在康熙初年任职郎署的这段京官生涯中,王士禛生活状态较为安定,在京城的文学活动亦极为频繁。他的交际圈子,也仍然以顺治时代在京结识的新进文人如汪琬、刘体仁、梁熙、李天馥、程可则、陈廷敬等人为主。在康熙初年的京城诗坛上,王士禛仍然以龚鼎孳门下士的身份,进行文学活动,尚不能自立门户。王士禛本人即明确承认,龚鼎孳是这一京城文人社团的"职志":"甲辰迁礼部⋯⋯而合肥龚端毅公芝麓方为尚书,为之职志。"① 仅以王士禛出榷清江之前的康熙六年至七年间,他即参与过由龚鼎孳发起和主持的多次诗酒唱和活动。而其他参与者也大多是龚鼎孳所延揽的新进文人。其中可考者包括:

康熙六年九月九日,龚鼎孳招王士禛、汪琬等于黑窑厂登高,以"东篱南山"四字为韵赋诗,程可则因病未赴。龚鼎孳本人作有《九日招集苕文贻上诸子黑窑厂登高》,其三云:"去天才尺五,韦杜古城南。野树隐残寺,夕阴摇远潭。荆高能痛饮,王谢总清谈。惭愧双蓬鬓,年年此盍簪。"② 确实是一派诗坛"职志"的风度。程可则并有《九日龚大司马招同诸子游城

---

① 王士禛:《居易录》卷五,《王士禛全集》,第 3761 页。
② 龚鼎孳:《九日招集苕文贻上诸子黑窑厂登高》,《定山堂诗集》卷十五,《龚鼎孳全集》,第 522 页。

南病不克赴奉和东篱南山四韵》①。

康熙七年二月花朝,龚鼎孳招王士禛、汪琬、刘体仁、梁熙、董文骥、李天馥、陈廷敬、米汉雯等游城南,程可则有《花朝龚大司马招同王思龄吴玉随刘公㦒梁曰缉董玉虬汪苕文王贻上李湘北陈子端米紫来家翼苍游宴城南奉次龚公韵》②。

康熙七年八月,御史董文骥以言事谪陇右道。十一日,龚鼎孳招王士禛、刘体仁、吴国对、梁熙、汪琬、程可则、陈廷敬、李天馥、魏学渠,以及是年刚刚进京不久的陈维崧,集黑窑厂为其饯行,并以杜甫《秦州杂诗》二十首分韵赋诗,以杜甫失官赴秦州喻之。王士禛本人有《大司马龚公招同刘公㦒吴玉随梁曰缉汪苕文程周量陈子端李湘北陈其年集城南饯送董玉虬御史赴陇右分用杜公秦州诗韵得间字天字》③。龚鼎孳则有《八月十一日再同苕文诸子集黑窑厂送董玉虬侍御之陇右分少陵秦州二韵》④。

康熙七年九月重阳,龚鼎孳与刘体仁邀王士禛、梁熙、汪琬、李天馥、董文骥等于城南赏菊登高,程可则因病未赴,作有《九日刘公㦒司勋招同诸公采菊城南余以病不克赴次董玉虬侍御家翼苍太史韵奉呈诸公》⑤。

可以看到,这些文学聚会唱和活动,全部由龚鼎孳发起并主持。这足以说明,康熙初年京城这个以新进文士为主的文人社团,其"职志"仍然是龚鼎孳。而这些聚会大多选在城南黑窑厂龙爪槐下,也正是源于龚鼎孳对这一京城名胜的偏爱。程可则《题合肥龚大司寇祝册》"岁岁重阳节,高丘此地登"句注云:"右龙爪槐在京师宣武城南最高处,公每岁九日与同人吟眺其地。"⑥《九日刘公㦒司勋招同诸公采菊城南余以病不克赴次董玉虬侍御家翼苍太史韵奉呈诸公》其二并注云:"向年九日数从芝麓先生登高龙爪槐下。"⑦

---

① 程可则:《海日堂集》卷三,第344—345页。
② 同上书,第342页。
③ 王士禛:《渔洋诗集》卷二十一,《王士禛全集》,第474页。
④ 龚鼎孳:《定山堂诗集》卷十五,《龚鼎孳全集》,第523页。
⑤ 程可则:《海日堂集》卷三,第342页。
⑥ 程可则:《题合肥龚大司寇祝册》,《海日堂集》卷三,第339页。
⑦ 程可则:《九日刘公㦒司勋招同诸公采菊城南余以病不克赴次董玉虬侍御家翼苍太史韵奉呈诸公》,《海日堂集》卷三,第342页。

此时的王士禛虽然尚处龚鼎孳门下，不能自立门户，但他也已经是京城诗坛一位颇有名望的人物。在他重入京城以后的康熙六年、七年间，有相当多的外地文人入京后，向他投赠诗文，其中不乏当世名士。可考者包括：

康熙六年正月，宝应名士陶季入京，以诗赠王士禛。

康熙七年彭孙贻入京，有诗投赠，王士禛招与丁澎宴集。彭孙贻有《王祠部阮亭招同飞涛小集》①。

康熙七年三月，吴雯来京投刺，王士禛为之延誉于刘体仁、汪琬、梁熙等，令吴雯有名于京师。可知此时王士禛在京城诗坛的地位，已可提携后辈无名文士。

陶季、吴雯、彭孙贻等人，皆系当世著名文士，而入京之时，都有以诗文投赠王士禛希图结交的行为。这也可证实《渔洋山人自撰年谱》惠栋注于康熙七年条中提到的"是时士人挟诗文游京师者，首谒龚端毅公，次即谒山人及汪刘二公"确系事实。更可证明，由扬州归来的王士禛，在康熙初期的京城诗坛上已经成为仅次于诗坛"职志"龚鼎孳的重要人物。

康熙初期王士禛在京城诗坛的活动，还有一个重要的倾向值得注意，这就是他的"越三唐而事两宋"。此时的王士禛，不但在创作上已经展现出相当明显的宗宋倾向，而且有意识地借由自身在京城诗坛的影响力，在京城诗坛上普及宗宋诗风。康熙七年，京城名士陆嘉淑《与王阮亭》对王士禛推崇宋元诗予以赞赏："无论汉唐彦，变化难具言。扬波挹其澜，岂必卑宋元。……矫矫王仪部，沉博破其藩。"② 康熙八年冬，王士禛读韩愈、杜牧、苏轼、黄庭坚、陆游、元好问、虞集诸家诗，各题一绝于后，作《冬日读唐宋金元诸家诗偶有所感各题一绝于卷后凡七首》，颇可见当时王士禛对宋金元诗的态度。他咏苏轼："庆历文章宰相才，晚为孟博亦堪哀。淋漓大笔千年在，字字华严法界来。"咏黄庭坚："一代高名孰主宾，中天坡谷两嶙峋。瓣香只下涪翁拜，宗派江西第几人。"咏陆游："射虎山头雪打围，狂来醉墨染弓衣。函关渭水何曾到，头白东吴万里归。"③ 均系明确为宋诗的成就张

---

① 彭孙贻：《茗斋集》卷十三，《清代诗文集汇编》第 52 册，第 168 页。
② 陆嘉淑：《辛斋遗稿》卷三，道光间蒋光煦刊本。
③ 王士禛：《冬日读唐宋金元诸家诗偶有所感各题一绝于卷后凡七首》，《渔洋诗集》卷二十二，《王士禛全集》，第 484 页。

目。由此可见,在王士禛由扬州回京后的康熙六年至七年间,他的诗风不但已经表现出相当鲜明的宗宋倾向,而且,他已经俨然成为京城乃至全国宗宋诗风的领军人物之一。邓汉仪云:"今诗专尚宋派,自钱虞山倡之,王贻上和之,从而泛滥其教者,有孙豹人枝蔚、汪季甪懋麟、曹颂嘉禾、汪苕文琬、吴孟举之振。"① 其宗宋主张,已经可达到令"诸公效之"的地步。

值得注意的是,王士禛宗宋诗风的传播,与他所属的龚鼎孳门人所构成的京城文人团体有相当密切的联系。《古夫于亭杂录》云:"康熙丁未戊申间,余与苕文、公㦴、玉虬、周量辈在京师为诗倡和,余诗字句或偶涉新异,诸公亦效之。苕文规之曰:兄等勿效阮亭,渠别有西川织锦匠作局在。"② 王士禛所提及的汪琬、刘体仁、董文骥、程可则等,皆系龚鼎孳门下之士。这足以说明,王士禛回京以后,在龚氏门人团体内部唱和的过程中,已经表现出相当明显的"新异"倾向。

这也可以说明,王士禛倡导的"新异"宋风,得到了龚鼎孳本人和龚氏门下士这一文人团体最大限度的包容。龚鼎孳本人诗歌创作以宗唐尊七子的路子为主,不染宋风;但他在文学理念上相当兼容并蓄,不存门户之见。因而龚氏门下士的成员,其诗风也是各具特色、不专一格。其中既有如程可则、李天馥、梁熙等较为坚决的宗唐派,亦有如王士禄、汪琬等宗宋诗人,甚至还有如刘体仁这类濡染晚明公安、竟陵风气的诗人。龚氏门人这种兼容并蓄的特色,为王士禛在京城传播宋诗风提供了较好的条件。

康熙十年是王士禛在京城诗坛进行文学活动的又一高峰期,而康熙初期京城著名文学团体"海内八家"也正是在这一年正式形成的。康熙十年六月,宣城派宗主施闰章入京补官,他的入京意味着"海内八家"全体成员终于聚齐京城。在他到京的次日,为他设宴接风的正是王士禄、王士禛兄弟。本年中"海内八家"在京城进行了极为频繁的文学活动,而这些活动基本上都有王士禛的参与。施闰章对此记载颇多:"今年予在都下,故人曹君顾庵、宋君荔裳、王君西樵、阮亭、沈君绎堂,相与连日夜为文酒欢。是时周量官兵部职方郎,于事称剧,未尝不脱身与高会。"③ 王士禛《居易录》

---

① 邓汉仪:《慎墨堂笔记》,第527—528页。
② 王士禛:《古夫于亭杂录》卷六,《王士禛全集》,第4939页。
③ 施闰章:《程周量诗序》,《学余堂文集》卷四,《施愚山集》第1册,第74页。

亦载："庚戌冬入都，会考功兄再官吏部，莱阳宋按察琬玉叔、嘉善曹讲学尔堪子顾、宣城施参议闰章尚白、华亭沈副使荃贞蕤，皆集京师，与予兄弟暨李陈诸子为诗文之会。"①

值得注意的是，王士禛在"海内八家"的文学活动中，一方面仍属于龚鼎孳的门下客，尚未能独立门户。张贞《秋水轩记》云："辛亥夏，予尝假馆于此。是时合肥龚端毅公、新城王君西樵、阮亭、江都汪君蛟门、嘉善曹君顾庵、江宁纪君伯紫、德清徐君方虎、钱塘王君古直，皆一时贤豪，相与晨夕过从，酬嬉淋漓，歌吟错互。"② 这足以说明，在康熙十年的京城诗坛上，龚鼎孳的地位和影响力仍超过王士禛。然另一方面，此时的王士禛，也已超越了大多数顺治时代京城诗坛上的风云人物如"燕台七子"等辈，隐然具有新一代京城诗坛"职志"特点，最突出的证据就是宋琬与施闰章皆曾请王士禛定其全集。《池北偶谈》记载极详："康熙已来，诗人无出南施北宋之右。宣城施闰章愚山，莱阳宋琬荔裳也。……已未，（施闰章）在京师，登堂再拜，求予定其全集。……康熙壬子春，（宋琬）在京师求予定其诗笔，为三十卷。"③ 宋琬与施闰章皆系"燕台七子"成员，顺治时代在京城诗坛显赫一时，曾经是王士禛竭力结交的文坛前辈。但他们后来皆外放地方官，仕途蹉跎，长期远离京城这一全国文化中心，因而在文坛上的影响力已远远不能和王士禛相比。施闰章并有《与王阮亭》，提到自己在江西去职以后基本上远离官场，而王士禛仍然经常在他所属的京城文化圈内积极推举他："海内英流凋落，我辈见在如晨星。当路诸公既数岁不敢通问，谁复齿及山中陈人者？先生称说愚山不置口。"④ 这也就足以解释，为何到了康熙时代，宋琬与施闰章需要反过来请王士禛这位晚辈定其诗集、为其揄扬了。

康熙十一年六月，王士禛受命典四川乡试，启程入川。于归途中闻母丧之讯，遂归里守制，直到康熙十四年六月才重回京城。在王士禛里居的这数年之中，京城诗坛有了极大的变化，顺治时代至康熙初年的京城诗坛风云人物，已大多凋残。京城诗坛"职志"龚鼎孳已于康熙十二年去世，"海内八

---

① 王士禛：《居易录》卷五，《王士禛全集》，第 3761 页。
② 张贞：《秋水轩记》，《杞田集》卷四，《清代诗文集汇编》第 147 册，第 427 页。
③ 王士禛：《池北偶谈》卷十一，《王士禛全集》，第 3085—3086 页。
④ 施闰章：《与王阮亭》，《学余堂文集》卷二十七，《施愚山集》第 1 册，第 544 页。

家"中的宋琬、王士禄和程可则也已经作古,施闰章、曹尔堪远离京城,尚在京城的"海内八家"成员沈荃与陈廷敬,其文学成就与文坛声望皆不能与王士禛相提并论。王士禛主盟京城诗坛,已成大势所趋。在这种情形下,王士禛一方面开宗立派,建立属于自己的文学社团。康熙十五年,王士禛选定友人宋荦、王又旦、曹贞吉、颜光敏、叶封、田雯、谢重辉、丁炜,以及门人曹禾、汪懋麟共十人诗为《十子诗略》,刻于京师,"金台十子"之称自此诞生。另一方面,王士禛作为庙堂文人,亦得到了朝廷高层乃至于皇帝本人的直接首肯。康熙十五年,诸相奏事时,康熙帝忽问:"今各衙门官读书博学善诗文者,孰为最?"大学士李霨对曰:"以臣所知,户部郎中王士禛其人也。"事见《渔洋山人自撰年谱》卷下惠注引《召对录》。① 这也为两年后王士禛被破格简拔入翰林院埋下了伏笔。无论是从来自朝廷的支持,还是从诗坛人脉来看,王士禛登上新一代诗坛盟主席位的时机,皆已到来。

第四节　清初庙堂诗人意识形态之建构
——以施闰章、魏裔介和冯溥为中心

与遗民怨怒悲苦的"亡国之音"不同,对于那些已经接受了清王朝统治的仕宦文人来说,新王朝在文学上应体现出兴盛闳雅的新气象,这已经成为一种普遍共识。正如宋徵舆所指出的:

> 国之将兴,必有敦庞淳厚之气,畅乎人心。于是发为文章,其象丰斐博大,所以应其休征而协其嘉则,自然之符,不可强也。稽诸往昔,若周之二南,汉之西京,唐之贞永,宋之隆淳,明之洪永,其时能言之士,不为纤靡浮诞之词,而气象壮硕,苶然魁然,如山川出云,如日朝暾,如月生魄,如桐莘萋。诸公不以意得,而沛然日新,观者亦望而知之。《易》曰:"观乎人文,化成天下。"殆谓此也。②

---

① 王士禛:《渔洋山人自撰年谱》,《王士禛全集》,第 5084 页。
② 宋徵舆:《田髴渊诗稿序》,《林屋文稿》卷四,第 305 页。

正是出于儒家传统诗教观念中"声音之道与政通"的思维模式，京城那些官位较为崇隆的仕宦诗人中，颇有人试图依靠自身政治地位和文学成就，对诗坛施加影响力，希图对诗坛创作风尚进行规范，进而改变清初仍有留存的晚明诗风，开创属于新兴清王朝自身的闳雅正大的一代新风。这部分庙堂文人中，以施闰章、魏裔介和冯溥最具代表性。

　　其中，施闰章为清初"宣城体"创始人，"与同邑高咏友善，皆工诗，主东南坛坫数十年，时号宣城体"①。又先后列席顺治时代京城著名文人团体"燕台七子"和康熙初期京城著名文人团体"海内八家"之中，堪称名满天下。而魏裔介和冯溥虽然诗歌创作成就远不能与施闰章相比，但两人皆乐于结交文士，进行各类文化活动，在京城诗坛上也有相当声望。魏裔介曾与另一京城仕宦诗人杨思圣共称为"杨魏"，是顺治时代入京文士争相拜谒结交的士林名流。时人谓："公与今冢宰魏公裔介同年友善……天下称曰'杨魏'。士之自负才能，来阙下者，必携卷轴谒两公，得其一言以为荣。两公亦勤勤汲引，一艺之长，延誉恐后，盖因而成名者多矣。"②"公好贤下士，笃自天性，吐握所至，见者心倾。海内一技一能之工，皆能毕献其长于翘材东阁之下，无南北部党之名，无人我畛域之迹。至今江淮吴越，后门寒素，莫不希风望尘，以公为归。"③

　　冯溥为相期间，亦乐于奖掖后进，施闰章记载其"门无私谒，橐无长物，而好奖接羁旅憔悴词赋之客，周其困乏"④，特别是在他奉旨主持康熙十七年博学鸿词科期间，更借此延揽大量名士。因而在冯氏七十大寿期间，京师名流布衣纷纷以诗为寿，成为年度盛事。王嗣槐《崧高大雅集序》："在朝名公卿贤士大夫，及布衣方闻有道之士，征诣阙下者，莫不为诗歌文辞以祝公。"⑤

一、集道学家与文人于一身的儒家诗教倡导者

（一）品德高尚、理学深湛的道德楷模

　　施闰章、魏裔介和冯溥三人之所以能成为引领清初诗坛开创庙堂诗学的代

---

① 赵尔巽等：《清史稿》，卷四百八十四，第13329页。
② 申涵光：《杨方伯传》，《聪山集》卷二，第500页。
③ 龚鼎孳：《相国魏贞庵五十寿序》，《定山堂文集》卷九，《龚鼎孳全集》，第1741—1742页。
④ 施闰章：《佳山堂诗序》，《学余堂文集》卷七，《施愚山集》第1册，第133页。
⑤ 王嗣槐：《崧高大雅集序》，《桂山堂文选》，第75页。

表性人物，其主要原因还不在于自身的创作成就。虽然作为宣城派宗主的施闰章，其成就确实斐然可观；但魏裔介和冯溥却皆不以诗名，"裔介以理学自任，诗文皆不能工，而好弄笔"①，"溥诗或伤之率，然捷才斗靡，不失雅音"②。他们的声名崇隆，为士林所认可，首先在于自身品格的完美，堪为当世仕宦文士之道德楷模。

施闰章在任山东学政时，即"崇雅黜浮，有冰鉴之誉"，敢于峻拒权贵请托，因而名满天下；任江西参议时分守湖西道时，更是政绩卓著，抚恤百姓，安定地方，"人呼为施佛子"，当地百姓创龙冈书院以祀之。其为官清廉更为人称道，他自江西离任时，"以官舫轻，民争买石膏载之，乃得渡"③，途中还因缺乏路费而不得不卖掉朋友赠送的船只，其《卖船行》也因而成为诗坛广泛流传的佳话。

魏裔介"孝行纯笃，与人交，质直无城府，久要不忘。尤善奖掖后进，急人之难，周人之急"④。尤其是他久在谏官职位，刚直敢言，"居言路最久，疏至百余上，敷陈剀切，多见施行"⑤。如上疏请摄政王宽逃人法，以畿辅水灾而上疏请赈济流民，以及参劾权臣陈之遴、刘正宗等，直声播于朝野。

冯溥身为大学士，"门无私谒，橐无长物，而好奖接羁旅憔悴词赋之客，周其困乏，或借以举火，仁民惠物之事，未尝一日忘于心"⑥。特别是他在博学鸿词科期间，尽心竭力，礼遇征士，"士之高年有德不愿仕进者，公必就见而咨之；其为牧伯郡邑有声称者，必亲延见而访求之；至田野之布衣、白屋之贱士，亦必扫榻以待之，降阶以礼之，而且为燕饮以洽之，延誉以广之；其贫约无以自存者，为馆舍以居之，改衣授食以周之"⑦，因而在士林中收获广泛的人望。

值得注意的是，施闰章、魏裔介和冯溥三人，都是当时著名的理学家。施

---

① 邓之诚：《清诗纪事初编》卷五，第619页。
② 邓之诚：《清诗纪事初编》卷六，第662页。
③ 赵尔巽等：《清史稿》，卷四百八十四，第13328页。
④ 徐乾学：《柏乡魏公墓志铭》，《憺园文集》卷二十七，第653页。
⑤ 赵尔巽等：《清史稿》，卷二百六十二，第9890页。
⑥ 施闰章：《佳山堂诗序》，《学余堂文集》卷七，《施愚山集》第1册，第133页。
⑦ 王嗣槐：《崧高大雅集序》，《桂山堂文选》，第77页。

闰章"数世以理学显"①，其祖施鸿猷系著名理学家，曾师承于泰州学派宿儒陈履祥、焦竑，施氏本人也能克绍祖风，"赋资中正，渐濡庭训，孝友纯懿，仁慈笃挚"②。魏裔介"生平笃诚，信程朱之学，以见知闻知述圣学之统"③。冯溥更是出身海岱理学世家，传承白沙之学。魏象枢云："先生东鲁之伟人，海岱灵奇备一身。正直刚大天所予，紫阁黄扉真帝臣。学本程朱宗孔孟，嫡派相传惟主敬。曾读先生偶拈吟，克己改过完至性。"④ 高尚的个人品德和精纯的理学功底，都使得他们成为以儒学奉行教化的楷模。甚至在他们看来，修养个人品德以成为道德楷模才是为人之本，而从事文学创作则不过是余事末技。施闰章云："士君子家居则修其道，为谏臣则尽其言，有官守则勤其职，所谓天下文章，莫大乎是矣。其溢而为诗歌赋颂之属，皆其余也。"⑤

（二）流布自身诗教主张，匡正当世诗风的主动性

在以儒家传统修养身心，砥砺道德人品的同时，施闰章、魏裔介和冯溥皆表现出主动以自身诗学观念影响诗坛走向，进一步匡正当世诗风的极大兴趣。

魏裔介对新王朝道德文化建设的兴趣是全方位的，这从他在京任职起即见端倪。顺治九年，在吏科右给事中任上，他即上疏请朝廷查访明季京城殉难诸臣并予以赠恤。顺治十年他转工科左给事中后，又感于士习浮靡，不尚实学，因而上疏请端风尚崇古学，包括请以孝经命题，禁止坊刻，修葺学宫，查访节孝等："士习隳靡已久，圣明鼓励方新，仰祈端风尚崇古学，以养一代之人才事。"⑥ 可知魏裔介对清初社会道德之重建颇为关注。而他的正风俗的期望，正是针对明末放纵奢靡风气相对而言："臣闻刑禁于已然之后，礼禁于未然之先。今自明季以来，风俗颓靡，僭越无度，浮屠盛行，礼乐崩坏。"⑦ 明显有将晚明"颓风"与清王朝应有之新风尚区别开来的意味。

---

① 毛奇龄：《施君墓表》，《西河集》卷八十六，第19页。
② 汤斌：《祭同年施愚山文》，《汤子遗书》卷六，《清代诗文集汇编》第102册，第455页。
③ 赵尔巽等：《清史稿》，卷二百六十二，第9890页。
④ 魏象枢：《寿同年益都相国七十》，《寒松堂全集》卷七，第117页。
⑤ 施闰章：《姜定庵两水亭余稿序》，《学余堂文集》卷七，《施愚山集》第1册，第129页。
⑥ 魏裔介：《士习隳靡已久疏》，《兼济堂文集》卷一，第16页。
⑦ 魏裔介：《兴教化正风俗疏》，《兼济堂文集》卷一，第23页。

而在儒家正统文学理论中，诗歌正是"正风俗"的关键之所在："正得失，动天地，感鬼神，莫近于诗。先王以是经夫妇，成孝敬，厚人伦，美教化，移风俗。"(《毛诗大序》) 所以魏裔介虽然本人创作水平有限，但一直在努力结纳文人，大力传播自身的儒家正统诗学观，冀图影响并匡正清初诗坛风气。《清诗纪事初编》评其"以理学自任，诗文皆不能工，而好弄笔，尤喜与文士游"①。魏裔介尤其重视以编纂诗文集的方式，推广自身诗学主张。他纂有《古文欣赏集》《古诗遗音》《唐诗清览集》以及清人诗集《观始集》《溯洄集》等多部诗文总集，而他自述编纂这些总集的目的总不脱征圣宗经、重申儒家诗教以匡正当世诗风的范畴："余里居无事，乃取幼所诵习古文推而广之，捃摭搜辑，考证于《左》《国》全本及廿一史各家文集，而为兹选。……学者倘因文以见道，由古文以进于五经，即圣人之意，可得而求也。"②"余于唐诗，有清览之选……于我朝诗，有观始之选，一时操觚之流，刮垢磨光，刓精刿目，咸以大雅被服厥躬，沨沨乎其盛哉！"③"我观乎政治之始，将取诗以美之。若夫淫哇之响，侧艳之辞，哀怨怨诽之作，不入于大雅，皆吾集所弗载者也。"④

冯溥结交文人，流布自身诗学主张，主要在博学鸿词科期间，受命接待各地征士："京师广渠门内万柳堂，为国初益都相国别业。康熙时，大科初开，四方名士待诏金马门者，恒宴集于此。"⑤"暨予以应召来京师，会天子蓄时机无暇亲策制举，得仿旧例，先具词业缴丞相府。……当其时，先予居门下设食授室，粲然成列者，已不啻昭王之馆、平津之第也。"⑥ 而他在博学鸿词科中的表现和他所积累的人脉，成为他延揽寒士、普及自身文学观念的契机。高珩《佳山堂诗集序》："千载一时，而侧席幽人，风云蔚起，四海人才一时罗之金门玉堂中。……而更喜诸君子得先生为之大冶，咸在函丈之列，一觞一咏，郁郁云章。"⑦

---

① 邓之诚：《清诗纪事初编》卷五，第 619 页。
② 魏裔介：《古文欣赏集序》，《兼济堂文集》卷三，第 76—77 页。
③ 魏裔介：《今诗溯洄集序》，《兼济堂文集》卷五，第 105—106 页。
④ 吴伟业：《观始诗集序》，《吴梅村全集》卷二十七，第 661 页。
⑤ 陈康祺：《郎潜纪闻》初笔卷八，第 181 页。
⑥ 毛奇龄：《益都相公佳山堂诗集序》，《西河集》卷四十四，第 376 页。
⑦ 高珩：《佳山堂诗集序》，《佳山堂诗集》，第 2 页。

需要注意的是,冯溥在博学鸿词科期间的尽心竭力,绝非仅出于完成使命的职业行为,而是他自觉以馆阁重臣身份整饬诗坛的组成部分。冯溥虽然曾经自我标榜,自己并非希望以诗成名,而仅仅将诗歌创作当成修养身心的途径:"先生固曰:吾非欲以诗名。夫人精神有限,思无穷,不善用之,将声色货利,杂然不可或问矣。故吾以诗静吾思,非必与古今词人较工拙也。"① 但其诗作却时常显示出他欲引领清初诗坛以为"盛世"诗风的努力。《赠别己未诸子》即以在朝高官文士的身份,对参加博学鸿词科的征士们进行勉励:"诸子何济济,蔚矣廊庙材。菁华不易得,麟凤非凡胎。……相励以坚贞,见异迁乃乖。立朝贵正色,匪曰著风裁。"② 《岁晏行》:"岁晏比风入户凉,诸子过我论文章。……吾衰不逮建安才,诸子滚滚黄金台。黼黻日月看昭回,扫除榛芜天地开。自古朝廷集贤哲,飞扬岂比鹰隼继。"③ 更是明明白白地昭示,自己欲以高官诗人的身份,引领并规范博学鸿儒文士,向朝廷所需的"黼黻日月"的庙堂诗风看齐。李天馥《佳山堂诗集序》记载一段冯溥与李天馥的谈话:"公曰:吾向以仕者不复诗也。并心于职守,且惧弗逮,而何以诗为?即诗亦以发吾情,达吾之志与事,而过则已焉。今乃闻吾子之言是也。然则诗亦吾职守乎?"④ 足见冯溥是主动地以身作则,将结交文士和自身进行诗歌创作以传播诗教,皆视为自己身为馆阁重臣的"职守"。

施闰章的情况与魏冯二人略有不同。他长期辗转于地方官任上,远离中央政权,因而在匡正诗风方面不能如长期任职馆阁的魏、冯二人一般有所作为。他是在晚年以博学鸿儒入京后,自觉自愿充当了冯溥整饬诗坛的助手。他在《佳山堂诗序》中,明确将冯溥这类有一定诗学影响的高官文人,视为诗坛风气的整饬与重振者:"章尝受知于先生,伏读永叹者累日。……吾闻古君子在野则思廊庙,立朝不忘江湖。先生处纶扉,密勿献替,以人事君,罔懈夙夜。……夫孔子删诗而雅颂得所,延陵听乐而兴衰是征,诗也者,持也。由是言之,谓先生以诗持世可也。"⑤ 他还提到,冯溥也确实将

---

① 方象瑛:《佳山堂诗集序》,《佳山堂诗集》,第 15 页。
② 冯溥:《赠别己未诸子》,《佳山堂诗集》二集卷一,第 160 页。
③ 冯溥:《岁晏行》,《佳山堂诗集》卷三,第 56 页。
④ 李天馥:《佳山堂诗集序》,《佳山堂诗集》,第 12—13 页。
⑤ 施闰章:《佳山堂诗序》,《学余堂文集》卷七,《施愚山集》第 1 册,第 132—133 页。

他视为自己整顿诗坛的助手,他不但与冯溥探讨过"诗文之道与治乱终始"这类话题,而且还提出"愿与子共振之"①,而冯溥本人所作《赠施愚山》诗,也说明了这一点:"东山丝竹护烟霞,齐鲁皋比忆绛纱。时诎官方存剂量,雅亡风尚见浮华。元晖终自留余论,正始何人识永嘉。不信丛残多款启,须凭子野辨灰葭。"② 将施闰章视为"雅亡风尚见浮华"之际能与自己共同整顿诗坛风气的重要帮手。

二、除旧布新,批判晚明诗风,以倡导盛世新风

庙堂文士匡正诗风,建立清王朝新兴的雅正诗学风尚的努力,对晚明诗风进行批判,借此将晚明"亡国之音"与清王朝之"盛世新风"划清界限。他们所批判的晚明以至于清初的诗坛不良风气大致包括:拟古剽窃、过分注重辞采、执着于门户争端、以诗歌充当交际工具。如施闰章所言:"论诗于今海内,其颣有四:耽近忘远,土苴古体,一也;遗实采华,矜气悦目,二也;历下、竟陵,互相龆龁,三也;谀辞骈巧,干泽取怜,四也。屏弃四颣而其诗或庶几矣。"③ "不殖学而务涂其辞,不己出而事剿贼,不尚论远采而一二近今是师,是诗盛而愈亡也。"④

而在庙堂文士看来,晚明诗风种种问题的根源,都在于华而不实,过分注重诗歌外在形式而忽略内容实质:"昔之士大夫患少文,今之士大夫患少实。……而今求胜于闾巷笃吟之士,于是穷搜极罗,摹古笼今,连为大册。泛览其言,若天下之大,事物之繁,毕萃其胸中;而抽绎其心之所诚然,则若多可已者,故曰少实也。夫文盛而大道隐,诗盛而实学衰,余盖心悲之。"⑤

需要注意的是,庙堂文士所批判的晚明诗"少实",并不是指晚明诗缺乏充实的现实内容,而是指晚明文人缺乏儒家道德修养,背离和抛弃儒家诗教:"今之工者,多饰郛郭,揽菁华,其有出于时;或矜己怍物,诞荡不可

---

① 施闰章:《佳山堂诗序》,《学余堂文集》卷七,《施愚山集》第 1 册,第 133 页。
② 冯溥:《赠施愚山》,《佳山堂诗集》卷六,第 124 页。
③ 施闰章:《陈伯玑诗序》,《学余堂文集》卷六,《施愚山集》第 1 册,第 117 页。
④ 施闰章:《诗原序》,《学余堂文集》卷三,《施愚山集》第 1 册,第 55 页。
⑤ 施闰章:《金长真诗序》,《学余堂文集》卷七,《施愚山集》第 1 册,第 135—136 页。

近。于是号称诗人者,浸为有道所不录。"①《房枢部文集序》更是把当世诗文凋敝,"天下日竞于文而文益敝"的原因,归结为"中古淳茂之风,卒不可复",归结为文人的"曲说是非,甘谬于圣人",在精神根基上背离了儒家道德传统,"假令骚赋诗文,徒取雕绘浮言,曲说是非,甘谬于圣人,鏧鈨虽工,即土苴之弗若矣"。②

魏裔介也认为,唐诗的成就在于"豪杰之士,敦伦重节,忧国爱民,投奸乐善,孤郁不回之意,亦必于是发之。唐诗度越六朝者以此,非止撷词广赡也",而"后人于诗以为酬应耳目快意适观之具,其所争者在乎声调气格,六义之指,缺然不讲",才致使"济南竟陵,波流日下,使古人精神不复表见于世。风教沦没,失岂少哉"。③

张健在《清代诗学研究》中指出,明代是儒家诗学的政教传统失落的时代,七子的复古,所复的是汉魏盛唐的审美传统、形式风格,而并非政教言志;至于公安派的性灵之论,张扬人的情欲本性,更是与政教传统直接对立。④ 因而,在庙堂文人看来,矫正晚明颓风,就是要重提道德教化。施闰章《程山尊诗序》云:

> 间问诗于余,余曰:"去浮艳与清态。去浮艳近古,去清态近厚。夫裘马纨绮之习既不足尚,就使楮冠芒屦,敝敝焉憔悴其形容,凄寒其音节,以号为诗人,岂所为清明广大之道哉?本乎道德之源,发为书卷之气,油油然,渢渢然,锵金石而感鬼神,可也。"⑤

施闰章针提出了一个相当值得注意的诗学主张:"去浮艳与清态。"这显然是就晚明风气而言。前者指七子特别是云间派,后者则指竟陵派。而施闰章所主张的"去浮艳与清态"之后的理想的诗风,必须"本乎道德之源",是合乎儒家诗教理想的"清明广大之道"。魏裔介《今诗溯洄集序》表达了

---

① 施闰章:《王丹麓松溪诗集序》,《学余堂文集》卷七,《施愚山集》第 1 册,第 137 页。
② 施闰章:《房枢部文集序》,《学余堂文集》卷五,《施愚山集》第 1 册,第 89—90 页。
③ 魏裔介:《唐诗清览集序》,《兼济堂文集》卷五,第 102 页。
④ 张健:《清代诗学研究》,第 4 页。
⑤ 施闰章:《程山尊诗序》,《学余堂文集》卷七,《施愚山集》第 1 册,第 143 页。

对此完全相同的看法：

> 自三百篇以后，诗凡几变矣。……衰于万历以后，盛于皇清之初。人心酿世运，世运变人心，良非偶然。变而不失其正，则有心世道者之责也。今海内言诗者颇多，然绮靡淫佻之习，流荡忘返，比于蜩蜋虫吟；而愤激悠谬之词，杂出不经，亦岂鸾鸣凤哕耶？将欲垂示来叶，厘正风气，难已。余于唐诗，有清览之选……于我朝诗，有观始之选，一时操觚之流，刮垢磨光，刓精刿目，咸以大雅被服厥躬，泯泯乎其盛哉！①

魏裔介直陈自己编选《溯洄集》的原因是廓清"衰于万历以后"的晚明旧习，而在他看来，需要被纠正的不仅有晚明时代的"绮靡淫佻之习"，还有明清之际感于乱世而生的"愤激悠谬"的变风变雅之音，都是于"世运人心"有害的不良风气。

三、回归儒家诗教传统

既然在清初庙堂文人看来，晚明诗风弊端较多，应予批判；那么他们心目中的诗学理想又是什么呢？施闰章、魏裔介和冯溥皆不约而同地提到了"三百篇"传统。这也正是清初论诗者最频繁提及的话题。自明至清以来，诗坛门户林立，宗唐派与宗宋派相争不下，自汉魏六朝隋唐至宋元的各种时代流派的诗学传统，皆因后学者不得法而展现出各种弊端。有鉴于此，清初文人往往希望能跳出这些囿于时代的门户争端，直接上溯至诗家始祖"三百篇"以救时除弊。

施闰章出身理学世家，发蒙学诗是相当正统的征圣宗经的路子，其言："余少好诵诗，先君子命之曰：《书》称'诗言志，歌永言'，先之以直、温、宽、栗。孔子删《诗》三百，以'思无邪'蔽之，诗之大，原其在斯乎。发情止义，深思而兼蓄之，严择而善变之，毋徒为优孟之衣冠，则几

---

① 魏裔介：《今诗溯洄集序》，《兼济堂文集》卷五，第105—106 页。

矣。"① 所以在他看来，纠正自明代以来的诗坛弊端，唯一的途径是回归三百篇"以圣贤之辞，出为声律之言"的诗教传统，"唐虞之赓歌，商周之《雅》《颂》，古之人未尝学为诗也。以圣贤之辞，出为声律之言，蔼然烂然，以通上下而洽朋友"。②

魏裔介提到自己的宗法门径，也将尊奉"三百篇"列于首位："尝以为，诗以抒情，贵得三百篇讽谕之意。"③ 而冯溥，时人更将他的诗学创作，视为与"三百篇"可相提并论的典范。李天馥云："爰卒业而叹曰：猗欤盛哉！此《雅》《颂》《天保》《卷阿》之章，而《鹤鸣》《鱼藻》之咏也。……故其郊庙之诗庄以严，戎兵之诗壮以肃，朝会之诗大以雍，公宴之诗乐而则，靡弗砥砺风义，发为忠孝，则宜乎寓内之流传而歌诵之者，以为文章之大，系乎此也。"④

以"三百篇"传统为准绳，推出自身诗学理念，在明清时代乃至整个中国诗歌史上，并不是什么新鲜事。而施闰章、魏裔介、冯溥等清初庙堂诗人所理解与提倡的"三百篇"传统包含的内容到底是什么？必然与他们的庙堂诗人身份，以及重新整饬当世诗风的理念密切相关。

（一）重申诗歌的教化功用

清初庙堂诗人所试图复兴的"三百篇"传统，就是要重申诗歌的教化功用。传统儒家诗教首重文学的社会功用，主张以诗歌对百姓进行道德教化，以裨益于政治。《毛诗大序》："风，风也，教也。风以动之，教以化之。……先王以是经夫妇，成孝敬，厚人伦，美教化，移风俗。"这一传统，在更为注重诗歌辞藻声律艺术形式的明代有所失落，因而清初庙堂诗人出于道德与政治双重目的，往往重申诗歌作为道德教化手段的功用。

施闰章身为理学家，非常注重礼乐艺术所能达到的教化人心的效果。《刻思贤操谱序》以琴曲为喻："使鼓之，怆然以感，穆然以思。于是知其音之悲，调之雅，感人之深，而霍然愈疾之速也。丝之为声哀，哀以立廉，廉

---

① 施闰章：《诗原序》，《学余堂文集》卷三，《施愚山集》第 1 册，第 56 页。
② 同上书，第 55 页。
③ 魏裔介：《复安庆郡丞程昆仑书》，《兼济堂文集》卷九，第 225 页。
④ 李天馥：《佳山堂诗集序》，《佳山堂诗集》，第 12 页。

以立志，故君子听琴瑟之声，则思忠义之臣。而思贤操者，琴之始事也。"①

魏裔介在《唐诗清览集序》中更直接指出，他编选《唐诗清览集》的标准是"首推有唐一代兴亡治乱之故，次察累朝贤不肖进退制度兴革之由，再稽士君子立朝隐林之概，民物盛衰聚散之情"，以有利于治乱兴衰的儒家功利诗教文学观为准绳。其序曰："试考诸家，若李、杜、元、白、牧之、仲武，虽所作不无出入，然其持论，必义存得失，意归讽谕，言之无罪，闻者足戒。流连光景，非所嘉尚。……余为是选，首推有唐一代兴亡治乱之故，次察累朝贤不肖进退制度兴革之由，再稽士君子立朝隐林之概，民物盛衰聚散之情。"② 所以，他在解读诗人、衡量其文学价值时，即往往强调其有益于世道的一面。如他评价李白诗，最欣赏的却不是李白的豪迈浪漫，而是李白以《清平调》三章对君王的"讽谏"，"是气曰浩然，不只为章句。沉香亭畔词，讽谏有微趣"③。

也正是由于对诗歌道德教化功用的强调，清初庙堂诗人往往对元白一路新乐府诗评价颇高，与明代以来时人鄙薄元白浅俗风格的态度完全相反。施闰章本人风格偏于清真含蓄一路，并不学白，但他承认自己对白居易不乏好感："予尤怪世人多薄视香山……今试取香山诗，沉吟三复，清真坦率，飘然欲仙，即其杂文短记，杼轴己怀，寓目流连，愁疾自解，不烦药石，岂可以'白俗'二字蔽之哉！"④ 而魏裔介更是坦率地承认自己的宗法门径是杜甫与白居易："尝以为诗以抒情，贵得三百篇讽谕之意，故子美可尊也，而并喜香山。"⑤ 重视诗教的施闰章与魏裔介，均表现出对白居易的宽容态度乃至于直接的好感，他们对白居易的崇尚，反映出的正是以儒家"讽喻"诗教为本的文学批评理念。

（二）以征圣宗经、温柔敦厚为标准，对诗歌内容进行规范

在清初庙堂诗人看来，有资格担当教化人心重任的诗歌，在内容层面必须具备如下特征：

---

① 施闰章：《刻思贤操谱序》，《学余堂文集》卷三，《施愚山集》第 1 册，第 46 页。
② 魏裔介：《唐诗清览集序》，《兼济堂文集》卷五，第 102—103 页。
③ 魏裔介：《读李太白诗》，《兼济堂文集》卷十八，第 456 页。
④ 施闰章：《西江游草序》，《学余堂文集》卷四，《施愚山集》第 1 册，第 82 页。
⑤ 魏裔介：《复安庆郡丞程昆仑书》，《兼济堂文集》卷九，第 225 页。

明人之"空疏不学",是清初人主要批判的靶子,但清初庙堂诗人所指责的明人"不殖学而务涂其辞,不己出而事剽贼",却并不是单纯指责明代诗家缺乏博览群书的学术素养,而是指明代诗家背离了儒家经典,不能"以圣贤之辞,出为声律之言"①。

施闰章对"文以载道"的儒家宗经文学观极为崇尚:"文之传后者,以道存也。近世文与道二。……今使司马、杨、班之俦,与廉、洛诸贤,絜錞比迹,其轻重必有辨矣。孔子曰:'辞达而已矣。'又曰:'修辞立其诚。'诚之不存,辞于何有?"② 他甚至认为"文以载道"并不仅限于文章,还可拓展到诗歌领域:"文者道之余也,诗者文之一体也,而风气高下,尝因乎其地,视乎其人。"③

所以,在施闰章看来,诗文之"有本"就意味着"载道",而明人之"无本"也首先是因为背谬儒家道德准则之故。如施闰章所言:"近世词人,比户骈肩,权舆于八股,优孟于八家,求其庶几于道者颇少。"④ "文者,道之见于言者也。本之茂者其华盛,学之胜者其言富。近世淫靡,于文浸刺谬乎道德,或拟议剽割,心知其然,而言不能尽吐,无磅礴汗漫之势者,学未足,气未充也。"⑤ 而疗治这一弊端的途径,必须是重申诗文作品"原本经传,动关风教"⑥ 的道德属性。

魏裔介比施闰章走得更远,他不仅是重申征圣宗经、文以载道,而且是要求以经义为文。"学者倘因文以见道,由古文以进于《五经》,即圣人之意,可得而求也。"⑦ 在他看来,儒家经典本来就是文学的唯一源头:"《五经》者,万世文章之祖。"因此他极力赞赏提出"文以载道"命题的唐宋古文家,因为他们代表了文学的正统门径:"唐宋之间,有韩、欧诸君子,起衰振弊,盖必得经之意以为文,而后其文足以传。此文之所以与立德立功而

---

① 施闰章:《诗原序》,《学余堂文集》卷三,《施愚山集》第 1 册,第 55 页。
② 施闰章:《吴舫翁集序》,《学余堂文集》卷五,《施愚山集》第 1 册,第 94 页。
③ 施闰章:《李屺瞻诗序》,《学余堂文集》卷六,《施愚山集》第 1 册,第 108 页。
④ 施闰章:《寄魏凝叔》,《学余堂文集》卷二十八,《施愚山集》第 1 册,第 567 页。
⑤ 施闰章:《陈征君士业文集序》,《学余堂文集》卷四,《施愚山集》第 1 册,第 70 页。
⑥ 施闰章:《寄魏凝叔》,《学余堂文集》卷二十八,《施愚山集》第 1 册,第 568 页。
⑦ 魏裔介:《古文欣赏集序》,《兼济堂文集》卷三,第 77 页。

并垂不朽也。"① 所以他甚至认为，程朱理学才是天下之至文："八大家之中，昌黎能因文以见道，然亦未免有意乎为文也。若夫无意于文而文自工者，惟周、程、张、朱数子耳。周子之《太极》，程子之《易传》，张子之《西铭》，朱子之奏议论序，皆不事鏧挩藻饰，而灿然犁然理至者，文自不可易也。"②

"三百篇"传统除了强调诗歌的道德教化作用之外，对诗歌的抒情性也予以肯定与强调。《毛诗大序》云："诗者，志之所之也。在心为志，发言为诗。情动于中而形于言。"清初庙堂诗人同样注意并承认这一点，因而他们往往主张诗歌要有感情内涵，抒写真性情，反对明人模拟抄袭和为文造情的不良风气："诗以道性情，其次言事物，资赠答。"③ "贤士骚人笔为史，作为诗，虽累千百世人读之，无不起舞长啸，或乌乌然泣下沾衣，其言至而情出也。"④

在施闰章看来，晚明以至清初诗歌的重要问题正在于过分强调诗歌声调典故这类外在艺术形式，而忽略感情内涵："近之论诗者惟尚声调噌吰，气象轩朗，取官制、典故、图经、胜迹缀辑为工，稍涉情语，訾以降格。"⑤ 所以他特意提出，疗救诗坛弊端的途径是"时有古今，风有正变，体虽则古，言必由衷"⑥，这显然是就明代复古派而发。他还以孟子知人论世的观点进行文学批评，把诗文视为作者人格性情、人生遭际的产物，主张以真性情的抒写，杜绝模拟剽袭的不良现象："孟子言：诵诗读书不可不知其人。……诗为性格之物，而近世以之徇人，虽复属词缀韵，类古作者，终与画龙刻鹄等耳。"⑦

所以，施闰章倡导的是自然成文，言之有物，"有触而鸣"的创作方式，其言曰："必不得已而后言，其言于是乎至，古之诗人皆然。……既积其穷苦憔悴之怀，又历乎荒崖大谷云物虫鸟之变，或震荡之以兵革，凄迷之

---

① 魏裔介：《古文欣赏集序》，《兼济堂文集》卷三，第76页。
② 魏裔介：《孙钟元先生岁寒居文集序》，《兼济堂文集》卷四，第97页。
③ 施闰章：《闵子游草序》，《学余堂文集》卷五，《施愚山集》第1册，第99页。
④ 施闰章：《诗原序》，《学余堂文集》卷三，《施愚山集》第1册，第56页。
⑤ 施闰章：《西江游草序》，《学余堂文集》卷四，《施愚山集》第1册，第81页。
⑥ 同上。
⑦ 施闰章：《楚村诗集序》，《学余堂文集》卷四，《施愚山集》第1册，第79—80页。

以风雨，出其所言，使人往复而惊叹，所谓有触而鸣者也。"①

在批评明人诗作缺乏感情含量乃至为文造情、倡导真性情方面，魏裔介与施闰章的观念几乎完全一致："诗以道性情，人皆知之，然非性情之独至者不能为。即为之，而刻划取句，凑泊成章，意味索然。读者不三四篇，即欠伸欲卧，亦何以吟咏为也？"② 他甚至还引入晚明"性灵"这一文学批评概念，对晚明至清初的模拟剽袭之风提出批评："夫今海内之为诗者……自以为摹拟汉魏而步趋三唐矣。其果汉魏耶？三唐耶？即使其优孟衣冠似汉魏，似三唐，于己之性灵何与耶？"③

然而，倡导"真情"乃至"性灵"，可不意味着施闰章、魏裔介等人是晚明思潮的拥趸。他们所赞颂的诗歌"真性情"，必须以儒家诗教之"温柔敦厚"与"思无邪"进行规范，要符合儒家道德标准，绝不能有离经叛道的内容。

施闰章认为"本之茂者其华盛，学之胜者其言富"④，对明诗的"无本"也即卖弄辞藻、缺乏感情含量和学殖素养，有相当严厉的批判："其为文也，先根柢而后枝叶。非无枝叶也，根柢既立，枝叶万千，重花累萼，夺缯彩而焕云霞，皆是物也。……夫苕楚之华，随风辄陨，沟浍之盈，移时立尽，其原本然也。"⑤ 然而，施闰章所崇尚的"有本"，首先必须符合："所为忠正发愤，道贤臣义士之行，啸呼歌泣，若草木之于春；勾萌毕达，若凄风骤雨之于秋冬，窈窕暗鸣而不能已，非其有本者然邪"⑥。所以，他在批判明人"徒为优孟之衣冠"，缺乏真实感情含量的同时，也毫不含糊地提出"思无邪"与"发情止义"的要求。⑦

魏裔介虽然对"性情之独至"乃至"性灵"津津乐道，但他对"性情沉挚"也有"忠孝流连"这一道德标准的限制，曰："诗，心声也。……以其绪余，出而为诗，则皆性情沉挚之章，忠孝流连之致。每于时事升降、贤

---

① 施闰章：《适余堂诗序》，《学余堂文集》卷五，《施愚山集》第 1 册，第 93 页。
② 魏裔介：《丛碧山房诗钞序》，《丛碧山房诗钞》，《清代诗文集汇编》第 155 册，第 6 页。
③ 魏裔介：《卢尔唱燕山吟序》，《兼济堂文集》卷五，第 126 页。
④ 施闰章：《陈征君士业文集序》，《学余堂文集》卷四，《施愚山集》第 1 册，第 70 页。
⑤ 施闰章：《寄魏凝叔》，《学余堂文集》卷二十八，《施愚山集》第 1 册，第 567—568 页。
⑥ 施闰章：《陈征君士业文集序》，《学余堂文集》卷四，《施愚山集》第 1 册，第 70 页。
⑦ 施闰章：《诗原序》，《学余堂文集》卷三，《施愚山集》第 1 册，第 56 页。

否进退、民物哀乐之际，未尝不反复顿挫，忾然叹息焉。不只登山临水、歌风啸月、矜句字之奇险、备追琢之能事而已也。呜呼，此自得其所谓真诗者，而岂矉里之冶容，邯郸之学步所摹拟其万一与？"①

冯溥更是在自身创作与诗学批评中，直接倡导"怨而不怒，哀而不伤"的合乎儒家诗教标准的感情，曰："虽在穷愁落寞中，顾不以伤其气也。……其诗怨而不怒，哀而不伤，绝去凡近晦蒙之习，而一归清远澹逸之旨，可以兴矣。"② 施闰章评价他的诗作云："君子怀易直子谅之心，则必多和平啴缓之声，诚积之于中不自知其然也。故曰：'温柔敦厚，诗教也。'"③

与这种温柔敦厚的感情内涵相配合，清初庙堂诗人更为欣赏的，是澹朴清真的美学风格。它既不同于七子的辞藻高华，也不同于晚明的佻巧诡谲，而是一种和雅而有节制的台阁风范，感情雅正真挚而又不过分浓烈，辞藻高古清丽又不过分华丽造作。魏裔介曾以李白的元古清真之论为喻："吾闻声音之道与政通，绎堂之诗，本于性情之正，风调高洁，故不为婉缛之体，绮丽之音，而一复元古清真，如李青莲所云，一篇之中，三致意焉。"④ 冯溥也表达了与此极为相似的见解："文字尚尔雅，匪徒饰铅椠。澹朴敦古谊，浣濯去浮艳。"⑤ 他欣赏的是"澹朴敦古谊"的大雅诗风，而非过分注重辞句的"浮艳"之作。

四、崇正抑变倾向

风雅正变是儒家诗学理论中的重要命题，《毛诗大序》："王道衰，礼义废，政教失，国异政，家殊俗，而变风变雅作矣。""治世之音安以乐，其政和；乱世之音怨以怒，其政乖；亡国之音哀以思，其民困。"儒家诗学理论认为诗歌的情感基调与时代背景密切相关，正风正雅是属于盛世的安乐祥和之音，变风变雅则是属于乱世的怨怒悲苦之音。儒家传统诗学观念较崇尚前者，但也并不排斥后者，并且认为后者的产生是客观环境变化的必然：

---

① 魏裔介：《杨犹龙诗序》，《兼济堂文集》卷五，第107—108页。
② 冯溥：《健松斋诗叙》，《健松斋集》，《四库全书存目丛书》集部第241册，济南：齐鲁书社，1997年，第268页。
③ 施闰章：《佳山堂诗序》，《学余堂文集》卷七，《施愚山集》第1册，第132页。
④ 魏裔介：《沈绎堂燕台新咏序》，《兼济堂文集》卷五，第111页。
⑤ 冯溥：《在昔》，《佳山堂诗集》二集卷一，第163页。

"国史明乎得失之迹,伤人伦之废,哀刑政之苛,吟咏情性,以风其上,达于事变而怀其旧俗者也。"(《毛诗大序》)儒家传统诗学对变风变雅有较高的包容度,但同时以"发乎情,止乎礼义"对变风变雅进行规范,"故变风发乎情,止乎礼义。发乎情,民之性也;止乎礼义,先王之泽也"。在"发乎情,止乎礼义"的前提下,很多秉承儒家传统诗学的文人甚至认为,变风变雅的愁苦之音,可能比正风正雅具备更强的文学感染力。正如韩愈所言:"夫和平之音淡薄,而愁思之音要妙。欢愉之辞难工,而穷苦之言易好。"(《荆潭唱和诗序》)欧阳修所言:"非诗之能穷人,殆穷者而后工也。"(《梅圣俞墓志铭》)

面对清初诗坛的正变诗风演化,清初庙堂诗人继承的基本上是儒家传统诗学崇正而不废变的理论倾向。作为由明入清、身经丧乱的一代诗人,他们往往能承认变风变雅存在的合理性,但同时要求对变风变雅进行规范和反思,并尽量向正风正雅靠拢,以适应清朝之"盛世气象"。

施闰章认为,由于作者性格遭际不同而导致文学风格多样化,是必然现象:"古之诗人,代相祖述,人不相袭,亦各其志也。士各有志,故言不苟同。"① 所以,他并不排斥那些"中更乱离,乐往悲来,呷嘤叫啸,往往哀激。其境穷者风变,其思苦者曲工"② 的变风变雅之音,甚至也能承认明末清初这一历史巨变时代中,变雅之音占据诗坛主导地位的合理性,故云:"今四海干戈未宁,独风诗为盛。贫士失职之赋,骚人怨愤之章,宜其霞蔚云属也。"③

但是,清初庙堂诗人在不废变风变雅的同时,也对变风变雅进行了反思,借此抑制变风变雅在清初诗坛的主流地位,重推正风正雅的价值。

在文学价值层面,清初庙堂诗人对"穷苦之言易好""诗穷而后工"的反思乃至批判。他们指出,盛明昌大的正风正雅诗风,其文学感染力并不逊于悲苦怨怒的变风变雅诗风,一味强调"穷苦之言易好""诗穷而后工"是偏颇的。施闰章认为:"余尝谓诗以言志,以被管弦,四始六义,不独愁苦

---

① 施闰章:《曾子学陶诗序》,《学余堂文集》卷五,《施愚山集》第1册,第96页。
② 施闰章:《适余堂诗序》,《学余堂文集》卷五,《施愚山集》第1册,第94页。
③ 施闰章:《毛大可诗序》,《学余堂文集》卷六,《施愚山集》第1册,第115页。

为工。"① 魏裔介更以"国家值昌大之运,光岳气辟,贞元会合,则必有英伟魁硕之彦,起而申畅之"为论据,直接批判"诗穷而后工"之论,为歌功颂德的正风正雅张目,认为:"乃说者谓,诗必穷而后工,彼《东山》《豳风》诸什,《行行》十九首之作,岂尽骚人逸士之所为耶?"②

更重要的是,清初庙堂诗人大力强调清初时代背景的变化,借此动摇变风变雅赖以存在的根基。他们指出,当下已非晚明乱世,而是大清"盛世",变风变雅已不合时宜,正风正雅的盛世元音才能代表这个时代的精神。李天馥在《佳山堂集序》中指出冯溥进行诗歌创作的目的:"今圣天子方勤于学,正雅颂于上,而公也拜稽赓歌,以之敷扬休美,浸盛于学士大夫,下迄闾巷,翕然而正十五国之风。……俾天下知《大雅》复作,斯文不坠。"③

魏裔介对于诗风与国家气运的关系,更是大力强调。吴伟业《观始诗集序》记载了魏裔介在编选《观始集》时,所秉承的诗风关系世道人心的儒家正统诗学主张:"依古以来,世道之污隆,政事之得失,皆于诗之正变辨之。"魏裔介列举了历代王朝初建时,文化建设领域所呈现的"开国气象":"乐府之首《大风》,重沛宫也,古诗之美西园,尊邺下也。初唐《帝京》之篇、应制《龙池》诸什,实以开一代之盛。明初高、杨、刘、宋诸君子,皆集金陵,联镳接辔,唱和之作烂焉。夫诗之为道,其始未尝不渟潆含蓄,养一代之元音。"魏裔介认为,清朝同样需要这样的"一代元音":

> 会国家膺图受箓,文章彪炳,思与三代同风,一时名贤,润色鸿业,歌咏至化,繄维诗道是赖。于是表闾阖,开明堂,起长乐,修未央,圣人出治,乔乔皇皇。……吾观乎制度之始,将取诗以陈之。……我观乎政治之始,将取诗以美之。

所以,他在自己编选的《观始集》中,将那些属于变风变雅的"哀怒怨诽之作"全部剔除:

---

① 施闰章:《高阮怀洪州草序》,《学余堂文集》卷六,《施愚山集》第1册,第122页。
② 魏裔介:《张素存内翰诗草序》,《兼济堂文集》卷五,第112页。
③ 李天馥:《佳山堂诗集序》,《佳山堂诗集》,第12页。

> 若夫淫哇之响，侧艳之辞，哀怨怨诽之作，不入于大雅，皆吾集所弗载者也。

其原因正是，变风变雅在清朝"盛世"的背景下已不合时宜：

> 圣人删诗，变《风》变《雅》处衰季之世，不得已而存焉，以备劝诫者也。……吾若是其持之，尚忧《郑》《卫》之杂进，而正始之不作也，可不慎哉！①

也正是出于崇正抑变的目的，清初庙堂诗人对于杜甫的态度相当微妙。虽然清初诗坛格局波谲云诡，复古与师心、宗唐与学宋之间，各种门户争论不休，但杜甫在清初诗坛上地位极为崇隆，"唯一不曾动摇的偶像是杜甫"②。这显然是因为，杜诗吟咏丧乱、沉郁顿挫的变风变雅风范，契合了清初文人的普遍心态。然而，清初庙堂诗人却往往对杜甫持保留意见。以施闰章为例，虽然他自己的创作也不乏忧时悯乱之作，但他对杜甫的态度相当暧昧。他在《续苏长公外纪序》中提到自己"尝取古能言之家，有得于笔墨之外者……以诗则陶靖节、王右丞、李供奉、韦左司、白香山"③。他所喜爱的文人中并不包括杜甫，而且他也质疑杜甫乃至明清之际很多诗人"以诗为史"的创作方式：

> 古未有以诗为史者，有之自杜工部始。史重褒讥，其言真而核；诗兼比兴，其风婉以长。故诗人连类托物之篇，不及记言记事之备。《传》曰："温柔敦厚，诗教也。"然作史之难也，以孔子事笔削，其于知我罪我，盖惴惴焉。……杜子美转徙乱离之间，凡天下人物事变无一不见于诗，故宋人目以"诗史"。虽有讥其学究者，要未可概非也。至于胸中郁悒侘傺，卷舌不敢尽言，既言而不敢尽存，若以为飘风骤雨之

---

① 吴伟业：《观始诗集序》，《吴梅村全集》卷二十七，第660—661页。
② 蒋寅：《清代诗学史》，第114页。
③ 施闰章：《续苏长公外纪序》，《学余堂文集》卷三，《施愚山集》第1册，第54页。

飒然过而不留也。斯其志抑已苦矣。①

施闰章并不赞成"以诗为史"的创作方式。他认为，史书记载要求"重褒讥，其言真而核"，与需要"温柔敦厚""比兴"的诗歌创作方式大相径庭。杜甫只是特例。他虽然不排斥杜甫由于"转徙乱离之间"的经历所导致的"胸中郁悒侘傺"的感情趋向，但显然是不鼓励这种创作方式的。他甚至认为，杜甫实际上是唐诗的变体而并非正统，"唐之初盛，称沈、宋、高、岑、王、孟诸家，大约温柔淹雅，典丽冲和，如静女秾花，镂金错彩，要归于自然，使人读之心恬意惬，一唱三叹，斯为极致。独子美沉郁怪幻，雄视百代，如风雨雷霆，猛兽奇鬼，惊魂动魄，咄咄不敢逼视。杜律在唐，实为变调"②。他认为，唐诗之正体应该是盛唐沈、宋、高、岑、王、孟诸家所表现出的"温柔淹雅，典丽冲和"的盛世正雅之风，而属于变风变雅的杜甫成就虽高，也不过是唐诗之"变调"而已。

魏裔介立身刚直，诗风也颇有宗杜的一面。其友人申涵光《屺舫诗序》颇以杜诗称许之："先生立朝矫矫，置身如冰雪，其无所附会，宜也。古诗类尚和平，吾见古之能诗者，率沉毅多大节。即如杜陵一生，褊性畏人，刚肠疾恶，芒刺在眼，除不能待。其人颇近严冷，与和平不类也。"③ 然魏裔介本人明言，他所崇尚的主要是杜甫"性情正"的"忠爱"之性，而绝非其变雅风格，其诗云："古作多蔚跂，兹编实云圣。盥手展缥帙，肃然起恭敬。世人诵公诗，撷芳资游泳。我诵见公心，楷模性情正。……有语不忘君，怆怛忠爱盛。"④

五、"雅正"前提下的兼收并蓄

在重申儒家诗教，以正雅诗风颂美清朝"盛世"这一大前提下，清初庙堂诗人对各种文学流派和风格，往往表现出相当宽容而兼收并蓄的态度，这是与明代乃至清初诗坛执着于门户之间的普遍风气截然不同的。明代诗坛

---

① 施闰章：《江雁草序》，《学余堂文集》卷四，《施愚山集》第1册，第68—69页。
② 施闰章：《徐伯调五言律序》，《学余堂文集》卷六，《施愚山集》第1册，第116页。
③ 申涵光：《屺舫诗序》，《聪山集》文集卷一，第475页。
④ 魏裔介：《读杜子美诗》，《兼济堂文集》卷十八，第456页。

门户森严、各分畛域之状，前人已多有论述："明诗总杂，门户多岐。"①"大抵二百七十年中，主盟者递相盛衰，偏袒者互相左右。"② 这一现象一直延续到清初。康熙二十一年王士禛在《黄湄诗选序》中云："予习见近人言诗，辄好立门户，某者为唐，某者为宋，李、杜、苏、黄，强分畛域，如蛮触氏之斗于蜗角，而不自知其陋也。"③

在清人看来，明人的执着于门户之争，不仅于文学自身有害无益，而且本身就是明代诗学弊端陋习的体现，必须予以纠正。陆次云《皇清诗选自序》谓："厌王、李者入钟、谭；久之，厌钟、谭者复入王、李，交讥互诟，几如南北分宗，洛蜀聚党。"这显然不是清朝"盛世"所应有的气象；而对于各家文学流派能够海纳百川、兼收并蓄，才能代表新王朝的盛世风范。陆次云继而曰："至我皇清，文风丕变，诸体咸盛，诗律更精。取所谓王、李、钟、谭之畛域而化之。"④

所以，清初庙堂诗人的论诗主张大多较为宽容，并不囿于七子竟陵、宗唐学宋这类门户之见，对不同文学流派和风格能够兼收并蓄。冯溥指出，不同个体必然有不同的创作风格，对古人袭形肖貌、强求一致，是非常可笑的。其《志壑堂诗集序》云："以天地之大，古今生才不一，岂必尽同？即如名山大川，与夫培塿细流，及花木鸟兽之类，种种各别，而皆有其致。若必袭形肖貌，位置无差，事事定为粉本，则可笑孰甚焉。"所以他认为，作诗"岂必尽合古法？要皆有一段光气不可磨灭。当其运思振藻，伸楮摇笔之际，不知孰为北地，孰为竟陵"⑤他还曾有诗云："古今灵气何曾歇，腐儒徒惜少陵没。"⑥都是颇为通达的主张。

魏裔介亦以"自适性情"为旨归，反对强分初盛中晚之门户畛域。其《丛碧山房诗钞序》云："或谓此集哀怨高凉之意，多近于中晚，未若开元、

---

① 纪昀总纂：《四库全书总目提要》卷一百九十，第 5194 页。
② 同上书，第 5206 页。
③ 王士禛：《黄湄诗选序》，《渔洋文集》卷二，《王士禛全集》，第 1546 页。
④ 陆次云：《皇清诗选自序》，《北墅绪言》，《四库全书存目丛书》集部第 237 册，第 373 页。
⑤ 冯溥：《志壑堂诗集序》，《志壑堂诗集》，《四库全书存目丛书》集部第 217 册，第 162—164 页。
⑥ 冯溥：《秋日王仲昭毛大可吴志伊陈其年汪舟次潘次耕胡胐明小集西斋和其年重阳登高见忆之作原韵》，《佳山堂诗集》卷三，第 51 页。

大历之冠裳佩玉也。虽然，予前已言之矣：人不自适其性情，即规规焉开元、大历，土木偶人耳。"①

施闰章认为只要能展现自身之真性情，那么不管是唐是宋，不管初盛中晚，都有自身之文学价值。其《楚村诗集序》云："陶、韦、王、孟、李、杜、韩退之、孟东野及苏子瞻诸集，皆望而可辨其人者也。……其发之诗歌，艰倔廉厉，使人隐然不可测者，何哉？诗为性格之物。"② 所以，在他看来，盛唐这一诗歌典范之外，能以"别调孤行"自成一家者比比皆是，"自汉魏以来，能言之家，别流同源，互相祖述。……于是李、杜诸大家而外，昌黎之崛奥，长吉之诡奇，阆仙、东野之镵削幽寒，皆于唐人淹熟中另为别调以孤行者也。夫惟充乎其内，不徒务异其词，故其盘空凿险、风雨鬼神百出而不可殚究"③。而他们的成就，皆是来自"惟充乎其内，不徒务异其词"，有充实的内容，而非毫无意义的门户之见。

不过，清初庙堂诗人这种远较明人宽容的兼收并蓄态度，其根源并非审美取向，而是源自道重于言的儒家正统文学观。以魏裔介为例，他曾指出："诗，心声也。今之心犹古之心，何分于三百篇？何分于汉魏六朝？何分于唐宋元明与？夫今之人标新领异，不受羁缚，灵快无前，自得其所，为真诗者斯足矣。"其言论之通达，甚至令人联想到"独抒性灵，不拘格套"的晚明公安派。然而，魏裔介所谓的"标新领异，不受羁缚"，打破门户之见的自由创作，必须以符合儒家主流标准的忠孝道德为前提。④ 所以，魏裔介对于汉魏唐宋历代诗作，包括为清人所诟病的七子与竟陵这类明诗"弊端"，都能承认其价值："汉魏有升降，六朝多靡绮。卓哉贞观君，世济擅厥美。磊磊富琼枝，宁独杜与李。历下重格调，竟陵采幽旨。……大道已旷邈，浇气顾莫止。镇以中和音，万物返其始。"⑤ 在他看来，明诗的门户之见在中和"正道"面前，不过是渺小而无意义的纷争。

在道德与言语的关系上，施闰章的表述更为直接。他在《周伯衡南州草

---

① 魏裔介：《丛碧山房诗钞序》，《丛碧山房诗钞》，第6页。
② 施闰章：《楚村诗集序》，《学余堂文集》卷四，《施愚山集》第1册，第79—80页。
③ 施闰章：《定力堂诗序》，《学余堂文集》卷五，《施愚山集》第1册，第89页。
④ 魏裔介：《杨犹龙诗序》，《兼济堂文集》卷五，第107—108页。
⑤ 魏裔介：《选唐诗清览集作》，《兼济堂文集》卷十八，第471页。

序》中索性直言："君子之与人也，先其道而后其言。其人有合于道，不问可知其言之有异，而世所谓工拙不与焉。"① 在施闰章看来，诗文作品所体现的儒家正统道德，远较言语章句这类文学形式更加重要。在这一大前提下，无论何种流派的诗风，都应该是"道"的体现，斤斤于"言语"这类细枝末节的门户之见，也就失去了其存在意义。这正是清初庙堂诗人能比恪守门户的明代文人更加兼容并蓄的根本原因。

在征圣宗经、正雅为先的前提下，清初庙堂诗人对于此前历代诗学成果的评价和效法，大致有如下特征：

（一）以唐为宗，首崇盛唐，不废中晚

"唐诗"特别是"盛唐诗"作为一个文化符号，其指向已不限于诗作水准本身，而是与"盛唐"之"盛世"的朝代兴衰联系在一起："开元以前，高、岑美秀，王、孟冲澹，李、杜恢奇，虽各标胜概，同为盛世之音。"② 在诗文关乎国家气运的儒家传统诗学观念指导下，清初庙堂诗人必然倾向于将华美堂皇的唐诗特别是盛唐诗，作为新兴的清代庙堂大雅诗风的标杆。魏裔介认为："自王风既息，骚赋迭兴，盛于汉魏，而衰于六朝；盛于三唐，而衰于宋元。……文章随气运为高下，盖非诬矣。"③ 既然诗风传承已经被提到朝代"气运"的高度，那么，能够与当下清朝"盛世"相匹配的诗学标准，只能且必须是"盛唐"。所以，清初庙堂诗人虽然对各家诗风都有较为兼收并蓄的态度，但在唐诗特别是盛唐的正统地位方面，是毫不含糊的。冯溥在《赠六子诗》中云："才名久已赋长杨，箧内新诗逼盛唐。肯使蛙声分闰窃，为听凤律制宫商。"④ 在他心目中，"盛唐"以外的其他诗风，都难逃"蛙声""闰窃"的嫌疑。

施闰章也是相当坚定的宗唐派。邓汉仪《慎墨堂笔记》云："今诗专尚宋派。……不苟同其说者，则有施尚白闰章。"⑤ 毛奇龄曾记载，施闰章以博学鸿儒入京以后，为矫正当时较盛行的宋诗风，甚至有意进行唐诗编选，

---

① 施闰章：《周伯衡南州草序》，《学余堂文集》卷七，《施愚山集》第 1 册，第 131 页。
② 陈祚明：《国门集·序》，清顺治刻本。
③ 魏裔介：《观始集·序》，顺治十三年刻本。
④ 冯溥：《赠六子诗》，《佳山堂诗集》卷六，第 111 页。
⑤ 邓汉仪：《慎墨堂笔记》，第 527—528 页。

以匡正诗坛风气:"前此入史馆,时值长安词客高谈宋诗之际,宣城侍读施君与扬州汪主事论诗不合,自选唐人长句律一百首以示指趋,题曰馆选。"①

不过,清初庙堂诗人虽以盛唐为正统,却也并不排斥中晚唐。施闰章《邢孟贞诗序》云:"其为诗以陶汰为工,以冲淡为则,以婉恻悲凉为致,其企而之峻洁也。……故其诗清越无纤埃,人病之为郊寒岛瘦,不恤也。观其所长,则既与钱左司、刘随州伯仲矣。"② 可见施闰章对这类冲淡凄清的中唐诗风和以苦吟殚思为主的创作方式并不排斥。其《寄徐健庵》更言:"诗品在钱、刘、郊、岛间,真唐音也。"③ 在他心目中,钱、刘、郊、岛这类中晚唐诗人,也有资格代表"唐音"。

(二) 在唐诗正统前提下,有限度地承认宋诗的价值

宋诗在清初的处境相当微妙,虽然基于清初人矫正明代七子、竟陵流弊的需要,清初诗坛兴起了宗宋的风气。《四库全书总目提要》云:"盖明诗摹拟之弊,极于太仓、历城;纤佻之弊,极于公安、竟陵。物穷则变,故国初多以宋诗为宗。"④ 但是,宋诗与清政权力图建立之"盛世"气象格格不入,且隐约带有寄托与倾注遗民情思的意味。宗唐与宗宋,一开始就隐然带有台阁与山林、庙堂与草野诗学分界的意味。

这种以朝野界限划分唐宋诗风的标准,在清初特别是康熙以后的京城诗坛上极为流行,且得到来自官方的认可,"上特御试保和殿,严加甄别,时同馆钱编修以宋诗体十二韵抑置乙卷"⑤。康熙帝对具有宗宋倾向的翰林院文人的严厉批评,实际上是明确宣称宗宋派并无成为清代庙堂文学样式的资格。

也正是由于宗唐与宗宋背后"政治立场"的微妙问题,很多研究者都认为,清初庙堂诗人是排斥宋诗的,尤其是对康熙初期盛行一时的宋诗风较有微辞。如施闰章曾在康熙十七年致颜光敏的书信中抱怨"诸诗伯持论,近多以宋驾唐"⑥。冯溥更公开指责宋诗风与"开国气象"不符,"非盛世清明

---

① 毛奇龄:《唐七律选序》,《西河集》,第465页。
② 施闰章:《邢孟贞诗序》,《学余堂文集》卷四,《施愚山集》第1册,第72—73页。
③ 施闰章:《寄徐健庵》,《学余堂文集》卷二十八,《施愚山集》第1册,第560页。
④ 纪昀总纂:《四库全书总目提要·御选宋诗醇四十七卷》,第5200页。
⑤ 毛奇龄:《西河诗话》卷七,《清诗话三编》,第841页。
⑥ 施闰章:《与颜光敏书》,《颜氏家藏尺牍》,北京:中华书局,1985年,第67页。

广大之音也"①。"益都师相尝率同馆官集万柳堂,大言宋诗之弊,谓开国全盛,自有气象,顿鹜此佻凉鄙弇之习,无论诗格有升降,即国运盛杀,于此系之,不可不饬也。"②

然而,细究施闰章、冯溥等人对宋诗的态度,恐怕并不如此简单。以施闰章为例,他出身于安徽宣城,"吾宣之诗盛于宋,不乏继起"③,开启了宋诗自家面目的北宋大家梅尧臣,正是他的本乡先贤。在如何看待这位宣城先贤的问题上,施闰章的态度颇为微妙。王士禛认为,施闰章对梅尧臣的态度较为冷淡排斥:"宋梅圣俞初变西昆之体,予每与施愚山侍读言及《宛陵集》,施辄不应,盖意不满梅诗也。"④ 然而以施闰章本人的言行来看,王士禛这一推测并不准确。施闰章不但不排斥梅尧臣的作品,而且对这位前辈乡贤有很高的敬意。他对于梅尧臣的开创宣城诗学之功,能够予以承认:"吾宣城于江上称岩邑……道德文章之美,卓然见于天下。……以其文章见者,至宋始有梅昌言、圣俞,元有贡仲章、泰甫父子十数辈。最著者圣俞以诗名。"⑤ "吾宛陵梅氏,自圣俞先生以来,世以诗名,往叙述之众矣。"⑥ 他甚至认为,梅尧臣的诗学成就在宋代首屈一指:"老梅折尽古亭废,公诗与日同杲杲。丰碑在墓祠在山,峻宇飞甍入苍昊。嗟公以诗冠有宋,自许言皆媲雅颂。希声古调知者谁,推倒欧阳天下重。"⑦

高度评价乡贤梅尧臣之外,施闰章对其他的宋代诗人,也往往有好评。他盛赞苏轼"古今雄辩,若河汉行所无事者,前有庄周,后有苏轼而已"⑧,"求其旁见侧出,嬉笑怒骂,各极才趣,自有文人以来,子瞻一人而已"⑨。他虽不喜黄庭坚及江西诗派一路,认为:"苏子瞻称山谷文章超然独出乎万物之表,予不甚喜山谷诗,窃疑其言太过。"⑩ 但他对黄庭坚的人品气节,

---

① 施闰章:《佳山堂诗序》,《学余堂文集》卷七,《施愚山集》第1册,第133页。
② 毛奇龄:《西河诗话》卷五,《清诗话三编》,第813页。
③ 施闰章:《龙眠风雅序》,《学余堂文集》卷三,《施愚山集》第1册,第59页。
④ 王士禛:《池北偶谈》卷十八,《王士禛全集》,第3276页。
⑤ 施闰章:《书带园集序》,《学余堂文集》卷六,《施愚山集》第1册,第119页。
⑥ 施闰章:《梅定九诗序》,《学余堂文集》卷七,《施愚山集》第1册,第138页。
⑦ 施闰章:《柏山祠堂行》,《学余堂诗集》卷十五,《施愚山集》第2册,第279页。
⑧ 施闰章:《李叔则集序》,《学余堂文集》卷六,《施愚山集》第1册,第114页。
⑨ 施闰章:《续苏长公外纪序》,《学余堂文集》卷三,《施愚山集》第1册,第54页。
⑩ 施闰章:《周伯衡南州草序》,《学余堂文集》卷七,《施愚山集》第1册,第131页。

仍较为敬仰,称:"(黄庭坚)超然蝉脱,不以生死累其心。子瞻所谓独立万物之表,而亟推其行谊文章,有以也。"①

虽然对苏轼、梅尧臣等宋代大家有相当高的评价,但施闰章始终秉持一个原则:宋不如唐。他评价苏轼云:"诗虽不逮唐人,而古体长歌,多非烟火人语。"② 即使是宋代第一大家苏轼,在施闰章看来,其诗也是"不逮唐人"。这也就可以解释施闰章为何大叹"诸诗伯持论,近多以宋驾唐"的原因:他能承认宋诗的价值,但宋诗的定位必须在唐诗之下,而不能逾越作为正统的唐诗。

魏裔介对宋诗的态度,较施闰章更为宽容通达。他不仅认为"后世善为诗者,晋有陶渊明,唐有杜子美,宋有苏子瞻,明有李空同"③,给予了苏轼堪与杜甫并列的高度评价;而且他还曾于康熙十年冬以疾辞归乡里期间,阅读并选定陆游诗集:"是冬,公阅宋人陆务观诗集八十五卷,仍选定,令人抄成一集。盖务观诗识见超踔,风味隽永,与众迥然不同,故公晚而好之。"④ 他在《读陆务观剑南稿八十五卷终》中写道:"南渡诗家有放翁,才高不与众人同。心如秋水湖千顷,笔抵春山翠万丛。报国有怀入画角,学仙得力似冥鸿。晚年获此真良友,寒夜萧萧醉碧筒。"⑤ 魏裔介好评的来源,正是在于陆游"报国有怀"的政治态度,符合儒家的诗教传统。

冯溥对宋诗的态度比较复杂。由于他所处的康熙前期,正是"国初诸家,颇以出入宋诗,矫钩棘涂饰之弊"⑥ 的时期,而诗坛以宗宋为时尚的弊端也逐渐暴露,所以冯溥往往有批判宗宋风气极为严厉的言论,前文毛奇龄所载冯溥"大言宋诗之弊"⑦ 即是一例。徐嘉炎跋文还记载冯溥的一段论述:"吾师之言曰:诗之为教也,温柔敦厚,文已尽而义有余。……夫则仿乎古人者,得其神明则必遗其糟粕。汉魏唐人之精微具在,其所存者隽而

---

① 施闰章:《重修黄山谷先生祠堂记》,《学余堂文集》卷十一,《施愚山集》第 1 册,第 212 页。
② 施闰章:《续苏长公外纪序》,《学余堂文集》卷三,《施愚山集》第 1 册,第 54 页。
③ 魏裔介:《杨犹龙续刻诗集序》,《兼济堂文集》卷五,第 113 页。
④ 魏荔彤:《魏贞庵先生年谱》,《兼济堂文集》附录,第 611 页。
⑤ 魏裔介:《读陆务观剑南稿八十五卷终》,《兼济堂文集》卷十八,第 532 页。
⑥ 纪昀总纂:《四库全书总目提要》卷一百九十,第 5207 页。
⑦ 毛奇龄:《西河诗话》卷五,《清诗话三编》,第 813 页。

膏，味无穷而旨愈出也。然徒掇其陈言，则已刍狗矣，况乎过此以往。等而下之，矫枉过正者。顾可寻其郛廓，啜其糟醨乎？眉山之论诗曰：'故可为新，俗可为雅。'是言也，为剽窃影似、拘牵声病者，偶发对症之药，非真舍新而以故为新，弃雅而以俗为雅也。且眉山言之，自可不失邯郸之步，而寿陵余子之徒，从而炫之，吾虞其终溺于故与俗而不自知也。"① 这明显是就当时宗宋诗人之末流而发，明确表示对宋人"以俗为雅"观念的不满，倡导"温柔敦厚""清新大雅"的正统诗风。研究者也因此多认为冯溥是反宋诗的②。

然而，有趣的是，如此严厉批判清初宗宋诗风的冯溥，自己却并非纯然不染宋调。他在康熙十年所作的《膝痛行五首用东坡先生韵辛亥除日作》③即系仿苏轼之作。其归乡后所作《冬日甚寒高念东书来极言处五浊世界之苦寄此答之》，也注明"用苏长公韵"④。冯溥这种一边批判宗宋者，一边在自身创作中涉足宋诗的情形，看似自我矛盾，其实自有内在依据。他在《赠唐济武》一诗中写道：

> 读罢新词一破颜，惊人句轶宋元间。欲携谢朓峰头间，只恐渊明柳下闲。荏苒岁华催白发，辉煌辟召满青山。骚流不废思公子，千古君亲总一般。⑤

冯溥所赠之唐梦赉，系宗宋诗人，王士禛称他"论诗以苏陆为宗"⑥，冯溥亦承认他"惊人句轶宋元间"，但仍对其诗作作出高度评价。这足以说明冯溥对宋诗的真正态度：由于他是以儒家正统文学观中的诗教标准而非明人复古派所执着的格调体式这类标准来论诗的，正所谓"千古君亲总一

---

① 徐嘉炎：《佳山堂诗跋》，《佳山堂诗集》，第241—242页。
② "冯溥……呼吁盛世之音，并以之为理论依据，整饬诗坛，反对宋诗风。"见张立敏《冯溥与康熙京城诗坛》，北京：中国社会科学出版社，2011年，第131页。
③ 冯溥：《佳山堂诗集》卷二，第37页。
④ 冯溥：《冬日甚寒高念东书来极言处五浊世界之苦寄此答之》，《佳山堂诗集》二集卷五，第221页。
⑤ 冯溥：《赠唐济武》，《佳山堂诗集》卷六，第118页。
⑥ 王士禛：《豹岩唐公墓志铭》，《蚕尾续文》卷十三，《王士禛全集》，第2179页。

般",在符合儒家君亲之道的大前提下,宋元诗当然也可作为"骚流"之一种,有一席之地。所以施闰章记载冯溥大力批判当世宗宋风气"非盛世清明广大之音也"的同时,却感叹"宋诗自有其工,采之可以综正变焉"①。这足以说明,冯溥并不排斥宋诗,他所不能容忍的只是将宋诗凌驾于唐诗之上。

冯溥和施闰章对唐宋诗之争的认识,其实皆可以如此归纳:只要以儒家温柔敦厚之诗教为旨归,那么不管唐诗还是宋诗,都各有其审美价值,完全可以并行不悖地存在。但是,有资格代表清朝新兴诗学的"正统"主流审美风格,必须也只能是唐诗,决不允许"以宋驾唐"。

(三) 公正评价明诗的文学价值

也正是由于清初庙堂诗人以儒家诗教论为旨归,所以他们虽然出于正本清源、开清朝"新风"的目的而批判明诗,但实际上,对于明诗的文学价值,他们也往往能予以承认。以施闰章来看,他虽然对明诗的空疏不学、门户之见等弊端颇有微词,但对明七子评价却并不低,曾云:"明正德间,李空同虎视鹰扬,望之森森武库,学者风靡,固其雄也。大复起而分路抗旌,如唐之李杜,各成一家。……昔人目谢诗初日芙蓉,自然可爱。余谓惟大复不愧此语。及其深蔚警健,未尝不泉涌而山立。"②"海内昔全盛,历下多巨公。华泉高唱发,沧溟著作雄。殷许相羽翼,倡和成宗工。"③ 对前、后七子成员李梦阳、何景明、李攀龙、边贡等,都有颂美之辞,对何景明尤其欣赏。

魏裔介对明七子也有相当高的评价。他不但将李梦阳视为可与陶渊明、杜甫、苏轼比肩的诗学大家,认为:"后世善为诗者,晋有陶渊明,唐有杜子美,宋有苏子瞻,明有李空同。"④ 而且将七子复古诗风视为与《古诗十九首》和初唐张说相提并论的宏大正雅之音:"以忠孝之忱,抒温厚之旨,拟之汉,则枚乘、《十九首》;拟之唐,则张燕公应制诸什也;拟之明,则

---

① 施闰章:《佳山堂诗序》,《学余堂文集》卷七,《施愚山集》第1册,第133页。
② 施闰章:《重刻何大复诗集序》,《学余堂文集》卷三,《施愚山集》第1册,第62—63页。
③ 施闰章:《登历城县学高楼》,《学余堂集》卷五,《施愚山集》第2册,第85页。
④ 魏裔介:《杨犹龙续刻诗集序》,《兼济堂集》卷五,第113页。

何大复、李于鳞近体诸作也。"① 这显然是由于七子的宗唐复古之作风格雄丽而有"盛世"气象，符合他作为庙堂诗人的审美取向。

而且，魏裔介对公安、竟陵这类晚明"弊端"的代表，评价也颇不低，颇有为公安、竟陵翻案的意味："自袁中郎诞秀公安，婷节高标，超然物外，锦帆解脱诸集，笔舌妙天下。其后竟陵钟、谭二公继起联镳，海内汹汹向风。而说者或谓其渐失淳古，是乌知诗之三昧哉！"② 在魏裔介看来，公安竟陵诗风，显然是与他的"淳古"理想，并不矛盾的。

六、清初庙堂文士诗学主张对康熙帝之影响

以施闰章、魏裔介、冯溥为代表之清初庙堂诗人，欲借由自身"官方"地位和文坛影响力以匡正清初之"晚明流弊"，建立属于"皇清盛世"之诗学形态。然而，其后真正成为清代前期诗坛主流风尚者，却是不甚讲究儒家诗教而以空灵超越之审美特质开宗立派的王士禛神韵诗学。不过，耐人寻味的是，虽然康熙帝以特简入翰林院的方式承认了王士禛的诗坛盟主地位，但康熙帝本人的诗学批评和诗学好尚，却与施、魏、冯等庙堂文士的主张更为相近。

康熙帝《全唐诗录序》强调："在昔诗教之兴，本性情之微，导中和之旨，所以感人心而美谣俗，被金石而格神祇。"③ 表现出对儒家诗教的崇尚。他对诗风与世道之关系，亦给予相当关注。《诗说》云："诗道升降，与世递迁。三百篇之经孔子删定者，可观、可兴、可群、可怨，极缠绵悱恻之思，皆忠厚和平之意，性情之正也。"④ 所以，他在敕令编纂《御选唐诗》时，特别强调以"正声"为标准，有意识删汰"忧思感愤"的变雅之音，"所取虽风格不一，而皆以温柔敦厚为宗，其忧思感愤、倩丽纤巧之作，虽工不

---

① 魏裔介：《宋牧仲诗序》，《兼济堂文集》卷五，第113页。
② 魏裔介：《张汝士诗序》，《兼济堂文集》卷五，第120页。
③ 玄烨：《全唐诗录序》，《圣祖仁皇帝御制文集》三集卷二十，《文渊阁四库全书》集部第1299册，第162页。
④ 玄烨：《诗说》，《圣祖仁皇帝御制文集》卷二十一，《文渊阁四库全书》集部第1298册，第198页。

录。使览者得宣志达情,以范于和平,盖亦用古人以正声感人之义"①。

特别值得注意的是,康熙帝在对历代诗文的评价方面正与清初庙堂文士如出一辙,以唐诗为尊,对宋元明诗亦能兼收并蓄。

康熙帝对唐诗极为推崇。《诗说》云:"唐以诗取士,能名家者,粲如林立。初唐盛唐,咸足上追风雅。然其间矩矱虽一,而心声各别,奇正浓淡,品格自成,不可强而同也。至中晚,则菁华尽露,而浑厚之象为稍变矣。"②在他看来,以文学发展史角度来看,唐人诸体齐备,故应以为法:"诗至唐而众体悉备,亦诸法毕该,故称诗者必视唐人为标准,如射之就彀率,治器之就规矩焉。"③"自三百篇降及汉魏六朝,体制递增,至唐而大备,故言诗者以唐为法。"④

虽然以唐为尊,但康熙帝的诗学好尚相当通达,他认为:"夫诗之日远而日新如此,而皆本于人之一心。"⑤所以,他不但不主张强分初盛中晚,认为:"夫性情所寄,千载同符,安有运会之可区别?而论次唐人之诗者,辄执初盛中晚,岐分疆陌,而抑扬轩轾之过甚,此皆后人强为之名,非通论也。"⑥而且还为宋金元明诗张目:"人心之灵,日出而不穷。……盖时运推移,质文屡变,其言之所发虽殊,而心之所存无异。则诗之为道,安可谓古今人不相及哉!观于宋、金、元、明之诗,而其义尤著焉。"⑦他指出,敕令编纂《四朝诗选》正是为扩充后人之见闻,表达一种兼收并蓄的气概,"用以标诗人之极致,扩后进之见闻。譬犹六代递奏,八音之律无爽;九流并溯,一致之理同归"⑧。

所以,康熙帝虽然尊唐,但对宋诗并非没有好评。他在《诗说》中论宋诗云:"若夫宋人为诗,大率宗师杜甫,其卓然骚坛者,洵能树帜一代。虽后人览之,觉言理之意居多,言情之趣居寡,然反复涵泳,自具舒畅道德

---

① 玄烨:《御选唐诗序》,《圣祖仁皇帝御制文集》四集卷二十二,《文渊阁四库全书》集部第1299册,第538页。
② 玄烨:《诗说》,《圣祖仁皇帝御制文集》卷二十一,第198页。
③ 玄烨:《全唐诗序》,《圣祖仁皇帝御制文集》三集卷二十,第163页。
④ 玄烨:《御选唐诗序》,《圣祖仁皇帝御制文集》四集卷二十二,第538页。
⑤ 玄烨:《四朝诗选序》,《圣祖仁皇帝御制文集》三集卷二十,第169—170页。
⑥ 玄烨:《全唐诗序》,《圣祖仁皇帝御制文集》三集卷二十,第163页。
⑦ 玄烨:《四朝诗选序》,《圣祖仁皇帝御制文集》三集卷二十,第169页。
⑧ 同上。

之致。"① 毕竟，以康熙帝对理学的喜爱，他对宋诗的"言理"特点，恐不会如何反感。

由此看来，施闰章、魏裔介、冯溥等庙堂文士，所建构的清初诗学之理想形态，正是符合了清廷特别是康熙帝本人对诗学发展方向的规范和重构的需求，甚至很可能对康熙帝诗学好尚的形成产生了一定的影响。有鉴于此，庙堂文士对清初诗学意识形态之建构，在某种意义上也代表了清初诗学发展的走向之一种。

---

① 玄烨：《诗说》，《圣祖仁皇帝御制文集》卷二十一，第198页。

第三章　清初京城文学的别调：布衣诗人

在任职于中央政府的仕宦文人群体之外，清初京城诗坛还活跃着不少布衣文士。他们或系不仕清廷耻食周粟的遗民，或为奔走权门寻求出路的游士，因种种原因入京后，或长期定居，或短期逗留，在京城从事文学创作，与京城文士往来唱和，在京城文化圈内产生了或大或小的影响。他们所代表的实际上是清初诗坛朝野离立态势中，属于"野"的一极。他们的存在，为"辇毂之下"正雅诗风占据主流的京城诗坛带来了一种新鲜的异响。

在遗民之文化语境中，"不入城"被视为志节之象征和本群体特有之生活方式。按李瑄《明遗民群体心态与文学思想研究》根据《明遗民录汇辑》等资料统计，明确标榜"不入城"者在明遗民群体中数量颇多，"大约有十分之一的明遗民把它作为自我约束的行为准则"①。但清初著名遗民诗人中，却有不少人都有过入京的经历，有些人还在京城频繁来往出入，乃至入京城大僚之幕。这类有违"不入城"之不成文规则的"入京遗民"，至少可以整理出顾炎武、屈大均、纪映钟、胡介、阎尔梅、李因笃、方文、陈祚明、钱澄之、朱彝尊等长长一串名单；而畿辅本土之著名遗民诗人团体"河朔诗派"，其主要成员自宗主申涵光以下更是几乎皆有活跃于京城的经历。

那么，以"不入城"相标榜的遗民，为何要涉足清廷治下的京师？其

---

① 李瑄：《明遗民群体心态与文学思想研究》，成都：巴蜀书社，2009年，第325页。

原因相当复杂。归纳起来,大致有如下几类原因:

其一,寻求经济帮助。这也是遗民入京最常见的一种原因。易代之后,不仕之遗民因战乱和缺少经济来源,往往陷入经济困境,而时在京城身为高官的故友,则能给予他们一定的经济资助。胡介北上入京,即与寻求"买山之资"有关:"一日,与少君诏曰:'身既隐矣,无买山之资,奈何?'少君曰:'君第如北游,公卿贵人重君,此区区者,不予畀乎?'于是之燕台。"①而以江南布衣文士身份长期滞留京城,"在燕三十余年,公卿载酒论文,黄金满床头,缘手辄尽,究以旅死"②的陈祚明,更明确承认,自己长期混迹京城的主要原因是谋食糊口,有诗云:"逡巡十八载,来去方未已。多尝五侯鲭,强分方朔米。持寄唊子侄,一饱良足喜。"③

其二,入幕。这是清初遗民群体的"敏感问题"之一,颇有持论较严的遗民视之为变相食清廷之禄的失节行为,若顾炎武诗"门人惟季次,未肯作家臣"④即是。但也有不少遗民对此殊少忌讳,最典型的例子是纪映钟。他于康熙二年入京,依于龚鼎孳幕下,长期居住京城,是龚氏门下最著名的"遗民门客"。

朱彝尊在康熙初年的频繁进京,更与寻求入幕机会直接相关。屈大均乃赋诗讥刺为"鸳湖朱十嗟同汝,未嫁堂前已目成"⑤。而他本人对此亦有自觉,《报周青士书》提到自己虽以古文辞扬名京城,但颇多应酬娱人之辞,他为此深感屈辱,有一番寻求入幕之游士的甘苦之言:"谓仆以古文辞倾动一时。……仆频年以来,驰逐万里,历游贵人之幕,岂非饥渴害之哉?每一念及,志已降矣,尚得谓身不辱哉?昔之翰墨自娱,苟非其道义不敢出;今则狥人之指,为之惟恐不疾。"⑥

其三,处理一些具体事务的需要。有些遗民虽然持身严谨、爱惜羽毛,

---

① 孙治:《亡友陆彦龙赵明镳胡介合传》,《孙宇台集》卷十五,《四库禁毁书丛刊》集部第149册,第20页。
② 孙治:《亡友陈祚明传》,《孙宇台集》卷十五,第21页。
③ 陈祚明:《壬子十月下浣五十贱诞邸门诸先生四方高贤乡里同学赠贻为寿漫成志谢》,《稽留山人集》卷十九,第659页。
④ 顾炎武:《七十二弟子》,《顾亭林诗文集》诗集卷三,第330页。
⑤ 屈大均:《赋寄富寺子》,《翁山诗外》卷十一,《屈大均全集》,第915页。
⑥ 朱彝尊:《报周青士书》,《曝书亭集》卷三十一,第397—398页。

尽量杜绝与清廷官员不必要的往来，更不肯向他们寻求经济资助；但当他们在生活中遇到一些突发的麻烦，却也仍然不得不入京寻求较有势力之仕宦友人的帮助。申涵光在甲申国变后隐居广平故里十年，却因亡父请恤问题而不得不破例入城，就是极典型的例子。

又如方文，他在顺治十四年北游京城，与其家难直接相关：顺治十三年三月，方妻中风暴死，其妻族因而迁怒于方妾金鸳，竟将已有身孕的金鸳殴杀，更趁机掠夺方氏田产。方文《述哀》一诗对此记载甚明："去年三月初，奇祸来顷刻。大妇中风死，外家构成隙。小妇横被戕，胎堕复脑坼。凶人斩我后，田园又见夺。"① 方文四方奔走而不能伸冤，为避祸而不得不携家逃离故乡。他于顺治十四年冬北上京城，即有为家难寻求公道之目的，并作《姬人抱鸳图》，在京广征题咏："我到燕山行李无，所携只有抱鸳图。随时展看千行泪，小传裁成双眼枯。但遇词人皆惋惜，忽承佳句更悲吁。"②《清诗纪事初编》："文有《抱鸳图》，遍征题咏，盖闺人金鸳，为豪宗夺田所殴，堕胎而死。鸳者冤也。不能报冤，而报之以图咏。"③ 时方氏友人龚鼎孳即有《题方尔止姬人抱鸳图四首》④，其他友人亦颇有题咏："所以燕市中，一见如旧欢。为题抱鸳图，字字青琅玕。"⑤

其四，探访亲友。遗民虽然自己不仕清廷，亦不贪图京城繁华富贵，但如有亲属或挚友在京，也会时常入京探望。如阎尔梅自康熙四年得脱狱事以后，即多次来往于京城。在康熙四年至康熙十年的数年之间，三次入京，基本上保持了二至三年入京一次的频率。而这几次入京，主要都是为了探访他的挚友兼救命恩人龚鼎孳。又如申涵光，由于其弟申涵盼在京作庶吉士，而其挚友如魏裔介、王崇简等也在京城为官，所以他频繁出入于广平故里和京城之间。

其五，进行学术研究，搜集资料之需要。很多遗民士人在易代以后，都有以著述行为保存故明史料、寄托故国情怀的行为。京城所保留之前朝史料

---

① 方文：《述哀》，《嵞山集》卷二，上海：上海古籍出版社，1979 年，第 104 页。
② 方文：《严子餐给谏为题西陵女子传感而有作》，《北游草》，《嵞山集》，第 590—591 页。
③ 邓之诚：《清诗纪事初编》卷一，第 121 页。
④ 龚鼎孳：《定山堂诗集》卷四十，《龚鼎孳全集》，第 1323 页。
⑤ 方文：《赠章翌兹司理》，《西江游草》，《嵞山集》，第 782 页。

文物较多，且有不少在京仕宦文人都是著名学者和藏书家，若孙承泽、梁清标、曹溶等。因而，入京搜集资料、结交这类贰臣学者的遗民士人，亦有不少。较典型者如顾炎武，他在康熙前期频繁入京，除了谒陵及联络北方反清势力以外，另有一重要目的，就是搜集史料以备学术研究需要。

其六，秘密从事反清活动之需。这在清政权统治尚未稳固、各地反清势力秘密活动频繁的顺治前中期，较为常见。顾炎武在顺治十五年秋首次入京时，即与联络北方反清势力有关。虽具体史实已不可考，然仍可在顾氏本人所作《京师作》中"河西访窦融，上谷寻耿况"①及《秋雨》"尚冀异州贤，山川恣搜寻"②中，略见端倪。又如阎尔梅于顺治八年入京，亦作为抗清武装的成员背负秘密使命。

京城这一规模宏大、传播便利的文化平台，对于隐居不仕的遗民诗人，影响力是极为可观而又微妙的。往往能令遗民诗人受益实多。很多遗民文士入京，在京城的文化交际活动，都在京城文化圈内产生了较大影响，引发了大规模的文人唱和活动。例如胡介，这位江南遗民诗人虽然在京城诗坛上来去匆匆，逗留时间不过是顺治十年冬至次年春数月而已③。但他的到来，却在京城诗坛引起极大反响："于是之燕台，而旧令王公又已膺卿贰，登三事，又与龚合肥交口诵君，一时名满燕邸。路历邢魏，守令皆郊迎，无不愿结疆者。"④"彦远既至，幅巾褎褎，意气瀵兀不可下。王公不敢请，而娄东吴公伟业、浥水龚公鼎孳、绣水曹公溶、大梁周公亮工争挟刺到门，与彦远游。"⑤ 他于顺治十一年春启程离京时，京城饯行赠诗者极多，其中就包括了如龚鼎孳、吴伟业、魏裔介等京城诗坛的风云人物。这些清廷大僚们争相为胡介赋诗，赞叹其高节远志，感慨自己挣扎于清人名利场中不能自拔的处境，其中尤以吴伟业"还家早便更名姓，只恐青山尚未深"⑥的名句，最为脍炙人口。这场规模宏大的集体唱和，也就成为当年京城文化圈的著名事

---

① 顾炎武：《京师作》，《顾亭林诗文集·亭林诗集》卷三，第335页。
② 顾炎武：《秋雨》，《顾亭林诗文集·亭林诗集》卷三，第344页。
③ 胡介《旅堂诗文集》卷二《赠程娄东序》："癸巳之冬，旅民游河朔。"王崇简《青箱堂诗集》卷九《赠别胡彦远》注明"甲午"，皆可知胡介离京时间在顺治十一年春。
④ 孙治：《亡友陆彦龙赵明镳胡介合传》，《孙宇台集》卷十五，第20页。
⑤ 陆嘉淑：《胡彦远传》，《旅堂诗文集》卷首，第694页。
⑥ 吴伟业：《送胡彦远南还河渚》，《吴梅村全集》卷十五，第408页。

件，胡介在《答别龚侍郎芝麓二首》中，略带夸张地描述当时盛况："登高望九衢，车音何阗阗。五都复成市，侧足行不前。晨兴促我装，饯送多豪贤。"①

由于遗民诗人易代以后守节不仕、隐居山林的特殊生存方式，所以，虽然他们具有较高文学成就，诗坛上的声名却并不显赫。然而，京城这一传播便利的文学平台，以及大量热心于推挽山野文士的京城高官，却使得遗民诗人往往能在京城一举成名。最典型的例子是河朔诗派及其宗主申涵光。申氏于顺治十年为甲申国变殉节之亡父请恤而入京，这种遗民与孝子的双重身份和他原有的较高文学成就，使得他甫入京城文化圈，立即声誉鹊起，"时国朝扬忠节，申子始徒步走京师，为吁圣天子节愍年伯首列旌表。京师缙绅先生因申子之诗，欲识申子之人，既而服其人，而其诗益重"②。再加上当时京城文化圈中较有影响力的仕宦文人魏裔介、杨思圣等人的推挽，申涵光在京城竟达到"自是诗文相往来无虚日，长安士夫，高才博学，蜚声艺苑者，莫不求识面，愿结邻，巷中之车满矣"③的效果，由僻处广平乡里的一介布衣文士，成为京城最负盛名的遗民诗人之一。

不过，违反"不入城"这一遗民圈子中约定俗成的规则，出入京城这个繁华名利场也可能给遗民带来一定的舆论压力。出于某些特殊原因（避祸、求助、访查书籍资料）而偶尔入京尚可得到舆论谅解；但频繁入京探访已仕亲友，就可能招人非议，乃至给人留下不安遗民本分、希图出山改节的糟糕印象。如阎尔梅，由于他在康熙四年以后与京城往来太过频繁，乃至于时人讹传他已出仕。《雪桥诗话》："丙辰春，有讹传古古已出仕者。……时茧庵诸公为之惊愕，削其遗民之籍。古古实未出仕，然可以见当时清议之严。"④即使是立身殊为严谨方正的顾炎武，由于他入京后常寄寓于身为清廷显贵的外甥徐元文、徐乾学兄弟家中，也因此招致遗民友人的规劝，令他深觉惭愧难堪，其文曰："予之适越，过潘子时，余甥徐公肃新状元及第，

---

① 胡介：《答别龚侍郎芝麓二首》，《旅堂诗文集》卷一，第701页。
② 傅维鳞：《申凫盟序》，《四思堂文集》卷二，《清代诗文集汇编》第27册，第285页。
③ 魏裔介：《申凫盟传》，《兼济堂文集》卷十一，第299页。
④ 杨钟羲：《雪桥诗话》三集卷一，第1456—1457页。

潘子规余慎无以甥贵稍贬其节，余谢不敢。"①

而遗民入京打秋风寻求经济资助，乃至直接入幕依人，遭受的舆论压力就更为巨大。以胡介为例，他入京后，亲朋好友和当世其他遗民，多有疑其出山者。胡介《怀归》诗云："夜来家报至，疑是北山移。"② 连其妻翁桓亦由家乡寄诗，劝他早归，勿贪恋京城富贵。胡介为此专门作一诗以答妻子："乞食悲陶令，还家愧少君。五陵人自贵，终不附青云。"③ 家人尚且如此，其他遗民的风评就更加不客气。万寿祺因此专门有《赠胡彦远》诗："荷锄归去田庐闭，莫向人间学问津。"另一遗民邓汉仪评价："彦远历年游京洛，交贵游，尚未能体贴年少此语。"④ 足见当时士人风评对胡介这样的遗民"不安本分"入京结交清廷大僚的行为，还是有一定舆论影响的。

在这些"偶踏长安路"的遗民文士之外，清初京城还活跃着大量的游士文人。他们虽然也无官职功名，却并不如遗民那般恪守名节坚不仕清，而是流寓在京城，或以诗文博取声名，或依附于大僚显贵之门以寄食，并寻找仕进的机会。这类入京寻找生活出路和成名机会的寒士，虽总体文学成就不及上述已成名之遗民诗人，但其整体数量更为可观。龚鼎孳云："今天下挟策游京师者以数十万计，然拔帜登金马之门，联镳问东华之路，斐然有作，为时称首，仍指不多屈。"⑤ 仅以京城诗坛"职志"龚鼎孳为例，其文集中，即记载大量晚辈后进文士入京后以诗文投赠谒见他的实例。

由于京城文化圈文人整体数量庞大且传播便利，这类游士文人如确有捷才并善于交际，往往也能在京城诗坛上造成较大影响，收获他们所希望的名利。如云间派诗人吴懋谦，一生不仕，游食于名公缙绅之间，"生平多贵游，所至名公巨卿皆与结诗社，人以明七子中谢榛比之"⑥。入京后即迅速在京城诗坛声誉鹊起，"乙未夏，吴子六益来京师……居数月，都门诸荐绅家屏壁几案，无非吴子诗者"⑦，"一时名公卿擅鬐龙之文者，争折节与游。……吴

---

① 顾炎武：《书吴潘二子事》，《顾亭林诗文集·亭林文集》卷五，第116页。
② 胡介：《怀归》，《旅堂诗文集》卷一，第710页。
③ 胡介：《答妇用来韵》，《旅堂诗文集》卷一，第709页。
④ 邓汉仪辑：《诗观二集》卷一，第669页。
⑤ 龚鼎孳：《张寄亭云门稿序》，《定山堂文集》卷五，第1665页。
⑥ 乾隆《江南通志》，卷一六六。
⑦ 施闰章：《芋庵二集叙》，《芋庵二集》，第658页。

子赋最先告成,及旦骑而过九衢,则都人士已传写殆遍"①。另一位以布衣游士活跃于京城诗坛的云间诗人田茂遇,也由于他的才思敏捷且善于交际应酬,"其为诗,于登临赠答之什,天才富捷,伸纸立就,思若宿构,而语必出人,见者惊诧为莫及",而达到"王公卿士,虚左倒屣,无不知有田子者"②,"忆昔髯渊来京师,士大夫之能诗者争欲见之"③ 的效果。

不过,因为数量太多、质量良莠不齐,又不像遗民文士那样在京城仕清文人圈子中有较久远的人脉关系,这类游士文人在京的生存状态往往不佳:"既不得志于有司,徒用明经高第来京师,又以贫不能促装,逾时而后至,可谓穷矣。"④ 所以他们的生存姿态也更低,奔走干谒,有类于晚明时代之"山人"。再加上清初时代背景变化,晚明养士之风已经趋于败落,寒士像晚明"山人"那样流寓依附宦门为生乃至致富的可能性已经越来越小。"自昔词人客游京洛,往往名闻天子,或公卿为之荐举,立致显达。今皆无之。曹秋岳侍郎为予言:隆万时游士客京,无有零落者。如谢茂秦辈,其受赠遗略,与公卿等。然则此风今又不可得矣。"⑤ 所以,对于这些谋食京城的寒门游士来说,京城虽有一定的谋生与成名机会,却也是居大不易之地。入清后曾三入京师的邓汉仪,在评价汪懋麟《喜孙豹人至京》时,乃有这样的感叹:"贫士客游之苦,京师风土之恶,篇中备悉写出。"⑥ 足见这也是他本人的甘苦之言。

第一节　河朔诗派

清初京城诗坛最著名的遗民文学集团,是由直隶京畿籍遗民人士组成的河朔诗派。王士禛在《渔洋诗话》中,对河朔诗派有这样一段介绍:"申凫盟涵光称诗广平,开河朔诗派,其友鸡泽殷岳伯岩、永年张盖覆舆、曲周刘

---

① 周茂源:《赠吴六益序》,《鹤静堂集》卷十五,第187页。
② 吴伟业:《田髯渊梦归草堂诗序》,《吴梅村全集》卷三十,第695页。
③ 王崇简:《水西近咏序》,第306页。
④ 龚鼎孳:《无圣历试草题辞》,《定山堂文集》卷二,《龚鼎孳全集》,第1587页。
⑤ 邓汉仪辑:《诗观初集》卷十一,第613页。
⑥ 邓汉仪辑:《诗观二集》卷二,第23页。

逢源津逮、邯郸赵湛秋水，皆逸民也。"① 这段记载不但直接提到河朔诗派之名，而且指出了河朔诗派的代表性人物，以及河朔诗派作为遗民文学团体的鲜明特征。其中，尤以申涵光成就最为显赫。

申涵光（1619—1677），字和孟，一字孚孟，号凫盟，永年人，明太仆寺丞申佳胤之长子。年十五，补诸生。文名籍籍，不屑为举子业。甲申国难，都城陷，佳胤殉国难，涵光痛绝复苏。因渡江而南，谒陈子龙、夏允彝、徐石麒诸名宿，为父求志传。归里后，申涵光一直未出仕，曾经多次拒绝清廷的征召，迹绝城市，过着隐居的生活，事亲课弟，与朋友往来酬和。晚年精研理学。所著有《聪山文集》三卷、《聪山诗选》八卷、《荆园小语》等。

张盖，字覆舆，又字命士，号覆庵，亦为永年人。明诸生。精诗文、善书法，一生厌恶科举，不涉仕途。张家素贫，性好诗，风流洒脱，倜傥不羁。晚年性格落落寡合，好独行旷莽林薄间，自作手语，时人莫测。后得狂疾，自闭土室中，不与外人往来。但每当好友申涵光、殷岳来访时，则交谈甚洽。后以狂疾而死，年六十六岁。有《柿叶庵诗集》，为申涵光所辑刊。

殷岳（1602—1669），字宗山，一字伯岩，鸡泽人。崇祯三年举人。顺治初年，他曾谒选得睢宁知县，申涵光力劝之归，殷岳遂慨然辞官归里。一生喜游山水，自少时随宦遍历岷峨、太华、白门、西湖诸盛。弃官后，幞被常不解，偶游盘山，过燕市，宿西郊萧寺。后死于旅途中。有《留耕堂诗集》。

除此以外，河朔诗派中较为著名的诗人还有赵湛与刘逢源，他们与申涵光等人也有着极为深厚的友情。

赵湛，字秋水，号石鸥，永年人。明诸生，入清不仕。所著有《玉晖堂诗集》五卷。按赵湛实为永年人，朱彝尊《重游晋祠禊饮题名》："康熙丁未三月三日，永年赵湛秋水、秀水朱彝尊锡鬯、桐乡孔兴俊子威，修禊祠下。"② 王士禛记为邯郸人，误矣。

刘逢源，字资深，号津逮，曲周人。明贡生，入清不仕。少好读书，通

---

① 王士禛：《渔洋诗话》卷下，《王士禛全集》，第4801页。
② 朱彝尊：《重游晋祠禊饮题名》，《曝书亭集》卷六十八，第791页。

星数河洛之学。国变期间，崎岖转徙于江汉、淮海之间。与申涵光诸人唱和，申涵光、殷岳视之为畏友，时称高士。有《积书岩诗集》一卷。

可以看到，河朔诗派的主要成员，除殷岳入清后曾经短暂出仕以外，其余皆系遗民。而且，虽然河朔诗派多系直隶籍，并非严格意义上的京城诗人，但除张盖以外，大多有在京城活动的经历。而河朔诗派的宗主申涵光，更是经常活跃于京城，与不少在京大僚皆保持密切往来，对清初京城诗坛有重要的引领作用。《红豆树馆诗话》甚至以"畿辅诗教，自君大振"称之。

一、申涵光与京城诗坛

在清初京城诗坛上，申涵光无疑是个极特殊的人物。他是一位义不仕清的遗民，却频繁活跃于"天子脚下"的京城，与诸多清廷大僚交游往来，不拘形迹。他并非京籍文士，却在京城诗坛上诗名卓著，甚至使得他所领军的遗民文学社团河朔诗派，亦借由他的关系而在京城扬名。这位诗人在京城的交游活动和文学声望的建立，颇有值得研究之处。

申涵光在诗坛上成名，并不始于顺治十年。按魏裔介《申凫盟传》记载："（申涵光）为诗多且久，自秘惜不以示人。有好事者传之，遂名噪于坛坫。人争录写，一时纸贵。"① 不过，申涵光虽然诗歌成就斐然，但他作为遗民，入清后困守永年故里，"闭户著书，不问人间事"②，生活方式相当封闭，因而在诗坛上的名声，并不甚显赫。除了杨思圣等寥寥几位旧友以外，诗坛上对他所知甚少。他在京城仕宦诗人中的影响力扩大，还是从顺治十年入京为父请恤开始的，"自是诗文相往来无虚日，长安士夫高才博学，蜚声艺苑者，莫不求识面，愿结邻，巷中之车满矣"③。

黄传祖纂于顺治八年之《扶轮续集》中，并未收录任何申涵光作品。而纂于顺治十一年之《扶轮广集》，不仅在凡例中对申涵光大加称许，还将他视为直隶诗坛的代表性人物："畿辅首善地，近日倡兴古学……诸生申凫盟，秀掩王孟，遂空冀群。"且在集中选申涵光五古3首、七古2首、五律5首、七律3首、五言排律1首、五绝1首、七绝更达12首之多，所选数量

---

① 魏裔介：《申凫盟传》，《兼济堂文集》卷十一，第299页。
② 魏裔介：《申凫盟诗序》，《兼济堂文集》卷五，第115页。
③ 魏裔介：《申凫盟传》，《兼济堂文集》卷十一，第299页。

在当时畿辅诗人中首屈一指。如此明显的前后变化，显然是申涵光在顺治十年入京请恤、扬名京城以后的结果。

申涵光入京请恤的起因，是顺治九年十一月十七日，顺治帝下诏"访甲申死难诸臣"。王崇简、魏裔介等上疏，内列申父佳胤之名。但礼部经过讨论之后，于顺治十年将申佳胤从赠谥的名单中去除。其原因相当复杂，或因赠谥人数太多而名额有限，"或以数多，置九人不录，先君遗焉"①；或因各上疏中关于申佳胤死因的描述不同，"顾流传错互，闻见异辞，或误列太仆为自缢"②。申涵光得知这一消息后，甚感悲愤，决意入京为父辩白。《诗集自序》云："予闻之，愤扼呕血，谋扣阁。"③ 这一记载，足可以窥见申涵光当时的心态：他本人是义不仕清的遗民，其父又是甲申之变中以死殉明的节烈之臣，对清人给予的所谓"赠谥"，本来并不如何看重；但清廷竟将已经列入"甲申死难诸臣"赠谥名单的申佳胤剔除，等于是公开否认申佳胤的殉国行为，这当然令申涵光无法容忍。这才是他得悉消息以后"愤扼呕血"并且决心入京为亡父争个公道的真正原因。

申涵光顺治十年闰六月从家乡启程，适逢京畿洪灾，路途艰难，一路挣扎入京。《申涵光年谱》对此记载颇详：

> 仪部复殉难疏，遗九人，端愍公与焉，公遂有都门之役。时大霖雨，道无行人者月余，携两童子跨驴行泥淖中，雨不绝。至滹沱水涨，守四日乃渡。至新乐，水倍阔，留旅社月余。改道无极，行水中百余里，遇深处，募人扶掖，两足凌空，气咽肉颤。至方顺桥偶病，覆被昼卧，屋坏急起，枕击碎，伤踝。次早行，足陷泥中，胶不可上，跣行伤足，雨至衣湿，寒栗无人色。踏泥行田禾中，豪佃执白棒虎视，时遭棰挞。又六日抵都，人皆惊为飞渡也。徒跣号燕市中，诸正人皆大不平。给谏周公体观复上疏言之，部议仍执前说。时公卿能诗者皆忘分与交，公亦以布衣自待，名噪长安。④

---

① 申涵光：《诗集自序》，《聪山集》文集卷一，第490页。
② 魏象枢：《处士凫盟申君墓志铭》，《聪山集》附录，第572页。
③ 申涵光：《诗集自序》，《聪山集》文集卷一，第490页。
④ 申涵煜：《申涵光年谱》，《聪山集》附录，第560—561页。

值得注意的是，申涵光入京请恤绝不是一时激愤的贸然之举，而是申氏家族经过各种考量和筹备之后，有意识选择的策略。目的正是要以申涵光的道德身份和文学成就在京城激起尽量大的反响，以期有助于事情的解决。所以，整个请恤过程并非申涵光一人的孤军奋战，而是申氏兄弟的群策群力。不仅申涵光本人徒跣入京，而其弟申涵煜等也在京城多方奔走，以申佳胤殉国事为题材组织吟咏活动，扩大影响，为请恤造势。丁耀亢《题永平申太仆殉难册》注云："公以奉差在外，闻寇至入都赴井。仲子涵煜征诗。"① 《陆舫诗草》卷四系于顺治九年，足以说明早在申涵光入京之前，申氏家族已经在京城为申佳胤的"殉难"大力制造舆论，以获取关注。

从实际效果来看，申氏兄弟的舆论造势行为，获得了相当大的成功。申涵光以甲申殉难者的遗孤孝子和守节不仕的布衣遗民双重身份入京请恤，兼之他入京途中遍历各种艰难险阻、苦难崎岖的传奇经历，在京城文化圈特别是仕清大僚中必然会引起极大轰动。后来方文在《赠申凫盟处士》中写道："君家节愍公，竭忠事先皇。所痛甲申变，致命同沅湘。君能守其训，不复蹈名场。自称老布衣，戢影南山冈。此义尤可钦，岂止诗人行。"② 申涵光作为明季殉难诸臣的后代，一直坚守气节、义不仕清，过着清苦自守、远离名利场的遗民生活，本次出于不得已才涉足城市，重跻入京为父请恤，这种身为"忠臣孝子"的道德意义和他的诗歌成就相辅相成，使得他入京以后很快就被京城文化圈所普遍接受和认可。

实际上，在申涵光入京之前，他的忠臣遗孤身份和诗歌成就，已经有较大的名气；但由于他一直隐居乡里，所以时人辗转求其诗而不得。这也就可以解释为何申涵光一旦出山，马上就能在京城造成极大影响。正如傅维鳞《申凫盟诗序》所言："申子皭然于尘埃之外，然从山中来者，未尝不称申子诗，而申子诗名遂燥海内。海内士大夫君子欲见申子而不可得，相与转求邮寄杀青，几遍天下。予亦只获见申子诗，而其人杳然不可见。……时国朝扬忠节，申子始徒步走京师，为吁圣天子节愍年伯首列旌表。京师缙绅先生因申子之诗，欲识申子之人，既而服其人，而其诗益重。……千百世后申子当

---

① 丁耀亢：《题永平申太仆殉难册》，《陆舫诗草》卷四，《丁耀亢全集》上，郑州：中州古籍出版社，1999年，第168页。

② 方文：《赠申凫盟处士》，《鲁游草》，《嵞山集》，第714页。

列孝义传,又不徒以诗名重矣。"①

考查当时京城文化圈的情形,可以看到,申涵光入京请恤,在顺治十年的京城已经成为相当知名的文化事件,而在京之仕清官员,也颇有借由申涵光请恤事件赋诗吟咏,抒发明亡之恸者。当时在京城任职的宋琬,即有《申素园先生挽词》,注云:"甲申之难先生死焉,申公凫盟时方叩阙请恤。"其诗云:"乾坤何事竟沧桑,野草磷磷碧血光。浩气自能昭日月,忠魂原不计蒸尝。定为精卫填东海,时驾文螭览大荒。况有遗孤嵇绍在,彩毫五色倍琳琅。"②

由于顺治十年的入京请恤之举,申涵光在京城文化圈中收获了大量人望,在京仕清文人中,颇有因申涵光之忠臣孝子身份而与其结交推挽者。考申涵光顺治十年在京城交往之仕宦诗人、文士名流,较值得注意者,有杨思圣、魏裔介、魏象枢、王崇简、梁清标、龚鼎孳、宋琬数人。

杨思圣与申涵光的交往早在明朝未亡之时。崇祯十七年二月,甲申国变之际,申涵光送母入都,因病隐居西山,依殷岳兄弟,遂与杨思圣订交。申涵光《且亭诗序》云:"方天下未乱时,予与殷伯岩兄弟锄茅广羊绝顶,琢地负薪,有终焉之志。已而犹龙来,相得益欢。"③ 杨思圣《秋怀》诗,亦提到当年与申涵光、殷岳隐居广羊之事:"可怜数子追随地,不见于今已十年。"注云:"一时同志者有申凫盟殷伯岩兄弟。"④ 后来,杨思圣还曾对魏裔介提及此事,魏裔介《申凫盟诗序》云:"犹龙曰:是未足尽之也。曩者天运板荡,沧海横流,余与凫盟及殷子伯岩诛茅广羊之间,登高长啸,时人莫测,俨然杜陵野老与高李二子气酣吹台时也。"⑤

其后,就是申涵光以父恤典事再入京城,再一次见到杨思圣,并为其诗集作序。序云:"今岁来京师,冲泥千里,面垢不袜。犹龙顾予萧寺,班荆道故,退然若布衣,因叹息泣下。"⑥ 杨思圣因此作有《喜申凫盟至都门》诗:"意外劳相访,秋风人正闲。喜深无一语,惊定始开颜。款款悲霜鬓,

---

① 傅维鳞:《申凫盟诗序》,《四思堂文集》卷二,第 285 页。
② 宋琬:《申素园先生挽词》,《安雅堂全集》卷一,第 65 页。
③ 申涵光:《且亭诗序》,《聪山集》文集卷一,第 477 页。
④ 杨思圣:《秋怀》,《且亭诗》七言律卷,第 690 页。
⑤ 魏裔介:《申凫盟诗序》,《兼济堂文集》卷五,第 115 页。
⑥ 申涵光:《且亭诗序》,《聪山集》文集卷一,第 477 页。

迟迟话故山。长安非昔日，莫畏鹤书还。""不堪今夕会，重忆乱离初。人老干戈里，交存生死余。山川几命驾，涕泪共裁书。十载还耕约，相看愧鬓疏。"①

申涵光在京期间，杨思圣是他来往最为频繁的京城仕宦诗人之一。也正是杨思圣将他推荐到了京城仕宦诗人的圈子里，让他得以结识魏裔介等人。申涵光后来在《将访犹龙于晋臬途中作歌》中回忆道："昔岁来寻燕市酒，醉向君堂十有九。有时雪暗泥深昼掩扉，仆子持书瓶在肘。"② 顺治十年九月重阳，申涵光在杨思圣寓所度过，杨思圣有《九日申凫盟小集敝斋》，以诗中"连宵风雨暗金台"③ 句可知系申涵光在京期间所作。申涵光离开京城之时，杨思圣先后作有《乔文衣申凫盟观仲社集敝斋时凫盟将归里》④《送申凫盟并呈殷伯岩》⑤《再送申凫盟》⑥ 等诗作相送。

魏裔介与申涵光相识的时间，或有争议。按其《申凫盟诗序》记载："癸巳夏，大雨数旬，燕赵皆为泽国。申子重跰千里，访余燕邸，剧谈今昔，得以闻所未闻。"⑦ 则在申涵光入京的顺治十年，两人已经见面。然而他又在《申随叔制艺序》提到，申涵光最早是与魏裔介之弟订交的，而魏裔介本人与申涵光的交往，则迟至顺治十一年，其序曰："申子凫盟与余弟辩若定交已久，而余于甲午始识之，盖以余有《褒录幽忠》一疏，为太仆端愍公再三申论，凫盟始至长安一谒。匪是，则长安声利之地，欲觅凫盟之迹，岂可得哉！"⑧ 不过，《申随叔制艺序》中所提及之《褒录幽忠旷典疏》系作于顺治九年，申涵光的"始至长安一谒"明显应是在顺治十年，魏裔介此处或对两人订交时间记忆有误。申、魏两人初次订交，仍应系于顺治十年夏申涵光入京以后不久。

魏裔介与申涵光相识的具体过程，系源于杨思圣的介绍。魏裔介《申凫

---

① 杨思圣：《喜申凫盟至都门》，《且亭诗》五言律卷，第650页。
② 申涵光：《将访犹龙于晋臬途中作歌》，《聪山集》诗集卷二，第428页。
③ 杨思圣：《九日申凫盟小集敝斋》，《且亭诗》七言律卷，第691页。
④ 杨思圣：《且亭诗》五言律卷，第651页。
⑤ 同上书，第652页。
⑥ 杨思圣：《且亭诗》七言律卷，第691页。
⑦ 魏裔介：《申凫盟诗序》，《兼济堂文集》卷五，第115页。
⑧ 魏裔介：《申随叔制艺序》，《兼济堂文集》卷八，第201页。

盟诗序》："余闻申子凫盟有年矣，未及一握手也。数过犹龙，案头得读凫盟诗数篇，为之击节。犹龙曰：是未足尽之也。曩者天运板荡，沧海横流，余与凫盟及殷子伯岩诛茅广羊之间，登高长啸，时人莫测，俨然杜陵野老与高、李二子气酣吹台时也。今余珥笔秘省，而凫盟方闭户著书，不问人间事，吾不能测其学之所涯际矣。余又不禁心折。"① 杨思圣与申涵光交期笃厚，相当了解他的为人与创作，他对申涵光的赞赏，正为申涵光访魏裔介时两人"剧谈今昔"的投契情形，做了铺垫。

杨思圣与魏裔介皆系顺治时代京城士林名流，颇有提携后进士人的能力。申涵光在《杨方伯传》中记载："公与今冢宰魏公裔介同年友善……天下称曰'杨魏'。士之自负才能，来阙下者，必携卷轴谒两公，得其一言以为荣。两公亦勤勤汲引，一艺之长，延誉恐后，盖因而成名者多矣。"② 而申涵光在京城的一举成名，也正是与杨思圣、魏裔介二人的推介密切相关。魏裔介《荆园小语序》："申凫盟困守菰芦中，至长安，与余晤，复与杨犹龙、魏环极诸子游，无胫而走，不翼而飞，诗名遂噪海内。"③

魏象枢也是在申涵光于顺治十年入京时，出于对其忠孝品格的景仰而与之订交的。魏象枢《书申凫盟遗笔后》云："余交凫盟，垂三十年，初以端愍公奉旨咨察旌表，时凫盟从淫霖涨水中，徒步入都，志在伏阙上书，以明殉难始末。余知其为孝子也，遂定交。"④

王崇简与申涵光订交的时间不详，但仍然可觅蛛丝马迹。顺治八年初，王崇简有《寄赠申凫盟》致申涵光，并且提及申父甲申殉难之事："秣陵云扰后，寤寐忆君多。吾道存薇蕨，风尘乱薜萝。暇心栖大麓，清梦越漳河。何日偕瓢笠，幽岩听浩歌。"⑤ 王崇简与申涵光皆曾在崇祯十七年甲申国变后南下避难，"秣陵云扰后"句，很可能指两人在崇祯十七年至顺治二年期间在南京曾会面并有过交往。申涵光归里之时，王崇简并有《送申凫盟归里》诗，云："前子来国门，岂欲曳长裾？谁将先贤节，胪列为上书？持兹

---

① 魏裔介：《申凫盟诗序》，《兼济堂文集》卷五，第115页。
② 申涵光：《杨方伯传》，《且亭诗》附录，第622—623页。
③ 魏裔介：《荆园小语序》，《兼济堂文集》卷六，第148页。
④ 魏象枢：《书申凫盟遗笔后》，《寒松堂全集》卷十二，第608页。
⑤ 王崇简：《寄赠申凫盟》，《青箱堂诗集》卷七，第120页。

励世意,岂为阿私欤?相向说微尚,揽涕为歔欷。夏秋滞京华,酒歌怀暂舒。"①

梁清标与申涵光订交的时间不详,但此前并无有所交往的记载,两人很可能是在申涵光顺治十年入京后结识。顺治十年冬,申涵光归里,梁清标有《送申凫盟还广平》:"骑驴来阙下,怜尔放歌余。避世身甘隐,终天恨未舒。从容殉国日,珍重易名书。吾道沧洲贵,无烦更卜居。"② 对申涵光的忠义传家、遗民气节,以及诗文成就,均有极高评价。

申涵光离京时,龚鼎孳曾在寓所为之饯行,申氏有《出都前一日韩圣秋纪伯紫徐德蕤张青珮邓叔奇社集龚孝升先生龙松馆分韵得真字》留赠:"十载垂竿愧隐沦,暂来京国益酸辛。人情渐觉悲歌少,酒客依然意气真。塞外霜高回雁影,松间月小照龙鳞。明朝匹马燕南路,冰雪将无念远人。"③ 后来龚鼎孳在《燕市四子诗序》中,回忆自己在顺治十年与申涵光的这段交往:"凫盟乃今招魂魄于铜驼落日、石麟秋雨之间,其声激越而窈寥,即远逾西台呼朱鸟竹如意击石俱碎时。韦杜尺五,固王哀伤心泪也。"④

宋琬《申素园先生挽词》小注云:"甲申之难,先生死焉。长公凫盟,时方叩阙请恤。"⑤ 可知当时宋琬亦知道并关注申涵光为父请恤一事。其后,宋琬于顺治十年冬备兵秦州,申涵光有《送宋玉叔吏部备兵陇右》送之:"我初入都时,君方罢藤署。倾心纵谭谑,恐我先归去。君今官赴秦,画戟双朱轮。念我胡留滞,翻作送归人。"⑥

申涵光入京后的"徒跣号燕市中",在京城广泛进行文学活动,扩大影响,使得"诸正人皆大不平",时任户科给事中的周体观又一次上疏,但"部议仍执前说",这一次行动并未获得成功。于是,他遂在当年冬返回永年故里。王崇简《送申凫盟归里》一诗在《青箱堂诗集》中系于顺治十年,即是明证。申涵光本人《归途述怀》更明言"今夏多霪雨,北征望燕丘。

---

① 王崇简:《送申凫盟归里》,《青箱堂诗集》卷八,第134页。
② 梁清标:《送申凫盟还广平》,《蕉林诗集》五言律卷,第66页。
③ 申涵光:《出都前一日韩圣秋纪伯紫徐德蕤张青珮邓叔奇社集龚孝升先生龙松馆分韵得真字》,《聪山集》诗集卷五,第454页。
④ 龚鼎孳:《燕市四子诗序》,《定山堂文集》卷四,《龚鼎孳全集》,第1636页。
⑤ 宋琬:《申素园先生挽词》,《安雅堂全集》卷一,第65页。
⑥ 申涵光:《送宋玉叔吏部备兵陇右》,《聪山集》诗集卷一,第420页。

跋涉洪涛中，骑驴如操舟。……我无希世心，胡为久淹留？霜雪催归人，征鞍及岁周"①。足见他返乡是在"跋涉洪涛"入京的当年。

虽然这次申涵光入京为父请恤的行为未能成功，但他已经将忠臣孝子兼遗民诗人的形象广泛流布到京城文化圈中。他在京城借由文学活动所结交的各类清廷大僚、士林名流更为请恤行动的最终成功，做好了铺垫。两年以后的顺治十二年，申涵光在京城结交的仕宦友人之一魏裔介，以兵科都给事中的身份再次上疏："惟是死难情真而未经褒录者，独遗太仆寺寺丞申佳胤一人。……未可以自缢之参差，遂使忠魂烈节，郁于寒泉之下也。伏乞皇上敕下该部再加察访，一体褒恤。"②礼部终于准许赠恤："（顺治十三年闰五月）庚午，遣官致祭故明殉难仆寺寺丞申嘉允，谥端愍。"③可以说，如果没有这些具有实际权力和话语权的清廷官员友人的鼎力相助，申涵光以永年一介布衣寒士的身份是不可能为父亲请恤成功的。

为了对魏裔介在请恤事件中的鼎力相助表示感谢，申涵光于顺治十三年春再入京城，并接受魏裔介之请，为校《观始集》。这是他入清以后的第二次入京。本次申涵光在京城停留时间相当短，不久即启程前往太原，访友人杨思圣，是年四月已经回到永年故里，是以在京城并未开展大规模的文化交际活动。较值得注意的是，他在这次入京期间结识了陈祚明。陈系顺治时代京城著名文学团体"燕台七子"中唯一的布衣诗人，顺治十二年方到京城。《稽留山人集》卷一有《慈仁寺海棠下固庵招同岱观方涟凫盟右舟翼苍颢亭雅集漫赋》一诗，系于顺治十三年春。此外，顺治十三年冬，申涵光还有一次短暂的入京，王崇简有《米吉士申凫盟小饮》④，系于顺治十三年。

顺治十年以后的申涵光，虽然并未在京定居，却已被视为京城文化圈内不可忽视的重要人物，而且是立足于京城文化圈的年轻后辈诗人结交和景仰的对象。顺治十五年，甫中进士的王士禛，即作书致申涵光，申明结交之意。其书在今所流传的王氏诗文集中不载，但申涵光有《王贻上书来》一诗，云："交道今谁继？升沉异所亲。圣君新及第，遗札问垂纶。兄弟知名

---

① 申涵光：《归途述怀》，《聪山集》诗集卷一，第420页。
② 魏裔介：《殉难事同一例疏》，《兼济堂文集》卷一，第24页。
③ 《清实录·世祖章皇帝实录》卷二百零一，第785页。
④ 王崇简：《青箱堂诗集》卷十一，第158页。

旧，文章作合真。异时谋把臂，烟海幸比邻。"① 足可知王士禛是在中进士不久，即有意识地主动作书结交申涵光。后来到了顺治十八年，王士禛尚于淮安作《岁暮怀人绝句》六十首，其一即写申涵光："广平申大今词杰，未识容颜眼便青。"② 另一位与王士禛兄弟颇有交往，在名气上也可颉颃的年轻后进文人汪琬，更提到他在顺治时代与王士禄在京时讽咏欣赏申涵光作品的经历，云："申和孟五七言诗，气体极高老。予尤爱其七言绝句，暇日与王六讽咏数首，叹谓：含蓄凄淡，使置唐人诗选中，未知可与谁比。"③ 足见当时申涵光其人其诗，在京城文化圈中的名气之大、流传之广。

甫入京城文化圈不久的王士禛，不仅将申涵光视为前辈，后来甚至还通过申涵光结交河朔诗派其他人物。康熙二年十一月冬至，王士禛在扬州任推官，即有诗寄申涵光兼及河朔诗派另一诗人张盖。《至日怀申凫盟兼寄张覆舆》："晚雪融长至，春风到广羊。有书来远道，知汝卧清漳。久客谙吴语，行歌忆楚狂。如闻岩壑里，慢世得琴张。"④ 张盖与同邑申涵光、鸡泽殷岳并称"畿南三才子"，均系河朔诗派重要人物。张盖明亡后忧愤成狂，自闭村外土室中，岁时一出拜母，虽妻子不得见，其诗作亦极少外传，唯身后由申涵光辑其遗诗百余篇纂成集。显然，顺治十年申涵光入京后如果没有在京城文化圈扬名，作为新科进士、诗坛晚辈的王士禛是很难想到要主动去结交这位隐居不仕清的"广平词杰"，更不会想到去结交那位自闭于土室之中的遗民张盖。

顺治十八年到康熙元年期间，申涵光曾数次入京，但都没有开展如顺治十年那样大规模的唱和聚会。先是顺治十八年春，申涵光以春贡入国学，到京后谢病不赴。是年秋，其弟申涵盼成进士，选庶吉士，迎养申母入京，申涵光一路相送至京师。然次年春，申母即在京去世，申涵光复奔丧入京。这期间，申涵光一方面家事繁杂，另一方面或也有不愿赴国子监、不希望惹人注意的因素，是以并未在京城进行多少文学活动。其中唯一值得注意的是为王崇简之《青箱堂诗集》作序。《青箱堂诗序》云："王敬哉先生诗集既有

---

① 申涵光：《王贻上书来》，《聪山集》诗集卷三，第442页。
② 王士禛：《岁暮怀人绝句》，《渔洋诗集》卷二，《王士禛全集》，第339页。
③ 汪琬：《说铃》，《汪琬全集笺校》，第2236页。
④ 王士禛：《至日怀申凫盟兼寄张覆舆》，《渔洋诗集》卷十四，《王士禛全集》，第379页。

刻,行世久矣。辛丑谢病,上大宗伯印。林居清暇,乃汇丙申以后六年之诗,将续前刻。缄书千里走一介谓光曰:'为我删定之。'千秋之业,非他世态可比,幸以古道自处也。"①

进入康熙时代以后,由于其弟申涵盼在京作庶吉士,申涵光在广平故里和京城之间的来往也就愈加频繁。其中可考者包括:康熙三年夏,申涵光送季弟涵盼入京师,通过临清以水路入京,八月归里。其后,康熙五年春、六年秋、八年春,申涵光皆有入京视弟之行。魏裔介有长诗《申子凫盟永年人学道工诗余之好友也别后或数年而一遇或一年而一遇遇则必相倾倒今岁春杪至都谈深浮白醉后竟不自知踏月而去端阳后复欲归里余既久宦倦翼思还则望申子结庐于洺水之侧以俯仰二仪错综人物凌霄汉而出宇宙勿使禽尚笑人于千载之上耳于其行也作此赠之》②,可知申涵光在京城往来之频繁。

不过,申涵光虽然经常来往于京城且交接清廷大僚,但其遗民之志却始终不改。康熙七年,清廷访求隐逸,魏裔介欲举荐申涵光,申遂作书婉拒。而他对自己已然出仕的弟弟申涵盼,态度也颇为复杂。他在《家诫示舍弟观仲随叔》中写道:"升沉各异志,鸟兽各异群。君行乘华车,我行犹负薪。下车感高义,自顾非等伦。草野难与居,在远犹可钦。相思无终数,吾其东海滨。"③《守岁三弟宅诸甥侄毕在》更云:"一室娱心看老幼,百年称意各行藏。"④他并未因三弟仕清而心有芥蒂,不再与之来往,且尊重弟弟的选择;但他本人仍然坚持遗民的身份和生存方式。《拟古》一诗,更说明他至死不肯出仕,以遗民身份终老,却往来京城繁华场中与诸多清廷大僚皆为挚友的原因:

> 高楼临广陌,中有千金姝。采兰朝结带,裁荷晚作襦。葳蕤闭重关,自乐笙与竽。使君驱五马,楼前立踟蹰。岂无媒妁言,未敢明区区。独居竞高节,令名冰雪俱。惜乏山水幽,当此大道衢。⑤

---

① 申涵光:《青箱堂诗序》,《聪山集》文集卷一,第476页。
② 魏裔介:《兼济堂文集》卷十八,第488页。
③ 申涵光:《家诫示舍弟观仲随叔》,《聪山集》诗集卷一,第424页。
④ 申涵光:《守岁三弟宅诸甥侄毕在》,《聪山集》诗集卷五,第458页。
⑤ 申涵光:《拟古》,《聪山集》诗集卷一,第421页。

诗中的佳人，显然是申涵光的自喻。虽然在这位佳人的生活中经常出现"使君驱五马，楼前立踟蹰"的情形，但她却仍然能恪守名节。申涵光认为"惜乏山水幽，当此大道衢"，他所生存的环境决定了他不可能完全与清廷大僚毫无往来，他也不纠结于此，而是在这一过程中仍然守住自己的大节。

值得注意的是，康熙八年申涵光还收了一位弟子身为京城仕宦文人的田雯。《蒙斋年谱》："己酉，三十五岁，从申凫盟先生学诗，官舍人时始学为诗，与先生上下议论，乃得沿流溯源，分门启牖。"① 田雯《古欢堂诗话》更记载两人问答交流的情形："余问聪山，老杜望岳诗'夫如何''青未了'六字，毕竟作何解？曰：'子美一生，唯中年诸诗静练有神，晚则颓放，此乃少时有意造奇，非其至者。'"② 按田雯（1635—1704），字紫纶，一字纶霞，号漪亭，晚号蒙斋，山东德州人。康熙三年进士，累迁江苏巡抚、户部侍郎等，有《古欢堂集》。田雯作为新晋进士，又是康熙时代京城著名文学团体"金台十子"成员，而能师从于申涵光这位遗民人士，足以证明申涵光作为清初京城诗坛的一位不可或缺的重要人物，其诗风和诗学主张，已能在京城诗坛的仕宦诗人圈子里开花结果。

申涵光不仅自身诗学成就卓著，而且还是清初北方重要的遗民诗学流派河朔诗派的领军人物。河朔诗派成员中，除了殷岳曾一度仕清以外，其余皆系入清不仕的遗民。这是清初京畿地区相当少见的遗民诗学团体。《国朝畿辅诗传》将河朔诗派的所有成员全部著录，可知河朔诗派是被视为京畿诗歌流派的。而申涵光也对京畿有相当明显的地域归属感，他在《畿辅先贤诗序》中，如此论述畿辅诗学传统：

> 畿辅古冀北之区，地近边鄙，习战斗之事，于武为宜。然玉笥之燕，已肇北音；采薇作歌，爰自孤竹。至秦火后，风雅废缺，燕人韩婴、赵人毛苌，绍明其说，有功于诗大矣。六季之世，张庐、祖束及刁协、刘琨辈，争雄江左。唐则魏徵、宋璟、卢照邻、沈佺期，称一代巨公。而高适、孔巢父，极为少陵所推许。他如李峤之真才子，刘长卿之

---

① 田雯：《蒙斋年谱》，《北京图书馆珍本年谱丛刊》第83册，北京：北京图书馆出版社，1999年，第351页。
② 田雯：《诗话》，《古欢堂集》卷十九，《清代诗文集汇编》第138册，第362页。

五言长城，乐天目刘禹锡为诗豪，昌黎拔贾岛于方外，郎士元、司空曙、崔湜、张祜暨赵郡诸李，指不胜屈，彬彬盛哉。然其时属在退荒，帝泽之所洒，教化之所及，未能朝施而夕被。无藉而兴，厥维艰矣。金元贵词曲而贱诗赋，乃刘因、萨天锡直接唐音，一空其时作者。盖燕赵山川雄广，士生其间，多抗爽明大义，无幽滞纤秾之习。故其音闳以肆，沉郁而悲凉，气使然也。有明自成祖建都，大敷文教，列宗所培，贤豪辈出，于是家风户雅，二百余年。第北士朴略少华，又艰剞劂之役，名山所藏，半就湮没。大宗伯王敬哉先生哀集而传之，阐幽发微，灿然美备。①

由此可见，申涵光有相当鲜明的地域诗学意识，且为自身隶属于畿辅诗坛而深感自豪。而他对河北文化圈所具有的"抗爽明大义，无幽滞纤秾之习""其音闳以肆，沉郁而悲凉""朴略少华"的文化特征，概括亦颇中肯綮。由此可见，河朔诗派在地域背景上属于京畿文学社团，是无可置疑的。

在申涵光所处的顺治时代至康熙前期，京畿直隶诗坛相当兴盛，名家辈出。"先生没后，河朔之诗大振，滹沱钜鹿，燕山瀛海，高阳鄚城之间，作者林立……"② 而且，这个京畿直隶诗人的创作高潮，有一大部分是由遗民带动的。龚鼎孳云："吾观河朔之士，风气淳固，铲华务根，先民典型，衣被海内，不独近今高邑、吴桥诸君子风流标映，蔚为物宗也。上谷镞仁砥义，衽忠席孝，睢阳血碧，常山舌奋。士生其间，率多燕赵慷慨、鲁卫奇节之风。"③ 而申涵光正是清初燕赵诗人中的佼佼者之一。魏裔介云："近时燕赵间多诗人，其在邢洺之间者，杨犹龙、申凫盟、殷伯岩为最著。"④

作为清初京畿遗民诗人，申涵光很有代表性，他不但成就最高，且是河朔诗派能对外产生最大影响力的招牌式人物。《郎潜纪闻》云：

国初直隶多诗人，永平张盖命士、申涵光凫盟、鸡泽殷岳宗山，称

---

① 申涵光：《畿辅先贤诗序》，《聪山集》文集卷一，第 474 页。
② 龚鼎孳：《刘简斋先生诗序》，《定山堂文集》卷五，《龚鼎孳全集》，第 1651—1652 页。
③ 龚鼎孳：《上谷九子起社稿序》，《定山堂文集》卷二，《龚鼎孳全集》，第 1586—1587 页。
④ 魏裔介：《漪园近诗序》，《兼济堂文集》卷六，第 146 页。

"畿南三才子",三人皆遗民。盖阳狂自废,尝独游楚豫齐晋间,归则闭土室,湛醉歌哭,善行草,五言高简,力诣古人。涵光,明忠臣佳允子,潜心理学,晚益名高,著有《聪山集》《荆园小语》诸书。岳,前明举人,顺治初除知睢阳,甫至任,即投劾归。诗宗魏晋,不喜作律诗,所作古体,莽莽然肖其为人。三人行谊,自以涵光为得中,而逸轨贞操,均非尘壒所有,宜河朔人士,至今称道不衰也。①

以河朔诗派的三位代表人物"畿南三才子"来看,张盖入清后自闭于土室,不与外人交接,故他在京城几乎不能产生任何影响力。殷岳入清后任职地方官,不久弃官归里,与京城诗坛往来也不多。其中可考者只有顺治十五年的一次入京,而且时间极短,来去匆匆,几乎没有在京城诗坛引发任何影响,魏裔介记载:"伯岩……游五岳名山,能诗,戊戌秋至都即旋。"②

申涵光的情形,与河朔诗派其他成员不同。他在顺治十年为父请恤入京,即以忠臣孝子诗人的身份在京城文化圈内激起相当大的影响力,一时公卿名士多与交接。其后更是频繁来往于京城,与当事大老交接唱和,在京城文化圈中影响力极大。《红豆树馆诗话》甚至认为,申涵光对清初京畿诗风的引领作用,达到了"畿南诗教,自君大振"的效果:

> 凫盟隐不违亲,贞不绝俗,同时钜公,皆以古独行见推。而凫盟遂得于泉石余闲,研求声律,畿南诗教,自君大振。③

二、河朔诗派其他诗人

河朔诗派作为畿辅地区最著名也是最有成就的遗民诗歌流派,除领军人物申涵光以外的其他成员,也皆在京城诗坛上有所影响。《渔洋诗话》云:"申凫盟涵光称诗广平,开河朔诗派。其友鸡泽殷岳伯岩、永年张盖覆舆、

---

① 陈康祺:《郎潜纪闻》初笔卷五,第107页。
② 魏裔介:《赠殷伯岩》,《兼济堂文集》卷十九,第512页。
③ 陶樑:《红豆树馆诗话》,《国朝畿辅诗传》卷十,第129页。

曲周刘逢源津逮、邯郸赵湛秋水，皆逸民也。"① 王士禛所提及之河朔诗派成员，除殷岳入清后曾有短暂出仕经历，是否可列为"遗民"尚有争议；其他如申涵光、张盖、刘逢源、赵湛等，其生存方式虽然各异，然皆系入清后不食周粟的遗民。而且，除了入清后自闭土室中不与外人交接的张盖以外，其余所有河朔诗派成员，皆曾入京并在京城诗坛上活动。

（一）张盖

张盖，字覆舆，一字命士，号箬庵，直隶永年人。生卒年不详。明诸生，少负诗名，与同邑申涵光、鸡泽殷岳并称"畿南三才子"。明亡后，忧愤成狂，自闭村外土室中，唯申涵光、殷岳至，则延入土室，谈甚洽。后以狂疾而死，年六十岁。其诗多哀愤之言，申涵光辑其遗诗百篇，名为《柿叶庵集》。

像申涵光一样，张盖也是一大节坚刚的遗民。然而，与出身官宦家庭、立身严谨、清孤自守的申涵光不同，张盖家境偏于贫寒，且其人早年颇有狂士气质。这也注定了他入清以后的生活较申涵光更为压抑苦涩。赵湛《怀张命士老友三首》言其"少豪宕傲岸博学，弹琴赋诗，落落不与俗士伍"②，多半系溢美之辞。与张盖关系更为亲近的申涵光的记载中，青少年时代的张盖实际上是个颇具晚明轻佻放纵习气的浮华浪子："所为诗，轻脱自喜，往往不中绳尺。家固窭，竭赀力为服饰綦履佩玉，飘长带，如贵介甚都。时入狭邪，流连竟日夜。"③

张盖这种轻脱自喜的风流才子生活，在明清易代之后戛然而止。申涵光载其"甲申后，忽自摧折，以次当贡太学，不受，自脱诸生籍，闭门独坐"④，张盖自弃诸生，拒绝出仕，显然是出于排斥清人的民族意识。但他与家境优裕、可以安心闭门隐居的申涵光不同，谋生养家的压力一直令他苦不堪言。因而入清后，他也曾像当时的不少遗民人士一样，试图通过教书或入幕来谋生。赵湛记载张盖曾一度"讲学于漳滏之滨，生徒甚众"⑤，但这

---

① 王士禛：《渔洋诗话》卷下，《王士禛全集》，第4801页。
② 赵湛：《怀张命士老友三首》，《玉晖堂诗集》卷三，《清代诗文集汇编》第66册，第76页。
③ 申涵光：《张覆舆诗引》，《聪山集》文集卷二，第492页。
④ 同上。
⑤ 赵湛：《怀张命士老友三首》，《玉晖堂诗集》卷三，第76页。

种讲学的真正目的只是糊口养家,且以张盖的个性,他也很难长期安于这种工作。申涵光言其"以母夫人饘粥不继,间授徒自给,性不耐,未几辄罢。"① 出众的才华,倔强骄傲、自视甚高的性格,艰难的生存处境,以及国破家亡的悲愤心态的对比,还有他因不被人理解而产生的孤独感,使得他在入清以后,心境一直非常压抑苦闷。申涵光记载他"好独行旷莽林薄间,自作手语,时人莫测也","对客竟日不一语。或问之,曰:无所当语者"。② 此种行为和心态,颇能令人联想到阮籍的穷途之哭。

张盖的罹患狂疾而自闭,按赵湛之记载,系在顺治十一年。③ 申涵光则更详细地记载了他发狂的导火索,是其入幕期间与所依附的仕宦友人言语不合:"故人仕宦者招致幕中,敬礼之,偶一语不合,引锤自击其首,被血满面,因发狂舆归。"④ 其后,张盖即自闭于土室之中,岁时一出拜母,虽妻儿不得见,基本上完全拒绝与家人的联系,仅与友人申涵光、殷岳略有往来。张盖就是使用此种决绝的自闭手段,从此断绝了他与外界环境的联系。

张盖此种弃世自闭的行为,在当时的明遗民中并不罕见,或坚决不入城市,或隐居山中不肯出山,比比皆是。这一方面是表达自身的洁身自好和对清王朝的消极不合作态度;另一方面也是更重要的是,通过此种自我放逐的自虐方式,抒发自身的压抑苦闷情绪。

自闭于土室之中、被视为"狂疾"的张盖,其实并非精神病人。他不但一直笔耕不辍,且与申涵光、殷岳等友人交接时则表现出交谈欢洽的正常态度。赵湛记载了他在自闭生活多年后两人的一次邂逅:"己亥夏,走乃郎子愚招予,散发据门,呼借草笠,见予于土室。月下话旧,老泪横襟,道言诞语,相间而出,予亦不识其果病否也。"⑤ 这足以说明,张盖自闭土室的行为,其实质是悲愤压抑厌世情绪主导下的过激之举,而并非"狂疾"使然。赵湛叹息他"流落怜吾辈,佯狂得自如","佯狂"二字用得恰如其分。

张盖才华横溢,然而以他的放诞不羁的生活方式,其诗不能不表现出轻

---

① 申涵光:《张覆舆诗引》,《聪山集》文集卷二,第492页。
② 同上。
③ 赵湛:《怀张命士老友三首》,《玉晖堂诗集》卷三,第76页。
④ 申涵光:《张覆舆诗引》,《聪山集》文集卷二,第492页。
⑤ 赵湛:《怀张命士老友三首》,《玉晖堂诗集》卷三,第76页。

脱的晚明况味，成就不甚高。入清以后，感于故国沦亡，其诗风出现巨大转变，尤其是倾向于宗杜。申涵光记载他未罹狂疾之时"读杜诗，岁常五六过，诗亦精进，得少陵神韵"①。这种对于杜甫的浓烈兴趣，显然是身经鼎革的结果。而他本人的诗作，由于他的特殊心态，其悲愤之气，亦不下于杜甫，"其为诗哀愤过情，恒自毁其稿，或作狂草累百过，至不可辨识乃已"②。

张盖的诗学渊源是宗唐尊七子，由七子而上承李杜，这是明代诗人较为主流的学诗路数。他自称："青莲杜甫看前辈，大复空同冠本朝。借问后来谁继起，江南江北总萧条。"③ 这一路数，与申涵光亦有相似之处。

张盖的五言诗成就相当高，朱彝尊言其"五言诗尤高简，力诣古人"④。刘逢源亦有诗咏之："崚嶒傲骨自千秋，风雨年来老一邱。甲子题诗师靖节，春秋编传愧康侯。青山白发差无恙，短褐长镵可自由。何事袁闳囚土室，杖履不作采真游。"⑤ 其《鹅山》诗云："拂袖扫石华，登危被藤坐。坐久时复卧，卧久时复坐。坐卧总无心，闲云衣上过。"⑥ 身处危崖寒石古藤中的主人公，其自我形象颇为鲜明，萧散闲适中暗含冷峭不平之气，正是刘逢源所指出的"崚嶒傲骨"的写照。另有《漫作》诗云："玉盘浸墨可二斗，高丽茧纸冰蚕纹。醉来挥洒兴不尽，欲上青天写白云。"⑦ 其个性狂放傲岸之处，隐然可见他青年时代的晚明名士风度。

（二）殷岳

殷岳（1602—1669），字宗山，一字伯岩，鸡泽人。崇祯三年举人。顺治初年，他曾谒选得睢宁知县，申涵光力劝之归。殷岳览书，遂慨然曰："岂以一官易我友哉？"⑧ 遂骑驴归里，不持一钱。一生喜游山水，"自少时随宦遍历岷峨、太华、白门、西湖诸胜。弃官后，幞被常不解，偶游盘山，过燕中，宿西郊萧寺"⑨。后客死福州。著有《留耕堂诗集》。

---

① 申涵光：《张覆舆诗引》，《聪山集》文集卷二，第492页。
② 朱彝尊：《张处士墓志铭》，《曝书亭集》卷七十四，第848页。
③ 张盖：《绝句》，《张子诗选》，《清代诗文集汇编》第21册，第11页。
④ 朱彝尊：《张处士墓志铭》，《曝书亭集》卷七十四，第848页。
⑤ 刘逢源：《赠逸人张命士》，《积书岩诗集》，《四库全书存目丛书》集部第233册，第243页。
⑥ 张盖：《鹅山》，《张子诗选》，第2页。
⑦ 张盖：《漫作》，《张子诗选》，第11页。
⑧ 朱彝尊：《殷先生墓志铭》，《曝书亭集》卷七十四，第849页。
⑨ 申涵光：《殷宗山先生行状》，《聪山集》文集卷三，第515页。

殷岳的身份与申涵光颇有相似之处，也是"忠节之士"子弟出身。其父殷太白，崇祯时官陕西副使，以忤杨嗣昌而下狱死。殷岳遂上疏为父乞骸骨归。其弟殷渊，字仲弘，甲申国变时募兵勤王，兵败被难，"李贼犯京师，（渊）倡义勤王，率兵二千人至柏乡，闻都城陷，乃还，设龙亭哭临。贼众至，被杀"[①]。殷岳本人则在申涵光帮助下脱身南逃，幸免于难，朱彝尊为其撰墓志铭记载："京师已陷，先生遁居西山，与渊讨贼。事泄，渊被执，不屈死。永年申涵光者，素与先生为友，留城中，闻贼索先生急，募死士夜驰与贼战，脱先生于难，遂渡江同游吴越。"[②] 殷岳入清后很快仕清，且并不认为仕清有违臣节，很可能与其家在甲申国变时的遭际有关。

殷岳虽然身份与申涵光略似，但两人性格却颇有区别。虽然朱彝尊记载其"外和而内介，遇田夫野老，陶陶杂处。至见俗士，面斥之，未尝假以色笑。读书必穷义理，其拒异端邪说尤力"[③]，也是一位立身端谨的儒士；但以其性格偏好来看，殷岳更倾向于性格淡泊自适、随遇而安的传统隐士型文人。他自称："原无适俗才，焉用托黻藻？""我非好贫贱，禽鹿终悦草。……古人于隐沦，称心以自保。"[④] 所以，在甲申国变之前，殷岳虽然已有举人功名，却对入世进取并不如何感兴趣，其诗云："三十举于乡，文坛称雄伯。雅不慕荣名，抗志敦古狯。图书老日月，晴雨度阡陌。"[⑤] 他满足于隐居乡里，与二三友朋诗酒唱和的安闲生活，有诗云："闲局有旷怀，燕处常超然。随塘葺荷屋，竹树翳东偏。二三同僚友，诗酒与盘桓。或时进名隽，谈经老郑元。"[⑥]

殷岳这样的性格特点，也颇可解释为何他入清以后欣然出仕毫无纠结，且把县官做得有声有色。同治朝《徐州府志》载："岳治事敏决不繁，修建学宫，奖士课文，艺听讼明，用法刚断，豪强敛迹，卒祀名宦。"[⑦] 其原因正在于，他并不是一个持守志节的遗民，而是一个淡泊旷达的隐者。在他心

---

① 雍正《畿辅通志》，卷七十七。
② 朱彝尊：《殷先生墓志铭》，《曝书亭集》卷七十四，第849页。
③ 同上。
④ 殷岳：《客官渡除夕咏怀六首》，《留耕堂诗集》，《清代诗文集汇编》第19册，第57页。
⑤ 殷岳：《感怀六十六首》，《留耕堂诗集》，第58页。
⑥ 同上。
⑦ 同治《徐州府志》，卷二十一。

目中,选择出仕或者隐居,其间完全不存在"守节"与"失节"的道德判断,而只是不同的生活方式,其诗云:"世法内外人,愿各听其遭。可挂瓢洗耳,可负鼎鼓刀。显晦同一致,异路莫相高。"① 他的弃官归里,虽然是出于申涵光的劝告,却并非"守节",而只是以"适性"为目的,如其诗云:"我本山中人,乐纵志舒节。不为乔野贵,但求心所悦。"②

辞官后重归故乡的殷岳,后半生主要是耕读乡里与漫游四方,其诗云:"列架书可读,负郭田可耕。饥寒不相迫,身外皆所轻。年来老江湖,泠然御空行。"③ "生计付老农,往自勤耒耜。……行行且为客,亦复无所事。"④ 这也正是他年轻时代所持有且一直为他所喜爱的生存方式。在某种意义上,心空万物的殷岳,比申涵光这类时时持守故国情怀与忠孝大节的遗民,更接近于纯粹的隐士。

殷岳平生极不喜律诗,现存《留耕堂诗集》一卷全系五古,原因或与明代七子复古派盛行,多以诗文尤其是律诗为应酬之具有关。殷诗多学魏晋,风格苍莽悲慨。时人评曰:"平生所作惟五言古风一体,莽莽然肖其为人。"⑤ "宗山不多作诗,复不耐声偶,为古诗,淳庞渊穆,莽莽可敌万夫。"⑥《读史三十首》吟咏秦汉间史事:

> 礼者国之维,民者载舟水。暴秦虎狼威,流血被九轨。侈功盖泰皇,一家天下始。猛气陨沙丘,难从一夫起。七庙堕飞烟,旦暮殄宗祀。亡秦楚三户,弧矢安足恃。⑦

> 谋国如搏虎,啑血满朝市。衣裳自颠倒,于错安足耻。袁丝炙毂輠,魏其狃风旨。条侯真将军,自兹多积毁。嗟哉天下事,认真亦徒尔。⑧

---

① 殷岳:《感怀六十六首》,《留耕堂诗集》,第 61 页。
② 同上书,第 62 页。
③ 同上书,第 61 页。
④ 同上书,第 59 页。
⑤ 朱彝尊:《殷先生墓志铭》,《曝书亭集》卷七十四,第 849 页。
⑥ 王士禛:《居易录》卷十,《王士禛全集》,第 3871 页。
⑦ 殷岳:《读史三十首》,《留耕堂诗集》,第 53 页。
⑧ 同上书,第 54 页。

这两首咏史诗，前一首吟咏秦朝灭亡事，隐然有对于明清易代的感慨。诗中之"暴秦"或指大顺政权，也略似讽刺清人入关后的兵燹杀戮之行。后一首咏七国之乱及冤杀晁错事，却结以"嗟哉天下事，认真亦徒尔"的怨愤牢骚之辞，显与其父的冤狱有关。王士禛所言"古郁凉壮，有横槊之风"①，实非过誉。

殷岳一生好游，"遇佳山水，辄留连不去"②，因而山水诗亦颇有成就。其《登岱六首》云："石磴蹑高危，仰见日月峰。赤丸涌沧海，星河淡碧空。天鸡发先唱，声落野鸡中。俯视群山巅，风色杳暝曚。"③ 另有游览嵩山的《嵩吟六首》云："峰高玉镜白，瞻月隔几许。形容随照灭，弦望自代序。名数久暂分，青山不负女。"④ 都是堪称"淳庞渊穆，莽莽可敌万夫"的佳作。

(三) 刘逢源

除"畿南三才子"以外，河朔诗派中较为著名的诗人还有刘逢源和赵湛。

刘逢源，字资深，号津逮，北直隶曲周人，明贡生，入清不仕。少好读书，通星数河洛之学。国变期间，崎岖转徙于江汉、淮海之间。与申涵光诸人唱和，申涵光、殷岳视之为畏友，时称高士。著有《积书岩诗集》一卷。

刘逢源的生存轨迹与申涵光、张盖、殷岳等人略有不同，他并非一开始就视出仕为畏途。他在青年时代颇有一般传统文人进取济世的理想，其人"少好读书，自经史百家、星数河洛之学靡不研究，皆能洞其原委。尝手抄二十一史，雠校精审，他书亦数千卷"，是一个勤苦博学之人，与张盖、殷岳的洒脱慢世的生存态度完全不同。而且他还"喜谈兵击剑，耻与流俗伍"⑤，这更是他在晚明衰世希图有所作为的表现。他在《咏怀》一诗中自称"少年不自量，意气何峥嵘。思一吐奇怀，历抵汉公卿"，正是他年轻时代意气风发、热衷进取的写照。

然而，"中岁事乖违，烽烟暗两京"，明清易代的陵谷之变，使得刘逢

---

① 王士禛：《居易录》卷十，《王士禛全集》，第3872页。
② 朱彝尊：《殷先生墓志铭》，《曝书亭集》卷七十四，第849页。
③ 殷岳：《登岱六首》，《留耕堂诗集》，第56页。
④ 殷岳：《嵩吟六首》，《留耕堂诗集》，第57页。
⑤ 徐世昌：《大清畿辅先哲传》卷二十七，《清代传记丛刊》第200册，第264页。

源"遂戢飞扬志,殊深林壑情。……每赴鸡豚社,间寻鸥鹭盟。陋巷甘偃蹇,聊以善自名",压抑了自己青年时代"历抵汉公卿"的理想,过上了隐居林泉的遗民生活。入清以后,他自称"家贫迫衣食,不敢薄躬耕。颓然一野老,井臼困柴荆"①,但实际上这种隐居乡里躬耕自食的生活只是被文人美化了的浪漫想象,他的生存方式是《四库全书总目提要》所记载的"崎岖转徙于江汉、淮海之间"②。家贫而仍然外出游历,显然是为了游幕或寻求友人帮助,这也是身为明遗民往往不可避免的生存困境。

刘逢源的诗风,正如《四库全书总目提要》所言:"逢源生当明季,崎岖转徙于江汉、淮海之间,故幽忧之语多,而和平之韵鲜焉。"③ 这种"幽忧之语多,而和平之韵鲜焉"的沉郁悲怆、感情浓烈的变雅风范,正是河朔诗派成员所普遍具有的。申涵光所津津乐道的燕赵诗人特别是河朔诗派成员所具有的"抗爽明大义,无幽滞纤秾之习。故其音闳以肆,沉郁而悲凉"④的特点,在刘逢源身上有相当鲜明的体现。

与河朔诗派的大多数成员一样,刘逢源也是一个恪守志节的遗民,且以自己的遗民身份自豪。他曾专门辑录了一部遗民史,并创作二十首咏遗民诗,分别吟咏历史上的高尚不仕者,正如他在小序中所指出的:"余缉《逸民史》四卷,近五百余叶。偶拈数人,聊以寄意。"显示出他对自己遗民身份的自觉与珍视。他咏郭泰云:"博带雍容七尺身,遨游郡国擅人伦。如何下士惊相慕,只仿先生折角巾。"赞颂遗民志节的同时,颇有讽世意味。而咏阮籍云:"登山临水兴何穷,故垒摧颓落照中。醉发狂言呼竖子,英雄老泪湿秋风。"⑤ 则更是他本人入清后消磨壮心、立志不仕的夫子自道。

不过,刘逢源的性格与诗文创作,皆有相当多的不同于其他遗民诗人的鲜明特色,这也是较值得注意的。

作为一个原本性格豪宕、恃才傲物、功名进取之心强烈,且又风流自赏、颇有晚明名士气质的人,刘逢源对于自己入清以后作为遗民隐居田园、

---

① 王士禛:《感旧集》卷四,第224页。
② 纪昀总纂:《四库全书总目提要·积书岩诗集》,第255页。
③ 同上。
④ 申涵光:《畿辅先贤诗序》,《聪山集》文集卷一,第474页。
⑤ 刘逢源:《遗民诗》,《积书岩诗集》,第253页。

清苦自守的生活，其实是不甚喜欢的。这也就使得他的诗作较之张盖、殷岳等人，少了几分沉静安然，而多了几分兀傲不平之气。所以，虽然他也不乏书写林泉隐居之乐的诗作，如五律《溪光》："溪光明落日，淡性与秋宜。丛菊薰幽径，寒匏挂短篱。泉声争赴壑，叶影半辞枝。邻叟闲相慰，浮生莫浪悲。"① 但这种闲适超然的心境，其实是和他性格不符的。他创作这类诗作，也往往只是显示自己遗民的身份而已。

在刘逢源的诗作中，经常出现对于当下穷困窘迫生存状态的抱怨和对于青年时代享乐生涯的追忆向往。他在作于康熙七年的《漫兴诗》自序中写道："予贫病终老，困委巷中。昔人所谓平生风流得意之事，为之都尽。"《漫兴诗》有五十首，多系此种叹老嗟卑的情怀，如："独坐谁知万古心，米盐编碎费沉吟。朋来月照杯中酒，春至苔生壁上琴。壮岁蹉跎成白首，少年意气说黄金。东风吹醒槐根梦，秉烛为欢惜寸阴。"② 他对入清后"壮岁蹉跎成白首"，以及"贫病终老，困委巷中"，陷于"米盐编碎费沉吟"的穷困生活是牢骚满腹的，却对青年时代"杯中酒""壁上琴""秉烛为欢"的"风流得意之事"念念不忘。这似乎与中国传统文人"安贫乐道""箪食瓢饮而不改其乐"的道德高调有些距离，却颇可见出晚明时代文人以真为先、不惮于剖白自我欲望的遗风。

这种真朴平实、不带道德标榜的自我心态展现，更突出地体现在他的《百忧集行》中。其诗写鼎革之后身为遗民的困穷处境，题下自注云："子美有《百忧集行》，五十所作。予年适五十矣，百忧煎人，更甚子美，遂复拟之。"③ 将自己与身逢丧乱的杜甫类比，显然是他作为遗民诗人"幽忧之语多而和平之韵鲜焉"的体现；但他对自己入清后遗民穷困生涯和艰难谋生历程的细述，却颇与当时一般遗民文学不同：

> 忆年十五气尚粗，把臂高阳旧酒徒。棋局花尊费白日，鼎鼐百年非故吾。只今倏忽已五十，坐看饥寒逼妻孥。农贾平生两不习，一编自知非良图。卖文大减长门价，数纸不博一青蚨。米盐告尽厨萧索，无计踌

---

① 刘逢源：《溪光》，《积书岩诗集》，第 236 页。
② 刘逢源：《漫兴诗》，《积书岩诗集》，第 244 页。
③ 刘逢源：《百忧集行》，《积书岩诗集》，第 235 页。

跳空捋须。篱边废畦半草莱,径绝綦履卧寒樗。东邻老叟富珠玉,每日花间倒玉壶。愤懑无从告天地,放言著论效潜夫。瓣香礼佛无他祝,但愿生生世世免为儒!①

这可以说是明清易代之后,所有立志成为遗民的士人所共同面对的困境。中国传统士人的谋生途径是"学而优则仕",但一旦"学而优"以后不能"仕"、不屑"仕",他们往往就会因缺乏最基本的谋生手段而使自己和家人都陷入经济困境。刘逢源不仅直面这一点,且毫不掩饰地述说自己选择不仕给家人带来的困窘,这种直面遗民之"穷"的文字,是极平实而有人情味的表述。

(四) 赵湛

赵湛(1619—?)字秋水,号石鸥,直隶永年人。其卒年不详,但据《省心吟》引言"余行年花甲已周"②及王士禛所载"康熙壬戌岁入都"③,可知康熙二十一年赵湛六十三岁时尚在人世。赵湛系明诸生,入清不仕,陶情诗酒。以其《澶渊道中次鹤园韵》诗中所描述的"江山愁伴客,词赋老依人"④来看,他入清后也曾经依人入幕。晚年则究心于理学。

赵湛亦颇有一般遗民所具有的故国情怀与不仕志节。《宿长淮卫望中都有怀》:"星分地列斗牛旁,遂建中都启大疆。兴废百年空涕泪,兵荒万井半流亡。已看王气沉淮泗,莫按雄图指凤皇。石马荆榛烟树远,长淮无际水茫茫。"⑤吟咏明亡后中都凤阳的残破寥落,黍离之悲的意味极为浓厚,笔墨亦沉郁苍凉。《寄申凫盟》为申涵光作,赞颂友人高尚不仕的节操,诗云:"持竿何处避征车,品第高风古不如。扫石寒岩秋坐月,看云绝壑晓担书。"⑥

不过,像刘逢源一样,赵湛实际上也是一个功名观念较强的诗人,其

---

① 刘逢源:《百忧集行》,《积书岩诗集》,第236页。
② 赵湛:《省心吟》,《玉晖堂诗集》卷一,第59页。
③ 王士禛:《秦蜀驿程后记》卷下,《王士禛全集》,第3590页。
④ 赵湛:《澶渊道中次鹤园韵》,《玉晖堂诗集》卷三,第73页。
⑤ 赵湛:《宿长淮卫望中都有感》,《玉晖堂诗集》卷四,第91页。
⑥ 赵湛:《寄申凫盟》,《玉晖堂诗集》卷四,第90页。

《省心吟》引言自称"每悔少岁困于贫贱,碌碌尘沙者,盖廿有八载"①。而诗中也不乏"我生迫忧患,白首道未闻。行止昧所适,何能附青云"②之类的慨叹。他经常将自己喻为秃尾的蛟龙、迟暮的贞女、困穷的志士、被伐的老桧,在标榜高洁自守中暗含志向难酬的愤懑不平之气:"北海淼万里,中有秃尾龙。鳞甲非不全,泥蟠守蛟宫。抱珠弄明月,奋鬣吟长风。""贞女垂素发,临镜不忍照。烈士当困穷,拭剑忽长啸。焦桐爨下泣,应为知音少。"③"老桧千尺腰十围,顶秃皮皴叶半稀。贞心独抱丹血赤,生向空山无匠石。樵人持斧斤,旦暮摧为薪。不逢赏音甘爨下,吁嗟老桧真伤心。"④这也与刘逢源的心态颇为相似。

而赵湛对自己功名心理的疏导压制,是通过究心于理学来实现的。《省心吟》:"玉函藏宝镜,光莹若冰晶。三时不拂拭,便见云烟生。抚躬问方寸,百岁空营营。五色乱我目,六欲牵我情。苟不自琢磨,安得常清明?"⑤《洗心诗》:"不见生人乐,初亦常苦辛。抱贞自砥琢,氛垢日逡巡。积渐得所适,羁怀良足申。"⑥

赵湛的诗学好尚与诗歌创作,也延续了河朔诗人宗杜的特点,前人早有定论,如近人邓之诚说赵湛"诗学少陵"⑦。此外,值得注意的是,赵湛是河朔诗派成员中,唯一习染宋风的诗人。河朔诗派作为生长于北方的诗歌流派,其成员多系宗唐尊七子的路子,申涵光、张盖均是如此。殷岳虽非七子一路,却也是"为诗自魏晋下屏不观"⑧,遑论宋诗。虽然申涵光对宋诗不乏公允评价,但扬唐抑宋的观念仍然一直为他所坚持。然而,以赵湛的诗文创作来看,他的诗集中甚至有直接效法苏轼的《对雪效东坡体二首》⑨,这种明确学宋的倾向是河朔诗派其他成员都没有的。

河朔诗派成员除了入清后自闭于土室的张盖以外,皆曾在京城活动,并

---

① 赵湛:《省心吟》,《玉晖堂诗集》卷一,第59页。
② 赵湛:《适运诗十首》,《玉晖堂诗集》卷一,第53页。
③ 赵湛:《感遇诗三首》,《玉晖堂诗集》卷一,第62页。
④ 赵湛:《老桧行》,《玉晖堂诗集》卷二,第63页。
⑤ 赵湛:《省心吟》,《玉晖堂诗集》卷一,第60页。
⑥ 赵湛:《洗心诗》,《玉晖堂诗集》卷一,第61页。
⑦ 邓之诚:《清诗纪事初编》卷二,第148页。
⑧ 朱彝尊:《殷先生墓志铭》,《曝书亭集》卷七十四,第849页。
⑨ 赵湛:《玉晖堂诗集》卷四,第86页。

与京城文化圈内的士人有所交际，特别是与康熙时代的京城诗坛盟主王士禛有往来。王士禛对此有详细记载："（殷岳）河朔一奇士也，和孟，节愍公子，有高义，与予兄弟相友善。……又赵湛秋水、刘逢源津逮，亦广平人，能诗，皆与予善。"① 足见河朔诗派虽然属于畿辅地区的遗民诗人团体，却能在京城诗坛上有所影响，乃至可以被视为京城诗坛之组成部分。

关于河朔诗派领军人物申涵光与京城诗坛的深厚渊源，前文已有详述；其他几位河朔诗人在京的活动与交际，可考者如下：

殷岳曾于顺治十五年秋入京，但停留时间不长。魏裔介《赠殷伯岩》小序云："伯岩，鸡泽人，曾为睢宁令。……戊戌秋，至都即旋，余赋此追赠之。"其诗云："不作淮南令，归来事桔槔。名山多杖履，田舍有风骚。爽气虬须动，清言河汉高。卜邻已有愿，终共隐蓬蒿。"② 虽然殷岳与魏裔介结识的时间，尚不可考；但以魏裔介此诗中"卜邻已有愿"之句，可知至少此时，两人已经相识。魏裔介另有《春日感怀诗》云："犹龙与凫盟，我辈论文早。王孟如复生，晨夕相倾倒。晚得巢氅子，浩歌天地老。"注云："巢氅子，殷岳也，鸡泽人。"③ 魏裔介之所以将殷岳与申涵光、杨思圣并列，定位为燕赵诗人中的佼佼者，④ 正是和他与殷岳的相识相知有关。

刘逢源是否曾经入京，尚无明确记载，但他与王士禛有一定交往，前文王士禛提及"又赵湛秋水、刘逢源津逮，亦广平人，能诗，皆与予善"⑤，可见他也曾经在京城文化圈出没。

赵湛在京城诗坛上相当活跃，经常来往于京城与广平故里之间，这一点颇似申涵光。在他本人的《留别韩圣秋司马》一诗中有"长安淹隔岁"⑥句，可知他某次入京就曾在京城停留了颇长的一段时间。因为他在京居住时间较长，所以，他也交往过不少京城文化名流。王士禛把他和申涵光、刘逢源均列为"皆与予善"的河朔诗人。王士禛《秦蜀驿程后记》云："秋水，永年人，申处士凫盟涵光友也。康熙壬戌岁入都……访予邸舍，与谈凫盟遗

---

① 王士禛：《居易录》卷十，《王士禛全集》，第3872页。
② 魏裔介：《赠殷伯岩》，《兼济堂文集》卷十九，第512页。
③ 魏裔介：《春日感怀诗》，《兼济堂文集》卷十八，第473页。
④ 魏裔介：《漪园近诗序》，《兼济堂文集》卷六，第146页。
⑤ 王士禛：《居易录》卷十，《王士禛全集》，第3872页。
⑥ 赵湛：《留别韩圣秋司马》，《玉晖堂诗集》卷三，第74页。

事，感赠一诗。"①

除了王士禛以外，赵湛在京城所结识的士林名流还包括龚鼎孳、陈祚明、田茂遇、申涵光、魏裔介等人。

赵湛有《留别龚芝麓先生》："接座俱朝贵，谭诗向野人。"② 可知京城诗坛"职志"龚鼎孳与赵湛亦有文学方面的交流。

赵湛《寄怀陈允倩兼至申伯子凫盟》"春帆初把臂"句下注云："春帆，芝麓公斋名也。予与允倩定交于此。"③ 可知赵湛与"燕台七子"中唯一的遗民诗人陈祚明订交，也是在龚鼎孳的宅邸，他们的订交极有可能是源于龚鼎孳的从中牵线。

流寓京城的云间派名家田茂遇与赵湛的结识，系出于申涵光的推荐。《雪中同申凫盟过访田髯渊》注云："髯渊名茂遇，华亭人，才雄学博，倒屣公卿，评选古今诗文，为世推重。"④ 说明赵湛曾随申涵光过访当时寓居京城的田茂遇。

赵湛有诗《次柏人投赠魏贞庵相公》与《魏贞庵即日招饮》⑤ 说明其与魏裔介也有往来。

第二节　清初京城诗坛的其他遗民诗人

一、遗民门客纪映钟

清初遗民诗人以幕府门客身份活跃于京城诗坛者，首推纪映钟。

纪映钟（1609—1680 后），字伯紫，又称伯子、蘖子，号戆叟，世为江南上元（今南京）人，著有《真冷堂诗稿》《补石仓集》《蘖堂诗钞》多种，多已佚失。今传《戆叟诗钞》四卷，散乱汗漫，已非其原作旧貌。

纪映钟在晚明时代的南京士林中，地位颇为崇隆，与顾梦游并称南京诗

---

① 王士禛：《秦蜀驿程后记》卷下，《王士禛全集》，第 3590 页。
② 赵湛：《留别龚芝麓先生》，《玉晖堂诗集》卷三，第 74 页。
③ 赵湛：《寄怀陈允倩兼至申伯子凫盟》，《玉晖堂诗集》卷四，第 75 页。
④ 赵湛：《雪中同申凫盟过访田髯渊》，《玉晖堂诗集》卷三，第 76 页。
⑤ 赵湛：《玉晖堂诗集》卷四，第 84 页。

坛的两位"职志"。《国朝诗名家小传》云:"金陵为陪京重地,山川妍淑,风物清华,钟鼓声闻,衣冠都雅。是时扶质垂条,星奔川骛者,则必以纪伯紫、顾与治二君为职志。"① 入清以后,隐居不仕,号钟山遗老。诗作亦多故国之叹,尤以《金陵故宫诗》名闻大江南北。龚鼎孳《纪伯紫金陵故宫诗跋》云:"钟山一老,徘徊吟眺,麦秀之感,苞桑之伤,凛乎有余恫焉。"②

纪映钟于康熙二年应龚鼎孳以"总角交"名义之邀,赴寓京师,在京生活达十年之久。直至康熙十二年龚氏卒,次年春,纪遂南还,其后隐居南方,再未赴京。施闰章《别纪蘗子》系施氏于康熙十年离京时赠别纪映钟所作,注云"时客龚宗伯宅",说明当时纪映钟客居京城,是住在龚鼎孳的寓所。其诗云:"白头重别暮尊前,桂树风凉八月天。作客可能忘草阁,移家闻说买江田。贵游每结王生袜,诗品群推记室篇。长忆钟山存一老,十年风雪滞幽燕。"③ 即可见当时纪映钟以南京遗民身份,长期客居京城,且寄居于龚鼎孳幕下。

纪映钟入幕后的生活,首先是作为普通幕僚,为龚鼎孳代作文书笔札,处理各种官场应酬事务。阎尔梅在《赠纪伯紫》中写道:

> 尚书当代之山斗,容众怜才工诗酒。天子亦心慕其名,垂问公卿不置口。登其堂者号龙门,顾厨争附宫墙走。伯紫独为长揖客,正大相规一无苟。笔札应酬意思闲,五官并给不停手。俄顷挥毫千百言,如人意中所凤有。周历宪台三尚书,声誉赫然赖此叟。共事十年寄腹心,脱略形骸称耐久。④

阎尔梅与纪映钟交期极密,将纪氏称为"四十五年一良友";而且,阎尔梅在康熙时代频繁出入京城龚氏府邸,必然熟悉纪映钟的生存状态。在他的记载中,纪映钟不但作为龚氏的幕僚担任文书事务,而且很可能参与了某

---

① 郑方坤:《国朝诗名家小传》卷一,第89页。
② 龚鼎孳:《纪伯紫金陵故宫诗跋》,《定山堂文集》卷十六,第1869—1870页。
③ 施闰章:《别纪蘗子》,《学余堂诗集》卷三十七,《施愚山集》第3册,第290—291页。
④ 阎尔梅:《赠纪伯紫》,《阎古古全集》卷二,中国地学会民国十一年铅印本。

些重要政务的处理,因而极受龚氏信任,故云"共事十年寄腹心"。《赠纪伯紫》诗提到阎尔梅与纪映钟的相识,是在天启七年,"有明天启岁丁卯,石头城下秋风早",末句又云"四十五年一良友",则此诗必作于康熙十年,阎尔梅最后一次离京之时。因而诗中所谓"共事十年寄腹心",必在纪映钟正式成为龚氏门客的康熙时代。

龚鼎孳作为京城诗坛"职志",除政务之外还有大量的文坛应酬事务。"康熙初,士人挟诗文游京师,必谒龚端毅公。"① 即使龚鼎孳确是一个好士爱客之人,如此大量的谒见者也令他吃不消,而这些事务也由纪映钟分担。在《赠纪伯紫》一诗的记载中,纪映钟甚至担任着对这些"挟诗文游京师"的后进文人进行"把关"的工作:"游京师者纷纷如,鸡鸣早曳侯门裾。……伯紫视之唯一笑,小设饱尊慰客居。谒尚书者旁午至,先向伯紫投空刺。"

除了笔札政务和文坛应酬这类"合法"事务之外,纪映钟还参与了不少龚鼎孳援救遗民的秘密事务,这极有可能是龚鼎孳与其"共事十年寄腹心"的真正原因。《清诗纪事初编》载:"(龚鼎孳)官刑部尚书,宛转为傅山、陶汝鼐、阎尔梅开脱,得免于死。艰难之际,善类或多赖其力。又颇振恤孤寒。钱谦益所谓'长安三布衣,累得合肥几死',吴伟业谓'倾囊橐以恤穷交,出气力以援知己'。"② 而为龚鼎孳所开脱免死的"长安三布衣"中,纪映钟至少参与了其中两位遗民的援救行动。

首先是援救傅山。《傅青主先生年谱》"顺治十二年"条目记载:"金陵纪伯紫映钟、合肥龚尚书鼎孳力救之,事白,释归。"③ 顺治十一年,傅山以南明总兵宋谦策动河南抗清事受牵连被逮,押于太原府受讯。太原府初以逆案上报,被刑部会同都察院驳回,复审后太原府以傅山无罪结案。当时龚鼎孳正是都察院左都御史,且系三法司会审的主要负责人,这一判决显然是他从中回护的结果。傅山之子傅眉在随父系狱期间所作《与古度书》中云:"因眉愚见,以为恳边老爷作一申文至都老爷处,将因眉及叔暂保在外。"④

---

① 王士禛:《香祖笔记》卷八,《王士禛全集》,第4630页。
② 邓之诚:《清诗纪事初编》卷四,第553页。
③ 丁宝铨:《傅青主先生年谱》,《北京图书馆藏珍本年谱丛刊》第69册,第65页。
④ 傅眉:《与古度书》,《傅青主先生年谱》附录,第64页。

信中"都老爷"显指龚鼎孳,而纪映钟当时正在山西巡抚陈应泰幕中,且与傅山系至交好友,在其间起到了周旋联络的作用。《清诗纪事初编》云:"世传(傅)山叛案得纪映钟、龚鼎孳而解……然则果有其事矣,映钟盖为之周旋者。"①

其次是援救阎尔梅。他因参与榆园军反清事,长期被清廷追捕,流亡四方。康熙四年因乡人出首,复为朝廷所缉,处境危急,阎尔梅不得不携次子秘密入京向老友龚鼎孳求救。龚鼎孳遂慨然应允。其间,纪映钟百般设法,不仅为阎尔梅代作辩章,且利用清廷自首宽免的刑例,假报阎氏年岁,在阎氏获释过程中出了极大的力。鲁一同《白耷山人诗选本·七言律》有《纪伯紫白仲调为予草辩章小僮贞宁持诣刑部上之僮十四岁》。孙运锦《白耷山人别传》记载更详:"适纪伯紫白仲调崔兔床皆在龚处,因时有诣狱放还之例,为作辩章,增其年十岁,使小僮上之刑部,龚司寇据以老病入告,得俞旨放还。"②

纪映钟虽入清廷贰臣之幕多年,但颇能自重身份。他不但终身不仕清,且除龚鼎孳本人外,并不与其他清廷大僚轻易结交,更无干谒权门希求出山之意。这使得他与一般门人清客之流,有本质上的区别。郑方坤《国朝诗名家小传》云:"伯紫以青云白雪之身,嚼然不淄。……少与庐江龚宗伯友善,宗伯既贵,为招之至京华下榻焉,岁且十稔。此外未尝轻谒一人,轻投一刺。如天半朱霞,可望而不可即。"③因而时人对纪映钟依附龚鼎孳为门客之事,多持宽容态度;对其名节问题,也大多无甚异议。若同系遗民人士的方文《赠纪伯紫》云:"但得贤主人,何须悲道路。顾念长干里,父祖有丘墓。多积买山钱,仍回旧京住。"④

纪映钟入龚鼎孳幕虽然始自康熙二年,但入清后纪映钟与京城的渊源,却早在顺治时代即已开始。顺治十年夏,赵开心起用入京待命,纪映钟受其聘一同入都。《真冷堂诗选自序》云:"今夏浪游燕市,汇思姜子论诗甚欢。欲予出其所有以丽于姜子及圣秋韩子、凫盟申子之间,而予野处久,敝寻尘

---

① 邓之诚:《清诗纪事初编》卷二,第166—167页。
② 孙运锦:《白耷山人别传》,《白耷山人年谱》,第746页。
③ 郑方坤:《国朝诗名家小传》,第90页。
④ 方文:《赠纪伯紫》,《嵞山续集后编》卷一,《嵞山集》,第899—900页。

积,杂乱潦草,未尝携之游笥中,仅记忆数十章以应之。至燕市近篇,乃十留二三焉。"纪映钟到京的时间,或在顺治十年五月。他作于京城的《姜汇思侍御置酒歌》云:"侍御置酒苍藤悬,五月六月如秋天。"①

《真冷堂诗稿》附录的韩诗《戆叟诗选序》中还记载了纪映钟的一段议论:

> 壬辰春,余以师命再游长安,明年夏,叟亦受御史大夫赵公聘,相遇于京洛。客有讶之者,叟曰:否否。独不见圣予、景熙乎?圣予往来故京,画马自给,景熙教授泉州,其诗凄婉沉郁,有唐余音,独不能与二君子上下千古乎?②

身为遗民而入清廷大僚之幕,在清初士人讲求名节的环境中,不乏可议之处。而纪映钟遂以遗民龚开、林景熙自喻,以示自身虽入幕而不改节。

此次纪映钟在京城与龚鼎孳多有唱和,龚鼎孳有《送陈行五之登莱和伯紫彦远韵》③ 等。纪映钟《真冷堂诗稿》亦有《雪中书所见呈龚少司寇并简见未在辛燕友三郎中》。龚鼎孳任刑部侍郎事在顺治十年四月至顺治十一年二月,此诗必作于顺治十年年末。

此次纪映钟在京一直逗留到顺治十一年五月,方赴山西巡抚陈应泰幕。龚鼎孳有《送伯紫之晋阳》云:"数子林中侣,同时邺下游。龙潭初珥笔,河渚竟归舟。雨湿啼莺路,人分战马秋。最怜挥手罢,蓬迹感淹留。"注云:"伯紫西行,彦远南返,而吾与圣秋踯躅京洛,人生何能长合并也。"④ 该诗提及纪映钟赴山西,以及另一位遗民人士胡介启程回乡之事。胡介回京时间,据王崇简《赠别胡彦远》诗,收录于《青箱堂诗集》卷九,注明"甲午"⑤,显然是顺治十一年春的作品。纪映钟也参与了送别胡介的唱和,在胡介回乡之后离京赴晋,离京之时系十一年端午,龚鼎孳有《纪伯紫午日过

---

① 纪映钟:《姜汇思侍御置酒歌》,《真冷堂诗稿》,清顺治刻本。
② 韩诗:《戆叟诗选序》,《真冷堂诗稿》附录,清顺治刻本。
③ 龚鼎孳:《定山堂诗集》卷十,《龚鼎孳全集》,第335页。
④ 龚鼎孳:《送伯紫之晋阳》,《定山堂诗集》卷十,《龚鼎孳全集》,第338—339页。
⑤ 王崇简:《赠别胡彦远》,《青箱堂诗集》卷九,第136页。

别留宿小斋是夕大雨》:"旅雁愁闻度太行,檐花偏落故交筵。"①

顺治时代纪映钟的第二次入京,在顺治十五年秋。龚鼎孳有《喜伯紫至都门和长益洞门韵》②。按龚鼎孳于顺治十三年南下使粤,过杭州时曾与纪映钟见面,纪映钟云:"客岁秋冬之际,孝升先生将有东粤行,时予适寓武林,轺车至,迓之北关,先生留予宿舟中。"③次年龚氏使粤归来,途经南京,包括纪映钟在内的诸多南京遗民俱来相送,多有唱酬。《喜伯紫至都门和长益洞门韵》其一云:"隔岁同登周处台,菊花寒共鬓毛摧。"其二云:"万事江湖惭计拙,一年灯火似君来。"④则纪映钟此次入京,必在南京送别的次年,即顺治十五年秋。其后,纪映钟在京与龚鼎孳多次唱和,如《同伯紫赋送绮季之晋阳》⑤,事在顺治十五年冬。《元夕雪后伯紫绮季过集和空同韵》⑥系顺治十五年元夕。又如《正月六日伯紫友沂过集》⑦《立春前二日谈长益纪伯紫姜绮季赵友沂陈子寿同鲍子云夜集》⑧二诗。以其下《送严颢亭都谏假归虎林》诗,严沆请假归乡葬亲,事在顺治十六年。则此次纪映钟与龚鼎孳的在京唱和,必在顺治十六年正月。

本次纪映钟在京居住数月,于顺治十六年春前往福建。《送伯紫从金陵之闽中》:"纪叟临岐但一醉,赠诗不羡姑山多。纵无佳句代萱草,应有清梦随烟萝。闽南荔子五月熟,舍东桃叶三春波。暂归远游亦快意,安能尘土长婆娑。"⑨以其前一首《三月廿三日见西山积雪》及其后一首《闰三月十二日张司空招集慈仁寺看海棠余与洞门先至》,可知纪映钟此次离京,在顺治十六年春。而以作于顺治十六年秋的《九日同圣秋与可绮季园次宗来玉少登

---

① 龚鼎孳:《纪伯紫午日过别留宿小斋是夕大雨》,《定山堂诗集》卷二十三,《龚鼎孳全集》,第810页。
② 龚鼎孳:《定山堂诗集》卷二十六,《龚鼎孳全集》,第928页。
③ 纪映钟:《过岭集序》,《龚鼎孳全集》附录,第2521页。
④ 龚鼎孳:《喜伯紫至都门和长益洞门韵》,《定山堂诗集》卷二十五,《龚鼎孳全集》,第928页。
⑤ 龚鼎孳:《定山堂诗集》卷二十六,《龚鼎孳全集》,第936页。
⑥ 同上书,第932页。
⑦ 龚鼎孳:《定山堂诗集》卷十二,《龚鼎孳全集》,第429页。
⑧ 同上。
⑨ 龚鼎孳:《送伯紫从金陵之闽中》,《定山堂诗集》卷二十六,《龚鼎孳全集》,第947页。

毗卢阁复饮松下仍叠前韵》"却怜纪叟闽山麓"① 句，可知此时纪映钟身在福建。

纪映钟在顺治时代的第三次入京，具体时间已不可考，只可确定顺治十八年他在京城，参与了龚鼎孳送陈祚明回乡的唱和。《定山堂诗集》有《集慈仁松下送无称胤倩同圣秋灏亭伯紫峻度和胤倩韵》②。陈祚明回乡事在顺治十八年八月。

不过，纪映钟最后在京城定居是在康熙二年应龚鼎孳之约入京时，直至康熙十二年龚鼎孳去世以后才离开京城。他也正是在这十年间，成为京城文化圈的长驻成员。由龚鼎孳在这十年间的诗作可以看到，龚氏在京召集的大规模文人集会大多活跃着这位"钟山遗老"的身影，最典型的就是龚氏门人的黑窑厂之会，黑窑厂是京城宣南地区风景胜地，生性好游而又宾客众多的龚鼎孳，极喜在此地登高游赏。而这些登高游赏活动，纪映钟几乎皆有参与。如龚鼎孳作于康熙六年春的《花朝春阴同伯紫兔床椒峰法乳孝阿集黑窑厂分赋四首》："岁岁长安陌，暄迟负柳条。萍逢惟数子，花发又今朝。"③

再如康熙五年春，阎尔梅入京，龚鼎孳召集京城多位士林名流与之唱和，其中又有纪映钟参与。《定山堂诗集》有《春夜集慈仁海棠花下同古古伯紫限韵》④《上巳后一日招同古古兔床伯紫仲调集慈仁寺海棠花下是日晨雪》⑤。到康熙六年冬，阎尔梅再次入京，纪映钟也曾参与龚、阎二人的唱和活动。《定山堂诗集》有《古老过集拈空同马上城中见雪山之句同作》⑥及《雪后古古檗子础日子寿方虎荆名遥集康侯锡鬯湘草武曾纬云竹涛青藜仲调縠梁武庐同集小斋古老限杜韵即席四首是日稚儿初就塾》⑦，均是阎尔梅于康熙六年冬入京时所作。次年六月，陈维崧入京，纪映钟又和龚鼎孳

---

① 龚鼎孳：《九日同圣秋与可绮季园次宗来玉少登毗卢阁复饮松下仍叠前韵》，《定山堂诗集》卷四，《龚鼎孳全集》，第140页。
② 龚鼎孳：《集慈仁松下送无称胤倩同圣秋灏亭伯紫峻度和胤倩韵》，《定山堂诗集》卷二十八，《龚鼎孳全集》，第1036页。
③ 龚鼎孳：《花朝春阴同伯紫兔床椒峰法乳孝阿集黑窑厂分赋四首》，《定山堂诗集》卷十五，《龚鼎孳全集》，第519页。
④ 龚鼎孳：《定山堂诗集》卷三十一，《龚鼎孳全集》，第1104页。
⑤ 同上书，第1105页。
⑥ 同上书，第1140页。
⑦ 同上书，第1141页。

一起与陈维崧聚会唱和,《定山堂诗集》有《雨夜伯紫其年小饮春帆即席分韵》①。

可以看到,在这些唱和活动中,一方面,纪映钟作为龚鼎孳的门客身份而出席,但仍能保留一种嶙峋傲骨,有别于俯仰随人的清客之流。而这一点也得到龚鼎孳的充分尊重,《集仲调寺斋》其四"怪他龙性异,对酒不能驯"句注云:"为檗子先归。"②龚鼎孳性格豁达,又有好士之名,对于这位钟山遗老的不驯之性,怀有相当宽容的态度。

另一方面,纪映钟的布衣身份和超然名利场外的立场,也是龚鼎孳这位文人气息浓厚的高官身不能至而心向往之的。他在《琉璃厂眺月同伯紫孝阿》中写道:"不识鸣驺地,林塘意外幽。晴沙初吐月,高树总浮秋。官事听蛙减,寒星带雁流。平生丘壑兴,倦眼一时收。"③与布衣友人游赏京城胜地琉璃厂,自然难免会引起龚鼎孳那一种文人气的"丘壑之兴"的。

而纪映钟作为遗民的名节无亏的生存状态,更能引发龚鼎孳这位名节丧尽、处境尴尬的"三朝元老"的慨叹与羡慕。龚氏《与纪伯紫》:"铜驼萧瑟,一往愁人。松桂北山,不胜林惭涧愧之甚。悔此小草,困倍飘蓬,惟时咏'京洛多风尘,素衣化为缁'之句,以自忾惜耳。感念知己深情,何时能去于怀。尘海茫茫,求我同心人,何可一二得也。"④龚氏在抒写自己与纪映钟深挚友谊的同时,自己身为贰臣的凄苦也展露无遗。这也正是龚鼎孳平生好士成癖,且特别乐于结交与接济遗民的隐秘心理动因。

从纪映钟本人的心态来看,他虽浪游京城、托身龚氏幕中,亦不免与其他清廷大僚有诗文往来,⑤但他始终不忘自己身为"钟山遗老"的志节。他在顺治十年入京后的当年冬天,有《喜稚恭至》诗云:"小草非初意,长安且漫游。"⑥已明已不愿出之意。《西家女》一诗,出言更为激烈:

---

① 龚鼎孳:《定山堂诗集》卷三十,《龚鼎孳全集》,第1100页。
② 龚鼎孳:《集仲调寺斋》,《定山堂诗集》卷十四,《龚鼎孳全集》,第503页。
③ 龚鼎孳:《琉璃厂眺月同伯紫孝阿》,《定山堂诗集》卷十四,《龚鼎孳全集》,第497页。
④ 龚鼎孳:《与纪伯紫》,《定山堂文集补遗》卷下,《龚鼎孳全集》,第2162页。
⑤ 如《真冷堂诗稿》中有与陈名夏唱和之《灏水相公松风亭限松字》。陈名夏于顺治十一年三月倒台论死,以纪诗中"六月秋尝在"句,此诗必作于纪映钟首次入京后不久的顺治十年六月。
⑥ 纪映钟:《喜稚恭至》,《真冷堂诗稿》,清顺治刊本。

西家女，未出阁。东家女，三易夫。东家貌肥黑，西家艳芙蕖。寒修大都来，手持双璧鱼。一见东家女，载以鸾铃舆。西女闻，笑且吁：我宁守我纺缉车，不愿易夫如蘧庐！①

此诗笔墨相当辛辣，也可知纪映钟对挚友龚鼎孳的贰臣身份和"三朝元老"的历史，其实也是颇有看法的。

在龚氏幕下时，纪映钟对自己的定位，是宾客而非幕僚。他自称："决不可为郗参军，亦不甘为陈书记。择主择宾各有伦，男儿心耻曹桓辈。以是名震诸王侯，雅有推扬无谗忌。"他不但要求来去自由，而且坚持自己为人处世的底线。所以，他在与龚鼎孳相处的过程中，往往以敢于规劝的诤友面目出现。《赠纪伯紫》云："伯紫独为长揖客，正大相规一无苟。……周历宪台三尚书，声誉赫然赖此叟。"②

同时，纪映钟给自己和龚鼎孳的定位也颇耐人寻味："孟郊倔强尊韩愈，山谷钦岐事老坡。"③ 他以孤高寒士孟郊、黄庭坚自喻，而以好客爱士、提携寒士的高官文人兼文坛领袖韩愈、苏轼喻龚鼎孳，这种定位显然是强调彼此文人身份，而尽量虚化彼此出处立场的差异。

不过，纪映钟对自己的幕僚生涯也并非没有慨叹乃至痛苦。他在《感兴》一诗中写道："我生山泽儒，经年事柔翰。胡为频远行，风霜切陶坂。只怜骨肉孤，屡犯湖海澜。贫贱自危苦，因风发浩叹。"④ 身为"山泽儒"而因生计所迫，不得不流寓他乡、依人门下，即使是龚鼎孳那样的"贤主人"，他的内心也是苦涩的。这种苦闷，显然来自于他身为遗民却以幕僚身份在清廷大僚的圈子中活动，因而不得不采取一种谨慎乃至于明哲保身的生活态度。阎尔梅《赠纪伯紫》云："伯紫恂恂法圣贤，沉潜不露英雄气。携家北从尚书游，绿水芙蓉何其丽。""来往燕京辄聚首，我每纵横君杜口。至慎有如阮步兵，玄言清绝无臧否。蕴藉闳深不可方，珠秘精华剑隐铓。明

---

① 纪映钟：《西家女》，《真冷堂诗稿》，清顺治刊本。
② 阎尔梅：《赠纪伯紫》，《阎古古全集》卷二，中国地学会民国十一年铅印本。
③ 纪映钟：《立春次日孝升奉尝北发置酒高会紫淀长歌送之依韵倚和》，《真冷堂诗稿》，清顺治刊本。
④ 纪映钟：《感兴》，《真冷堂诗稿》，清顺治刊本。

哲保身诵山甫，大智若愚贾深藏。"①

这也就可以解释，纪映钟在对待另一位曾经一度流寓京城出入仕宦高官之门，却终于白衣还山的遗民人士胡介的态度。顺治十一年春，胡介南归钱塘故里，包括龚鼎孳在内的大量京城文化名流有诗相赠，纪映钟亦有《彦远别我南归》一诗。他先是回忆自己在顺治二年即得悉胡介之名，"记昔乙酉岁，断发出奔走"。当时的胡介"既道姓名罢，行藏更非苟。淡比松下禅，坚类柏舟妇。一家河渚栖，梅花带左右。入林恐不密，数峰当户守。内子亦苦吟，研山间井臼"，是一位隐居故里、清苦自守的遗民。此诗又云："此语今十年，梦魂未尝负。荦荦千秋名，沦落同敝帚。投刺长安道，错愕辨真否。烧灯韩子庐，浊醪倾几瓿。平生性命欢，独此堪不朽。长歌贻蹇修，再歌示良友。环堵生烟霞，真怀动星斗。何意超古初，只不落人后。"虽然他与胡介在京城相处颇为投契，但对胡介入京以后出入权门的生活，还是略有不满的。是年春，胡介归乡，"春到理归鞍，故人备粮糇"。纪映钟十分欣喜，于是反复叮嘱胡介，归乡以后务必谨守遗民的生存方式，勿再轻易出外干谒权门："离合固难期，□归毋回首。湖上多桃花，涧中赢南亩。莫带长安尘，轻点溪□酒。"② 这对于尚在寻求入幕机会的纪映钟来说，实在是一种颇为苦涩的慨叹。

值得注意的是，龚鼎孳在与入京的遗民文士进行聚会唱和时，往往同时邀请纪映钟出席，其中尤以龚鼎孳与阎尔梅的往来为明显，可考者如下：

康熙四年，阎尔梅与次子阎熞因狱事入都，求救于龚鼎孳。龚氏时为大司寇，职掌刑部，为其题疏得免。阎尔梅本人于康熙四年九月入京，直到康熙五年春方离开京城，其间曾与龚鼎孳多次唱和，而纪映钟皆在座。康熙五年元旦，阎尔梅有《丙午元旦孝升招饮与伯紫仲调炅儿同赋》③。康熙五年元宵节，阎尔梅有《元宵与龚孝升伯紫白仲调同用钱牧斋灯屏旧韵》④，是年春还有一次唱和聚会，阎尔梅有《春夜集孝升斋中偕魏子存刘公勇程蕉

---

① 阎尔梅：《赠纪伯紫》，《阎古古全集》卷二，中国地学会民国十一年铅印本。
② 纪映钟：《彦远别我南归》。此诗在《戆叟诗钞》与《真冷堂诗稿》中皆不载，载于邓汉仪所选《诗观二集》卷一，第 675 页。
③ 阎尔梅：《白耷山人诗集》卷六上，第 335 页。
④ 阎尔梅：《白耷山人诗集》卷八，第 417 页。

鹿王西樵王贻上崔兔床伯紫仲调限韵》①。直至阎尔梅离开京城,龚鼎孳在西堂为之送行,纪映钟也在其列,并作有《送古先生还沛上》诗②。

康熙六年冬,阎尔梅再次入都,寓真空寺,一直在京城滞留到次年三月。其间的唱和活动,纪映钟也大多参与,包括康熙六年冬龚鼎孳有《雪后古古礨子础日子寿方虎荆名遥集康侯锡鬯湘草武曾纬云竹涛青藜仲调穀梁武庐同集小斋古老限杜韵即席四首是日稚儿初就塾》③,康熙七年人日之会,《白耷山人诗集》卷六上有《戊申人日孝升招饮与周郧山陆冰修朱锡鬯纪伯紫分韵》。直至康熙七年三月,阎尔梅离京,龚鼎孳招集众友于真空寺为阎尔梅饯行,纪映钟也曾参与。《白耷山人诗集》卷六上有《戊申禊日诗》十四首,序云:"余久客燕京,戊申春将南去,大司马龚公以三月三日饯我于城西之真空寺。……同席有金陵纪伯紫、武林吴兴公、长洲文与也、嘉禾吴佩远、龚伯通、龚禹会、龚雪舫暨二儿奭。"④ 其十下诗人自注云:"纪伯紫时在司马幕府中。"⑤

康熙九年春,阎尔梅复入京城,立春后二日,周在浚携具过饮龚鼎孳寓斋,阎尔梅亦在座。龚鼎孳有《嘉平立春后二日雪客携具过小斋招同古古条侯平子湘草穀梁礨子饮中限韵》⑥ 二首。四月初一,龚鼎孳和纪映钟曾偕何昭侯在真空寺为阎尔梅饯行。《白耷山人诗集》卷六上有《孟夏朔日宗伯偕伯紫青藜昭侯饯余真空寺限韵》。

可以看到,龚鼎孳与阎尔梅在康熙时代的整个交往过程中,纪映钟几乎每次唱和活动都参与其中。这一方面当然与龚鼎孳在争取宽免阎尔梅案件时,纪映钟曾从中相助有关;另一方面,龚鼎孳实际上也是借由纪映钟之遗民身份,拉近自己与其他遗民人士的心理距离。龚鼎孳虽有好士之名,毕竟大节有亏,因而在与遗民文人交往时,双方都不免尴尬。而纪映钟这位身份特殊的遗民门客的出席,对于此种尴尬情形则是一种有力的化解。以《云中

---

① 阎尔梅:《白耷山人诗集》卷六上,第335页。
② 纪映钟:《送古先生还沛上》。此诗在《戆叟诗钞》与《真冷堂诗稿》中皆不载,载于张相文编订《白耷山人年谱》,第55页。
③ 龚鼎孳:《定山堂诗集》卷三十二,《龚鼎孳全集》,第1141页。
④ 阎尔梅:《白耷山人诗集》卷六上,第340页。
⑤ 同上书,第341页。
⑥ 龚鼎孳:《定山堂诗集》卷三十二,《龚鼎孳全集》,第1146页。

古檗二老仲调小集花下叠韵》为例,其诗云:"四海双蓬鬓已银,艰难身许故交真。一枰棋局浮云过,依旧南枝逗眼新。"① 两位渡尽劫波的前朝遗老,再加一位同样是渡尽劫波的贰臣,三位老友于尊前共话陵谷沧桑的情形,宛然可见。

由于纪映钟具有前朝遗老与龚氏门客的双重身份,他往往能在龚鼎孳与遗民士人交往的过程中穿针引线,促进双方之间的沟通,传达彼此囿于身份而不能明言的意图。仍以阎尔梅为例,他本是在明亡后破家抗清复国的志士,半生奔走四方,遭受清廷通缉。龚鼎孳出于友情义气,为其解脱狱事。以龚氏的心态而论,他是真心希望这位心如铁石的老友能从此放弃反清之志,回归故里安分隐居以终老天年;但却又囿于双方政治立场,不能直接相劝。而纪映钟则正可充当这一角色,他的遗民身份更容易被阎氏认同。所以,纪映钟在《送古先生还沛上》诗中,既盛赞阎尔梅"不为蹈海不封留,剩水残山蹑屩游"的坚贞志节,也颇有善意的规劝:"不死还应重此生,老年作别自心惊。""却袖刜蛟驯鳄手,澄江如练好投纶。"② 这样入情入理的规劝,想来阎尔梅也不会十分排斥。

纪映钟不仅善能斡旋于龚鼎孳与遗民士人之间,而且在遗民友人与京城其他新贵士人发生冲突时,也能善加斡旋保护。按阎圻《文节公白耷山人家传》记载,阎尔梅于康熙五年春离京时,京城众友人在慈仁寺为之送行,时有新贵在座,劝说阎尔梅仕清:"先生仕,愿以《明史》任先生。"性格刚烈的阎尔梅当即峻拒,并引用靖难之役时拒燕兵于金川门外,其后又拒仕永乐朝的龚安节为例,云:"我仕,于义则无害,如有愧龚安节何?"阎尔梅言辞过于激烈,还差点提到反清往事,考虑到他刚刚获赦不久的"前政治犯"身份,纪映钟担心横生枝节,马上在席间大呼"先生是也!止勿复言"③,化解了一场风波。

由于纪映钟长期随龚鼎孳生活在京城,他也得以在京城文化圈扎根,并且结识了不少京城文化名流。其中较著名者有宋琬、杨思圣、魏裔介、申

---

① 龚鼎孳:《云中古檗二老仲调小集花下叠韵》,《定山堂诗集》卷四十三,《龚鼎孳全集》,第1394页。
② 纪映钟:《送古先生还沛上》,张相文编订《白耷山人年谱》,第55页。
③ 阎圻:《文节公白耷山人家传》,鲁一同编《白耷山人年谱》,第734—735页。

涵光。

纪映钟和宋琬订交,系在顺治十年入京之时。《赠宋玉叔》诗云:"宋家世出斫轮雄,熹烈二朝玫与琮。……琬也连枝呼小宋,嵯岩气骨霞丰容。总卯读书破万卷,捉笔横扫千人锋。"① 是年冬,宋琬补官为陕西陇右道佥事,纪映钟又有《送宋荔裳佥宪河东》② 一诗相赠。

杨思圣、魏裔介二人皆系河北籍仕宦诗人,又是京城士林名流,时有"杨魏"之称;而身为南方遗民的纪映钟得以与他们结识,也得益于他寄寓京城并客于龚鼎孳幕下。纪映钟在顺治十一年离京赴山西之时,作有《二君子行别杨犹龙学士魏石生都谏》:"钜鹿柏乡下,君子予所钦。钜鹿破万卷,闭户如深林。鸿文出枕闼,古调弹幽襟。柏乡富谠论,杰立明堂琛。经纶资庙算,旷思悬峰阴。……予见二君子,山高而水深。忽发三晋辙,将访首阳岑。"③ 后来,纪映钟虽然一度出京,但仍与杨思圣等人保持着书信往来与诗文唱和。《圣秋至自蓟门得杨犹龙方伯书兼有所贶赋谢》:"杨子寄书汴水头,致之者谁韩荆州。开缄朗朗见秋雪,新诗千百惊心眸。温然尺素语真切,兼损清俸双精镠。我知杨子作吏如冰蘗,亲从学士领藩臬。……却忆悲歌在燕市,手披韦素忘金紫。朝罢元亭闭竹阴,诗成海淀看流水。"④ 魏裔介亦有《复纪伯子书》书信一札,回忆纪映钟顺治十年在京城与他的往来:"素心晨夕,良晤在怀,忽而迈征,咏《采葛》之章,为之三叹。足下高怀不羁,真气迎人,每向长安物色,不敢再屈一指也。"⑤

纪映钟与申涵光结识的时间,应也在顺治十年夏秋时节,是时纪映钟随赵开心入都,而申涵光以请父恤事入京。申涵光有《偶过韩圣秋寓值纪伯紫姜汇思快饮时汇思将南归》,其一云:"老向何方好,交怜我辈真。十年江左梦,风雨念西秦。"⑥ "十年江左梦"句,显指申涵光在甲申之变以后一度南

---

① 纪映钟:《赠宋玉叔》,《戆叟诗钞》卷一,第 261 页。
② 纪映钟:《戆叟诗钞》卷一,第 262 页。
③ 纪映钟:《二君子行别杨犹龙学士魏石生都谏》,《戆叟诗钞》卷一,第 263 页。
④ 纪映钟:《圣秋至自蓟门得杨犹龙方伯书兼有所贶赋谢》,《戆叟诗钞》卷二,第 267—268 页。
⑤ 魏裔介:《复纪伯子书》,《兼济堂文集》卷九,第 226 页。
⑥ 申涵光:《偶过韩圣秋寓值纪伯紫姜汇思快饮时汇思将南归》,《聪山集》诗集卷三,第 436 页。

下避乱，到本年正好十年。另一首《社集金鱼池柬韩圣秋纪伯紫姜汇思邓叔奇》系申涵光在京城风景胜地金鱼池与纪映钟等聚饮，"故里秋花三月别，天涯词客一樽同"①，味其诗意，也是在顺治十年秋。纪映钟《真冷堂诗稿》则有《题节愍申先生册应凫盟请》。后来纪映钟南归，申涵光还有《寄金陵纪伯紫》回忆自己在京城与纪映钟订交之事，诗云："昔在金台侧，逢人问酒徒。黄花吟入寺，白眼卧当垆。狂任公卿怪，清寻霜月孤。园陵看蔓草，血泪几同枯。"②

二、游士诗人陈祚明

在清初京城诗坛上，陈祚明（1623—1674）是一位相当值得注意的游士诗人。他字嗣倩，一字胤倩，号稽留山人，浙江仁和人。他原系江南世家子弟，明亡后落魄贫寒不能自给，乃于顺治十二年应友人严沆之聘，入京为其子馆师。其间除顺治十八年短期南归，以及康熙九年至十年间曾一度入山东巡抚袁懋功幕以外，一直客居于京城，最后客死京城寓所。

陈祚明在顺治后期至康熙前期，长期以山人身份游食于京城，辗转于严沆、胡兆龙、王崇简、龚鼎孳等高官府邸，长达十九年，往来唱酬多为名士公卿，在京城诗坛影响力颇大，以至于达到"贵游拭目，倒屣咸交胤倩为重。……二十年来，京邸之有胤倩，如君乡之于汉，淳于之于齐，隐然为世所瞻仰"③的程度。

陈祚明系清初京城重要文学团体"燕台七子"成员之一，顺治十八年，与宋琬、施闰章、张文光、赵宾、严沆、丁澎一同列名于《燕台七子诗刻》。他既是清初名诗人，又是成就斐然的诗文批评家，其身后著作颇丰，除已刻《稽留山人集》二十卷，词一卷外，尚有未刻《敝帚集》前集十卷，拟李长吉诗三卷；《床头集》文二十卷，诗十卷；还编有《采菽堂古诗选》三十八卷，补遗四卷，又曾与韩诗同选《国门集初选》六卷，此外还有评选《战国策》十二卷，评李梦阳、何景明、边贡、王世贞、谢榛等诗选若干，评谢榛《诗家直说》及评元人杂剧二种之《掷米集》等。

---

① 申涵光：《社集金鱼池柬韩圣秋纪伯紫姜汇思邓叔奇》，《聪山集》诗集卷五，第454页。
② 申涵光：《寄金陵纪伯紫》，《聪山集》诗集卷三，第439页。
③ 顾豹文：《稽留山人集序》，《稽留山人集》卷首，第447—448页。

在清初的京城诗坛上，陈祚明无疑是一异数。他虽周旋于京城公卿大僚之门，却一生并未仕清，穷困落魄而死。故卓尔堪《遗民诗》虽未收录其人，然当时即颇有以陈祚明为遗民人士者。如孙治《亡友陈祚明传》云：

> 祚明生遭百六阳九之厄，被褐怀玉，秉节守义。然在燕三十余年，公卿载酒论文，黄金满床头，缘手辄尽，究以旅死，其穷异甚。……祚明游涉贵人，气雄万夫，为俳为狂，不可方物。然其忠孝节概，卓然自立，殆与方朔、太白同风。①

陈祚明的生存方式和心态都相当奇特。他具有一定的遗民心态，不愿出仕，却并不以遗民身份自我标榜，对故国之思的抒写也相当有限，基本上还是作为一位游士生存；他也厌恶幕僚游士寄人篱下、仰人鼻息的生活，几次三番想要摆脱，却又因为家境贫寒而不得不继续游食于京城繁华场中。因而他在身份上的定义，也颇为耐人寻味。

陈祚明自顺治十二年起，十八年间三入京城，身列顺治时代京城文坛名流"燕台七子"之席，在京城诗坛上影响力极大。他所结交之严沆、龚鼎孳、王崇简等，皆系京城大僚，陈祚明借由友人之力出仕应非难事。但他却始终不仕，宁以布衣卖文潦倒至死。这也是孙治称其"忠孝节概，卓然自立"的原因。

陈祚明的不仕，原因或与他特殊的家庭背景有关：其家族在明末为浙江望族，两位兄长都是守志不屈的节义之士。长兄陈潜夫，字玄倩，明末官御史，明亡后追随鲁王抗清，顺治三年兵败投水死。仲兄陈丽，字贞倩，号正庵，明末官总兵，明亡不仕，隐居终老。这样的家庭背景，必然会给予陈祚明很大的影响。而他本人也确实在诗作中表现出一般遗民人士所具有的怀恋亡明、尊崇节义的价值观念。其《咏古八首》之七"香山"即系抒写故国之思，诗云："夹道青峰似画中，先朝列帝敞行宫。莺花仍度三春日，松柏长吹万壑风。锦石亲承銮辂转，元猿犹记翠华东。小轩御榜留宸翰，行客徒

---

① 孙治：《亡友陈祚明传》，《孙宇台集》卷十五，第21—22页。

悲古木空。"① 香山建有明代帝王多处离宫别院，香山寺来青轩之匾额也系万历帝御笔，"小轩御榜留宸翰"即指此事。其诗情思苍凉，追悼明朝故国的意味宛然可见。此外，在他笔下亦不乏讥刺仕清者的诗作，《送王仲昭归里兼寄丽京梯霞虎臣宇台际叔世臣甸华驰黄诸子》其二云："同学何人好，凄凉出处齐。几人登紫阙，不见卧青溪。"② 褒贬之意甚明。《洗象行》则更为锋芒毕露："混一此乃是天命，尔今宁复思桂林。浴罢皮干去不顾，望头若尾穿青树。"③ 不过，这类怀恋亡明、尊崇节义的主题，只占陈祚明创作的很小一部分。现存之《稽留山人集》中，除了为数不少的宴饮酬酢之作，占比率最高的仍然是那些描述和咏叹自身游士幕客生活的作品。

更重要的是，陈祚明一直主动强调自己和那些义不仕清的真正遗民在身份上的本质区别，把自己定位为乞食游士而非遗民。"自昔持忠信，由来爱隐沦。诗书羞贱士，干止失顽民。"④ "逡巡十八载，来去方未已。多尝五侯鲭，强分方朔米。持寄唊子侄，一饱良足喜。尚想古隐沦，怀抱宁若此？贸贸乞儿活，耽耽食客鄙。"⑤ 在他心目中，真正的"隐沦""顽民"，是不应该像他自己这样，为谋生糊口而奔走于京华权贵之门的。顺治十五年他在京与遗民人士方文订交时，所作之《酬明农山人方尔止》更能说明在他心目中遗民与游士的森严界限："世上浮名无亦好，八口苦饥难自保。乞食更作京华游，面目黧黑色枯槁。道傍却见明农人，跋扈飞扬气尚存。达官迎门负鞴矢，隐者却较王侯尊。"⑥ 他对方文的遗民身份和傲骨铮铮的气概颇有羡慕之意，而对自己为了养家抚孤不得不游食京华的屈辱生活感到痛苦与自卑。

陈祚明认为，自己的生活方式与遗民的最根本区别在于谋生方式。他曾多次以"谋食"乃至"乞食"来描述自己在京城的基本生存状态，其诗云：

---

① 陈祚明：《咏古八首》，《稽留山人集》卷一，第460页。
② 陈祚明：《稽留山人集》卷五，第509页。
③ 同上书，第505页。
④ 陈祚明：《除夕述怀》，《稽留山人集》卷十六，第615页。
⑤ 陈祚明：《壬子十月下浣五十贱诞邸门诸先生四方高贤乡里同学赠贻为寿漫成志谢》，《稽留山人集》卷十九，第659页。
⑥ 陈祚明：《稽留山人集》卷三，第481页。

"昔我辞家园，谋食志不长。"① "谁怜乞食来京邸。"② "尔我何心走乞食，面目黧黑皮肉死。"③ "谁能仍乞食，吾特爱羲皇。"④ "我本岩耕人，乞食此奔逐。"⑤ "岂不思归隐，艰难谋食心。"⑥ "毕生行乞食，垂白弃妻儿。"⑦ 儒家传统文化向有贱视士人物质追求的传统，所谓"君子谋道不谋食"（《论语·卫灵公》）是也。陈祚明之所以认为自己不配与真正的遗民比肩，原因或在于此。

陈祚明阐释自己何以长期在京城游食，首要原因是鼎革之后的家族零落。明清易代使得陈祚明家破人亡，其长兄陈潜夫夫妇殉节而死，其诗云"荡潏海水翻，飘摇家室毁。奉母窜榛途，哀兄哭蒿里。……冻馁送晨昏，艰难失生理。"⑧ 而陈祚明则必须承担起奉养老母及兄长遗孤的责任："家兄无禄著鞭早，功业不立甘湛身。我收遗骨抚孤子，失路坎壈长清贫。"⑨

陈祚明很直白地承认，家世之累使他不可能选择长兄的道路，也无法像真正遗民一样彻底隐居，而他必须辗转于京城以卖文乞食为生的根本原因如其诗云："我死不足论，我家复谁顾？"⑩ "人生有家室，岂得之首阳。"⑪ 如果他像传统文人隐士那样隐居乡里，收入根本不可能养家糊口，如其诗云："多难煎衷肠，饥寒迫相婴。盎无斗米储，旅谷生中庭。授禾不盈把，采蕨为我羹。乍可自得饱，不堪贻弟兄。"⑫ 更糟糕的是，由于此种特殊的家庭背景，易代以后陈氏家族亦遭受来自清廷地方官员的另眼相待乃至欺辱骚扰，陈祚明感叹："田园井税逢新额，难学躬耕郑子真。"⑬ 即使他有躬耕之

---

① 陈祚明：《送舍弟康侯归八首》，《稽留山人集》卷四，第496页。
② 陈祚明：《赠朱遂初都谏》，《稽留山人集》卷一，第458页。
③ 陈祚明：《酬刘石生兼送其游山左》，《稽留山人集》卷一，第471页。
④ 陈祚明：《大暑京邸述怀》，《稽留山人集》卷三，第485页。
⑤ 陈祚明：《潞河舟中奉寄宛委先生言别》，《稽留山人集》卷七，第527页。
⑥ 陈祚明：《择里五首即示汇嘉子可》，《稽留山人集》卷十六，第613页。
⑦ 陈祚明：《偶吟十二首》，《稽留山人集》卷二十，第667页。
⑧ 陈祚明：《壬子十月下浣五十贱诞邸门诸先生四方高贤乡里同学赠贻为寿漫成志谢》，《稽留山人集》卷十九，第658—659页。
⑨ 陈祚明：《酬明农山人方尔止》，《稽留山人集》卷三，第481页。
⑩ 陈祚明：《八月病中作》，《稽留山人集》卷十一，第567页。
⑪ 陈祚明：《送舍弟康侯归八首》，《稽留山人集》卷四，第496页。
⑫ 陈祚明：《后拟古诗十九首》，《稽留山人集》卷一，第467页。
⑬ 陈祚明：《燕市》，《稽留山人集》卷七，第522页。

想,也无法过上传统文人们向往的隐居桃源生活。

除了养家之外,陈祚明还要筹措资金,为兄长夫妇营葬。陈祚明对长兄相当敬仰,但易代后陈氏家境凋零,连陈潜夫夫妇的棺柩都无力收葬,这使得陈祚明有相当深的负罪感,他在京城游食生活中,对此一直念念不忘:"有家无食北向哭,有兄不葬委山麓。"① "垂老亲朋怜贱子,未埋兄嫂哭遗孤。"② "十年闭户十年游,为客天涯已白头。岁岁秋风哭兄嫂,青山白骨不曾收。"③ "但须青原葬兄嫂,未有黄金遗子侄。"④ 陈祚明为此多方筹措,直到康熙十二年十月,才利用自己与兄弟陈晋明入幕的积蓄,将此事办妥。"竟得逢今日,真成兄嫂坟。"⑤ 这一心愿达成不久,心力交瘁的陈祚明即客死京城。

陈祚明在京城"谋食"的方式,主要是卖文、友人资助及入幕。

首先是卖文。陈祚明系京城著名文人团体"燕台七子"成员之一,素有诗名。严沆于康熙十五年序其《稽留山人集》云:"以山人之才,顾老于卖文,又不得恒饱计归休,潦倒蹉跎,竟以客死。"⑥ 颇能概括陈祚明在京之生存方式。陈祚明本人亦频繁提及自己以卖文为经济来源的生存方式:"布衣卖文人不识,国子谭经众所耻。"⑦ "我来作客燕山久,偃蹇卖文为糊口。酒钱尽乞但空囊,赋笔频援不去手。"⑧ "歌苦羞弹铗,文成可换金。"⑨ "卖文吾有术,作诔不须教。遂拟周庾信,谁将诶墓嘲。"⑩ 陈祚明以一介江南布衣而在京城诗坛上获得显赫的名气,得以列席"燕台七子"之位,和他的广为卖文有相当大的关系。然而这种辗转于文人交际场合、频繁进行应酬性诗文创作的行为长期透支陈祚明的健康,他自叹:"金门非所恋,沉吟不能去。以文卖黄金,乃为八口故。……诗成走使趣,酒座登车赴。一心役

---

① 陈祚明:《庚子秋抄喜颙亭来都作》,《稽留山人集》卷六,第515页。
② 陈祚明:《辛丑八月将出燕山留别闽中知交》,《稽留山人集》卷七,第523页。
③ 陈祚明:《甲辰初冬燕邸感怀五首》,《稽留山人集》卷十,第552页。
④ 陈祚明:《四月康侯归诗以纪别》,《稽留山人集》卷十三,第585页。
⑤ 陈祚明:《癸丑十月二十有七日作》,《稽留山人集》卷二十,第667页。
⑥ 严沆:《稽留山人集序》,《稽留山人集》卷首,第441页。
⑦ 陈祚明:《酬刘石生兼送其游山左》,《稽留山人集》卷一,第471页。
⑧ 陈祚明:《却总制大司马白公之招宰尔言怀》,《稽留山人集》卷十三,第586页。
⑨ 陈祚明:《择里五首即示汇嘉子可》,《稽留山人集》卷十六,第613页。
⑩ 陈祚明:《偶吟十二首》,《稽留山人集》卷二十,第667页。

万感,半日裁十赋。冥搜若抽裂,应猝须办具。将离神已失,无寐宵常寤。"① 陈祚明五十余岁即殁于京城,或也与这种长期卖文的辛劳生活相关。

其次是依赖友人资助。陈祚明入京即依友人严沉而居,并设馆教授严沉之子。其间一度因严沉南下归里而失去经济来源,曾就馆于胡兆龙家。此外,王崇简、龚鼎孳等京城高官名士,也颇给予陈祚明资助。陈祚明在顺治十八年一度南归后在浙江故里置宅,也得益于朋友们的资助:"岂买山中宅,逢人更乞钱。敢劳官长问,多愧友朋怜。"② 陈祚明在其诗作中,往往以自嘲口吻描写自己这种寄人篱下、乞食糊口的生存方式,如:"依人得饱食,俯仰违衷肠。"③ "怀刺谒高第,曳裾趋下陈。盱衡候颜色,一言难遽申。"④ "作客但食孟尝鱼,买田不给颜回粥。"⑤ "何当种瓜者,终日诣萧曹。喋喋调簧舌,耽耽食土毛。"⑥

再次是入幕。陈祚明在康熙九年,曾一度入山东巡抚袁懋功幕下。"百悔何能赎,嗟来幕府人。""由来耻刀笔,尚想画衣冠。口不言刑鼎,身宜把钓竿。"皆系陈祚明回忆自己成为袁懋功幕僚后,曾为他处理公文案件的经历。"百悔何能赎,嗟来幕府人。何堪知案牍,终日学商申。锻炼增冤鬼,模糊惭狱神。小窗风雪夜、暗烛似青磷。"⑦ 描述幕客生活,其题材在传统诗词中并不常见,而心境之深细沉痛,亦颇可感。

事实上,陈祚明此种生存方式,略有似于晚明时代颇为流行之山人,而陈亦以"稽留山人"自号,并不讳言自己的游士身份。关于晚明山人之生存方式,前人论述甚详:"有明中叶以后,山人墨客,标榜成风。稍能书画诗文者,下则厕食客之班,上则饰隐君之号。借士大夫以为利,士大夫亦借以为名。"⑧ "山人者,客之挟薄技,问舟车于四方者之号也。"⑨ "不意数十

---

① 陈祚明:《八月病中作》,《稽留山人集》卷十一,第566页。
② 陈祚明:《卜居吴山之麓漫成六首时壬寅七月》,《稽留山人集》卷八,第536页。
③ 陈祚明:《送舍弟康侯归八首》,《稽留山人集》卷四,第496页。
④ 陈祚明:《策马送颢亭复入都门怅然成咏》,《稽留山人集》卷四,第497页。
⑤ 陈祚明:《庚子秋杪喜颢亭来都作》,《稽留山人集》卷六,第515页。
⑥ 陈祚明:《偶吟十二首》,《稽留山人集》卷二十,第667页。
⑦ 陈祚明:《冬日感怀》,《稽留山人集》卷十七,第628页。
⑧ 纪昀总纂:《四库全书总目提要》卷一百八十,第4875页。
⑨ 谭元春:《女山人说》,《谭元春集》卷二十九,上海:上海古籍出版社,1998年,第789页。

年来出游无籍辈,以诗卷遍赘达官,亦谓之山人。"① 晚明山人主要是一些"稍能书画诗文"的士人,"挟薄技""以诗自糈",奔走四方,以售卖书画诗文技艺为谋生手段,而且"以诗卷遍赘达官",卖文的同时还依托达官缙绅而居。可以看到,陈祚明的生存方式,与此类山人别无二致。

陈祚明在清初京城诗坛上名气极大,但生存状态却并不如晚明山人那般宽裕,而是比较清苦乃至于经常陷入窘迫。其诗中自言:"亦知贫作病,不食欲经旬。"② "我来作客燕山久,偃蹇卖文为糊口。酒钱尽乞但空囊,赋笔频援不去手。"③ "可怜八口阙衣食,干人驰走金台侧。一十三载风尘中,鬓发已白面鬒黑。"④ "燕中重至逢除夕,生计浮生愿屡违。分饷真金挥易尽,提携空橐漫无归。"⑤ 他在京城奔走风尘,其弟陈晋明也多次进京寻求入幕机会,陈祚明为此慨叹:"燕山苦寒非吾土,京洛黄尘蔽白日。……老惜百年发易改,贫嗟八口事未毕。但须青原葬兄嫂,未有黄金遗子侄。东西南北徒奔忙,耕读樵渔思隐逸。中夜相语时相泣,终朝校计仍无术。"⑥

陈祚明在京城的窘迫情状,并非个案,而是游士群体的一种普遍状态。时人记载:"今天下挟策游京师者以数十万计,然拔帜登金马之门,联镳问东华之路,斐然有作,为时称首,仍指不多屈。"⑦ 可见当时京城中,入京寻找出路及成名机会之寒士,数量颇为可观。但这类人的生存状态大多不尽如人意,"既不得志于有司,徒用明经高第来京师,又以贫不能促装,逾时而后至,可谓穷矣"⑧。其原因是,晚明时代盛极一时的养士之风,在清初已经趋于没落。寒士像晚明山人那样流寓依附宦门为生乃至致富的可能性,已经越来越小。"自昔词人客游京洛,往往名闻天子,或公卿为之荐举,立致显达。今皆无之。曹秋岳侍郎为予言:隆万时游士客京,无有零落者。如谢茂秦辈,其受赠遗略,与公卿等。然则此风今又不可得矣。"⑨ 陈祚明这

---

① 沈德符:《万历野获编》卷二十三,第585页。
② 陈祚明:《寄讯家贞倩二兄二首》,《稽留山人集》卷一,第470页。
③ 陈祚明:《却总制大司马白公之招率尔言怀》,《稽留山人集》卷十三,第586页。
④ 陈祚明:《携手行燕山旅舍冰修至有赠》,《稽留山人集》卷十四,第596页。
⑤ 陈祚明:《除夕》,《稽留山人集》卷十八,第645页。
⑥ 陈祚明:《四月康侯归诗以纪别》,《稽留山人集》卷十三,第585页。
⑦ 龚鼎孳:《张寄亭云门稿序》,《定山堂文集》卷五,《龚鼎孳全集》,第1665页。
⑧ 龚鼎孳:《无圣历试草题辞》,《定山堂文集》卷二,《龚鼎孳全集》,第1587页。
⑨ 邓汉仪辑:《诗观初集》卷十一,第613页。

位典型的晚明山人身处清初的京城，堪称生不逢时。

物质上的匮乏之外，陈祚明更难以忍受的是这种不得不以嗟来之食果腹的处境。他出身江南世家，两兄长一系抗清殉节之义士，一系守节不仕之遗民，而他作为一个才华横溢、自视极高的文人，却不得不游走于诸多清廷大僚门下以求温饱，其屈辱苦痛可想而知，其诗曰："微生寄天地，渺若浮萍轻。多难煎衷肠，饥寒迫相婴。……弱冠观群书，磊砢为人英。乘时各有道，失职心难平。"① 他本该是"使植深山大麓中，茯苓长就黄云蒙"的苍松，现在却不得不来往于京城乞食，宛如生长于都市尘嚣之中、饱经游人踩躏的枯松，"焉知垂老受剥落，鬖黄皮黑枯枝空"。这不能不使他嗟叹："人生失意亦如此，潦倒不得夸身雄。"②

尽管陈祚明经常在京城文化交际场合中采取故作高傲的佯狂态度，却仍然无法掩藏自己游食生活的真相，以及这种生存方式所带来的屈辱感。早在他首度入京不久的顺治十三年夏，他即在京城发出"富贵有余欢，贫贱为人轻。繁华易志意，戚戚悲平生"，"贫贱多苦辛，失职悲芳年"③的感慨。这种因贫贱而折腰于他人的羞耻之感，几乎伴随了他在京城度过的所有时间，其诗云："散发爱林薮，愁践京洛尘。……怀刺谒高第，曳裾趋下陈。盱衡候颜色，一言难遽申。稽留乖本性，去家况五春。此都何足恋，又无骨肉亲。"④ "觍颜随俗空俯仰，下意谋食多酸辛。山林市朝了无异，尚想生初寻所寄。有定从知命固然，已隐还悲世难弃。"⑤ "无尽栖遑泪，穷途每傍人。任真惟倚老，失意不羞贫。使酒谁能制，佯狂未可嗔。百年穷饿客，天地一微身。"⑥

在京城游食谋生的日子里，归隐田园成为陈祚明最大的梦想。他幻想自己能熬过这段屈辱的生活，积攒一些财物，即可回归故里过上传统文人梦想的隐居生活，其诗云："我今乞食出，亦欲归幽衡。但祈钱一囊，不必金满

---

① 陈祚明：《后拟古诗十九首》，《稽留山人集》卷一，第467—468页。
② 陈祚明：《十月朔日约舍弟诣慈仁看松兼观庙市有感》，《稽留山人集》卷三，第489页。
③ 陈祚明：《拟古诗十九首》，《稽留山人集》卷一，第465页。
④ 陈祚明：《策马送颙亭复入都门怃然成咏》，《稽留山人集》卷四，第497页。
⑤ 陈祚明：《六月望后一日被酒作》，《稽留山人集》卷十五，第604页。
⑥ 陈祚明：《无尽》，《稽留山人集》卷十九，第648页。

篇。此时倘如愿，共卜屋数楹。以糜铺孤子，漉酒炊香粳。"① 不过，陈祚明自己也知道，这只是幻想而已。他确曾在顺治十八年八月离京回乡，但他从启程之时起，就有很沉重的顾虑，甚至已经因此做好了重新北上游食谋生的准备，诗云："垂老亲朋怜贱子，未埋兄嫂哭遗孤。……他日饥驱重作客，江乡可许恋莼鲈。"②《潞河舟中寄固庵言别》所言更明："我归岂终隐，乞食仍蓬游。居无二顷田，妻孥不自谋。亦知高卧难，俯仰行道周。"③ 陈祚明深知此次归乡，仍然因经济窘困而无法彻底归隐。

康熙元年初，陈祚明回到浙江故里，他叹息："乞食谁知已八年，到家襆被转萧然。乌裘总敝何须惜，季子元无二顷田。"④ 足见他归家以后，家庭经济状况仍然不容乐观。于是，康熙二年，他不得不再次启程北上，从此再未回乡。在他本年所作的《和陶公饮酒诗十首》中约略可见出他离乡再赴京城的原因，正是经济窘迫："少小负俗累，阅世多苦辛。负郭无一亩，岂不思归田。士隐悲贱身，远游历山川。弟侄忾别离，妻子啼饥寒。三秋关书札，不寄一囊钱。衡门下重关，墨突无爨烟。命也当奈何，客子徒屯邅。有酒且独持，击筑方游燕。十杯兀已醉，寄情于简编。陶公有三径，不得与比焉。"⑤

不过，在游食京城的生涯里，陈祚明也经常表现出对于高官友人无私资助的真心感谢，以及对京城生活的眷恋。由于超群的文学才华，他在京城文化圈中有相当的名望，顾豹文所谓"贵游拭目倒屣，咸交胤倩为重"⑥。与他交往之清廷大僚、士林名流，若严沆、胡兆龙、龚鼎孳、王崇简等，大多对他给予相当尊重和照顾。他在顺治十八年曾生了一场大病，在病中即深得高官友人的资助照拂，其《卧病十首》云："下士能虚左，簪缨有数公。相存车每驻，隔岁刺无通。折柬虚频召，清樽久未同。不成真避世，衰朽卧墙东。"⑦ 陈祚明以一介寒士布衣，不仅能有诸多大僚折节下交，病卧他乡之时仍能得友人如此关怀，这不能不令他感念不已。

---

① 陈祚明：《赠宋京仲明府之任吉阳五十三韵》，《稽留山人集》卷五，第 505 页。
② 陈祚明：《辛丑八月将出燕山留别邸中知交》，《稽留山人集》卷七，第 523 页。
③ 陈祚明：《潞河舟中寄固庵言别》，《稽留山人集》卷七，第 525 页。
④ 陈祚明：《到家赋四绝句》，《稽留山人集》卷八，第 531 页。
⑤ 陈祚明：《和陶公饮酒诗十首》，《稽留山人集》卷九，第 545 页。
⑥ 顾豹文：《稽留山人集序》，《稽留山人集》，第 447—448 页。
⑦ 陈祚明：《卧病十首》，《稽留山人集》卷七，第 519 页。

此外，陈祚明也毫不掩饰他对京城繁华盛景和文化生活的眷恋。京城作为明王朝故都，虽然在甲申之变时一度遭到战火侵袭，但清人入关后的十几年间，京城都处于和平状态中，到了陈祚明入京生活的顺治十二年以后，京城已经基本恢复了原有旧貌。而且京城作为"五方杂处"之地，必然成为北方的文化中心，大量仕清文人和如陈祚明这样的游士诗人，皆来往于其间。这种浓郁的文化氛围也令陈祚明眷眷不已，他在《生查子·秋思》中坦率地写道："正好不思归，底恋长安陌。"《点绛唇·春晴和方贻》更是直言："莺花少，不归应恋，日是长安好。"①

陈祚明对待京城的心态相当矛盾。他始终困于游食与归隐之间，希望归隐却又因为经济及其他因素而无法如愿；他对京城的富贵气氛抱有士大夫的清高态度，却又不得不接受权贵朋友的资助，而且，他也已经习惯了在京城以文学才华干谒权贵以谋食的生存方式。这正是他一度归隐却最后重新回京、长期客居并老死京城的原因。

三、问君何事三千里，春谒长陵秋孝陵——顾炎武入京考

顾炎武在顺治末至康熙前期，也曾因学术研究及秘密反清活动的需要，而频繁来往于京城。不过，他的情况与申涵光、阎尔梅等都有所不同：他虽然多次入京，且大部分时候都寓于身为清廷大僚的亲属家中；但是，他一直有意与京城文化圈特别是在京的仕宦文人保持冷淡疏离态度，对清廷占领下之"京城"，也持有一种显著的拒斥态度。顾炎武对京城的这种排斥态度，亦属于明遗民特殊心态之一种。

顾炎武的首次入京，是在顺治十五年秋，由山东北上入京。②王蘧常《顾亭林诗集汇注》以顾氏在山东期间所作《衡王府》诗中"岳里生秋草"句及顾氏出京后游永平之《永平》诗中"滦河秋雁独飞初"句，判断顾炎武此次入京和出京皆在顺治十五年秋，当属可信。

本次入京之后不久，顾炎武即匆匆出京，吴应奎《顾炎武年谱》（以下称吴《谱》）云"入都，随至蓟州"③，可知顾炎武此次在京停留时间较短。

---

① 陈祚明：《稽留山人集》卷二十一，第670页。
② 顾炎武：《答人书》，《顾亭林诗文集·蒋山佣残稿》卷二，第205页。
③ 吴应奎：《顾炎武年谱》，《北京图书馆馆藏珍本年谱丛刊》第71册，第465页。

顾氏本人此次在京所作之《京师作》亦有"复思塞上游，汗漫诚何当"之句，亦可推测出顾炎武入京不久很快就离京前往遵化等地，"于京师并无留滞"①。以顾炎武当时急于联络北方抗清势力而不齿于留在清人所占据之都城的情形，极有可能他不愿在京城多所逗留。他在出京以后，遂又历览蓟州、玉田、永平等地，谒夷齐庙。次年出山海关，其后返至永平，又至昌平谒崇祯帝陵寝，谒陵之后，即出居庸关，返山东。

顾炎武首次入京，是出于两个目的：其一为拜谒崇祯帝陵寝，其二为联络北方抗清势力。前者至少在顺治十四年秋顾炎武在济南期间已然确定，其《酬徐处士元善昔年新城之陷其母死焉故有此作》即提及"来书劝为昌平承天之行"②。徐夜为山左遗民，劝顾氏北上谒陵。以顾炎武此前移居南京神烈山下，多次拜谒孝陵的经历来看，徐夜的建议必然正合其意。而以后一目的来看，也可在顾炎武《京师作》中"河西访窦融，上谷寻耿况"③ 及《秋雨》"尚冀异州贤，山川恣搜寻"④ 中，略见端倪。

也正是由于入京时怀有上述目的，平生首次入京的顾炎武，不但来去匆匆，对京城风物的态度也是极为冷峻不屑。以作于本次入京期间的《京师作》来看，顾炎武这种拒斥态度表现得极为坚决：

> 煌煌古燕京，金元递开创。初兴靖难师，遂驻时巡仗。制掩汉唐闳，德俪商周王。巍峨大明门，如翚峙南向。其阳肇圜丘，列圣凝灵贶。其内廓乾清，至尊俨旒纩。缭以皇城垣，靓深拟天上。其旁列两街，省寺郁相望。经营本睿裁，斫削命般匠。鼎从郏鄏卜，宅是成周相。穹然对两京，自古无与抗。酆宫逊显敞，未央失弘壮。西来太行条，连天瞩崖嶂。东尽巫闾支，界海看溔瀁。居中守在支，临秋国为防。人物并浩穰，风流余慨慷。百货集广廛，九金归府藏。通州船万艘，便门车千两。绵延祀四六，三灵哀板荡。紫塞吟悲笳，黄图布毡

---

① 黄节：《顾亭林诗注》，《顾亭林诗集汇注》，上海：上海古籍出版社，2006年，第619页。
② 顾炎武：《酬徐处士元善昔年新城之陷其母死焉故有此作》，《顾亭林诗文集·亭林诗集》卷三，第328页。
③ 顾炎武：《京师作》，《顾亭林诗文集·亭林诗集》卷三，第335页。
④ 顾炎武：《秋雨》，《顾亭林诗文集·亭林诗集》卷三，第344页。

帐。狱囚圻父臣（王洽），郊死凶门将（满桂）。悲号煤山缢，泣血思陵葬（先皇帝陵今号思陵）。宗子洎群臣，莺岑与黔涨。丁年抱国耻，未获居一障。垂老入都门，有愿无繇偿。足穿贫士履，首戴狂生盎。愁同箕子过，悴比湘累放。纵横数遗事，太息观今向。空怀赤伏书，虚想云台仗。不睹二祖兴，悁悁念安傍。复思塞上游，汗漫诚何当。河西访窦融，上谷寻耿况。聊为旧京辞，投毫一吁怅。①

顾氏笔下的京城风物，由朝代更迭而分为截然分明的"旧京"与"新京"。从"巍峨大明门，如羣峙南向"，"缭以皇城垣，靓深拟天上"的宫阙巍峨，到"货集广廛，九金归府藏。通州船万艘，便门车千两"的市井繁华，全都是回忆中的明朝旧京。而他在结尾也特意点出"聊为旧京辞"。

而当下作为清廷都城的现实中的京师，在他这个"愁同箕子过，悴比湘累放"的遗民眼中，只是一片黑暗。在他看来，当下之清廷"新京"，不过是"胡天乱无象"的各种混乱无序状态，一如《日知录》中所谓"仁义充塞，率兽食人"的人间地狱。

由此可见，遗民顾炎武眼中的京城，实际上并非真实的京城，而是一个高度抽象化、概念化的"朝代"之缩影，明朝之京城是壮丽而有序的，清朝之京城则混乱失序。这种反感情绪，也正是他不愿在京城多加逗留的心理根源之一。归庄《寄怀顾宁人》云："宫阙山河千古壮，可怜不是旧京华！"② 正能见顾氏此种微妙心态。

不过，耐人寻味的是，顾炎武在京期间，可能也得到某些清廷大僚的资助乃至容留。其《谒夷齐庙》明言："我亦客诸侯，犹须善辞命。"③ 即可知顾炎武在京城期间，亦属"客诸侯"状态。顾氏当时所"客"之"诸侯"为谁，尚不可考。顺治十五年，其甥徐元文中状元，成为清廷新贵，虽然尚无资料表明顾氏于是年寓居徐元文家，但外甥的状元背景，以及他本人在学术人品上的崇高声望，必然会招致京城文士乃至仕宦文人的结交。

---

① 顾炎武：《京师作》，《顾亭林诗文集·亭林诗集》卷三，第335页。原钞本"空怀"句上有"农畎苦追求，贾竖疲转饷。且调入沉兵，更造浮海舫。索盗穷琅当，追亡敝棰杖。太阴掩心中，两日相麀荡。大运有转移，胡天乱无象。白水焰未然，绿林烟已炀"十二句。
② 归庄：《寄怀顾宁人》，《归庄集》卷一，上海：中华书局上海编辑所，1962年，第141页。
③ 顾炎武：《谒夷齐庙》，《顾亭林诗文集·亭林诗集》卷三，第338页。

徐嘉注引孙宝侗《都门送宁人先生之永平》"海上诸侯能好客,莫愁边路出东都"句,认为顾炎武在京城所结交之"诸侯"即孙宝侗。王蘧常《顾亭林诗集汇注》亦引用了这一说法,但此说不确。孙宝侗(1638—1677),字仲愚,山东益都人。官都察院经历,有《惇裕堂集》。其父孙廷铨为清廷高官,时任吏部尚书。《渔洋诗话》:"孙宝侗,字仲孺,益都相国沚亭仲子,有才气,善诗文。"① 顾炎武首次入京时,孙宝侗仅有20岁,主要随父居住于京城寓所,徐嘉注所引《都门送宁人先生之永平》在孙氏诗集中名为《送顾宁人还永平》,系于《过江集》中。《过江集》是孙宝侗南下吴越时所作,事在康熙五年至七年间,则此诗不太可能是孙宝侗在顺治十五年写下的。而孙宝侗与顾炎武的订交,应也远较顺治十五年为晚。顾氏所提及"客诸侯"之"诸侯"究竟为谁,尚需考证。

顾炎武的第二次入京,是在顺治十七年二月至昌平,再谒天寿山,其后入京,六月赴山东。本次顾炎武在京见到两甥徐元文、徐乾学,有所勉励。时徐元文以顺治十六年状元身份而在翰林院为官,已成清廷新贵;徐乾学亦在京准备应顺天乡试。

顾炎武与徐元文的相会,有元文本人《历代宅京记序》为证:"先生勖语:必有体国经野之心,而后可以登山临水;必有济世安民之识,而后可以考古论今。"② 然顾氏此年是否与徐乾学在京会面,则较多争议。《答徐甥乾学》:"转蓬枯质自来轻,绕树孤栖尚未成。守兔江湄迟夜月,饮牛涧底触秋声。孤单苦忆难兄弟,薄劣烦呼似舅甥。今日燕台何邂逅,数年心事一班荆。"③ 其中如"守兔江湄迟夜月"等句,颇见隐逸之志节身份。吴谱以为此诗作于顺治十七年秋,甥舅相逢于南京之时;然"今日燕台何邂逅"语,所指甚明,显系作于顾炎武南归之前。本年徐乾学受京兆荐,《答徐甥乾学》应作于此时。

顾炎武第三次入京,在康熙元年正月,并于是年三月十九日,第三次谒天寿山。吴谱:"春正月,自山东入都,三月至昌平,十九日谒思陵。"④

---

① 王士禛:《渔洋诗话》卷下,《王士禛全集》,第4815页。
② 徐元文:《历代宅京记序》,《历代宅京记》卷首,北京:中华书局,1984年,第3—4页。
③ 顾炎武:《答徐甥乾学》,《顾亭林诗文集·亭林诗集》卷三,第347页。
④ 吴应奎:《顾炎武年谱》,第471页。

值得注意的是，从顺治十五年到康熙元年间，顾炎武的三次入京，皆以谒陵为主要目的，在京城绝少交际活动。正如他作于康熙元年三入京城时的《五十初度时在昌平》所言："举目陵京犹旧国，可能钟鼎一扬名。"① 此时的顾炎武心目中，"陵"的排位在"京"（清朝之"京"）之前，入京只是为了谒陵，而非其他。而他在顺治十七年二入京城时所作《送王文学丽正归新安》更能说明问题，王生曾是反清志士金声的幕僚，故顾炎武以诗赠之，诗云："两年相遇都门道，只有王生是故人。"② "两年相遇都门道"即指顾氏在顺治十五年与十七年的两次入京，而"只有王生是故人"更可见顾炎武在京期间心境之孤独苍凉，此时京城已为清朝之京，而京城文化圈以仕清文人为主，更非他同道，在京城能得一"故人"实属不易。他以遗民自许，而将自己置于京城文化圈之外的决心，由此可见。

　　康熙三年夏，顾炎武第四次入京，于七月至昌平，四谒天寿山。吴《谱》："自大同至西口入都，七月至昌平，谒十三陵，奠思陵。"③ 此次顾炎武在京停留时间亦不长，不久即南下保定，至容城，访大儒孙奇逢。按孙奇逢自撰《日谱》"康熙三年八月初一"条有"顾炎武，字宁人，昆山人，以凫盟字过访。"④

　　值得注意的是，顾炎武与孙承泽来往的最早记载也是在这一年。曹溶《同宁人饭北海斋》："瘦石苍藤帝里春，巍然黄发望犹新。时时爱客张高燕，落落论心见古人。"⑤ 谢正光认为此诗作于康熙三年七月，时顾炎武在京，适逢曹溶入京，两人因此同访孙承泽退谷别业。⑥ 考证顾、曹二人生平，两人同时身在京城之时间也只有康熙三年七月。

　　不过，曹溶本次入京，系因贺万寿节，时在当年二月。《贰臣传·曹溶传》："康熙三年，山西巡抚白如梅遣溶庆贺万寿圣节至京。"故李因笃《送

---

① 顾炎武：《五十初度时在昌平》，《顾亭林诗文集·亭林诗集》卷三，第354页。
② 顾炎武：《送王文学丽正归新安》，《顾亭林诗文集·亭林诗集》卷三，第347页。
③ 吴应奎：《顾炎武年谱》，第478页。
④ 孙奇逢：《孙征君日谱录存》卷二十二，《续修四库全书》史部第559册，第181页。
⑤ 曹溶：《同宁人饭北海斋》，《静惕堂诗集》卷三十四，第301页。
⑥ 谢正光：《顾炎武、曹溶论交始末——明遗民与清初大吏交游初探》，《清初诗文与士人交游考》，南京：南京大学出版社，2001年，第193—194页。

曹秋岳先生赍表之长安四首》有"春水桑干二月槎"①之语。出都则在是年秋,曹氏另有《出都留别孙北海》:"事毕乃遄征,何暇耽清狂。……我非儿女情,道左方激昂。城隅望边堠,毳帐依高岗。驽马惨不前,四蹄被严霜。"②皆与曹诗中"瘦石苍藤帝里春"的时间不合。此次顾炎武与曹溶是否于康熙三年夏会于孙承泽住所,还需进一步探究。

康熙五年初秋,顾炎武由大同入京,这是他的第五次入京。其后不久即出京赴山东。吴《谱》云:"抵京师,复往山东。"③顾炎武此次入京的目的不详,似并未谒陵,只是途径京城。

顾氏由山西入京,经过大同,与时任山西按察副使的故友曹溶相见。曹溶《送顾宁人入都》云:"倚歌匹马渡桑干,笑著羊裘六月寒。北望未酬知己泪,匣中风雨吊燕丹。"④曹溶此诗创作时间有较大争议,谢正光认为,此诗是康熙二年六月,顾炎武结束陕西之游以后回到太原,取道大同入京时所作。⑤然诸家顾炎武年谱都不载顾氏在康熙二年曾入京之事。顾氏由山西入京只有两次,其一为康熙三年,其二为康熙五年。然顾氏于康熙三年入京时,曹溶以贺万寿节入京,已在京城,不可能以诗送其入京。故此诗只能是顾氏在康熙五年入京,途经大同时,曹溶所赠。

顾炎武在《与颜修来手札》中,约略记载此次入京情形:"初秋入都,而敝乡沈绎老亦自关中来,交相推许。"⑥此"沈绎老"系"海内八家"之一的沈荃。沈荃此次入秦,事在康熙五年。《一研斋诗集》卷九有《入秦草》。以《入秦草》中《花朝风霾留晋阳客舍同章素文作》⑦并《华州别王守又韩》小序云"丙午季夏过华州"⑧,可知他于康熙五年春入山西,六月在陕西。如沈氏初秋回京,正可与顾炎武在京见面。

---

① 李因笃:《送曹秋岳先生赍表之长安四首》,《受祺堂诗集》卷六,《四库全书存目丛书》集部第248册,第510页。
② 曹溶:《出都留别孙北海》,《静惕堂诗集》卷七,第79页。
③ 吴应箕:《顾炎武年谱》,第482页。
④ 曹溶:《送顾宁人入都》,《静惕堂诗集》卷四十二,第368页。
⑤ 谢正光:《顾炎武、曹溶论交始末——明遗民与清初大吏交游初探》,《清初诗文与士人交游考》,第192—193页。
⑥ 顾炎武:《与颜修来手札》,《顾亭林诗文集·亭林佚文辑补》,第227页。
⑦ 沈荃:《一研斋诗集》卷九,第62页。
⑧ 同上书,第65页。

沈荃系康熙前期京城著名文学团体"海内八家"成员，亦是清廷新贵文人。顾炎武提及与他"交相推许"，也并无反感。他与沈荃之交往，或源于两人皆系江南世家子弟，且皆由关中入京之故。结合此前顾氏曾在孙承泽寓所与曹溶宴饮事，则可知顾氏对仕清文士及京城文化圈之态度，此时可能已略有松动。

康熙六年春，顾炎武再入京城。按顾氏《致归元恭札》："丁未正月，策马而南，至于淮浦。……在浦半月，今又北行。"① 可见顾氏到京，应在是年初春。其间顾氏在康熙六年九月曾出京至德州，住程先贞家，访苏禄国王墓，后回到京城。本年顾氏再度回京的时间不详，然是年冬已在京城，与李因笃同客慈仁寺。李氏有《旧年宁人先生以无妄系济南走书报我触暑驰视苦疾作辞还先生寄赠行三十韵诗春日晤保州重会蓟门奉答前诗广五十韵》②，顾炎武济南之狱在康熙七年，其诗云"旧年"，显系作于康熙八年。诗中自注云"前年与先生同客慈仁寺，予先别去"，则两人同客慈仁寺事，当在康熙六年末。

本次顾炎武入京，在京停留时间较前几次为长，而入京之直接目的，应是学术研究之需要。入京后，他从孙承泽处抄阅了大量书籍资料，并得到当时同在京城的陈上年之资助。《钞书自序》云："今年至都下，从孙思仁先生得《春秋纂例》《春秋权衡》《汉上易传》等书，清苑陈祺公资以薪米纸笔，写之以归。"③ 此文在吴《谱》中系于康熙六年。

值得注意的是，顾炎武在康熙前期频繁入京，除了谒陵及联络北方反清势力以外，另有一重要目的，就是搜集史料以备学术研究需要。《与公肃甥》即提到自己到京借阅邸报资料事宜："崇祯报有副本否？若来都门，可得借阅否？"④ 而这也正是他能欣然与孙承泽这类仕清贰臣往来的原因。孙承泽不但身为贰臣，且系降闯后复又降清，名节问题颇多可指摘之处，但他身为京城著名史学家、藏书家，且早在顺治十一年即辞官不仕，隐居京郊退谷著书研史；故顾炎武虽毕生洁身自好、以干谒清廷权贵为耻，而在与孙氏

---

① 此札《亭林文集》及各家辑文未载，墨迹藏吴县顾氏鹤庐。后经柴德赓先生整理刊布。
② 李因笃：《受祺堂诗集》卷十二，第569页。
③ 顾炎武：《钞书自序》，《顾亭林诗文集·亭林文集》卷二，第30页。
④ 顾炎武：《与公肃甥》，《顾亭林诗文集·蒋山佣残稿》卷一，第185页。

往来之时,却可以暂时忽视其名节问题,仅将他当作具有相同学术兴趣的学者。而顾炎武也的确将两人之交往关系,定位在纯粹的学术研究与史料收集方面。他在《钞书自序》中自述其北游以来钞书之事:"炎武之游四方十有八年,未尝干人,有贤主人以书相示者则留,或手钞,或募人钞之。"① 直称孙承泽为"贤主人"。

关于顾孙之交往,顾炎武本人并无酬答诗作保存下来,究其原因,很可能是顾氏对孙之贰臣身份仍有所芥蒂,不愿将与其往来唱酬之作入集。然仅以时人诗文记载中爬梳出的只言片语,已可知两人交往其实颇为密切②。时人陆陇其《三鱼堂日记》甚至提到,顾炎武曾在孙承泽门下相助校对:"翼王言北海学博而才敏,其所著诸书虽不皆精,然多有益于学者。博学之士,皆收入门下,相助校对。朱锡鬯、顾宁人其尤也。"③ 顾炎武一生极重名节,对遗民入幕亦十分反感,曾有"门人惟季次,未肯作家臣"之语,其托身孙承泽门下之可能性不大;但"相助校对"一类学术研究工作,则完全可能有之。

与此相对的是,孙承泽临终之际仍将顾炎武视为平生知己,其原因正是顾炎武在学术上与他有颇密切的往来,故而知其治学本末。王崇简《孙公承泽行状》记载其临终时语:"吾生平无善状,宗伯王公敬哉、处士顾子宁人、陆子翼王,知吾仕学之本末,质之足矣。"④

康熙七年二月,仍滞留京城慈仁寺寓中的顾炎武以黄培诗狱株连,出京往山东投案。《与人书》云:"康熙七年二月十五日,在京师慈仁寺寓中,忽闻山东有案株连,即出都门……"⑤《赴东六首》序言也提到黄培诗狱以及由京城赴山东事:"余在燕京闻之,亟驰投到。"⑥ 事件始于即墨世家大族黄氏家仆姜元衡首告家主黄培"逆诗",审理中牵连出顾炎武姐夫陈济生编选、顾炎武参与选定的《天启崇祯两朝遗诗》。《启祯集》因多涉及明清之

---

① 顾炎武:《钞书自序》,《顾亭林诗文集·亭林文集》卷二,第30页。
② 谢正光《清初的遗民与贰臣——顾炎武、孙承泽、朱彝尊交游考论》一文,对顾孙交往有较详细之梳理,见《清初诗文与士人交游考》,第330—391页。
③ 陆陇其:《三鱼堂日记》卷三,《续修四库全书》史部第559册,第494页。
④ 王崇简:《孙公承泽行状》,《青箱堂文集》卷八,第486页。
⑤ 顾炎武:《与人书》,《顾亭林诗文集·亭林佚文辑补》,第231页。
⑥ 顾炎武:《赴东六首》,《顾亭林诗文集·亭林诗集》卷四,第378页。

际史事及遗民诗作，康熙六年即有奸人沈天甫等告讦，因牵连江南名士太多，官方出于种种顾虑未兴大狱，仅将告讦者处死了事。因此，黄培诗案重新牵连出《启祯集》，后果是极为严重的，不但顾炎武自己面临生命危险，而且有可能再度株连大批江南文人。于是，顾炎武立即主动前往山东投案，同时动用自己的一切社会关系，洗脱罪名。

细考顾氏脱罪之过程，有三股力量发挥了较大的作用，皆与顾氏在京城之人脉关系有关：

首先，是任职翰林院的徐氏诸甥。入狱不久，顾炎武即写信给从叔父兰服，请他通知徐元文迅速北上救援："公道在人，死生有命，吾叔暨诸亲长不必过虑。惟趣公肃速发北辕，则不烦力而自解。"① 时徐元文正以丁忧在昆山故里，闻讯后立即亲赴济南，为舅父斡旋。顾氏复作书与徐乾学，指点他向山东巡抚刘芳躅求助："公肃之来，正当其时，若得言之抚军，比宋澄岚例摘释，庶无牵绊，不然，此案扳蔓，非旦夕所能了也。"②

其次，是时在刘芳躅幕中的顾氏挚友朱彝尊。顾炎武一面托付徐元文向刘说项，一面也通过身为刘氏幕僚的朱彝尊向刘施加影响。顾炎武得以顺利解脱狱事，刘芳躅在其中起到极大影响。不仅如此，顾炎武还致函于时在京城的朱彝尊表兄谭吉璁，请其主持公论。谭吉璁，字舟石，嘉兴人，时以监生补宏文院撰文中书。顾炎武至济南自首后，"先有一札致谭年翁，业详此事始末"③。谭吉璁在京城托付了哪些人，今尚不可考，然以顾氏"屡有札与舟公托其致感"④的情形，可知谭在其中颇有奔走出力之处。

再次，是顾氏另一挚友李因笃。他在上一年曾与顾同在京城，寓慈仁寺，顾炎武入狱后，特为托人转告，请他入京为自己走门路解脱狱事，书云："若天生至晋，可为弟作书促之入京。持挚上一二函至历下，必当多有所济。"⑤ 李因笃闻讯以后，立即入京奔走，并前往济南探视⑥。顾炎武是年有诗《子德李子闻余在难特走燕中告急诸友人复驰至济南省视于其行也作诗

---

① 顾炎武：《上国馨叔》，《顾亭林诗文集·蒋山佣残稿》卷二，第 204 页。
② 顾炎武：《与原一甥》，《顾亭林诗文集·蒋山佣残稿》卷二，第 203 页。
③ 顾炎武：《与人书》，《顾亭林诗文集·亭林佚文辑补》，第 233—234 页。
④ 张穆：《顾炎武年谱》，《续修四库全书》史部第 553 册，第 570 页。
⑤ 顾炎武：《与人书》，《顾亭林诗文集·亭林佚文辑补》，第 235 页。
⑥ 顾炎武：《与人书》，《顾亭林诗文集·蒋山佣残稿》卷二，第 202 页。

赠之》提到李因笃"抚剑来燕市，扬鞭走易京"①入京为其奔走之事。次年春，李因笃作有《旧年宁人先生以无妄系济南走书报我触署驰视苦疾作辞还先生寄赠行三十韵诗春日晤保州重会蓟门奉答前诗广五十韵》②亦提及此事。全祖望《亭林先生神道表》亦谓："讼系半年，富平李因笃自京师为告急于有力者，亲至历下解之，狱始白。"③

那么，李因笃究竟在京师托付了哪些"有力者"？李顾二人在各自文集中，皆未对此有所说明；然从《受祺堂诗集》卷十一《夏日芝麓先生招同伯紫翁山诸君夜饮西园别后追忆前游奉寄五十韵》《夏日过纪高士伯紫斋中留饮同翁山三十韵》二诗中，皆可略见端倪：

此二诗均作于康熙七年夏。李因笃在次年所作之《寄怀大司马芝麓先生十首》中，自注云："旧年同伯紫翁山雨中集公宅。"④ 龚鼎孳任兵部尚书，是在康熙五年至八年间，足证《夏日芝麓先生招同伯紫诸君夜饮西园别后追忆前游奉寄五十韵》中之西园夜饮，必在康熙七年夏。在《夏日过纪高士伯紫斋中留饮同翁山三十韵》中，李因笃更直接注明"时予将有山左之役"⑤，足见此诗是他赴济南探望顾炎武前夕所作。当时，李因笃由于顾炎武求救而疾驰入京，时正旅居山陕的屈大均也随同到京。而两人在京城谒见并求助的"有力者"，很可能是时任兵部尚书的龚鼎孳。龚鼎孳虽系失节贰臣、清廷显贵，却多有救助反清遗民之举。屈大均之所以随同李因笃入京，并参与西园聚会，很有可能是因为顺治十四年龚鼎孳使粤时，曾与他有过交往，由他开口托付，较为便利。《夏日芝麓先生招同伯紫翁山诸君夜饮西园别后追忆前游奉寄五十韵》中"在野甘常分，瞻京亦偶然。……公如悯寥

---

① 顾炎武：《子德李子闻余在难持走燕中告急诸友人复驰至济南省视于其行也作诗赠之》，《顾亭林诗文集·亭林诗集》卷四，第379页。
② 李因笃：《旧年宁人先生以无妄系济南走书报我触署驰视苦疾作辞还先生寄赠行三十韵诗春日晤保州重会蓟门奉答前诗广五十韵》，《受祺堂诗集》卷十二，第569页。
③ 全祖望：《鲒埼亭集》卷十二，《全祖望集汇校集注》，上海：上海古籍出版社，2000年，第230页。
④ 李因笃：《寄怀大司马芝麓先生十首》，《受祺堂诗集》卷十一，第565页，原作中"翁山"二字涂去。
⑤ 李因笃：《夏日过纪高士伯紫斋中留饮同翁山三十韵》，《受祺堂诗集》卷十一，第564页。原作中"翁山"二字涂去。

落,应不废周旋"①等句,所指甚明。

而《夏日过纪高士伯紫斋中留饮同翁山三十韵》更可以说明,李因笃、屈大均曾就顾炎武狱事而求助于龚鼎孳。纪映钟系龚鼎孳之遗民门客,向来是联系龚氏与遗民文化圈的纽带,此前他已经在多起救护遗民的秘密事件中,为龚鼎孳穿针引线、发挥作用。傅山、阎尔梅之脱狱,皆系他在其中往来奔走。此次李、屈二人求救于龚氏,极有可能也由他充当中介联络。诗中有"汉节移关塞,秦网委吏胥。未穷东蹈筏,犹滞北征车"②之句,前一句显指顾炎武的山东之狱;而"未穷"句下,李因笃明确自注"时予将有山左之役"。

龚鼎孳在顾炎武济南狱解中的作用,向来少为人知,然仍有蛛丝马迹可循。顾炎武在狱事得解后,曾有书信提及自己的脱狱与京城某位高官有关:"凡所以入险能出,困而不踬者,皆知己扶持之力。"又云:"弟候命下结案,即诣都中叩谢。"③顾炎武之所以在结案以后于康熙八年入京,一个重要的目的,是拜谢这位身为清廷高官的"知己"。

那么这位"知己"是否系龚鼎孳?顾炎武本人并未明确说明,然李因笃《哭宁人先生一百韵》有"缟带曾贻晋,清觞再集燕"句,自注即云"嗣饮龚宗伯公宅"④。龚鼎孳由兵部尚书转为礼部尚书,事在康熙八年五月,顾炎武与李因笃同至京师,在其寓所饮宴必在其后。顾炎武先前并无与龚鼎孳来往之记录,此次"饮龚宗伯宅",极有可能正是先前所提及之"诣都中叩谢"。

顾炎武一生崖岸高峻、极重名节,虽然他在文集书信中并未讳言与程先贞、史可程以至于孙承泽的交往,上述数人虽系贰臣,却早已去官,远离官场多年;与他们往来并不涉及名节一类敏感问题。而对于那些尚在清廷为官者,顾炎武绝不愿提及与他们的往来。即使是与他交期颇深的曹溶、陈上年等也是如此。因而,虽然他感激龚鼎孳的善意,并亲自登门拜谢,但在自己

---

① 李因笃:《夏日芝麓先生招同伯紫翁山诸君夜饮西园别后追忆前游奉寄五十韵》,《受祺堂诗集》卷十一,第563—564页。原作中"翁山"二字涂去。
② 李因笃:《夏日过纪高士伯紫斋中留饮同翁山三十韵》,《受祺堂诗集》卷十一,第564页。
③ 顾炎武:《与人书》,《顾亭林诗文集·亭林佚文辑补》,第236页。
④ 李因笃:《哭宁人先生一百韵》,《受祺堂诗集》卷二十五,第699页。

的文集之内,却绝不肯留存与龚氏的往来记录,正是出于这一原因。

济南狱解之后,顾炎武对京城乃至于仕清士人的态度,有了明显的变化。考其康熙八年至康熙十六年间的行踪,他入京的次数明显变得频繁。康熙十三年、十四年间,由于三藩事起,他离京后曾奔走于山西、山东、河南、陕西各地,联络反清力量;此外的数年间,他几乎每年皆有入京。而逗留时间亦往往长达数月,与他先前几次入京时来去匆匆之情形,有所不同。

康熙八年正月四日,顾炎武携从子顾熊入京,寓七圣庵。二月一度前往涿州、保定等地,与李因笃会于保定。三月复入京,寓文昌阁,再与李因笃同谒明陵。谒陵后回京。不久闻悉即墨案结,遂于四月出京南下。十一月二十六日再次入京,见其《复智栗书》云:"不佞以十一月廿六日入都。"①

考量康熙八年顾炎武在京城的活动,有一细节颇值得注意。他在是年三月谒陵回京后,曾一度移居外甥徐元文家。这是顾炎武入京后首次居住于身为清廷官员的亲友家中。此前他虽然多次入京,每次都是借宿于庵寺一类场所。顾炎武这一破例行为,原因颇耐人寻味。

首先,这很可能是因为,此前徐氏兄弟并未在京城长期定居。徐元文虽早在顺治十六年即中状元,以编修入翰林,但康熙元年即因奏销案被谪,四年后复职,不久却又丁外艰,服满起复时已是康熙八年。而徐乾学则要到康熙九年才得中探花,以编修入翰林。至于徐秉义则迟至康熙十二年方中探花。顾炎武入京后在徐氏诸甥寓所借宿,只能是在康熙八年以后。

其次,也是更重要的原因是,黄培诗案对顾炎武的处世态度产生一定影响。不得不依靠清廷官员方能得脱狱事的经历,使得他对于结交清廷官员一类的行为,在心理上有所松动。在此之后,顾炎武入京即不再忌讳借寓于清廷官员家中。他于本年十一月再入京城时,即住甥婿申檥家,复住谢重辉家,时谢重辉官刑部郎中。而且此前他在德州讲学时住过谢重辉家,还曾在谢重辉赴京就职时托颜光敏予以照顾,《与颜修来手札》所言甚明。

而此时之京城文化圈,对顾炎武亦表现出相当友善的态度。《与人书》提到自己于即墨案结后正月四日入京,"辇上诸公,无不推怀君子,弘悯清

---

① 顾炎武:《复智栗书》,《顾亭林诗文集·亭林佚文辑补》,第243页。

流"①。由于顾炎武将结交应酬在任之清廷官员视为羞耻之行,其诗文集中并未留下他在此期间与京城文士往来的唱酬记录;据李因笃所提及"嗣饮龚宗伯宅"事,他与在京文人应是有一定文化交往的。

此后数年间,顾炎武在京活动相当频繁,计有:

康熙九年八月,顾炎武由德州入京,九日与朱彝尊、陆元辅、申涵光、谭吉璁在宛平孙承泽研山斋详定所藏古碑刻。其后离京前往曲周。朱彝尊《李龙眠九歌图卷跋》:"康熙庚戌秋九月九日偕昆山顾炎武宁人、嘉定陆元辅翼王、永年申涵光凫孟、嘉兴谭吉璁舟石观于宛平孙氏研山斋。"② 朱彝尊并有《点绛唇·九日同顾宁人陆翼王登孙氏石台赋呈退翁少宰》③,亦载此会。

在本年冬,顾炎武再次入京,并与朱彝尊、陆翼王观孙承泽所藏古碑刻。朱彝尊《郎中郑固碑跋》云:"己酉之春,泊舟任城南池之南。……明年冬,同昆山顾宁人、嘉定陆翼王观北平孙侍郎藏本。"④ 其后出京,在山东度岁。

康熙十年初,顾炎武再入京城。本年春,顾炎武二从子来省于都门,可知顾炎武此时在京城。他一度出京到德州拜访程先贞,后仍然回京,住甥徐乾学家。是年秋,由于峻拒熊赐履邀修《明史》事,匆匆离京前往山西。

康熙十一年春,顾炎武由山西入京,住甥徐元文家。五月至济南,八月再回京城,仍住徐元文家。十月,复出京至德州,再赴山西。

值得注意的是,顾炎武如此频繁出入京城,搜集文史资料,尤其是研读孙承泽之藏书与古董,很可能是一重要目的。《与李良年书》即提到他在康熙十一年数次入京,即与读孙承泽藏书有关:"弟夏五出都,仲秋复入,年来踪迹大抵在此。将读退谷先生之藏书……"⑤

康熙十二年春,顾炎武再入京城,住徐元文家。四月赴德州。此年九月,再度入京,不久偕张弨出京。年末再入京城,得知吴三桂起兵之事,于

---

① 顾炎武:《与人书》,《顾亭林诗文集·蒋山佣残稿》卷二,第202页。
② 朱彝尊:《李龙眠九歌图卷跋》,《曝书亭集》卷五十四,第638页。
③ 朱彝尊:《曝书亭集》卷二十五,第306页。
④ 朱彝尊:《郎中郑固碑跋》,《曝书亭集》卷四十七,第570页。
⑤ 顾炎武:《与李良年书》,《顾亭林诗文集·亭林佚文辑补》,第237页。

是在京城度岁后，于康熙十三年正月离京。其后奔走于山西、山东、河南、陕西各地，联络友人，有将近两年时间未曾入京。

康熙十五年二月，顾炎武入京，住徐乾学家。三月返山东，五月仍归京，复主徐乾学家。是年十二月，因甥徐乾学母丧归里，住从子顾洪善家。

以顾炎武身为遗民兼著名学者的崇隆声望，更有徐氏三甥这样的显贵亲属，所以，他在京城期间，必然有不少清廷官员愿意与之结交，前文所提及与孙承泽的交往即是一例。他还与在康熙前期崛起于京城诗坛的王士禛也有过一定交往，虽然两人集中皆未留下当时往来唱和的作品，但《古夫于亭杂录》有一段记载："近日昆山顾炎武宁人，号强记。在京师，一日会于邸舍，予谓之曰：'先生博学强记，请诵古乐府《蛱蝶行》一过，当拜服。'顾即琅琅背诵，不失一字。"① 顾炎武在顺治十四年旅居山东期间，曾参与过王士禛所组织的大明湖秋柳唱和，然两人当时并未见面。此次会于京城，应系王士禛于康熙四年自扬州任上回京，定居京城为官之后。

不过，需要注意的是，顾炎武虽然在康熙七年以后经常来往于京城，但他在京之生活方式一直相当谨慎自敛，尤其是对于与清廷官员的来往更为慎重。他曾描述自己入京后的生活方式："跨驴入长安，七贵相经过。不敢饰车马，资用防其多。"② 他在京城客居期间，虽然对寓居清廷官员家中不再排斥，但主要是以长辈身份寓于徐氏三甥、甥婿申穟、从子顾洪善等晚辈亲属的家中，而对寄居其他清廷官员门下、接受对方财物的行为，仍然极为不屑。他在《亡友潘节士之弟耒远来受学兼有投诗答之》中，直称自己"生平不拟托诸侯"③，即可表明态度。而这也正与他平生崖岸高峻、自重身份、恪守名节的生活方式有直接关系。《王官谷》诗云："士有负盛名，卒以亏大节。咎在见事迟，不能自引决。所以贵知几，介石称贞洁。"④ 正由于他在遗民文化圈内声名崇隆，所以更需要爱惜羽毛。

所以，虽然顾炎武在京期间主要居于晚辈亲属特别是徐氏三甥的寓所，

---

① 王士禛：《古夫于亭杂录》卷四，《王士禛全集》，第4910页。
② 顾炎武：《酬史庶常可程》，《顾亭林诗文集·亭林诗集》卷四，第363页。
③ 顾炎武：《亡友潘节士之弟耒远来受学兼有投诗答之》，《顾亭林诗文集·亭林诗集》卷四，第383页。
④ 顾炎武：《王官谷》，《顾亭林诗文集·亭林诗集》卷四，第364页。

而徐氏三甥也对其备加尊敬保护，但顾炎武心境仍往往抑郁不乐。他在作于康熙十五年的《赋得檐下雀》中写道：

> 力小不成巢，翩飞无定止。所谋但一枝，彷徨靡可恃。曾窥王谢堂，不作衔泥垒。虽依檐下宿，无异深林里。岂不慕高明？其奈惊丸饵。唯应罢官时，殷勤数来此。①

此诗极可见出顾炎武寓居京城、依甥而居的真实心境。他本不喜与清廷官员往来，且对徐氏诸甥特别是徐乾学的品行也颇有微词②，但仍不得不频繁入京依甥而居，原因非常复杂；他此前因政治立场而多次罹祸（从杀仆入狱到黄培诗案），不得不依靠高官外甥的势力获得保护，恐怕是极重要的原因之一。他身为大节坚刚、立身严谨的遗民，却因自我保护之需要，不得不涉足京城名利场，寄居于清廷高官家中，他对此本来就是内心有愧的。更麻烦的是，由于徐氏三甥皆系清廷新贵，而顾炎武入京又时常住其家，难免会给遗民圈子留下贪慕富贵乃至希图改节的糟糕印象。顾炎武在《书吴潘二子事》中，即提到潘柽章以顾炎武之甥在清廷显贵，而规其勿改节，顾炎武云："予之适越，过潘子时，余甥徐公肃新状元及第，潘子规余慎无以甥贵稍贬其节，余谢不敢。"③ 这当然是一生极重名誉的顾炎武所不能忍受的。这也难怪他要叹息自己"力小不成巢"的局限，并竭力表白自己并无失节之意："虽依檐下宿，无异深林里。"遗民这种纠结的处境与复杂的心境况味，极耐咀嚼。

对于顾炎武这只"自从一上南枝宿，更不回身向北飞"④的檐间孤雀来说，年华已老，复明大业遥遥无期，身处京城这一清廷政治文化中心，又随

---

① 顾炎武：《赋得檐下雀》，《顾亭林诗文集·亭林诗集》卷五，第402页。
② 顾炎武虽住徐氏甥之家，但对徐乾学为人颇为不满。徐乾学南归时欲馆潘耒于家，顾炎武遂致书潘耒劝止。《亭林余集》之《与潘次耕札》云："然而世风日下，人情日诣，而彼之官弥贵，客弥多，便佞者留，刚方者去，今日欲延一二学问之士以盖其群丑，不知薰莸之不同器而藏也。吾以六十四之舅氏，主于其家，见彼蝇营蚁附之流，骇人耳目，至于征色发声而拒之，乃仅得自完而已。"
③ 顾炎武：《书吴潘二子事》，《顾亭林诗文集·亭林文集》卷五，第116页。
④ 顾炎武：《路舍人客居太湖东山三十年寄此代柬》，《顾亭林诗文集·亭林诗集》卷五，第399页。

处可见清人统治日趋稳固、人心向背逐渐转化的情形,他必然产生孤独而又对周遭环境隐含愤懑的心境。这也往往见于顾氏在京期间与遗民友人的诗文唱和中。他在康熙十二年所作的《燕中赠钱编修秉镫》中写道:"燕市鸡鸣动客轮,九门驰道足黄尘。相逢不见金台侣,但说荆轲是酒人。"① 遗民在京城名利场中的孤独心境,宛然可见。钱澄之曾于康熙十一年冬入京,馆龚鼎孳家。由于他的遗民身份,故顾炎武愿向其一吐衷肠牢骚。而在康熙十五年秋李因笃出京时顾炎武相赠之《蓟门送李子德归关中》诗,这种孤独愤懑情绪就更为明显,诗云:"蓟门朝士多狐鼠,旧日须眉化儿女。生女须教出塞妆,生男要学鲜卑语。"② 昔日大明帝京,已成今日之异族都城;而昔日之大明朝士百姓,也已经忘怀亡国之恸,安然为异族臣民,甚至在心理乃至生活习惯上出现不同程度的改变,这是令顾炎武极为愤懑的;而这种孤愤之情,也只有向李因笃这类遗民友人抒发。

由于顾炎武原先的学术声望,再加上他经常在京城活动,即使他未必愿意在京城扬名,他在京城文化圈内也还是获得了相当高的名气。这也不可避免地给他带来一些麻烦,特别是不得不面对清廷的延揽。康熙十年夏,就发生了熊赐履欲荐顾炎武纂修《明史》,被顾氏当场峻拒的事件。《记与孝感熊先生语》对此记载极详:

> 辛亥岁夏在都中,一日孝感熊先生招同舍甥原一饮,坐客惟余两人。熊先生从容言:久在禁近,将有开府之推,意不愿出,且议纂修明史,以遂长孺之志。而前朝故事,实未谙悉,欲荐余佐其撰述。余答以果有此举,不为介推之逃,则为屈原之死矣。两人皆愕然。……酒罢,原一以余言太过。③

熊赐履系著名理学家,也是康熙帝极为信任、目为师友的重臣,时任翰林院学士兼礼部侍郎。康熙十年诏举经筵,熊赐履充任经筵讲官,每日于弘德殿进讲。他出面推荐顾炎武纂修《明史》,必然是经过深思熟虑之举,且

---

① 顾炎武:《燕中赠钱编修秉镫》,《顾亭林诗文集·亭林诗集》卷四,第390页。
② 顾炎武:《蓟门送李子德归关中》,《顾亭林诗文集·亭林诗集》卷五,第402页。
③ 顾炎武:《记与孝感熊先生语》,《顾亭林诗文集·蒋山佣残稿》卷二,第196页。

系清廷招揽隐逸汉族文士的行动之一。而顾炎武自然也深知其用心。他当场峻拒怒斥，惊得熊赐履与徐乾学皆目瞪口呆。如此激烈的反应，一方面固然是由于不愿改节；另一方面，很可能也是由于修《明史》一事，触及了他多年以来的精神创伤。康熙二年，江南《明史》案起，广为株连，顾氏的两位挚友吴炎、潘柽章皆罹祸惨死。如今清廷却为笼络汉人粉饰太平而大搞"官修"《明史》，还要延揽他入局，这令顾炎武如何不悲愤？

顾炎武的当场峻拒，显然会给他带来一定的麻烦与风险，因而徐乾学事后埋怨舅父"太过"。而顾炎武本人亦深知其中利害，故而他在是年秋很快就离京前往山西，很可能即有躲避征召之意。而顾氏离京后，徐氏三甥恐怕也需要做一定的弥缝工作，故而顾炎武于康熙十二年入都时，曾专门向徐乾学打听此事的下文，徐乾学则答以"熊老师自闻母舅之言，绝不提起此事矣"①。

康熙十六年正月，徐氏三兄弟以母丧回乡，顾炎武与三甥话别于天宁寺。二月，再谒天寿山，系顾氏六谒天寿山中的最后一次。三月，顾炎武出京。此后即再未入京。曹溶《寄顾宁人都下》云："彩笔羞从里社操，褐衣积日帝台高。眼中耆旧今谁在？陌上骅骝客自豪。□□山深曾雨泣②，永和春暮各霜毛（予与宁人同生癸丑）。亭成野史空留约，军幕无心倒浊醪。"③谢正光将此诗系于康熙十六年④。

其后，顾炎武至死再未入京。其原因一方面是由于徐氏三甥以丁忧离京，他在京往来居住不便；另一个更重要的原因，则是康熙十七年开始的博学鸿词科征召，使他不愿再滞留京城这个是非之地。他在给弟子潘耒的信中说："吾弟见人不妨说吾将至都下，盖此时情事，不得不以逆旅为家，而燕中亦逆旅之一，非有所干也。若块处关中，必为当局所招致而受其笼络，又岂能全其志哉！"⑤《与原一公肃两甥》亦提到他不愿再进京，更不愿接触清廷官员的原因，正是为了逃避征辟："若欲我一见当事，必谤议喧腾，稚珪

---

① 顾炎武：《记与孝感熊先生语》，《顾亭林诗文集·蒋山佣残稿》卷二，第 196 页。
② 阙文疑为"天寿"，后划去。顾氏入京多为谒陵，并数谒天寿山崇祯陵寝，曹溶或指此事。
③ 曹溶：《寄顾宁人都下》，《静惕堂诗集》卷三十五，第 313 页。
④ 谢正光：《顾炎武、曹溶论交始末——明遗民与清初大吏交游初探》，《清初诗文与士人交游考》，第 210—211 页。
⑤ 顾炎武：《与潘次耕》，《顾亭林诗文集·亭林文集》卷四，第 79 页。

之移文，不旬日而至于几案矣。"① 而弟子潘耒也正是理解他的心境，才劝他"无入都门及定卜华下"②，这也是顾炎武后来身体力行的。

也正是出于逃避博学鸿词征召的原因，顾炎武对李因笃、叶方蔼等在京城"播吾名于士大夫"的行为极为愤怒。《与叶讱庵书》："人人可出，而炎武必不可出矣。……七十老翁何所求？正欠一死！若必相逼，则以身殉之矣！"③《答李子德》言辞则更为激烈而近于诅咒："窃谓足下身蹑青云，当为保全故交之计，而必援之使同乎己，非败其晚节，则必夭其天年矣！"④ 昔日在京城文化圈中不经意获得的显赫声名，在博学鸿词征召中却成了大麻烦，令他不得不"务令声名渐减"⑤ 以逃避征辟。

不过，耐人寻味的是，出于为自己和友人却聘博学鸿词的目的，顾炎武还是不得不求助于他避之不及的京城大僚们。《与苏易公》云："顷者避地秦中，幸辇上诸公怜其衰拙，誓其素心，得免弓旌之召。"⑥ 由此即可知顾炎武为了免于征召，很可能有请托于"辇上诸公"之举。他本人是否有类似请托书信，不得而知；但他确曾致书梁清标与李天馥，代友人李因笃恳请免予征辟⑦。即使是但求"避地秦中"，他也仍然免不了与京城文化圈发生联系。

四、伤心偶问长安路，挥手终为太谷人——阎尔梅入京考

阎尔梅（1603—1679），字用卿，号古古，又号白耷山人，徐州沛县人。早年入京并加入复社，明崇祯三年举于京兆。甲申国变以后曾入史可法幕，后返回沛县故里，"破产养士"，举兵抗清。事败后，流亡四方。顺治四年，山东榆园军起义，阎尔梅也投身其间，改装僧服，号蹈东和尚，周游四方，联络抗清武装，并北入京师，以收集清廷情报。顺治九年被捕，下济南狱，

---

① 顾炎武：《与原一公肃两甥》，《顾亭林诗文集·蒋山佣残稿》卷三，第215页。
② 顾炎武：《与潘次耕》，《顾亭林诗文集·亭林文集》卷四，第78页。
③ 顾炎武：《与叶讱庵书》，《顾亭林诗文集·亭林文集》卷三，第53页。
④ 顾炎武：《答李子德》，《顾亭林诗文集·亭林文集》卷四，第75—76页。
⑤ 顾炎武：《与潘次耕》，《顾亭林诗文集·亭林文集》卷四，第79页。
⑥ 顾炎武：《与苏易公》，《顾亭林诗文集·蒋山佣残稿》卷二，第199页。
⑦ 见于《与李湘北书》（《顾亭林诗文集·亭林文集》卷三）、《与李湘北学士书》（《顾亭林诗文集·蒋山佣残稿》卷二）、《与梁大司农书》（《顾亭林诗文集·蒋山佣残稿》卷二）。

数年后逃归。顺治十二年再遭通缉，妻妾皆畏祸自尽，其弟亦被下狱，遭株连者达数十家。阎尔梅不得不再度亡命四方，足迹遍及大江南北。直到康熙四年，阎氏父子入京，求助于时任刑部尚书的龚鼎孳，在龚氏援助下获得宽免。此后，阎尔梅仍过着漂泊的生活，数次往来于京城，直到晚年方回归故里以终。

阎尔梅的著作，今存《白耷山人诗集》十卷、《白耷山人文集》二卷，清初豹韦堂刻本系其晚年删削自定，颇裁汰了一些过于"违禁"的文字。此外，近人张相文编成《阎古古全集》六卷，有民国八年铅印本传世。其余选本，包括汪观选《古古诗》三卷，康熙五十二年静远堂刻。鲁一同选注《白耷山人诗选》四卷，清钞本。又有《蹈东集》一卷，清钞本。别本《白耷山人诗集》不分卷，清初刻本。

阎尔梅是以遗民身份活跃于清初京城文化圈的一位奇人。他早年曾是致力于武装抗清复明的志士，一生跌宕起伏，历经艰险，九死一生，极富传奇色彩。而他晚年因清廷高官友人施以援手，得脱狱事后，逐渐与京城文化圈往来的经历，也颇可窥之清初之遗民心态，以及遗民与主流仕清者交往过程中的复杂情形。

阎尔梅入清以后，可考者有四次入京，第一次在顺治八年九月，寓于真空寺。入京不久，即值九月十二日阎氏生日，龚鼎孳遂以书帖赠之，为阎祝寿。鲁一同《白耷山人年谱·寅宾录》（下称鲁《谱》）收有当时龚鼎孳的书信，龚氏云："天涯聚首，喜逢岳降之辰，正拟一觞为寿。"① 可见阎尔梅的入京，应在其生日前夕不久。

阎尔梅离开京城的时间，鲁谱系于顺治九年四月。而《赠王涓来太史》小序云"壬辰春客燕"②，可知阎尔梅至少在顺治九年春仍在京城。

鼎革后首度入京的阎尔梅，目睹故国京城为清廷所占据的种种情状，心境极为悲愤。所以，他在此期间所作的诗文作品，对清廷颇有讥刺乃至痛骂，如"爱书凭笔帖，朝政掌阉氏。……顾命勋臣废，当权媚子私。九卿全结舌，三院仅承颐。晋级旌贪吏，骄兵衅远陲"③，嘲讽清廷政务之混乱；

---

① 鲁一同编：《白耷山人年谱·寅宾录》，第619页。
② 阎尔梅：《赠王涓来太史》，《白耷山人诗集》卷六下，第380页。
③ 阎尔梅：《燕市吟》，《阎古古全集》卷五，中国地学会民国十一年铅印本。

"草谷圈三辅,膏腴占八旗"①,"吸残烟酒重吹袋,圈尽膏田乱结绳"②,指斥清人圈地害民;"都门何事最堪伤? 络绎春闺发沈阳"③,言清军掳掠妇女事;而"穷民恨诅天无眼,不见僵尸满路稠"④,更直接指斥清廷弊政,皆是锋芒毕露的笔墨。

值得注意的是,顺治八年入京时的阎尔梅,极有可能作为抗清武装成员背负秘密使命。阎尔梅本人对此并不讳言,诗云:"几多亡国士,私送死心人。琨逖双图晋,荆高再击秦。"⑤ 张相文《白耷山人年谱》(下称张《谱》)因而认为,阎尔梅此次入京是为了刺探清廷情报,"欲以觇清廷动静,非徒为免祸而来"⑥。这个推测不能说没有道理,因为他此次入京,行为极谨慎,一直寓于真空寺中,对外往来交际极少,可考者只有顺治八年冬,龚鼎孳曾携酒至真空寺与阎尔梅共饮,并邀请谈胤谦、韩诗、赵而忭同席。其中除龚鼎孳外,皆系没有官职的寒士,谈胤谦更是一位遗民。阎尔梅《戊申禊日诗》其二下自注:"辛卯冬,公曾携酒酌余于此(按:指真空寺),时偕谈长益、韩圣秋、赵友沂。"⑦ 以及顺治八年除夕,谈胤谦留宿于真空寺:"辛卯除夕,与谈长益共卧京师真空寺。"⑧ 正如张相文所指出的,此次阎尔梅在京往来者"率皆羁客游士,显官除龚孝升外殆无一人"⑨。

阎尔梅这次入京,有意识避开了他的故交也是当时清廷炙手可热的新贵陈名夏。这个行为相当微妙。以至于陈名夏发牢骚说:"沛邑诸君入京,未有通问者,人情如此,当不足怪也。"⑩ 陈名夏还特意作《阎孝廉城外寺》一诗相寄,云:"纵酒难驯龙性在,高吟贪看鸟飞时。交虽柠曰非同调,身

---

① 阎尔梅:《燕市吟》,《阎古古全集》卷五,中国地学会民国十一年铅印本。
② 阎尔梅:《京师杂咏》,《阎古古全集》卷四,中国地学会民国十一年铅印本。
③ 同上。
④ 同上。
⑤ 阎尔梅:《韩圣秋谈长益丁野鹤公酌余于真空寺作此别之》,《阎古古全集》卷三,中国地学会民国十一年铅印本。
⑥ 张相文编订:《白耷山人年谱》,第 32 页。
⑦ 阎尔梅:《戊申禊日诗》,《白耷山人诗集》卷六上,第 341 页。
⑧ 阎尔梅:《除夕与谈长益同宿雨若署中分韵》,《阎古古全集》卷五,中国地学会民国十一年铅印本。
⑨ 张相文编订:《白耷山人年谱》,第 32 页。
⑩ 陈名夏:《答狄秋水工部》,《石云居文集》卷十五,《四库全书存目丛书补编》第 55 册,第 259 页。

是山林有所思。"① 却也没得到阎尔梅的答复。其原因极有可能是因为陈名夏不但系清廷新贵，且一直希望延请阎氏出仕之故。

阎尔梅入清后可考的第二次入京，就是康熙四年龚鼎孳为其宽免刑狱之事。此次阎尔梅于康熙四年九月入京，次年春离开京城。

此前，阎尔梅在经历了多年漂泊生活以后，于康熙元年回乡，但因乡人出首，复为朝廷所缉。以阎圻《文节公白耷山人家传》（下称《家传》）记载，此事的导火索是康熙三年阎尔梅出游赵魏期间，有徐州乡人来谒，谎称"我宦非本志，特以子孙故失足。见先生，使人大惭"，骗得阎尔梅信任，席间"附山人耳，言未竟，山人大怒，推案起，酒羹覆其人衣上淋漓，其人低头惭恧去"。② 其后便出现了仇家攀讼之事。以阎尔梅当时的激烈反应来看，对方或系诱其出仕，甚至游说阎尔梅出卖抗清志士一类勾当。而其时清廷对阎尔梅之关注及阎氏处境之危险，亦约略可知一二。

需要注意的是，阎尔梅一开始并未出面向龚鼎孳求救。在康熙四年入京与龚鼎孳会面的是他的次子阎㮣，而他自己则是秘密入京的，一直未与其他友人取得联系。鲁《谱》云："山人之次子生十九年矣，独身携小童入京师，闻龚孝升为大司寇，㮣曰：'吾家大祸，非此公不解。'即投刺往。"③《读龚孝升九日见怀诗有感》序言记载更详："（阎㮣）入都，闻孝升晋大司寇，㮣儿云：'吾家大祸，非此公不解。'且刑部正其职掌，即投刺往谒。公骇然。次日招饮黑窑厂，限重阳登高四韵。公有'旧交回首尽，凄咽到欢场'之句，声泪俱下，因指㮣儿语坐客云：'此阎古古先生次郎也。'适有纪伯紫、白仲调、崔兔床、王衡之，皆予素交，闻之尽为骇然。盖尔时尚未敢明言予之入都也。感而志之。"④ 龚诗载于《定山堂诗集》卷十四，名为《九日招崔兔床吴岱观姜绮季朱鹤门王望如纪檗子白仲调项器宗阎秩东纪法乳姜孝阿沈云宾王公远黑窑厂野集用重阳登高四

---

① 陈名夏：《阎孝廉城外寺》，《石云居诗集》卷二，《四库全书存目丛书》集部第 201 册，第 679 页。
② 阎圻：《文节公白耷山人家传》，《白耷山人年谱》附录，第 732 页。
③ 鲁一同编：《白耷山人年谱》，第 599 页。
④ 阎尔梅：《读龚孝升九日见怀诗有感》，《阎古古全集》卷四，中国地学会民国十一年铅印本。

韵》①,足见阎氏父子入京实为康熙四年九月。

阎䎲入京后,龚鼎孳与他的友人们便开始设法营救阎尔梅。龚鼎孳虽系贰臣,但为人颇热心而重友情,阎圻《家传》载:"刑部龚尚书,山人故友也,辄力为解,自矢曰:'某岂恋旦夕一官,负天下豪贤哉!夫以忠义再罹难,吾不能忍矣。'乙巳十二月十一日特书题释。"其间,客于龚鼎孳幕下的江南遗民纪映钟、河南遗民崔干城,以及另一江南名士白梦鼐,也在其中出了相当大的力量。孙运锦《白耷山人别传》云:"适纪伯紫、白仲调、崔兔床皆在龚处,因时有诣狱放还之例,为作辩章,增其年十岁,使小僮上之刑部,龚司寇据以老病入告,得俞旨放还。"② 鲁一同编《白耷山人诗选本·七言律》亦有《纪伯紫白仲调为予草辩章小僮贞宁持诣刑部上之僮十四岁》。

而且,阎䎲入京后并非求告龚鼎孳一人,他还曾往谒另一高官,时任内秘书院大学士的魏裔介,而魏也曾在其间出力。按《泗山家乘·秩东府君传》记载:"时合肥尚书方掌刑部,府君投刺见语,故龚持之泣,引谓座客曰:'此阎古古次郎也。'于是钟山纪伯紫、白仲调力与为谋,以时有诣狱放还例,因代草状,使小僮诣刑部上。龚即据状为疏,疏上,府君复谒柏乡魏相国,遂得平反。"③

阎尔梅获赦事件中,有一个相当重要的问题需要厘清:对于阎䎲入京求助于龚鼎孳,阎尔梅本人的态度究竟如何?纵观事件前后,从阎䎲九月入京开始,一直是阎䎲在京城奔走求救,而阎尔梅本人却在京城深居简出,并在十一月前往天寿山哭吊崇祯陵寝。孙运锦《白耷山人别传》云:"乙巳复出亡,自赵魏转入昌平,哭庄烈于天寿山陵。是时山人次子䎲亦入京投龚司寇鼎孳家。"④ 阎䎲从昌平将他迎回京城后,他方赴刑部狱自首,其后遂有龚鼎孳援引诣狱放还之例,增其年龄,以获取宽免的谕旨。鲁《谱》:"乙巳十一月,山人方破帽蹇驴,哭庄烈皇帝于山陵,彷徨穷野。其子迎之,乃入旧京。"⑤ 而且,阎尔梅在昌平得悉次子入京奔走权门求救的行为后相当不满,

---

① 龚鼎孳:《定山堂诗集》卷十四,《龚鼎孳全集》,第498页。
② 孙运锦:《白耷山人别传》,鲁一同编《白耷山人年谱》附录,第746页。
③ 阎圻:《泗山家乘·秩东府君传》,张相文编订《白耷山人年谱》,第77页。
④ 孙运锦:《白耷山人别传》,鲁一同编《白耷山人年谱》附录,第746页。
⑤ 鲁一同编:《白耷山人年谱》,第600页。

斥责其子曰:"汝辈自为谋,可无累矣;得毋累我乎!"阎骥一再保证:"终不失吾父志。"① 阎尔梅方随子入京。因此,有些史料记载甚至认为,阎尔梅并不知道次子入京求救一事,"遂得平反,而文节初不知也"②。

笔者认为,虽然阎骥入京求救确实可能是他基于家族利害的个人选择,但必定是事先得到阎尔梅许可的,而此事也极能显示出阎尔梅身为遗民希图同时保有遗民名节和家族安全,因而进退两难、如履薄冰的纠结心态,这在他的《读龚孝升九日见怀诗有感》诗中表达极为真切:

> 僧窗纸碎朝风侵,夜苦更长昼苦阴。忍辱曷堪迟岁月,逃禅犹恐累山林。同乡连坐人何罪,烈妇无言我愧心。闻道尚书仍念旧,欢场凄咽有微吟。③

阎尔梅的表述是极为真挚且坦诚的。他面临的处境之危险,不仅关乎自身生死,而且会致家族乃至同乡好友株连,他当然希望获得朝中友人的援手而得脱狱事;但是,想到他自己多年来流亡四方仍不改志节的艰险岁月和当年为他殉难的刚烈妻妾,他绝不能晚节不保,不能为自己和家族的活命而卑躬屈膝向那些已成新朝权贵的朋友们哀求,更不能为乞活而做出有损名节的行为。

阎尔梅在狱事得解后的康熙五年春,启程离京时,有这样一段表述:"全首领终,保先人坟墓,乱世不失足,为疾风劲草,此布衣之雄,于某足矣。"④ 这正是他在求脱狱事期间的真实心态和诉求。他既希望能"全首领终,保先人坟墓",也严格要求自己"乱世不失足",保全名节。所以他默许次子入京,以晚辈身份周旋于权贵友人之间,这样便可不失他自己作为遗民的体面。而这也正是在次子请他入京时,他追问"得毋累我乎",次子一再保证"终不失吾父志"⑤ 的原因。阎骥保证阎尔梅所希求的"全首领终,

---

① 阎圻:《泗山家乘·秩东府君传》,张相文编订《白耷山人年谱》,第77页。
② 同上。
③ 阎尔梅:《读龚孝升九日见怀诗有感》,《阎古古全集》卷四,中国地学会民国十一年铅印本。
④ 阎圻:《白耷山人家传》,鲁一同编《白耷山人年谱》附录,第734页。
⑤ 阎圻:《泗山家乘·秩东府君传》,张相文编订《白耷山人年谱》,第77页。

"保先人坟墓"与"乱世不失足"可以兼得，因而阎尔梅才会欣然入京。

　　阎尔梅实际上早已做好了求救不成而为清廷所捕拿、以死殉国的准备，这很可能正是他在次子奔走京师期间，自己却往谒明陵的真正动机。他在《谒先帝陵哭之》中写道："遁迹江湖二十春，潜来故国察风尘。煤山改作招魂路，柴市惭无洒血人。"① 出语颇为斩截激烈。阎圻《家传》记载阎尔梅临终之际，曾自称："梦祭于天寿之山，先皇帝命予坐，予固崇祯间人也。"② 他一生给予自身的定位，都是不食新朝之粟的"崇祯间人"。所以，他谒陵的目的极有可能是，如果次子求救不成，他在谒陵哭吊旧君后从容赴死，也是求仁得仁，了无遗憾。阎尔梅这种以旧朝遗老身份挣扎于安全与名节之间，虽以名节为重，却又希望能保全自己和家族的心理活动，颇可见明清之际遗民士人复杂处境与心态之一斑。

　　阎尔梅在回京以后，首先自然是上门向恩人龚鼎孳道谢。时龚鼎孳作有《老友阎古古重逢都下感赋》，其一云："十载逢人问死生，相看此地喜还惊。破家仍可归张俭，无礼真当责晏婴。过眼山川来倚杖，吞声宾客纵班荆。姓名已变诗篇在，尚恐人传变后名。"③ 龚诗中提到顾横波"追忆善持君每佐予急友朋之难，今不可复见矣"④，顾横波殁于康熙三年，可知此诗必作于康熙四年。其二"城南萧寺忆连床"⑤ 句，所言为阎尔梅顺治八年入京，寓于真空寺，龚鼎孳同韩诗、赵而忭前往与之唱和的往事。阎尔梅亦有诗相赠，鲁一同编《白耷山人诗选本·七言律》有《龚司寇为予题疏得允喜极以诗报予依韵答之》。

　　由康熙四年十一月入京，至次年春出京，阎尔梅数月间在京的交际活动，可考者还有：

　　康熙五年元旦，与龚鼎孳、纪映钟、白梦鼐、次子阎昊夜集宴饮。阎尔梅作有《丙午元旦孝升招饮与伯紫仲调昊儿同赋》⑥，龚鼎孳则作有《同古古伯紫诸君夜集限韵》，以其一"他乡椒酒动芳春，红烛同惊白发新"句，

---

① 阎尔梅：《谒先帝陵哭之》，《阎古古全集》卷四，中国地学会民国十一年铅印本。
② 阎圻：《白耷山人家传》，鲁一同编《白耷山人年谱》附录，第738—739页。
③ 龚鼎孳：《老友阎古古重逢都下感赋》，《定山堂诗集》卷三十，《龚鼎孳全集》，第1088页。
④ 龚鼎孳：《同古古伯紫诸君夜集限韵》，《定山堂诗集》卷三十，《龚鼎孳全集》，第1091页。
⑤ 龚鼎孳：《老友阎古古重逢都下感赋》，《定山堂诗集》卷三十，《龚鼎孳全集》，第1088页。
⑥ 阎尔梅：《白耷山人诗集》卷六上，第335页。

其三"分谤至今全主客,留身真喜得江湖"①句,皆可知系作于阎氏得脱狱事后不久的康熙五年元旦。

康熙五年元宵,与龚鼎孳、纪映钟、白梦鼐以钱谦益灯屏词韵唱和。阎尔梅有《丙午元宵与孝升伯紫仲调畁儿同用钱牧斋灯屏旧韵》②,龚鼎孳则有《灯屏词次钱牧斋先生韵同古古仲调》③。

康熙五年三月四日,与龚鼎孳、纪映钟、崔干城、白梦鼐游慈仁寺看海棠花,龚鼎孳作有《春夜集慈仁海棠花下同古古伯紫限韵》④《上巳后一日招同古古兔床伯紫仲调集慈仁寺海棠花下是日晨雪》⑤。

康熙五年清明,与龚鼎孳、纪映钟、崔干城、白梦鼐登妙光阁,追悼顾横波。龚鼎孳有《清明同古古伯紫仲调兔床诸子登妙光阁感悼二首》⑥。后来阎尔梅在《戊申禊日诗》诗中还提及此事:"忽忆前年寒食候,九莲楼上礼长春。"⑦

康熙五年春,阎尔梅出都还沛,启程前夕,龚鼎孳曾有礼物和路费馈赠。龚氏《与阎古古》云:"闻归期已迫,深为怅然。恐刻下需治装,谨奉薄俸百金,附以缟纻,为春衣之用,极惭凉薄,恃知己能亮之行迹外耳。两公郎各贡薄意,并望叱存。"⑧

阎尔梅出京时,在慈仁寺又有一聚会,参与者除龚鼎孳、纪映钟等人之外,尚有其他六七位在京友人。⑨ 纪映钟作有《送古先生还沛上》。此次聚会魏裔介是否参与,尚不可考,然阎尔梅并有赠谢魏裔介的诗作《出都谢魏相国龚尚书兼示伯紫仲调》云:"萧然不挂一丝尘,泪洒东风谢主人。君相从来能造命,湖山此去好容身。"⑩

---

① 龚鼎孳:《同古古伯紫诸君夜集限韵》,《定山堂诗集》卷三十,《龚鼎孳全集》,第1090—1091页。
② 阎尔梅:《丙午元宵与孝升伯紫仲调畁儿同用钱牧斋灯屏旧韵》,《阎古古全集》卷三,中国地学会民国十一年铅印本。
③ 龚鼎孳:《定山堂诗集》卷四十一,《龚鼎孳全集》,第1356页。
④ 龚鼎孳:《定山堂诗集》卷三十一,第1104页。
⑤ 同上书,第1105页。
⑥ 同上书,第1104页。
⑦ 阎尔梅:《戊申禊日诗》,《白耷山人诗集》卷六上,第341页。
⑧ 龚鼎孳:《定山堂文集补遗》卷下,第2173页。
⑨ 阎圻:《白耷山人家传》,鲁一同编《白耷山人年谱》附录,第733—734页。
⑩ 阎尔梅:《出都谢魏相国龚尚书兼示伯紫仲调》,《白耷山人诗集》卷六上,第336页。

细考康熙四年至五年间,阎尔梅入京以后的交际行为,活动虽多但交际对象并不广泛,且绝无进入权贵文士圈子诗酒应酬的行为。与他时常往来唱和者除龚鼎孳之外,仅有身在龚氏门下的纪映钟、崔千城、白梦鼐等寥寥几家。其中,崔干城(兔床)"与沛上阎古古、濮州叶润山、徐州万寿祺、淮安吴嵩三、吴姬望、羽流陶镇寅诸志士深相结纳山左,起义兵"①,是曾与阎尔梅共起反清义兵的志士。纪映钟虽然身在龚鼎孳幕下,也是终生义不仕清的金陵遗民领袖。白梦鼐虽然后来于康熙九年登第,并非遗民,却是与金陵遗民诗人余怀、杜濬并称"鱼肚白"的江南名诗人,且当时也并未仕清。选择这种交往圈子,足见阎尔梅虽然身入京城,却立身严谨,相当爱惜羽毛。而深知友人秉性的龚鼎孳,也对此予以足够尊重和成全。在《与阎古古》中,龚鼎孳邀阎尔梅父子过访,即特意强调在座者除崔干城等数人以外,别无外人:"明日望携公郎过我,作竟日夕谈。座中自兔床一二君外,无别客也。"②

而阎尔梅强硬倨傲的遗民立场,更未随狱事解脱而有丝毫改变。他在京期间与友人唱和的诗作中,即颇有不少锋芒毕露的作品。如《都门赠李条侯》:"帽剪金貂带绾银,青楼选伎酌虞宾。月明霜湛红灯绣,酸杀悲歌击筑人。"③《丙午元宵与孝升伯紫仲调畟儿同用钱牧斋灯屏旧韵》:"辽东人喜边关调,不数江南子夜歌。"④ 纪映钟《送古先生还沛上》诗云:"灯前慷慨酬知己,短叹长吟总一哀。"⑤ 亦可见他入京后,豪气依然不减,绝无深自敛抑以图自全的卑下情态。慈仁寺之会中,有新贵劝说他出仕,鲁《谱》载:"客有官太史者,顾谓山人曰:先生不仕。先生仕,愿以明史任先生。"阎尔梅当场正色峻拒,不但引用靖难之役时拒燕兵于金川门外,其后又拒仕永乐朝的龚安节为例,称:"我仕,于义则无害,如有愧龚安节。"⑥ 而且还毫无顾忌地提到自己"初与诸同志者起"的反清往事,毫不考虑自己是刚刚

---

① 付毓祥:《明遗民崔兔床先生碑记》,原碑藏江苏省徐州市睢宁县博物馆。
② 龚鼎孳:《定山堂文集补遗》卷下,第2173页。
③ 阎尔梅:《都门赠李条侯》,《阎古古全集》卷三,中国地学会民国十一年铅印本。
④ 阎尔梅:《丙午元宵与孝升伯紫仲调畟儿同用钱牧斋灯屏旧韵》,《阎古古全集》卷三,中国地学会民国十一年铅印本。
⑤ 纪映钟:《送古先生还沛上》,张相文编订《白耷山人年谱》附录,第55页。
⑥ 鲁一同编:《白耷山人年谱》,第734页。

得脱重案的前"政治犯",更不考虑当时有清廷新贵在座。阎尔梅极重感情,也感激友人的慷慨相助,虽然他活跃于清廷治下的京城,与清廷新贵文人把酒同欢,但在精神上也仍然是刚烈的志士、坚贞的遗民。

自康熙四年得脱狱事以后,阎尔梅多次出入京城,分别在康熙四年冬至康熙五年春,康熙六年冬至康熙七年春,康熙九年冬至康熙十年春夏之交,基本上保持了二至三年入京一次的频率,而且每次入京,都与他的挚友兼救命恩人龚鼎孳,以及龚氏门客,有较密切的交往。由于阎尔梅在京城往来太过频繁,甚至时人讹传他已出仕。《雪桥诗话》:"丙辰春,有讹传古古已出仕者。……时茧庵诸公为之惊愕,削其遗民之籍。古古实未出仕,然可以见当时清议之严。"① 丙辰为康熙十五年。可见阎尔梅虽然自始至终并未出仕,但他与京城诗坛特别是以龚鼎孳为代表的京城显贵的密切关系,已经颇令清初清议极严的舆论环境有所不满。

阎尔梅入清后可考的第三次入京,是在康熙六年冬。在这一年的秋天,他曾出关游上谷,龚鼎孳有书寄之,并资助路费,书信云:"奉上少许,暂助出关仆马之需。希照入。午余望过我一谈,虽小别,亦不宜草草也。"② 阎尔梅可能正是因为龚鼎孳这通书信,由上谷归来后即再次入京,探访老友,寓于真空寺,一直逗留到次年三月。在此期间,阎尔梅的交际活动,可考者如下:

康熙六年冬,阎尔梅于冬至后十日,同纪映钟、钱肃润、朱彝尊等诸多文士集于龚鼎孳寓所,以杜韵赋诗,是晚即留榻于龚氏寓所。龚鼎孳有《雪后古古襞石础日子寿方虎荆名遥集康侯锡邕湘草武曾纬云竹涛青藜仲调榖梁武庐同集小斋古老限杜韵即席四首是日稚儿初就塾》③。沈荃作《长至后十日龚宗伯招同诸子用少陵覃山人韵即席奉和》,注云:"古古仲调榖梁是晚留榻。"④

康熙七年正月初七日,龚鼎孳招阎尔梅、纪映钟、周容、陆嘉淑等分韵

---

① 杨钟羲:《雪桥诗话》三集卷一,第1456—1457页。
② 龚鼎孳:《与阎古古》,《定山堂文集补遗》卷下,第2173页。
③ 龚鼎孳:《定山堂诗集》卷三十二,第1141页。
④ 沈荃:《长至后十日龚宗伯招同诸子用少陵覃山人韵即席奉和》,《一研斋诗集》卷十二,第77页。

赋诗。龚鼎孳有《人日同古古诸君作》①，阎尔梅则有《戊申人日孝升招饮与周郾山陆冰修朱锡鬯纪伯紫分韵》②。

康熙七年二月，阎尔梅再至昌平谒十三陵，适逢龚鼎孳访阎尔梅于真空寺，不遇。龚鼎孳有《忆古老昌平之游》③。

康熙七年戊申三月三日，阎尔梅启程离京，龚鼎孳招集众友于真空寺为其饯行，"同席有金陵纪伯紫、武林吴兴公、长洲文与也、嘉禾吴佩远、龚伯通、龚禹会、龚雪舫暨二儿䎛"④，互有赠答。龚鼎孳作《携樽真空寺送古古》⑤二首。阎尔梅遂作《戊申禊日诗》十四首和之。

与数年前避祸入京时相比，这次入京，阎尔梅显然在心态上更加从容，在京城的文化交往也更为积极，"与诸名流唱和颇多"⑥。康熙四年入京后，阎尔梅仅仅与龚鼎孳及其门下有限的几位遗民清客有所往来；而康熙六年的这一次入京，阎尔梅的交往对象就广泛得多。康熙六年赏雪之会中，纪映钟（檗子）、钱肃润（础日）、曾灿（青藜）都是入清不仕的遗民，朱彝尊虽然后来应博学鸿词科，晚节不保，但此时尚有遗民身份；白梦鼐（仲调）后为康熙九年进士，徐倬（方虎）为康熙十二年进士，李良年（武曾）后来应博学鸿词科，皆是并不排斥清廷的新贵文士；还有蔡湘（竹涛）这类尚在太学的晚辈后学文人。康熙七年人日之会中，周容（郾山）、朱彝尊、纪映钟皆是遗民，而陆嘉淑虽也以不仕相标榜，实则更类似于山人游士之流。康熙七年的真空寺饯行之会中，吴祖锡（佩远）是遗民，吴振宗（兴公）、文点（与也）皆系游士，龚士正（伯通）则系龚鼎孳族人。可以看到，此时阎尔梅在京的交往对象之广泛，已远非遗民或龚氏门客所能涵盖。

而阎尔梅此时之心态，也较数年前更为复杂而五味俱全。三月三日真空寺饯行之会中，龚鼎孳作《携樽真空寺送古古》二首相赠，阎尔梅遂步韵和之，《戊申禊日诗》自序记载极详："余久客燕京，戊申春将南去，大司马龚公以三月三日饯我于城西之真空寺……中间颇追往事，杂以近闻，或颂或

---

① 龚鼎孳：《定山堂诗集》卷三十，第1092页。
② 阎尔梅：《白耷山人诗集》卷六上，第340页。
③ 龚鼎孳：《定山堂诗集》卷四十一，第1360页。
④ 阎尔梅：《戊申禊日诗》自序，《白耷山人诗集》卷六上，第340页。
⑤ 龚鼎孳：《定山堂诗集》卷三十一，第1117页。
⑥ 张相文编订：《白耷山人年谱》，第58页。

规,淋漓悲感,不自知其文生于情也。"①龚的原诗为:"小住为佳碧草天,醉乡相劝故乡先。别当垂老翻无泪,花近残春易着烟。宝马香车他自得,清樽疏雨事堪怜。同游宾从多黄土,重过珠林忆往年。""轻阴天气亦能新,过雨全销步屦尘。中酒恰经寒食候,落花常似未归人。蓬蒿此去谁开径,萍梗吾生应有邻。送客年年还作客,白头真自负青春。"②虽然并非全无真情实感的应酬文字,但笔下只及二人友情,而丝毫不敢涉及其他。

阎氏的和作却完全不同,他自称:"中间颇追往事,杂以近闻,或颂或规,淋漓悲感,不自知其文生于情也。"十四首诗中,颇能见他当下心境。他对龚鼎孳数年前的救援之恩感铭深切:"不祥繇我谁能被?知己如君遂有邻。""力拨重云复见天,争如文举脱文先。"③也表示自己将从此避世隐居,不再过问世事:"关尹伫看青犊气,留侯期与赤松邻。""此后行踪无可讳,持螯持酒再生年。"④

然而,阎尔梅毕竟是个志节坚刚且性格高傲的遗民,当年他甫脱大难不久,就敢于当面峻拒清廷官员的延揽,且以"初与诸同志者起"的反清往事为荣;此时在真空寺,他所表现出的依旧是不输于当年的骄傲强硬,其诗云:"姓字常为山鬼笑,须眉肯受里儿怜?"⑤"人鬼余生甘自放,龙蛇分路耻相怜。"⑥即使是被清廷显贵们如此欣赏和厚待,他仍坚持自身的遗民立场,强硬地宣称自己和后者并非同路。

更重要的是,由于顾虑家族安全而不得不有所妥协,放弃反清活动,这种艰难的选择,其实是令阎尔梅颇感愧悔与痛苦的。其诗云:"待诏堪羞东郭子,移文取笑北山邻。"⑦"心悲晚景歌皆痛,士遇奇才恨亦怜。"⑧《戊申禊日诗》组诗中的第二首,最能见其真实心境:

---

① 阎尔梅:《戊申禊日诗》,《白耷山人诗集》卷六上,第340页。
② 龚鼎孳:《携樽真空寺送古古》,《定山堂诗集》卷三十一,第1117页。
③ 阎尔梅:《戊申禊日诗》,《白耷山人诗集》卷六上,第341页。
④ 同上书,第342页。
⑤ 同上书,第341页。
⑥ 同上书,第340页。
⑦ 同上书,第341页。
⑧ 同上书,第342页。

畚锸平治紫陌新，雨师先为我清尘。渔樵各有伤心事，天地常如中酒人。大野苍凉朱雁度，高山巀嶪白云邻。淮南席主江南客，点缀离亭处处春。①

虽然身处繁华帝京，阎尔梅想到的却是险峻的崇山、苍凉的荒野，这既是他心目中故国山河的写照，更是他自己昔年心怀壮志奔走四方的志士人格的缩影。在真空寺酒宴"处处春"的气氛里，他感受到的是一种众人皆醉我独醒的深刻的孤独，这正是他要长叹"天地常如中酒人"的原因。他作为遗民志士，终究只是京城文化圈的一个异己和过客。

阎尔梅入清以后的第四次入京，在康熙九年冬。《送赵国子游陇西》小序云："余以庚戌冬复入燕京。"② 直到康熙十年四月，他离开京城。这也是他一生中最后一次入京。

需要注意的是，鲁《谱》认为阎尔梅在康熙八年末至九年四月期间，尚有一次入京。鲁《谱》"庚戌九年"条下云："自塞外入都，四月还沛。"③ 张《谱》也以讹传讹，沿用了这一观点。但实际上，鲁《谱》的推断很可能是错的。阎尔梅"自塞外入都"，事在康熙九年冬，《阎古古全集》卷四有《庚戌冬复自塞外入都夜集孝升斋中限韵》。此外，《白耷山人诗集》卷六上有《孟夏朔日宗伯偕伯紫青藜昭侯饯余真空寺限韵》，鲁《谱》和张《谱》都认为此诗作于康熙九年四月，并借此作为阎尔梅康熙九年春曾在京城、四月离京的证据。但实际上，此诗其实是康熙十年四月所作，其下自注云："是日魏石生阁老亦出都门。"④ 魏裔介以疾辞归，事在康熙十年正月，此诗绝不可能作于康熙九年。鲁《谱》极有可能是将阎尔梅康熙九年冬由塞外入京，十年四月出京，误认为康熙九年四月出京，因而形成了阎尔梅在康熙九年曾两度入京的错误印象。

这一次，阎尔梅在京的交往圈子仍以龚鼎孳及其门下士人、故交好友为

---

① 阎尔梅：《戊申禊日诗》，《白耷山人诗集》卷六上，第340页。
② 阎尔梅：《送赵国子游陇西》，《阎古古全集》卷二，中国地学会民国十一年铅印本。
③ 鲁一同编：《白耷山人年谱》，第605页。
④ 阎尔梅：《孟夏朔日宗伯偕伯紫青藜昭侯饯余真空寺限韵》，《白耷山人诗集》卷六上，第338页。

主,旁及京城新贵文人。由于他的特殊经历和倨傲强硬性格,颇因此出现一些小插曲乃至不愉快事件。其中可考者有:

康熙九年冬,王士禄、王士禛兄弟召阎尔梅聚饮,阎尔梅使酒骂座,被王士禛用言语窘辱。此事在《居易录》中记载甚详:

> 康熙庚戌冬,沛县阎尔梅古古在京师,先考功兄召同吴江顾万祺庶其饮,予在座。阎老而狂,好使酒骂坐,酒间愚兄弟叩其所作,阎朗诵数篇,顾以前辈事阎,执礼甚恭。至是起赞曰:"先生诗不减杜少陵矣。"阎勃然怒,直视顾曰:"小子何知?何物杜甫,辄以况我耶?"顾面色如土,踧踖而已。予殊恶阎之僭诞,思抵蠣以折其气。有顷,阎又自举其《云中与曹侍郎秋岳倡和》近体诗"当日战场成遇礼,至今兵气满寒空。地高天近星辰大,春少秋多草木穷"云云。予曰:"先生此诗,可追空同'黄河水绕汉宫墙'之作。"阎大悦曰:"知言哉!向者芝麓(谓合肥龚端毅)云:有诗当示西樵、阮亭兄弟,信然。"予徐笑曰:"知言某不敢当,然有一言相质,先生谓李献吉顾出杜子美上乎?"阎愕然曰:"何谓也?"予曰:"适顾生以子美拟先生,某私以为太过,而先生怒斥之。某以献吉拟先生,而先生乃大喜,然则献吉不远过子美乎?此某所未喻也。"阎赧甚,不能答,但连呼曰:"不必言,且可饮酒耳。"未久遁去。明日,西樵谓予:"弟昨困此老已甚。"予观阎作,但工七言八句,然率有句无篇,又皆客气,不合古人风调。至七言古诗,并音节亦不解,直如謦词,信口演说。世人但为其气岸所夺耳。自法眼观之,不免野狐外道。①

张《谱》解释王士禛窘辱阎尔梅的原因,认为一方面是"阮亭主修饰,不主性情",另一方面也与政治立场有关,"(士禛兄弟)连翩出仕,绝无所谓故国之思、种族之感……其以山人为狂诞也固宜"②。这类诛心之论未免引申太过。王士禛所交往的遗民士人数量并不少,且对京城另一遗民诗人团

---

① 王士禛:《居易录》卷十三,《王士禛全集》,第3922—3923页。
② 张相文编订:《白耷山人年谱》,第63页。

体河朔诗派评价颇高,与河朔诗派代表人物申涵光、赵湛等也有极好的交情。他即使对亡明并无阎尔梅那样深刻的感情,却也不至于毫无心肝到折辱遗民以取悦清廷的地步。

笔者以为,王士禛反感阎尔梅的真正原因有二:其一是源于个人性格和修养,王士禛是一个性格温雅而中庸、讲求风度的世家子弟,且正在努力营造自己作为新一代文坛盟主的平易可亲形象,对阎尔梅这种狂傲不羁、自高身份、使酒骂座的晚明老名士习气,自然十分不喜;其二,也是更重要的原因,则是文学理念不合,王士禛与阎尔梅的文学理念与创作取向有本质上的区别。

阎尔梅是极典型的清初七子复古派传人,《晚晴簃诗话》评其诗云"诗颇有新意,然渊源仍自七子出"①。而且他还因为身历鼎革、奔走复国、心境凄怆悲愤,因而诗歌呈现出不加修饰的慷慨扬厉之气,其变风变雅色彩极为鲜明。沈德潜《明诗别裁集》言阎尔梅"诗有奇气,每近粗豪"②,评价相当准确。

而王士禛的审美取向却与阎尔梅在诸多方面都大相径庭。他虽然出身山左,却绝非七子一路。他更崇尚王、孟一路清澹诗风。顾宸《渔洋集外诗序》云:"阮亭又云:余于唐,独爱王、孟之诗,尝手奇字斋所笺释者,三编绝而不厌。"③ 他对七子的高格响调却敬而远之,汪琬《说铃》载:"王进士言:'若遇仲默、昌谷,必自把臂入林;若遇献吉,便当退三舍避之。'予时在座,遽谓曰:'都不道及汝乡于鳞耶?'王默然。"④ 更重要的是,他作为后来被康熙帝钦点入翰林院的"御用"文坛盟主,其风格必然是温柔敦厚、歌咏太平的正风正雅之音。陈维崧《渔洋诗集序》云:"新城王贻上先生,性情柔澹,被服典茂。其为诗歌也,温而能丽,娴雅而多则。览其义者冲融懿美,如在成周极盛之时焉。……先生既振兴诗教于上,而变风变雅之音渐以不作。"⑤ 有这种正统气味浓厚,又殊为讲究"典远谐则"的文学

---

① 徐世昌:《晚晴簃诗话》卷十三,第48页。
② 沈德潜:《明诗别裁集》卷十,上海:上海古籍出版社,2013年,第275页。
③ 顾宸:《渔洋集外诗序》,《王士禛全集》,第518页。
④ 汪琬:《说铃》,《汪琬全集笺校》,第2222页。
⑤ 陈维崧:《渔洋诗集序》,《王士禛全集》,第139—140页。

理念，也难怪王士禛要批评阎尔梅是"不合古人风调""直如瞽词，信口演说"的"野狐外道"了。

阎尔梅在事件中的表现，也颇耐人寻味。他本是性格倨傲强硬的遗民志士，自尊心极强，此次居然被文坛晚辈当面折辱，无言以对，却也并未当面翻脸。因而颇有研究者认为，此时阎尔梅年事已高、锋芒收敛，因而不愿得罪王士禛这位已经在京城诗坛隐然具有新一代"职志"地位的仕宦名流。此说恐也不甚准确。笔者认为，王士禛能面折阎尔梅而令其哑口无言的原因是，七子复古派以"诗必盛唐"自我标榜，但实际上他们所宗尚的"盛唐"主要是指杜甫，王士禛自言："至何、李学杜，厌诸家之坦迤，独于沉郁顿挫处用意，虽一变前人，号称复古，而同源异派，实皆以杜氏为昆仑墟。"①阎尔梅素以七子复古派传人自居，却表现出对七子之"祖师"杜甫的不敬，这确实是酒后失言，也难怪会被王士禛抓住把柄。

康熙十年立春后二日，周在浚携具过饮龚鼎孳寓所，龚鼎孳邀阎尔梅、纪映钟等聚饮。龚鼎孳有《嘉平立春后二日雪客携具过小斋招同古古条侯平子湘草谷梁檗子饮中限韵》②二首。周在浚到京是康熙十年，则此诗必作于康熙十年春。

康熙十年正月二十七日，时阎尔梅已有归意，龚鼎孳招其与王士禄、王士禛兄弟，以及纪映钟、崔干城、刘体仁等在其寓所西堂聚会。由于聚会参与者之一的王士禄在康熙九年九月方回京补官，这一聚会必在康熙十年正月。时龚鼎孳有《春夜古古兔床子存伯紫公戭西樵阮亭同集西堂志别次韵》③，又《古古诸子集西堂时方乞归》自注云："春王二十七夜作。"其三云："去日苦多欢不足，半生虎穴复蛟宫。凄凉跃马赢粮事，收拾残山剩水中。岂有巢由无隐地，可怜沈范总衰翁。苍生捉鼻书空里，惭愧当时系望同。"④颇能言尽阎尔梅一生事业。阎尔梅则有《春夜集孝升斋中偕魏子存刘公勇程蕉鹿王西樵王贻上崔兔床伯紫仲调限韵》："冰栗金柑涤玉觥，山人春仲出春明。螳螂误入琴工指，鹦鹉虚传鼓吏名。饮饯何妨呼竟夜，还家不

---

① 王士禛：《七言诗凡例》，《渔洋文集》卷十四，《王士禛全集》，第1762页。
② 龚鼎孳：《定山堂诗集》卷三十二，第1146页。
③ 龚鼎孳：《定山堂诗集》卷三十，第1094页。
④ 龚鼎孳：《古古诸子集西堂时方乞归》，《定山堂诗集》卷三十，第1093页。

复惮长征。吴歈丝竹齐讴板，近晓骊歌一再赓。"① 颔联颇为脍炙人口。"螳螂"以蔡邕典故，喻自己的死里逃生；"鹦鹉"句以祢衡典故自喻，却仍带倔傲不平之气。

这次西堂之会的规模相当大，除了阎尔梅的老熟人纪映钟、崔干城这两位龚氏遗民门客之外，还包括虽然依附于龚鼎孳门下，但已经在京城崭露头角、声誉鹊起的文坛新秀王士禄、王士禛兄弟和刘体仁。

需要注意的是，有些记载提到，西堂之会中王士禛对阎尔梅又有讥讽之语。戴枫仲《游崇善寺记》："阎古古沛丰邑，庚午举于乡，能诗有名崇祯间。甲申后，不赴公车，人益敬之。王公贻上，为江北司理，慕古古名，屡访之不肯见。越数年，贻上入燕，乃于龚司马席上见之，即举手向古古曰：'弟待罪贵乡时，望先生如景星庆云，一见不可得，不意长安风尘中，先生亦到此。'古古默然……"② 不过，这条记载颇有疑点：其一，王士禛所任为扬州推官，与阎尔梅故里徐州风马牛不相干，何来"待罪贵乡"之说？其二，王士禛在司李扬州期间，阎尔梅是与他见过面的，并非"屡访之，不肯见"。阎氏有《游扬州北湖有感》，云："怀君犹记山东夜，诵我扬州险韵诗。"注云："王贻上作扬州司理，作此示之。"③ 即可为证。据鲁《谱》，阎尔梅曾于康熙元年七月至扬州，④ 他与王士禛见面订交，必在此时。此外，以王士禛的身份与性格特点来看，他当时还是龚鼎孳门下之士，身为晚辈后进，性格又比较谨慎世故，更不大可能在龚鼎孳主持的宴会上当面羞辱龚鼎孳的老友。这条记载的真实性，恐还需存疑。

康熙十年四月初一，阎尔梅即将离京，龚鼎孳和纪映钟、曾粲等在真空寺为其饯行。阎尔梅有《孟夏朔日宗伯偕伯紫青藜昭侯饯余真空寺限韵》："穷交大与寻常异，不饯三公饯布衣。"其下自注云："是日魏石生阁老亦出

---

① 阎尔梅：《春夜集孝升斋中偕魏子存刘公勇程蕉鹿王西樵王贻上崔兔床伯紫仲调限韵》，《白耷山人诗集》卷六上，第 335 页。
② 戴枫仲：《游崇善寺记》，转引自邓之诚《骨董琐记》卷八，北京：中国书店，1991 年，第 261 页。
③ 阎尔梅：《游扬州北湖有感》，《白耷山人诗集》卷八，第 435 页。
④ 鲁一同编：《白耷山人年谱》，第 597 页。

都门。"① 前文已有分析，魏裔介以疾辞归，事在康熙十年正月；则真空寺送别，必在康熙十年四月。

在厘清了阎尔梅与京城的渊源之后，有一问题颇值得深思：阎尔梅这样大节坚刚不可夺的遗民志士，何以能与龚鼎孳这位声名狼藉的"三朝元老"长期保持友谊，甚至能不顾清初对遗民的清议之严苛，冒着被时人误解为出仕和背叛的风险，一再入京与他相见往来？细究这两位不同出身和政治立场的挚友的交往，颇能见清初遗民与贰臣这两大士人群体各自的心态，以及交往过程中的种种复杂的心理活动和人事背景。

从阎尔梅的性格来看，他是个极为强硬且重视原则的人。正如他在《怀古八首》中的夫子自道："衮衣何必华？布衣何必贱？芳草善趋时，春花秋不见。……神龙岂易驯，江海须臾变。"② 入清以后，他破家复国，因此屡被通缉、家破人亡，仍九死不悔。仅以他被捕系狱后的表现及文学创作来看，堪称一位大节坚刚的志士。顺治九年八月被捕时，他慨然作诗云："天既有兴废，人谁无死生？""申子空悲楚，留侯未报韩。几多惭愧在，不为死生难。"③ 受审之时，他态度极为从容，当审讯者以文天祥为喻，讥刺他不能死节时，他正色表白，自己既非偷生之辈，却也不甘"徒死"，而是欲有所作为，"休言成败事，成败总男儿"④。当被押解北上，离别故里亲友时，他更慷慨高歌："父老闻声至，悲歌满夏阳。自知无返路，且为尽余觞。"⑤ 顺治十年系狱济南时，亦有"他乡无数河山泪，崛强樽前不忍挥"，"莫借长丝来续命，余生原不乞平安"⑥ 的刚烈之辞。

其后，阎尔梅侥幸脱狱，四处流亡，足迹遍及大江南北，其间作品更极能见其性格本色。如《杨犹龙署中大雪刻烛征诗遂成十五首时十二月初七

---

① 阎尔梅：《孟夏朔日宗伯偕伯紫青藜昭侯饯余真空寺限韵》，《白耷山人诗集》卷六上，第338页。
② 阎尔梅：《怀古八首》，《白耷山人诗集》卷三，第254页。
③ 阎尔梅：《发难》，《阎古古全集》卷三，中国地学会民国十一年铅印本。注云"壬辰八月初一日"，正是阎尔梅被捕之日。
④ 阎尔梅：《沈文奎以文丞相见拟盖罪余也笑作》，《阎古古全集》卷三，中国地学会民国十一年铅印本。
⑤ 阎尔梅：《过夏镇别亲友北去》，《阎古古全集》卷三，中国地学会民国十一年铅印本。
⑥ 阎尔梅：《端午》，《阎古古全集》卷五，中国地学会民国十一年铅印本。

夜》，其诗注云"时杨已升四川左藩矣"①，杨思圣升四川左布政使事在顺治十四年，鲁谱记载阎氏顺治十五年在河南，"以送杨犹龙入蜀也"②，其诗必作于是时。此时阎尔梅已流亡数载，妻妾自缢、亲友被难，自己是无家可归且时时遭遇性命之忧的通缉重犯，正如他自己所言："风雪一身在，江山何处归？习来饥渴惯，所至姓名非。"但他仍然是那个心怀复国壮志、不屈不挠的抗清志士："灯火夜云半，悲歌人自雄。"③ "虽遭离乱久，故步尚崚嶒。""死生游戏耳，心事几曾埋？"④ 艰难危险的环境，时时悬于头顶的死亡威胁，也未让他改变自己的性格与志向。

阎尔梅与陈名夏的交往，也极能见出他的刚硬不屈的性格。他与陈名夏本系晚明时代的故交，鼎革以后，阎尔梅先入史可法幕，后回乡组织抗清义军复国。而陈名夏却北上仕清，因"慕义远来"而官运亨通，在顺治二年就被擢升为吏部左侍郎的高官，此后多次致书阎尔梅，劝其出仕，谓："田居甚乐，好读书，能饮酒，真名士矣。但古人衡门泌水，实如经历，九阪回车不前，耳热狂歌，于学问何益？幸思鄙言也。"然阎尔梅始终峻拒，后来索性"遂绝不与通"⑤。《遗民诗》收有阎尔梅《答友人》二诗，即系为陈名夏而作，诗云："海外生还九死余，老亲未葬故踟蹰。决无世上弹冠想，徒有年来却聘书。伏腊不关新晦朔，湖山还伴旧樵渔。侍郎休问田园事，先帝宫陵亦已虚。" "漫说长安好僦居，五云台下即□庐。谁无生死终难避，各有行藏两不如。龚胜坚辞新室组，臧洪迟答故人书。当时风雨鸡鸣约，二十年来岂尽虚。"⑥ 既坚拒出仕，正言自己与对方并非同道；又毫不客气地讥讽陈名夏再仕清廷有亏臣节。其时陈名夏身任吏部侍郎，权势极大，阎尔梅"屡却公车"，拒绝他的举荐，很容易因此贾祸，当时阎尔梅甚至因"恐卒有不测"⑦ 而将长子托与友人抚养，却仍不肯向陈低头。

---

① 阎尔梅：《杨犹龙署中大雪刻烛征诗遂成十五首时十二月初七夜》，《白耷山人诗集》卷五，第286页。
② 鲁一同编：《白耷山人年谱》，第591页。
③ 阎尔梅：《杨犹龙署中大雪刻烛征诗遂成十五首时十二月初七夜》，《白耷山人诗集》卷五，第287页。
④ 同上书，第286页。
⑤ 鲁一同编：《白耷山人年谱》，第581页。
⑥ 卓尔堪：《遗民诗》卷三，上海：华东师范大学出版社，2013年，第109页。
⑦ 鲁一同编：《白耷山人年谱》，第582页。

阎尔梅的倨傲强硬，不仅表现在对陈名夏的态度上。事实上，阎尔梅在康熙四年以后多次入京，除了与龚鼎孳往来时态度尚属谦和以外，他与京城其他新贵名流的往来，都是颇为骄傲矜持的。他与魏裔介互通名刺时，名帖上竟然仅书自号"白耷山人"而不书姓名，京师异之，阎氏有"地主都忘卿相贵，山人戏答姓名非"①诗句纪之。魏裔介时任内秘书院大学士，阎㟧在京奔走时，也曾得他助力。阎尔梅在这位权势滔天的阁老面前竟也能有此晚明名士狂态，其性格之狂傲可见一斑。

然而，阎尔梅这样一位具有铁石肝胆、姜桂之性的遗民，却跟龚鼎孳这样一位降闯降清、名节丧尽，背负着"三朝元老"骂名的清廷高官，长期保持了一种超越彼此身份和政治立场的友情。这种奇特的现象，与龚鼎孳的宽容谦和、世情练达有关。在与阎尔梅的交往中，龚鼎孳时时表现出对阎氏人格的敬仰，对其政治立场的尊重，以及相当高的人际交往技巧，具体而言：

其一，虽然龚顾二人的身份与政治立场皆有天壤之别，但两人同样身为经历了鼎革沧桑巨变的士人，至少有一个情感话题在他们心中能引起同样的共鸣：对于故国沦亡的黍离之悲。这也是龚鼎孳在与阎尔梅往来唱和时，经常涉及的内容。

以康熙五年元宵龚鼎孳所作的七绝组诗《灯屏词次钱牧斋先生韵同古古仲调》为例，其题材本是常见的咏节令之作，前十首皆吟咏灯节繁华景色，最后一首却笔锋一转，陡然引入对故国禾黍、山河易代的嗟叹："开元法曲梦华遥，肠断春云度玉箫。宝马香车今夕动，几人回首杜鹃桥。"②这是很能引发身为遗民的阎尔梅的心灵共鸣的。又如《古古仲调饮中同和蜀道诸诗韵》其五："一歌出塞曲，风笛满伊凉。落日长陵泪，孤云五岳粮。沛应魂魄恋，酒为别离香。归去余田井，巢由幸遇唐。"注云："古老秦中诗有'长陵帝子故乡人'之句。"③颔联特意引用了阎尔梅本人吟咏故国情怀的诗句，并加以阐发。正是在这种彼此共有的黍离之悲的抒发中，龚鼎孳巧妙地拉近了双方的心理距离。

---

① 阎尔梅：《答魏石生相国惠菊酒》，《白耷山人诗集》卷六上，第334页。
② 龚鼎孳：《灯屏词次钱牧斋先生韵同古古仲调》，《定山堂诗集》卷四十一，第1358页。
③ 龚鼎孳：《古古仲调饮中同和蜀道诸诗韵》，《定山堂诗集》卷十四，第501页。

其二，龚鼎孳对阎尔梅坚刚不屈的遗民气节，时时给予高度评价。阎尔梅虽然刚直无畏，但倨傲好名，极以自己的遗民气节为荣，正如他本人所说："乱世不失足，为疾风劲草，此布衣之雄，于某足矣。"① 而龚鼎孳对此也不吝于颂美，若《春夜次古古韵十五首刻烛促成漏三十下》其四："东海一以蹈，北山谁敢移？"②《人日同古古诸君作》："吹箫伏剑非无事，辟谷封留总此身。"③《春日古古伯紫昭兹同集小斋》："天涯乌鹊总南枝，飘泊根柯晚不移。"④ 这种既饱含真诚的赞许，又不乏人际交往技巧的颂美之辞，对阎尔梅来说，是十分入耳的。

其三，龚鼎孳在与阎尔梅交往时，从不吝于表现自己身为贰臣的愧悔心态，不至于如陈名夏那样，在新朝一旦飞黄腾达，便大言"阅七省而后抵都门，隔世再生，如婴儿笑语，不复忆前生事"⑤。他在入清之后，与阎尔梅诗文往来的最早记载，是在顺治三年去官回乡时途经徐州，与阎尔梅的书信中即言"不孝孤不才失路，惭负良友。……虽靦言忍耻，不足齿之尸余"⑥，并有赠诗。阎尔梅有《答龚孝升五首》，注云"时自都门南下以诗投我"。龚氏原作已佚，然观阎尔梅和作，诗云："金斗江空笑宦籝，双鱼南报近嘉平。有怀安用深相愧，无路何妨各自行。元直曾云方寸乱，子长终为故人明。可怜凝碧池头句，读罢伤心哭几声。"⑦ 可知龚氏原作必多愧悔之辞。龚鼎孳在顺治七年北上京城之后，曾有书信寄阎尔梅："往者惠风远贻，良书嘉什，烂然青玉案也。读至沉痛处，动鬼神而贯金石，知己之言，一字一泪矣。属国河梁之篇，义存明德；栗里停云之咏，道在友生。坑堑惭人，辄借芳兰以华败絮，心期尚在，感佩何穷？"⑧ 由此可知，阎尔梅在鼎革之后，亦与龚鼎孳有诗文往来，而龚鼎孳对此亦十分感激。且在彼此书信中，不吝于流露愧悔之情，以获取对方之谅解。

---

① 阎圻：《白耷山人家传》，鲁一同编《白耷山人年谱》，第734页。
② 龚鼎孳：《春夜次古占韵十五首》，《定山堂诗集》卷十五，第506页。
③ 龚鼎孳：《人日同古古诸君作》，《定山堂诗集》卷三十，第1092页。
④ 龚鼎孳：《春日古古伯紫昭兹同集小斋》，《定山堂诗集》卷三十一，第1113页。
⑤ 鲁一同编：《白耷山人年谱》，第579页。
⑥ 龚鼎孳：《与阎古古》，《定山堂文集》卷二十五，第2047页。
⑦ 阎尔梅：《答龚孝升五首》，《阎古古全集》卷四，中国地学会民国十一年铅印本。
⑧ 龚鼎孳：《与阎古古》，《定山堂文集补遗》卷下，第2172页。

即使是在开脱阎尔梅狱事,于阎尔梅有救命之恩以后,龚鼎孳仍然时常在唱和作品中表现出愧悔。如他在《同古古伯紫诸君夜集限韵》中,即以江总自喻,云"江总还家愧黑头"①,以表现自己失身二姓的羞愧。又如作于康熙七年的《再别古古》,有"苏李诗原关气数"②之句,以苏武、李陵分喻自己与阎尔梅,也颇能见出对彼此身份立场差别的尊重。这种较低的姿态和真诚的愧悔之情,也是以气节自重的阎尔梅与其为友的原因。

其四,在更多的场合里,龚鼎孳是尽量避开双方政治立场的区别,仅以纯粹的友人身份,与阎尔梅诗酒唱和。其诗云:"欢宜今夕永,交羡古人穷。"③"海内良朋胶漆在,赏音金石恰相撞。"④ 在交往过程中,龚鼎孳或将自己的身份定位为人到中年因而特别重视昔日友情的老友:"客路春随寒食去,中年心对故人长。"⑤ 或将自己定位为礼贤下士的高官,而将阎尔梅视为隐士高人:"山逢介子来高隐,酒爱平原只布衣。"⑥ 都巧妙地避开了两人之间立场的尴尬差距。再以《春夜次古古韵十五首》为例:"遗事问开元,应销花月魂。人随今雨别,心老旧交门。短筑悲堪和,春星醉不昏。得归天浩荡,文网息排根。"⑦ 其诗更是入情入理,以共同经历的鼎革之变作为拉近彼此心理的切入点,且不论彼此立场差别,而仅论"旧交"之友情。在这一场合中,既无贰臣,也无遗民,只有两位同样是渡尽劫波、人到中年的老友。

其五,龚鼎孳是一个性格宽厚豪宕而颇富于包容性的人,所以,虽然身为清廷高官,他却对于阎尔梅这位抗清遗民的性格心态、政治立场和生存方式,能给予最大程度的尊重。这正是他与同为阎尔梅故交的仕清贰臣陈名夏最大的不同,也正是阎尔梅与陈名夏割席绝交却能与他保持长久友谊的根本原因。相比陈名夏动辄劝人出山的哓哓之态,龚鼎孳对阎尔梅的"山野之

---

① 龚鼎孳:《同古古伯紫诸君夜集限韵》,《定山堂诗集》卷三十,第1091页。
② 龚鼎孳:《再别古古》,《定山堂诗集》卷三十一,第1106页。
③ 龚鼎孳:《春夜次古古韵十五首》,《定山堂诗集》卷十五,第506页。
④ 龚鼎孳:《和古古》,《定山堂诗集》卷三十一,第1119页。
⑤ 龚鼎孳:《花下同古古作》,《定山堂诗集》卷三十一,第1115页。
⑥ 龚鼎孳:《春日古古伯紫昭兹同集小斋》,《定山堂诗集》卷三十一,第1114页。
⑦ 龚鼎孳:《春夜次古古韵十五首》,《定山堂诗集》卷十五,第509页。

性"是相当包容的。龚氏诗曰:"但喜雪霜人健在,不须湖海气全除。"①

在充分尊重和包容阎尔梅遗民志节和故国情怀的前提下,龚鼎孳也对阎尔梅进行温和的规劝,有诗云:"看世渔樵稳,还家姓字多。"② "归去余田井,巢由幸遇唐。"③ "十年浊酒望清尘,安得同君聚好春。嵇阮自成名下士,荆高岂是酒中人。吹箫伏剑非无事,辟谷封留总此身。珍重鹿门遗老在,须将出世答君亲。"④ 龚鼎孳尊重阎尔梅的遗民志愿,对他半生奔走复国、九死不悔的顽强精神,更是深感钦佩;但也希望他用较为缓和的隐居不仕的方式(而非更激烈的反清)来度过余生。这种规劝,既不以清廷高官的势派压人,也不以救命恩人自居,仅以多年老友的身份,劝告阎尔梅忘却前尘往事,放弃危险的反清活动,回乡隐居。由于隐居田园并不违背身为遗民的政治操守,且这种劝告本身就是善意而入情入理的,因而即使是刚烈倔强的阎尔梅,对此也是不难接受的。

从阎尔梅一方来看,他身为遗民,却时常在京城文化圈中活动,且与清廷高官往来,这种行为本身就相当微妙而容易引人误会(他也确实因此被怀疑操守不坚、希图出仕,而遭到其他遗民人士的误解),但阎尔梅对此却并无顾忌,仍然频繁出入京城,其中的心态变化,也颇耐人寻味。

首先,阎尔梅对龚鼎孳的仗义施以援手,是感念备至的,也在他的诗作中时时提及。例如康熙五年秋,龚鼎孳给假回乡葬母,阎尔梅也前往与会,他在《庐郡夏秋诗为龚孝升作》中写道:"自解山东网,渔樵路始宽。百年知己泪,一粒返魂丹。""须作救时相,堪题通德门。朝中推故老,海内感平反。"⑤ 他甚至给予了龚鼎孳"身任朝廷事,功垂父母邦。世间人有数,天下士无双"⑥ 的盛赞。又如康熙七年春所作之《戊申禊日诗》云:"力拨重云复见天,争如文举脱文先。""不祥飚我谁能被?知己如君遂有邻。"⑦

---

① 龚鼎孳:《春夜鹤门仲调招同古古绅黄望如集慈仁松寮》,《定山堂诗集》卷三十,第1095页。
② 龚鼎孳:《古古仲调饮中同和蜀道诸诗韵》,《定山堂诗集》卷十四,第502页。
③ 同上书,第501页。
④ 龚鼎孳:《人日同古古诸君作》,《定山堂诗集》卷三十,第1092页。
⑤ 阎尔梅:《庐郡夏秋诗为龚孝升作》,《白耷山人诗集》卷五,第302页。
⑥ 同上书,第301页。
⑦ 阎尔梅:《戊申禊日诗》,《白耷山人诗集》卷六上,第341页。

其次，如前所述，阎尔梅虽然性格刚直不屈，但他也是个相当骄傲而爱名的人。青年时代就广为结交且加入复社的阎尔梅，入清后仍保留了浓厚的晚明名士习气。《莲坡诗话》："古古系刑部狱时，自署其门曰：'闯天下无根祸，坐人间第一牢。'"① 陈鼎《三逸传》："阎古古羁旅朔方岁余，无有识者。常戴草笠，披青蓑，酣歌于市，市中人目为颠道士。盛暑憩息浮屠影中，箕踞笑傲。"② 皆足见其性格中颇有张扬倨傲的一面。前文所述他与大学士魏裔介互通名刺时，名帖上竟然仅书自号"白耷山人"而不书姓名；被人奉承"先生诗不减杜少陵"竟然翻脸大骂："小子何知？何物杜甫，辄以况我耶？"③ 也都是这种晚明老名士习气的体现。虽然他对清廷显贵们的经济馈赠毫不在意，对他们提供的仕宦机会更是弃如敝屣；但京城文化圈给予他这位布衣士人的高度礼遇，却让他颇感欣喜："结社神京集各天，布衣常坐五侯先。"④ "穷交大与寻常异，不饯三公饯布衣。"⑤ 其诗系于康熙十年四月，阎尔梅启程离京，恰逢大学士魏裔介辞官回乡，阎氏自注云："是日魏石生阁老亦出都门。"显然，对于自己离京时所获得的较魏裔介更多的关注和送别，倨傲而又好声名的阎尔梅是十分自豪的。

最后，阎尔梅肯出入于京城的第三个原因，也是较深层的原因，是他在历尽沧桑浩劫之后，对于安定生活的向往。他虽不畏死，却也并非一心求死。早在顺治九年系狱时，他即言："患难吾何畏？留身欲有为。"⑥ 他在顺治十一年从山东逃归时，更云："已觉生还望，生还自觉非。无题安用死，有路不妨归。"⑦

榆园军事败以后，阎尔梅隐姓埋名流亡四方，生活十分艰难危险，而且还连累诸多亲友罹难，他对此也多有嗟叹："家亡何所顾？白首任飘零。"⑧

---

① 查为仁：《莲坡诗话》卷上，《清诗话》，第 482 页。
② 陈鼎：《三逸传》，《留溪外传》卷六，《四库全书存目丛书》史部第 122 册，第 516 页。
③ 王士禛：《居易录》卷十三，《王士禛全集》，第 3922—3923 页。
④ 阎尔梅：《戊申禊日诗》，《白耷山人诗集》卷六上，第 341 页。
⑤ 阎尔梅：《孟夏朔日宗伯偕伯紫青藜昭侯饯余真空寺限韵》，《白耷山人诗集》卷六上，第 338 页。
⑥ 阎尔梅：《魏郡冬吟》，《阎古古全集》卷三，中国地学会民国十一年铅印本。
⑦ 阎尔梅：《山东夜归》，《阎古古全集》卷三，中国地学会民国十一年铅印本。
⑧ 阎尔梅：《柯芦秋以诗投我次韵答之》，《白耷山人诗集》卷五，第 291 页。

"自经离乱后,凡事与心违。君载妻孥累,吾逃姓字非。"① "未能逃死去,且复学逃生。多累嫌妻子,深藏苦姓名。"② 顺治十六年,他曾秘密返家,将妻子入殓。《己亥元旦题豹韦堂》:"亡命须眉老,还家气候非。哀哀三稚女,哭向我牵衣。"③ 而将妻子入殓时,他更有"隐忍江湖久,因循岁月虚"④,足见他对逃亡生涯的厌倦。

随着岁月流逝,这位刚烈倔强的明朝遗老,也时时生出对于安定的乡里家居生活的向往:"举足罹罗网,依依此墓田。倘如首丘志,何用买山钱。"⑤ 而这种还山之梦,相对于他当时的处境,又是何等的奢望。这也就足以解释,为什么龚鼎孳在保全其名节的前提下,巧妙地洗脱了他背负的叛案,他会如此感激:"此后行踪无可讳,持螯持酒再生年。"⑥ 对于狱事得解后的安稳的隐居生活,他也是颇有期待的。不过,狱事的解脱并不意味着阎尔梅身为遗民的人格心态有所变化。在借由清廷显贵之力得脱狱事以后,他虽然未再涉足反清活动,但遗民志节和狂傲性格仍然不改。

早在阎尔梅狱事获解,于康熙五年春离开京城之际,友人们为之饯行,阎即慨然道:"吾先世未有仕者。国亡,破万金之资,为国家报仇强寇,天下振动。事虽未成,卒不为人所杀,全首领终,保先人坟墓,乱世不失足,为疾风劲草,此布衣之雄,于某足矣。吾归欲再见,诸君识我于青松白石间耳。"⑦ 虽然他接受了龚鼎孳的好意,愿从此安分隐居。但仍然自重身份,保持自己不食周粟的志节。因而当席上有新贵劝其出仕,阎尔梅立即峻拒,引用靖难之役中龚安节之例,称:"我仕,于义则无害,如有愧龚安节。"⑧

此后,阎尔梅在获释归乡后所作诗文中虽然也有"疏狂生患难,挫折减牢骚"⑨,"意气能阶祸,江湖最忌名"⑩ 一类谨慎避祸之辞,但实际上,他

---

① 阎尔梅:《雁门送李天生归陕》,《白耷山人诗集》卷五,第 295 页。
② 阎尔梅:《微山东友人》,《白耷山人诗集》卷五,第 307 页。
③ 阎尔梅:《己亥元旦题豹韦堂》,《阎古古全集》卷三,中国地学会民国十 年铅印本。
④ 阎尔梅:《殓室人张氏樊氏丁南庄》,《阎古古全集》卷三,中国地学会民国十一年铅印本。
⑤ 阎尔梅:《微山东友人》,《白耷山人诗集》卷五,第 307 页。
⑥ 阎尔梅:《戊申禊日诗》,《白耷山人诗集》卷六上,第 342 页。
⑦ 阎圻:《白耷山人家传》,鲁一同编《白耷山人年谱》,第 734 页。
⑧ 同上。
⑨ 阎尔梅:《村居杂咏十九首》,《白耷山人诗集》卷五,第 305 页。
⑩ 同上书,第 306 页。

性格中豪迈硬气、目中无人的一面，仍然未改："孤身游万里，未肯泣穷途。云月山中有，英雄海内无。"① 仅以他得脱狱事后不久的康熙五年，所作之《庐郡夏秋诗为龚孝升作》即云："孤鹤铩其羽，翛然沧海东。往来云气上，嘹呖月明中。有血生磷火，无冰语夏虫。赏音人故在，煨烬出焦桐。"② 仍以一度铩羽而依旧高翔的孤鹤自喻。

而阎尔梅在京城与清廷仕宦文士们交际唱和时，也仍然喜作惊人语。作于康熙七年的《戊申人日孝升招饮与周郧山陆冰修朱锡鬯纪伯紫分韵》末云："朝来闻道修明史，洪武元年纪戊申。"③ 此诗在京城传播，达到"京师传之骇然"的效果，龚鼎孳只好替他打圆场说："既修明史，自当从洪武戊申始。"这种强硬本色一直延续到他晚年。计东记载他年逾古稀，仍然是"七十老人余剑气，八千远道访峨眉"④，"推心置人腹，豁达善嫚骂"⑤。足见京城那些与清廷新贵们诗酒唱和的日子，并没有改变他强硬倨傲的本色。

阎尔梅在获释以后，一直恪守身为遗民的本分：尊崇故国，以明为正统。他多次以遗民身份拜谒明陵，如康熙七年二月，他在京城期间，即至昌平谒十三陵；在这一年秋，他出京之后，还曾南下金陵谒明孝陵。他在临终之际的表现，更可说明问题。阎圻《家传》记载其临终高歌苏子卿牧羊之曲，且自称："梦祭于天寿之山，先皇帝命予坐，予固崇祯间人也。"⑥ 足见他在生命最后一刻，仍然以明遗民自居，不堕志节。

值得注意的是，阎尔梅在京确实结识了大量仕清新贵文士，但从康熙十年他最后一次入京归来以后，他与这些人都极少保持往来。其中可考者只有沈荃的书信一封，信中提及"如龚合肥、周栎园、吴梅村、宋荔裳、蒋虎臣诸先生俱化为异物"⑦，应系康熙十二年以后所作。此外再不见任何阎尔梅与京城显贵们往来的书信。由此即可知，阎尔梅对于在京期间那些诗会酒宴

---

① 阎尔梅：《村居杂咏十九首》，《白耷山人诗集》卷五，第305页。
② 阎尔梅：《庐郡夏秋诗为龚孝升作》，《白耷山人诗集》卷五，第301页。
③ 阎尔梅：《戊申人日孝升招饮与周郧山陆冰修朱锡鬯纪伯紫分韵》，《白耷山人诗集》卷六上，第340页。
④ 计东：《次吴庐学使赠古古丈二首》，《改亭诗集》卷五，第66页。
⑤ 计东：《奉赠古古先生》，《改亭诗集》卷一，第29页。
⑥ 阎圻：《白耷山人家传》，鲁一同编《白耷山人年谱》附录，第738—739页。
⑦ 鲁一同：《寅宾录》，第639—640页。

中与清廷官员的点头之交，不但未予重视，而且是微含不屑的。他可以毕生感念对自己有救命之恩的龚鼎孳，但他对龚鼎孳以外的大部分清廷官员，仍然采取了一种疏离态度。

关于阎尔梅和京城的渊源，袁佑《阎古古逸人自邯郸入邺书期上已过访兼示近诗依韵赋寄》一诗，最能概括：

老去诗篇字字新，庐山晴雪踏轻尘。伤心偶问长安路，挥手终为太古人。①

五、邓汉仪三入京城考

在清初京城诗坛倏来倏去的遗民游士之中，还有一位著名的诗歌选家也值得一提，他就是邓汉仪。邓汉仪（1617—1689），字孝威，号旧山，别署旧山农、旧山梅农、钵叟等，郡望南阳，原籍吴县洞庭之绮里，甲申变后，弃生员籍，举家迁居泰州。康熙十八年被举博学鸿词科，然在廷试时作赋未用四六序，遂不录，以年老学优被授内阁中书衔。邓汉仪极喜游历，一生醉心诗酒山水之间，每到一处即与当地诗人赠答唱和。其诗集颇多，顺治初游淮有《淮阴集》，居扬有《官梅集》，顺治八年至十二年游京师有《燕台集》，顺治十三年随龚鼎孳使粤有《过岭集》，康熙初游颍有《濠梁集》，游越有《甬东集》，膺荐有《被征集》等。其平生最大成就，系编选《诗观》一书。《诗观》一名《天下名家诗观》，又名《十五国名家诗观》。全书共三集，初集十二卷，二集十四卷，闺秀别卷一卷，三集十三卷，闺秀别卷一卷，分别序刻于清康熙十一年、十七年、二十八年。共选评1817人的13110题，近15000首诗，堪称是清初诗歌总集的巨制。而邓汉仪的广游四方、频繁结交各地文士，也包括他在京城的文学交游活动，显然都给《诗观》的编选，带来相当的影响力。

入清以后，邓汉仪入京至少有三次，每次都对他的交游和诗学观念构成

---

① 袁佑：《阎古古逸人自邯郸入邺书期上已过访兼示近诗依韵赋寄》，《霁轩诗钞》卷一，《四库未收书辑刊》第7辑27册，第22页。

不可忽视的影响。邓汉仪本人即多次回忆他在京与诸名流诗酒唱和的盛况："仆在燕京三度除夕。"① "昔客金台，与诸名流唱酬甚盛。"② 那么，所谓邓汉仪的"在燕京三度除夕"究竟是哪三次呢？

邓汉仪的第一次入京，是在顺治八年末。按丁耀亢有《除夕同邓孝威守岁示慎行二首》③，其诗系于顺治八年。可知至少在顺治八年除夕，邓汉仪已在京城。

邓汉仪到京后，寄住于龚鼎孳家，与龚鼎孳、戴明说等诸多京城仕宦名流交往，在京城居住了一年多，度过了顺治八年、九年的除夕，直至顺治十年方同戴明说由京师之南阳。邓汉仪《定园诗集序》："忆壬辰岁，余浪游燕都，客龚芝麓先生家，与岩荦先生邸相对，时时过从。"④

邓汉仪离京的具体时间，尚不可考。邓汉仪本人自言："癸巳同公（按：指戴明说）之宛南，结又茅庐以居。"⑤《定园诗集序》云："先生以少司农出参宛藩，招余同往。"⑥ 顺治十年正月，戴明说以户部侍郎降补河南布政使司右参政，分守汝南道，离京赴任，邓汉仪也随之离开京城，前往河南。以戴明说《豫游行纪诗四十一首》之《宜沟驿雨》"四月宜沟驿"⑦ 句，可知戴、邓二人离京的时间，大致在顺治十年三月左右。

本次邓汉仪入京，与他交往最为频繁密切的京城文化名流首推龚鼎孳。早在龚鼎孳以丁忧南归，浪游江南各地期间，他即与邓汉仪等江南遗民结识，且交期笃厚。因而，此次邓汉仪甫到京城，龚鼎孳不但有《喜孝威至都门》⑧ 诗，且直接让邓汉仪寓居自己家中。而邓汉仪也视龚鼎孳为知己，与其往来不拘形迹，他甚至曾以书信劝龚鼎孳归隐，而龚亦不以为忤："畴昔之岁，予曾作招隐之书，致之合肥，蒙其赋诗寄答，不以仆为狂诞，因知归田之志有素也。"⑨ 身为草野之士，直接致书规劝清廷大僚归隐，这样的行

---

① 邓汉仪辑：《诗观二集》卷六，第192页。
② 邓汉仪辑：《诗观初集》卷三，第312页。
③ 丁耀亢：《逍遥游》卷三，《丁耀亢全集》上册，第120页。
④ 邓汉仪：《定园诗集序》，《定园诗集》，《清代诗文集汇编》第21册，第30页。
⑤ 邓汉仪辑：《诗观初集》卷四，第328页。
⑥ 邓汉仪：《定园诗集序》，《定园诗集》，第30页。
⑦ 戴明说：《宜沟驿雨》，《定园诗集》五律下，第69页。
⑧ 龚鼎孳：《定山堂诗集》卷九，第295页。
⑨ 邓汉仪辑：《诗观初集》卷二，第241页。

为确实有几分狂诞之气；而龚鼎孳对此不但不生气，反而赋诗赠答，也可见出二人之友情确是相当深厚。

此次邓汉仪入京以后，龚、邓二人的聚会唱和，时间确切可考者包括：

顺治九年花朝，龚鼎孳集赵而忭、邓汉仪于尊拙斋，有《花朝友沂孝威同集尊拙斋》①。

顺治九年三月上巳节，龚鼎孳邀韩诗、丁耀亢、白梦鼐、赵而忭等人听名伶王紫稼度曲，邓汉仪也参与了这次聚会。《上巳韩圣秋丁野鹤邓孝威段雨岩白仲调赵友沂过集听王子玠度曲》注云"是为顺治九年"②。

顺治九年八月十六日，龚鼎孳同邓汉仪、成梁夜集龙松馆看月，有《八月十六夜集龙松馆看月寓怀用少陵秦州杂诗韵同成二鸿邓孝威得二十首》③。

顺治十年元日，邓汉仪游慈仁寺，与龚鼎孳唱和。龚鼎孳有《癸巳元日和孝威除夕慈仁寺守岁韵》④。

顺治十年九月重阳，龚鼎孳招吴山涛、韩诗、纪映钟、邓汉仪、李藻先、王纲等于慈仁寺毗卢阁登高，有《九日邀同何榕庵成二鸿吴岱观韩圣秋纪伯紫邓孝威李素臣陆吴州王玉式白仲调何濮源王燕友集慈仁寺毗卢阁登高遂饮松下用少陵九日诸韵》⑤《九日邀同何榕庵成二鸿吴岱观韩圣秋纪伯紫邓孝威李素臣陆吴州王玉式白仲调何濮源王燕友集慈仁寺毗卢阁登高遂饮松下用少陵九日诸韵》⑥，其后又有《归后复同二鸿孝威饮小斋看菊用空同菊韵》⑦。

龚鼎孳与邓汉仪在京唱和的内容，首先是抒发沧桑巨变、故国沦亡的感慨。《洞门罢御史大夫南还同伯紫孝威赋于席上》云："不堪桑海后，犹纪义熙年。"⑧《上巳韩圣秋丁野鹤邓孝威段雨岩白仲调赵友沂过集听王子玠度

---

① 龚鼎孳：《定山堂诗集》卷九，第297页。
② 龚鼎孳：《上巳韩圣秋丁野鹤邓孝威段雨岩白仲调赵友沂过集听王子玠度曲》，《定山堂诗集》卷二十一，第759页。
③ 龚鼎孳：《定山堂诗集》卷九，第311页。
④ 龚鼎孳：《定山堂诗集》卷二十二，第786页。
⑤ 龚鼎孳：《定山堂诗集》卷九，第318页。
⑥ 龚鼎孳：《定山堂诗集》卷二十一，第767页。
⑦ 龚鼎孳：《定山堂诗集》卷九，第319页。
⑧ 龚鼎孳：《洞门罢御史大夫南还同伯紫孝威赋于席上》，《定山堂诗集》卷九，第301页。

曲》更云:"韦曲气佳三纪月,永和代易九为年。"① 兴亡之感的意味相当明显。

其次是抒写身处宦海风潮之中、身不由己的苦涩牢骚心境。邓汉仪在《诗观初集》中选龚鼎孳《岁暮喜孝威至都门同赋》,诗后注云:"定山当钩党方兴之日,闻仆至京,甫下驴,即呼酒快酌,同赋八韵。嗣后霜灯促膝,情好最敦。"② "钩党方兴"即指当时清廷已见端倪之南北党争。龚鼎孳身为南党重要人物,身处风口浪尖,心理压力可想而知。《馆卿命下孝威以诗见赠和答二首》:"白简心犹悸,黄冠局不新。饥仍同曼倩,逸已愧刘骠。风俗骄焚桂,功名薄徙薪。向来薇蕨意,终是恋逋臣。"③ 其时他与陈名夏关系恶化,对当时朝局变化颇有恐惧忌惮之意。他在《秋夜听雨用少陵秋野五首韵同二鸿孝威兴公》中写道:"江海安萝薜,孤心入洛违。乍怜深雨夕,似有一帆归。浊酒闲相命,炎威欲渐非。"④ 其中颇有仕途牢骚,而他能对邓汉仪等直接抒发,毫无顾忌,也可见两人的关系之密切。

此外,两人的唱和也颇能见出彼此立场不同所造成的微妙心境。邓汉仪当时系江南著名遗民文士,而龚鼎孳却是名节丧尽之"三朝元老",彼此身份与出处判若天壤,故龚鼎孳在唱和时一直小心翼翼地恪守自己的贰臣身份,往往表示出对自己仕清的悔意。《喜孝威至都门》其一"飘零偕雨雪,出处判沧浪",其四"狂应过凤昔,悔已甚泥涂",其六"綦缟心能隐,艰难友是恩"⑤ 等,都可见出他和邓汉仪交往中,温馨友情背后的复杂尴尬心境。

邓汉仪顺治九年客居京城期间交往的另一位仕宦文士是戴明说。两人这段时间的唱和作品,在各自诗文集中已不可考;然邓汉仪不仅在顺治十年春随戴明说前往河南,而且正是由于此次赴豫,他结交了不少中州诗人,其中最著名者是彭而述。《定园诗集序》云:"南阳兵革之余,城郭煨烬,先生结又茅庐,日啸咏其中,每一诗成,必令余和,和则举酒相乐,率以为常。时

---

① 龚鼎孳:《上巳韩圣秋丁野鹤邓孝威段雨岩白仲调赵友沂过集听王子玠度曲》,《定山堂诗集》卷二十一,第759页。
② 邓汉仪辑:《诗观初集》卷二,第245页。
③ 龚鼎孳:《馆卿命下孝威以诗见赠和答二首》,《定山堂诗集》卷九,第300页。
④ 龚鼎孳:《秋夜听雨用少陵秋野五首韵同二鸿孝威兴公》,《定山堂诗集》卷九,第317页。
⑤ 龚鼎孳:《喜孝威至都门》,《定山堂诗集》卷九,第295—297页。

同唱和者,则穰城彭禹峰、长公经碧。"① 戴明说《署中同孝威话禹峰》② 即写其与邓汉仪在南阳同彭而述订交唱和之事。邓汉仪与中州诗人的相识相交,戴明说多有助力。

邓汉仪此次在京往来的其他京城名士也有不少,如安玿和丁耀亢。

丁耀亢有《宋玉叔招同邓孝威夜集读蝉赋有感》③,系于顺治九年。此前并无宋、邓二人有交往的记载,则宋琬与邓汉仪的相识,很有可能是出自丁耀亢的介绍。

丁耀亢在顺治四年南游淮扬之际,在扬州与邓汉仪结识,作有《和邓孝威见赠四章元韵》④。到了顺治八年末,邓汉仪到京,与丁耀亢重逢,丁耀亢作有《除夕同邓孝威守岁示慎行二首》⑤。两人在京交往,可考者如下:

顺治九年正月初七,丁耀亢邀邓汉仪、曹尔堪等人在陆舫寓所聚会,有《人日邀嘉善曹子顾魏子存陈子更吴陵邓孝威集陆舫分韵二首》⑥。

顺治九年元宵节,丁耀亢与张缙彦、邓汉仪共游灯市,有《上元前同坦公孝威天宁寺夜过灯市醉饮联句》⑦。

顺治十年正月人日,丁耀亢与张缙彦、邓汉仪等同游报国寺,有《人日同坦公圣秋岱观孝威载酒游报国寺》⑧。

顺治十年春,邓汉仪离开京城,丁耀亢有《送邓孝威之汝南》⑨ 诗送之。

值得注意的是,此时丁耀亢因任职旗塾而在京城定居,并与京城大僚如"京师三大家"、龚鼎孳等多所往来,已经成为当时京城诗坛上的文化名流之一。乾隆《诸城县志》卷三十六《文苑》载:"(丁耀亢)顺治四年入京,由顺天籍拔贡充镶白旗教习,其时名公卿王铎、傅掌雷、张坦公、刘正宗、

---

① 邓汉仪:《定园诗集序》,《定园诗集》,第 30 页。
② 戴明说:《定园诗集》五律下,第 71 页。
③ 丁耀亢:《宋玉叔招同邓孝威夜集读蝉赋有感》,《逍遥游》卷四,《丁耀亢全集》,第 134 页。
④ 丁耀亢:《逍遥游》卷二,《丁耀亢全集》,第 96 页。
⑤ 丁耀亢:《逍遥游》卷三,《丁耀亢全集》,第 120 页。
⑥ 丁耀亢:《逍遥游》卷四,《丁耀亢全集》,第 123 页。
⑦ 同上书,第 124 页。
⑧ 丁耀亢:《逍遥游》卷五,《丁耀亢全集》,第 184 页。
⑨ 丁耀亢:《送邓孝威之汝南》,《逍遥游》卷五,第 189 页。

龚鼎孳皆与结交,日赋诗陆舫中,名大噪。"而邓汉仪在京的文化交际活动,也颇有借助丁耀亢名气者。他在京城曾经举行大规模的结社活动,借此结交了大量京城名士:"壬辰余客都门,同丁子野鹤二百余人于慈仁寺结观文大社。"① 而邓汉仪作为到京不到一年的外来者,能组织起如此大规模的社团,丁耀亢功不可没。后来邓汉仪尚回忆自己与丁耀亢等京城名士在京往来的情形,《忆昔行赠张天石纳言兼吊张大隐张玉调宋令础丁野鹤张蝶龛诸公》云:"忆昔燕京上元节,火树银花交映彻。……是时公卿丧乱余,苦将乐事销居诸。拉我竟入黄公市,掀髯狂叫酒家胡。"②

本次入京,邓汉仪在京生活了一年多,不仅多有结交,而且在京城文化圈中有了一定的诗名。丁耀亢《送邓孝威之汝南》云:"京洛才名嗟老大,建安词赋让追随。"③

邓汉仪的二入京城,是在顺治十二年,在京度过了这一年的除夕,次年初离京返扬州。邓汉仪在《诗观二集》中明言"乙未客京师"④。他还提到,"而次岩侍御,则乙未春始相见于京师"⑤。由此可知,邓汉仪至少在顺治十二年春已经身在京城。

此次入京,邓汉仪结识了更多的京城名士。其中较知名者包括王崇简、魏裔介、薛所蕴、申涵光。

在邓汉仪入京的顺治十二年当年,与王崇简并无唱和诗作,但仍能从其后二人的作品中觅得蛛丝马迹。康熙十三年王崇简有《寄怀邓孝威》一诗:"京国相逢忆昔年,何时归老卧江烟。惟因风雅情偏切,却虑惊人句不传。"⑥ 足见两人曾经在京城见过面。那么,究竟这次见面是在邓汉仪哪次入京期间?相关信息可从邓汉仪的和作《和答王敬哉先生见怀原韵》中找到诗云:"秣马离京二十年,江山寥落盛风烟。多公吐握当今最,特地音书

---

① 邓汉仪辑:《诗观三集》卷十,第208页。
② 邓汉仪:《忆昔行赠张天石纳言兼吊张大隐张玉调宋令础丁野鹤张蝶龛诸公》,《慎墨堂诗稿》卷四,第473页。
③ 丁耀亢:《送邓孝威之汝南》,《逍遥游》卷五,第189页。
④ 邓汉仪辑:《诗观二集》卷二,第19页。
⑤ 邓汉仪辑:《诗观二集》卷十二,第437页。
⑥ 王崇简:《寄怀邓孝威》,《青箱堂诗集》卷二十九,第263页。

间道传。"① 与王崇简原作对照参看，邓汉仪诗中所提到的"秣马离京二十年"由康熙十三年逆推二十年，正是顺治十二年他入京时，他在这一次入京时和王崇简订交的可能性相当大。

邓汉仪明确记载，他此次入京不但与魏裔介结识，而且两人有相当密切之文学观念的交流。"乙未客京师，柏乡相国时掌谏垣，得从杯酒，获聆绪论。"② 魏裔介不仅是清廷高官，而且是清初著名选家，《观始集》《溯洄集》等清初诗歌选本俱出其手，他在清诗总集编选方面的经验和甘苦之言，必然给予邓汉仪一定的影响。

薛所蕴系"京师三大家"成员，也是京城诗坛北方籍诗人中的健将。邓汉仪在《诗观二集》中，提到他与薛所蕴在京城的往来，云："昔客京师，承宗伯屡招，谈诗弗倦。仆曾制近体四章奉赠，宗伯喜甚。"③

在《诗观二集·凡例》中，邓汉仪提道："广平申凫盟……诸公，皆与仆交称莫逆。"④ 《慎墨堂诗选》并有《寄怀广平申凫盟》："南北离居信渺茫，遥怜瓜圃接茅堂。千秋箕尾光宁减，一代风骚业未荒。"⑤ 然他与申涵光系何时订交，时间尚不明朗。考二人行踪，则邓汉仪于顺治九年首次入京之时，申涵光并不在京；而康熙十七年邓汉仪三入京师，是时申涵光已经去世。则两人订交，必在邓汉仪二入京城的顺治十二年至十三年初。按顺治十三年春，申涵光接受魏裔介之请，再入京城，为校《观始集》，两人在京见面应在此时。

关于邓汉仪顺治十二年二入京城的一个重要问题是，此次他是否在京见到王士禛。是年王士禛以应会试入京，三月中会试，但未参加殿试即归里，在京逗留时间不长，但已经在诗坛上有了一定名气。《渔洋山人自撰年谱》于顺治十二年条目下云："始与海内闻人缟纻论交，时号三王。"⑥ 年谱在这一年引计东《广说铃》云："予同年王子侧，居西樵、阮亭间，才堪颉颃。予与邓孝威、宗鹤问诸公，偕子侧游苕、霅山水间，子侧诗援笔辄成，多见

---

① 邓汉仪：《和答王敬哉先生见怀原韵》，《慎墨堂诗拾》卷六，第493页。
② 邓汉仪辑：《诗观二集》卷二，第19页。
③ 邓汉仪辑：《诗观二集》卷三，第50页。
④ 邓汉仪：《诗观二集·凡例》，第663页。
⑤ 邓汉仪：《寄怀广平申凫盟》，《慎墨堂诗选》卷六，第500页。
⑥ 王士禛：《渔洋山人自撰年谱》，《王士禛全集》，第5059页。

警拔。同人每相太息曰:'济南二王才故奇,亦以蚤贵,声誉先布。子侧才何尝肯作蜂腰哉?'人以为知言。"① 可见当年邓汉仪确曾与王士祜结交,并且论及王士禛。但两人此次是否在京城见面,其后两人的诗文集都没有留下任何蛛丝马迹。

邓汉仪与京城第三次发生联系,是他入京参加博学鸿词科。他于康熙十七年九月抵达京城,第三次在京城度过除夕,次年五月初还家。邓汉仪本无出仕之意,却被强行征辟至京,对本次博学鸿词科持排斥态度,遂有意在应试作赋时不按考试要求以四六序文答卷,于是落选,以年老得内阁中书头衔,放归。其子邓劝相在《征辟始末》一书中记载道:"试毕,家君出独早,众讶,上曰:吾即无意仕进,复何用搜索枯肠,自苦乃尔乎?但得报罢,吾愿毕矣。……时传旨云,赋必用四六序文方中式,家君独未用焉。"邓汉仪不但不愿在博学鸿词科中第,就连主持博学鸿词应试的大学士冯溥欲荐其留史馆修史,也被他拒绝。"益都冯相国馆客王仲昭……偕申周伯至寓舍云:'圣恩不可测,益都公有美意,欲奏留我辈史馆修史,台垣颇闻有人亦欲奏留,此良机也。诸君可勉为之。'家君意怫然,遂偕至豹人先生寓曰:'我辈年高学深,家有老亲,恨不旦夕驱车疾返,岂能喔咿嚅唲于翰院诸公下乎?使我实有雄飞之志,久已闭门磨垄,当场呈雄角胜,一展生平之长耳,何至日饮酒与故人游,以潦草应试耶?行矣南归,勿复以我为念。'王先生知志不可夺,又难独行其事,遂告冯公寝其议。"②

邓汉仪对博学鸿词科本身毫无兴趣,也无意干谒清廷大员。本次入京,他的全部心力都在于借此机会在京广为结交文士,诗酒唱和,并收集更多的文人别集以供编选。而他在博学鸿词科期间在京交往的对象,又可分为两类:

一类是他此前已有一定交往的"夙交神契"老友们,包括王崇简、梁清标、宋德宜、李天馥、王士禛等。《征辟始末》载:"辇上诸大老非素称神交者,未尝一通姓字。如王公敬哉、梁公苍岩、宋公蓼天、李公容斋、王公阮亭,皆夙交神契,故往谒焉。"

---

① 王士禛:《渔洋山人自撰年谱》,《王士禛全集》,第 5059—5060 页。
② 邓劝相:《征辟始末》,《辟疆山房丛书》,泰州图书馆藏。

王崇简与邓汉仪见面订交的时间，前文已有考证。本次邓汉仪入京，还曾偕陈维崧、田茂遇等人访王崇简，王崇简有《邓孝威陈其年田鬴渊陆云士奉召来都门过谈》，其诗作于康熙十七年，以"十月菊篱晴尚好"① 句，可知事在康熙十七年十月。

　　梁清标与邓汉仪订交的时间不详，然《蕉林诗集》有《次韵寄邓孝威》四首七绝，题下注云"孝威曾同龚芝麓入粤"。其一则云："十九年来风物换，依然拱北有高楼。"注云："广东有拱北楼。"② 其二云："淮海才名如子稀，缁尘不染芰荷衣。诗来每堕西州泪，犹忆尚书并载归。"诗中所回忆邓汉仪随龚鼎孳入粤事在顺治十四年，二人次年到达广东。则梁清标此诗，必作于康熙十五至十六年间。而梁清标其人，也属于邓汉仪先前即有故交的"夙交神契"者。

　　王士禛与邓汉仪首次见面订交的时间，尚无法考证，但仍有一定依据可循。《诗观二集》有这样一段记载："昔济南考功农部两公论诗邗上，谓仆曰：予家景州歙州风格遒上，足俪前贤。"③ 其中，"济南考功农部两公"显指分别做过吏部考功司主事与户部清吏司郎中的王士禄、王士禛兄弟，且两人"论诗邗上"之时，邓汉仪也在场。考证王士禄、王士禛二人行迹，此会只可能是在康熙四年。时王士禄已经出狱，流寓江南，与当时即将入京赴礼部主客司主事任的王士禛相会于邗上，事在此年九月。王士禄《上浮集》中有《途中送贻上北上兼示子侧》④。《上浮集》是王士禄于康熙四年出狱以后，流寓江南期间的作品。其《自序》云："《上浮集》者，王子甲辰冬以后所为诗也。"⑤ 这一次与王氏兄弟的相见论诗，是邓汉仪与王士禛交往中可考的最早记录。其后，王士禛有《闻季甪言平山堂已修复赋寄豹人定九孝威舟次》⑥ 系康熙十五年寄赠邓汉仪，可知至少当时两人已经熟识。

　　本次邓汉仪入京，以被征诗八首示王士禛，王士禛有《邓孝威被征八诗

---

① 王崇简：《邓孝威陈其年田鬴渊陆云士奉召来都门过谈》，《青箱堂诗集》卷三十三，第285页。
② 梁清标：《次韵寄邓孝威》，《蕉林诗集》七言绝卷四，第256页。
③ 邓汉仪辑：《诗观二集》卷四，第112页。
④ 王士禄：《途中送贻上北上兼示子侧》，《上浮集》卷二，第155页。
⑤ 王士禄：《上浮集自序》，第675页。
⑥ 王士禛：《渔洋山人续集》卷九，第862页。

序》。邓汉仪对博学鸿词科显然并不热心,诗风亦显现出"邓先生顾怅然若有不自得者,读其诗,又凄惋哀激,类乎楚声"的变雅之音。王士禛遂将其解释为"今邓先生有母年八十矣,一旦舍甘旨之养,远来京师,其情之迫切,与《陟岵》《鸨羽》之诗人无以异,故其言如此"。① 显然不大敢直面邓氏入京后"凄惋哀激,类乎楚声"诗风背后对清廷的排斥冷淡态度。其后邓汉仪南归,王士禛又作有《送邓孝威授正字归海陵再示豹人》②。

另一类是邓汉仪在京应博学鸿词科期间新结识的文友,包括施闰章、陈维崧、孙枝蔚、李良年、申维翰、汪楫等。按《征辟始末》一书的记载:"往来最厚者,只施愚山、陈其年、孙豹人、李武曾、申周伯、汪舟次数人。"

邓汉仪与施闰章相识于何时已不可考,此前两人集中都未留下往来唱和的记录。可考者仅有施闰章《早春廿一日微雪喜孝威纬云见过同耦长小集拈得天东二韵》③,系康熙十八年初所作,时二人皆在京城等待应试。其后,邓汉仪南归,施闰章作有《送邓孝威》,诗云:"不捧毛生檄,将归却拜官。谁知簪笔客,仍弄钓鱼竿。"④

对于邓汉仪来说,三入京城的经历,特别是他以京城这一"五方杂处"的特殊地域文化圈作为平台,大量结交各地文人,对他编选清诗的文化活动,有极大的帮助。这一点从《诗观》诸集所选诗人的地域分布即可知一二。《诗观》所收录的诗人,地域分布最密集者,首推江浙地区。其中江南和浙江两地的诗人达1236人,达到《诗观》所收诗人总数的68%;而江南诗人之外,《诗观》首推者即为京城及畿辅周边诗人。《诗观》所收京师及畿辅诗人100余人,约占总数的十八分之一。邓汉仪之所以在《诗观》中收录大量京城畿辅诗人,显然与他三入京师,熟悉京城诗坛概况和诗人成就是分不开的。

邓汉仪在京城期间结交的友人,特别是那些掌诗坛之柄的高官文士,更

---

① 王士禛:《邓孝威被征八诗序》,《渔洋文集》卷三,第1554—1555页。
② 王士禛:《渔洋诗集》卷十二,第913页。
③ 施闰章:《早春廿一日微雪喜孝威纬云见过同耦长小集拈得天东二韵》,《学余堂诗集》卷三十二,《施愚山集》第3册,第162页。
④ 施闰章:《送邓孝威》,《学余堂诗集》卷三十二,《施愚山集》第3册,第167页。

为《诗观》的编选,提供了相当大的便利。《清诗别裁集》:"孝威与国初诸前哲游,洽闻广见,所选《诗观》共四集,虽未脱酬应,然亦足备后人采择。"①《晚晴簃诗话》:"孝威早负诗名。与吴梅村、龚芝麓游,当时名流,多申缟纻。所辑《诗观》四集,搜罗最富。其中遗集罕传者,颇赖以得梗概。"② 以邓汉仪首次入京的顺治九年为例,他在京城以一介外地寒士的身份,就能在慈仁寺组织起两百余人的庞大文学社团,如果没有京城文化名流特别是龚鼎孳的相助,那是不可想象的。而他与中州诗人特别是彭而述等人的结识,显然也是由于在京城结识的仕宦文化名流戴明说的推荐。

事实上,《诗观》初集、二集、三集的编选,都与邓汉仪在京城的活动与交际,有相当大的关系。以初集为例,集中收录了清初北方重要遗民诗人团体"河朔诗派"的多位诗人,除了与邓汉仪本人有直接交往的申涵光以外,其余数人的诗作,几乎全部来自申涵光的搜集。例如"畿南三才子"之一的张盖,邓汉仪明确记载:"凫盟邮致其诗,因录数首于此。"③ 张盖入清后自弃诸生籍,坚不出仕,后得狂疾,自闭土室中,不与外人往来,仅在好友申涵光、殷岳来访时,方交谈甚洽。张盖实是一坚刚自守、大节铮然的遗民,由于他的特殊生活方式,其诗极难寻得,邓汉仪能获得他的诗作编入《诗观》,显然是得益于与申涵光的交情。

《诗观二集》的编选,也得益于邓汉仪在京城的文化活动:

> 荔裳、西樵、绎堂、顾庵、说岩诸公诗,皆采自吴孟举选本。阮亭先生则独登其西山游诗。王敬哉、子雍两先生诗,高阳、柏乡两相国诗,甲寅夏已邮到。益都相国稿无从觅,仅登其一,殊为歉然。都门诸公稿邮寄独后,编次参差,幸惟见谅。④

《诗观二集》凡例中记载,宋琬、王士禄、沈荃、曹尔堪等人的诗作,皆采自吴之振《八家诗选》。王崇简、李霨、魏裔介、冯溥等"都门诸公"

---

① 沈德潜等编:《清诗别裁集》卷十二,第493页。
② 徐世昌:《晚晴簃诗话》卷四十六,第284页。
③ 邓汉仪辑:《诗观初集》卷八,第495页。
④ 邓汉仪:《诗观二集·凡例》,第663页。

的诗作，则是康熙十三年邮到的。显然，邓汉仪的采择编选工作与他在顺治时代流寓京城时结交仕宦文人，有很大的关系。

《诗观三集》的编选，更和邓汉仪北上应博学鸿词科，有极密切的关系，且大量诗集都是他在京城搜集而得。其自序明言：

> 适朝廷有征辟盛典，当事谬举衰朽，力辞不获，乃买舟北上。于时魁奇俊伟之士、鸿才博学之儒，云集京师，飞词振采，皆极一时之盛。独余留滞都门，深知衰朽之质，不足以扬休盛代，日望还山，得遂养亲之志。而四方之士，辱蒙不弃，咸以诗稿见投，充盈箧笥。……余也不敏，亲提铅椠来京，又值天下名家聚会之日，投诗满案，无异取琅玕于阆风之苑，探奇珍于罔象之渊，不诚一代之巨观哉？①

康熙十七年到十八年间的博学鸿词科考试，堪称一次全国性的大规模文人聚会，当时的京城，各地名士云集，而那些爱士好客的京城高官显贵们所举办的诗酒聚会更是数不胜数。邓劢相《征辟始末》载："时都中喜招客聚饮者，若司马宋公德宜、学士李公天馥、宫詹沈公荃等，宴集至数十人，皆一时名流，号称盛举。"这使得邓汉仪能接触到大量的各地文士及其诗作。《诗观二集》及《三集》中入选的不少诗人诗作，正是来源于邓汉仪在应博学鸿词科期间所搜集，如：

毛际可之作，《诗观二集》卷三云："鹤舫以诗领袖东南久矣，顷同被征书，握手都下，因得读其近制，精警之中，更饶深婉，辄拔其尤，以光拙选，固艺苑之瑰宝也。"②

李良年之作，《诗观三集》卷四云："武曾同余待诏金马门，兴殊落落，无干荣冒进之意。迨出都门，授余秋锦堂未刻稿二帙。广陵花夜，出示田漪亭先生展玩，极为赏爱，称其诸体皆妙。余因录数章，与世共宝。"③

---

① 邓汉仪：《诗观三集·自序》，第507—508页。
② 邓汉仪辑：《诗观二集》卷三，第85页。
③ 邓汉仪辑：《诗观三集》卷四，第621页。

李振裕之作,《诗观三集》卷四云:"醒斋先生京师手授诗稿,予久刻之名家诗品中。"①

　　陆次云之作,《诗观三集》卷六云:"忆出都时,云士以诗三种见授,皆清真老确之作。"②

　　还有一些诗人,本身并未参与博学鸿词科,但邓汉仪也能在京通过其亲友,得到他们的诗作。最典型的是彭而述。邓汉仪提到,彭而述晚年随清军从征入滇之后的作品,就是他在康熙十八年在京城得之于彭而述之子彭海翼之手。《诗观三集》卷二云:"己未,彭子直上在京师,以禹峰先生诸刻稿见授,不下数千首,皆切近时务,关系军旅之作。"③

---

① 邓汉仪辑:《诗观三集》卷四,第627页。
② 邓汉仪辑:《诗观三集》卷六,第44页。
③ 邓汉仪辑:《诗观三集》卷二,第565页。

第四章　清初京城诗坛的多元化面貌

第一节　作为清初京城诗坛主流的七子诗风

以前，后七子为代表的宗唐复古派诗风，是明代诗学之大宗，直至晚明启祯时代仍保持着与公安、竟陵二分天下的格局。《四库全书总目提要·峡云阁存草》云："盖万历以后之诗，不公安、竟陵，则仍太仓、历下耳。"① 入清后，七子诗风虽因模拟剽袭之弊而屡遭批判，然其势力并未消泯，在诗坛上影响力仍然十分可观："清初诗家如天生、竹垞、翁山，手眼多承七子，即亭林、梅村亦无不然。毛西河扬言薄七子，而仍未脱壳中。匪特渔洋为'清秀于鳞'。世人以为七子光焰至牧斋而熄者，失之未考耳。"②

值得注意的是，在清初京城诗坛上，原本属于晚明"凋敝"诗风之组成部分、被文坛普遍视为亟需革新的七子流派，在很长一段时间内，仍然占据着诗坛主流的地位。以黄传祖《扶轮广集·凡例》中所记载的京城诗坛的气象来看，"畿辅首善地，近日倡兴古学"，"台阁气象，远追开元大历"。《扶轮广集》所收最多者，为顺治中期活跃于京城诗坛的诗人，其所描述的

---

① 纪昀总纂：《四库全书总目提要·峡云阁存草》，第4858页。
② 钱锺书：《谈艺录》，第324—325页。

现象,颇能代表顺治时代京城诗坛面貌。终顺治一朝,七子宗风在京城诗坛始终不衰;直至康熙前期,方逐渐受到宗宋诗风挑战;最终由于神韵诗风的兴起,而失去主流地位。这一现象,颇为耐人寻味。

一、七子诗风在清初京城诗坛成为主流的原因

正如梁启超所言:"凡一个有价值的学派,已经成立而且风行,断无骤然消灭之理,但到了末流,流弊当然相缘而生。继起的人,往往对于该学派内容有所修正,给他一种新生命,然后可以维持于不敝。"① 七子诗风虽然弊端甚多,但一直是明代中期以后的主流诗学派别,在明代诗坛上的影响力无可比拟。直到晚明时代方才遇到以公安、竟陵为代表的新兴诗风的强劲挑战,但仍牢牢占据诗坛半壁江山。其影响力之强,必然延续至清。

此外,在京城这一特殊地域文化背景下,七子诗风能成为诗坛主流,尚有如下原因:

(一) 地域因素

前七子并不仅仅是依照复古诗学取向组成的文学团体,它是一个北方地域文化特色相当鲜明的诗学流派。以地域籍贯而论,前七子的两大主将李梦阳、何景明,均系北方籍;七子的另五位成员,除徐祯卿以外,也全系北人。钱谦益因此有"北郡云雾"之讥。至于后七子,虽然成员在地域籍贯方面,只有李攀龙与谢榛属于北人,其余皆系南籍文士;但其主将人物之一的李攀龙,却系北籍。可以说,无论是地域乡邦自觉性,还是诗学理念与创作,七子都具有相当明显的北方地域文化特征。

因而,在明代中后期以迄于清初,北方地区尤其是中州与山左两地,文人既受到本乡先贤李梦龙、何景明、李攀龙等人的影响,又有维护自身所属地域文学的心理需求,对七子诗风大多采取尊崇态度。"尝叹济南称诗大家百余年,为楚人所诟厉,空同大复亦不免,南北水火,非一日矣。"②

从清初京城诗坛人员构成来看,北籍士人在数量上占有相当的优势。自清人入关开始,在京城任职的汉官,就以北方籍为多。根据《清史列传》

---

① 梁启超:《中国近三百年学术史》,上海:上海古籍出版社,2014年,第44页。
② 卢见曾:《国朝山左诗钞》卷八"徐振芳"条。

卷七十八至七十九，以及张晋藩、郭成康《清入关前国家法律制度史》第二章附表一、二统计，清初任用的 108 名汉臣中，辽东、华北籍达到 93 人。其原因或与清政权统一北方、肃清各地农民军残余势力的过程中，北方士绅对清政权接受程度较高，乐于仕清有关。清初活跃于京城诗坛上的相当一部分仕宦诗人，若"京师三大家"王铎、薛所蕴、刘正宗、并称"杨魏"的魏裔介与杨思圣，以及"燕台七子""海内八家"的半数成员，均系北人。北地（特别是七子宗风盛行的中州、山左）文士在清初京城诗坛上占据数量优势，是七子诗风能在清初京城诗坛成为主流文学派别的重要原因之一。

不过，需要注意的是，清初京城诗坛上虽然学七子之风甚盛，但南北家数不一。以"京师三大家"及"燕台七子"某些成员为代表的中州、山左籍北方诗人，与承袭云间派传统的部分流寓京城的南方籍七子派诗人，在艺术风格和宗法对象方面均有相当大的差别。

（二）仕宦诗人生存方式的需求

京城诗坛自身的特殊性在于，它作为国家政治中心，活跃于其间的诗人，相当一部分具有朝廷官员的政治身份。因而京城诗坛风气的变化趋向，也往往体现出仕宦文人的特征与需求。

其一，七子所倡导的"文宗汉魏，诗宗盛唐"的观念，以及他们在创作实践中形成的雄浑阔大而形式又较为典雅的诗风，都具有较浓厚的"雅正"色彩，切合仕清士人的庙堂身份。

其二，"宗唐"特别是"宗盛唐"主张，在清初庙堂诗风产生过程中的政治意义，上文已有论述。而七子在诗风倾向方面的其他主张，亦颇有与清初庙堂诗学要求暗合之处，如李梦阳所崇尚的"遂使工辞者畏其浑沦，负气者让其雄高"①的"浑沦""雄高"之美，"柔澹沉著含蓄典厚"②之美，前者倡导的是诗作气格声调的雄浑阔大，后者则侧重诗作遣词用句的典雅含蓄，正和庙堂诗学所要求的高亮典雅、颂美盛世的清庙明堂之音相符。

其三，以格调形式模拟为特征、套路较为平易的七子诗风，在交际酬唱方面的功能显然是更为实用，也因而受到清初馆阁诗人的偏爱。清初人吴乔

---

① 李梦阳：《奉邃庵先生书》，《空同集》卷六十三，第 578 页。
② 李梦阳：《驳何氏论文书》，《空同集》卷六十二，第 567 页。

在《围炉诗话》中,一针见血地指出了七子风习由明至清初而未衰,特别是兴盛于"尚书台鼎"的根本原因:"诗坏于明,明诗又坏于应酬。……明人之诗,乃时文之尸居余气,专为应酬而学诗,学成亦不过为人事之用,舍二李何适矣?"① "今世以诗作天青官绿,尚书台鼎套礼之副,定不免用二李套句。"② 对于身处京城文化圈内,那些兼有清廷大僚与文坛名士双重身份的士人,文人雅趣式的交接宾客、诗酒唱酬是其生活的重要组成部分,他们对于诗歌的交际赠答功能恰恰更为看重,应用也更为普遍。以康熙初期京城的诗坛"职志"龚鼎孳为例,沈德潜《清诗别裁集》即言其"宴饮酬酢之篇多于登临凭吊"③,可见他是自觉地将赋诗吟唱作为一种交际手段来使用的。而与龚鼎孳身份处境相似的"京师三大家",创作题材选择方面也与其相类。这很可以解释,为何七子诗风在清初京城的金台诗人群体中,能够获得如此多的认同。

其四,七子诗风的高格响调,以熟套模拟为手段,缺乏内在情感容量,恰恰契合了那些由明入清的清初第一代庙堂诗人(以身事两朝、大节有亏之贰臣士人为主)历经国破家亡心绪复杂苦涩,却又因已然归附新朝而不得不强作宏大颂美之音的状态,也便于他们在诗作中隐藏自己内心的真实感受。这是七子诗风在清初馆阁诗人群体中盛行,乃至几乎成为清初庙堂诗学指向的一个更为隐秘的原因。和七子相对的竟陵派,特别看重灵心独运、反观自身,要求面对并抒写自我内心的真实感受,而以贰臣为主力的清初馆阁诗人,显然不可能做到这一点。七子重格调形式胜于情感内涵,正适宜于仕清者们用以吟唱高格响调、言不由衷的颂美。

在京城仕宦文人的创作中,特别是由明季的"悲凉感激"之音向清初庙堂诗学的昌明宏大之风转型的过程中,七子诗风所固有的一些特点,尤其是高格响调、熟套模拟而感情含量较淡的缺点,往往被发扬光大。试以薛所蕴《九日登高》《九日诸同年聚饮菊潭宗伯斋中》二诗为例,诗云:"萧瑟金风雁阵催,凭高秋思更徘徊。长天影尽墟烟上,碣石光摇海气来。岁月吾

---

① 吴乔:《围炉诗话》卷四,《清诗话续编》,第594页。
② 同上书,第599页。
③ 沈德潜等编:《清诗别裁集》卷一,第30页。

曹堪倚啸,乾坤九日尚登台。夕阳衰草离离处,极目中原无限哀。"① "高斋九日对寒英,今古茫茫聚散情。筑老燕山人未去,月明旅夜雁长征。伤心故国犹烽火,屈指天涯几弟兄。万事冥然杯斝里,羞看缑蒯说平生。"②

与身份相似、同系仕清者的同年友朋的聚饮,显然让京城仕宦文人感慨良多,故国情怀、身世飘零俱上心头。然而这种与新王朝"盛世""正雅"不符的情感内涵,却又是"不应该"在诗作中公开放手表达的。于是,这种心有所感却不能明白言说的尴尬苦涩,加之七子诗风固有的音节高亮、情感含量不足的缺陷,组合成了一种颇为怪异的状态:二诗遣词造句颇有七子特有的高华壮阔之意,也不难辨认出师古宗唐的格套。而情感内涵却相当有节制,乃至半吞还吐。诗中有年华流逝之感,友朋聚散之思,也在"极目中原""故国烽火"等个别词句中流露出一点兴衰之感,故国之思消融在一种很有节制的抒写方式里,似乎是有感而发,却又湮没于一片格式化的高调壮响之中,令人无从把握。这正是七子风习与清王朝"开新声""正诗风"之要求结合的"典范"。时人对这种"典范""消为平为袭"③,并非没有道理。但对于身跨两朝,接受晚明影响却又引导新朝诗风,内心颇多故国身世之悲却又强颜作清庙明堂之音的清初京城仕宦文人来说,他们别无选择。

二、北方"正统"与"南方"变体:七子诗风在清初传承的地域分野

七子诗风在有明一代影响极大,入清而势犹未衰。明清之际的诗坛,师法七子而成就与名气最大者,当属以陈子龙、李雯、宋徵舆等为代表的江南云间派。故学界亦将云间派视为七子流风在明末清初的典型代表。④ 这当然也合乎情理,如以文学水准的高下衡量,云间诸子的确是前、后七子最有成就的后学门徒,借由他们之手,七子风习得以发扬光大到了最高水准。然而,若以诗学主张和审美取向的地域性而论,云间诗人却并不能算是承袭了七子的正统根脉,而只能算是七子的"修正派",在诸多方面都对前、后七子原初的主张有所变更。而真正亦步亦趋地追随七子,并在地域特征上更忠

---

① 薛所蕴:《九日登高》,《桴庵诗》七言律卷,第299页。
② 薛所蕴:《九日诸同年聚饮菊潭宗伯斋中》,《桴庵诗》七言律卷,第299页。
③ 薛所蕴:《刘宪石浦斋诗序》,《澹友轩文集》卷三,第41页。
④ 参见廖可斌《明代文学复古运动研究》、刘勇刚《云间派文学研究》等。

实地反映七子诗学与审美主张之正统的,应当是以"京师三大家"为代表的,成就逊于云间派的北方诗人。

由于云间派作为七子后学,在明清之际成就较高,名气也较响,有些研究者往往把他们归结为七子诗风入清以后传承的唯一途径,而忽视了七子诗风在清初流布发展的其他形式和主张,甚至将"京师三大家"也阑入云间一路,"在清初顺治时期,京城形成了以刘正宗为中心的沿袭七子、云间诗派的诗人群体。……以刘正宗为中心的十六人诗人群体,诗学主张与七子、云间派相一致"①。然刘正宗、薛所蕴等无论是在诗学主张方面,还是在实际创作方面,都与云间大相径庭,且他们主动划清自身和云间诗风的界限。他们实际上是代表了七子诗风在北方传承的另一形态,和云间派形成并立对峙的关系。

(一) 七子传统由明至清的地域分野

欲论述云间派与"京师三大家"的区别,特别是双方究竟孰为七子正脉,当由其各自的地域文学传统入手。明清时代,士人的地域文学意识已经相当发达,直接表现为对地域文学传统的多样性感知和对自身所属的地域传统的体认,借此建立起属于本乡地域传统的认同感,并体现于创作。正如蒋寅所言:"文学史发展到明清时代,一个最大的特征就是地域性特别显豁起来,对地域文学传统的意识也清晰地凸显出来。理论上表现为对乡贤代表的地域文学传统的理解和尊崇,创作上体现为对乡里先辈作家的接受和模仿,在批评上则呈现为对地域文学特征的自觉意识和强调。"②

蒋寅进一步指出,明清时代"地域诗派的强大实力,已改变了传统的以思潮和时尚为主导的诗坛格局,出现了以地域性为主的诗坛格局"③。以有明一朝论,开国即由越、吴、江西、闽、五粤五个地域性的诗学流派划分诗坛疆界,其后,贯穿明代中后期的前、后七子,是典型的北方诗学流派;风行于晚明的公安、竟陵,则被称为"楚风"。而江南文人陈子龙对"楚风今

---

① 宫泉久:《清初山左诗歌研究》,第245—246页。
② 蒋寅:《清代诗学与地域文学传统的建构》,《中国社会科学》,2003年第5期,第166页。
③ 同上书,第168页。

日满南州"①的牢骚，钱谦益对七子、竟陵诗风的痛加排诋，其根源也隐含着争取自身所属吴地文学的诗坛正统的目的。

这种鲜明的地域文学意识，首先是对各地域文学传统的更加细化的体认归纳。明清之际，关于这方面的论述颇为普遍，如高珩《息轩草序》直接提及清初南北诗坛的诗风差异问题，云："夫吴越秀民，燕赵奇士，较然如五岳三川之各有疆域，欲易之而不能。"② 梁云构《梁楚同声序代》评各地诗风云："燕赵之声敦而穆，齐鲁之声博而能放，吴声沉隐而善变，楚声横逸而廉析，梁声洪邕而冲达，秦声澄激如水之咽石，西吴之声郁而转，辨而不穷，蜀声约而不迫，江右之声清约有制，动无繁响，闽粤之声含而锐，纤而能赴，滇黔之声细远而终不息，我晋之声，亦能远啴缓，而追中平之韵。"③ 梁氏殁于顺治九年，其作必在此之前。康熙三十五年，费锡璜在京城与陶煊论诗，亦言："吴越之诗婉而驯，其失也曼弱；楚蜀豫章之诗，勇于用才使气，其失也剽而争；中原之诗雄健平直，其失也板而乏风致。京都杂五方之风，山左颇染三吴之习。前朝闽诗胜于粤，今粤中之诗，遂与中原吴楚争衡。此天下诗之大较也"④ 这种关于各地诗风特征的归纳带有普遍性。

由对各地域文化圈诗学审美风格的体认，必将演化为对本地域文学传统的强烈认同感与极力推崇，甚至是对其他地域文学传统的有意识排斥。在明清之际诗坛格局和诗学主张都处于转型期的背景下，此种现象就更为突出。以清初诗文创作与诗学批评之巨擘钱谦益为例，他身为吴地世家子弟，江南又系明代文化中心之一，其地域文学传统的自觉性极为突出，其《孙子长诗引》即对吴地"士多翕清煦鲜，得山川钩绵秀绝之气"，作为全国当之无愧的文化中心，充满了津津乐道的自豪感。他也因此对当时风行于诗坛的七子、竟陵两大流派极为厌恶排斥，称前者为"粗才笨伯""北郡云雾"，公开表明对这种和吴地文学传统迥异的北人雄豪阔大诗风的不喜；而对后者，

---

① 陈子龙：《遇桐城方密之于湖上归复相访赠之以诗》，《陈忠裕公全集》卷十五，《陈子龙全集》，第480页。
② 高珩：《息轩草序》，《栖云阁文集》卷四，《四库全书存目丛书》集部第202册，第203页。
③ 梁云构：《梁楚同声序代》，《豹陵集》卷十三，第303页。
④ 费锡璜：《国朝诗的序》，陶煊、张璨辑《国朝诗的》，第439页。

更是叹息当下"吴声不竞，南辱于楚"①，乃至不惜对其冠以"鬼气""兵气""亡国之音"的恶谥，这显然与他的地域文化归属感，特别是欲奠定本乡江南吴地为文化中心的正统地位有关。

而明清北方诗人对自身地域乡邦文化传统的自觉性，也丝毫不逊于江南。随着南宋以来中国文化中心的南移，明清时代北方的文学成就已难以与江南分庭抗礼。但这一时期北方诗人的地域文化意识却并未消泯，且在自伤之余也往往呈现出某种程度的自傲，黄文焕《自课堂集序》云："地有南北之分，北方风气高劲，不坠纤丽，本属诗文之区，空同、于鳞均擅北产。"②特别是对于本地域文化中浑朴庄重、格高气劲的特征的强调，一如《隋书·艺文志》所归纳之"河朔词义贞刚，重乎气质"，甚至还可追溯到儒家传统中"巧言令色鲜矣仁""刚毅木讷近仁"这类针对南方重视形式藻绘的诗学传统的道德优势。如侯方域《陈其年诗序》即旗帜鲜明地提出以七子为宗，以本乡中州为文坛正统，而他的理由正是中原的"风气朴遬"：

> 子知明诗之所以盛与所以衰乎？当其盛也，北地信阳为之宗，而琅琊历下之辈，相与鼓吹而羽翼之，夫人之所知也。其衰也，则公安、竟陵无所逃罪。吴趋诸君，即数十年来更变迭出，而犹存乎蓬艾之间。余家中原，稍稍解此者，盖中原风气朴遬，人多逡巡不敢为诗，惟其不为诗，诗之所以存也。③

薛所蕴亦有相似的观点，《翕园记》概述其故里的风俗："吾里地狭而俗俭，氓务本业，士甘朴樕。无园沼花树之乐，风土厚朴，雅足尚也。"④北方中州这种尚厚朴质实的审美爱好和江南吴地恰成鲜明对比，也可以部分解释两地文学好尚之异，特别是"京师三大家"与同样宗尚七子的云间派的区别何在。

另一位北方诗人张缙彦的地域文学自觉性更为鲜明。《章补仲时文题

---

① 钱谦益：《孙子长诗引》，《初学集》卷四十，第1086页。
② 黄文焕：《自课堂集序》，《自课堂集》，第390页。
③ 侯方域：《陈其年诗序》，《侯方域全集校笺》卷二，第95—96页。
④ 薛所蕴：《翕园记》，《澹友轩文集》卷十，第109页。

辞》云："文章者，人之性情，亦方土之气也。"他进一步补充道："今人士无不簸扬江左，仆谓文人搦管欲一息，而六幕之气皆备。……肠不备五谷者，胃不全也。文不备四方者，养不周也。"① 显然有在明清之际江南称诗坛正统之时，为自己所属的北方诗人争一席之地的意味。《西京大社序》更是明言："文章方气也。水土之精，蔚为霞采，文人接以寸管，交动其气之所至，以为分际。东南之气轻，西北之气重，亦如宋斤鲁削之各自为良，则其地气然也。"② 诗文作品与作者生存环境之风土人情紧密相关本系常情，但认为"东南之气轻，西北之气重"，则显然是针对南北文化传统之轩轾，有扬北抑南的意味。高珩《息轩草序》的论调与此如出一辙："盖文人词客之所乐游，其风土有素，夫亦与邹鲁深而吴越浅矣。……间有以诗歌传者，亦复浑沦元气，胜于英华，等差往代，其犹在景隆天宝之前乎！"③ 高珩为山东籍诗人，公然宣称各地文化风土"与邹鲁深而吴越浅"，其原因不言而喻。

此种北方诗人对自身所属地域文学传统的高度认同与大力推广，在明朝时，最典型的例子就是前七子的崛起。前七子并不仅仅是依照某种诗学取向和思潮组合而成的文学团体，实际上，无论是作家籍贯还是诗学主张，这个文学团体都带有极为浓厚的北方地域色彩。正如陈文新所言："弘治、正德年间，诗坛出现了一个重大变化：北方崛起了一批年轻诗人，如以李梦阳为代表的开封作家群，以康海、王九思为主的关中作家群。南北文化的差异是客观存在，李梦阳等人则有意识地使这一差异理论化、体系化，使之更鲜明地呈现于世人之前。"④

以地域籍贯而论，前七子的两大主将李梦阳、何景明，均系北方籍，且与河南渊源匪浅。李虽系陇西人，但他自正德二年即在开封康王城筑河上草堂，其东筑瀄然台，其南筑需于堂，与亲友会饮于繁台、晋丘一带。正德九年再度罢归以后，他更是在开封家居十五年，形成了以他为中心的开封作家

---

① 张缙彦：《依水园文集》前集卷二，国家图书馆藏清初刻本。
② 张缙彦：《依水园文集》前集卷一，国家图书馆藏清初刻本。
③ 高珩：《息轩草序》，《栖云阁文集》卷四，第203页。
④ 陈文新：《明代诗学的逻辑进程与主要理论问题》，武汉：武汉大学出版社，2007年，第264—265页。

群，包括左国玑、曹嘉、田汝耔、李濂、郑作、程诰等。① 何景明身边也有孟洋、王尚䌹、戴冠、樊鹏、孙继芳等信阳作家群。而前七子的另五位成员，除徐祯卿为江南吴县人以外，也全部为北方人。② 这个地域色彩极为浓厚的诗学团体，堪称是明代北方诗坛最辉煌的成果。

  无论是在地域乡邦自觉性，还是在诗学理念与创作方面，前七子的北方地域文化特征都极为鲜明。这首先表现在高度重视自身作为北方诗人的地域属性，且颇以此为自豪。李梦阳《张生诗序》云："唐之诗最李杜，李杜者，方以北人也。"③ 而他们所理解的北方地域文化的内容，则主要表现为一种情感真挚深刻、运笔质实厚重的创作方针与审美取向，且直接与用辞华艳工巧、字雕句琢之类在形式上用力的诗风相对。这在李梦阳的文学主张中尤为突出。其《刻战国策序》甚至认为周之衰也系由"文祸之也。先王以礼之必文也制辞焉，出乎迩，加乎远，通乎其事，达诸其政，广之天下，益矣，于是重辞焉。流之春秋，号曰辞令，其末也弊，巧谲相射，遂为战国。……反古之道者，忠焉，质焉，或可矣"④。《与徐氏论文书》也体现出重质实而不喜华靡工巧的特点，如李梦阳所言："夫诗宣志而道和者也，故贵宛不贵险，贵质不贵靡，贵情不贵繁，贵融洽不贵工巧。"⑤

  李梦阳所崇尚的美学最高境界，是所谓"混沦"，也就是气脉贯通、浑然一体的自然之美，"遂使工辞者畏其浑沦，负气者让其雄高，攻意者服其巧妙"⑥。这一美学规范中北方地域文化的特征还不甚显明，但与"混沦"相

---

① 廖可斌：《明代文学复古运动研究》，上海：上海古籍出版社，1994年，第77—78页。
② 王世贞和钱谦益对于徐祯卿诗的评价，颇可以见出七子派和吴中文学在精神实质上的对立冲突以及互争正统的关系。王世贞将徐祯卿《五集》恶骂为"稚俗之语，不堪覆瓿"（《艺苑卮言》卷六）。而《五集》正是徐祯卿年轻时受吴中文学影响所作，其中还包括著名的"文章江左家家玉，烟月扬州树树花"之句，对本土文学充满自豪感。与此相对，钱谦益在《列朝诗集小传·徐祯卿》中针锋相对地指出，徐年轻时"沉酣六朝，散华流艳，文章烟月之句，至今令人口吻犹香"，改入七子门墙后，"吴中名士颇有邯郸学步之消"。钱谦益还指出，李梦阳成为诗坛盟主以后，"吴中前辈，沿袭元末国初风尚，枕藉诗书，以哦名干谒为耻。献吉倡为古学，吴人厌其剽袭，颇相訾謷"（《列朝诗集小传·黄省曾》），可见吴地文人对李梦阳和七子诗风不但不欣赏，且持排斥态度。此与地域文学争夺文学正统颇有关系。
③ 李梦阳：《空同集》卷五十一，第470页。
④ 李梦阳：《空同集》卷五十，第462页。
⑤ 李梦阳：《空同集》卷六十二，第564页。
⑥ 李梦阳：《奉邃庵先生书》，《空同集》卷六十三，第578页。

对，李氏还特意批判所谓"镂雕"的风习："予观魏诗，嗣宗冠焉。何则混沦之音，视诸镂雕奉心者伦也。"① 而雕琢字句、力求华艳的"镂雕"之习，显然可以与六朝以来的江南地域诗风挂钩，对"镂雕"习气的排斥，实可视为对南方地域文化传统的有意抗拒。

李梦阳甚至对江南地域文化所特有的"宫商发越，贵乎清绮"的美学取向，也提出批评。其《驳何氏论文书》云："前予以柔澹沉著含蓄典厚诸义进规于子，而救俊亮之偏。"② 他所崇尚的风格是"柔澹沉著含蓄典厚"，却并不包括"俊亮"，可知李梦阳并不欣赏风格上的秀美灵动。诗学主张并未如此极端的何景明，也因此对他有颇为切中肯綮的批评："近诗以盛唐为尚，宋人似苍老而实疏卤，元人似秀峻而实浅俗。今仆诗不免元习，而空同近作间入于宋。""丝竹之音要眇，木革之音杀直，若独取杀直而并弃要眇之声，何以穷极至妙，感情饰听也？""空同贬清俊响亮，而明柔澹沉著含蓄典厚之义，此诗家要旨大体也。然究之作者，命意敷辞，兼于诸义，不设自具。若闲缓寂寞以为柔澹，重浊剜切以为沉著，艰诘晦塞以为含蓄，野俚辏积以为典厚，岂惟缪于诸义，亦并其俊语亮节悉失之矣。"③ 对李梦阳因固守北地文化传统，排斥偏于江南传统的秀美俊亮诗风，所导致的诗风过于"苍老疏卤""杀直""重浊剜切""艰诘晦塞"的缺点，堪称一针见血。

对于江南地域文化最典型的代表——六朝诗风，李梦阳与何景明都明确表示出排斥的态度。李梦阳《章园饯会诗引》云："今百年化成，人士咸于六朝之文是习是尚，其在南都为尤盛。……南都本六朝地，习而尚之固宜；庭实齐人也，亦不免，何也？大抵六朝之调悽宛，故其弊靡；其字俊逸，故其弊媚。"④ 看到身属北方诗人的友人修习属于江南地域文化范畴的"靡"与"媚"的六朝诗文，李梦阳深表不喜，其崇北抑南的心理倾向可谓相当鲜明。对"俊亮"诗风略有好感的何景明，其尊崇汉魏"朴略宏远"诗风，而排斥六朝"靡靡"诗风的特色，也与李梦阳别无二致。何景明《汉魏诗集序》云："汉兴不尚文，而诗有古风，岂非风气规模，犹有朴略宏远者

---

① 李梦阳：《刻阮嗣宗诗序》，《空同集》卷五十，第464页。
② 李梦阳：《空同集》卷六十二，第567页。
③ 何景明：《与李空同论诗书》，《大复集》卷三十二，第290—291页。
④ 李梦阳：《空同集》卷五十六，第516页。

哉？……晋逮六朝，作者益盛而风益衰，其志流，其政倾，其俗放，靡靡乎不可止也。"①

虽然前七子文学团体的北人特质极为鲜明，北方地域文化占了压倒性的优势；但到了后七子那里，北人风范一统天下的局面已经不复存在。以后七子的地域属性而论，除李攀龙、谢榛两家系山东人，属于北方文化圈以外，其余诸家中，王世贞（江苏太仓人）、宗臣（扬州兴化人）与徐中行（浙江长兴人）均属江南文化圈中人，梁有誉（广东顺德人）和吴国伦（湖广兴国人）也来自南方。南方地域文化的影响力，在后七子身上已经相当明显。廖可斌指出："前七子复古运动始终是北方作家唱主角。后七子复古运动一开始就是南北作家平分秋色，后期更是南方作家一枝独秀。""这一转变导致了复古派总体创作风格的蜕变，即不自觉地背离复古运动的初衷，渐渐向吴越诗文创作传统风格靠近，向浪漫文学思潮过渡。"② 在前七子一变而为后七子，后七子一变而为云间派的演化过程中，隐现的正是北方地域文化影响力渐失，江南吴越地域文化逐渐在明代复古运动中占据主导。而云间派将江南吴越地域文化阑入七子，实际上也系七子诗派的修正与变异。

不过，后七子虽然是以南籍作家占据主流，但在大方向上他们仍然延续了前七子所固有的对江南特别是吴中地域文化的排斥态度。身为北人的李攀龙，显然承袭的是前七子特别是李梦阳那种严格拟古、用力狠重的创作方式。他自称："盖耻为轻便，专求兴象，正盛唐诸公擅美当年……"③ 像李梦阳一样，李攀龙对于"轻便""轻俊"之类落笔随意而不具力度的诗风，是极端厌恶的。

即使是出身江南的后七子主将王世贞，他虽为吴人，却时常对自身所属的吴中地域文学传统提出强烈批评："吴中诸能诗者雅好靡丽，争傅色"，"吴中诗即高者飘齐梁，而下者不免长庆以后"④，"某吴人也，少尝从吴中人论诗，既而厌之。夫其巧倩妖睇，倚闾而望欢者，自视宁下南威夷光哉？

---

① 何景明：《大复集》卷三十四，第 301 页。
② 廖可斌：《明代文学复古运动研究》，第 235 页。
③ 李攀龙：《报欧桢伯》，《沧溟集》卷二十八，第 660 页。
④ 王世贞：《玄峰先生诗集序》，《弇州四部稿》卷六十六，《文渊阁四库全书》集部第 1280 册，第 154 页。

然亦亡奈乎客之浣其质而睨之也"①。钱谦益因而将王世贞视为吴中诗学的"背叛者",不是没有道理的。

敢于大张旗鼓地扭转七子旧习,为自身所属江南地域文化张目的还属明清之际的云间诸子。

云间派对七子成说的改进,主要是在风格设色上引入属于本土地域文化的六朝诗风,以及承袭六朝传统的晚唐诗风,使得作品呈现更多的绮丽华艳之美②,和七子的一味高古壮阔乃至"苍老疏卤""杀直""重浊剜切""艰诘晦塞"有所区别。这是和前七子北人风范迥异而糅入了吴地文学特色的地方,也是云间迥别于同宗七子的"京师三大家"的最大特点。

和前七子的北人粗豪之态不同,云间诗风一开始就带有吴地的秀美风范。陆机《吴趋行》:"山泽多藏育,土风清且嘉。"③ 崇祯朝《松江府志》卷七:"松,故吴之裔壤,负海沉江,土膏沃饶,风俗淳秀,其习尚亦各有所宗。"颇可说明云间所出生的土壤是"风俗淳秀""清嘉",与孕育了李梦阳、何景明、李攀龙乃至"京师三大家"的中州、山左的"朴遨""厚朴"文化氛围迥异。此种南北文学的差异,最早可以追溯到《隋书·文学传序》:"江左宫商发越,贵于清绮;河朔词义贞刚,重乎气质。气质则理胜其词,清绮则文过其意,理深者便于时用,文华者宜于咏歌,此其南北词人得失之大较也。"④ 钱谦益也盛赞吴地文风"士多禽清煦鲜,得山川钩绵秀绝之气"。江南文化圈所具有的是一种"清雅"与"绮丽"兼备的地域文化传统,而云间派在师法七子的过程中所发扬光大的,也正是这一地域文化传统。

以云间派当之无愧的主将陈子龙为例,他对六朝诗风颇有公正之言,其《皇明诗选序》云:"或谓诗衰于齐、梁,而唐振之,衰于宋、元,而明振之。夫齐、梁之衰,雾縠也,唐黼黻之,犹同类也。"⑤ 他肯定六朝诗与唐诗同类。又《沈友夔诗稿序》云:"夫中、晚之诗……若事关幽怨,体涉艳

---

① 王世贞:《李氏山藏集序》,《弇州四部稿》卷六十四,第121—122页。
② 张健:《清代诗学研究》,第94—99页。
③ 陆机著,刘运好校注整理:《陆士衡文集校注》卷六,南京:凤凰出版社,2007年,第584—585页。
④ 魏徵:《隋书·文学传序》,《隋书》卷七十六,第1730页。
⑤ 陈子龙:《皇明诗选序》,《陈忠裕全集》卷二十五,《陈子龙全集》,第780页。

轻，或工于摹境，征实巧切，或荒于措思，设境新诡；要能使人欣然以慕，慨然以悲，惟其意存刻露，与古人温厚之旨或殊，至其比兴之志，岂有间然哉！"① 这是肯定中晚唐诗歌也具有比兴传统。其《壬申文选凡例》甚至直言："至于齐、梁之赡篇，中、晚之新构，偶有间出，无妨斐然。"② 这是公然给六朝晚唐翻案了。联想到他那以北方文化传统自重、痛诋六朝诗风的七子前辈李梦阳、何景明，双方的地域文化立场，恰是一绝好的对比。

由于引入了属于自身地域文化的六朝、晚唐风气，云间诗人的创作往往体现出雄浑与绮丽并存的特点。陈子龙在《宋尚木诗稿序》中称赞宋徵璧诗"其旨适以衷，其气和以贞，其调宏以浑，其色温以丽"③。北人之"宏浑"和南人之"温丽"的双重特征，在云间派是并列出现的。《春感》诗云："文章绮艳羞江左，踪迹淹留似茂陵。终日掩书广武叹，雄心深夜有飞腾。"④ 他既有"雄心飞腾"的一面，也不掩饰"江左"故里所给予他的"文章绮艳"的特征。

陈子龙本人的诗作，亦具有"宏浑"与"温丽"、"雄心飞腾"与"文章绮艳"并存的特点。他非常重视诗歌的色彩华艳之美，《李舒章仿佛楼诗稿序》云："至于色采之有鲜萎，丰姿之有妍拙，寄寓之有浅深，此天致、人工各不相借者也。"⑤ 这种对于设色之华美的强调，显然与单纯强调"浑沦"之美、反对"雕镂"的李梦阳大相径庭。前人评价他的诗作，多冠以"雄丽"二字，若练石林"陈公子龙，少有逸才，文章雄丽"⑥。吴伟业以"高华雄浑"⑦ 评之，王士禛则以"沉雄瑰丽"⑧ 称许，都是看到了陈诗雄浑之外还有偏于华美瑰丽的一面。这是北方特色浓厚的前七子与七子后学"京师三大家"都不具备的。

与此相应的是，云间派对于七子其实颇有指摘之处，陈子龙《仿佛楼诗

---

① 陈子龙：《沈友夔诗稿序》，《安雅堂稿》卷三，《陈子龙全集》，第1079页。
② 陈子龙：《壬申文选凡例》，《陈忠裕全集》卷三十，《陈子龙全集》，第908页。
③ 陈子龙：《宋尚木诗稿序》，《陈忠裕全集》卷二十六，《陈子龙全集》，第804页。
④ 陈子龙：《春感》，《陈忠裕全集》卷十五，《陈子龙全集》，第485页。
⑤ 陈子龙：《李舒章仿佛楼诗稿序》，《安雅堂稿》卷三，《陈子龙全集》，第1067页。
⑥ 陈子龙：《陈子龙全集》附录，第1664页。
⑦ 吴伟业：《梅村诗话》，《吴梅村全集》卷五十八，第1135页。
⑧ 王士禛：《香祖笔记》卷二，《王士禛全集》，第4484页。

稿序》批评七子"意主博大,差减风逸;气极沉雄,未能深永"①。他认为七子诗风(特别是李梦阳、李攀龙一路)只具有沉雄博大的特点,而缺乏"风逸""深永"的秀美特征。这正是身为江南诗人的陈子龙与北方地域文学色彩浓厚的七子诗风,地域文化差距上的扞格之处。钱锺书《谈艺录》更进一步分析陈氏诗风:"乃读其遗集,终觉伟丽之致,多于苍楚。在本朝则近青丘、大复,而不同献吉;于唐人则似东川、右丞,而不类少陵。"②实际上,陈子龙的诗风和杜甫以至李梦阳一路的"苍楚"诗风颇有扞格之处,正是因为其加入了南方地域文化的"丽"的因素,这也正是云间派与力求复兴"苍楚"诗风而对云间派南人之"丽"进行排斥的"京师三大家"辈最大的不同之处。

云间派在晚明至清初影响力颇广,清初人韩诗《水西近咏序》云:"吴越荆楚间宗华亭独盛,以华亭接七子。"③但在江北,仍然遭遇北方地域文化深厚传统的强力抵抗。"清初江南诗事,虞山娄东云间角立争胜,江北若无预焉。世方贵宋,亦似无睹。"④可见,当时的北方诗坛,成就虽不如江南发达,却是自成一体,受到江南"虞山娄东云间角立争胜"熏染相对较少,因而对于七子诗风特别是前七子北人风习的一面保存更多。而"京师三大家"正是自觉维护并发扬自身所属之北方地域文化,抗拒江南地域文化影响的代表性人物。

(二)"京师三大家"的北人自觉意识:强调北方地域文化,排抵云间诗风

有的研究者认为,"以刘正宗为中心的十六人诗人群体,诗学主张与七子、云间派相一致"⑤。这种说法与"京师三大家"的真实诗学取向并不相符。事实上,"京师三大家"从清初在京城开宗树帜、匡正诗风之时起,就是以一种极为鲜明的反云间的姿态出现的。薛所蕴《刘宪石逋斋诗序》:

---

① 陈子龙:《仿佛楼诗稿序》,《陈忠裕全集》卷二十五,《陈子龙全集》,第788页。
② 钱锺书:《谈艺录》,第537页。
③ 韩诗:《水西近咏序》,《水西近咏》,第311页。
④ 邓之诚:《清诗纪事初编》"李国宋"条,第525页。
⑤ 宫泉久:《清初山左诗歌研究》,第246页。

> 惟是风雅一事，共剧切伤时，趋之诡正也，竞为新声，以枯澹为清脱，以浮艳为富丽，咀之无余意，讽之无余音，均于风雅无当也。①

"以枯澹为清脱"者，显指公安、竟陵；而"以浮艳为富丽"者，所指正是指将六朝晚唐阑入七子诗学的云间派。薛所蕴另有《沈绎堂钓台集序》，直斥"云间诸贤乃欲以藻丽胜，失则艳"，"艳亦齐梁之后尘也。譬以藻缋饰土木，非不离然呈彩，中实索然无神气"。② 可见此处"以浮艳为富丽"者，正指云间派而言。薛所蕴认为，云间虽尊七子，却师从六朝、晚唐的"浮艳"之风，实际上是扰乱了七子所代表的"风雅""正声"传统，故不能算作七子正脉，而属于他们必须廓清的不良"新声"范畴。

他进一步论述，"京师三大家"才是振起当世诗风的真正的七子传人：

> 诗自宋元迨明初，而不振实甚。李献吉、何仲默崛起而还之古。自后七子互为鼓吹，而沧溟赤帜，孑孑海内大将之坛。仲默，吾中州人；献吉虽系籍庆阳，实生长大梁，亦吾中州人；沧溟山左，则宪石同里。今竞为新声者，枯澹浮艳之习中于人心，非以气格矫之，不能返之正而归于风雅。觉斯先生大昌明此指，其为空同有余；予固不敢望信阳；宪石集出，其于历下何多让焉？③

此处，薛所蕴明确地以王铎、自己和刘正宗，分别比拟李梦阳、何景明与李攀龙三位中州、山左乡贤。而这三人，恰恰是前、后七子中，北方地域文化特征表现得最为鲜明的人物。以他们自任，正代表了"京师三大家"以北人身份复兴七子正统的指向。

"京师三大家"以北人与七子正统之身份自居的表现，主要是大力强调自身所属的北方地域文化的优势，并高度推崇李梦阳、何景明、李攀龙等七子流派中的北方乡贤。

王铎身为孟津诗派领军人物，其地域乡邦文化意识极为强烈。他对自己

---

① 薛所蕴：《刘宪石遹斋诗序》，《澹友轩文集》卷三，第41页。
② 薛所蕴：《沈绎堂钓台集序》，《澹友轩文集》卷三，第47页。
③ 薛所蕴：《刘宪石遹斋诗序》，《澹友轩文集》卷三，第41页。

的故里洛阳"守气嗜学"、厚重古奥的地域文化风格,是颇为津津乐道而充满自豪感的,曾云:"伊洛潩颍,山水郁跂,中原大奥区也。而高士之鸿冥辑翼,往往出其间。余少而好古,寤言于西亳之慎省张公。公盖不喜功利人也,吾洛守气嗜学,张公其一云。"①

王铎对前、后七子诸成员的评价高下不一。黄道周作于崇祯元年九月的《题王觉斯初集》,提到他对王世贞也有好感:"时品量当代谁大家,谁最雄,鸿宝屈指北地,觉斯屈指弇山。"② 王铎《赠孟恭》诗亦云:"翻恐不能逮弇山,钝质仅与中下齐。"③ 不过,与王世贞相比,他更推崇身为自己河南乡贤的前七子领袖李梦阳,以及与李梦阳诗学观念最为相仿的后七子领袖李攀龙。他在《赠邢州更生》中写道:"叮咛黄郎,务求喧赫。崆峒于鳞,悬之金石。"④ 明确提出应以二李为师。何吾驺序云:"(觉斯)间有推许,然诗惟少陵,文惟昌黎,兼之者,明惟崆峒于鳞,即信阳弇州,犹嗛嗛未满于怀,而世人一切软美卑靡掇拾浅易之语,又曷足邀其一盼?""觉斯尤痛恨世之诬崆峒于鳞,谓彼实未尝读古人书,不见古作者而妄诋二君。""夫崆峒于鳞超然复古,则左马子美后一人。此言一出,不但二君获知己,而觉斯境地之所至,亦从可想已。"⑤ 可知王铎最为推许的七子成员是李梦阳、李攀龙,甚至给予二人"左马子美后一人"的高度评价;而对于何景明和王世贞,是略有不满的。

倪元璐在《五言代序》中,约略归纳了王铎的师法对象:"君乃秉微尚,岁星耿赫奕。……弇州虽浩衍,体骨少精结。新都颇汪洋,不如于鳞洁。君固兼有之,矫举为明杰。……崆峒树正帜,今始接灵脉。"⑥ 可见,王铎首先是以李梦阳为"正帜",参以王世贞的"浩衍",与李攀龙的"体骨精结"。这一师法门径,显然是以北方诗学为主导的。

正如薛所蕴所言"觉斯先生大昌明此旨,其为空同有余",王铎最为推崇的还是李梦阳:"元气茫茫,致广大,尽精微,至实至虚,亦风亦雅颂,

---

① 王铎:《慎省张公墓志铭》,《拟山园选集》卷六十八,第775页。
② 黄道周:《题王觉斯初集》,《拟山园选集》卷首,清顺治十年刻本。
③ 王铎:《拟山园选集》七言古卷一,清顺治十年刻本。
④ 王铎:《拟山园选集》七言古卷三,清顺治十年刻本。
⑤ 何吾驺:《拟山园选集序》,《拟山园选集》卷首,清顺治十年刻本。
⑥ 倪元璐:《五言代序》,《拟山园选集》卷首,清顺治十年刻本。

独一腔峒也。"① 他在《白门赠湛虚眉居》中，痛诋公安、竟陵，而盛赞李梦阳为"中晚格卑降气力"以后复兴诗学的"黄钟绝响"，诗云："黄钟绝响献吉功，凤喈鹑飞不相失。文长中郎与谭钟，破碎俗弱观不得。"② 且在自身诗文创作中自觉模仿李梦阳的风格，尤以七律为最明显。若《夜坐漫兴》：

> 酒中累日渐销忧，霜冷星稀半白头。越徼王充聊作论，陇西李广免封侯。连沙白草三城戍，带雪苍山九鼎州。想到嵩皋屯夜月，黄河滚滚向天流。③

其作格律严整、雄阔铿锵，置于李梦阳集中，几不能辨。又如《定陵夜祀》：

> 石路丹墙晚更幽，黄昏谡谡响松楸。画衣悬处灯摇树，险壑飞来云满楼。放马归牛多岁月，新坟旧草自春秋。斋坛恸哭灵何在，肠断龙池日夜流。④

邓汉仪评价此诗云："公极叹折空同，此诗可谓神似。"⑤ 王铎对李梦阳的极度崇拜、对其文学观念的师承和对其诗文风格的有意效法，不仅因李梦阳系河南乡贤之故，更是因为以典型之北方地域文化登上诗坛开宗立派的李梦阳，正体现了他身为北方籍诗人的理想。

同样的地域意识，也在薛所蕴、刘正宗的诗法承袭及创作中表现出来。薛所蕴之创作，也颇有效法李何之处。邓汉仪评其《送上官金鉴转饷兰州》"整丽又英健，空同之劲敌"；评《雨后饮金鱼池同玉调梦祯》"每于结处不苟，于此见胜信阳一等"；评《九日登高》"高调阔步，然不得以七子拟之，

---

① 王铎：《何大复诗集题辞》，《拟山园选集》卷三十七，第441页。
② 王铎：《拟山园选集》七言古卷八，清顺治十年刻本。
③ 王铎：《拟山园选集》七言律卷五，清顺治十年刻本。
④ 王铎：《拟山园选集》七言律卷九，清顺治十年刻本。
⑤ 邓汉仪辑：《诗观初集》卷一，第201页。

以其气厚"。① 皆系有意识师法七子特别是李何的证明。

刘正宗的地域意识自觉性更为强烈鲜明。他对本乡先贤李攀龙崇仰备至,《送张坦公之任济南二首》送张缙彦任济南,特地提及李攀龙,诗云:"历下来诗伯,春生白雪楼。函山元近郭,趵水复宜秋。案牍曾何累,壶觞不用谋。嵯华高咏处,安得厕同游。"② 后来张缙彦在《白雪书院碑记》中记载:"癸巳,余承乏此地,宪石先生及丁广文每以为言。"③ 可知刘正宗曾多次向张缙彦提起李攀龙白雪楼之事,对此念念不忘,足见刘正宗对李攀龙的尊崇。而对山左地域文学风尚之"齐气",刘正宗也相当欣赏。在《赠丁野鹤》中,他盛赞丁耀亢这位同乡山东诗人,其"奇情"而不失"绳墨"规矩,风格如"长风""鳌背"般壮阔的诗风,那正是山左地域文化所特有的"齐气",诗云:

> 多君负奇情,骀荡中绳墨。十年赋三都,徒步长安陌。骚屑友诗人,摆脱名场窄。所取造物丰,酒价时能掷。此来亦快游,尔我皆鸿迹。游戏写悲欢,异想动魂魄。低昂换两仪,千秋果驹隙。淅淅领秋飙,但苦蓬阆隔。海上饶烟霞,故园各咫尺。何时共长风,凌踏鳌背黑。④

关于山左地域文化特征也即"齐气""齐风"的内容,《山东分体文学史》对此有所归纳:"雅正雄浑,气势宏大,其中显然包蕴了深植于齐鲁大地的儒家正统思想和诗教观念。可以说,'齐风'是正统思想、传统诗学、地方文化以及时势风气多重因素共同塑造而成的。"⑤ 山左地域文学风格具有"雄浑博大"与"雅正"的双重特点,这正是刘正宗本人所具有的,也是他在诗风壮阔、尚"奇情"而不失"绳墨"规矩的丁耀亢那里觅得的。

在创作上,刘正宗有意识地效法北地乡贤特别是李攀龙。虽然以他身为

---

① 邓汉仪辑:《诗观二集》卷三,第49页。
② 刘正宗:《逋斋集》二集卷四,第294页。
③ 张缙彦:《依水园文集》后集卷一,国家图书馆藏清初刻本。
④ 刘正宗:《逋斋集》卷一,第126页。
⑤ 李伯齐:《山东分体文学史》,第415页。

清廷高官兼京城诗坛巨擘的身份,他在诗作上不得不极力向四平八稳、"为平为袭"的软熟台阁诗风靠拢;但仍往往不自觉流露出习于李攀龙的特点:

> 渐入岩峣里,层峦剧可攀。徒舆随磴仰,行旅带云还。草瘦天弥碧,霜高石自斑。料应峰顶路,望尽万重山。①

邓汉仪所选刘正宗《逋斋西征诗》,评其《入栈二首》,"深健,不下一浅易语";评《宿东河桥》,"写夜景令人悚惕";评《上凤岭》,"形容高峻处入木三分";评《柴关》,"如此诗以底力厚";评《过马鞍》,"结得遒甚";评《宿青桥驿》,"读去有青苍之气"。以此看来,《西征》诸诗的特点相当鲜明,具有"深健""高峻""令人怵惕"的特征,和他那些"为平为袭"、略带软熟套路的诗作迥不相类,而是充满"奇古雄创"、用力极狠重的特点。这正是李攀龙一路风格最完美的展现。邓汉仪指出:"逋斋诗极多,不能尽选,而秦中诸诗,奇古雄创,则大异昔时手笔,是一代异宝也。"②

在推崇北方地域文化、继承身为北方先贤的七子传统的同时,"京师三大家"还具有一种极为鲜明的反云间的态度,表现为大力强调自身所属北方地域文化不同于云间之江南地域文化的特征和优势,且利用自身所具有的政治和文学的优势地位,抗拒云间的流布和影响。

为了和"文章绮艳""风逸深永",以辞句工巧秀丽为美的云间派乃至整个江南地域文化相区别,"京师三大家"在美学取向上甚至是有意识地排斥那种藻绘绮艳的创作方式。马大勇指出,刘正宗的诗学指向系主倡历下,"其实与慎交相去未远,惟不作绮语耳"③。"不作绮语"正是身为北方七子传人的刘正宗和受到南方地域文化影响下的慎交诸社成员最根本的区别。

而王铎对云间派,亦不甚有好感。他和陈子龙相识,颇喜其才华,且曾以长辈身份告诫陈子龙当以七子为师:"子之才不惧陈思公,暇读书勿俾崆峒大复弇州历下,专其旗帜,傲人于百年之上。"④ 但他对六朝乃至吴地文

---

① 刘正宗:《上凤岭》,《逋斋集》二集卷二,第239页。
② 邓汉仪辑:《诗观二集》卷八,第257—258页。
③ 马大勇:《清初庙堂诗歌集群研究》,第78页。
④ 王铎:《与卧子》,《拟山园选集》卷五十七,第642页。

风,却是极为轻蔑,在教导后辈诗人时特意"斸斸戒学者勿堕六朝人坑堑"①。他对江南地域文学传统中最有代表性的六朝文风以"浮艳"冠之:"公之文不角胜于六朝之浮艳灵转,以廓清之。"② 为了和这种过分工巧藻丽以至于"浮艳"的地域文学划清界限,他甚至有意识地追求一种"粗豪""野性"、滞重的风格,以之为自身北人特征的展现。他自称"诗发粗豪盘石上,云生窈窕葛衣中"③,"未惜作诗劳宿齿,作诗野性且开颜"④。而时人亦评价他的诗作"不难于沉着,而难于流动"⑤。这种"粗豪""野性",沉着以至于滞重不够流动,强调诗作的运笔力度和情感含量,却故意忽视乃至排斥辞句之藻绘美的审美取向,显然是承袭了李梦阳"苍老疏卤""杀直""重浊剜切""艰诘晦塞"的特点以至于弱点,而有意识地将自身与重视藻饰的南方地域文学区别开来。

此外,"京师三大家"对南方地域文化中那种以灵气聪明为诗的倾向,亦不欣赏,而是更崇尚雄朴厚重的风格。王铎声称:"灵觉外见者,朴之散也。不但为人诗文,露灵者为晚唐;设圣门悬榜,颜渊如愚,为第一名,子贡颖悟,则二等前矣。"⑥ 因而,他提倡为诗之"厚":"诗文要厚,厚载物躬,自厚、归厚、敦厚是也。试与时诗时文一观,薄者何其轻佻耶,厚者何其沉涵耶?"⑦ 他反感"时诗时文"的轻薄佻巧的小聪明,而倡导敦厚沉重的诗风,显然也是和他身为北人的地域文化特征分不开的。薛所蕴对自己故里"朴橄"文化风气的津津乐道,与此也如出一辙。

在以清廷高官身份主导京师诗坛以后,"京师三大家"还利用这种优势身份地位,直接在京城文化圈内表现出对云间诗风有意识的排斥。他们明确提出对当世"以枯澹为清脱,以浮艳为富丽,咀之无余意,讽之无余音"的"新声"的反对,甚至有意识地"爰定一约:古体非汉魏晋宋不取材,

---

① 彭而述:《拟山园文集序》,《读史亭文集》文集卷二,第 28 页。
② 王铎:《金司空文集序》,《拟山园选集》卷三十七,第 434 页。
③ 王铎:《笑傲柬存寓行坞》,《拟山园选集》七言律卷五。
④ 王铎:《未惜》,《拟山园选集》七言律卷六。
⑤ 周亮工:《因树屋书影》卷八,上海:上海古籍出版社,1996 年。
⑥ 王铎:《拟山园选集》卷八十《语数》下,第 909 页。
⑦ 同上书,第 911 页。

近体则断自开元大历以还，气必于浑，格必于高。……间执以衡他人之作"①，以匡正当世诗风。这一师法门径，显然对受到齐梁、晚唐艳体影响较大的云间派，是一有力的排抵。

三、"仿王李宗梁之遗事"的"燕台七子"

"燕台七子"是顺治时代活跃于京城的另一个宗尚七子的诗人团体。成员的数目与任职京城郎署的身份，都与明代后七子相似；而且他们明确提出，这个文学团体，是有意识仿效明代后七子而建立的："仿王、李、宗、梁之遗事，有燕台七子诗行世。"② 这个以"仿王、李、宗、梁之遗事"为己任的文学社团，大部分成员都具有相当明显的七子特质。宋琬在送别另一"燕台七子"成员施闰章时所作《送施尚白赍诏粤西》诗，明言："昔在先朝全盛日，才人辈出肩相望。济南娄东擅独步，起家同拜秋官郎。白云轶事在人口，片词只句犹琳琅。百有余祀调遂寡，作者谁复升其堂？宣城词客奋彩笔，重来西省生辉光。"③ 这更是将自己与施闰章等"燕台七子"成员，比作曾在京城郎署任职的后七子李攀龙、王世贞辈。

"燕台七子"原本均非京城土著，而是来自全国各地，其中南籍与北籍文士比例大体相当，其诗风皆不乏宗法七子的一面。魏宪编修《皇清百名家诗选》："曩余读燕台诗，叹才之难也。荔裳表东海之观，锦帆、谯明擅梁苑之誉，愚山争霸宛陵，药园、胤倩、颢亭踞吴山之巅，合四国之英，而仅得七子。"④ "燕台七子"中，三人系北籍，四人为南籍；其中，宋琬系山左诗人，张文光、赵宾系中州诗人之代表，丁澎则源于云间派，皆与七子诗风有很深的渊源。

"燕台七子"北籍三人中，张文光与赵宾系中州诗人，且均曾受到"京师三大家"主将王铎相当大的影响。前文对此已有论述。由于地域文化和师承关系的影响，张文光与赵宾均是严格的七子复古派：宗法汉魏、盛唐，尊崇本乡先贤李梦阳、何景明。两人诗风皆倾向于学习杜甫，张文

---

① 薛所蕴：《刘宪石逋斋诗序》，《澹友轩文集》卷三，第41页。
② 宋琬：《严母江太孺人七秩寿序》，《安雅堂全集》卷十，第481页。
③ 宋琬：《送施尚白赍诏粤西》，《安雅堂全集》卷三，第158页。
④ 魏宪编：《皇清百名家诗选》卷三十八，第367页。

光"副使诗得力于杜,有悲壮之声"①,赵宾亦是"古诗法曹刘,近体法初盛,尤宗少陵,兢兢守先正之矩矱,毋敢尺寸逾越"②。而宗法杜甫,正是明七子特别是以李梦阳、何景明为代表的中州诗坛的典型特征,《清诗纪事初编》云:"(赵宾)诗学杜陵,盖中州诗教自王铎、王鑨、薛所蕴皆如此。"③

另一位北籍诗人宋琬,并不像张文光、赵宾一样严守七子门户之见,而是对七子诗风的弊端有较平允的认识甚至尖锐的批评:"学公安竟陵者,如厌粱肉而就藜藿,其病为儇佻狂易,呻吟羸瘵。学济南、历下者,如恶绨縠而袭狐貉,其病为支离臃肿,轮菌液满。"④ 但宋琬认为,这些弊端只是七子后学表现出的问题,而前、后七子本身仍然代表了明代诗歌的最高水平。因而他对清初人批判七子诗风的行为,是相当不满的:"明诗一盛于弘治,而李空同、何大复为之冠。再盛于嘉靖,而李于鳞、王元美为之冠。余尝以为前七子,唐之陈、杜、沈、宋也。后七子,唐之高、岑、王、孟也。……而海内之言诗者,遂至以王、李为讳。譬如治河者,不咎尾闾之泛滥,乃欲铲昆仑而湮星宿,不亦过乎!"⑤

宋琬推崇七子的原因,很大一部分源于他出身的山左正是后七子主将李攀龙的故里。他甚至直接以本乡先贤李攀龙的继任者自居:"夫文章之兴,必于一二人焉是赖。……余也生济南桑梓之乡,当声华刊落之后,无能步趋黾勉,自成一家之言。"⑥

宋琬本人的诗歌创作,虽然晚年阑入宋调,即所谓"宋浙江后诗,颇拟放翁,五古歌行,时闯杜、韩之奥"⑦ 者,但其诗风的主流,仍是七子一路。"莱阳荔裳初年心仪王、李,时论以七子目之,信然。"⑧ "宋荔裳诗格

---

① 沈德潜等编:《清诗别裁集》卷一,第15页。
② 李时灿辑:《中州诗征》卷三"赵宾"条,经川图书馆刻本,1936年。
③ 邓之诚:《清诗纪事初编》,第890页。
④ 宋琬:《纪行诗序》,《安雅堂全集》卷八,第394页。
⑤ 宋琬:《周釜山诗序》,《安雅堂全集》卷八,第374页。
⑥ 同上书,第375页。
⑦ 王士禛:《池北偶谈》卷十一,《王士禛全集》,第3086页。
⑧ 叶矫然:《龙性堂诗话》初集,《清诗话续编》,第995页。

老成，笔亦健举。七古法高、岑、王、李，整齐雅炼，时有警语，篇幅局阵，最为完密。五律亦是高、岑、王、李一派。七律虽不脱七子面目，往往堕入空声，至其合作，固北地、信阳之筹也，所少者，变化之妙耳。"① 其《登华岳作》作于顺治十一年作于陇西道任上，系其前期代表作，可以明显看出宗法七子的特征。其一云："遥遥青黛削芙蓉，此日登临落雁峰。霄汉何人骑白鹿，天门有路跨苍龙。流沙弱水真杯勺，太白终南尽附庸。却忆巨灵开辟日，神功橐籥费陶熔。"② 显然是受到了李攀龙《杪秋登太华山绝顶四首》的影响，其诗云："缥缈真探白帝宫，三峰此日为谁雄。苍龙半挂秦川雨，石马长嘶汉苑风。地敞中原秋色尽，天开万里夕阳空。平生突兀看人意，容尔深知造化功。"③

"燕台七子"另外几位南籍诗人，也或多或少地倾向于七子流派。其中，丁澎曾是"西泠十子"之一，受到云间派影响较大，也严格沿袭七子复古宗唐的观念。丁澎《概堂诗集序》提到他心目中完美的诗作标准："自三百篇以讫汉魏三唐之作者，其精神常足以通乎天下后世之心志，故可惊可喜，可歌可泣，历之久而入人也深。"④ 以汉魏、盛唐为宗，正是七子一路的主张。不过丁澎对于晚明以迄清初的诗歌弊端，亦有相当公允的评价："刉抉字句之间，逞巧露新，琐屑已甚，自以为精思得之，其失也靡。夸者专务慕效为工，衣裳楚楚，摹刻形似，神采愈离，其失也荡。两家互为掊击，于本原之故，未尝窥见堂奥。"⑤ 前者显指公安、竟陵，后者则就七子后学而言。其诗风则如《清诗纪事初编》所指出的："诗学晚唐，独无拟古乐府，不尽依云间矩矱。"⑥

严沆诗集颇多，但皆未传世，只有《皇清百名家诗选》中选其一卷，多馆课之作，恐未能代表其创作全貌。然据《皇清百名家诗选》小引，其人亦以宗唐为主："应制则台阁庄严，馆课则条达敷适，感事述怀，则慷慨

---

① 朱庭珍：《筱园诗话》卷二，《清诗话续编》，第2357页。
② 宋琬：《登华岳作》，《安雅堂全集》卷一，第68—69页。
③ 李攀龙：《杪秋登太华山绝顶四首》，《沧溟先生集》卷八，第214—215页。
④ 丁澎：《概堂诗集序》，《扶荔堂文集选》卷四，第500页。
⑤ 同上。
⑥ 邓之诚：《清诗纪事初编》，第794页。

激扬，赠答唱酬，则情词斐亹，不啻入李、杜之场而拔其赤帜。"①

陈祚明的创作也倾向于宗唐。《清诗纪事初编》评陈祚明诗风云："其诗取径三唐，格律精整。"② 不过，陈祚明的诗论比较通达，门户之见较少。虽然他宗尚汉魏唐诗，并曾选《采菽堂古诗选》作为古诗之样本，但他认为："诚试披览古人之诗，虽体格不同，代以降，无不善言情者何？则雅故也。故情，古今人所同也；辞，亦古今人所不独异。古今人之善为诗者，体格不同而同于情，辞不同而同于雅。予之此选，会王、李、钟、谭两家之说，通其蔽，折衷焉。其所谓择辞而归雅者，大较以言情为本。"③ 此类调和七子与竟陵的主张，与张文光、赵宾乃至宋琬的门户之见有异。

值得注意的是，虽然均以宗汉魏、盛唐的七子诗学为主流，但"燕台七子"籍贯的南北分野，也导致了其师法对象和创作风格上的差异。主张直承七子特别是前七子北人风范的北籍诗人与承袭了作为七子变体之云间派的南籍诗人，仍有些隐秘而微妙的区别。施闰章《李屺瞻诗序》记载了他与"燕台七子"之一的中州籍诗人赵宾有关"吴音"的一次交谈：

> 昔游京师，称诗诸公间，大梁赵锦帆谓余"吴人能不操吴音"。余笑曰：吴音非不佳，患不善吴音耳！岂必规规焉步趋中原哉？然而东南之音多失之靡，西北之音多失之厉，殆由性成；求其兼长而寡病，君子以为难。④

赵宾认为施闰章是"吴人"，诗风却并不类似吴地风气，看来赵宾所指的"吴音"，可能是当时流行的云间诗风。赵宾对"吴音"的不屑，颇类于同属中州诗人的"京师三大家"。施闰章则以各地皆有自身地域文学为由，婉转地批评赵宾以"中原"（实际上是以中州出身的李梦阳、何景明等为代表的七子诗风）绳墨他人的门户之见。这一段南北诗人在诗学观念上的交流，也颇可说明源于北地的七子"正宗"流派和生长江南的七子"变体"

---

① 魏宪编：《皇清百名家诗选》卷二十一，第215页。
② 邓之诚：《清诗纪事初编》，第260页。
③ 陈祚明：《采菽堂古诗选·凡例》，第581页。
④ 施闰章：《李屺瞻诗序》，《学余堂文集》卷六，《施愚山集》第1册，第108页。

云间派，虽然同出七子之体，但在明清之际实际上也是门户判然的。

"燕台七子"诸诗人，以施闰章的情况最为特殊。他虽然系宗唐派诗人，且对明七子主要成员均评价不低，但其诗学观点，却并不能为明七子门户所羁束。

施闰章于顺治十三年视学山东，曾到历城，即为李攀龙修墓立碑，并作《李于鳞先生墓碑》以铭之，对李攀龙评价极高，谓："其诗七言近体，高华典丽，有'峨眉天半'之目，拔其尤者，千人皆废。……于鳞崛起沧海，雄长泗上诸姬，主盟中夏，燕、秦、吴、楚之人，翕然宗之，如黄河、泰岱；又如太原公子，望之有王气，斯固万夫之雄也！后之学者，生百世之后，闻于鳞之风，皆振衣高步，追踪古作者，于鳞其有起衰之功矣！"①《登历城县学高楼》亦吟咏李攀龙在明代诗坛的崇隆地位："海内昔全盛，历下多巨公。华泉高唱发，沧溟著作雄。殷许相羽翼，倡和成宗工。"②

不过，施闰章对明七子中其他人物如何景明、谢榛等人的好尚，远甚于他对李梦阳、李攀龙的赞许。他在山东视学期间，曾寻访谢榛故居。《过临清问谢茂秦故居不得》诗云："能诗处士旧知名，故里犹传此地生。老卧清时半儒侠，狂来白眼向公卿。"③《重刻何大复诗集序》颇可见其对明七子各家的看法：

> 古人称诗莫尚于"六经"，《书》曰："诗言志，歌永言。"《诗》曰："穆如清风。"曰："其风肆好。"《记》称："温柔敦厚，诗教也。"乌乎！蔑以进已。风雅递变，义归正始，率多清明广大，一唱三叹之遗音焉。明正德间，李空同虎视鹰扬，望之森森武库，学者风靡，固其雄也；大复起而分路抗旌，如唐之李、杜，各成一家，虽尝贻书辩论不相下，而卒以相成，至今称何、李。当时又有高子业，与空同并居汴中，倡和希阔，独为清疏闲远之作，视大复稍亚，抑亦振古之士，不随人踵者也。昔人目谢诗初日芙蓉，自然可爱。余谓惟大复不愧此语。及其深

---

① 施闰章：《李于鳞先生墓碑》，《学余堂文集》卷十八，《施愚山集》第1册，第372页。
② 施闰章：《登历城县学高楼》，《学余堂诗集》卷五，《施愚山集》第2册，第85页。
③ 施闰章：《过临清问谢茂秦故居不得》，《学余堂诗集》卷三十五，《施愚山集》第3册，第238页。

蔚警健，未尝不泉涌而山立。①

施闰章承认明七子在明代诗坛上的成就，但对风格"自然可爱""清疏闲远"的何景明、高叔嗣的好感，显然较李梦阳等更多。施闰章认为他们更能代表"清明广大，一唱三叹之遗音"的正雅风范，而对"虎视鹰扬，望之森森武库"的李梦阳，却颇有敬而远之的意味。这可能是由于，施闰章本人的诗风更偏向于阴柔清丽一路，与七子特别是李梦阳、李攀龙所代表的雄健阔大的审美风格并不相类。《与彭禹峰》云："仆才本弱劣，人皆目为'清俊'，窃努力为沉郁雄高之作，而不敢以矜气出之，躁心乘之。"②

此外，施闰章对七子缺乏真情、优孟衣冠、过分讲究诗歌章句格调的弊端，批判颇为尖锐，谓："夫时有古今，风有正变，体虽则古，言必由衷。近之论诗者，惟尚声调嘈吰，气象轩朗，取官制、典故、图经、胜迹，缀辑为工，稍涉情语，訾以降格。于是前可移后，甲可赠乙，郛郭虽雄，中实弊陋。譬犹村童观剧，但取华冠彩服，拟金挝鼓，作轰雷裂石之声，目为上调。"③ 所谓"近之论诗者，惟尚声调嘈吰，气象轩朗"显指七子流派而言。《梁园诗集序》批评七子末流之学唐规行矩步，云："今天下某某学唐而似焉者也，规规焉寻声肖影，侧足学步，非前人所尝道过，则逡巡不敢吐一字。故出其所作，若古人所已作焉；读其作未竟，若我所已读竟焉。以是为学古，又奚以为？夫善学古者，在得古人之法，神而明之，出以己意；不在乎肤立而毛附。故宁抉奇造险，毋蹈常袭故，及其迟之又久，以绚烂为平淡，可安步而至也。"④

虽然施闰章并不反对乃至是崇尚诗体的"则古"，但与"燕台七子"中的其余数家均不相同，他并不主张师法七子，而是主张直接上溯至《诗》三百篇，以"诗教"为旨归，复兴温柔敦厚、含蓄雅正的儒家文艺美学。他在《诗原序》中，大力批判包括七子在内的晚明诗风弊端，主张上溯至三百篇传统，将学古与真情相结合：

---

① 施闰章：《重刻何大复诗集序》，《学余堂文集》卷三，《施愚山集》第 1 册，第 62—63 页。
② 施闰章：《与彭禹峰》，《学余堂文集》卷二十七，《施愚山集》第 1 册，第 548 页。
③ 施闰章：《西江游草序》，《学余堂文集》卷四，《施愚山集》第 1 册，第 81 页。
④ 施闰章：《梁园诗集序》，《学余堂文集》卷五，《施愚山集》第 1 册，第 91—92 页。

> 今之为诗者类是：不殖学而务涂其辞，不己出而事剽贼，不尚论远采而一二近今是师，是诗盛而愈亡也！唐虞之赓歌，商周之《雅》《颂》，古之人未尝学为诗也，以圣贤之辞，出为声律之言，蔼然烂然，以通上下而洽朋友……余少好诵诗，先君子命之曰：《书》称"诗言志，歌永言"，先之以直、温、宽、栗；孔子删《诗》三百，以"思无邪"蔽之，诗之大原其在斯乎！发情止义，深思而兼蓄之，严择而善变之，毋徒为优孟之衣冠，则几矣。①

施闰章一针见血地指出由晚明延续到清初的诗坛弊端：重文辞而轻感情内涵与学殖素养，模拟剽窃之风盛行，固守门户之见而不知效法古人真精神。这明显是针对七子末流而言。而他主张"以圣贤之辞，出为声律之言"，是对明人尤其是前、后七子过分看重诗歌艺术形式的模拟而忽视了诗教的批评。所以，他明确要求恢复三百篇传统，要求"思无邪""发情止义"，认为这才是能避免七子末流"徒为优孟之衣冠"的关键。"燕台七子"成员中，对明七子诗风有透彻反思态度者以施闰章为最。

七子诗风在清初顺治时代虽仍流布于京城的金台文人群体中，但在康熙时代庙堂诗学最终的成型和有清一代自身诗风的开创过程中，却未能成为主流，而是一度被王士禛所倡导的神韵之论所取代。直至乾隆时代，沈德潜重整格调派，七子风习方得以复兴。七子之风在清初未能成为庙堂主流的原因异常复杂，一方面是因为它在明代风行已久，弊端亦多，自身也属于必须重估乃至清除的明诗"不良风气"范畴；另一方面，七子流派的主张本身，也颇有与庙堂诗学要求扞格乃至背道而驰的一面。

前七子在弘正时代甫登诗坛，就是以反对空虚卑弱的台阁体、廓清诗坛风气的锐利的革新姿态出现的，他们的主张实际上包含相当强烈的直面现实、抒发不平之鸣的内涵，显露出一种强直激进的色彩，与"温柔敦厚"的乡愿卑弱风气大相径庭。后七子领军人物李攀龙更是直言："诗可以怨，一有嗟叹，即有永歌，言危则性情峻洁，语深则意气激烈，能使人有孤臣孽

---

① 施闰章：《诗原序》，《学余堂文集》卷三，《施愚山集》第 1 册，第 55—56 页。

子摈弃而不容之感,遁世绝俗之悲,泥而不滓,蝉蜕滋垢之外者,诗也。"①"京师三大家"之"编外"成员张缙彦则在《白雪书院碑记》中,赞美李攀龙"忠愤感慨,形之忧思;抗志贵介,偃卧山田,如少陵、沧溟者,尚未测其志节之所存"②。正如《山东分体文学史》所指出的,李攀龙的创作特别是七律,"体现出的是一种悲壮雄浑的氛围和意蕴,一种充满忧患感的情怀,诗人情感强烈、厚重,也非常冲动","于鳞七律的大气之下包裹着苍凉悲慨的基调,这种苍凉除了来自对盛唐格调的仰慕外,恐怕也体现了我们在前文曾提到的于鳞在特定历史环境下对社会人生的普遍的忧患感。"③ 这绝不是庙堂诗学所应有的状态,也必然不能为讲究情感之"正"与颂美的庙堂诗学所容。陈文新在《明代诗学的逻辑进程与主要理论问题》中,对七子宗唐何以偏宗李、杜而非王、孟,有一相当深入的剖析:"李梦阳等人对王、孟诗不满,还因为在李梦阳看来,它遮蔽了现实生活的种种疮痍。……诗中的澄明之境激发不了我们的热情、激情和生命力,而生命力(一种慷慨多气的生命力)却是李梦阳等所心仪和向往的。"④

这正可以说明,为何七子诗风最终未能成为清初庙堂诗学的主流;为何以正统庙堂诗人身份出现的王士禛,对唐诗舍李、杜而取王、孟,对明诗舍七子而取徐祯卿、高叔嗣;而刘正宗、薛所蕴辈所倡导的沿袭七子的主张,以及对七子特别是李梦阳、李攀龙一路雄浑悲慨、意气激烈风格的推崇,和真正的庙堂诗风之间,又有多少不合拍的地方。

第二节 清初京城诗坛的竟陵遗风

晚明启祯时代的诗坛格局,基本可以定义为:七子复古派及其后学变种云间派,与公安派及继起的竟陵派,这两大文学流派之间的对立。按《四库全书总目提要·学古绪言》:"盖明之末造,太仓、历下余焰犹张,公安、竟

---

① 李攀龙:《送宗子相序》,《沧溟集》卷十六,第403页。
② 张缙彦:《依水园文集》后集卷一,国家图书馆藏清初刻本。
③ 李伯齐:《山东分体文学史》,第398—399、401页。
④ 陈文新:《明代诗学的逻辑进程与主要理论问题》,第52页。

陵新声屡变，文章衰敝，莫甚斯时。"①《四库全书总目提要·峡云阁存草》亦云："盖万历以后之诗，不公安、竟陵，则仍太仓、历下耳。"② 再进一步，则可归纳为七子与竟陵两大门户，"近代学诗，非七子则竟陵耳"③，"七子、钟谭两派中分诗坛，对垒树帜，当时作者如不归杨则归墨然"④。

值得注意的是，在清初的文学批评话语中，七子与竟陵同样作为晚明诗歌的代表，乃至明季诗风"凋敝"的表现，而受到文人的批判，正如钱锺书所指出的："有清一代，鄙弃晚明诗文；顺康之后，于启祯家数无复见知闻知者。"⑤ 但是，入清后这两个文学流派，在京城这一号称"诗之薮泽也，如贡税然，四方所产，梯航而集于上国"⑥，集中了各地域文化与诗风的地区，其处境却大相径庭。在清初顺治至康熙前期的三十余年间，七子复古派诗风仍然牢牢占据京城诗坛的主流地位，出现了"京师三大家""燕台七子"等众多标榜七子诗风的文学团体；而竟陵派却在这一时代的京城文化圈内举步维艰，到了几乎绝迹的地步，不但并未出现继承竟陵衣钵的著名诗人与文学团体，相反，那些在晚明时代曾接受过竟陵诗风熏陶的诗人，入清后在京城诗坛活动时也往往改弦更张，与竟陵撇清关系。这一现象相当耐人寻味。

一、竟陵派在晚明京城诗坛的流布

晚明启祯时代是竟陵派发展的黄金时期，钱谦益称竟陵派"浸淫三十余年，风移俗易"⑦；朱彝尊云"三十年来海内谭诗者，知嫉景陵邪说"⑧；陈田亦称"启、祯间，竟陵之说甚行"⑨。在启祯时代，竟陵派风靡大江南北，

---

① 纪昀总纂：《四库全书总目提要》卷一百七十二，第 4510 页。
② 纪昀总纂：《四库全书总目提要》卷一百七十九，第 4858 页。
③ 方以智：《诗说》，《通雅》卷首之三，《方以智全书》第 1 册，上海：上海古籍出版社，1988 年，第 59 页。
④ 钱锺书：《谈艺录》，第 303 页。
⑤ 同上书，第 305 页。
⑥ 申涵光：《乔文衣诗引》，《聪山集》文集卷二、，第 495 页。
⑦ 钱谦益：《列朝诗集小传》丁集中"钟提学惺"条，上海：上海古籍出版社，2008 年，第 571 页。
⑧ 朱彝尊：《丁武选诗集序》，《曝书亭集》卷三十七，第 457 页。
⑨ 陈田：《明诗纪事》辛签卷二十三，上海：上海古籍出版社，1993 年，第 3364 页。

以至于使时人发出"今天下盖知宗景陵哉!"① 的惊呼。

竟陵派的风靡,与明代中后期多数文学流派一样,除了在其本土荆楚之外,主要是在引领诗坛风气之先的文化中心——江浙地区。云间派宗主陈子龙叹息"汉体昔年称北地,楚风今日满南州"②,正是不满于竟陵派在江南的迅速发展。受辇下风气影响,又经中州山左诗坛七子风习熏陶,较趋向复古保守的北方诗坛,尤其是京城地区,当时是否也为竟陵诗风所濡染?这一问题自清代以来便有争议。有研究者认为,晚明时代,竟陵诗风并未扩展到北方,"当时北地诗人,皆不涉钟、谭一派"③。然而,这个定论与史实并不相符。在晚明时代,竟陵派在京城的大范围系统性传播流布,至少有两次:

第一次,是万历三十七年至四十年。这期间,竟陵派宗主钟惺在京中进士,官行人,频繁进行文学活动,竟陵派在京城文化圈的影响因而得到大幅度扩展。钟惺的同年丘兆麟曾回忆这一时期竟陵派在京的文事之盛:

> 曾记神庙之时,余同籍兄弟之结绶于朝者颇盛,而其时又边警不闻,退食多暇,故一时同志如陆景邺、钟伯敬、冯少伯、马时良、仲良弟兄遂日过从,饮酒赋诗,而余亦得以属橐鞬相从,说者谓不让琅琊、历下诸子。④

据陈广宏《论竟陵派形成、发展的四个阶段》一文的考证,当时在北京与钟惺一起参加各类文学社集的人员,有姓名可考的达二十余人,包括了韩敬、王象春、张慎言、文翔凤、林古度、谢肇淛、沈德符、李流芳等文坛名宿。⑤

第二次,是天启四年至崇祯十年间。这期间,竟陵派另一位创始人谭元春以恩贡应京兆试,开始在京城频繁活动。他在天启四年首至北京,崇祯十年卒于赴京途中,其间四入京城,虽然在科举上并无建树,却建立了庞大的

---

① 李明睿:《谭友夏遗集序》,《谭元春集》附录,第 949 页。
② 陈子龙:《遇桐城方密之于湖上归复相访赠之以诗》,《陈忠裕公全集》卷十五,第 480 页。
③ 杨钟羲:《雪桥诗话》续集卷一,第 723 页。
④ 丘兆麟:《王枕崖先生诗集序》,《玉书庭全集》卷十二,《明别集丛刊》第 5 辑第 9 册,合肥:黄山书社,2014 年,第 282 页。
⑤ 陈广宏:《论竟陵派形成、发展的四个阶段》,《中国文学研究》第 2 辑,第 353 页。

交游圈,获得不少京城文士的追随。"是时谭子名遍天下矣,所著书流行国门,群少年争嗜之,禀为师匠。"① 受到谭元春影响而成为竟陵派追随者的京畿文士,最著名者当属于奕正与刘侗。周损《朴草序》记载于奕正"独于寒河谭伯子有深嗜笃好焉,凡堂壁轩楹、卷帙皿具、额幅联笺以及标跋铭款等,宝友夏一滴墨,真欲使成龙而尤恐其飞去也"②。谭元春每次来京,几乎都是下榻于奕正处所,谭元春并经由于奕正而结识另一位京城名士刘侗。这位沾染了"楚风"的京畿著名文士于奕正,正是后来的清初诗坛风云人物王崇简的师友。

在竟陵派的强大影响下,启祯时代北方文人濡染竟陵风习者,比比皆是,乃至前七子领袖李梦阳、何景明出身的河南,后七子领袖李攀龙出身的山东,文人亦不免受其影响。"竟陵楚风盛行大江南北三十余年,风俗移易。山左乃七子复古重镇,亦为之转移。"③ 山左诗人宗竟陵最显著者,当属王士禛叔祖王象春,他虽标榜宗尚七子,即所谓钱谦益提到之"元美吾兼爱,空同尔独师"④ 者,但他不仅与钟惺交期笃厚,且创作思路实则与竟陵相仿,多出入中晚唐。钟惺谓王象春"奇情孤诣,所为诗有蹈险经奇,似温、李一派者"⑤。

事实上,在公安、竟陵诗风盛行的晚明时代曾经生活过的文人,或多或少都会沾染一些竟陵的气味,即使后来对竟陵大加挞伐或不屑一顾的文人,也不能免。如"京师三大家"之一的清初中州诗坛巨擘王铎,严格宗法七子,甚至曾恶骂竟陵"如此等诗决不富不贵,不寿不子"⑥。然而他也不能幸免竟陵诗风的影响,钱锺书即认为他的五言古近体"亦染指钟谭"⑦。

晚明时代竟陵派在北方乃至京畿地区广为流布的另一实例,是申涵光之父申佳胤。申涵光身为北人,严格沿袭宗唐尊杜的七子风习,且将复古诗风视为自身所属河朔文化的精髓而充满自豪感,曾云:"盖燕赵山川雄广,士

---

① 邹漪:《谭解元传》,《谭元春集》附录,第964页。
② 周损:《朴草序》,《诗慰初集》,《四库禁毁书丛刊》集部第65册,第369页。
③ 李圣华:《冷斋诗话》"山左楚调"条,上海:上海古籍出版社,2007年,第39页。
④ 钱谦益:《王贻上诗序》引文翔凤赠王象春诗中语,《有学集》卷十七,第765页。
⑤ 钟惺:《问山亭诗序》,《隐秀轩集》卷十七,上海:上海古籍出版社,1992年,第255页。
⑥ 谈迁:《枣林杂俎》圣集,第255页。
⑦ 钱锺书:《谈艺录》,第304页。

生其间,多抗爽明大义,无幽滞纤秾之习。故其音闳以肆,沉郁而悲凉,气使然也。"① 但有意思的是,他的父亲申佳胤虽然诗歌成就不甚高,也不以诗名,却濡染了竟陵风习。《四库全书总目提要》评申佳胤之作云:"今观所作,与何、李颇不相似。大抵直抒胸臆,如其为人。但体格尚未成就,且不免浸淫明末纤仄之习。"② "纤仄"两字断语,显指竟陵派而言。竟陵诗风在晚明北方地区流布之广,深入人心,可想而知。

二、竟陵派入清后的式微

竟陵派虽然在晚明一度风靡全国,但在清初即已一蹶不振,复经以钱谦益《列朝诗集》为代表的酷厉抨击,处境极为艰难,甚至到了"竟陵久为海内所诟詈,无足言者"③,"近日学诗者,皆知竟陵为罪人之首"④ 的地步。而其本乡士人,亦往往不能坚持竟陵家数,而渐为云间风习所沾染。顾景星《周宿来诗集序》云:"当启、祯间,诗教楚人为政,学者争效之,于是黝色纤响,横被宇内。云间诸子晚出,掉臂其间,以大樽为眉目,追沧溟之揭调,振竟陵之哀音。"⑤ 韩诗《水西近咏序》亦云:"吴越荆楚间宗华亭独盛,以华亭接七子。"⑥ 韩诗此文作于顺治十三年,荆楚原本是公安、竟陵的发祥地,此时也为七子一脉的云间诗风所占据,可知清初公安、竟陵势力已颇为衰微。

在清初京城诗坛上,竟陵派更遭冷遇,甚至是那些一度曾接受过竟陵传统影响的京城文士,也往往讳言竟陵。最典型的例子是王崇简。他在晚明启祯时代,与客居京城的竟陵派主将谭元春,以及为竟陵诗风所熏染的北方文士于奕正、刘侗都有交往。特别是身为同乡的于奕正,对他的影响更大。于奕正,初名继鲁,字司直,宛平诸生。崇祯七年游江南,两年后病逝于南京,有诗集《朴草》。《静志居诗话》评价其诗云:"其诗南学于楚,然燕、

---

① 申涵光:《畿辅先贤诗序》,《聪山集》文集卷一,第474页。
② 纪昀总纂:《四库全书总目题要》卷一百七十二,第4517页。
③ 申涵光:《蕉林集诗序》,《聪山集》文集卷一,第478页。
④ 徐曾:《与申勖庵》,《尺牍新钞》卷八,第213页。
⑤ 顾景星:《白茅堂集》卷三十四,第547页。
⑥ 韩诗:《水西近咏序》,第311页。

赵之风骨尚存。"①《明诗纪事》云："诗学竟陵，清韵铿然，盖彼法之铮铮者。"② 可见他是一位将竟陵风格和北地清刚风骨结合的诗人。早在万历、天启时代，王崇简即与于奕正有交往，天启五年，王崇简作有《从戒坛至凌壁峰下同金卿非于司直》诗③。而作于崇祯九年于奕正去世后不久的《哭于司直》，明言"少小与子交，性情欣有托。廿年如一日，情深气自约"，由此上溯二十年，两人订交应起源于万历时代。又言"余少喜诗篇，声体从子学"④，可见王崇简起手扎根便是于奕正所代表的竟陵一路。

王崇简对于奕正的崇拜敬重终身不变，直到入清以后，还曾托付自己的友人、著名选家邓汉仪将于奕正诗选入《诗观》。邓汉仪记载："司直先生与鹄湾同人诸君共执骚坛牛耳，其诗清真澹雅，迥绝尘俗，品格在竟陵数子上。敬哉宗伯笃念故旧，乃远道贻书，属予表章遗集。"⑤

在于奕正的影响下，王崇简还与谭元春、刘侗等竟陵派重要人物有了交往。王崇简本人所作之《都门三子传》明言于奕正"与楚谭元春友夏、刘侗同人尤称友善，两君来京师，必客其园"⑥。崇祯四年，谭元春携两弟入京赴试，而是年所作之诗文，就提到他在京和于奕正的交往，很可能于奕正就是在这一时期把王崇简引荐给了谭元春。王崇简因此作有《送刘同人归楚》⑦《从香山过岭访于司直中峰庵闻其归而止》⑧《裂帛湖遇谭友夏袁田祖于司直谭梁生》⑨《于司直偕刘同人适楚就谭友夏之约作诗四章送之》⑩。无论是在交游还是诗风方面，王崇简都受到竟陵诗人极大的影响。

王崇简在明代所作诗文，竟陵风味相当浓厚。崇祯十一年，李雯为王崇简诗集所作之序中即提到，当时王科场不得志，"作为歌诗，凄清冲放"⑪，

---

① 朱彝尊：《静志居诗话》卷二十一，第 656 页。
② 陈田：《明诗纪事》卷二十五，第 3385 页。
③ 王崇简：《青箱堂诗集》卷一，第 39 页。
④ 王崇简：《青箱堂诗集》卷二，第 52 页。
⑤ 邓汉仪辑：《诗观二集》卷一，第 691 页。
⑥ 王崇简：《青箱堂文集》卷八，第 496 页。
⑦ 王崇简：《青箱堂诗集》卷一，第 39 页。
⑧ 同上书，第 40 页。
⑨ 王崇简：《青箱堂诗集》卷一，第 43 页。
⑩ 王崇简：《青箱堂诗集》卷二，第 48 页。
⑪ 李雯：《青箱堂诗集序》，第 2 页。

多寄情山水的篇章，显然是竟陵一路。以王崇简的实际创作来看，他作于天启六年至崇祯四年的不少诗作，都情怀孤冷，风味纤巧，多用虚字，大有竟陵气象：

> 山势苍茫去，长堤步步斜。仄崖悬一寺，断树隐多家。雨转有无日，木开上下花。青青人影外，幽迥柳荫遮。①
> 光融积厚自空明，萧槭孤怀取次生。欲下欲高还就影，为疏为密若成声。半冬风色流朝夕，一室梅花照性情。何独霏微岩壑好，幽窗卧此已多情。②

上述诗作，若置于、钟谭集中，几不能辨。

然而，入清以后，王崇简的诗风有了相当大的变化，有意识地向七子转化。作于顺治七年秋的《新秋感兴》追忆故国，"忆昔何人秉国成，甘泉烽火岁频惊。……坐使威权倾北寺，遂令盗贼蹴西京"，"居庸西去翠微凝，望里先朝十二陵"③，声调高华壮阔，已经是七子的风味，而不见竟陵半分味道，可见其诗风的转变。宋徵舆在顺治八年为王所作序中，更指出王崇简是因为不愿背负竟陵派的名声，故有意识地改变自身诗风：

> （王崇简）起家陶、孟，以自然为则，已而曰：不知者将谓我从竟陵。于是为沉博绝丽之言。④

那么，既然七子流派在清初尚有众多文人传承，为何竟陵派却在京城诗坛衰微如此，以至于其传人尚不愿承认自己与竟陵派的渊源？

竟陵派入清后遭遇一边倒的批判，其急剧衰落的原因异常复杂。论者或举出钱谦益对竟陵派之"诗妖"恶评。钱氏为文坛老盟主，其文学批评主张确实在清初影响甚广，然竟陵派"有碍世运"之论调，不但不始于钱谦

---

① 王崇简：《堤行》，《青箱堂诗集》卷一，第39页。
② 王崇简：《连雪》，《青箱堂诗集》卷一，第43—44页。
③ 王崇简：《青箱堂诗集》卷七，第115页。
④ 宋徵舆：《青箱堂诗集序》，《青箱堂诗集》卷首，第6页。

益,甚至也不始于清初。陈子龙就曾批判竟陵派"居荐绅之位而为乡鄙之音,立昌明之朝而作衰飒之语",是"世运大忧"。① 这一论调,实为晚明时代忧心国事而又不满竟陵风行的诗人所共有,并不始于清初。

也有论者认为,入清后竟陵式微的根源,在宴饮酬酢这类文学的交际功能方面竟陵诗风的"实用性"不如七子。吴乔《围炉诗话》云:"诗坏于明,明诗又坏于应酬。……明人之诗,乃时文之尸居余气,专为应酬而学诗,学成亦不过为人事之用,舍二李何适矣!"②"今世以诗作天青官绿,尚书台鼎套礼之副,定不免用二李套句。"③ 这或可解释竟陵诗风为何在官宦士人密布、宴饮酬酢行为较多的京城诗坛不能蔚成风气。不过,公安、竟陵其实也有便于应酬的一面,主要是便于山人游士之流在高官显贵之间应酬。公安之流利轻滑、竟陵之清苦自持,既易于学习上手,又能显示自己的"山林隐逸"身份,故在晚明时代模仿者颇多。彭宾《王崃文诗序》云:"三十年以前,学诗之家,非爱楚声也,择其近似而便易者,辄复为之。有十人于此,学李、杜什之一,学储、孟什之九,九易而一难也。学储、孟而得其貌,为景陵、公安而已;且学景陵、公安而又得其貌,则艺人投谒于王孙,缁流交援于贵客,单词片幅,细响是娱,险韵唱酬,丝竹为戏。嗟乎,未有以大雅之音出而正之者也。"④ 彭宾为云间派诗人,排斥竟陵、公安诗风,评价或有不甚公允之处,但公安、竟陵诗风亦有便于交际的一面,因而能在山人盛行的晚明时代流行开来。

也有人认为,竟陵派式微且背负恶名的原因,可能与两派领袖的人格有关。前、后七子大多人格刚正无疵,而竟陵派却因与阉党之关系而名声扫地⑤。然严迪昌《清诗史》亦以实际证据指出,竟陵派入清后不乏令人敬仰的殉难孤臣、骨鲠遗民,若黄道周、倪元璐、林古度、徐波等;而钟惺虽一度陷身党争,也非热衷名利之徒,"据文献所载,以他们的孤僻耿介,不喜与俗人周旋的品格看,或不至于热衷到丧失气节。……当山河易主于汉族以

---

① 陈子龙:《答胡学博》,《安雅堂稿》卷十八,《陈子龙全集》,第1408页。
② 吴乔:《围炉诗话》卷四,《清诗话续编》,第594页。
③ 同上书,第599页。
④ 彭宾:《彭燕又先生文集》卷二,《四库存目丛书》集部第197册,第339页。
⑤ 蒋寅:《清代诗学史》,第96页。

外的民族时，深受'夏夷大防'思想教化的忠君爱国之心必会更益发挥他们的'深幽'之情和'孤峭'之性的"①。以流派领袖的人格，来推断竟陵式微之原因，或也不够全面。

笔者以为，清初七子流风尚在而竟陵急剧式微，最深层的根源，还是与明清之际社会普遍文化心理有关。七子虽然有模拟剽袭的弊病，但毕竟它代表的是明朝全盛时期以汉唐为宗、雄丽高扬的文化精神；而竟陵派却是明末社会凋敝以至于战乱背景，士人扭曲僻涩心境的反映。钱谦益斥为亡国之音，确有其道理在。而入清士人厌闻竟陵，显然是心理上对竟陵派可能使其回忆起的晚明凋敝战乱时代的拒斥。山左名士丁耀亢由青年时代学习竟陵，到入清后深厌竟陵的例子，正能说明入清后竟陵派遭到普遍厌弃的根源："丁野鹤弱冠颇好七子、竟陵，及交几社名士，遂尽黜竟陵矣。遭国变，痛世风之颓，诗家不振，深咎钟、谭。"②启祯时代的"诗家不振"只是表层现象，诗风变化背后是国变导致的"世风之颓"，这才是清初文士大多视竟陵如寇仇的根源。

而那些活跃于京城的仕宦诗人，负有引导当世诗风，开创有清一代庙堂诗学的重责，更须与竟陵诗风这类"晚明余孽"划清界限。仍以初宗竟陵而后改弦更张的京城仕宦诗人王崇简为例，陈玉琪指出，王崇简诗风变化的原因，正是他立身朝堂、身为仕宦诗人的立场，其《青箱堂诗集序》云："天下之人皆秉礼教，罔敢陨越。而其间有能诗者，亦且感于性情之际，发为和平易直之言。"③陈玉琪此序作于康熙七年，正是清初庙堂诗风初步形成之时，而王崇简诗风由竟陵转向七子乃至汉魏，显然是受到其仕宦诗人处境的影响。王铎则进一步将王崇简的风格与竟陵比对，认为竟陵"为骚抑苛激之气，以抵触于烟云花石虫鱼鸟兽山溪之间"，"蹈薄夫之小勇"，④而王则有深厚的养气功夫，能为"闳峻""谨肃"之文，后者亦显然是庙堂诗风的要求。

清初京城诗人对竟陵诗风的态度，可分为三类：批判、承袭与包容。而

---

① 严迪昌：《清诗史》，第51页。
② 李圣华：《冷斋诗话》"丁野鹤驳竟陵"条，第42页。
③ 陈玉琪：《青箱堂诗集序》，《青箱堂诗集》，第11页。
④ 王铎：《青箱堂诗集序》，《青箱堂诗集》，第5页。

对竟陵持批判排斥态度的诗人,又可分为两类:

其一,执门户之见,以七子为正宗,认为竟陵诗风是左道旁门。这一类诗人较有代表性者,当属"京师三大家"与"燕台七子"。

王铎在晚明时代步入仕途与诗坛之后,一直自觉地以复古派自任,排击公安竟陵之风,引导文坛风气,曾云:"近日阮兹园、文太青、王觉斯诸子,力排钟、袁,以挽颓靡。"① "三十年来户公安而家竟陵,盈尺之面安在乎?此非薄视古人,而反高待今人也。吾乡王孟津当年尝感风气之靡,与余矢心共挽,海内有力之士,间有所孤奋以自标置于世,骎骎乎丕变矣。"② 可知在晚明复古主义重兴,排斥公安、竟陵风气的过程中,王铎实系一有力的推动者。

而王铎排斥公安竟陵的目的,是要复兴以七子为正宗的复古派诗学。他在《白门赠湛虚眉居》中,将李梦阳与钟、谭对比,盛赞前者为振兴明代诗学的"黄钟绝响",而将后者斥为"破碎俗弱":"黄钟绝响献吉功,凤喈鹍飞不相失。文长中郎与谭钟,破碎俗弱观不得。"③ 足见王铎排抵竟陵的言行,实质是典型的门户之争。

在顺治时代扬名于京城诗坛的"京师三大家"另两位成员薛所蕴、刘正宗,也是以七子的复古主义主张为旗帜,对公安、竟陵大力排斥。薛所蕴称他与刘正宗"惟是风雅一事,共劂切伤时,趋之诡正也,竞为新声,以枯澹为清脱,以浮艳为富丽,咀之无余意,讽之无余音,均于风雅无当也"④。"以枯澹为清脱"云云,显指竟陵而言。其《沈绎堂钓台集序》更补充道:"近代以来,自北地信阳吴门历下诸公,力变宋元衰习,而还之古,学者宗之,其弊也流而为袭。竟陵以清脱矫之,其细已甚,失则薄。"⑤ 足见公安、竟陵的"以枯澹为清脱"的"细薄"风习,属于薛、刘辈力图矫正的"新声""时调"范畴,而其倡导之诗文风格,正是"优入唐人之室,远宗三百篇风雅遗意"的复古主义理想。

---

① 卓发之:《吴紫房集序》,《漉篱遗集》,《四库禁毁书丛刊》第107册,第716页。
② 彭而述:《胡德辉先生诗序》,《读史亭诗文集》文集卷三,第42页。
③ 王铎:《白门赠湛虚眉居》,《拟山园选集》七言古卷八。
④ 薛所蕴:《刘宪石邇斋诗序》,《澹友轩文集》卷三,第41页。
⑤ 薛所蕴:《沈绎堂钓台集序》,《澹友轩文集》卷三,第47页。

与"京师三大家"同时活跃于顺治时代京城诗坛,且在文学观念上也倾向于七子的"燕台七子",亦多出于门户之见,对竟陵派极力排斥。以宋琬为例,他出身于李攀龙故里山东,早年在京城接受的是李雯、宋徵舆等云间诗人的影响,故他在顺治时代任职郎署、作为"燕台七子"成员活跃于京城诗坛之时,是相当纯正的七子后学,在他心目中,竟陵显然是与"大雅"诗风不符的:"醉后为余开箧笥,琅玕奇字青霞文。戛击钟镛还大雅,竟陵余子徒纷纷。"①

作为七子诗学的继承者,宋琬盛赞云间派重振七子声威的功绩,同时明确表示贬损公安、竟陵诗风:"三十年来海内言文章者,必归云间。……于是诗学大昌,一洗公安、竟陵之陋,而复见黄初、建安、开元、大历之风。"② 以一"陋"字为公安竟陵定性,可见其不屑之态。

"燕台七子"中同样对竟陵多贬斥之辞者,还有丁澎。他对于晚明以迄清初的诗歌弊端,有如下评价:"刊抉字句之间,逞巧露新,琐屑已甚,自以为精思得之,其失也靡。"③ 显指公安竟陵而言。丁澎早年系云间后学"西泠十子"成员,他对竟陵派的排抵,显然也出于维护七子的门户之见。

"燕台七子"中其他成员若张文光、赵宾等,也大多以七子诗风承继者自居,以排抵公安竟陵之"不良影响"为己任。"谯明先生以绝代奇才,振兴大雅,斗斋一集,海宇诵弦。……一洗公安竟陵陋习,而北地信阳之本来面目,于焉复睹。"④ 张文光、赵宾等对竟陵"陋习"的排抵,显然出自中州诗坛自明朝流传下来的七子传统,以及王铎、薛所蕴等严守门户之见的"京师三大家"的影响。

其二,有的诗人排抵竟陵,并非出自门户之见扬七子而抑竟陵,而是因为竟陵诗风不符合儒家传统诗教观念以及新王朝庙堂诗学之标准。这一类批评者,以施闰章为代表。

施闰章是"燕台七子"中最少门户之见的一位。他主张的是在恢复儒家"诗教"传统的前提下,对各个流派风格的兼容并蓄。对清初"历下、

---

① 宋琬:《寄赵雍容》,《安雅堂全集》卷三,第135页。
② 宋琬:《尚木兄诗序》,《安雅堂全集》卷八,第379页。
③ 丁澎:《概堂诗集序》,《扶荔堂文集选》卷四,第500页。
④ 李时灿辑:《中州诗征》卷一"张文光"条,经川图书馆刻本,1936年。

第四章 清初京城诗坛的多元化面貌 | 499

竟陵，互相龃龉"①的毫无意义的门户之争，他是有所不满的。所以，他对竟陵并不像"京师三大家"、宋琬等人那样厌恶不屑。而且由于他自己的诗风也属于清丽阴柔一路，他对那些师法中晚唐、约略呈现出竟陵风气的友人，往往能抱有相当程度的理解。例如其友人邢昉，系遗民人士，"其为诗，以陶汰为工，以冲淡为则，以婉恻悲凉为致。其企而之峻洁也，若病暍者之思清冷，其厌秾缛而引避也，若见赢豕之负涂泥，而纨袖之蒙粪土也。故其诗清越无纤埃，人病之为郊寒岛瘦，不恤也。观其所长，则既与钱左司、刘随州伯仲矣"②。可见施闰章对这类冲淡凄清、颇类竟陵的中唐诗风和以苦吟殚思为主的创作方式，至少是并不排斥的。《寄徐健庵》更云邢昉"诗品在钱、刘、郊、岛间，真唐音也"③。《马季房诗序》提及其另一位友人"大抵清和秀善，有吴越间风味。五言古体上窥三谢，仿佛其遗音，如幽岩瘦石，泉声潺潺，芳草芊眠，足人留赏"④。他对这一类"如幽岩瘦石"的诗风，也不似宋琬那样刻薄挖苦"厌粱肉而就藜藿"，而是相当欣赏的。

不过，虽然在审美偏好上对竟陵有所认同乃至欣赏，施闰章还是在诗学理念方面对竟陵进行了毫不含糊的批判。其《绥庵诗稿序》即批评"艰涩"的诗风，而倡导"自然深造"的诗风："夫诗以自然为至，以深造为功。才智之士镂心刲肾，钻奇凿诡，矜诩高远，铲削元气，其病在艰涩。"⑤《程山尊诗序》更提出"去浮艳与清态"的诗学主张：

> 间问诗于余，余曰："去浮艳与清态。去浮艳近古，去清态近厚。夫裘马纨绔之习既不足尚，就使楮冠芒屦，欿欿焉，憔悴其形容，凄寒其音节，以号为诗人，岂所为清明广大之道哉？本乎道德之源，发为书卷之气，油油然，飒飒然，锵金石而感鬼神，可也。"⑥

"浮艳"或指七子特别是云间派，后者显然指竟陵派而言。施闰章所主

---

① 施闰章：《陈伯玑诗序》，《学余堂文集》卷六，《施愚山集》第1册，第117页。
② 施闰章：《邢孟贞诗序》，《学余堂文集》卷四，《施愚山集》第1册，第72—73页。
③ 施闰章：《寄徐健庵》，《学余堂文集》卷二十八，《施愚山集》第1册，第560页。
④ 施闰章：《马季房诗序》，《学余堂文集》卷四，《施愚山集》第1册，第78页。
⑤ 施闰章：《绥庵诗稿序》，《学余堂文集》卷六，《施愚山集》第1册，第106页。
⑥ 施闰章：《程山尊诗序》，《学余堂文集》卷七，《施愚山集》第1册，第143页。

张的"去浮艳与清态"之后的理想的诗风,正是"本乎道德之源",合乎儒家诗教理想的"清明广大之道"。无论是竟陵还是七子诗风,都要经过"道德之源"这把尺子的衡量,而"憔悴其形容,凄寒其音节"的竟陵派显然是不合格的。

在《佳山堂诗序》中,施闰章更进一步明确提出他对于理想诗学传统的定位:

> 大抵忧心感者,其声噍以杀;乐心感者,其声啴以缓;怒心感者,其声粗以厉;敬心感者,其声直以廉。君子怀易直子谅之心,则必多和平啴缓之声,诚积之于中,不自知其然也。故曰:"温柔敦厚,诗教也。"……(冯溥)忧时悯事,不无《小雅》凄恻之言,而读之苍然油然,义切而辞隐,无噍噭噍杀之声,所谓洋洋大国风者,兹其苗裔邪?①

冯溥的"和平啴缓之声"这类治世庙堂正声,与晚明时代以竟陵为代表的"噍噭噍杀之声"这类乱世亡国之音,构成极鲜明的对比,这也是施闰章批判竟陵诗风,主张"去浮艳与清态"的根本原因。

虽然清初京城诗坛弥漫着对竟陵的一片批判喊打之声,但仍有不少京城诗人包括仕宦诗人,对竟陵派存在一定的偏好,乃至自身就是竟陵的承袭者。入清以后,他们在京城诗坛以七子高华典雅诗风为主流的环境中,力图调和七子与竟陵两派风气。这类诗人以龚鼎孳、王崇简为代表。前者作为京城诗坛"职志",一直以宗唐和承袭七子的面目出现,但很少有人探究,他早年其实与竟陵派及其主要人物谭元春、刘侗均有极深的渊源。对此前文已有考证论述。后者亦是京城诗坛中主张调和七子与竟陵的代表性人物,希图得七子、竟陵二家之长而去其短。《吴六益诗序》虽然也讲"诗之贵体格也尚矣",是七子的批评方式;但"发其旷夷幽眇之旨"② 显然是竟陵风习,看来王在试图调和七子与竟陵的方式上,采取的是以七子之高旷补竟陵之幽

---

① 施闰章:《佳山堂诗序》,《学余堂文集》卷七,《施愚山集》第1册,第132页。
② 王崇简:《吴六益诗序》,《青箱堂文集》卷四,第363页。

眇。《法黄石诗序》分析尚声调的七子和尚澹远的竟陵两种好尚，认为"清之失或弱""壮之失或浮"。他崇尚的是"渊源经术""体坚气厚"①，清而不弱、壮而不浮的风格，实际上是将竟陵原有的"灵""厚"之论，糅入了七子的体格之说。

王崇简入清以后的诗文创作，也能明显体现出七子与竟陵调和的特点。蒋伊即指出，王诗是"胸中有烟霞万斛，眉宇间有孤云艳雪之致"②的竟陵风气与和平敦厚、雍容大雅结合的产物。最典型的是，王崇简虽然近体特别是七律多学七子，古体却往往"不由自主"地显露出少年时代习于竟陵风格的底子来。他在入清后所作的《夜读戴岩荦豫州诸诗》《雪夜逢怪松行》《雪藤歌》等作，都留有很明显的竟陵尚幽僻怪奇的残习，如《雪藤歌》云："一夜雪片大如手，琼枝琪干舞蝌蚪。侵凌硨矶冰千条，万灵百怪疑相守。老柯掣动银河涛，回蔓倒拖玉龙走。屈伸飒爽寒心魂，冷焰静魄岁时久。"③孤冷兀傲中多了一份凌厉飞跃的气势，这就属于北人风习了。

清初京城诗坛上还有一部分诗人，他们既不宗尚竟陵，也不因门户之见而批判竟陵，而是主张以弘扬儒家诗教和古典审美传统为前提，平心静气地将竟陵派作为一个文学流派进行去粗取精的分析鉴别欣赏，体现包容的态度。这在诗风多元化而不专于一元的清初京城诗坛尤为常见。以陈祚明为例，作为"燕台七子"之一，他是较彻底的宗唐派，宗尚汉魏唐诗并曾选《采菽堂古诗选》作为"古诗"之样本，但他在编选《采菽堂古诗选》时，也有调和七子与竟陵的主张与实践："予之此选，会王李钟谭两家之说，通其蔽，折衷焉。"④

魏裔介虽然自身诗歌创作成就不甚高，却是清初京城诗坛的重要人物，他先后编选了《观始集》《溯洄集》《唐诗清览集》《古文欣赏集》等，利用其身为京城高官文人的优势，大力推广他心目中符合儒家诗教标准、可以廓清晚明诗风、开有清一代新风的完美诗学模式。他心目中能代表新兴清王朝庙堂诗学的流派风格，当然不会是产生于晚明衰乱之世、风格幽冷郁塞的

---

① 王崇简：《法黄石诗序》，《青箱堂文集》卷四，第367页。
② 蒋伊：《青箱堂诗集序》，《青箱堂诗集》卷首，第14页。
③ 王崇简：《雪藤歌》，《青箱堂诗集》卷十二，第164—165页。
④ 陈祚明：《采菽堂古诗选·凡例》，第581页。

竟陵派,而是初盛唐与明七子所代表的具有"忠孝之忱,温厚之旨"的宏大正雅之音,"以忠孝之忱,抒温厚之旨。拟之汉,则枚乘、十九首;拟之唐,则张燕公应制诸什也;拟之明,则何大复、李于鳞近体诸作也"①。不过,令人惊讶的是,魏裔介虽然宗尚初盛唐和七子诗风,但他对公安、竟陵这一类晚明"乱世"诗风的代表,评价竟然并不低,且颇有为公安、竟陵翻案的意味:

> 自袁中郎诞秀公安,婞节高标,超然物外,《锦帆》《解脱》诸集,笔舌妙天下。其后竟陵钟、谭二公,继起联镳,海内沨沨向风。而说者或谓其渐失淳古,是乌知诗之三昧哉!②

魏裔介指出,清初的文学批评舆论认定公安、竟陵是走了邪路,"渐失淳古",这样的评价不但不公正,而且根本不符合事实。公安与竟陵自有其特色与成就,绝非门户之见所能抹杀的。

而魏裔介之所以能跳出七子与竟陵的门户之争,公正评价竟陵派的成就,根本原因是:他的诗学理念完全是以传统儒家兴观群怨、有用于世的功利诗教观为唯一标准的,他认为只要能符合这一标准,无论何门何派的文学均有存在价值。他在《唐诗清览集序》中指出:

> 试考诸家,若李、杜、元、白、牧之、仲武,虽所作不无出入,然其持论,必义存得失,意归讽谕,言之无罪,闻者足戒;流连光景,非所嘉尚。何至后世,荡然无存?雕金篆玉以为工,取青媲白以为巧,递相沿袭,求一言之几于道,而不可得也。余为是选,首推有唐一代兴亡治乱之故,次察累朝贤不肖进退、制度兴革之由,再稽士君子立朝隐林之概,民物盛衰聚散之情……凡一归于六义美刺之旨,而骚人深致,亦往往有水乳之合焉。③

---

① 魏裔介:《宋牧仲诗序》,《兼济堂文集》卷五,第113页。
② 魏裔介:《张汝士诗序》,《兼济堂文集》卷五,第120页。
③ 魏裔介:《唐诗清览集序》,《兼济堂文集》卷五,第102—103页。

魏氏明言，他选诗的标准是"凡一归于六义美刺之旨"，以纯粹的儒家功利诗教文学观为标准。公安派的"姱节高标，超然物外"，竟陵派的"泬泬向风而说"，都并无违背"六义美刺之旨"之处，故他要为公安、竟陵张目，对那些出于门户之见而诋毁公安、竟陵的论者予以驳斥。他在《选唐诗清览集作》中，再一次提到他评论由古人至明代诗歌的标准：

> 鸿蒙启元运，灵淑钟人纪。喜起肇赓歌，风雅隆周祀。汉魏有升降，六朝多靡绮。卓哉贞观君，世济擅厥美。磊磊富琼枝，宁独杜与李。历下重格调，竟陵采幽旨。遥遥古人心，笙竽若隔耳。大道已旷邈，浇气顾莫止。镇以中和音，万物返其始。①

魏裔介明言，对由晚明一直延续到清初的七子竟陵之争并没有多少偏见，无论是"重格调"的七子，还是"采幽旨"的竟陵，都有其存在价值，却也都有应予纠偏的缺陷。批评者需要的是"镇以中和音，万物返其始"，使得清代诗学随着新王朝的兴起，而回复到儒家诗学"中和"的原点。

借由神韵派诗学建立起清代自身的诗学体系，而最终占据清代前期诗坛盟主地位的王士禛，对竟陵派的评价很可以作为清代京城诗人对竟陵诗风的定评。

王士禛的诗学态度也倾向于兼容并蓄，然而，这位能包容乃至学习倡导宋诗的诗人，却对竟陵派态度殊为刻薄，多批判之辞。他在任扬州推官期间，与竟陵派诗人林古度有过直接交往，对晚明另一位闽籍诗人曹学佺亦表现出相当浓厚的兴趣，但在记述选评此二人事迹与文学创作的时候，王士禛却极力讳言这两人的竟陵诗风。他曾选林古度诗，却只选其"清新婉缛，有六朝、初唐之风"②的早期诗作，而将林氏作于万历三十九年以后的作品全部剔除，其《林翁茂之挂剑集序》云：

> 翁少与曹氏游，发三山，来建康，上匡庐，观瀑布，游阳羡，探善

---

① 魏裔介：《选唐诗清览集作》，《兼济堂文集》卷十八，第471页。
② 王士禛：《池北偶谈》卷十三，《王士禛全集》，第3130页。

权、玉女之奇，其诗清华省净，具江左、初唐之体。逮壬子以还，一变而为幽隐钩棘之词，如明妃远嫁后，无复汉宫丰容靓饰，顾影裴回，光照殿中之态。今所录篇什，率皆辛亥以前之作……①

而王士禛弃选林氏辛亥以后之作的原因正是林古度在万历三十七年结识钟、谭，濡染竟陵气味，其序又云："万历己酉、壬子间，楚人钟惺伯敬、谭元春友夏先后游金陵，翁一见悦之，相与方舟溯大江、过云梦，憩景陵者累月，于是其诗一变而为楚音。"②

王士禛评价曹学佺，亦体现出讳言竟陵的倾向。《池北偶谈》云："明万历中年以后，迄启、祯间，无诗。惟侯官曹能始宗伯学佺诗，得六朝、初唐之格。"③ 这段评价将实宗竟陵的曹学佺定义为"得六朝初唐之格"的同时，以"无诗"二字，将启祯时代的公安、竟陵乃至云间派一笔抹杀。《香祖笔记》则将曹学佺硬性阑入明清闽诗派范畴，谓："闽诗派，自林子羽、高廷礼后，三百年间，前惟郑继之，后惟曹能始，能自见本色耳。"④

王士禛甚至还称赞钟惺之弟"其诗绝有风骨，不肯染竟陵习气"⑤，可见他对竟陵派之深恶痛绝。

王士禛批判竟陵派的指向，一方面在于竟陵异响对传统诗歌美学的背离与破坏，诸如《古夫于亭杂录》挖苦竟陵派作诗喜用虚词，混淆诗与散文的界限："放翁《笔记》言王中父、韩持国作诗喜用语助，如'用舍时焉耳'，'穷通命也欤'，'居仁由义吾之素，处顺安时理则然'，殆可发笑。天启后，竟陵派盛行，后生效之，多用焉、哉、乎、也等虚字成句，往往令人喷饭。"⑥

另一方面，也是更重要的原因，是认为竟陵派枯瘠寒瘦的衰世之音，与新兴清王朝应拥有的诗学面貌不符。这与施闰章在诗学理念上不谋而合。他在《古夫于亭杂录》中，讥讽竟陵派创始人钟惺为"措大寒乞相"："竟陵

---

① 王士禛：《林翁茂之挂剑集序》，《蚕尾续文》卷一，《王士禛全集》，第1992—1993页。
② 同上书，第1992页。
③ 王士禛：《池北偶谈》卷十七，《王士禛全集》，第3246页。
④ 王士禛：《香祖笔记》卷下，《王士禛全集》，第4816页。
⑤ 王士禛：《香祖笔记》卷六，《王士禛全集》，第4581页。
⑥ 王士禛：《古夫于亭杂录》卷二，《王士禛全集》，第4856页。

钟伯敬集中《早朝》诗一联云：'残雪在帘如落月，轻烟半树信柔风。'阅之不觉失笑。如此措大寒乞相，乃欲周旋金华殿中，将易千门万户为茅茨土阶耶！"①

不过，虽然王士禛竭力批判竟陵，但他的集大成特质，也使得他不能完全断绝竟陵之音。他在对清真古澹风格的偏好方面，吸收了相当多的竟陵派的内涵。②清人何焯即指出，王士禛选诗多受竟陵派影响，谓："新城之《三昧集》，乃钟、谭之唾余。"③钱锺书亦言王士禛暗宗竟陵："渔洋说诗堪被'蕴藉钟伯敬'之称，而作诗又可当'响亮谭友夏'之目矣。"④王士禛作为代表有清一代庙堂诗风的首位领袖，理论上排斥竟陵，自身创作却不免沾染竟陵遗风，这也是竟陵派作为晚明显赫一时的文学流派，其影响力及于清初的一个例子。

第三节　清初京城诗坛的宗宋风气

清初宋诗派的兴起与随之而来的宗唐、宗宋之争，是清初诗学发展演进中的大事件。历来研究者讨论清初宗宋诗风兴起的问题时，多集中于宗宋诗风在江南诗坛的流布。江南是明清两代文化中心，历来诗学发达，特别是涌现出首倡唐宋兼宗的文坛巨擘如钱谦益等人，在清初宋诗派的发展中具有举足轻重的影响。康熙十一年邓汉仪在《诗观初集·凡例》中对当时宋诗风进行批判，即着眼于宋诗风在江南的传播："然近观吴越之间，作者林立。……或又矫之以长庆，以剑南，以眉山。"⑤

不过，在千里之外的京城，宋诗风流传之迅速广泛，并不亚于江南。在京城诗坛上，不仅有康熙十年吴之振携《宋诗钞》入京这一清代宗宋诗风发展史上的大事件，甚至还出现了王士禛以诗坛盟主之尊，继钱谦益之后，

---

① 王士禛：《古夫于亭杂录》卷五，《王士禛全集》，第4913页。
② 蒋寅：《清代诗学研究》，第440—441页。
③ 何焯：《复董讷夫》，《义门先生集》卷六，《续修四库全书》集部第1420册，第204页。
④ 钱锺书：《谈艺录》，第314页。
⑤ 邓汉仪：《诗观初集·凡例》，第193页。

公开宗尚宋诗的局面。在康熙时代，京城俨然已经成为清初宋诗派的重镇。江南文人毛奇龄在《何生洛仙游集序》中，提到他于康熙十八年应博学鸿词科入京时，惊异于当时京城竟尚宋元诗的氛围，谓："吾乡为诗者不数家，特地僻而风略，时习沿染，皆所不及，故其为诗者皆一以三唐为断。而一入长安，反惊心于时之所为宋元诗者，以为长安首善之地，一时人文萃集，为国家启教化，而流俗蛊坏，反至于此。"① 由此可知，在康熙十八年，京城诗坛已经成为清初宗宋风尚的主要来源甚至引领者，京城文士们对宋诗风的热衷程度，甚至已经超过江南。

宗宋诗风在清初京城诗坛上的兴起与扩展，经历了相当长的过程。关于宗唐与宗宋风尚在清初京城诗坛上的消长，邓汉仪《慎墨堂笔记》中的一段文字颇值得注意："今诗专尚宋派，自钱虞山倡之，王贻上和之，从而泛滥其教者，有孙豹人枝蔚、汪季用懋麟、曹颂嘉禾、汪苕文琬、吴孟举之振。而与余商略，不苟同其说者，则有施尚白闰章、李岂瞻念慈、申孚孟涵光、朱锡鬯彝尊、徐原一乾学、曾青藜灿、李子德因笃、屈翁山大均等人。"② 邓汉仪提到的当时主张宗唐的著名文人，如施闰章、李念慈、申涵光、徐乾学、朱彝尊等，乃至邓汉仪本人，都曾在顺康时代京城诗坛上活动。而宗宋文人中，王士禛为康熙时代诗坛盟主，汪懋麟、曹禾、汪琬等人也曾是京城诗坛风云人物，吴之振更携《宋诗钞》入京，在京城大规模传播宋诗风。可以看到，宗唐与宗宋之代表人物，在清初的京城诗坛上，有着旗鼓相当的分布。这正与京城诗坛"五方杂处"而带来的多元化特征有关。

本节立足于梳理清初京城诗坛上宗宋风气的产生和发展，展现京城诗坛由宋风不兴，直到成为清初宗宋诗风最盛行地域之一的过程。

一、顺治时代的京城"宋调"：宗唐不废宋论的出现

由于以明七子为代表的宗唐复古文学观的影响，明人对宋诗颇为排斥。宋荦《漫堂说诗》云："明自嘉、隆以后，称诗家皆讳言宋，至举以相訾謷；故宋人诗集，皆皮阁不行。"③ 虽然到了晚明，先有公安三袁为宋诗特别是

---

① 毛奇龄：《何生洛仙北游集序》，《西河文集》卷四十五，第390—391页。
② 邓汉仪：《慎墨堂笔记》，第527—528页。
③ 宋荦：《漫堂说诗》，第416页。

苏轼张目，后有钱谦益明确提出唐宋兼宗的主张，但总体上，宋诗在明代还是相对冷落的。尤其是在"畿辅为辇毂近地，较之前汉，乃左冯翊右扶风，比其沐浴于圣化，而以仰承至意，鼓吹休明者，尤非他省所可跂及"①的京城，更缺乏公安三袁、钱谦益这类力排众议、崇尚宋诗的大胆尝试。在晚明时代，虽然公安、竟陵诗风都曾一度流布到京城，但京城诗坛上却从未出现过有影响力的宗宋主张。

京城诗坛上宋诗风冷落的局面，一直延续到入清以后的顺治时代。虽然"五方杂处"的京城诗坛上，也不乏一二宗宋诗人的身影，如顺治六年进士唐梦赉，王士禛即称他"论诗以苏、陆为宗"②。但宗唐仍然是顺治时代京城诗坛的主流。黄传祖在编纂于顺治十二年的《扶轮广集》之凡例中指出："畿辅首善地，近日倡兴古学。""台阁气象，远追开元大历。"即使是后来以倡导宋风而著称的王士禛，当他于顺治十五年在京城诗坛开始活动时，他也仍然是一个纯粹的宗唐派。

以宗唐占据主导地位的顺治时代的京城诗坛，颇有因门户之见而对宋诗持排斥态度者，其中以"京师三大家"与"燕台七子"最为典型。

"京师三大家"中，王铎、薛所蕴出身于中州，刘正宗则系山左诗人，他们均明确以本乡先贤李梦阳、何景明、李攀龙之传人自居，严格遵循七子复古宗唐的诗学主张，极力排斥宋元诗风。王铎自称："卜宅终须依水石，学诗誓不傍苏黄。"③ 在"京师三大家"看来，宋元诗风以至于承其余绪的公安、竟陵，内涵境界单薄狭窄，语言风格浅近俚俗，与明七子所推崇的汉魏、盛唐的沉厚深奥的古典审美理想严重不符。王铎云："今之言诗者曰：里巷女戍之诗，皆自然明白者也。古则害气害调，创则害韵、害清。……倘如害气、害调、害韵、害清，必推白居易、元微之、黄鲁直、秦少游、陈简斋一派登坛作祖，则《风》《雅》、"十三经"、《离骚》、汉人乐府，皆当复付之咸阳一炬。呜呼，此诗道之劫数，不亦大可痛哭哉？"④ 所以，"三大

---

① 陶樑：《国朝畿辅诗传·自序》，第1页。
② 王士禛：《豹岩唐公墓志铭》，《蚕尾续文》卷十三，《王士禛全集》，第2179页。
③ 王铎：《草堂》，《拟山园选集》七言律卷八，清顺治十年刻本。
④ 王铎：《巾莲斋诗序》，《拟山园选集》卷三十，第353页。

家"对"宋元诗文单薄嫩弱狭小，不能博大深厚"①，"明嫩如宋元稚语"②的风气痛加挞伐。作为京城诗坛上年辈较长的北方诗人，"京师三大家"力主宗唐反宋的影响力不可低估。

"燕台七子"这个以"仿王、李、宗、梁之遗事"③为己任的文学社团，其成员也均系宗唐派，大多数成员都沿袭了明七子扬唐抑宋的主张。张文光"一洗公安竟陵陋习，而北地信阳之本来面目，于焉复睹"④。赵宾"古诗法曹刘，近体法初盛，尤宗少陵，兢兢守先正之矩矱，毋敢尺寸逾越"⑤。曾是"西泠十子"之一，受到云间派影响较大的丁澎，更持有宋不如唐的观念，称："要之风雅之会，必因时代为盛衰。宋兴，崇尚质厚，才人硕儒，殚精研思，悉务明经术理学，非若唐以诗取士为专家。且熙宁、天佑间，士大夫多以讥讽获遣，咏歌之事，遂以不振。"⑥他认为宋人在经术理学与党争风波的双重影响之下，创作环境远不如"以诗取士"的唐人，因而"咏歌之事，遂以不振"，褒贬之意甚明。

"燕台七子"中，对宋诗态度较宽容者，只有宋琬与施闰章。宋琬门户之见本来不强，晚年放废江南之际，还曾一度涉足宋诗。但在顺治时代，他还是较彻底的宗唐派。施闰章的情形则比较特殊，已有宗唐而不废宋之倾向，留待下文说明。

顺治时代京城诗坛上还有一些诗人，虽然自身创作宗唐，但对宋诗尚能持较宽容的态度。其中较有代表性的是龚鼎孳。有研究者认为，龚鼎孳并不是完全"不染宋调"的，陈允衡《国雅初集》评价龚氏在顺治后期的创作："见称量于三唐之间，兼得其一二宋元别调。"⑦然而，考龚氏实际创作，可以发现，认为龚氏"兼得其一二宋元别调"是站不住脚的。一个非常重要的证据是，龚鼎孳平生最喜作和韵诗，但他所步韵的前人作品，虽然颇多追和汉魏、盛唐及明七子的作品，却没有任何针对宋诗的和作。由此可见，龚

---

① 王铎：《题韩藩画册》《拟山园选集》卷三十八，第454页。
② 王铎：《巾莲斋诗序》，《拟山园选集》卷三十，第353页。
③ 宋琬：《严母江太孺人七秩寿序》，《安雅堂全集》卷十，第480—481页。
④ 李时灿辑：《中州诗征》卷一"张文光"条，经川图书馆刻本，1936年。
⑤ 李时灿辑：《中州诗征》卷三"赵宾"条，经川图书馆刻本，1936年。
⑥ 丁澎：《吴园次宋元诗选序》，《扶荔堂文集选》卷一，第463页。
⑦ 陈允衡辑：《国雅初集》，第34页。

鼎孳的实际创作，主体还是七子宗唐的路子，并无主动学习宋诗的迹象。

不过，龚鼎孳本人的创作虽然沿袭七子派宗唐的旧路，诗学观点却不似"京师三大家"那样执著于门户之见，而是颇有兼收并蓄的气量。即使是自身创作并不宗宋，他也颇能包容宗宋的后辈诗人。据王士禛记载，顺治十八年冬，"予之官扬州，合肥龚端毅公集诸词人，赋诗祖道，联为巨轴，推幼华诗最工"①。而王又旦（幼华）恰恰是一位"其诗兼综唐宋人之长"②的诗人。

龚鼎孳对宗宋诗风的宽容态度，主要是出于他一以贯之的兼容并蓄的诗学倾向，他并未在理论上为宋诗张目。清初京城诗坛上还有另一些文人，在自身宗唐的同时，也能明确承认宋诗的成就。不过，他们为宋诗张目，并非源于对宋诗艺术特色与成就的体认，而往往是基于儒家道统诗学观。申涵光就是一例。他是相当彻底的宗唐派，明确排斥唐宋兼宗的风气，倡导何李以唐为宗，"诗之必唐，唐之必盛，盛必以杜为宗，定论久矣。……若宋诗日盛，则渐入杂芜"③。但值得注意的是，这位"古体拟汉魏，近体宗初唐"④的宗唐派诗人，对宋诗却也有相当公允的议论。他在顺治八年曾云："人言宋元无诗，其实真山民、苏子瞻、萨天锡自出手眼，尚有一段精光。"⑤ 对明人的人云亦云鄙薄宋元诗的态度，颇为不屑。而申涵光能在宗尚盛唐、明七子的同时，对宋诗亦此公允评价的真正原因，与他的理学家背景有极深的关系，他曾言："近尝把玩宋儒语录，聊以检点身心，为晚年寡过之计。"⑥

借由儒家道统诗学观为宋诗张目，这在清初京城诗坛上并不罕见，特别是一些持有传统诗教主张，具有官方色彩，试图以道统诗学观开创清代新诗风的京城仕宦文人。魏裔介就是其中的典型。他的文学观念，是相当典型的征圣宗经、文以载道的儒家道统文学观。所以他与"京师三大家""燕台七子"相比，更少门户之见，尝言："诗，心声也。今之心犹古之心，何分于

---

① 王士禛：《黄湄诗选序》，《渔洋文集》卷二，《王士禛全集》，第 1545 页。
② 朱彝尊：《儒林郎户科给事中邻阳王君墓志铭》，《曝书亭集》卷七十五，第 860 页。
③ 申涵光：《青箱堂近诗序》，《聪山集》卷一，第 484 页。
④ 方文：《赠申凫盟处士》，《鲁游草》，《嵞山集》，第 714 页。
⑤ 申涵煜：《申涵光年谱》，《聪山集》附录，第 560 页。
⑥ 同上书，第 566 页。

三百篇？何分于汉、魏、六朝？何分于唐、宋、元、明与？"① 在他看来，只要符合"六义美刺之旨"的诗教道统，那么无论是何朝何代的文学，皆有可取之处。这等于是从根本上消解了宗唐派与宗宋派的界限。所以，魏裔介对历代诗人的评价标准相当宽泛通达，认为"后世善为诗者，晋有陶渊明，唐有杜子美，宋有苏子瞻，明有李空同"②，"而诗集之中又有佳者，则陶渊明、王摩诘、韦苏州、杜工部、李太白、陆放翁、李崆峒"③。将宋诗代表人物苏轼、陆游与盛唐诗人、明七子并列为"佳者""善为诗者"。而他对陆游更是有较大好感，称："近代如陆放翁、杨铁崖、徐文长，皆神明朗照，意境超忽，不肯袭人牙后。"④ "陆子放翁诗万卷，后来老练更疏狂。须知深得庄骚意，莫与唐人较短长。"⑤ "南渡诗家有放翁，才高不与众人同。"⑥ 康熙十年冬，晚年的他甚至还曾阅读并选定陆游诗集。魏裔介对陆游的好感，显然与陆游"报国有怀"、符合儒家道统文学观有关。

二、康熙初年的京城"宋调"：由潜流暗涌到渐成气候

宗宋风尚在清初京城诗坛上的真正兴起，毫无疑问是在进入康熙时代之后，但具体时间却还有争议。可以肯定的是，早在康熙十年吴之振携《宋诗钞》入京之前的京城诗坛上，宗宋之风已经弥漫开来。宋荦《漫堂说诗》指出，吴之振《宋诗钞》之所以在京城受到广泛的欢迎，正是因为当时的京城诗坛本来就有宗宋的倾向："近二十年来，乃专尚宋诗，至余友吴孟举《宋诗钞》出，几于家有其书矣。"⑦

欲确定康熙时代京城宋诗风广泛传播的起始时间，必须由王士禛入手。王士禛是继康熙初期诗坛"职志"龚鼎孳之后崛起的新一代京城诗坛盟主，又是康熙时代京城宋诗风的最主要源头，他到底于何时开始宗尚宋诗，并在京城诗坛传播其主张，这一问题相当重要。

---

① 魏裔介：《杨犹龙诗序》，《兼济堂文集》卷五，第 107 页。
② 魏裔介：《杨犹龙续刻诗集序》，《兼济堂文集》卷五，第 113 页。
③ 魏裔介：《吾斋说》，《兼济堂文集》卷十五，第 397 页。
④ 魏裔介：《朱公艾越游草序》，《兼济堂文集》卷六，第 136 页。
⑤ 魏裔介：《读陆放翁诗》，《兼济堂文集》卷十七，第 451 页。
⑥ 魏裔介：《读陆务观剑南稿八十五卷终》，《兼济堂文集》卷十九，第 532 页。
⑦ 宋荦：《漫堂说诗》，第 416 页。

早在顺治时代，对诗学持有兼收并蓄态度的王士禛已开始涉猎宋诗，作于顺治十三年的《渔洋诗集·丙申稿》中即有《谢送梅戏集涪翁句成一绝》①，说明至少在这一年王士禛已经开始接触黄庭坚诗。但是，直到就任扬州推官之前，王士禛的诗风都没有明显的宗宋倾向。他在《自题丙申诗序》提及他在顺治十八年的诗学渊源："十年以来，旁及汉魏六朝、初盛中晚四唐之作者。"②虽上溯汉魏六朝，而旁及中晚唐，却尚不及宋元诗。

王士禛对宋诗真正发生兴趣，是在他就任扬州推官以后。他在《癸卯诗卷自序》中，提到自己在青年宦游之际，对苏轼诗有了更深入的理解："尝读东坡先生集云：少与子由寓居怀远驿，一日，秋风起，雨作，中夜翛然，始有感慨离合之意。"③他还在康熙二年，写下著名的《戏效元遗山论诗绝句三十六首》，对苏轼、黄庭坚均有好评，公开为宋元诗张目。

在康熙三年，另有一重大事件对王士禛形成宗宋倾向有较大的影响，这就是其兄长王士禄以科场案入狱，是年冬王士禄方获释。在狱中，王士禄因自己的处境而联想到苏轼兄弟，而开始对苏轼感兴趣，并仿效苏轼诗风，步其诗韵，与时在扬州任职的王士禛唱和。王士禄云："念予兄弟即才具名位，不逮两苏公；然其友爱同，其离索同，其不合时宜同，其轗轲困踬，为流俗所指弃，又无不同。而坡公俊快，复善自宣写，乃稍取其集读之，读而且吟且叹，遂不自制，时复有作。"④

王士禛与王士禄手足情笃，且在诗学领域受到兄长极大影响。王士禄以步韵学苏之诗与他唱和，也使得王士禛的诗风不能不受到苏轼所代表之宋风的濡染。虽然王士禛集中并未保存下这段时间与兄长唱和的诗作，但由王士禄《次韵贻上用坡公东府雨中别子由韵见寄诗》序云"今年春，贻上用坡公东府别子由韵作诗见寄"⑤，可知王士禛在康熙三年春，还曾主动步苏轼诗韵与兄长唱和。

康熙三年，王士禛在淮上舟中读陆游诗，评价极高，作有《甓湖舟夜读

---

① 王士禛：《渔洋诗集·丙申稿》，《王士禛全集》，第178页。
② 王士禛：《自题丙申诗序》，《王士禛全集》，第531页。
③ 王士禛：《癸卯诗卷自序》，《渔洋文集》卷三，《王士禛全集》，第1566页。
④ 王士禄《拘幽集自序》，《十笏草堂诗选》，第68页。
⑤ 王士禄：《次韵贻上用坡公东府雨中别子由韵见寄诗》，《十笏草堂诗选》卷一，第74—75页。

渭南诗集偶题长句》《陆放翁心太平庵砚歌为毕刺史赋》。所以，关于王士禛提倡宋诗的时间，本书以为始于康熙二年至三年间，只不过他开始宗宋的尝试时，尚在扬州为官，其诗学观念一时还无法流布到京城。所以他的宗宋主张真正在京城传播开来，至少是要到他康熙五年再度入京以后。

值得注意的是，在康熙三年，王士禄在京城羁押期间，也曾通过与友人唱和的方式，将自己在狱中的诗作广为传播。王士禄本人在其自传《西樵山人传》中回忆："会因而置狱，山人内省不疚，啸歌自若也。……退而命酒赋诗，翌日诗传都下。"① 不过，王士禄性格孤介，不喜交际应酬，所以在京的酬答之诗并不多，"兼以疏拙，性厌献酬。……以故自辂轩驰驱邮壁驿柱之外，其居京师两岁中，为诗不过三十许篇耳"②。而他在京城诗坛的人脉关系，更无法与其弟匹敌。因而他的宗宋之作，虽然能够一时"诗传都下"，但在当时京城诗坛上未能造成较大的持续性影响。京城宗宋诗风的真正抬头，仍然是在王士禛入京之后。

康熙五年，王士禛复原官，北上入京。此时的王士禛，在创作上已经展现出相当明显的宗宋倾向。《古夫于亭杂录》："康熙丁未、戊申间，余与苕文、公㦷、玉虬、周量辈在京师为诗倡和，余诗字句或偶涉新异，诸公亦效之。苕文规之曰：'兄等勿效阮亭，渠别有西川织锦匠作局在。'"③ 与此相对应的是，康熙六年汪琬有诗云："渔洋新诗与众殊，粗乱都好如名姝。"④ 汪氏所言"渔洋新诗"的"粗乱"倾向，显然也是向宋人风调靠拢。由此可见，在王士禛甫由扬州回京后的康熙六年至七年间，他的诗风不但已经表现出相当鲜明的"偶涉新异"倾向，而且，他的宗宋，已经可达到令"诸公效之"的地步。而康熙八年冬，王士禛读作《冬日读唐宋金元诸家诗偶有所感各题一绝于卷后凡七首》⑤，咏苏轼、黄庭坚、陆游诸家，更是明确为宋诗的成就张目了。

康熙初年的王士禛，在京城诗坛的影响力虽然还不能与诗坛"职志"

---

① 王士禄：《西樵山人传》，《王考功年谱》附录，《王士禛全集》，第 2510 页。
② 王士禄：《尘余集自序》，《十笏草堂诗选》，第 67 页。
③ 王士禛：《古夫于亭杂录》卷六，《王士禛全集》，第 4939 页。
④ 汪琬：《口号五首》，《钝翁前后类稿》卷四，《汪琬全集笺校》，第 157 页。
⑤ 王士禛：《渔洋诗集》卷二十二，《王士禛全集》，第 484 页。

龚鼎孳相比，但也已隐然成为京城颇有影响力的士林名流。《分甘余话》载："康熙初，士人挟诗文游京师，必谒龚端毅公，次则谒长洲汪苕文、颍川刘公㦧及予三人。"① 因而，王士禛的宗宋，必然对京城诗坛风尚有较明显的引领作用。

不过，需要注意的是，王士禛及其追随者的宗宋，此时尚不能在京城诗坛上达到后来施闰章所抱怨的"诸诗伯持论，近多以宋驾唐"②的地步。以康熙初期活跃于京城诗坛的"海内八家"的情形而论，宗唐派与宗宋派，也只是各占半壁江山。前文对此已有介绍，此不赘述。

在京城诗坛这种"宋风"隐然兴起，"唐风"声势仍盛的状态下，康熙十年吴之振携《宋诗钞》入京，就成为京城诗坛上影响唐宋诗风消长的大事件。这一年，虽然江南已有文坛耆宿钱谦益扛起唐宋兼宗的大旗，与七子遗风相抗衡，吴之振却并不敢确定，他的宗宋主张是否能为京城诗坛所接受。然而，当时京城诗坛的宋风之盛，远远超出了他的预期。这使得他惊喜若狂，在京城展开大规模的文学活动，一方面广泛赠送《宋诗钞》，另一方面也大力结交京城著名文士，拓展影响。施闰章《吴孟举见寄舟行日记有述》诗云："遗诗表宋元，断简无失坠。（注云：吴刻有《宋诗钞》）鼓枻入京师，万卷悉捆致。摩挲石鼓文，时把公卿臂。"③ 即言吴之振在京大规模赠送《宋诗钞》且与京城名士唱和的盛况。

吴之振及其《宋诗钞》在京城诗坛所引起的反响，高下不一。既有陈祚明高度评价："论诗莫为昔人囿，中唐以下同部后。何代何贤无性情？时哉吴子发其覆。……近时浮响日疏芜，矫枉宜将是书救。"④ 也有沈荃严厉批评："今之号为宋诗者，皆村野学究肤浅鄙俚之辞。"⑤ 由此也颇可见，康熙十年的京城诗坛上虽然宗宋风气颇盛，但原有之宗唐风气并未从而衰落，而是与"宋风"并驾齐驱，形成互角短长之态势。

吴之振在京活动时间不过短短数月，但他所造成的影响力却是惊人的。

① 王士禛：《分甘余话》卷八，《王士禛全集》，第150页。
② 施闰章：《与颜光敏书》，《颜氏家藏尺牍》，第67页。
③ 施闰章：《吴孟举见寄舟行日记有述》，《学余堂诗集》卷十一，《施愚山集》，第196页。
④ 陈祚明：《赠吴孟举》，《稽留山人集》卷十九，第647页。
⑤ 沈荃：《过日集序》，《过日集》，清康熙六松草堂刻本。

他在京到底赠出了多少部《宋诗钞》，已难确考。但从《黄叶村庄诗集》卷首的赠行诗，以及与其诗歌唱酬的诗人来推测，至少有 40 余家。仅以刻于《黄叶村庄诗集》卷首的《赠行》诗，即康熙十一年春京城诗人送吴之振由京师返乡之诗来看，其作者即有 28 人之多，与吴之振在京期间交游唱和则数量更多，当时在京的文章巨子，几乎全部囊括其中。其中包括康熙初期京城诗坛风云人物"海内八家"、老一辈贰臣文士王崇简、高珩，"燕台七子"之陈祚明，后来成为"金台十子"成员的田雯、汪懋麟、宋荦等。

三、康熙十年以后的京城诗坛："以宋驾唐" 现象的出现

吴之振携《宋诗钞》入京事件，所给予京城诗坛的影响是巨大的。首先是在康熙十年之后，王士禛创作上的宗宋倾向趋向于明朗化。他已经不满足于仅以论诗诗为宋诗张目，而是以自身的实际创作，大规模效法宋诗。康熙十一年，王士禛入蜀典四川乡试，其间所作之诗，编为《蜀道集》，此集是王士禛学宋最突出的作品之一。盛符升评曰："比于韩、苏海外诸篇。"① 王士禛此行入川，曾在四川谒苏轼故里，作有多首吟咏追和苏轼的诗作。并还有手书陆游诗赠友人的行为，《阆中怀沈绎堂》："予近为绎堂书放翁诗。"② 而其《晚登夔府东城楼望八阵图》③《登白帝城》④ 等，更是公认的宗宋名作。甚至在康熙十七年，他得以内直南书房，并蒙赐御书，需要咏诗谢恩的重要场合，他也毫无忌惮地使用宋人故实。《蒙恩颁赐御书恭纪四首有序》其四云："寄语紫薇花下客，休夸三十四骊珠。"注云："宋臣苏轼迩英赐御书诗云：袖有骊珠三十四。"⑤ 使用的正是苏诗的典故。

在王士禛的引领下，京城诗坛的"宋风"，在康熙十年以后达到高潮。以康熙十五年至十六年间，活跃于京城诗坛的"金台十子"的情况来看，宗宋诗人已经超过半数。"金台十子"中明确宗宋的成员，至少包括如下诸位：

---

① 王士禛：《渔洋山人自撰年谱》卷上，《王士禛全集》，第 5080 页。
② 王士禛：《阆中怀沈绎堂》，《渔洋诗集》卷四，《王士禛全集》，第 770 页。
③ 王士禛：《渔洋诗集》卷六，《王士禛全集》，第 794 页。
④ 同上书，第 795 页。
⑤ 王士禛：《蒙恩颁赐御书恭纪四首有序》，《渔洋诗集》卷十一，《王士禛全集》，第 887 页。

宋荦，于康熙二十九年任江西巡抚时曾以《江西诗派论》课士，为张泰来《江西诗社宗派图录》作序，订补《施注苏诗》。沈德潜言其专学苏轼，"所作诗，古体主奔放，近体主生新，意在规仿东坡"①。《四库全书总目提要》亦云："荦诗大抵纵横奔放，刻意生新，其渊源出于苏轼。"② 他自称："康熙壬子、癸丑间，屡入长安，与海内名宿尊酒细论，又阑入宋人畛域。"③

田雯，对宋诗各大家的师法更为普遍，且大力肯定他们在各种诗体发展历史上的重要地位。如《论七言古诗》云："欧阳文忠公崛起宋代，直接杜韩之派而光大之，诗之幸也。""眉山大苏出欧公门墙，自言为诗文如泉源万斛，是其七言歌行实录。神明于子美，变化于退之，开拓万古，推倒一世。""山谷诗从杜、韩脱化而出，创新辟奇，风标娟秀。""陆务观挺生其间，被濯振拔，自成一家，真未易才。"④

王又旦，"其诗兼综唐宋人之长，独不取黄庭坚"⑤。

汪懋麟，"其师法在退之、子瞻两家，而时出新意"⑥，"昌黎、眉山、剑南以下，以次昭穆"⑦，甚至因宗宋而与徐乾学公开辩难。

谢重辉，其诗为王士禛评价为"不愧二苏"⑧，"何减坡公"⑨。

曹贞吉，系"京师三大家"之一的刘正宗外孙，早年属宗唐尊七子一路，但后期渐入宋调，"始得法于三唐，后乃旁及两宋，泛滥于金元诸家"，"夫子诗气清力厚，似根本于杜韩，更放而之香山剑南"⑩。

曹禾，亦兼宗唐宋，王士禛记其言，曰："杜、李、韩、苏四家歌行，千古绝调。"⑪ 邓汉仪《慎墨堂笔记》更将他视为康熙初宗宋诗人代表人物之

---

① 沈德潜等编：《清诗别裁集》卷十三，第529页。
② 纪昀总纂：《四库全书总目提要》卷一百七十三，第4538页。
③ 宋荦：《漫堂说诗》，第420页。
④ 田雯：《论七言古诗》，《古欢堂杂著》卷二，第353页。
⑤ 朱彝尊：《儒林郎户科给事中邠阳王君墓志铭》，《曝书亭集》卷七十五，第860页。
⑥ 王士禛：《汪比部传》，《蚕尾文集》卷二，《王士禛全集》，第1816页。
⑦ 郑方坤：《国朝诗钞小传》卷二，第216页。
⑧ 谢重辉：《杏村诗集·癸未诗》，《四库全书存目丛书》234册，第233页。
⑨ 谢重辉：《杏村诗集·丙戌诗》，第260页。
⑩ 卢见曾：《国朝山左诗钞》卷三十一"曹贞吉"条，乾隆二十三年卢氏雅雨堂刻本。
⑪ 王士禛：《分甘余话》卷三，《王士禛全集》，第5005页。

一,谓:"今诗专尚宋派,自钱虞山倡之,王贻上和之,从而泛滥其教者,有孙豹人枝蔚、汪季用懋麟、曹颂嘉禾、汪苕文琬、吴孟举之振。"①

"金台十子"中,能纯然不染宋调者,只有颜光敏、丁炜、叶封三家而已。康熙十年以后,宋诗在京城诗坛上如此盛行,也无怪乎康熙十八年毛奇龄入京时,惊呼"一入长安,反惊心于时之所为宋元诗者"了。

随着京城诗坛的宗宋之风日益兴盛,甚至大有"以宋驾唐"之势,宗唐派对宗宋诗风的质疑也日渐增多。不过,到了康熙十年以后,曾经大力尊尚七子的老一辈贰臣诗人如"京师三大家"、龚鼎孳等均已先后去世,顺治时代标榜宗唐尊七子的"燕台七子"也早已风流云散。且经过顺治以来一直延续的对晚明诗风尤其是七子、竟陵流弊的反思,也使得借由七子复古诗学观念反对宗宋这一门户之争色彩明显的途径,在康熙时代的诗坛上已经很不得人心。所以,这一时期京城诗坛出现的对于宗宋诗风的质疑和反对,门户色彩不强,但仍有明显倾向庙堂正雅诗学的仕宦诗人,其中以冯溥和施闰章最为典型。他们的态度较那些执七子旧论以反宋的诗人更加通达,对宋诗并非一味排斥;他们主要是绝对不能容忍宋诗凌驾于作为古典诗歌完美范式与新兴清王朝庙堂诗风样板的唐诗之上。清初京城诗坛的唐宋诗之争,逐渐由门户之见,演变为"朝"与"野"、庙堂与草野诗风之间的消长。

由顺治时代的七子复古派宗唐诗风弥漫京城,到康熙前期的宗宋诗风在京城诗坛兴起,再到康熙十年以后,京城诗坛上宗宋派能与宗唐派旗鼓相当且还隐然占据上风,以至于宗唐派要呼吁不可"以宋驾唐",这一唐宋诗风的此消彼长是清初文学领域的重要现象之一,也共同构成了清初京城诗坛的繁荣。

第四节 云间派在清初京城诗坛的流布

云间派系晚明诗学大宗,它所产生的江南地区,本来就是明清时代首屈一指的经济文化中心,盛产文化世家,地域文化极其发达;云间派又作为承

---

① 邓汉仪:《慎墨堂笔记》,第 527 页。

袭七子复古派主张的文学流派，挟七子之余威，因而很快在崇祯诗坛上蔚成风气："云间盖风人之薮泽也。自卧子、舒章诸君子起衰扶雅，寻北地信阳之旧轨，学者为之更始。今其乡荐绅布衣，操觚者不胜仆数。"① 云间派在晚明时代声势极盛，已经达到了"天下言诗者辄首云间"② 的地步。

入清以后，云间派诗学仍然在南方占据优势地位。顾景星《周宿来诗集序》："当启、祯间，诗教楚人为政，学者争效之，于是黝色纤响，横被宇内。云间诸子晚出，掉臂其间，以大樽为眉目，追沧溟之揭调，振竟陵之哀音。"③ 作于顺治十三年的韩诗《水西近咏序》亦云："予所闻海内崇尚诗学有三派，曰宣城，曰华亭，曰桐城。而吴越、荆楚间宗华亭独盛，以华亭接七子。"④ 由此可知，入清以后，吴越、荆楚等地，云间诗风占据优势。其中，荆楚地区原本是公安、竟陵两派的发祥地，此时也为云间派所占据，可见云间派在清初声势之大。

云间派的崇隆声望，一直延续到康熙时代。云间派诗人宋徵舆曾在《董苍水诗稿序》中提到松江地区文人较高的文学水平，序云："我松以诗著，故作者日益多。作者多，故其学日益习。每亲串燕集，目属私数，能诗者十人而八九；及其奋笔而形诸咏歌也，又无不中宫商，协律度，即仓卒之言，皆可传四方。"⑤ 宋徵舆此序作于康熙元年，由此可知，在清初直至康熙初年的一段时间内，云间派在诗坛上的势力，仍然十分可观。不过，在这一时期，云间派的弊端也已经显示出来。承袭七子宗唐复古主张的云间派，其后学弊端也类似于七子的空疏剽袭。邓汉仪批评清初云间后学："近日学大樽者，皆有衣冠而无情性，一味肤壳，又其流弊。"⑥

云间派不仅在清代前期的江南诗坛有极大的影响力，在北方的京城诗坛上，亦牢牢占据一席之地。早在晚明时期，云间诗人如李雯、陈子龙等人在京城的活动，就把云间派诗学的影响带到了京城。清人入关占据京城以后，更有不少在京为官和入京游食的云间诗人，在京城进行大量的文学活动，将

---

① 施闰章：《苎庵二集叙》，《苎庵二集》，第 658 页。
② 吴伟业：《宋直方林屋诗草序》，《吴梅村全集》卷二十八，第 672 页。
③ 顾景星：《周宿来诗集序》，《白茅堂集》卷三十四，第 547 页。
④ 韩诗：《水西近咏序》，第 311 页。
⑤ 宋徵舆：《董苍水诗稿序》，《林屋文稿》卷六，第 320 页。
⑥ 邓汉仪辑：《诗观初集》卷七，第 452 页。

产生于江南的云间派的诗学主张,普及千里之外的京城文化圈。虽然顺治后期清廷对江南的歧视迫害政策,使得在京为官的南籍士人数量大大减少,而部分限制了云间派在京城的传播;① 但云间派在清初京城诗坛尤其是顺治时代的京城诗坛上的影响,仍是不容小觑的。

云间派与清初京城诗坛的渊源,从云间早期创始人"云间三子"即已开始,一直延续到顺康时代的后进云间诗人。其中,李雯、宋徵舆、周茂源、沈荃、彭宾、田茂遇、张一鹄、吴懋谦、董俞等,在入清以后,都与京城诗坛有颇多的往来交流。

一、早期云间诗人与京城的渊源

云间派早期成员诗名最著者,当系所谓"云间三子"的陈子龙、李雯、宋徵舆三人。入清以后,李雯与宋徵舆皆出仕于清,并一度在京城诗坛进行文学活动。

李雯是云间派早期创始人之一,在云间派享有极高的地位。《蓼斋集》顺治十四年石维昆序云:"先明之季,大江以南,古学奋兴……于是有云间会业之举,而先生蒉然独为其宗;扬风扢雅,汇派溯源,放其诐邪,还于正始,本三百而原苏李,祖昭明而祢李杜,规北地而述信阳,于是有云间诗文之集,而先生蒉然又为其宗。"② 这位云间派名家与京城的渊源,早在晚明即已开始。李雯之父李逢申于崇祯初官水部郎,李雯从父居于京城,后其父以事坐法论戍,他又随父自京城归里。崇祯十三年,李雯奔走京城,讼父之冤。十六年,冤事得白,李父复官,李雯又得以从行入京。他与京城的渊源,贯穿了整个崇祯时代。

入清以后,李雯与京城更结下不解之缘。甲申之变时,李父殉难,李雯滞留京城。清人入京后,李雯不得已出仕于清,为清廷起草了《宣谕山左北直河北诏书》《招抚江南檄文》等一系列重要诏书,得授内翰林弘文院诰敕

---

① 王士禛在《香祖笔记》中提到,康熙初期,江南籍士人在朝为官者极少,原有的南籍官员多因奏销案去职,谓:"康熙初,予自扬州入为礼部主事。时苏、松词林甚少,现任数公又皆以奏销一案诖误,京堂至三品者,亦止华亭宋副都直方(徵舆)一人。"见《香祖笔记》卷七,《王士禛全集》,第4614—4615页。

② 石维昆:《蓼斋集序》,《李雯集》,第2页。

中书舍人，并于顺治二年八月主北闱。顺治三年秋，请假归里葬父。次年偕宋徵舆还京城，客死于京。事见宋徵舆《李舒章传》。

虽然李雯去世较早，且一直因自身失节仕清而满怀愧悔，无心于文坛争竞，但他仍在顺治前期的京城诗坛上留下了一定的影响。他曾参与顺治元年至顺治四年期间在京仕清文士的多次大规模唱和社集活动，包括：

顺治元年初秋，在京的仕清士人以"秋日书怀"为主题的集体吟咏唱和。李雯作有《初秋感怀》①《和龚黄门写怀八首》②。其他唱和者还包括龚鼎孳、曹溶、熊文举等。

顺治二年三月十八日的韦公祠海棠之会。按李雯《乙酉三月十八日袁京兆令昭招饮韦公祠同谢护军朱龚两都谏张舍人友公赋》③的记载，这次聚会的主持者为袁于令，参与者有龚鼎孳、李雯、朱徽、谢弘仪、张学曾。

顺治二年四月八日，李雯、龚鼎孳、袁于令、谢弘仪、张学曾在天庆寺又有一次以"送春"为主题的聚会。此次，龚鼎孳有《天庆寺送春和舒章篛庵尔唯诸子》④，李雯则有《四月八日谢都护招饮天庆寺即事得元字》⑤。李雯和龚鼎孳还分别有《风流子·送春》⑥ 和《风流子·社集天庆寺送春和舒章韵》⑦ 词作。

顺治二年在龚鼎孳寓所的端午节之会，并演《吴越春秋》，参与者有李雯、吴达、朱徽、孙襄。龚鼎孳有《午日李舒章中翰招同朱遂初孙惠可两给谏集小轩演吴越传奇得端字》⑧，李雯有《端午日吴雪航水部招饮孝升斋看演吴越春秋赋得端字》⑨。

顺治三年二月十二日的花朝之会，也是一次在京仕宦文士名流的大规模聚会，参与者包括龚鼎孳、李雯、赵进美、宋琬、张学曾，以及刚从南方回归不久的王崇简。曹溶有《芝麓舒章尔唯敬哉玉树韫退过集分赋》，龚鼎孳

---

① 李雯：《蓼斋后集》卷三，《李雯集》，第891页。
② 同上。
③ 李雯：《蓼斋后集》卷一，《李雯集》，第870页。
④ 龚鼎孳：《定山堂诗集》卷十六，第572页。
⑤ 李雯：《蓼斋后集》卷三，《李雯集》，第899页。
⑥ 李雯：《蓼斋后集》卷四，《李雯集》，第920页。
⑦ 龚鼎孳：《定山堂诗余》卷二，第1470页。
⑧ 龚鼎孳：《定山堂诗集》卷十七，第581页。
⑨ 李雯：《蓼斋后集》卷三，《李雯集》，第900页。

有《花朝同敬哉韫退玉叔尔唯舒章芥庵社集秋岳斋限韵十体》，李雯有《十体诗花朝社集秋岳斋限韵》，王崇简则有《春日曹秋岳社集龚孝升李舒章宋玉叔赵韫退别体限韵》。

从李雯入清后在京频繁的交游唱酬活动，以及他所交往的在京仕宦文人来看，李雯虽然年命不永，却在顺治前期的京城诗坛上占据了不可忽视的地位。他的唱酬对象，或系已在明朝文坛上有相当地位的贰臣文人如龚鼎孳、曹溶、熊文举、赵进美、王崇简等，或系在清入仕不久但也有一定文学名气的新贵文人如宋琬等。他们堪称最早活跃于清初京城诗坛的一批文人。由此可见，清初京城诗坛上，一开始就活跃着云间诗人的身影。

"云间三子"中的另一重要人物宋徵舆，与京城诗坛的关系，较早逝的李雯更为密切，堪称常驻京城诗坛的一位云间健将。《国朝诗话》谓："华亭宋辕文徵舆、尚木徵璧、子建存标，陈大樽所称三宋也。诗遵大樽派，多尚华缛，然自有丰致。"① 这位严格遵循陈子龙衣钵的云间派诗人，入清后与京城的联系，早在顺治四年即已开始。他于顺治三年，入京试北闱，在京逗留百余日。② 虽然此次在京逗留时间不长，但宋徵舆在京却展开了频繁的唱和活动，结交了大量京城诗坛名流。

宋徵舆与之唱和的陈之遴、赵进美、姚若侯、宋琬，或系已经在诗坛扬名的贰臣文人，或系崭露头角的入仕新贵，都在顺治四年的京城诗坛上有相当的地位与名气。正是这一年，宋徵舆中进士，开始了他在清朝的仕宦生涯。

回溯宋徵舆的整个仕宦生涯，可以看到，他作为京官在京城居住和生活的时间相当长：

从顺治四年中进士起，宋徵舆就定居在京城，授刑部江西司主事，直至顺治七年外任福建按察使司佥事，并于当年冬启程出京，③ 这是他在京生活的第一个阶段。持续时间约三年。

顺治十二年十一月，宋徵舆回京任尚宝司卿，随后历任太仆寺少卿、大

---

① 杨际昌：《国朝诗话》卷二，《清诗话续编》，第 1714—1715 页。
② 宋徵舆：《送米吉士序》，《林屋文稿》卷三，第 282 页。
③ 宋徵舆《真定梁少保祠记》（《林屋文稿》卷七）提到宋徵舆奉学使出京的时间，是顺治七年冬。

理寺少卿、太仆寺卿、太常寺卿、宗人府府丞等职,直至顺治十五年六月,告病回籍。这是他在京生活的第二个阶段,持续时间亦有近三年。

康熙二年十一月,宋徵舆补原官宗人府府丞,次年五月回京,开始了他在京生活的第三个阶段。宋徵舆《林屋诗稿》提到自己回京后优游京城的生活,谓:"甲辰五月,余复以宗卿召至京师,退食闲居,人事稀旷,悠哉游哉。"① 此后宋徵舆再未出京任职,并于康熙五年十一月,升都察院左副都御史,直到晚年。

宋徵舆在京生活的时间较李雯更久,贯穿了整个顺治时代,一直延续到康熙前期,且他一直担任较清闲的京官。由于宋徵舆在京城生活时间较长,结交较为广泛,他在京城诗坛形成的影响力,远大于早在顺治四年即已去世的李雯。他在京城积极结交士林名流的同时,也有意识地在京城诗坛大力传播云间派诗学。他在《王敬哉先生诗集序》中,提到自己在京城文化圈中进行的文学交流活动:

> 徵舆,云间人也,习云间言。及走京师,从诸君子长者游,则闻见颇拓。以为云间之诗古文辞,合诸古人,于诗得十之八九,于古文辞,十仅得四五。②

在与京城文士的文学交往中,宋徵舆是明确以"习云间言"的"云间人"自居,地域文化意识极为鲜明。而他入京以后,在与京城"诸君子长者"交流时,既不可避免地对自身所属云间诗学的优点与弊端,有更加公允的反思;也必然会将他从幼修习的云间诗学,流播到京城文化圈之中。顺康时代京城著名文士,与宋徵舆交好并明显受其影响的,至少有陈之遴、龚鼎孳、王崇简、冯博、魏裔介诸人。

陈之遴是清初京城诗坛上一个严格遵循七子诗风的人物。《四库全书总目提要》评曰:"其诗才藻有余,而不出前、后七子之格。"③ 宋徵舆与陈之遴订交,早在他于顺治四年入京应科举时即已开始。宋徵舆在京任职期间,

---

① 宋徵舆:《拟渊明荣木篇用原韵》,《林屋诗稿》卷一,第458页。
② 宋徵舆:《王敬哉先生诗集序》,《林屋文稿》卷四,第299页。
③ 纪昀总纂:《四库全书总目提要》卷一百八十一,第4898页。

两人多有唱和，时陈之遴有《燕京杂诗》八首，慨叹明朝沦亡，宋徵舆亦有《和陈学士燕京杂诗》①八首与陈之遴唱和。宋徵舆告病回籍时，陈之遴并有诗相赠，宋徵舆作有《彦升学士以二律送余南归兼寄陈子入舟赋答》回赠。其二云"结发论交十五年"②，回忆两人在京城订交的情形。陈之遴的宗尚七子，本就是受到陈子龙、宋徵舆等云间诗人影响的结果，相同的文学好尚，应是两人来往密切的原因之一。

龚鼎孳早年曾参与晚明党社运动，与云间诗人渊源颇深，和李雯更是有相当交情。入清以后在顺治三年以前的一段时间内，龚鼎孳再仕于清，在京更与同时仕清的李雯有频繁唱和。《寄谢辕文督学》其二云："双珠并拥鱼龙月，一涕曾挥鸰鹡风。（注云：为舒章）。"③ 即系赠宋徵舆，并特意提及早逝的李雯。不过，龚鼎孳早在顺治三年丁忧回乡，而宋徵舆至少要到顺治四年才开始活跃于京城文坛。所以，入清后龚鼎孳与宋徵舆较密切的唱酬往来，至少是在顺治九年龚鼎孳回京任职之后。《寄谢辕文督学》即系龚鼎孳回京以后，与典试福建的宋徵舆的诗词往来。宋徵舆任职福建，事在顺治七年至顺治十二年，龚鼎孳则于顺治九年回京，则此诗必作于顺治九年至十二年间。

宋徵舆在顺治十二年回京任职以后，与龚鼎孳保持了更加密切的往来唱和。《山晖稿序》云："余昔与侍御及宋中丞林屋、吴祭酒梅村、曹司农秋岳数君子聚首长安，交相善也。每暇日经过，辄相与泛澜古今，或松下长哦，或马上唱和，期于追躅古人，庶几建安诸子之胜事。"④ 龚鼎孳与宋徵舆的"聚首长安"，是在他顺治十二年回京任尚宝司卿以后，时吴伟业亦在京城，故龚鼎孳亦在此文中提及。

其后，顺治十五年，宋徵舆告病回籍，龚鼎孳有《送宋辕文宗卿谢病归云间用空同送刘公归东山草堂韵》相赠，诗云："汝南月旦旧有声，大雅鼓吹争休明。陈夏李徐各沦谢，海内十年未解兵。出处平生大节见，如公岂必

---

① 宋徵舆：《林屋文稿》卷十，第 566 页。
② 同上书，第 567 页。
③ 龚鼎孳：《寄谢辕文督学》，《定山堂诗集》卷二十二，第 783 页。
④ 龚鼎孳：《山晖稿序》，《定山堂文集》卷五，第 1658 页。

明光殿。乌衣群从盛机云，一壑八驺人总羡。"①

王崇简系京籍名士，又是晚明时代较早加入复社的北方士人之一，故宋徵舆对他亦是闻名已久。《送米吉士序》提到明末士人结社风气，"始自江南，而大河以北遂起而应之于燕，得最著者二人"②，对复社声气"应之于燕"的"最著者"，其中之一即系王崇简。不过，宋、王二人在明朝时并未谋面，而是在顺治四年宋徵舆任职京城以后，才正式订交。王崇简《宋辕文诗集序》对此记载甚详："忆二十年前得读云间李舒章、陈卧子、宋辕文之诗，恨未见其人。无何，卧子舒章相继论交长安，迨丁亥春，始交辕文。从此一歌一咏，皆得而读之。"③宋徵舆《送米吉士序》中，也提到他与王崇简订交的过程："今朝廷开国之次年，予即公车，既至燕，驰谒王先生与吉士，皆习知予，为置酒高会相见欢甚。"④

此外，宋徵舆与王崇简还有一层渊源：王崇简的长子王熙，与宋徵舆系进士同年，宋徵舆特别在《赠王敬哉先生》⑤ 中提及此事。宋徵舆《暮春胥庭招饮报国寺海棠下同圣一识之分得先字》《得胥庭检讨近诗多悼亡语走笔慰之》皆系与王熙的唱和。

值得注意的是，本系竟陵一脉的王崇简，后来的诗学观念倾向于调和七子与竟陵，这很可能与他在于奕正去世以后在京结交李雯、陈子龙、宋徵舆等人，而受到云间诗学影响有关。王崇简《宋辕文诗集序》云"卧子、舒章相继论交长安"⑥，或指崇祯时代李雯与王崇简在京城订交。《题夏瑗公遗像》提到崇祯十一年王崇简曾与夏允彝、李雯等在京相会，谓："崇祯戊寅春，正瑗公谒选来京师，约同李舒章诸子宴游万都尉白石庄，从此别去。"⑦崇祯十一年春，王崇简并有《春日夏彝仲约集白日庄因登真觉寺塔与舒章吉士同赋》⑧。王崇简结识陈子龙，亦系在崇祯时代的京城。不过，王崇简入

---

① 龚鼎孳：《送宋辕文宗卿谢病归云间用空同送刘公归东山草堂韵》，《定山堂诗集》卷四，第123页。
② 宋徵舆：《送米吉士序》，《林屋文稿》卷三，第282页。
③ 王崇简：《宋辕文诗集序》，《青箱堂文集》卷四，第362页。
④ 宋徵舆：《送米吉士序》，《林屋文稿》卷三，第282页。
⑤ 宋徵舆：《林屋文稿》卷七，第534页。
⑥ 王崇简：《宋辕文诗集序》，《青箱堂文集》卷四，第362页。
⑦ 王崇简：《题夏瑗公遗像》，《青箱堂文集》卷十，第530页。
⑧ 王崇简：《青箱堂诗集》卷二，第56页。

清后与之唱和最多的云间诗人，还是在京为官的李雯与宋徵舆，其诗学观点也是受到这两人影响为多。

冯溥与宋徵舆系进士同年，故也有一定交往。顺治十五年，宋徵舆称病南归，冯溥作有《送宋辕文同年南还五古》①《送别宋辕文二首》② 为宋徵舆送行。

魏裔介与宋徵舆订交，也在顺治前期。顺治六年，宋徵舆即作《敕封吏科右给事中魏君元配赠孺人张氏墓志铭》③，为魏裔介之母张氏作墓志铭。另有《魏石生先生诗稿序》④ 系为魏裔介诗集作序，是顺治十三年宋徵舆在京时应魏裔介的主动邀请所作。此外，宋徵舆有《乔松》篇，亦明确注明是"美柏乡魏公也"⑤。

值得注意的是，宋徵舆与魏裔介在交往过程中，显然有文学思想的深入交流，而且他所秉持的云间诗学理念，也影响到了魏裔介对云间乃至七子诗学的看法。魏裔介《宋辕文诗序》云：

> 辕文幼而孤，得遗学于其先人，常有忧患之思。而又与诸子共为古学，敦尚风节。故晚出而其名益彰。兹者出其全诗示余，有芙蕖出水之姿，无镂金错彩之习，岂非元音再作而鼓吹风雅者乎！⑥

由此可知，宋徵舆的云间派诗歌创作，以其"共为古学""元音再作"的特点，契合了魏裔介对于开创有清一代大雅庙堂诗学的要求，也使得魏裔介对云间诗学产生了一定的好感。

早期云间派诗人在京城活动者，还有"几社六子"之一的彭宾。彭宾字燕又，一字穆如，崇祯三年举人，入清后于顺治十四年官汝宁府推官。李元度序其文集曰："先生生有明之季，与陈黄门、夏考功倡为古学，振起颓

---

① 冯溥：《佳山堂诗文集》卷二，第35页。
② 冯溥：《佳山堂诗文集》卷四，第78页。
③ 宋徵舆：《林屋文稿》卷九，第347页。
④ 宋徵舆：《林屋文稿》卷五，第307页。
⑤ 宋徵舆：《乔松》，《林屋诗稿》卷一，第462页。
⑥ 魏裔介：《宋辕文诗序》，《兼济堂文集》卷五，第104—105页。

风,三人交甚笃。"① 其论诗宗旨一承陈子龙等人,对自身所属的云间派推崇备至:"诗亡之后,力砥狂澜,功在吾郡。犹忆陈、李二子肆力著作,《三百篇》而外,二京六代以及三唐靡不探。"②

彭宾在顺治十二年,也曾经在京城广泛活动。《北游录》顺治十二年三月条记载:"辛亥,过吴太史所,共华亭彭燕又饭,剧论文事。燕又先别。"③则此时彭宾在京城。龚鼎孳有《彭燕又还云间》:"苍茫双阙过浮云,玉塞初分旅雁群。海内钱刀争得路,江东人物久推君。"④

虽然彭宾在京城活动的时间并不长,但结交了相当多的京城文化名流。他与"燕台七子"中的好几位成员皆有交往。如《赠张谯明吏垣》⑤,张文光升任吏科都给事中,事在顺治十四年二月,而顺治十五年四月,张文光即调任江南,则彭张两人订交,必在顺治十四年的京城。彭宾本人也正是在这一年,授汝宁府推官。张文光《斗斋诗选》亦有《酬彭燕又》⑥。此外,彭宾还有《怀宋荔裳备兵》⑦,酬赠备兵陇西的宋琬。施闰章则有《送彭燕又归云间》⑧。

彭宾与其他京城文化名流,亦颇有往来酬答。他在顺治十二年离京时,杨思圣有《送彭燕又旋里兼訊顾伟南》云:"光熹之际龙在野,人文往往归复社。当时陈徐最知名,君也犄角不相下。……狂歌日沽燕市醪,痛哭屡吊昭王墓。爱我时时肯一过,酒阑击剑客颜酡。"⑨ 后来,彭宾再入京城并于顺治十四年授职,而杨思圣也是在这一年迁四川左布政使,彭宾遂有《赠杨犹龙自河南迁蜀中方伯》⑩。此外,彭宾与梁清标、王崇简、魏裔介、冯溥等人也有往来,分别作有《赠梁玉立大司马》⑪《赠魏石生大中丞》⑫《奉怀

---

① 李元度:《彭燕又先生文集序》,《彭燕又先生文集》,第319页。
② 彭宾:《王崍文诗序》,《彭燕又先生文集》卷二,第339页。
③ 谈迁:《北游录·纪邮下》,第99页。
④ 龚鼎孳:《彭燕又还云间》,《定山堂诗集》卷二十三,第824页。
⑤ 彭宾:《彭燕又先生文集》卷一,第365页。
⑥ 张文光:《斗斋诗选》卷下,清乾隆二十七年刻本。
⑦ 彭宾:《彭燕又先生文集》卷一,第366页。
⑧ 施闰章:《送彭燕又归云间》,《学余堂诗集》卷二十五,《施愚山集》第2册,第503页。
⑨ 杨思圣:《送彭燕又旋里兼訊顾伟南》,《且亭诗》七言古卷,第637页。
⑩ 彭宾:《彭燕又先生诗集》卷一,第364页。
⑪ 同上书,第365页。
⑫ 同上书,第366页。

王敬哉学士兼柬长公胥亭太史》①《赠冯易斋侍讲》② 等。其中，梁清标任兵部尚书，事在顺治十三年至十七年间。魏裔介任左都御史，是在顺治十四年至康熙二年。冯溥任侍讲，则是顺治十三年至十六年。则上述诗作，很可能皆在彭宾入京授职的顺治十四年写成。

二、后期云间派成员在京城的活动

除了早期成员如"云间三子"以外，入清后，云间派薪火传承，还产生了大量的晚辈后学，这些后期云间派成员的诗歌创作和诗学观念，均承袭云间先辈，其中，如周茂源、沈荃、彭宾、田茂遇、张一鹄（友鸿）、吴懋谦（六益）、董俞（苍水）等，都曾经因出仕为官或入京游食而活跃于京城诗坛，与京城文士有颇为密切的往来交流，并在京城文化圈内，将云间诗学进一步传播开来。

关于顺康时期云间诗人在京城的文学活动之频繁，从施闰章《送张友鸿归云间》并序的记载可见一斑。小序云：

> 施子官比部，与时彦诸公数集友鸿所。张谯明、许菊溪、赵锦帆、顾介石、吴六益、沈绎堂，皆词学相友者也。居无何，或迁或出，友鸿又别我去。仆虽病，其能无一言？为作长歌壮之矣！③

其诗则云：

> 云间才薮不可当，吴子沈子争翱翔。墙东招手顾子出，春灯夜雨倾壶觞。中州三子各意气，回鞭联辔登君堂。④

施闰章提到自己在京任刑部主事期间，是顺治六年至十三年，这正是他作为"燕台七子"成员在京城诗坛活跃之时。而他在此文中所提到的当时

---

① 彭宾：《彭燕又先生诗集》卷一，第 365 页。
② 同上书，第 366 页。
③ 施闰章：《送张友鸿归云间》，《学余堂诗集》卷十六，第 2 册，第 305 页。
④ 同上书，第 305—306 页。

活跃在京城并与他有所往来的云间诗人,至少包括中进士后在京为官的沈荃(绎堂)、张一鹄(友鸿),和入京游食的吴懋谦(六益)等人。如果再将"燕台七子"成员之一周茂源与曾在顺治八年以后活跃于京城并与魏裔介交情颇近的田茂遇等人列入,也难怪施闰章要惊叹"云间才薮不可当"了。

值得注意的是,顺康时代京城诗坛风云人物"燕台七子""海内八家"中,皆有云间诗人的身影。"燕台七子"中的丁澎原属"西泠十子"之一,系云间派衍生的诗学流派;而另一"编外"成员周茂源,则更系纯正的云间派诗人。"海内八家"之一的沈荃,也系云间后学。由此即可看出,云间派在清初京城诗坛上活动之频繁、影响力之大。

在周茂源、沈荃这类长驻京城的云间派仕宦诗人之外,还有一些云间诗人,以科举或游食而来往于京城,也在京城诗坛上留下了自身活动的痕迹。其中最有代表性者,当属吴懋谦与田茂遇。

吴懋谦(1615—1687),字六益,号华苹山人,一号独树老夫。江南华亭布衣,有《苎庵集》。朱彝尊《书沈文恪公行书卷》云:"顺治初,云间几社诸子多有存者,后进领袖,诗称吴懋谦六益。"① 朱彝尊认为吴懋谦是云间派的"后进领袖",显然过誉;但吴懋谦为云间派较有代表性的后进诗人,这是事实。《四库全书总目提要》云:"早从陈子龙、李雯诸人游,故力追七子之派,称诗多以汉、魏、盛唐为宗,然时有蹶张之失。"② 点明吴懋谦宗尚云间派诗学的根柢。吴伟业评其诗作云:"六益之于诗也,自汉、魏以下及三唐诸作,各穷其正变,约其指归,取材宏博,选词丰腴,沉郁顿挫,铿鎒铿鐴,居然自成一家。"③ 汪琬《说铃》则云:"吴处士懋谦访予邸舍,每被酒,自诵其所作《游五岳》诗,音响琅琅,若出金石,觉尔时意致遒上,不可复及。"④

吴懋谦一生不仕,往来大江南北,游食于名公缙绅之间,其生存方式颇类晚明时代盛行之山人。乾隆朝《江南通志》言其"生平多贵游,所至名公钜卿皆与结诗社,人以明七子中谢榛比之"。董含《三冈识略》云:"别号

---

① 朱彝尊:《书沈文恪公行书卷》,《曝书亭集》卷五十三,第 629 页。
② 纪昀总纂:《四库全书总目提要》卷一百八十,第 4911 页。
③ 吴伟业:《吴六益诗序》,《吴梅村全集》卷三十,第 698 页。
④ 汪琬:《说铃》,《汪琬全集笺校》,第 2223 页。

华苹山人,喜吟咏,遨游搢绅间,诗名甚著。"① 王士禛《岁暮怀人绝句》诗云:"佘山山人不出山,高情真与白云闲。当年入洛常惊座,说剑纵横侧目间。"② 明言吴懋谦是作为一位浪游京城的山人游士,在京城文化圈活动。

由于吴懋谦的才华,和他结交的京城公卿名士甚多,所以他在京城诗坛上声名相当大。沈广舆《赠吴六益征君》云:"江南吴子名家胄,襟期磊落丰神秀。仰视青天抱膝吟,裂石崩云山欲走。匹马西风入幽燕,如云冠盖争趋前。尚书为君投金错,宰相为君开绮筵。"③ 彭而述《吴六益歌》云:"吴郎词赋动京师,草稿不令君相知。云台竟不换渔蓑,伤心父死之谓何。"④ 张一鹄《芊庵题辞》谓:"峥嵘跌宕真天才,玉堂金马等尘埃。栖迟北郭吾老矣,忽然策马长安来。长安公卿尽动色,连镳投刺争相识。名公盛誉北斗高,对尔倾心还避席。"⑤ 俱言吴懋谦在京城声名远播、为公卿名士争相结交的盛况。周茂源《赠吴六益序》对此记载更详:

> 已而如燕京,览宫阙,徘徊慨叹,浩然有作,不下数千百言。一时名公卿擅□龙之文者,争折节与游。偶觞咏之夕,击钵以夸绮捷,吴子赋最先告成,及旦骑而过九衢,则都人士已传写殆遍。⑥

入清以后,吴懋谦在京城进行文学活动的时间有两次,一次是顺治十二年夏至十三年夏,一次是顺治十四年至十五年。两次都在京城文坛广为结交,并造成一定影响。

关于吴懋谦在顺治十二年至十三年在京城的活动,施闰章《芊庵二集叙》记载甚详:

> 云间盖风人之薮泽也。自卧子、舒章诸君子起衰扶雅,寻北地信阳之旧轨,学者为之更始。今其乡荐绅布衣,操觚者不胜仆数。乙未夏,

---

① 董含:《三冈识略》卷八,《四库未收书辑刊》第4辑29册,第746页。
② 王士禛:《岁暮怀人绝句》,《渔洋诗集》卷十二,《王士禛全集》,第342页。
③ 沈广舆:《赠吴六益征君》,《嘉遇堂诗》,《四库未收书辑刊》第8辑23册,第290页。
④ 彭而述:《吴六益歌》,《读史亭诗文集》卷七,第624页。
⑤ 张一鹄:《芊庵题辞》,《芊庵二集》,第662页。
⑥ 周茂源:《赠吴六益序》,《鹤静堂集》卷十五,第187页。

> 吴子六益来京师，吾友周宿来亟以告余。已而吴子惠然入我室，则甚欢，出所为《华平集》，读累日，则服膺不厌。居数月，都门诸荐绅家屏壁几案，无非吴子诗者。名日益彰，诗文日益富。……今年许菊溪、张谯明诸公，及赵锦帆、沈绎堂、张友鸿诸子，社集分题，叩盘刻烛，极倡酬咏叹之乐。见吴子诗益多，其心逸，其思沉，触绪遣言，动成数百篇，上仿子美，下媲空同。①

施闰章明言，吴懋谦入京是在顺治十二年夏。入京以后，他很快借由云间同乡周茂源的引荐，与当时京城诗坛风云人物"燕台七子"中的施闰章结交，后来又逐渐结交张文光、赵宾等"燕台七子"其他人物，与他们有频繁的唱酬往来。由于云间派"起衰扶雅""学者为之更始"的声望，以及吴懋谦本人的诗歌成就，他在仅仅几个月内，就在京城诗坛上扬名，达到了"都门诸荐绅家屏几案，无非吴子诗者"的效果。而吴懋谦在京城的创作，亦是"上仿子美，下媲空同"，保持着极鲜明的宗杜尊七子的云间宗风。

吴懋谦离开京城的时间，大抵在顺治十三年六月之前。其《苎庵二集》即系这段时间在京城所作。方拱乾序云："兹所刻苎庵二集，乃其居长安时游览感触而成，率已得二千余首。"② 其序作于顺治十三年六月。吴氏《七夕舟次沧州》注云"丙申"，诗云"去岁七夕东昌城，今年七夕沧州驿"③，可知吴懋谦顺治十二年七夕在东昌，顺治十三年七夕已经出京，来到沧州。此外，吴伟业为吴懋谦诗集作序，也提到吴懋谦在顺治十三年方动身出京：

> 余留京师三年，四方之士以诗文相质问者，无虑以十数。其间得二人焉：于史则谈孺木，于诗则吾家六益而已。……六益之于诗也，自汉、魏以下及三唐诸作，各穷其正变，约其指归，取材宏博，选词丰腴，沉郁顿挫，铿鎗镗鞳，居然自成一家。或闭门蹋壁，挂颊苦吟；或伸纸搦管，刻烛立就。自居长安来，关河宫阙，郊原城市，人事之迁变，日月之消沉，无不发之于诗。……今春孺木别我以归，未几月，六

---

① 施闰章：《苎庵二集叙》，《苎庵二集》，第 658 页。
② 方拱乾：《苎庵二集序》，《苎庵二集》，第 656 页。
③ 吴懋谦：《七夕舟次沧州》，《苎庵二集》卷三，第 709 页。

益又将行矣。①

吴懋谦第二次入京，是顺治十四年至十五年间。其《长安咏怀》云："余戊戌偶客都门，耳目闻见甚众"②。此次吴懋谦何时入京，尚不可考，但卷九《丁酉九日登慈仁寺毗卢阁六首》③《丁酉长安除夕赵姬过旅次》④ 分别系顺治十四年九月和十二月在京城所作，可知至少在顺治十四年秋吴懋谦已在京城。顺治十五年春，方文北上入京，尚曾与吴懋谦会面，并作"四布衣之会"，方文《北游草》有《正月晦日同谈长益吴六益陈胤倩集报国寺松下为四布衣饮分得余字次日予将之北平》⑤，吴懋谦有《晦日同谭长益方尔止赵友沂陈胤倩集慈仁寺松下分得时字》⑥，两诗皆作于顺治十五年正月。王士禛有《赠别张友鸿吴六益》⑦，系他于顺治十五年九月离京回乡时离别吴懋谦所作，则吴懋谦离开京城，当在此之后。

吴懋谦入京的顺治后期，正是"燕台七子"在京城诗坛活跃的时期。他与"燕台七子"不仅有相当密切的交往，甚至还结成诗社。吴懋谦在《同张樵明许菊溪赵锦帆顾介石张友鸿施尚白沈绎堂素心社三集》⑧《同张樵明许菊溪赵锦帆施尚白张友鸿沈绎堂素社二集限时字》⑨《素社同张谯明许菊溪赵锦帆张友鸿施尚白沈绎堂即席》⑩ 等诗作中，记载了他在顺治十三年春，与包括"燕台七子"多位成员在内的京城文士，组成了一个名叫"素心社"的文学社团，其诗云：

> 银鳞细菜蒲春盘，促席狂吟天地宽。四海弟兄同逆旅，一时词赋动长安。冰凝荒坂颓云合，雪积阴崖返照寒。赖有樽罍供客座，醉凭青眼

---

① 吴伟业：《吴六益诗序》，《吴梅村全集》卷三十，第 698—699 页。
② 吴懋谦：《长安咏怀》，《苎庵二集》卷六，第 742 页。
③ 吴懋谦：《苎庵二集》卷九，第 799 页。
④ 吴懋谦：《苎庵二集》卷五，第 739 页。
⑤ 方文：《嵞山集》，第 595 页。
⑥ 吴懋谦：《苎庵二集》卷九，第 799 页。
⑦ 王士禛：《渔洋诗集》卷四，《王士禛全集》，第 204 页。
⑧ 吴懋谦：《苎庵二集》卷二，第 700 页。
⑨ 吴懋谦：《苎庵二集》卷四，第 727 页。
⑩ 吴懋谦：《苎庵二集》卷九，第 789—790 页。

向谁看。①

吴懋谦并不在京为官,他在京城的活动只能是倏来倏往,这使得他虽然与"燕台七子"结文社,却没能像云间同乡周茂源一样,列席于"燕台七子"之内,不过他仍然和"燕台七子"中的大多数成员都有了一定的交往。赵宾有《同张谯明许菊溪施尚白沈绎堂吴六益张友鸿顾介石社集》②,张文光有《送吴六益诗人南归》③,宋琬在流寓江南以后,亦有《吴六益招饮梅花书屋分韵四首》④《同吴六益沈雪峰胡去骄分韵二首》⑤《同周釜山吴六益吴仲征胡去骄访筠士上人登一览楼分韵》⑥,皆系与吴懋谦的诗文往来。

"燕台七子"中与吴懋谦来往最为密切者,当属施闰章。早在吴懋谦于顺治十二年夏入京之时,施闰章即通过周茂源的介绍,与其订交。施闰章《苎庵二集叙》明言:"乙未夏,吴子六益来京师,吾友周宿来亟以告余。已而吴子惠然入我室,则甚欢,出所为华平集,读累日,则服膺不厌。"⑦ 在顺治十二年中秋与重阳,施闰章皆与吴懋谦有唱和活动,施闰章有《中秋和张友鸿吴六益》⑧《九日同张友鸿吴六益登毗卢阁》⑨。吴懋谦《九日同施尚白韩圣秋张友鸿周鹰垂登毗卢阁限十灰七阳韵》⑩亦系顺治十二年重阳与施闰章登毗卢阁之事。

此后顺治十三年夏,吴懋谦出京,施闰章有《送吴六益之大梁》⑪。吴懋谦《别施尚白比部》⑫也系顺治十三年出京时离别施闰章所作。后来他还

---

① 吴懋谦:《素社同张谯明许菊溪赵锦帆张友鸿施尚白沈绎堂即席》,《苎庵二集》卷九,第789—790页。
② 赵宾:《学易庵诗集》卷四,第535页。
③ 张文光:《斗斋诗选》卷下,清乾隆二十七年刻本。
④ 宋琬:《安雅堂全集》卷四,第214页。
⑤ 同上。
⑥ 宋琬:《安雅堂全集》卷五,第268页。
⑦ 施闰章:《苎庵二集叙》,《苎庵二集》,第658页。
⑧ 施闰章:《学余堂诗集》卷三十五,《施愚山集》第3册,第219页。
⑨ 同上书,第220页。
⑩ 吴懋谦:《苎庵二集》卷九,第791页。
⑪ 施闰章:《学余堂诗集》卷五,《施愚山集》第2册,第77页。
⑫ 吴懋谦:《苎庵二集》卷二,第699页。

有《题子贡手植楷和施学宪尚白韵》①，系与时任山东学政的施闰章的唱和。

"燕台七子"之外，吴懋谦在京还交往了不少京城士林名流，不乏年辈更长的贰臣文人。其中包括龚鼎孳，"京师三大家"之一的薛所蕴，京城名士王崇简等。吴懋谦有《长至旅怀寄龚芝麓先生》《集龚芝麓先生斋限三十二芙蓉韵》②为龚鼎孳作。龚鼎孳亦有《送吴六益》③，系顺治十三年送吴懋谦出京。此外，吴懋谦在顺治十二年入京时，即有《简少宗伯薛行屋先生》④为薛所蕴作。另有《送少宗伯薛行屋致政归里》⑤系送薛所蕴致仕，事在顺治十四年。吴懋谦另有《赠王敬哉先生》⑥为王崇简作。《来鹤行为敬哉王先生赋也》⑦也系他在京与王崇简酬答。

吴懋谦与新一代京城诗坛盟主王士禛亦有往来。他第二次入京是在顺治十五年，当时王士禛正以应试入京，吴懋谦因而得以与这位后来的文坛盟主结识于京城。王士禛遂有《吴六益束鹿归有诗见怀赋答》⑧，《渔洋集外诗》并有《张友鸿招同汪苕文许天玉王翰臣朱天襄沈雨公诸子宴集即席赋赠友鸿并怀吴子六益》⑨。吴懋谦亦有《秋后二日同许天玉汪苕文王贻上李屺瞻程周量集报国寺松下》⑩，系顺治十五年秋在京所作。是年九月，王士禛离京回乡，临别之际尚有诗赠吴懋谦云："故人京洛一回首，岁晏江湖空断肠。江北江南几千里，别梦迢迢隔烟水。……端居若忆同袍子，一问山中萝薜衣。"⑪

其后，吴懋谦亦离京南归，《鹿城怀王贻上》即系其途中怀王士禛而作："王郎天下士，我欲寄双鱼。白日听高鸟，青山读异书。"⑫ 到了王士禛

---

① 吴懋谦：《苎庵二集》卷六，第755页。
② 吴懋谦：《苎庵二集》卷二，第698页。
③ 龚鼎孳：《送吴六益》，《定山堂诗集》卷三十八，《龚鼎孳全集》，第1266页。
④ 吴懋谦：《苎庵二集》卷二，第703页。
⑤ 吴懋谦：《苎庵二集》卷九，第792页。
⑥ 吴懋谦：《苎庵二集》卷二，第702页。
⑦ 吴懋谦：《苎庵二集》卷三，第716页。
⑧ 王士禛：《渔洋诗集》卷四，《王士禛全集》，第196页。
⑨ 王士禛：《渔洋集外诗》卷二，《王士禛全集》，第554页。
⑩ 吴懋谦：《苎庵二集》卷八，第779页。
⑪ 王士禛：《赠别张友鸿吴六益》，《渔洋诗集》卷四，《王士禛全集》，第204页。
⑫ 吴懋谦：《苎庵二集》卷五，第734页。

于顺治十八年出任扬州推官之后，两人在江南还曾相见。吴懋谦《赠扬州司李王贻上》其一云："忆自燕台日，纵横奈尔何。大兄仍痛饮，小弟复狂歌。"① 明言两人系在京城相识。

田茂遇是顺治时代的另一位活跃在京城诗坛上的云间诗人。田字楣公，号髯渊，顺治十四年举人，授新城知县，不赴。康熙十八年举博学宏词，罢归。他也曾经像吴懋谦一样，以布衣游士的身份，在京城有过频繁的活动，与京城内不少仕宦名士，都有相当密切的文学往来。王崇简《田髯渊诗序》云："忆昔髯渊来京师，士大夫之能诗者争欲见之。"② 田茂遇颇有诗才，而且是一个擅长以诗应酬交际的山人，吴伟业评其为诗，"于登临赠答之什，天才富捷，伸纸立就，思若宿构，而语必出人，见者惊诧为莫及。王公卿士虚左倒屣，无不知有田子者"③。

田茂遇在顺治时代曾两度入京，第一次，是由顺治十二年至十三年，入京应顺治十二年春闱。《北征草序》明言："午之冬，水西子辞父兄，携桐音，佩蓉锷，行李一肩，半载书史，半藏絮衣，命一二小奚自随，盖明年将试于春官，逐队于役。"④ 说明田茂遇是顺治十一年冬自松江故里启程，顺治十二年春到达京城。下文《抵都时正月廿九日》⑤ 说明他于顺治十二年正月二十九日到京。而他的出京时间，作于顺治十三年的《思莼草》集中有《出都》其一云"三载居停逃酒债，半肩行李剩诗囊"，其二云"六月严程连暑雨，三年旅梦满江湖"⑥，可知田茂遇出京，事在顺治十三年六月。

此次田茂遇入京，羁旅都下，虽然科举不售，却在京城进行了大量文化活动。他在京选刻《皇清文选》，并结交了不少京城名士，龚鼎孳、王崇简、魏裔介、吴伟业辈皆相与倡和，使得他名噪长安。田茂遇《燕台文选·凡例》："乙未夏秋之交，余下第，留滞长安。鄗城魏先生以所选诗集属余较正，且命少增定焉。因而辇下诸先辈及同人有以诗见投，并及古文辞者，余

---

① 吴懋谦：《苎庵二集》卷六，第754页。
② 王崇简：《田髯渊诗序》，《青箱堂文集》卷四，第364页。
③ 吴伟业：《田髯渊梦归草堂诗序》，《吴梅村全集》卷三十，第695页。
④ 田茂遇：《北征草序》，《水西近咏》，第411页。
⑤ 田茂遇：《水西近咏》，第415页。
⑥ 同上书，第349页。

受读之，体制略备。"① 他南归之时，龚鼎孳等皆赋诗赠行。

田茂遇的第二次入京是在顺治十五年，他再次入京应科举，陈祚明《水西近咏序》提到"岁戊戌，髴渊重至都门"②，即指此事。顺治十五年秋，再次下第。是时宋徵舆因病足假归云间，田茂遇遂与宋徵舆同归。临行前，田茂遇出其所撰七古，龚鼎孳、陈祚明同赋壮行。

田茂遇作为云间派后期的代表诗人之一，所结交的京城士林名流极多，这显然有助于云间派的诗学理念在京城传播。

京城"名公卿作者"中，受到田茂遇影响最大者当属魏裔介。顺治十二年魏裔介在京结识田茂遇以后，对田极为欣赏，声称："方今海内作者林立，然吴越之间，梅村先生外，余首推髴渊。髴渊至性过人，以忠孝自期许，于友谊尤笃。故其诗皆有为而发，绝去一切纤弱靡曼之习，使人兴起感动，味之不穷。"③ 他所欣赏的是田茂遇的道德品格，和诗作的"有为而发"。而田茂遇也对魏裔介推崇备至，甚至有"前代斯文推北地，于今吾道在中原"④ 这样的溢美之辞。

顺治十二年至十三年间，魏裔介与田茂遇之间有多次唱和。田茂遇作有《魏中丞堕马有诗见贻即次其韵》⑤《十六日魏石生都谏招同魏环极杨犹龙乔文衣诸公》⑥《集魏都谏斋同张籹庵郭余庵两黄门用壁间吴梅村先生韵赋谢》⑦《赠兵都谏魏石生先生》⑧ 等。直到顺治十三年田茂遇离京，他尚有《谢别魏昆林先生》⑨《步韵酬鄗城先生》⑩《鄗城先生复赠诗送行步韵奉答十二首并示周五子俶》⑪ 等。《鄗城先生复赠诗送行步韵奉答十二首并示周五子俶》："感君国士遇，谆切劝余行。"⑫ 田茂遇出京以后，魏裔介尚有诗

---

① 田茂遇：《燕台文选·凡例》，第 266 页。
② 陈祚明：《水西近咏序》，《水西近咏》，第 312 页。
③ 魏裔介：《水西近咏序》，《水西近咏》，第 308 页。
④ 田茂遇：《柬魏石生先生》，《水西近咏》，第 389 页。
⑤ 田茂遇：《水西近咏》，第 340 页。
⑥ 同上书，第 384 页。
⑦ 同上书，第 405—406 页。
⑧ 同上书，第 404 页。
⑨ 同上书，第 349 页。
⑩ 同上书，第 351 页。
⑪ 同上书，第 352—353 页。
⑫ 同上书，第 353 页。

札相赠。田茂遇有《再得鄢城先生札诗以谢之》,云:"国士相看道自伸,缄书重到潞河滨。"① 可见两人在京城往来之频繁。

魏裔介和田茂遇还一起进行过相当多的文化活动。田茂遇在京编选《燕台文选》,与魏裔介有相当多的探讨交流。王崇简序田茂遇《燕台文选》云:"未申之际,文士之集萃下者,多选今人诗。云间田髴渊孝廉复有今人古文之选。髴渊朝夕讨论,其于古今文之变,揆之尽矣。"② 而魏裔介编选《观始集》,亦请田茂遇校正勘定。田茂遇《燕台文选·凡例》云:"乙未夏秋之交,余下第,留滞长安。鄢城魏先生以所选诗集属余较正,且命少增定焉。"③

田茂遇在京城活动期间,结交的其他"名公卿作者"还包括龚鼎孳、吴伟业、施闰章、王崇简、梁清标、王士禛,甚至还包括在京城活动的遗民诗人申涵光。

田茂遇在顺治十二年入京时,即作有《上龚芝麓总宪三十二韵》④,后来又有《薜雨堂龚芝麓吴雪帆宋直方陆石斋诸公赵友沂吴园次周子俶诸子限韵》⑤《雪夜吴雪帆同卿招同龚芝麓总宪宋直方玺卿限韵》⑥ 等。顺治十五年再度入京,又有《赵鸿胪洞门先生席上同芝麓先生陈昌箕白仲调吴园次韩圣秋许天玉赵友沂诸子分韵得天字》⑦《赵中翰友沂席上同芝麓先生限字》⑧ 等。其中《龚芝麓先生屡过寓斋率赋长歌代柬》系顺治十五年为龚鼎孳作,对两人订交前后的情形,记载甚详:"当年杖策蓟门来,先生秉宪总西台。霜清柏府昼常肃,揖我论文东阁开。座上尽是平原客,翻惊布衣争避席。"此处提到田茂遇顺治十二年入京,时龚鼎孳正任左都御史。其下回忆龚鼎孳"无何青蝇中钩党",因而"无地左迁得上林",被谪为上林署丞,其后出使广东的事迹。直到"燕山握手又春风,宫苑参差万树红"⑨,言顺治十五年

---

① 田茂遇:《再得鄢城先生札诗以谢之》,《水西近咏》,第354页。
② 王崇简:《田髴渊选今人古文序》,《青箱堂文集》卷三,第347页。
③ 田茂遇:《燕台文选·凡例》,《燕台文选》,第266页。
④ 田茂遇:《水西近咏》,第398—399页。
⑤ 田茂遇:《燕台文选·凡例》,《燕台文选》,第389页。
⑥ 同上书,第391—392页。
⑦ 同上书,第339—340页。
⑧ 同上书,第347页。
⑨ 田茂遇:《龚芝麓先生屡过寓斋率赋长歌代柬》,《水西近咏》,第340—341页。

春,两人又重在京城见面。

吴伟业与田茂遇的结识,也在顺治十二年的京城,吴本人明言"余初识孝廉田子髳渊于京师"①。田茂遇有《呈吴梅村先生》系为顺治十二年正在京城的吴伟业所作,诗云:"海内君宗吾道尊,春风群彦李膺门。车中衰凤非难仕,柱下犹龙每赠言。"②《柬梅村先生》也为吴伟业作,诗云:"江东艺苑孰登坛,夫子于今河岳看。"③ 而吴伟业也欣然为田茂遇诗集作序,《田髳渊梦归草堂诗序》云"以孝廉计偕来长安,偶不得志于一第"④,可知此序必作于顺治十二年。直到田茂遇出京,尚有《步韵酬吴梅村先生》系与当时还在京城的吴伟业道别,其一云:"吾道今谁托,如君知吾深。文章岂有合,论难本无心。乡思三年雁,秋声万户砧。那堪分手易,惆怅帝城阴。"⑤

田茂遇与施闰章订交,也在京城。《赠施尚白比部》其一云:"相思十载敬亭云,燕市相逢向夕曛。百粤山川传一卷,千秋词赋尽输君。"⑥ 足以说明,田茂遇正是在顺治十二年,在京城结识了施闰章。其后两人文学交流颇多,施闰章还曾将自己任职广西期间的诗作请田茂遇品评。而田茂遇对施闰章也极为崇敬,乃至以"我师"称之。《题施尚白使粤纪行》云:"江左施君实我师,把臂同君苦不早。……昨日登君北海坐,九天雨露惊咳唾。五千言外解玄诠,十七史中曾读破。即看西粤纪行篇,山川入手毋流连。高吟直是夔州作,赋才已逼班孟坚。"⑦ 其后,施闰章于顺治十三年任山东学政而离京,田茂遇有《寄施愚山视学山左》相送。其一云"艺苑江东重宛陵,清流况是顾厨群",其三云"燕山曾记昔年游,邂逅仙郎解蒯缑",更说明田茂遇与施闰章之结识是在京城。其四云"鹓鸠退食坐论诗,宣武城南数举卮。谩论宾朋同北海,共夸词赋继南皮"⑧,更提及两人在京城的文学交流。

---

① 吴伟业:《田髳渊诗序》,《吴梅村全集》卷五十九,第1154页。
② 田茂遇:《水西近咏》,第397页。
③ 同上书,第409页。
④ 吴伟业:《吴梅村全集》卷三十,第695页。
⑤ 田茂遇:《水西近咏》,第350页。
⑥ 同上书,第406页。
⑦ 同上书,第408—409页。
⑧ 同上书,第344—345页。

田茂遇与王崇简、梁清标订交之时间，尚不可考，然《集王敬哉先生家舫》①《赠王敬哉先生二十韵》②《贺少宰王敬哉先生》③ 均作于顺治十二年。出京前夕，更有《谢别王敬哉学士》④。此外，田茂遇还作有《赠大司马梁玉立先生》⑤，田茂遇于顺治十三年离京，梁清标升兵部尚书，正在此年。作于顺治十六年的《水西近咏·佛园诗草》还收有《梁大司马玉立以近集见投》⑥，也说明田茂遇与梁清标有诗词往来，两人极有可能是田氏首次入京后订交于京城。

　　顺治十五年，王士禛入京应科举，他与田茂遇相识，必在此年。田茂遇有《王怀人席上同邹讦士王赀上》云："金谷园非石，兰亭序是王。高文传绣虎，雅调发清商。"⑦ 王士禛亦有《答赠田髯渊》，云："天涯芳草独相求，回首怀人历九秋。文选楼中新著作，读书台上古风流。"⑧ 后来，田茂遇于康熙十八年入京应博学鸿词科不售，王士禛并有《送田髯渊归松江》⑨。

　　田茂遇与申涵光订交，亦在京城。《赠申凫盟》云："春风识子长安陌，搔首青天双眼白。鹦鹉才华北海宾，鹡鸰裘马临邛客。"⑩ 顺治十三年春，申涵光入京，受魏裔介之请，为校《观始集》。田茂遇与申涵光订交，必在此年。后来田茂遇出京，作有《燕游五友诗》，提到自己在京城三年期间结交的友人，其中就包括申涵光，诗云："公子平原豪，布衣甘没世。惝恍书卷中，踯躅干戈际。古来贤达俦，一切共睥睨。西山亦有薇，不愿饥而弟。"⑪

　　综上所述，在顺康时代的京城诗坛上，云间派诗人相当活跃，他们或在京任职，或游食京城，与京城文士进行了大量唱和交际活动，也将自身云间诗学主张，传播到京城文化圈之内。

---

① 田茂遇：《水西近咏》，第 393 页。
② 同上。
③ 同上书，第 334 页。
④ 同上书，第 349 页。
⑤ 同上书，第 335 页。
⑥ 同上书，第 316 页。
⑦ 同上书，第 343 页。
⑧ 王士禛：《渔洋集外诗》卷二，《王士禛全集》，第 563 页。
⑨ 王士禛：《渔洋山人续集》卷十二，《王士禛全集》，第 919 页。
⑩ 田茂遇：《水西近咏》，第 399—400 页。
⑪ 同上书，第 355 页。

参考文献

历史传记

编撰人不详:《清史列传》,《清代传记丛刊》第 57 册,台北:明文书局,1985 年

陈康祺:《郎潜纪闻》,北京:中华书局,1984 年

褚人获:《坚瓠集》,上海:上海古籍出版社,2012 年

戴璐:《藤阴杂记》,北京:北京古籍出版社,1982 年

邓之诚:《骨董琐记》,北京:北京出版社,1996 年

杜登春:《社事始末》,《中国野史集成》第 27 册,成都:巴蜀书社,1993 年

法式善:《槐厅载笔》,《续修四库全书》子部第 1178 册,上海:上海古籍出版社,2002 年

黄鸿寿:《清史纪事本末》,上海:上海书店,1986 年

李清:《南渡录》,《续修四库全书》史部第 433 册

李逊之:《崇祯朝记事》,《四库禁毁书丛刊》史部第 6 册,北京:北京出版社,1997 年

李元度:《国朝先正事略》,《续修四库全书》史部第 538 册

陆陇其:《三鱼堂日记》,《续修四库全书》史部第 559 册

钱仪吉:《碑传集》,《清代传记丛刊》第 107 册,台北:明文书局,1985 年

清实录馆纂修：《清实录》，北京：中华书局，1985 年

沈德符：《万历野获编》，北京：中华书局，1959 年

史玄：《旧京遗事》，《四库禁毁书丛刊》史部第 33 册

谈迁：《北游录》，北京：中华书局，1960 年

谈迁：《国榷》，北京：中华书局，1958 年

谈迁：《枣林杂俎》，北京：中华书局，2006 年

汪价：《中州杂俎》，《四库全书存目丛书》史部第 249 册，济南：齐鲁书社，1996 年

汪琬：《说铃》，《笔记小说大观》第 4 编第 9 册，扬州：广陵书社，1983 年

王应奎：《柳南随笔》，北京：中华书局，1997 年

王晫：《今世说》，《四库全书存目丛书》子部第 245 册

文秉：《甲乙事案》，《四库禁毁书丛刊》史部第 72 册

吴庆坻：《蕉廊脞录》，北京：中华书局，1990 年

徐世昌：《大清畿辅先哲传》，《清代传记丛刊》第 200 册

姚永朴：《旧闻随笔》，合肥：黄山书社，1989 年

余怀：《板桥杂记》，上海：上海古籍出版社，2000 年

张维屏：《国朝诗人征略》，《清代传记丛刊》第 21 册

赵尔巽等：《清史稿》，北京：中华书局，1977 年

赵翼：《檐曝杂记》，北京：中华书局，1982 年

震钧：《天咫偶闻》，《续修四库全书》史部第 730 册

郑方坤：《国朝名家诗钞小传》，《清代传记丛刊》第 24 册

周亮工：《因树屋书影》，上海：上海古籍出版社，1996 年

目录

纪昀总纂：《四库全书总目提要》，石家庄：河北人民出版社，2000 年

诗文别集

曹溶：《静惕堂诗集》，《四库全书存目丛书》集部第 198 册

曹贞吉：《珂雪集》，《清代诗文集汇编》第 133 册，上海：上海古籍出版社，2010 年

陈名夏：《石云居诗集》，《四库全书存目丛书》集部第 201 册
陈廷敬：《午亭文编》，《文渊阁四库全书》集部第 1316 册，台北：台湾商务印书馆，1982 年
陈维崧：《陈维崧集》，上海：上海古籍出版社，2010 年
陈僖：《燕山草堂集》，《四库未收书辑刊》第 8 辑 17 册，北京：北京出版社，2000 年
陈子龙：《陈子龙全集》，北京：人民文学出版社，2011 年
陈祚明：《稽留山人集》，《四库全书存目丛书》集部第 233 册
程可则：《海日堂集》，《清代诗文集汇编》第 90 册
戴明说：《定园诗集》，《清代诗文集汇编》第 21 册
邓汉仪：《慎墨堂诗集》、《慎墨堂笔记》，《四库禁毁书丛刊补编》第 57 册，北京：北京出版社，2005 年
丁澎：《扶荔堂诗集选》，《清代诗文集汇编》第 78 册
丁耀亢：《丁耀亢全集》，郑州：中州古籍出版社，1999 年
杜濬：《变雅堂遗集》，《续修四库全书》集部第 1394 册
方苞：《方苞集》，上海：上海古籍出版社，1983 年
方文：《方嵞山诗集》，合肥：黄山书社，2010 年
冯溥：《佳山堂诗集》，《四库全书存目丛书》集部第 215 册
傅维鳞：《四思堂文集》，《清代诗文集汇编》第 27 册
高珩：《栖云阁文集》，《四库全书存目丛书》集部第 202 册
龚鼎孳：《龚鼎孳全集》，北京：人民文学出版社，2015 年
顾景星：《白茅堂集》，《清代诗文集汇编》第 76 册
顾炎武著，王蘧常辑注：《顾亭林诗集汇注》，上海：上海古籍出版社，2006 年
顾炎武：《顾亭林诗文集》，北京：中华书局，2008 年
何景明：《大复集》，《文渊阁四库全书》集部第 1267 册
洪亮吉：《更生斋诗》，《续修四库全书》集部第 1468 册
侯方域：《侯方域全集》，北京：人民文学出版社，2013 年
胡介：《旅堂诗文集》，《四库未收书辑刊》7 辑 20 册
胡世安：《秀岩集》，《四库全书存目丛书》集部第 196 册

计东：《改亭诗文集》，《续修四库全书》集部第 1408 册

纪映钟：《戆叟诗钞》，《四库未收书辑刊》7 辑 30 册

纪映钟：《真冷堂诗稿》，清顺治刊本

金之俊：《金文通公集》，《续修四库全书》集部第 1393 册

李梦阳：《空同集》，上海：上海古籍出版社，1991 年

李攀龙：《沧溟先生集》，上海：上海古籍出版社，1992 年

李天馥：《容斋千首诗》，《清代诗文集汇编》第 138 册

李雯：《李雯集》，上海：复旦大学出版社，2017 年

李因笃：《受祺堂诗集》，《四库全书存目丛书》集部第 248 册

梁清标：《蕉林诗集》，《四库全书存目丛书》集部第 203 册

梁熙：《晳次斋稿》，《四库未收书辑刊》第 5 辑第 28 册

刘逢源：《积书岩诗集》，《四库全书存目丛书》集部第 233 册

刘体仁：《七颂堂集》，《四库全书存目丛书》补编第 53 册

陆嘉淑：《辛斋遗稿》，道光十三年刻本

毛奇龄：《西河集》，《文渊阁四库全书》集部第 1320 册

冒襄：《巢民诗文集》，《清代诗文集汇编》第 37 册

彭宾：《偶存草》，国家图书馆藏清初刻本

彭宾：《彭燕又先生文集》，《四库存目丛书》集部第 197 册

彭而述：《读史亭诗集》，《四库全书存目丛书》集部第 200 册

彭孙贻：《茗斋集》，《清代诗文集汇编》第 52 册

钱澄之：《田间诗学》，合肥：黄山书社，2005 年

钱谦益：《钱牧斋全集》，上海：上海古籍出版社，2003 年

屈大均：《屈大均全集》，北京：人民文学出版社，1996 年

全祖望撰，朱铸禹汇校集注：《全祖望集汇校集注》，上海：上海古籍出版社，2000 年

申涵光：《聪山集》，《四库全书存目丛书》集部第 207 册

沈荃：《一研斋诗集》，《清代诗文集汇编》第 93 册

施闰章：《施愚山集》，合肥：黄山书社，1993 年

宋琬：《安雅堂全集》，上海：上海古籍出版社，2007 年

宋徵舆：《林屋文稿》，《四库全书存目丛书》集部第 215 册

孙治：《孙宇台集》，《四库禁毁书丛刊》集部第 149 册
谭元春：《谭元春集》，上海：上海古籍出版社，1998 年
田茂遇：《水西近咏》，《四库未收书辑刊》第 7 辑 23 册
田雯：《古欢堂集》，《清代诗文集汇编》第 138 册
汪琬：《钝翁类稿》，《清代诗文集汇编》第 94 册
王崇简：《青箱堂诗集》，《四库全书存目丛书》集部第 203 册
王铎：《拟山园选集》，清顺治十五年王镛王鑨刻本
王铎：《拟山园选集》，《北京图书馆古籍珍本丛刊》第 111 册，北京：北京图书馆出版社，2000 年
王鑨：《大愚集》，《四库未收书辑刊》第 7 辑 24 册
王士禄：《十笏草堂诗选》，《四库全书存目丛书补编》第 79 册，济南：齐鲁书社，2001 年
王士禛：《王士禛全集》，济南：齐鲁书社，2007 年
王世贞：《弇州四部稿》，《文渊阁四库全书》集部第 1280 册
王嗣槐：《桂山堂文选》，《四库未收书辑刊》第 7 辑第 27 册
王熙：《王文靖公集》，《四库全书存目丛书》集部第 214 册
魏象枢：《寒松堂全集》，北京：中华书局，1996 年
魏裔介：《兼济堂文集》，北京：中华书局，2007 年
吴懋谦：《苧庵二集》，《四库全书存目丛书》集部第 207 册
吴伟业：《吴梅村全集》，上海：上海古籍出版社，1990 年
吴之振：《黄叶村庄诗集》，《四库全书存目丛书》集部第 237 册
谢重辉：《杏村诗集》，《四库全书存目丛书》第 234 册
熊文举：《雪堂先生文集》，《北京图书馆古籍珍本丛刊》第 112 册
徐乾学：《憺园文集》，《续修四库全书》集部第 1412 册
玄烨：《圣祖仁皇帝御制文集》，《文渊阁四库全书》集部第 1298—1299 册
薛所蕴：《桴庵诗 澹友轩文集》，《四库全书存目丛书》集部第 197 册
阎尔梅：《白耷山人诗集》，清初豹韦堂刻本
阎尔梅：《阎古古全集》，张相文编，民国十一年中国地学会
杨思圣：《且亭诗》，《四库全书存目丛书》集部第 213 册
殷岳：《留耕堂诗集》，《清代诗文集汇编》第 19 册

张盖：《张子诗选》，《清代诗文集汇编》第 21 册
张缙彦：《依水园文集》，清初刻本
张文光：《斗斋诗选》，清乾隆二十七年刻本
赵宾：《学易庵诗集》，《四库未收书辑刊》7 辑 21 册
赵湛：《玉晖堂诗集》，《清代诗文集汇编》第 66 册
赵执信：《饴山文集》，《清代诗文集汇编》第 210 册
钟惺：《隐秀轩集》，上海：上海古籍出版社，1992 年
周茂源：《鹤静堂集》，《四库全书存目丛书》集部第 219 册
朱鹤龄：《愚庵小集》，上海：上海古籍出版社，1979 年
朱彝尊：《曝书亭全集》，长春：吉林文史出版社，2009 年

诗文总集

陈衍辑：《近代诗钞》，商务印书馆，1923 年
陈允衡辑：《国雅初集》，《四库全书存目丛书》集部第 399 册
陈祚明、韩诗辑：《国门集》，清顺治刻本
邓汉仪辑：《诗观》，《四库禁毁书丛刊》集部第 1－3 册
黄传祖辑：《扶轮广集》，顺治十二年黄氏依邻草堂本
蒋鑨辑：《清诗初集》，《四库禁毁书丛刊》集部第 3 册
李时灿辑：《中州诗征》，经川图书馆，1936 年
沈德潜、周准编：《明诗别裁集》，上海：上海古籍出版社，2013 年
沈德潜等编：《清诗别裁集》，上海：上海古籍出版社，2013 年
陶樑编：《国朝畿辅诗传》，《续修四库全书》集部第 1681 册
陶煊、张璨辑：《国朝诗的》，《四库禁毁书丛刊》集部第 156 册
田茂遇编：《燕台文选》，《四库禁毁书丛刊》集部第 122 册
王尔冈编：《名家诗永》，民国二十五年至德周氏刻本
魏宪编：《皇清百名家诗选》，《四库全书存目丛书》集部第 397 册
吴之振编：《八家诗选》，《四库禁毁书丛刊补编》第 57 册
吴之振编：《宋诗钞》，《文渊阁四库全书》集部第 1461 册
严津编：《燕台七子诗刻》，顺治十八年序刻本
周亮工编：《藏弆集》，民国贝叶山房刊本，1936 年

周亮工编：《尺牍新钞》，上海：上海杂志公司，1935 年

诗话

陈田：《明诗纪事》，《续修四库全书》集部第 1712 册
郭绍虞编选：《清诗话续编》，上海：上海古籍出版社，1983 年
阮元：《两浙輶轩录》，《续修四库全书》集部第 1683 册
王夫之等：《清诗话》，上海：上海古籍出版社，1978 年
徐釚：《本事诗》，《四库禁毁书丛刊》集部第 94 册
徐世昌：《晚晴簃诗话》，上海：华东师范大学出版社，2009 年
杨钟羲：《雪桥诗话》，北京：人民文学出版社，2011 年
张寅彭选辑：《清诗话三编》，上海：上海古籍出版社，2014 年

研究著作

陈文新：《明代诗学的逻辑进程与主要理论问题》，武汉：武汉大学出版社，2007 年
邓之诚：《清诗纪事初编》，上海：上海古籍出版社，2012 年
丁宝铨：《傅青主先生年谱》，《北京图书馆藏珍本年谱丛刊》第 69 册
董迁：《龚芝麓年谱》，台北：广文书局，1971 年
宫泉久《清初山左诗歌研究》，北京：中国社会科学出版社，2009 年版
顾师轼：《吴梅村先生年谱》，《北京图书馆藏珍本年谱丛刊》第 69 册
蒋寅：《清代诗学史》，北京：中国社会科学出版社，2012 年
柯愈春：《清人诗文集总目提要》，北京：北京古籍出版社，2001 年
李伯齐：《山东分体文学史》，济南：齐鲁书社，2005 年
李瑄：《明遗民群体心态与文学思想研究》，成都：巴蜀书社，2009 年
梁启超：《中国近三百年学术史》，北京：中国书店，1985 年
廖可斌：《明代文学复古运动研究》，上海：商务印书馆，2008 年
刘勇刚：《云间派文学研究》，北京：中华书局，2008 年
鲁一同编：《白耷山人年谱》，《北京图书馆藏珍本年谱丛刊》第 67 册
马大勇：《清初庙堂诗歌集群研究》，长春：吉林人民出版社，2007 年
孟森：《明清史讲义》，北京：中华书局，1981 年

孟森：《心史丛刊》，长沙：岳麓书社，1986年

钱锺书：《谈艺录》，北京：生活·读书·新知三联书店，2008年

钱仲联：《清诗纪事》，南京：凤凰出版社，2004年

孙奇逢：《孙征君日谱录存》，《续修四库全书》史部第559册

万国花：《诗家与时代：龚鼎孳及其诗论、诗歌创作研究》，复旦大学2011
　　年博士学位论文

吴应奎：《顾炎武年谱》，《北京图书馆馆藏珍本年谱丛刊》第71册

谢正光：《清初人选清初诗汇考》，南京：南京大学出版社，1998年

谢正光：《清初诗文与士人交游考》，南京：南京大学出版社，2001年

严迪昌：《清诗史》，北京：人民文学出版社，2011年

袁行云：《清人诗集叙录》，北京：文化艺术出版社，1994年

张健：《清代诗学研究》，北京：北京大学出版社，1999年

张立敏《冯溥与康熙京城诗坛》，北京：中国社会科学出版社，2011年

张相文编订：《白耷山人年谱》，《北京图书馆藏珍本年谱丛刊》第68册

张仲谋：《贰臣人格》，武汉：长江文艺出版社，1996年

张仲谋：《清代文化与浙派诗》，北京：东方出版社，1997年

后　记

　　历时六年，这部长达六十多万字的论著终于改毕定稿。虽感如释重负，但亦有些许遗憾，种种桩桩，感慨良多。

　　家中父母年迈，白发萧然，素于我期望殷殷，盼我能在学术上有所成就。寸草春晖，无以为报，惟勤苦向学，以报二老。

　　自南开毕业以后，忝列北大已近十载，久得诸位师友教诲，既得南开求真务实学风涵养，又得北大自由宏博学风熏陶，于为学为人之道受益实多。两位恩师卢盛江先生、刘勇强先生，皆对我寄予厚望，付出大量心血教诲培植，希我能在学术界有所作为。反思自身懒散任性、学术根基尚不牢固，稚拙错漏之处多有，故每有愧汗浃踵之感。唯有专心学术，严谨求实，庶几不负两位恩师期望。

　　拙作撰写定稿过程中，葛晓音先生、罗时进先生、蒋寅先生诸位师长，都曾对本书提出诸多珍贵的意见，于本书撰写多有帮助，在此一并致谢。

白一瑾
2018 年 3 月